漢唐文學的歷史文化考察

袁行霈題耑

陳偉強　著

鳳凰出版社

圖書在版編目（ＣＩＰ）數據

漢唐文學的歷史文化考察 / 陳偉強著. -- 南京 :
鳳凰出版社, 2014.10
ISBN 978-7-5506-2042-1

Ⅰ. ①漢… Ⅱ. ①陳… Ⅲ. ①古典文學研究－中國－漢代②古典文學研究－中國－唐代 Ⅳ. ①I206.2

中國版本圖書館CIP數據核字(2014)第224946號

書　　名	漢唐文學的歷史文化考察
著　　者	陳偉強
責任編輯	樊　昕
出版發行	鳳凰出版傳媒股份有限公司 鳳凰出版社(原江蘇古籍出版社) 發行部電話025-83223462
出版社地址	南京市中央路165號,郵編:210009
出版社網址	http://www.fhcbs.com
經　　銷	鳳凰出版傳媒股份有限公司
照　　排	江蘇鳳凰製版有限公司
印　　刷	江蘇鳳凰揚州鑫華印刷有限公司 揚州市江陽工業園蜀崗路9號,郵編:225008
開　　本	652×965毫米　1/16
印　　張	28
字　　數	390千字
版　　次	2014年10月第1版　2014年10月第1次印刷
標準書號	ISBN 978-7-5506-2042-1
定　　價	56.00圓

(本書凡印裝錯誤可向承印廠調換,電話:0514-85868858)

目　録

柯睿教授序

漢學研究,與時共進。它跟當今世上各行各業一樣,正在體現著全球化的蛻變過程和作用。僅在一個世紀以前,中國古代文獻的深入研究幾乎爲中國本土學者所專有;然而閒雲潭影,物换星移,今日這種局面已不復存在。就文學研究而言,隨著西方學界在語文學(philology)和批評學(criticism)方面取得了重要突破,東西方學者之間得以展開具建設性的對話,進而孕生出一種新的合作精神。於是,漢學的學術活動不再只是承載赴華求學的西方學生和學者的單程航班,而雙向交流,日盛一日。近二十五年來,負笈西遊者絡繹不絶,不少中國學生和學者前赴美國和歐洲師事西方漢學家。一些在中國著名高等學府已取得漢學相關領域的學士或碩士學位的中國學生們,爲了學習並掌握不同於中國固有的研究方法和技能,有的自己選擇,也有的在其導師的鼓勵下,踏上了前往西方國家接受高等研究培養訓練的征途。

陳君偉強(在西方漢學界以 Tim Chan 之名行),便是這個學界新趨向的最佳例子之一。偉強早年師從著名學者陳貽焮先生、袁行霈教授和葛曉音教授等,於 1992 年獲得北京大學中國文學碩士學位,並於同年秋季來到美國科羅拉多大學(University of Colorado)攻讀博士學位。而我與偉強之初遇,則在 1991 年 12 月我訪華期間,於北京大學的一個宴席上。他在許多方面給我留下了深刻的印象:他那廣博而精深的中國古代學術文化知識;對文學尤其是詩歌的熱忱酷愛;全心投入學術並矢志以之爲終身事業的强烈願望;還有他那熱情和藹、平易近人的性格。因此,當我得知他申請入讀我所在院系的研究院課程時,實在難掩興奮之情,因爲我知道我們將會招到一名最優秀的博士研究生。偉強在入讀我校前已經接受過多年完善的傳統漢學訓練,具備各方面的才能,當時實際上已經是一名成熟的學者了。

在科羅拉多的七年裏,偉強從多個方向開拓了視野。他酷愛閱讀英法希羅等國的文學作品;不僅通曉現代和後現代西方文學批評的各個學派理論,而且還探索開拓了中國文學史和文化史的新領域。雖然我與偉強是師生關係,但是與他一起探討學術時,我時常没有與學生交談的感覺,仿佛是在跟我的同行同輩合作一般。那時候,我腦海裏經常浮現出孔子所説的"後生可畏"一語,聖人之言,驗諸今日,不亦説乎?在那些相處的日子裏,我還發現偉強的學以致用,學藝兼修:他不僅是個擅長多種家數的書法家,也是一位具有雕龍文心的原創型詩人。直到現在,他依舊在堅持創作舊體詩詞。我經常勸説他至少選一部分作品出版,但是他總是謙遜地婉拒,謂不足爲外人道也。

在他的學術事業裏,偉強一直没有間斷地以中文寫作和發表學術著作。這些學術成果,使他躋身於古代文學研究領域中俊采星馳的青年學者之林。此外,他還用英文發表了具有同等分量的學術論著,這就使他從同儕中脱穎而出,成爲了一位横跨東西兩個學術世界的學者。他常常來美國參加各類學術活動:在學術會議上做報告;被邀請到各大學做演講;也曾在哈佛大學東亞語言與文明學系當過訪問學者。這些經歷和成就奠定並鞏固了他在太平洋彼岸的學術地位。

這本書由偉強所著的大部分英文論文的中文翻譯修訂本組成。其中許多論文曾發表在西方的權威學術期刊上,包括《通報》(*T'oung Pao*)、《美國東方學會學報》(*Journal of the American Oriental Society*)、《唐學報》

(*Tang Studies*)等。此書的討論重點爲魏晉至唐代的詩歌,但也有涉及此時段前後的文學文化。這裏我並不打算對書中的各篇論文逐一介紹,可是它們每一篇都值得認真閲讀和細細品味。兹概舉其要以見其在語文學、文獻史、版本學和批評學等相關領域的專精的具體實踐,例如:對王勃久佚的一部干謁詩集的復原研究;從一個全新角度界定陳子昂在唐代詩歌史上的地位;以及創製了一種較諸前人方法更可信且具説服力的方式來闡釋《楚辭》的"經""傳"結構。本書中所收的譯文是傳統漢學研究與現代科學式研究完美融合的結晶,這樣的成果只有在漢學研究在汲取不同學術傳統的精華的基礎上,加以融會貫通,發明創造,磨礱砥礪,方竟其功。這種治學方法和精神的貫徹,偉強實其佼佼者歟?而非常有幸的是,我們可以預見他定能在未來的歲月裏,用中英兩種文字爲學術研究作出更多的貢獻。

是爲序。

柯睿(Paul W. Kroll)

2013年8月,於美國科羅拉多州丹佛市

弁 言

本書的研究對象是漢唐間的文學,試圖從文化、歷史、宗教、藝術、文獻學等角度,探討選題所涉文本的基本含義及其背後的文化意藴,從而對傳統文學進行新的思索考量。

以他山之石攻本土之玉是近年學界的新趨向之一。本書屬同類嘗試,而研究角度則大抵以西方漢學研究中的"語文學"(philology)爲根基。薛愛華(Edward H. Schafer, 1913—1991)認爲"漢學"(Sinology)即是"中國語文研究",這一理解是建立在 Sinology 的拉丁語詞根 Sino 的原始意義之上的;而其研究對象則是以中國語文寫成的早期文本。他引述其師俄裔美國漢學家卜弼德(Peter A. Boodberg, 1903—1972)之説,指出其任職單位加州柏克萊大學(University of California, Berkeley)東亞語言系的"主要活動可以 philology 的早期意義爲概括,即:廣義的文學研究,包括語源學、語法學、文學批評史、文學史、文化史和語言學史,訓練閱讀和詮解原始文獻的能力,培養作爲傳意的主要手段的語言的能力。由是觀之,語言研究與文學研究有著不可分離的關係"①。綜合各家説法及筆者師承,

① Schafer, "What and How is Sinology?", 1-2, 11-16: "... 'sinology' would (轉下頁)

philology 可粗略定義爲:對文學文本及文字記録的研究,意在辨其真僞,溯其源流,審其意旨。所採取的研究角度則以語文學爲基礎①,具體實踐則又以考證爲骨幹。簡單地説,當漢學與 philology 結合,指的就是中文文本的語言學研究。然而前賢研究所涉領域甚廣,冀能取長補短,融會貫之,酌而用之;其基本方法涉及版本、金石、文字、聲韻、訓詁、目録、文獻等考證手段。但由於文本涉及社會文化的方方面面,研究則少不得從一些相關領域入手考察,包括:文學理論、文學史、文獻學、書畫美術、宗教哲學、政治思想、碑傳地志、史學、經學等。因此,所謂 philology 並不單指語言學,而是以語言學相關領域的研究方法爲基礎,對文本作實在而全面的考察,求古人之心,使聖哲之思,睿智之言,復明於今日②。

筆者在接觸漢學"語文學"研究方法之前,在北京大學上研究生期間已接受過類似的訓練。從故林庚先生(1910—2006)、先師陳貽焮先生(1924—2000)至葛師曉音承傳下來的方法大體是:先通讀作家的作品全集,記下讀書心得,寫成讀書報告,然後導師給予評語。對師門歷代承傳的

(接上頁)once more be used in its original sense of the study of the Chinese language, and especially the study of early texts written in that language." Boodberg: "The Department's main activity lies in the field of philology in the older meaning of the term, i. e., the study of literature, in a wide sense, including etymology, grammar, criticism, literary, cultural and linguistic history, training in the competent translation and interpretation of original documents, and cultivation of language recognized as the main vehicle of thought. Thus interpreted, the study of language is indivisible from the study of literature." 薛氏還批評近年的漢學研究的膚淺,在於遠離和不重視語言文本研究,也不重視各國同行用不同語言寫成的重要研究成果。

① 薛愛華指出漢學所研究的"語言"與人文學家(humanist)的主要區別:"奇怪的是,人們相信人文學家專注於'美'、'心靈'、'表達'等方面,但這些都是抽象概念。事實上,我們人文學家致力於發現人類經驗中獨特的方面及其相互關係。……因此,我們並不主要關注語言作爲交流手段這個流行説法,而是語言中以藝術建構而成的形式。"(Strangely, many persons believe that humanists are preoccupied with such matters as 'beauty,' 'soul,' 'expression' and the like. But these words too are abstractions. In fact, we humanists are committed to the discovery and characterization of unique aspects to human experience and their interrelationships. ... Accordingly, we are not chiefly concerned with the popular concept of 'language as communication,' but with language in the form of artful constructs." Schafer, "What and How is Sinology?", 2. 對於九十年代初有學者撰文對"philology"作重新定義,認爲是對文本疏離的研究,業師柯睿(Paul W. Kroll)教授對此説特別是近年以西方理論講解和詮釋文本的風氣,提出質疑和批判。見 Kroll, "Us and Them," 457–58。

② 這是業師柯睿提出的治學理想境界。見 Kroll, "Between Something and Nothing (Presidential Address)," 412。

具體研究方法，葛師在其門人爲慶祝其從教三十年舉行的一個研討會上作了簡明扼要的講述，並分享了不少自己的心得體會。這些精闢的見解，是我師門的指路明燈。現據筆記粗述其要旨如次①。

首先是重視文學的内部研究。以文學的内部元素爲研究對象，如文體、語言、藝術手法等，由裏至外的方向做。從舊材料和常用材料入手，亦借助相關學科如考古、歷史等的研究成果去研究文學。至於研究方向則按個人才性決定，例如考據、義理、辭章等。研究課題則須通過下苦功，從作品中讀出來。選題難是個首要面對的問題，有老問題如歷史懸案，也有對文本的瑣細分析，總之是要憑感覺，從長期訓練和大量閲讀中磨練。

接著是如何克服研究中遇到的困難。先要搞清楚研究領域中具爭議的事項，尋本溯源。其次是要重讀作品，找出之前泛泛而讀時没有注意到的問題，即使如“淡乎寡味，理過其辭”的玄言詩，也要耐心細心分析。再次是閲讀的方法，須把握總體印象和突出印象，把感覺變成理性分析。分析時要避免分析的一般化，不用常用的、老套的方法。由於某些分析方法往往適用於所有作品，千篇一律的套用便會失去研究意義；應當用心著眼於細處去發現問題。

最後是關於研究視角。最基本的要求是：耐心、細心和悟性。須懂得如何切入問題，要有敏鋭的觸覺和鋭利的觀察力。著手時須有較大的格局，掌控繁雜内容，採取多維視角。然後是清醒的自我超越意識，不斷地尋求進步和突破。這超越的標尺以學界評價爲準，如低於學界評價，則須反思自己的問題所在，從而克服弱點。在技術上，避免跟風模仿，要建立自己的風格。

葛老師的這些關於研究方法的高見在很多方面都與西方漢學的“語文學”研究路數不謀而合。我在北大學習囫圇吞棗了三年，礙於資質，只學得皮毛，從師所學未得窺睹堂奥，所學未及其十一，便匆匆畢業。幸而在美國所學，有所拓展裨益，得以眼界大開。這些拓展包括在北大没有涉獵過

① 北京大學中文系：“古典文學内部研究之反思”學術研討會，2012 年 6 月 30 日。

的學科範疇，如：佛道二教、比較文學原理及歷史、西方文學理論及批評、古希臘羅馬史詩及悲劇、漢學史及方法論等。除了學科範疇的擴闊，更重要的是學到了一些迥然不同的研究思路、視角和方法。

那年乘搭的長途客機把我帶進了另一個學術的崑崙玄圃。在柯睿師的課堂上和個别指導下，我開始上下求索，左右逢源，接觸到西方漢學的宗師、流派及其重要著述。這些基本知識和技術在研究實踐中爲我指出了新的方向，提供了新的方法和多維的視角，演示了不同的思考和分析方式。有了這些新的刺激和啓發，重讀《楚辭》所描述的景致，對其中"駕八龍之婉婉兮，載雲旗之委蛇"，遂有新的感受領會，乃將之斷章取義爲：如見豐隆望舒、皇英宓妃，路雖漫漫，却美不勝收，目不暇給。只是自己資質魯鈍，未能兼收並蓄。其中得益較多的是翻譯和文化差異對我在學術研究上的啓發，以下就這兩方面談談研究方法和視野。

翻譯之作爲研究手段的第一要義是對文本的透徹理解。不管如何理解，譯者都必須提供一個自己認爲最合理的文本讀法，並且準確地反映在譯文之中。譯文承載之不足，則輔以注脚，提供相關文獻資料及翻譯的理據。此之謂"注釋翻譯"(annotated translation)，是漢學治學最基本且最必要的工作。不論是學生抑或教師都不能跳過，且不能粗疏馬虎。首先是嚴選版本，譯文依據的必須是精校精刻的"標準版本"(standard edition)，如《四部叢刊》本，《文選》胡克家本等。翻譯決不能用意譯(paraphrase)代替直譯，而且譯文要求高度準確；注釋則爲譯文服務，作用在於疏解、闡釋原文；注文格式則須合乎學術規範，參考、引述的文獻一一列出，且準確無訛地注明出版信息和頁碼。

還記得初次讀一些大家譯注時，心中對西方學者治學的仔細嚴謹充滿了驚歎和敬佩。理雅各(James Legge, 1815—1897)在他的《中國經典》英譯中[1]，先列出豎排的中文原文，其下是英譯，最底下是注釋。注釋中包

---

[1] Legge, trans. & annot., *The Chinese Classics: with a Translation, Critical and Exegetical Notes, Prolegomena, and Copious Indexes*. 此書收理雅各譯注的《四書》、《尚書》、《詩經》、《春秋》和《左傳》。

含了他對各家説法的梳理、字義的解釋、相關背景的考證等等。又當我讀到沙畹(Emmanuel-Edouard Chavannes, 1865—1918)法文譯注的《史記》時①,印象最深的是他那注脚的精細。有的頁裏,大字印刷的譯文約有數行,少者甚至只有兩三行,其下就是小字印刷的注,竟有佔去該頁七成或以上空間者。這令我想起阮刻《十三經》的版面——一句或一小段正文之後全是諸家疏解文字;但不同的是沙畹、理雅各的正文是外文翻譯,注文則是其對正文的解説及他人之説的引述和分析,成其一家之言。此外,瑞典漢學家高本漢(Bernhard Karlgren, 1889—1978)的《詩經》英譯,亦刊出竪排原文、現代讀音、上古音韻脚和簡單注釋②。其後他另出版了一本"注釋",對文本作了詳注③。兩者都成爲研究《詩經》、上古音韻和文化的必讀之書。

準確理解文本意義歷來是治學的不二法門。理雅各的翻譯經過百多年的歷史洗禮,其經典的地位依然屹立不倒,其中一個重要原因是它的高度準確性。學界把理雅各的翻譯風格和態度一般評定爲"寧可質木,不可軟綿"④,説的就是其譯文忠於原典的堅持。理氏的這種翻譯原則兼治學原則,在相當程度上奠定了漢學"語文學"的堅實基礎。此一傳統雖有多方面的發展,但始終没有離開對文本的重視。英國漢學家韋利(Arthur Waley, 1889—1966)的翻譯就是能兼顧文本原意及譯文優美的佼佼者,其多種譯文成爲了學界的標準讀本⑤。

近數十年來,在保證譯文的準確性、目標語言(target language)的地道與易讀性,以及兼顧譯文的原意和文采方面,學界有不同見解和實踐,家數不一而足,成果累累。而我的主要學習對象則是薛愛華、康達維(David

---

① Chavannes, traduits et annotés, *Les Mémoires historiques de Se-Ma Ts'ien*.

② Karlgren, trans., *The Book of Odes: Chinese Text, Transcription and Translation*.

③ Karlgren, *Glosses on the Book of Odes*.

④ David B. Honey(韓大偉), *Incense at the Altar: Pioneering Sinologists and the Development of Classical Chinese Philology*, 218–20: "Better Wooden than Wooly."

⑤ 例如:*The Book of Songs*; *The Temple and Other Poems*; *Translations from the Chinese*.

R. Knechtges)等學者,當然最主要的還是業師柯睿。薛氏明確提出,如果翻譯的目的在於展示文學文化等方面的特質,譯者就必須盡可能照顧到原典語言的語義學的奧妙處,至關緊要的是作者的特有語彙,另外是作者語言中的構詞學特點和句子結構特點①。薛氏不僅將翻譯視爲一種閱讀外文的工具或手段,而更重要的是通過全面的文本研究——著重在語言研究,達到透徹瞭解中國古代文學文化的終極目標。這個原則最能在薛、康、柯三位教授的翻譯工作和學術著作中反映出來②。他們文質彬彬的翻譯、整體周全的研究方法和嚴肅科學的治學態度,讓我肅然起敬,成爲我多年來的學習楷模。

翻譯必然離不開詮釋,而詮釋往往導致文義的偏差。如要保持文本的原汁原味,最好的方法就是不翻譯,連現代漢語的翻譯及串講都不能做,只有這樣才庶幾得古人之心。下引《論語·陽貨》,説明了夫子强調"自然"之理:

> 子曰:"予欲無言!"子貢曰:"子如不言,則小子何述焉?"子曰:"天何言哉? 四時行焉,百物生焉,天何言哉?"

這段對話,大抵可以作爲不對原文作詮釋、不以意逆志的例子。事物本身的狀態如此就該任由它如此,不應加以言説,而應按其原意領會感受。

子貢的困惑也是我治學的困惑:試問如果對原文原事物不翻不講,何以得知自己已讀懂了原文? 這是我西行期間幡然覺悟的一個重要方面。

---

① Schafer, "Preliminary Remarks on the Structure and Imagery of the 'Classical Chinese' Language of the Medieval Period," 263: "A translation which aims at illuminating the literary craftsmanship, the intellectual riches, and the imaginative resources of a writer in a foreign language, must, to the greatest possible degree compatible with the structure of the translator's language, take into account the semantic subtleties of that writer's lexicon (first of all), and the morphology (secondly) and the syntax (lastly) of his language."

② 三位的鉅著無數,代表作如:Schafer, *The Vermilion Bird: T'ang Images of the South*; *The Golden Peaches of Samarkand: a Study of T'ang Exotics*; Knechtges, trans. & comm., *Wen xuan, or Selections of Refined Literature*; Kroll, *Studies in Medieval Taoism and the Poetry of Li Po*; *Essays in Medieval Chinese Literature and Cultural History*。

要言之，我的問題在於讀書太快太急，還没弄懂文意便匆匆略過，甚至隨即下筆引述串解。這大概是我過於信任"天何言哉"的教訓。回顧自己之前寫的中文論文，不禁自問："引文的意思你都弄懂了嗎？如果真懂了，請你用現代話逐字翻譯出來。"於是我痛下苦功，改變讀書的方法，在翻譯的過程中遇到了重重困難。英語能力固然是一大障礙，但文義本身就有無數糾纏不清之處：歧義、隱喻、文氣、節奏、情緒、歷史背景等等，錯綜複雜。從前輕率引述許多原文的行爲，反映了自己一直以爲文本只有單一的、固定的意義。尤其當我修讀了西方文學批評理論課以後，驗諸翻譯實踐，方恍然大悟，才醒覺自己當初自以爲有母語之利，文本一看就懂，是何等無知虛妄。在翻譯過程中遇到的種種疑問，孕生出一些論文的選題綫索，例如"感遇"、"唧唧"、"玉華"、"華而不實"、"絶妙好辭"等詞，都是用翻譯思維對字、詞、概念乃至於文學現象和傳統作用的重新審視。雖不敢以蹩脚英語譯文示人，但在課堂討論、口頭報告、期末報告、學術講演和學術論文中，均逃避不過，必須獻醜，必須選定立場在譯文中呈現自己的讀法。一旦譯文定型，原文的多義性和詮解方法等都退居次要，而在譯文後的論述中和注脚裏加以闡析。

在最近一次與康達維教授的閒談中最爲受益的論題是"慢讀與慢譯"。先生以"philology"一詞的定義見教，我率爾對曰："即語言學，作爲研究的手段，通過對語言現象如語法、修辭、詞彙、音韻等方面的考察進行文本分析。"先生莞爾，連呼則則，指出尼采（Friedrich Wilhelm Nietzsche，1844—1900）對 philology 的定義爲"慢讀"，此引用見於先生談論翻譯經驗心得的一篇文章，文章的結尾曰："我認爲翻譯工作的真正樂趣在於能够梳理注疏文字，並爲某一字詞或文段提供哪怕是微不足道的證據和閲讀的理據。"①康教授還幽默地説自己翻譯《文選》多年，可能是世界上最慢

① Knechtges, "The Perils and Pleasures of Translation: The Case of the Chinese Classics," 149: "I suggest that the true pleasure of translation lies in examining the evidence, however slight, for what a particular word or passage might mean, and presenting that evidence and one's conclusions in a well-argued commentary." Friederich Nietzsche, *Daybreak: Thoughts on the Prejudices*, 5.

的翻譯者。這輕描淡寫印證了他在文中提倡的翻譯與治學的原則和實踐:先細心品味原文,在對原文有了通透理解後,再在英語譯文中精心琢磨。

翻譯作爲一種研究方法,其實是把文本置放於不同的語言文化環境,從不同視角作考察。近年以中文出版的漢學著作如《他山的石頭記》、《異域之眼》、《古史異觀》等①,書名都反映了以"他者"視角審視中國文學、歷史和文化這個亮點。外國人由於生長的文化土壤與中國不同,因此看問題的思維方式和觀察角度跟我們很不一樣,往往從一些我們看來簡單的事物、現象中,看到一些我們容易忽視的東西,從而提出不同看法。這些看法,很多都是在中華文化的陽光空氣培植下的眼睛和腦袋所没有注意到和想到的。當然其中不乏小題大做,獵奇尚險,又或是故作驚人之論,甚至有因不諳文本背景而曲解文義者。然而他們的好奇心態和求實精神,却孕育了許多另類的新主意,不少具有一定的潛能甚至爆發力。於是,我嘗試以"他者"角度觀這些"他者",擇善而從,就我那些新學得的而又十分膚淺的新知識和技術,代入外語語境、文化氛圍和思維模式,使用其研究方法,從不同的角度切入文本,嘗試提出各種問題,哪怕是愚昧無知的問題②。即使不能即時解答,也算是開發了思路,有不少確是無甚價值,不值一哂,但也偶爾有些能發展成研究課題,從而展開探索,尋求解答的方法和答案。

誠然,以他國的歷史文化視角、眼光和方法審視中國的情況,總有其弊端——如上所述,容易由於文化的差異而引致張冠李戴、穿鑿附會甚至

① 宇文所安(Stephen Owen)《他山的石頭記:宇文所安自選集》;興膳宏《異域之眼——興膳宏中國古典論集》;夏含夷(Edward L. Shaughnessy)《古史異觀》。

② 這種"陌生化"(defamiliarization)的思維方式與西方理論類近。Wolfgang Iser 認爲俄國形式主義學者什克洛夫斯基(Victor Shklovsky)提出的"延長的知覺作用"(protracted perception)必有盡頭而至於窒礙;在閱讀過程中,"意象建構的窒礙迫使我們放棄自己意識中已生成的意象,我們從慣常的思維模式中被調度至一個新的位置,隨著自己的意象產物失掉而建構出一些前所未有的意象。"(Impeded imagebuilding compels us to give up images we have formed for ourselves, so that we are maneuvered into a position outside our own products and thus led to produce images which, with our habitual way of thinking, we could not have conceived.) Iser, *The Act of Reading: A Theory of Aesthetic Response*, 188. 什克洛夫斯基之説見 Boris Eichenbaum, "The Theory of the 'Formal Method,'" 114。

過度詮釋。然而,利弊是共存的。從比較的角度切入歷史、文化、文學等方面的研究課題,往往是新思維和新視角産生的契機。但是,我們必須時刻緊記,每個文本都有它所植根生長的土壤及自身的肌理。就字詞來説,各自都有其本義即其被創造時所包含的意義,然而在其後的歷史中出現了多種引申義、假借義、通假字、後造字、異體字、訛字、俗字等等。文字形態和意義載體的轉變,以及某字詞在某文本中的特定形態與含義,必然都帶有其歷史的印記。隨著社會、文化、政治等的變遷,語言文學也隨之發生嬗變。作爲研究者,在面對新的啓發和採取新的視角時,決不可捨本逐末,只顧標新立異。

謝靈運(358—433)的《登江中孤嶼》一詩,除了可以讀作頓悟的表述外[①],也是學術研究的絶佳譬喻。詩云:

> 江南倦歷覽,江北曠周旋。懷雜道轉迴,尋異景不延。亂流趨正絶,孤嶼媚中川。雲日相輝映,空水共澄鮮。表靈物莫賞,蘊真誰爲傳?想像崑山姿,緬邈區中緣。始信安期術,得盡養生年[②]。

首聯敘遊歷,喻讀書勤苦之功。"尋異景不延"句謂時間有限,必須找新穎的研究視角切入;但往往却是"懷雜道轉迴",異文:"雜"作"新","迴"作"迴"。元代方回解曰:"心有不純('懷雜'),去道越遠。"不管是"懷新"還是"懷雜",進行學術研究,若視角太新太雜,就很容易走彎路或冤枉路,甚至走火入魔。然而,謝詩也寫到"亂流趨正絶"之際,忽見"孤嶼媚中川",這是努力尋溯期間的意外發現。他感歎:"表靈物莫賞,蘊真誰爲傳?"正好説明研究材料擺在眼前,其中有精,其中甚真,只是我們没有注意到而已。崑崙

① 見拙著:Chan, *Considering the End: Mortality in Early Medieval Poetic Representation*, 149–51。

② 此詩的原文、異文及注解見顧紹柏《謝靈運集校注》,頁 83–85。

仙境雖遠離人間①,但要看你怎麽去尋它。一旦發現了便可如安期生般隱居養生於此。其啓發意義是:一旦成功地由新視角切入固有的研究材料,有了新發現和新體會後,就可以安身立命,這標誌著研究的成功②。

事實上,漢學"語文學"至爲關注的並不是時髦的研究方法,而是一切關乎語言的因素。其治學路數頗像我國乾嘉時期的考據學③。任何論題的展開,都無一例外地以文本爲研究對象,一切的論述都從文本出發,因此訓詁、文字、音韻、金石、版本、書法、校勘、考古、詩律等與語言學相關領域的研究,都成爲了"語文學"的參照和必要手段——以這些穩固的實證爲基礎來印證觀點。反觀一些對文獻不太注重的方法,有甚者輒據二手材料輕率立論,亦有把前人論述、箋注、翻譯等奉爲圭臬者。由這些方法得出的結論往往站不住脚,如《荀子・勸學》所言蒙鳩築巢,風至苕折,卵破子死;巢非不完,所繫者然也④。

以上略述師承之一二。不論是北大所學或北美所襲,自愧學藝不精。然就多年努力所學之皮毛,融貫中西,以文本爲本,以"語文學"爲方法,加以摸索,求穩求新。本書所收文章,是筆者學習和成長歷程的縮影。我在翻譯整理的過程中,看到了一個有趣的現象:這些文章原以英文思路和方法撰寫,研究中文文本,今又經歷一次從英文翻譯成中文的過程。語言的再次轉換意味著又一次思考和構思的洗滌與重整過程。這個轉換過程

① 此解讀據 Francis Abeken Westbrook (1942—1991):"I imagine the beauties of the Kuen-luen Mts., / Far removed from the world of causality." 把"緣"理解作"緣上"或"塵緣",當據唐張銑、清聞人倓説,見引於顧紹柏《謝靈運集校注》,頁 85,注 13。此理解又見傅德山(John D. Frodsham)的翻譯:"It seems I see the beauties of K'un-lun; / Once there the world of Cause seems far away." 惟二人對此聯意義的理解不同。Westbrook, "Landscape Description in the Lyric Poetry and 'Fuh on Dwelling in the Mountains' of Shieh Ling-Yunn," 44; Frodsham, *The Murmuring Stream: The Life and Works of the Chinese Nature Poet Hsieh Ling-yün (385—433), Duke of K'ang-Lo*, 128.

② 筆者對謝詩的斷章取義的奇特解會,從王國維(1877—1927)論治學、詞學的三境界中得到啓發,見《人間詞話》第二六則,頁 203。

③ 梁啓超(1873—1929)扼要概括了清代全盛時期學術的特色:"其治學根本方法,在'實事求是'、'無徵不信';其研究範圍,以經學爲中心,而衍及小學、音韻、史學、天算、史地、典章制度、金石、校勘、輯逸,等等。而徵引取材,多極於兩漢,故亦有'漢學'之目。"見梁啓超《清代學術概論》,頁 286。

④ 《荀子》卷一,頁 3。

中,譯文是否能準確反映文章原意已退居次要位置,更重要的是在語境轉換的重新思考、鑽研的過程中,如何使論文質量進一步提升,以及如何善用中西合璧的治學方法,各取所長。但由於筆者功力膚淺,也許篇中所見無非雕蟲小技,花拳繡腿。這完全是筆者學藝未精之故,學步邯鄲,結果匍匐而歸,有辱師門,是余之罪也夫。

本書所集,乃筆者在1996至2014年間用英文發表於多種海外學術期刊及書籍的十四篇論文的中文譯本。譯文除大抵按原意譯出外,遇有學術的新成果而首次撰文時未及參考者,又或是過去並未注意之材料,在這次翻譯時按需要吸收,並在譯文中略加整合調整,而論述之乏細考者亦加以修正。

十四篇文章按內容分成四大類:"名作新析"、"文學史辨"、"仙道法術"和"文集考證"。各類內又以時代先後爲序,諸篇大要略述如次。

第一部分"名作新析"收論文四篇。第一篇題爲《"幼婦"與"外孫":"絶妙好辭"新解》。本文從謎語的源流、體制和結構入手,對記載東漢時期曹娥故事的絹本《孝女曹娥碑》篇末所附的八字謎,提出新的詮釋。自《世説新語》所載楊修與曹操解讀此謎以來,歷代對此解殆無異議,亦乏細考。本文以製謎猜謎的傳統和實踐爲基礎,從文獻、歷史、文體等方面論證:"黄絹幼婦外孫齏臼"八字謎面與"絶妙好辭"這個謎底,有著密不可分的關聯,從而爲此千古名謎提供一個嶄新而又科學的解讀方法。

第二篇《促織何唧唧:〈木蘭詩〉中的機杼之聲與異文穿梭》集中探討了《木蘭詩》開頭一章所敘述的情景。此詩首句的"唧唧"一詞,在中外學者的注釋和翻譯中多被理解爲"歎息聲";但亦有不同意見,認爲二字指蟲鳴聲、織布聲等。本文通過對詩歌傳統、歷史文獻及語言學中關於聯綿詞和擬聲詞等方面的考察,分析"唧唧"二字的來源和衍變情況,梳理同一文獻譜系和詞語族群的材料,對二字從原擬蟲鳴鼠叫一類尖促之聲衍生出"歎息聲"的過程和原理加以考究論證。

第三篇探討王勃滕王閣作品中的主客問題和人物關係。王勃的《秋日登洪府滕王閣餞別序》及《滕王閣詩》名垂千古,但《序》中所涉及的人物關係却一直没有弄清,不利於對作品的正確理解。本文從作者的思想、經歷等出發,理出其南行路綫和心理狀態,論證文中典故和滕王閣相關史實與作者思緒一拍即合之處,肯定王勃此行與父親結伴這一點,於是《序》與《詩》所涉之内容便得到合理的解釋,有助更好地掌握這兩篇名作的藝術成就。除歷史、地理典故的研究,本文還從"序"的文體特徵以及王勃的"序"的立題方式考察《序》的場景、人物等因素。

第四篇題爲《杜甫筆下的兩座宫殿的宗教政治洗禮》。杜甫在至德二年(757)京師陷於安史叛軍後,逃離長安,因直言進諫而幾至死地,被賜假期間路經玉華宫和九成宫,以二宫名爲題成詠。本文結合兩宫的建造歷史,以及唐太宗和高宗與兩宫的關係,探討詩人在兩首作品中表達的思想感情。詩中的意象、用詞、典故等都圍繞著詩人對時事的憂患,通過眼前早已失去昔日光輝的宫殿,對帝皇豪奢生活及追求長生等行爲作出思考和發出感慨。經過歲月洗禮,兩宫原有的歷史面貌在杜甫到訪時已瀕臨湮滅,更何況千年之後的今天?

第二部分"文學史辨"收論文四篇。第五篇考辨有關初唐四傑"華而不實"的評語。史載初唐詩人王勃、楊炯、盧照鄰、駱賓王,在一次吏部詮選中被吏部侍郎裴行儉評爲"華而不實"。後世史書、筆記等遂以此爲裴對四傑的酷評,並加入"浮躁淺露"等枝葉,學界乃以爲定論。事實上,裴行儉所言"華而不實"原先並非貶損四傑的用語,而是慨歎四人有才華而事業上不結果實——即没有成就。本文跳越新舊《唐書》及《大唐新語》等較晚之記載,考釋裴行儉行誼特别是品評人物的細節。通過細讀張説《贈太尉裴公神道碑》中詳細而又切實的記載,揆以情理,從訓詁、避諱、相學等方面,考定裴行儉"華而不實"的真正含義。

第六篇從陳子昂的《感遇詩》考察"感遇"詩體的形成和發展。陳子昂之所以被歷代公認爲唐詩革新者,主要是由於他的"復古"詩學的主張及創作實踐,《感遇》即其代表作。本文進行了四方面的觀察:一、"感遇"一詞的不同含義;二、在詩歌史上的演變情況;三、陳子昂《感遇》詩題旨的多樣性;四、陳氏《感遇》詩的數目在不同文獻中的不同記載。這四個方面提供了清晰的綫索，供筆者論證陳子昂的《感遇》詩題並非由陳自己定立。“感遇”作爲一個詩學傳統既寫“有感於所遇”，也有“感激”、“感謝”之意，並有宗教神秘的人神交往等含義。這樣，陳子昂的《感遇》詩中主題的多樣性便得到了合理的解釋。

第七篇題爲《陳子昂“詩歌改革宣言”新議》。陳子昂被視爲唐代詩歌革新先驅的主要原因，除了他的創作實踐之外，他在《修竹篇序》所提出詩歌創作主張，在文學史上早就贏得了“詩歌改革宣言”的稱號。陳子昂是否真如學界所說在此《序》中有意識地鼓吹復古革新？文章從《序》的創作背景分析，發現《序》的酬贈對象東方虬及文中提及的解琬均爲有名的宫廷詩人，因此子昂之酬和似出於奉承，《修竹篇》本身亦多雕飾華美之修辭。而所謂正始之音，指的是何晏、王弼之玄談，與《修竹篇》的遊仙主旨相合。《序》中以何劭比東方虬，實質上即以何劭、張華的贈答詩作爲楷模，而何、張詩旨正是遊仙詩之典型，《詩品》入中品。因此，如果視陳《序》爲“革新”，其標榜的只是中等的、重雕琢的晉代之後的遊仙詩，而不是漢魏風骨。

第八篇研究中晚唐詩詞中的誤入桃源主題。誤入桃源的故事在唐代詩詞中成爲了一個熟典。初盛唐較多敷演陶淵明的《桃花源記》故事，但自中唐起，南朝劉義慶《幽明録》所載的劉晨、阮肇入山故事則成爲了詩人們寄寓的流行本事。本文集中探討劉阮入山遇美女，出山後故里蕭條，人間已歷七世的遭遇的故事，如何在唐代詩詞中被賦予新的意涵。論述主要就兩方面進行，一是劉阮故事的政治寄託，二是此故事的宗教轉向，同時成爲了士子風流生活的喻象。前者主要見於劉禹錫的政治諷刺詩，後者則在唐詩中綻放出美麗的花朵。故事中的洞中女子被“仙化”，成爲唐代女冠和風月女子的喻體，産生了一首首詩詞名篇。

第三部分“仙道法術”收論文四篇。第九篇考論阮籍和嵇康的尋“仙”。三國魏阮籍曾訪孫登於山中，嵇康更從孫登遊三年，又從王烈入山學仙。阮嵇的思想行爲頗受孫王的影響，因此，弄清二人尋“仙”的經歷有助於更深入地理解二人的生平思想。本文利用各種正史、野史、筆記、史注、地志等文獻，理清各種記載中的矛盾、遺缺、誤記等現象，考訂出阮籍生平曾兩次訪孫登，其後嵇康亦從孫登遊並訪王烈。文中還考定了這些史事的具體時間。

第十篇題爲《早期道教詩歌中的“玉華”意象與玄境之遊》。“玉華”一詞在早期文獻中指玉造之華(花)，是戴於馬首之飾物。此詞在道教文獻中的含義獨特，在道門內部尤其是上清派的修煉活動中擔演著重要的角色。從文學角度考究，玉華意象爲傳統“飛升”文學主題作了新的開拓發展。本文通過考察早期道教典籍，討論玉華的幾種含義，如玉女之名、耳旁的頭髮、額門頭髮、修煉成果等。這些不同的含義在道士的修煉活動中扮演著不同角色，並對玄境之遊這個文學和宗教的主題從不同方面作了重要的貢獻。

第十一篇對一部上清派籙文進行了文獻文學研究。本文嘗試從文學及文獻學角度，研讀道教上清派經典之一《上清高聖太上道君洞真金元八景玉籙》。文中首先通過文獻互證探究經文的文本層次(textual layer)結構，論證此經與上清派衆經之祖《上清大洞真經》的關係。《玉籙》雖以“籙”爲體，但主要寫太上大道君的生平和功德，在行文上體現了上清經以意象飛揚爲主的藝術手段。本文結合上清派存思理論審視《玉籙》的誦讀與文學的交叉關係，從而確認此經和上清經系作品的文學性，是道教修煉的重要手段之一。

第十二篇從曹娥投江尋父的關係文獻考察早期民間尋找溺水者遺體的法術。曹娥投水的記載，首見於東漢《孝女曹娥碑》，其中並未記述曹娥如何尋得在祭祀伍子胥的儀禮中遇溺的父親的屍首。這個記載首見於東晉虞預所撰《會稽典録》，見引於《世説新語》劉孝標注。文中記載曹娥“投瓜於江”，十七日後“瓜偶沉”，娥得父屍，自投江中。但由於文獻編者不審民間投瓜尋溺水者的做法，《世説》注便被改成“投衣”，注者乃按漢代招魂傳統解説曹娥故事。本文通過考釋《世説》各種版本，以及關於溺水故事的各種文獻如《幽明録》、《搜神記》等，加以地志、正史、類書等相關文獻，論證了“投瓜”之不誤，並斷定今日南方投瓜尋溺水者的做法自古已有。

第四部分“文集考證”收論文兩篇。第十三篇從《楚辭》的“經傳”結構探討其作者問題。今本《楚辭補注》殘留的綫索，爲唐代《楚辭釋文》的重構提供了重要條件。從《釋文》的結構又能追溯前代《楚辭》的編次情況，其中以《離騷》爲“經”，其餘各篇爲“傳”的體例自古有之。本文從古文獻學對“經”和“傳”的理解和定義，劉向編集《楚辭》及其他古文獻的概況和原則，以及簡帛書寫和古籍目録編纂等方法習慣，考定出早期《楚辭》的編訂反映了以《離騷》爲經，其他《楚辭》作品爲傳的思想，從而推斷《離騷》爲屈原之作，其他則出自其“弟子”或“學派”之手。

第十四篇研究王勃的《入蜀紀行詩》的文獻歷史和結構。初唐四傑中的王勃少年得志，但在任職沛王侍讀期間因戲撰《檄英王雞》文而觸怒高宗，被逐出王府，於總章二年(669)“自長安觀景物於蜀”。現存王勃集内有一篇《入蜀紀行詩序》，又有一些明顯寫於赴蜀途中和蜀中的詩作，但這些詩中有哪些和如何被認定原屬於王勃《入蜀紀行詩》三十首，則有待考訂。本文從文獻學、目録學、地理學等角度，研究並重構這部小集的内容。重構工作的一個重要方面是王勃自編此詩集的動機：他自言“投諸好事”，此小集顯然是他重返長安參選、提高聲望的一塊敲門磚。因此，《入蜀紀行詩》的重要地位在於它是現存最早的唐人干謁詩集。

以上十四篇論文都是以文學傳統和文本爲研究基礎，從歷史文化的多角度進行探索。這些文章大致勾勒了筆者這些年的研究方向和方法。這次以中文出版這些論文，期望求教於中文學界的學者專家們，得到新的刺激和啓發，以補筆者各方面的淺陋不足。

筆者已徵得原來刊載拙文的期刊和書籍的編輯先生或負責先生們同意，把原文翻譯成中文，結成此集出版，特表謝意。兹將十四篇拙文的英文發表詳情臚列：

1. “A New Reading of an Early Medieval Riddle：‘Utterly Wonderful，Lovely Words’?” *T'oung Pao* 99 (2013)，1-35.

2. “As the Crickets Stridulate：Texts and Textual Weaving in the

'Ballad of Mulan.'" *Willow Catkins: A Festschrift for Dr Lily Xiao Hong Lee on the Occasion of Her 75th Birthday*, ed. Barbara Hendrischke, Susan Wiles, and Shirley Chan. Sydney: The Oriental society of Australia, 2014, pp. 3–37.

3. "Dedication and Identification in Wang Bo's Compositions on the Gallery of Prince Teng." *Monumenta Serica* 50 (2002), 215–55.

4. "Wall Carvings, Elixir, and the Celestial King: An Exegetic Exercise on Du Fu's Poems on Two Palaces." *Journal of The American Oriental Society* 127.4 (Oct.–Dec. 2008), 471–89.

5. "Literary Criticism and the Ethics of Poetry: the 'Four Elites of the Early Tang' and Pei Xingjian." *T'ang Studies* 15–16 (1997–98), 157–82.

6. "The 'Ganyu' of Chen Ziang: Questions on the Formation of a Poetic Genre." *T'oung Pao* 87 (2001), 14–42.

7. "A Reevaluation of Chen Ziang's 'Manifesto of a Poetic Reform.'" *Journal of the Oriental Society of Australia* 36 (2004–05), 56–85.

8. "A Tale of Two Worlds: The Late Tang Poetic Presentation of The Romance of the Peach Blossom Font." *T'oung Pao* 94 (2008), 209–45.

9. "Ruan Ji's and Xi Kang's Visits to Two 'Immortals.'" *Monumenta Serica* 44 (1996), 141–65.

10. "'Jade Flower' and the Motif of Mystic Excursion in Early Religious Daoist Poetry." Alan K. L. Chan and Yuet-Keung Lo, eds. *Interpretation and Literature in Early Medieval China*. New York: State University of New York Press, pp. 165–87.

11. "The Quest of Lord of the Great Dao: Textual and Literary Exegeses of a Shangqing 'Register' (HY 1378)." *T'ang Studies* 26 (2008), 143–73.

12. "Searching for the Bodies of the Drowned: A Folk Tradition of

Early China Recovered." *Journal of The American Oriental Society* 129.3 (2009), 385-401.

13. "The *Jing/zhuan* Structure of the *Chuci* Anthology: A New Approach to the Authorship of Some *Chuci* Poems." *T'oung Pao* 84 (1998), 293-327.

14. "Restoration of a Poetry Anthology by Wang Bo." *Journal of the American Oriental Society* 124.3 (2004), 493-515.

本書所依據的學術論文撰寫規範,基本上以美國芝加哥大學編寫的 *The Chicago Manual of Style* (15th edition) 爲準。注脚中徵引的文獻之刊刻、出版等詳情,均在書後所附書目中列明。

本書的序言邀得業師柯睿撰寫,又得袁師行霈親筆題寫書籤,榮幸之至。對於師長、同學、同行、好友以及各贊助單位對筆者的教導、襄助、勖勉和支持,俱在本書的"後記暨鳴謝"中表達謝意。

第一部分

名作新析

“幼婦”與“外孫”：“絶妙好辭”新解

引論

本文嘗試採用新的方法和角度，解讀一個相信作於四世紀我國東南方的著名謎語。這個謎語載於一篇名爲《孝女曹娥碑》（下稱《曹娥碑》；該謎語則稱爲《曹娥謎》）的銘刻文字之末，該文現存最早的本子，是藏於遼寧省博物館的一個手抄絹本①。《曹娥謎》的謎面、謎底連同解説見於劉義慶（403—444）編纂的《世説新語・捷悟第十一》。儘管前人已拆解了這個謎語，但却無人就其創作背景、文體理論和解讀方法等作出探討。本文試圖就這些方面解答：《曹娥謎》的謎面與謎底有何關係？《曹娥謎》的時代背景及文獻背景如何？這些背景因素對這個謎語的表達和解讀方式有何影響？

我國的謎語起源甚早，約成熟於戰國時期（前 475—221）②。徐鉉（916—991）曰：“謎，隱語也，从言迷，迷亦聲，莫計切。”③知“謎”的作用是

① 影印本見《文物精華》第二集，頁 24—25，題作《晉王羲之小楷曹娥碑》。
② 錢南揚《謎史》，頁 251；楊汝泉《謎語之研究》，頁 4—10。
③ 《説文解字》卷三上，頁 18a，徐鉉“新附”。

“迷”以“言”。早在人們使用“謎”字以前,其意由“讔”、“廋”二字表之,均含“隱藏”之意①。《荀子·賦篇》的“謎”樣寫作風格是謎語發展的里程碑,而賦這個文學樣式也成爲了謎語寫作的主要載體②。“讔”和“賦”這兩個概念代表著謎面的兩個重要作用。Andrew Welsh 對謎語所下的一般定義是:“謎語的形式爲一問一答,即一個具迷惑性的問題和一個‘正確’答案,這個答案能刺中問題的中心的朦朧曖昧的特質。”“讔”和“賦”這一對概念的功能分别爲“隱藏”和“闡述”,二者結合則構成一個矛盾修辭(oxymoron)現象,但如 Andrew Welsh 所言:“在一個‘真正的謎語’裏,問題即代表‘描述’(以特定的形式,即借用彼物描述此物)和一個‘障礙物’(牴牾或惑亂的描述)。”③一如《賦篇》展現的情況。這種中外皆然的基本結構在中國謎語的悠長歷史中一直維持不變。

劉勰(約 465—約 522)《文心雕龍·諧隱》是謎語的較早而有系統的專論,但文中有兩個重要問題並未作闡釋。首先,他既以魏朝(220—265)爲真正意義上的“謎語”的成立期,却並没有對魏前出現的這類文體作定位,也没有舉出魏朝謎語的例子。因此,如欲歸納早期謎語的一般特點,可資使用的實例闕如。劉勰留下的第二個謎團是:他爲什麼没有提及一個相傳爲蔡邕(133—192)所作的著名謎語《曹娥謎》? 歷史上的蔡邕是漢代一位著名作家,而《曹娥謎》十分有名,被視

---

① “廋”的本義是“隱”。見《輶軒使者絶代語釋别國方言》卷三,頁 12b。此書作者舊説作揚雄(前 53—公元 18),但其作年被證實不早於應劭(活躍於 178 年)時。見永瑢(1744—1790)等《四庫全書總目》卷四十,頁 340a。“讔”也指“隈”,其含義“隱藏”引出“搜索”或“顯現”的意思;於是“讔”被視作“搜”的假借字。見《漢書》卷七十六《趙廣漢傳》,頁 3204,顔師古(581—645)注。“廋”字《玉篇》釋爲:“隱匿也,求也,索也,隈也,亦作搜。”見顧野王(519—581)《宋本玉篇》下,卷二十二,頁 15b。

② 《荀子》賦篇第二十六,卷十八,頁 313—320。David R. Knechtges, “Riddles as Poetry: The *Fu* Chapter of Hsün-tzu,” 1—31; 姜書閣《先秦辭賦原論》,頁 156—195;畢庶春《荀況〈賦篇〉芻論》,頁 13—19。漢朝時有十八篇作品輯録並命名爲《隱書》,見《漢書》卷三十《藝文志》,頁 1753,注 2 顔師古注。

③ Andrew Welsh, “Riddle,” 1071: “A riddle takes the form of a question and answer, i. e., a deceptive question and a ‘right’ answer which pierces some central ambiguity in the question. In a ‘true r.,’ the question presents a ‘description’ (in one form, something described in terms of something else) and a ‘block element’ (some contradiction or confusion in the description.)”

爲中國歷史上第一個字謎①,却未被劉勰用作例子。

本文主旨並不是要臆測劉勰爲何没有提及這個謎語,而是試圖爲此謎語提供更合理的解讀方式。《世説新語·捷悟》載《曹娥謎》的解讀首尾看似十分完滿,於是人們也就没有注意該謎語尚有什麽問題。其中一個至今被忽視的重點是,人們一直認爲謎面"黄絹幼婦外孫齏臼",是各自獨立、互無聯繫的八個字;謎底則是帶有獨立意義的"絶妙好辭"。本文重點論述並重構《曹娥謎》的謎面和謎底各自的含義及其相互關係。這些意義形成了謎面和謎底相輔相成的關係,即謎面提示了謎底,謎底豐滿了謎面内容,二者構成一組完整且有意義的敘述性文字。這樣的論述首先必須重構漢代謎語創作的一項重要功能——溝通。以下討論除了以劉勰的觀點作爲謎語一般特點的重要根據,也會集中審視一些漢代例子的背景,此外亦對以後世相關的謎語作品作分析,論證並支持謎語寫作和解讀的理論。

一個紀念性的謎語

《曹娥謎》附於絹本《曹娥碑》正文末尾,碑文内容一般相信是由王羲之(303—361 或 321—379)從一方東漢的石碑轉抄到絹布上②。碑文内容由一段散文體的序和一篇四言頌詞構成。碑文最初是爲了紀念一位十四歲名叫曹娥的少女而作。漢安二年(143),曹父在一次祭祀伍子胥的法事中溺死於今浙江上虞的一條河(今名曹娥江)中,曹娥爲尋找父親遺體而入水遇溺,犧牲了自己的性命。八年後即元嘉元年(151),縣令度尚(115—

---

① 李林德(Lindy Li Mark)指出了字謎(orthography riddles)"與占卜和語言魔力密切相關",並認爲字謎的"問法和其他謎語、隱語和字謎没有什麽不同"。("[Orthography riddles'] close relationship to a type of divination and to word magic" ... "[they] are propounded no differently from other riddles, enigmas, and puzzles.")這兩點對於中國謎語史的情況較合用。字謎採取的不是俄忒普斯王(Oedipus Rex)破解斯芬克斯(Sphinx)之謎或《荀子·賦篇》"一問一答"的形式,論見下文。見 Mark,"Orthography Riddles, Divination, and Word Magic: An Exploration in Folklore and Culture," 44。

② 黄伯思(1079—1118)認爲這篇碑文由王羲之轉抄。中田勇次郎則認爲絹本可能成於 358 年,如不是,則至少是個晉朝抄本,由某南朝人傳抄。見中田勇次郎《中国書論集》,頁 139。楊仁愷的結論相同,見楊仁愷《晉人書曹娥碑墨跡泛考》,頁 281—284。徐邦達則持論不同,認爲絹本是 839 年或更晚的抄本,但其母本爲東晉本。見徐邦達《古書畫僞訛考辨》第一册,頁 34—35。

166)囑一個名爲邯鄲子禮的人撰寫有關此事的碑文,高度讚揚曹娥的犧牲精神①,曹娥因此而成爲不朽的道德楷模②。

由於《曹娥謎》附於碑文之後,創作目的也是爲了紀念曹娥故事,因此,在分析謎語前必需先瞭解碑文的大要。以下是序文的相關內容:

> 孝女曹娥碑③
>
> 孝女曹娥者,上虞曹盱之女也。其先與周同祖,末胄景沈,爰來適居。盱能撫節安歌,婆娑樂神。以漢安二年五月,時迎伍君④,逆濤而上,爲水所淹,不得其屍。時娥年十四,號慕思盱,哀吟澤畔,旬有七日,遂自投江死。經五日,抱父屍出。

此下便是大段對曹娥的頌詞。碑文末尾是兩句難懂的附言,即《曹娥謎》和一則預言。其文曰:

> 黄絹幼婦外孫齏臼
>
> 三百年後碑冢當墮江中當墮不墮逢王叵

第二組附言爲讖語,意義深奧難懂,至今未有讓人滿意的解釋。筆者自撰

---

① 《古文苑》所收《曹娥碑》以邯鄲淳(活躍於 190—220)爲作者。見《古文苑》九卷本(《岱南閣叢書》本)卷八,頁 9b—10b;二十一卷宋章樵注本(《叢書集成》本)卷十九,頁 434—437。九卷本的《古文苑》年代較二十一卷本早。邯鄲淳儘管是著名文人但不可能撰寫《曹娥碑》,因當時年紀太小。見洪适(1117—1184)《隸辨》卷八,頁 57a。

② 見拙著:Chan, *Considering the End: Mortality in Early Medieval Chinese Poetic Representation*, 63-64.

③ 所據版本爲《文物精華》第二集(頁 24—25)所載原件照片;缺字則據九卷本《古文苑》(卷八,頁 9b—10b)所載的《曹娥碑》補人。

④ 春秋時吳國忠臣伍子胥被吳王夫差(前 495—前 473 在位)逼令自殺,遺體被塞人麻袋並投入河中;傳説他成爲錢塘地區(今杭州)興風作浪的鬼魂。見趙曄(活躍於公元 40 年)《吳越春秋》卷五,頁 66;《史記》卷六十六《伍子胥列傳》,頁 2180;王充(27—約 97)《論衡》書虛篇,頁 37—38。據説端午節的起源就是爲了祭奠並安撫這位憤怒的神靈。見戈春源《端午節起源於伍子胥考》,頁 93—94;聞一多(1899—1946)《端午考》,《聞一多全集》第 1 册,頁 221—224,聞一多旁徵博引,論述了端午節紀念何事何人的多種可能,包括屈原、介子推(公元前七世紀中葉)和伍員。

鄙陋,在没有任何綫索的情况下不敢貿然嘗試解讀①。本文試圖討論的是第一組附言,筆者認爲其含義豐富,有探討的餘地和必要。

文本背景與解讀概况

一般認爲《世説新語》是最早記載《曹娥謎》、其謎底及其解釋的文獻,遂成爲最廣爲接受的版本。然而有一個更早的文獻記載了此謎語,它的知名度雖不如《世説》,但却使謎語的紀念作用和解讀方式更加複雜。魚豢(三世紀初)生活於曹娥死後幾十年,較劉義慶早約兩百年之久,其《典略》所載有關該謎語的軼聞如下:

> 修[按:即楊修(175—219),字德祖]有才智。魏文[按:即曹丕(185—226;在位:220—226)]爲世子,歷陳太丘[按:即陳寔(104—187)]碑,過見碑題曰:“黄絹幼婦,外孫韲臼。”魏文思之不解,問德祖,即答曰:“陳寔之墓,蔡邕之詞,鍾繇(151—230)寫之。此絶妙好辭也。”②

引文的寫作時間雖早,但此處出現的《曹娥謎》一定引自一個更早敘寫曹娥悲劇的文獻。陳寔爲潁川許縣(今河南省許昌)人,據史載,除早年

① 陳勝長稱已破解了這個謎語。他引用了許多文獻,猜測這兩句讖語組成的是王羲之的“署名”。見陳勝長《絹本〈孝女曹娥碑〉墨跡考辨(節録)》,頁 269—271。儘管以這種字謎“署名”的方式是中古時期所常見(論見下文),但很難證明這個讖語就是王羲之的署名。

② 魚豢《典略》,見引於孫逢吉(1163 年進士)《職官分紀》卷五,頁 50a/b。類似引文又見於李廷忠(1181 年進士)《橘山四六》卷十五,頁 18b。兩種文獻所引都以曹丕對楊修的回答作結:“才與不才,相較四十里也。”這引文的後半部分的敘述缺乏連貫性,似爲衍文。“四十里”似乎出自下引的《世説新語》故事,雖作“三十里”但故事來得更完整。孫逢吉和李廷忠的引文大概不是直接來自《典略》的完整版本。《隋書·經籍志》(卷三十三,頁 961)載:“典略八十九卷魏郎中魚豢撰。”而《舊唐書·經籍上》(卷四十六,頁 1989、1994)則言:“《魏略》三十八卷魚豢撰。……《典略》五十卷魚豢撰。”《典略》在宋初書志已不見著録,如《新唐書·藝文志》、《崇文總目》等是。歷來有疑魚豢所著《典略》和《魏略》是否爲同一部書。興膳宏、川合康三以爲二書本爲一體,《舊唐書》將之分割著録。見《隋書經籍志詳攷》,頁 299。金毓黼在其《中國史學史》(頁 55)對《隋書》和《舊唐書》著録的卷數不同解釋曰:“《隋志》作《典略》八十九卷,此實爲《魏略》、《典略》之合本,應作《魏略》五十卷,《典略》三十九卷。”他同意《舊唐書》的記載,即《魏略》含五十卷。羅秉英對此並没有提出明確觀點,但深入探討了兩部文獻的關係,見羅秉英《〈魏略〉與〈典略〉關係試探》,頁 87—93。

嘗避隱陽城山(在今河南登封縣),任聞喜(今山西聞喜縣)長旬月,其餘任職皆在今河南境内,"年八十四,卒于家"①。因此,其墓不應在偏遠的東南海隅會稽,即《曹娥謎》的出處《曹娥碑》的最早出現地點。也許有人會反駁説《曹娥碑》抄本的作者從陳寔墓志"借用"此謎,但觀謎語内容和陳寔生平没有任何聯繫;而據宋明本的蔡邕集所載的《文範先生陳仲弓碑》,當中並没有關於謎語的任何綫索②。謎語與紀事的内容必須有所關聯,這是謎語寫作的基本要求;而《曹娥謎》創作之初肯定與曹娥故事有所聯繫(論見下文)。筆者認爲由於《曹娥謎》精巧且有名,鍾繇"借用"它並刻於陳寔碑上。换言之,這個謎語的名氣將其"帶"到許縣;下文將會論述此謎的名氣也把曹操(155—220)和楊修"帶"到會稽一帶。從曹娥故事主題譜系考察,我們發現相關敘事中的主人公也發生過變化,即曹操變成了曹丕,楊修則變成了禰衡(173—198),而少女曹娥變成了成人後的曹娥的魂靈。這些變化都是從同一個初始文本而衍生的擴寫、再創造和改寫活動的結果③。

就結構而言,曹娥故事、銘文及其兩則難懂的附言構成了一個完整文本。儘管這幾個部件各自的寫作年份並不十分確定,但最晚不過東晉時(317—420)都已在流傳。鐫刻於東漢時的石碑已不存世,但碑文内容却保

---

① 《後漢書》卷六十二《陳寔傳》,頁 2065—2067。據蔡邕《陳太丘碑文》,陳寔"時年已七十,遂隱丘山,懸車告老,四門備禮,閑心静居",雖"前後招辟","皆遂不至","年八十有三,中平三年八月丙午,遭疾而終。臨没顧命,留葬所卒"。文中没有交代陳寔葬處,只能推測是他的家鄉許地。見《文選》卷五十八,頁 12b—13a。

② 福本雅一則認爲是《曹娥碑》從《陳太丘碑》"借用"了這個謎語,因爲前者爲僞作,而且其内容亦如王鳴盛和啓功所説够不上"絶妙好辭"的盛譽。見福本雅一《再論　孝女曹娥碑をめぐって》,頁 44—47。蔡邕《陳太丘碑文》(《文選》卷五十八,頁 11b—14b),一名《文範先生陳仲弓碑》,見張溥(1602—1641)編《蔡中郎集》,《漢魏六朝百三名家集》卷二,頁 38a。此文的英文譯注見 Mark Laurent Asselin(安民輝), *A Significant Season: Cai Yong (ca. 133–192) and His Contemporaries*, 265–69, 413–29.

③ 《世説新語箋疏・捷悟第十一》,第 3 條,頁 580,劉孝標注引《異苑》。王昶(1724—1806)對有關《曹娥碑》立碑的所有故事持懷疑態度,例如,他質疑魏朗(卒於 168 年)和邯鄲淳是否《曹娥碑》作者,也提出地理和歷史證據反駁蔡邕撰寫《曹娥謎》以及蔡曾到訪東南之説。見王昶《金石萃編》卷一四〇,頁 22b。福本雅一對《曹娥碑》的相關故事細節、歷史地理背景和人物等作了詳細的考察,指出其中的不符合歷史事實,對《碑》和《謎》的真實性持否定態度,認爲是唐人僞作,收入《古文苑》;又以爲遼寧博物館所藏的絹本《曹娥碑》亦爲僞作,是《古文苑》本所本。見福本雅一《孝女曹娥碑をめぐって》,頁 125—130;《再論　孝女曹娥碑をめぐって》,頁 33—37。

存於絹本,此絹本一般認爲是東晉時期的産物①。這個繫年,在兩種記載曹娥故事和謎語的文獻中得以印證,分别是虞預(活躍於四世紀初)的《會稽典録》和裴啓(活躍於四世紀中末葉)的《語林》。下文論述將引用這兩部著作的現存片段②。

較諸上文魚豢對《曹娥謎》及其謎底的敘述,《世説新語·捷悟》的一則幽默軼聞所記内容更爲詳盡。這則軼聞記載了曹操和楊修的一段對話。其文曰:

> 魏武嘗過曹娥碑下,楊修從,碑背上見題作"黄絹幼婦,外孫齏臼"八字,魏武謂修曰:"解不?"答曰:"解。"魏武曰:"卿未可言,待我思之。"行三十里,魏武乃曰:"吾已得。"令修别記所知。修曰:"黄絹,色絲也,於字爲'絶';幼婦,少女也,於字爲'妙';外孫,女子也,於字爲'好';齏臼,受辛也,於字爲'辭'。所謂'絶妙好辭'也。"魏武亦記之,與修同,乃歎曰:"我才不及卿,乃覺三十里"③。

這個著名的字謎在《世説新語》和絹本《曹娥碑》中都没有注明作者,這引起了學術界的懷疑④。早有劉孝標(458—521 或 522)對此謎語的可信

① 見拙著:Chan "Searching for the Bodies of the Drowned: A Folk Tradition of Early China Recovered," 387, n. 7。

② 有關《會稽典録》的論述,見拙著:Chan, "Searching for the Bodies of the Drowned," 387—388, *et passim*;中譯本《從曹娥投江關係文獻考察早期民間尋找溺水者遺體的法術》,見本書。裴啓在世時,其《語林》已被禁止流通。據説謝安(320—385)不滿裴啓在其書中對謝的評價,遂下令禁其書。見周征松《魏晉隋唐間的河東裴氏》,頁 46—48;姜廣振《論裴啓〈語林〉一書亡佚的原因》,頁 11—14。魯迅(1881—1936)對《語林》佚文作輯佚工作的成果收入其《古小説鈎沈》頁 5—36,名爲《裴子語林》。魯迅以前馬國翰(1794—1857)已有輯佚,收入其《玉函山房輯佚書》。近年更完整的版本爲周楞伽輯校的《裴啓語林》,周氏在此書的前言(頁 6—8)亦論述了《語林》散佚的本末。

③ 《世説新語箋疏·捷悟第十一》,第 3 條,頁 579;英譯見 Richard B. Mather(馬瑞志), *Shih-shuo Hsin-yü: A New Account of Tales of the World*, 293。《世説新語》的其他三個故事(捷悟十一,第 1、2、4 條,頁 578—581)和《後漢書》的一個故事透露了曹操和楊修之間的矛盾。曹嫉妒楊,楊之恐懼,也源自楊修與袁術(卒於 199 年)的舅甥關係,袁術是曹操的敵人,最終曹操託辭陷害楊修並殺害了他。見《後漢書》卷五十四《楊修傳》,頁 1789、1790,注 3 李賢(654—684)注引《續漢書》。

④ 李林德認爲《世説新語》所載的《曹娥謎》是五世紀産物。見 Li, "Orthography Riddles," 45。

性提出質詢:“按曹娥碑在會稽中,而魏武、楊修未嘗過江也。”①《世説新語》的記載出自裴啓於東晉哀帝隆和元年(362)作成的《語林》②,和虞預完成其《會稽典録》的時間大致相同,而《會稽典録》是最早標明蔡邕作《曹娥謎》的文獻。裴啓(或其參考文獻的作者)所記的這個謎語是刻於碑陰的,亦不注明作者。裴文曰:

> 曹公至江南,讀《曹娥碑》文,背上别有八字,其辭云:……③

蔡邕既負盛名,那麽爲何這則記載没有提到他是作者?絹本《曹娥碑》據説抄寫於東晉昇平二年(358),較裴啓的記載早四年,當中的確寫明蔡邕是謎語的作者。這一點並不是唯一的差異,絹本敘述了一個更完整的故事:

> 漢議郎雍聞之來觀,夜闇,手摸其文而讀之。雍題文云:……

即使《會稽典録》是最早記載以上事件的文獻,但絹本《曹娥碑》中所見的後加的兩個成份——蔡邕到訪的軼聞和“三百年後”預言(見上文引),顯得十分蹊蹺,因爲虞預在《會稽典録》中並没有提及。但又如何解釋這個謎語爲何出現在魚豢的早期記載中?魚豢記載鍾繇最早轉抄了這個謎語;由此推論,鍾繇的謎語手抄本(可能連同《曹娥碑》)較諸傳爲王羲之手抄的

---

① 李廷忠回應劉孝標的質疑,認爲上文所引的《典略》應該正確,即《曹娥謎》内容屬陳寔墓碑文的一部分。見李廷忠《橘山四六》卷十五,頁 18b。姚旅(十七世紀初)引用李廷忠的觀點並加以補充,“唯是碑辭爲邕撰,則題黄絹者又不應是邕矣。”見姚旅《露書》卷二,頁 23a/b。

② 《世説新語箋疏·輕詆第二十六》,第 24 條,頁 844,劉孝標注引《續晉陽秋》。《語林》的寫作時間據魯迅《中國小説史略》,頁 60。蕭虹對比《語林》和《世説新語》二書,認爲《語林》早於《世説新語》,但没有舉《曹娥碑》爲例。見 Lily Hsiao Hung Lee(蕭虹),“Yü-lin and Kuo-tzu: Two Predecessors of Shih-shuo Hsin-yü,” 360—372。

③ 《裴啓語林》,頁 15—16。周楞伽指此段記載所根據的版本是王朋壽(十二世紀初至十三世紀初)編的《重刊增廣分門類林雜説》卷四,頁 9a,當中記載了楊修陪同曹操到訪汝南(今河南省南部)。這部書出自初唐于立政(卒於 679 年前)的《類林》。見拙著:Chan, “Searching for the Bodies of the Drowned,” 391, n. 18。章樵二十一卷本《古文苑》引《語林》開頭曰“楊修至江南”。章本與一部唐代文獻所引幾乎完全相同,見李瀚(八世紀)《蒙求集注》卷一,頁 102a/b。章李本所屬的文獻譜系似與王朋壽本的譜系不同。

《曹娥碑》更早存在。再者,此謎語出現在陳寔墓以前,蔡邕一直就被認爲是謎語作者。這種理解可以説明蔡邕確實在探訪碑文時作此謎語,儘管這則軼聞的可信性一直受到質疑。

謎面與謎底的相互關係

謎語這種文體雖源遠流長,《曹娥謎》却是中國歷史上第一個“文謎”①。其後所有運用同樣寫作手法的謎語都被歸類爲“會意體”中的“曹娥格”②。“曹娥格”的主要特點是運用“析字”這個傳統修辭手法③。下文將通過整合説明“曹娥格”謎語的特點,作爲解讀謎語的新綫索。

謎語由兩個相輔相成的部件組成:謎面爲謎底提供綫索,謎底補充並對應謎面之義;兩部分組成一個完整的含義。更重要的是,謎語的兩

---

① “文謎”强調了謎語“文”的特質。這個中國的概念和 Andrew Welsh 的定義並不完全一致:“文謎歷史悠久,見於梵文……也許中文裏也有(有十二至十三世紀中國文謎的例子,儘管没有文字記載)。”文謎“實質上是技巧純熟的詩人對民間謎語的基本形式加以擴展發揮而成的仿作。文謎一般傾向於較長和較精致的表達(如意大利文藝復興時期的十四行詩)。文謎和民間謎語的顯著差異是前者以抽象概念爲題(如創造、謙卑、死亡、智慧等),使用擬聲法,樂道寓意淫穢事物,甚至在文中或標題漏出答案”。Welsh, “Riddle,” 1071: “literary riddle has a long history, appearing in Sanskrit ... and perhaps in Chinese (there is evidence, though no texts, of literary riddling in China in the $12^{th}-13^{th}$ *cs.*).” “[The literary riddle] is essentially an imitation of the folk riddle by a sophisticated poet, who may develop the possibilities and expand the limits of the basic form. Literary riddles tend toward longer and more elaborate expression (sonnets, e. g., in Renaissance Italy). In contrast to folk riddles, they may use abstractions as topics (e. g., creation, humility, death, wisdom), exploit the device of prosopopoeia, delight in obscene suggestions, and even give away the answer in the text or title.”

② 楊汝泉《謎語之研究》,頁 35、46—47。

③ 劉勰將其法之一稱爲“體目文字”。范文瀾注以《曹娥謎》爲例,還説:“然離合解説之法,讖緯中固多有之矣。”見《文心雕龍註》卷三,頁 271、280,注 21。另可參看 Jack Dull(杜敬軻),“Historical Introduction to the Apocryphal (Ch'an-wei) Texts of the Han Dynasty,” 188—207;Tidiana Lippiello(李蒂),“Interpreting Written Riddles: A Typical Chinese Way of Divination,” 41—52。有關析字及其他與謎語相關修辭的論述,見陳望道《修辭學發凡》,頁 148。杜敬軻對讖的定義是“預言或占卜”;緯則是“‘經’的對應,‘經’本指紡織物之縱向紗綫,用作中國的經書之義,‘緯’則是本指紡織物的横向紗綫,意指經書賴以成爲完整體系的成分。一般以爲緯書具有傳達經典的另一半真理的作用。”Dull, “Historical Introduction,” 6—7: “[*ch'an* is] prognostication or divination”; “[*wei* is] the counterpart of the *ching*, which literally means the warp or lengthwise threads of a fabric but is used as the general term for the Chinese classics. *Wei* thus means the woof or transverse threads of a fabric, but carries the idea of that which completes the classics; the *wei* supposedly conveyed the other half of canonical truth.”

部分中所有元素的出現都不是隨意而無目的的,每個元素都含有實義。最早定義謎語這種文體的理論著作是劉勰的《文心雕龍·諧隱》:

謎也者,回互其辭,使昏迷也。或體目文字,或圖象品物,纖巧以弄思,淺察以衒辭,義欲婉而正,辭欲隱而顯①。

劉勰定義的重點在於謎面的寫作技巧,作者須對語言有嫻熟的駕馭能力。這一點説明了謎面須具意義,在劉勰看來,謎面是謎語的重要組件②。

雖然劉勰並没有明確指出謎底和謎面同樣重要,但是謎底對於構成一個謎語是同樣重要的一環。謎面和謎底的關係實際上構成了作者和讀者溝通的一個循環系統。楊汝泉對謎面和謎底的論述以及一些關於謎語寫作的原則,有助分析作者與讀者間的溝通:

吾以爲(一)面者謎之經,底者謎之緯,以緯穿插入經,謎體乃立。(二)表於外者謂之面,蓄於内者謂之底,外所以啓示其内,内所以應合其外;表於外者爲形狀,蓄於内者爲思致,思致者形狀之母,以是知謎面雖爲謎語之主題,而主之者則爲謎底③。

楊氏的論述重點在於謎底的決定性作用,這一點對劉勰對謎語的定義作了重要補充。楊氏又指出了一個關鍵的前提條件:

大底製謎必先擇底,相其能中繩尺與否,然後因材器使:摭拾成語,或搜討典實以合之。如面不稱底,寧棄置之,蓋底可按圖而索,面則萬不能開卷以求也④。

---

① 《文心雕龍註》卷三,頁 271。

② 這條規則歷來都是金科玉律,例如,李敬信等人將這條規則置於首位:"謎面要成文。"見《中國的謎語》,頁 185。

③ 楊汝泉《謎語之研究》,頁 68。

④ 同上注。

楊氏對謎語原理的闡述隱約透視了作者與讀者溝通的重要性。他建議避免寫牽强的和不恰當的謎面,這很能體現在大多數的早期謎語中。

後漢時期的原始謎語

劉勰認爲中國首個謎語源自魏朝,一定有其充分理據。隱秘文字自西漢起數量衆多,東漢時蔚爲大觀[①]。以政治爲目的之預言文字不能算作謎語,因爲這些作品中一問一答的形式不明顯。儘管中國漢朝的隱秘文字和古希臘的斯芬克斯(Sphinx)之謎語均難溯其源,但前者大都是預言性的,而且“謎底”從不出現;而斯芬克斯之謎要求解謎人必須給出答案,否則會喪命;當輪到俄狄浦斯(Oedipus)出題時,斯芬克斯也必須回答謎底是什麽。漢朝的隱秘和預言性文字有暗示答案的顯著特點,因此可歸類爲“原始謎語”。這些中國謎語的前身即顯示了上述謎面和謎底的關係,據它們的特點可理出一些關於謎語寫作的規律性特點。

下文引述的晚漢時期例子,印證了楊汝泉的理論。要言之,即謎底的關鍵作用在於通過謎面含義引領整合該謎語的完整意思。這些例子從性質上可歸類爲“字謎”(logogriph)。以下的字謎是一首有名的風謠,以玄奥雙關之短句,預示董卓(卒於192年)政治權力的下場:

千里草,何青青;十日卜,不得生[②]。

從結構上看,這四句組成了“謎面”,而“猜謎”成分則在首句和第三句。范曄(398—445)通過解讀這個字謎生動展示了當時的政治概況:

案千里草爲董,十日卜爲卓。凡別字之體,皆從上起,左右離合,無有從下發端者也。今二字如此者,天意若曰:卓自下摩上,以臣陵君

① Dull, “Historical Introduction,” 152-230.《緯書集成》,頁35—46。

② 《後漢書》卷十三《五行志一》,頁3285;《三國志》卷六《魏書・董卓傳》,頁179,裴松之(372—451)注引《英雄記》,歌的末句作“猶不生”。

也。青青者,暴盛之貌也。不得生者,亦旋破亡①。

楊汝泉對劉勰理論的補充解説堅實了謎底爲謎語的核心這一點。漢魏時期的謎語(或原始謎語)中的謎底一定要由謎面"隱而顯"(劉勰語)的文字作描述。在這樣的原則指導下,儘管大多數謎語都能表情達意,其謎面由於字型的限制難免出現彆扭的語法、變形的構詞或牽强使用通假字。這些現象反映了謎語作者絞盡腦汁,務求在文字音韻上作出含義豐實並切合題旨的謎面。這種做法尤其常見於政治諷喻預言類謎語,符合"隱而顯"的原則,即須既模糊又須具暗示作用。以下類似謎語的文字預示了魏朝將推翻漢朝統治:

鬼在山,禾女運,王天下②。

頭兩句組成了"巍"字,通"魏",可作姓氏、地區、國家或朝代之名③。"謎底"由最後三字提領,謂魏朝統治天下④。很顯然頭六個字組成的"謎面"

① 《後漢書》卷十三《五行志一》,頁 3285。此歌的英譯及論述見 Zongli Lu(呂宗力), *Power of the Words: Chen Prophecy in Chinese Politics AD* 265—618, 31—32;中文本見呂宗力《漢代的謡言》,頁 161:"有學者認爲,指名指姓、興亡年代一一如謡的童謡,絶不可能産生在事變之前。拆字、諧音式的童謡,很多是後人編造的。……但……像'千里草'這樣大快人心的詛咒,完全可能在董卓被殺之前已在民間傳播。"

② 這個"謎語"和下一個都出自《三國志》卷二《魏書・文帝紀》,頁 64,注 2 引《易運期》;《緯書集成》,頁 318。"魏"的漢代形體"巍"解釋了第一句"鬼在山",因爲"山"偏旁在"鬼"之下。見下注。

③ "魏"字儘管不見於《説文》和《釋名》兩部漢代字書,但見於《禮記・禮運》鄭玄(127—200)注——"象魏"。孔穎達(574—648)疏曰:"孔子出廟門而來至雉門,遊於觀。此觀又名象魏,以其縣法象魏,[魏,]巍也,其處巍,巍,高大。"見《禮記正義》卷二十一,頁 185c、186a、191a。"巍"字見於《説文》和《釋名》,訓爲"高"。見《説文解字》卷九上,頁 17a;《釋名》卷七,頁 11b。段玉裁(1735—1815)認爲:"本無二字,後人省山作魏,分别其義與音,不古之甚。"見《説文解字注》卷九上,頁 44b。儘管段玉裁没有推測這種分化何時發生,考古發現説明兩個字早在西漢已使用。"魏"字是郡名,魏郡在今河北省,見居延竹簡 EPT 58.6(前 64 年)、EPT 59.474(公元 10 年),載《居延新簡:甲渠候官》,頁 331、384;《甲渠候官文書》(1),載《河西簡牘》,頁 24(2 號及 5 號簡,公元前 62 年);《子游殘碑》,《北京圖書館藏中國歷代石刻拓本匯編》第 2 册,頁 38,圖一。"巍"字見於《銀雀山漢墓竹簡(壹)》155 號簡,頁 16、26(約前 140—118);《孔宙墓碑》(164 年),《霍君神道碑》(魏朝),《北京圖書館藏中國歷代石刻拓本匯編》第 2 册,頁 124、129;《史晨前碑》(169 年),載《漢碑全集》第 4 册,頁 1229。漢印中只有"巍"字,見羅福頤《漢印文字徵》卷九,頁 6a/b。這説明"巍"字有可能是更古的字,因爲篆刻偏愛用古字。

④ 有關類似謎語形式的預言的論述,見 Dull, "Historical Introduction," 186—207.

意思並非真正的預言,而是以預言爲目的所寫成的兩個語法正確的句子。這個預言"謎語"之前的另一個謎語,更進一步證實賦予謎面以實義的重要性:

> 《易運期讖》曰:"言居東,西有午,兩日並光日居下。其爲主,反爲輔。五八四十,黄氣受,真人出。"

頭兩句的"言"和"午"組成"許"字;兩個"日"字疊加便成"昌"字。根據裴松之(372—451)的解釋,該讖語意謂:"漢當以許亡,魏當以許昌。"[①]末"昌"字用法巧妙,既言"昌盛",亦構成地名"許昌"。

此讖語謎的作者在兼顧謎面易讀和語法正確這兩方面頗花了些心思。首二句不僅意在拼字,"言"謂"説話權","言居東"指魏朝實際上已統治位於漢都洛陽以東的許昌,儘管在其西面的洛陽仍有"午"即太陽。這個西邊的太陽和另一個太陽平分光芒,但原來是"主"的太陽現"居下"並"反爲輔"。裴松之這樣解釋最後一句:"太微中,黄帝坐常明,而赤帝坐常不見,以爲黄家興而赤家衰,凶亡之漸。自是以來四十餘年,又熒惑失色不明十有餘年。"魏的黄色是時候取代漢的赤色了[②]。我們現代讀者須費力挖掘這個讖語謎的含義,但這類風謡對於後漢時期的人們則是路人皆知,言陳意許就這樣曲繞和模糊地表述。

這樣的讖語謎雖然巧妙,但要做到謎面和謎底相符殊不簡單。有些例子並不符合楊汝泉所言的"天生之物,必無獨而有偶,特無人爲之撮合

---

① 《三國志》卷二《魏書·文帝紀》,頁64,注2。有關這兩段《三國志》引文的英譯與論述,見 Lippiello, "Interpreting Written Riddles," 49—50。

② 《三國志》卷二《魏書·文帝紀》,頁64—65,注2。漢魏時顏色的對應是個非常複雜的問題,鄒衍(約前305—240)常被認爲是五行學説的創始人,五行對後來特别是漢朝政治有重大影響。有關五行、顏色對應和政治的關係的論述,見顧頡剛《五德終始説下的政治和歷史》,頁465—508。杜敬軻(Jack Dull)認爲一部名爲《孝經中黄讖》的緯書"顯然是爲曹丕而作的另一部書"("was apparently another text created for Ts'ao P'i"),爲的是使其代漢得以合法化。此書的唯一殘留文字是個字謎:"日載東絶,火光不横,一聖聰明。"預言曹丕代漢(Ts'ao cuts off the Han)。見 Dull, "Historical Introduction," 308—309。文見《三國志》卷二《魏書·文帝紀》,頁64,注2裴松之注;《緯書集成》,頁1029。書名中的"中黄"明言五行中的黄色。

耳"[1],其主要原因之一是某些字所含的偏旁部首的選擇並不多,典型的例子是公孫述(卒於36年)自謂夢中有人告知的一個預言:

八厶子系,十二爲期。[2]

杜敬軻認爲:"第一句也許意不在於造句,頭兩個字豎排組成'公'字,後兩個字從左到右組成'孫'字。"這個預言的意思是公孫述稱帝十二年。杜氏又説:"誰要是想翻譯這個押韻的句子必然徒勞無功,至少首句如此。"[3]史載公孫述於公元二十五年稱帝,十二年後被殺害。如此準確的預測説明該讖語應爲事後所作,讖語的作者對於公孫述的排行也應有所瞭解。不過這也只能是臆測之言。

讖語以同音的古字"厶"代替"私"頗爲牽强,這正好進一步説明謎語創作中扭曲語言成分的必要性。儘管歷史上的公孫述可能的確是排行第八的私生子,但作者試圖如此組成"公"字則有點牽强。這種做法以及上文所論述的例子所見,反映了"謎面"的勉强爲之甚至略顯笨拙的一般特點。

謎語的溝通功能

從上述原始謎語的作者所作的努力可見作謎人竭力追求謎面與謎底的意義清晰以達致二者相合。謎語所要表達的意義是作者要傳達的重要信息,主要通過詮釋得以傳達和接收。因此,謎語通過各種文學手法以"隱而顯"的方式讓作謎人與預期讀者進行有效的溝通。

後漢時期謎語新的發展體現了謎語作者致力於運用"離合"的複雜修

① 楊汝泉《謎語之研究》,頁85。

② 《後漢書》卷十三《公孫述傳》,頁535。

③ Dull, "Historical Introduction," 207: "the first line was probably not intended to be a sentence; the first two characters combine vertically to form the character *gong* 公 and the last two characters combine horizontally to produce *sun*." "Any attempt to translate this rhyming couplet produces nonsense, at least for the first line." 解説又見 Lippiello, "Interpreting Written Riddles," 47,引述杜敬軻和畢漢思(Hans Bielenstein)之説。次句有解讀作:"'十二'合文爲'王','十二爲期'就是他〔公孫述〕'王天下'的時機到了。"見欒保群《歷史上的謡與讖》,頁27。

辭手法。劉勰指出謎語源自"圖讖"——流行於東漢時期的預言式作品。上述東漢的讖語謎的創作動機,是託辭於天意使曹丕和公孫述的登極合法化。這類讖語謎的盛行,豐富了謎語文體中的"離合"修辭①。"離合"體最有名的例子是孔融(153—208)的《離合作郡姓名詩》,這首詩的内容構成了一個謎面。孔融摒棄前人讖語爲"謎"的作法,其詩意在隱藏"答案",於是謎底全不出現。因此,孔融實際上回歸到荀況作賦爲謎而不提供謎底的傳統。其詩曰:

漁父屈節,水潛匿方。(離魚字)
與時進止,出行施張。(離日字,魚日合成魯)
吕公飢釣,闔口渭旁。(離口字)
九域有聖,無土不王。(離或字,口或合成國)
好是正直,女回予匡。(離子字)
海外有截,隼逝鷹揚。(當離乙字,恐古文與今文不同,合成孔字)
六翮不奮,羽儀未彰。(離鬲字)
龍虵之蟄,俾也可忘。(離虫字,合成融)
玟琁隱曜,美玉韜光。(去玉成文,不須合)
無名無譽,放言深藏。(離與字)
按轡安行,誰謂路長。(離才字,合成舉)②

詩中通過"離"和"合"某字的筆畫,每一、二聯乃組成謎底的一個字,如此得出五個字,組成了謎語的設定含義,即"魯國孔文舉"。作爲一首詩,其巧妙處在於其美學價值,其四言詩句(謎面)以古雅的風格,渾成地表達了

① 譚達先認爲"離合"是東漢到南朝期間的謎語寫作中的普遍做法。見其《中國民間謎語研究》,頁 13—14。

② 《藝文類聚》卷五十六,頁 1004。括號内爲章樵注,見二十一卷本《古文苑》卷八,頁 193。第九聯"玟"字章本作"玟",故云。

詩人的志向和感情①。

孔融以前,人們在自己作品後作離合謎語爲"署名"是常見的做法,作者藉以向讀者傳達重要的信息。現時所知最早的例子是袁康(活躍於公元 40 年)在其《越絶書》作離合謎面以"署名"。另一個例子是魏伯陽(二世紀)在其《周易参同契》末尾的"署名"②。這兩個"署名"謎面就如書中之跋語,作用在於向讀者揭示作者的身分和寫作背景,引導讀者通過謎面得出謎底,從而得知作者之名③。於書後作跋以介紹作者這個做法始於《史記》等早期史學著作,而作謎爲跋署名則屬同一個傳統,是爲另一種爲作品"署名"的方式。儘管袁、魏兩首離合詩的文學成就無法與孔融詩相提並論,但其作用之爲跋,如同孔融之詩通過給出謎底的綫索,却達到不同的寫作目的④。

作謎的一個關鍵是在於如何在謎面和謎底都能巧妙地安排所要表達的意義。趙滽認爲:"謎語的精妙之處,在於謎面與謎底之間由事物的共同點相聯繫。"他在論述製謎者與讀者的關係時,强調了"隱"與"顯"兩者的"對立統一的辯證關係"。他認爲:

> "隱"得不能過深,"顯"得也不能太露,要"隱"而不晦,"顯"而不露。即既要故意佈投迷陣,把謎底深深隱藏謎面之中……又要有意顯露端子,通過謎面巧妙地暗示謎底,使猜射者有所遵循,並從中得到某種啓示。若即若離,似隱似顯,才算恰到好處⑤。

---

① 見錢南揚《謎史》,頁 255。此詩的英譯和分析見 John Marney, *Chinese Anagrams and Anagram Verse*, 34-40。

② 錢南揚《謎史》,頁 255—256。這些"附言"的英譯和簡略論述可見 Marney, *Chinese Anagram*, 11-14。

③ 虞翻(164—233)解釋魏伯陽篇末所附的謎語中"與鬼爲鄰"的含義是:"委邊著鬼是魏字,斯得與鬼,不然其悟道之後,何得與鬼爲鄰行耳?"見東漢陰長生注《周易参同契》(HY 996)卷下,頁 11a。

④ 見錢南陽《謎史》,頁 256—257。

⑤ 趙滽《謎語淺説》,頁 170。

因此,“面底相扣嚴絲合卯,無懈可擊”,扣合不準確者就是失敗[①]。趙濂所言“製謎不‘隱’就不成其爲‘謎’”之説由來有自[②]。謎語成形前的兩個名稱“廋辭”和“讔語”中的“讔”和“廋”二字的其他含義,有助我們從讀者的角度理解這兩個别名。“廋”還有“求”和“索”的意思;“隱”另有“盛”、“思”、“占”、“憑倚”、“痛憐”、“窮困”等義[③]。

謎語作者和讀者之間溝通的另一個重要渠道是使用隱喻。這種方式和上述的詞源與語義的聯繫有類似作用。亞里士多德(Aristotle,前 384—前 322)在其論著中强調使用隱喻的重要性:“我們必須在同類近似而非相距甚遠的事物之間作連類比擬,這樣才能使人一讀而知[本體和喻體]兩者的相似之處。”他的結論是:“好的謎語通常都能有令人滿意的隱喻:由於隱喻有暗示謎語的作用,因此好的謎語可以提供好的隱喻。”[④]這種古老的西方觀念在中國的謎語在原始的和成形的階段中都有所體現。比喻是寫作和解讀謎語的一種重要的修辭手法。

曹娥格謎語

一如上述所論的謎語基本特點,曹娥格謎語中的謎面必須爲謎底提供綫索而達至意義明曉的目的。曹娥格謎語的謎面由四言且語法正確的兩句組成,每句均表實義,又“須將謎底字字左右分開後扣合謎面”[⑤]。同樣,謎底的四個字組成含有實義的一句話,對謎面起著應答和補足的互動作用。

現存的曹娥格較早模仿作品成於《曹娥迷》出現後的八百多年,見於一部宋朝文獻。解讀的方法離不開詮釋。吴處厚(1053 年進士)在其《青

---

① 趙濂《謎語淺説》,頁 168。

② 同上,頁 169。

③ 陳光堯《謎語研究》,頁 6、頁 91,引述各種文獻。

④ Aristotle, *Rhetoric*, trans., W. Rhys Roberts, 1405a. 33–34; 1405b. 4–6: “We must draw them not from remote but from kindred and similar things, so that the kinship is clearly perceived as soon as the words are said.” “Good riddles do, in general, provide us with satisfactory metaphors: for metaphors imply riddles, and therefore a good riddle can furnish a good metaphor.”

⑤ 袁暉、吴仁泰《中華謎語大觀》,頁 1017。

箱雜記》中記有以下有關重刻一方漢朝碑石的故事,其文曰:

> 徐鉉(917—992)父延休(約 874—879 年間進士),博物多學。嘗事徐温(862—927)爲義興縣(今江蘇義興)令,縣有後漢太尉許馘(約公元 178 年)廟,廟碑即許劭(150—195)記,久,字多磨滅。至開元(713—742)中,許氏諸孫重刻之,碑有八字,云:"談馬礪畢,王田數七。"時人不能曉。延休一見,爲解之曰:"談馬言午,言午許字;礪畢,石卑,石卑碑字。王田乃千里,千里重字;數七是六一,六一立字。"此亦楊脩辯虀臼之比也。詩以言志,言以知物,信不誣矣。①

徐延休的解説大意是:談馬説的是"午",因午對應的生肖是馬,"談"即"言","言"加"午"爲"許"字;"礪"謂"磨",磨完後則石塊低平("石卑"),此句打"碑"字;"王田"藏詞②,藏"千里"二字,二字重疊得"重";"數七"即數字爲七,"七"由六加一而成,"六"上"一"下成"立"字。據此得知謎底:許碑重立。謎面如果没有經過如徐延休那樣對原有句法加以扭曲爲之解説,則無法組成文義。

從語法上看,整個謎語是一個條件句(conditional sentence)。其中兩個"條件"(conditions)是謎面的頭兩個四言句,而"結果"(consequence)則是謎底内容,其結構如下:

> 第一條件:談馬礪畢,
> 第二條件:王田數七,
> 結果:許碑重立。

解説如次。"馬"是官銜,"司馬"的簡稱。許馘漢朝時爲太尉,"太尉"一職

① 《青箱雜記》卷七,頁 5b—6a。
② 藏詞是"要用的詞已見於習熟的成語,便把本詞藏了,單將成語的别一部分用在話中來代替本詞的,名叫藏詞"。見陳望道《修辭學發凡》,頁 153。

與先唐時期的“大司馬”通用①,因此,“馬”指許臷;而“談”指紀録許臷生平的載體,即那方由許劭所撰的廟碑,此時已經剥落殆盡了。“王田”意爲《詩經·小雅·北山》中所説的“溥天之下,莫非王土”之意,引申爲王朝;“數七”則是自漢至唐期間所經歷的七個朝代,即魏、晉、宋、齊、梁、陳、隋。這兩個條件引出了結果:現在是時候重刻並重立許臷廟碑了。

吴處厚在引文末指出:“此亦楊脩辯虀臼之比也。”此謂有關許臷廟碑的故事乃仿效楊修解《曹娥謎》故事,這條關鍵的綫索有助探尋《曹娥謎》的意思。兩個謎語的結構相同,解讀策略也一致;兩者的謎面的語法都正確,押韻也準確②。

以下三個曹娥格謎語儘管年代比《曹娥謎》晚出得多,但能够表現這種體裁的規則,更重要的是,它們反映了這類謎語的作者追求謎面與謎底皆需有實在意義而又相互照應。下文結合謎面的細節及其與謎底的關係,探索謎面和謎底的整體意義和照應關係,論述作品中通過遊戲文字般的諺語詩思的表述所呈現的情境關係,所體現的趣味盎然的藝術風格的成因。

例一

謎面:單身機匠　難織龍袍

---

① “太尉”爲秦朝官銜,後被漢武帝(前 140—87 在位)改爲“大司馬”,公元前 87 年到公元 51 年使用。漢光武帝建武 27 年(公元 51 年)將其改回“太尉”,見《後漢書》卷一《光武帝紀》,頁 10,注 1 引《漢官儀》;卷一下,頁 79;《後漢書·志第二十四·百官一》頁 3557,注 1。Hans Bielenstein, *The Bureaucracy of Han Times*, 10—12. “司馬”是周朝官銜,加“大”字以示區分。劉昭(活躍於六世紀初)以大司馬劉虞(卒於 193 年)爲例,指出太尉和大司馬兩個官銜在後漢時都在使用,見《後漢書·志第二十四·百官一》頁 3558,注 2、3 引《漢官儀》、《漢儀》、《古今注》等;又見《三國志》卷一《魏書·武帝紀》,頁 22,注 2 引《獻帝起居注》。雖然“大司馬”一名在漢朝(公元 51 年)後一段時間没被使用,它在公元前 119 至公元 51 年以及南北朝時期與“太尉”互相通用,見 Charles O. Hucker(霍克), *A Dictionary of Official Titles in Imperial China*, 471。兩個官銜既可互通,則無論何時通行,唐人一定很清楚。

② 吴處厚所録謎語的韻脚的中古早期發音爲:蹕(**pjit*)和七(**tsʰit*)(《廣韻》入聲“質”第七);《曹娥謎》:婦(**buw'*)和臼(**guw'*)(《廣韻》上聲“有”第四十四)。擬音據 Edwin G. Pulleyblank(蒲立本), *Lexicon of Reconstructed Pronunciation in Early Middle Chinese, Late Middle Chinese, and Early Mandarin*, 35, 101, 164, 408。

謎底：大紅紗裙[1]

分析："單身"是象形"大"字。"機匠"是織布機工人，即"絲工"，"糸"加"工"得"紅"字。"難織"的原因是"少絲（糸）"，合成"紗"字。"龍袍"乃君主之衣，"君衣"成"裙"字。

例二

謎面：蹈河晚課　黑婦爲妻（猜社會用語）

謎底：涉外婚姻[2]

分析："蹈河"意爲"步水"，得"涉"字。"晚課"的"課"指占卜，二字衍爲"夕"、"卜"，合成"外"字。"黑婦"則以果推因——黄昏所見的女人，得"昏"、"女"二字，合得"婚"字。"爲妻"亦以果推——因女子而以之"爲妻"，"因""女"爲"姻"字。

例三

謎面：弱柳繁荷　廷佇石阿（《西廂》一句）

謎底：仔細端詳[3]

分析："弱柳"弱如"人子"——"仔"字。"繁"謂繁茂，由絲形成的狀態；荷葉看似"田"字[4]，"糸"加"田"成"細"字。"廷佇"的意思是專門（耑）爲苦候情人而站（立），合成"端"字。"石阿"費解，可能是羊叫聲（羊言）或者有山羊出現的石角（言羊），"言羊"二字成"詳"字。

以上三個例子不一定與《曹娥謎》直接相關，但分析三例有助總結曹

---

① 這個謎語出自劉廷璣（生於 1653 年）《在園雜志》卷三，頁 7b—8a；又見娜嬛山樵（十九世紀初）《補紅樓夢》第三十五回，頁 3a。這個謎語早至晚明時一定已經流通，見吴克岐《犬窩謎話》，頁 219a。

② 袁暉、吴仁泰《中華謎語大觀》，頁 1017。

③ 這個謎語在網上廣爲流傳，如：謎材網：http://www. chundeng. com/micai/qita/308. html. 檢視日期：2012 年 8 月 13 日；藍色源頭活水：《燈謎謎格例釋》，人民教育出版社人教論壇：http://bbs. pep. com. cn/thread-26178-1-1. html；檢視日期：2012 年 8 月 13 日。

④ 樂府《江南》："蓮葉何田田。"《樂府詩集》卷二十六，頁 384。

娥格謎語的一些重要規則。首先,謎面要有完整成文的意思;其次,謎面內容引出謎底的意義;復次,謎面和謎底組成一個完整的意義;最後,此類謎語的風格並非嚴肅的,而是玩樂性質的。例一流傳於清朝初年,這個謎語之所以備受讚賞,堪稱完美,在於謎面和謎底共同形成了一個完整的意思。儘管這個意思看似天衣無縫,但要得出“大”、“裙”等字則須要繞幾個彎。例三所提到的《西廂記》原來的情節有所改動。據劇本所敘,張生在普救寺與崔鶯鶯浪漫過後就離開了,他當時在路上尋找住處,並因鶯鶯之母命令不得不與鶯鶯離别而感到苦惱。但該謎語却將故事的地點改成了花園①。

這幾個謎語中值得注意的特點除了各有完整的意義外,還用上了通假字、隱喻和意義模糊。如上文所述,謎語中使用假借字早見於漢代,例三中的“廷”與“庭”同音通假,儘管不一定有必要。使用比喻能增加謎語的含蓄隱晦性質,例二中的“蹈河”意指脱離自己的傳統,“晚課”暗指不規則的事,意外的決定或不尋常的遭遇。例一中的比喻義是低層工人不够資格爲皇帝做衣裳,單身工人只能爲他人作嫁衣,不爲自己。至於意義模糊,也許是由於語言的局限所致。例三的意思並不明確,讀者難以想象“石阿”如何引出“羊叫”(羊言)或指代羊(言羊)之意。意義模糊的原因也許是對謎語原有的社會文化背景不瞭解所造成;另一個解釋則是作者的水平有限,無法達到與讀者溝通的基本要求。

我們從製謎和猜謎的互動中觀察到謎語的兩個主要特點,即描繪藝術和幽默效果。趙濂在其《謎語淺説》一書中論述了許多能够實現這些特點的修辭手法,其中最與《曹娥謎》相關的是諧音的使用。他說:“諧音是雙關的一種,即‘諧音雙關’,就是在謎面上運用諧音字(音同字别),以達到隱寓謎底和迷惑猜射者的目的。”②這種修辭手法不見於上述三個謎語,但常見於謎語寫作。趙濂的論述爲解讀《曹娥謎》提供了有用的指引。

① 《西廂記》第四本第四折,頁158。
② 趙濂《謎語淺説》,頁159。

"絶妙好辭"

漢字的字謎遊戲是隱語寫作中使用的一種修辭手法,也是"離合"的進一步發展。《曹娥謎》雖然没有被《文心雕龍》引作例子,但是"採用了會意離合等手法,巧妙地緊扣'絶妙好辭'四個字,含蓄而又顯明"①。《曹娥謎》和漢代謎語相比,技巧更形純熟。上文引述的後漢讖語謎中,大部分的謎面都有完整意義,但在通過構詞和指代方式表達意義的努力過程中,對字詞句法等語言要素作不自然的處理則在所難免。《曹娥謎》具有這種讖語謎的"文體特點",惟其謎面的意思則較易理解。顯然其謎面本身並不是讖語;兩字爲一組的四個詞組並非隨機排列而成,而作用在於引出謎底中的相應字詞。當謎面謎底意義結合,乃造就出一個完整的意思,成爲《曹娥碑》中的散文體敘事部分和四言詩頌辭的又一個表述故事的成份。

謎語成文,具有實義,是猜射者的重要綫索,是製謎者的努力,也體現了劉勰的"辭欲隱而顯"。《曹娥謎》的四個雙音節詞組謎面,每組都有獨特的概念性意義。人們一直没有注意到這個重要特點,於是"黄絹,幼婦,外孫,齏臼"這四個詞組一直被簡單地視爲没有實義,孤立而互不相關的謎面拼合元素。上文分析東漢讖語謎這種原始謎語和曹娥格謎語所得,成爲重構這個著名謎語的語法、文理和含義豐富的内容的重要依據。以下根據《曹娥碑》中所提供的相關背景資料對謎面的意思提出三種設想。這三種解讀都有道理,而且都能爲謎底"絶妙好辭"之意提供綫索,而謎底也恰當地照應了謎面的敘述。

讀法一

"黄絹"上記述了"幼婦"的故事。"外孫"在"齏臼"上被研磨。

① 洪東流《字謎》,頁19。

讀法二

"黄絹"上所記"幼婦"的故事,是"外孫"在"齏臼"中研磨之所得。

讀法三

"黄絹"上所記"幼婦"的故事,由"外孫"呈獻給舅父。

讀法一的"在'齏臼'上"即"受辛",組成"辤"字,通"辭"[1]。此解見上引《世説新語》,"受辛"指臼承載辛辣的作料如薑蒜等(齏),借音得"受苦"意[2]。但這個受苦的"外孫"是何人?《曹娥碑》中所見,曹娥是唯一受苦的人。這種對謎面的理解提供了《曹娥碑》爲"絶妙好辭"的成因,也大略敷演了碑文中"生賤死貴,義之利門"的意思。即使我們接受這種解讀方法,當中還有一個懸而未決的問題,即:曹娥是誰的外孫?

讀法二的理解是比喻義。筆者曾對《曹娥碑》的用事作論述,考察了篇中銘文部分頌讚曹娥的文字多取自古代文獻如《列女傳》和《毛詩》等[3]。據此,"外孫"只可能是"研磨"融匯各種文獻作此《曹娥碑》的邯鄲子禮。但是這種解讀遇到的問題和讀法相似:邯鄲子禮是誰的外孫?碑文和謎語俱未有交代。

讀法三從語源學分析方法考察:"齏"與"齎"通;"臼"與"舅"通。"諧音雙關"是《曹娥謎》最後兩個字所使用的技巧[4]。《曹娥謎》的作者巧妙利用漢字同族群的同音字的性質,在謎面中表情達意。根據早期文獻記載,"齏"字由字音和語義的關聯,共衍生出十個不同形體,其中六個通常寫作"齊",見於唐代張參(活躍於723年前後)的《五經文字》:

---

① "辤"字漢朝時似乎是個常用的字。見居延簡 EPT 58.45A(前64年)、EPT 68.34 和 EPT 68.107(均爲公元30年)等。見《居延新簡:甲渠候官》,頁335、454、462。

② 陳望道的"諧音析字"中有"借音"一種,即此。見《修辭學發凡》,頁144—145。

③ 見拙著:Chan, *Considering the End*, 49—56.

④ 李林德整理出的八種字謎寫作技巧之一爲"雙關(或同音)"("double entendre [or homonymy]"),就是上文趙濂説的諧音雙關。李氏的八種寫作技巧據楊汝泉的四十一種,去其重複而成。Mark, "Orthography Riddles," 51。楊汝泉《謎語之研究》,頁44—63。

1.齌；　2.齍；　3.齎；　4.躋；　5.齏；　6.薺

張參解釋這些同音異義字的關係以及爲何互通，並理出了以下的譜系：

齊→齍→粢；齎→資；薺→茨

張參注意到這六個字在古籍中均作“齊”(jì)，但反之則不可通。張參指出：“唯酒食之齊(qí)義取限量更無别體也。”[①]雖然張參没有明確解釋這些字的通用條件和規則，但根據漢字的基本規律，通假的條件顯然是讀音接近或相同，於是組成一個文字族群[②]。出現在《曹娥謎》及其譜系的歷代不同版本中的“齏”字的不同形體，説明了《曹娥謎》早期流傳時“齏”字並未定型[③]。這個情況乃由於此字的同族字的互通所致。因此，唐代的讀者對《曹娥謎》當時的抄寫形式在理解上並没有任何困難，試看本頁左側《世説新語》唐抄本[④]，這個“齊”字在文中用爲“齎”，即給予、呈獻之意。

接下來，我們從探索《曹娥碑》中的人物關係，論述“臼”通“舅”的意義。酈道元(466或472—527)在其《水經注》中相

---

① 張參《五經文字》卷二，頁20a/b。《周禮·醢人》：“王舉則共醢六十罋，以五齊、七醢、七菹、三臡實之。”鄭玄注：“齊當爲齏。”“五齊”指五種切碎的食料。見《周禮注疏》卷六，頁37a。

② 王力《同源字典》，頁425；高亨《古字通假會典》，頁577—582；Bernhard Karlgren(高本漢)，*Grammata Serica Recensa*，158–159。

③ “齏”字的異文“韲”見《曹娥碑》絹本影印，《文物精華》第二集，頁24—25；《宋本世説新語》卷二下，頁36a。余嘉錫本作“䪢”，余謂其本所據爲王先謙本，見余嘉錫《世説新語箋疏·捷悟第十一》，第3條，頁579；然《宋本世説新語》(卷二下，頁36a)則作“𩐕”；羅貫中(約1330—1400)《三國志通俗演義》(卷十五，頁4a)作“虀”；此異文又見《青箱雜記》卷七，頁6a。這種同源詞的聯繫後來中斷了，“齏”在一部唐代文獻中被改爲“蒜”，見《琱玉集》卷十二，頁3—4。皮錫瑞(1850—1908)認爲：“今所傳八字皆作齏臼，此獨云蒜臼，當以蒜字爲是：齏味酸而不辛，惟蒜味辛，且但聞搗蒜，而不聞搗齏。蒜臼，蓋搗蒜之臼，故云受辛。”見皮錫瑞《師伏堂筆記》卷三，頁9b—10a。

④ 《唐鈔本世説新書》，頁441。有關此鈔本的繫年，見拙著：Chan，“Searching for the Bodies of the Drowned，”388，n. 13。

關記載的一個細節,爲《曹娥碑》的人物關係提供了關鍵的綫索:"縣令度尚,使外甥邯鄲子禮爲碑文,以彰孝烈。"[①]此云邯鄲子禮是度尚的外甥,從而印證了上述對《曹娥謎》的第三種讀法:外甥撰寫碑文並呈獻("齊"、"齏"或"齎")予舅父。儘管近年有學者認爲酈道元將歷史看作"人們對時事態度變化的地圖"[②],而質疑《水經注》地理内容的真確性,而上引的這條記載却恰恰反映了當時人們對於曹娥悲劇故事的態度;但酈道元對此條記載却無意中透露了他從别人處聽聞到這些道德評判並記録下來。有人可能會問爲何邯鄲子禮在《曹娥碑》中記作度尚的"弟子",而在《水經注》中則作其"外甥"[③],從以上引文可知,這兩種稱呼實際上指代的是同一個人。"弟子"一詞一直被誤認爲是漢朝時通行的"徒弟"之意,但"弟子"亦指"弟弟或妹妹的子女",這也是漢魏時期常見的[④]。在《曹娥碑》文本的背景中,邯鄲子禮是度尚妹妹之子,因爲"弟"字本身不能説明被指稱者是弟弟還是妹妹[⑤]。如有需要特别指明妹妹時,則言"女弟"。《水經注》之作"外甥"正是這種關係的體現,我們相信酈道元當時聽説當地人們稱邯鄲子禮爲度尚的外甥,他並没有明顯動機或特别理由將他聽到的"外甥"改成"弟子";反之,如果他聽來的是"弟子",也没有必要改成"外甥"。

上述《水經注》的相關記載對於理解《曹娥謎》的謎面和謎底有關鍵作用。《詩經·齊風·猗嗟》云:"儀既成兮,終日射兮,不出正兮,展我甥兮。"詩中稱讚"甥"的成人儀表和射箭技術,鄭箋曰:"姊妹之子曰甥。"與本文關係至要的是毛公注:"外孫曰甥。"[⑥]即"外孫"是"甥"的意思。這些稱呼有

---

① 《合校水經注》卷四十,頁 20a;全祖望《校水經注稿本合編》,頁 1784。

② Michael Nylan(戴梅可),"Wandering in the Ruins: The *Shuijing zhu* Reconsidered," 72:"a map of people's shifting attitudes toward those events."

③ 《金石萃編》卷十四,頁 18a。

④ 王莽(前 45—公元 23)之父王曼據記載是漢成帝之母王政君(前 33—公元 7 年在位)的"弟子"。《漢書》卷二十七《五行志》下之上,頁 1470。曹髦是魏朝高貴鄉公(254—260 在位),被視爲魏齊王曹芳的"弟子",因爲曹髦是曹芳弟弟曹霖之子。《三國志》卷四《魏書·齊王芳紀》,頁 130,注 3 引魚豢《魏略》。

⑤ 另有學者指出"弟子"一詞也可以解釋爲"女弟之子"(妹妹之子女)。見啓功《"絶妙好辭"辨——談曹娥碑的故事》,頁 51;福本雅一《再論 孝女曹娥碑をめぐって》,頁 38。

⑥ 《毛詩正義》卷五一二,頁 87a。段玉裁釋曰:"此謂父之外孫爲吾甥也。"見《毛詩故訓傳定本》卷八,頁 7a。

互換使用,常見於《曹娥碑》最可能的抄寫年代——晉朝,例如《晉書·謝安傳》載:"〔謝〕絢父重(四世紀末),即王胡之(卒於349年)外孫,與舅亦有不協之論。"①又,《晉書·魏舒傳》載:"魏舒(209—290)……少孤,爲外家甯氏所養。甯氏起宅,相宅者云:'當出貴甥。'外祖母以魏氏甥小而慧,意謂應之。"②明朝時有以"外孫"指代"甥"之例③,這種傳統廣爲人所接受。即便到了今日,曹娥故里所在的吴地方言中,"外孫"與"外甥"由於讀音相近或相同,以致二者難分,混同使用④,這種情況由來已久。《曹娥謎》伴隨著"外孫"等同於"外甥"的認識而創製並流傳後世,於是在一些清朝文獻如李汝珍(約1763—約1830)的《鏡花緣》等出現了"外甥齏臼"這個版本⑤。這種記載不應是無心的筆誤,却反映了日常生活中常見的現象,即兩種稱呼可以通用。

"臼"字的意思顯然是"研缽",它在《曹娥碑》中與"舅"通用。這並不是前所未有的用法,晉朝歷史學家司馬彪(卒於307年)有曾用"臼犯"這個詞代替在早期文獻出現的"舅犯"這個名稱⑥。"舅犯"也稱"子犯",是晉國公子重耳(晉文公,636—628在位)之舅⑦。由於子犯與晉君的親屬關係,早期史書已稱之爲舅犯。舅犯追隨重耳流亡十九年,出謀劃策幫助重耳回

① 《晉書》卷七十九《謝安傳附謝絢傳》,頁2088。又見《宋書》卷五十二《袁湛傳》,頁1498。

② 《晉書》卷四十一《魏舒傳》,頁1185。方以智(1611—1671)《通雅》卷十九,頁15b—16a。按《晉書》雖成書於初唐,但其主要内容則取自前代文獻,見柴德賡《史籍舉要》,頁64—66。

③ 張自烈(1597—1673)解釋"甥"時也討論到"弟子":"又姊妹之子曰甥。又女之子曰外孫,今亦曰甥,據外祖而言也。"見《正字通》午集上,頁47b。張自烈以前,丘濬(1421—1495)認爲這是錯的,見其《大學衍義補》卷五十三,頁4b。

④ 參看以下詞典中的詞條如"外孫"、"外甥"、"外孫囡"、"外孫頑"等:蔡國璐《丹陽方言詞典》,頁80;楊珍珠等《寧波方言詞典》,頁67;曹志耘《金華方言詞典》,頁62;葉祥苓《蘇州方言詞典》,頁38;閔家驥等《簡明吴方言詞典》,頁63—64。温州方言中"外甥孫"謂"外孫",見游汝杰、楊乾明《温州方言詞典》,頁90。在珠江三角洲地區,姨母稱呼外甥或外甥女爲"外甥孫",或者"孫"。這種用法仍見於珠三角東岸的一些方言,資料來源是筆者父親,其母語爲沙井話。

⑤ 《鏡花緣》第八十回,卷十六,頁42b。宣鼎(1832—1880?)《夜雨秋燈續録》卷六,頁2b。

⑥ 《三國志》卷六《魏書·劉表傳》,頁211,注4裴松之注引司馬彪《戰略》。《禮記·檀弓》,見《禮記正義》卷九,頁72b,卷十,頁88a。

⑦ 《左傳·僖公二十三年》,第四段。

到晉國,重奪政權並登君位。

在《曹娥謎》中使用“舅”字的形和義在元代有文獻可徵。陰時夫(活躍於十三世紀中末葉)在韻書《韻府群玉》中大概没有參考原來的版本,而是憑記憶重寫這個故事:

邯鄲淳作曹娥碑,蔡邕題其後,曰:黄絹幼婦外孫虀舅。①

同一條目中“舅”字出現了兩次,説明並非筆誤,而是陰時夫決定棄“臼”用“舅”,用意甚明。

如上所述,創作謎語須遵從許多限制與規則,寫作過程中會運用多種修辭手法。《曹娥謎》的創作,考慮並配合了曹娥故事的情節和創作時的情境。此外,此謎語也講求押韻,即“婦”(*buw')與“臼”(*guw')押。因此,要符合這些要求,就必須用字精當,利用同音字、字的多種意義等語言要素和功能。從上文分析的其他謎語的例子可見,假借和譬喻修辭在謎面和謎底的意義表達和互爲表裏方面起著十分重要的作用。

結語

本文提出的三種《曹娥謎》的讀法雖出於推理,可能不完全準確,但是對於考察《曹娥碑》末尾的兩則附言十分關鍵。首先,如果蔡邕像《曹娥碑》所言確實曾到訪石碑之所在,也曾親手摸過石碑上所刻的字,爲什麽在謎語中使用“黄絹”一詞而非“石碑”? 其次,爲什麽碑文末尾的讖語附言會預測三百年後發生的事情? 對第一個問題的唯一可通的解釋是這位署名蔡邕的人所見到的碑文並非鐫刻在石碑上,而是抄録在黄絹上。現存的東晉絹本必定有所據,即漢代石刻本或以之爲母本的傳本。《曹娥謎》既見於魚豢書,説明了謎語在漢末已存在。而第二組讖語附言不見於魚書或更

① 陰時夫《韻府群玉》卷十五,頁 45a。

早的文獻，説明了這個關於"三百年後"的神秘讖語可能出於晉朝或以後[①]。這個讖語的意義含糊，不能證明預言應驗。然而，蔡邕看過的是黄絹本和讖語附言抄録於今存的絹本上二事，却恰恰反證了石碑那時已經散佚。

本文根據漢晉間讖語和謎語寫作的基本方法特點提供《曹娥謎》的新讀法，試圖更準確地理解並還原《曹娥謎》的謎面與謎底的實在意義及其相輔相成的關係，組成這個謎語的完整而連貫的意義。這些發現合理地重構了曹娥故事及其寫作概況：一個妙齡少女的悲慘故事（受辛）被記録在一塊黄絹上；一個外甥敘述了這個故事，呈獻給他的舅父；這些事情的結果隱藏在"謎底"裏："絶妙好辭"。

① 啓功列舉了一些唐宋時期的類似文獻，並傾向於相信這個讖語爲後人所加，最有可能與他所列舉文獻的作者同期，如劉餗（活躍於728年）的《隋唐嘉話》和李瀚的《蒙求集注》均有此類謎語。見啓功《"絶妙好辭"辨——談曹娥碑的故事》，頁57。

促織何唧唧:《木蘭詩》中的機杼之聲與異文穿梭

引言

《木蘭詩》又名《木蘭辭》、《木蘭歌》,是我國最偉大和最著名的文學作品之一,但是由於作者和時代的不確定、用詞和文本的時代錯亂(anachronism)現象等,引致爭論不息。產生這些爭議的主要原因是《木蘭詩》的出現時間較晚,直到唐宋時期才首見於一些文集之中。相傳以唐人集爲底本的《古文苑》很可能是最早收録《木蘭詩》的文獻;不過,假如《古文苑》成書於宋代,那麼《文苑英華》(以下簡稱《英華》)就是最早收録《木蘭詩》的文獻了[①]。雖然如此,郭茂倩(約1264—1269)所編的《樂府詩集》,成書晚於前兩種文獻,但書中所收《木蘭詩》却成爲最廣爲接受的版本。

除了詩中所見時代錯亂的用詞外,《木蘭詩》早期版本中所見的異文

① 南宋人韓元吉曰:"世傳孫巨源於佛寺經龕中得唐人所藏古文章一篇……好事者因以《古文苑》目之。"淳熙年間(1174—1189),韓氏編爲九卷。南宋人章樵最早爲此書作注並編成二十一卷本《古文苑》(《叢書集成》本)。見韓元吉《古文苑序》,《古文苑》(《岱南閣叢書》九卷本)卷九,頁13a/b(《叢書集成》本,頁5);永瑢(1744—1790)等編《四庫全書總目》卷一八六,頁1691b/c。關於《英華》的編修歷史,可參看《文苑英華》出版説明,頁1;《四庫全書總目》卷一八六,頁1691c。

也引起了爭議。這些爭議有關於作品繫年的,也有質疑它是否真的是產生於北朝時期的北方民歌的①。相關的學術研究固然非常重要,但本文並非爲加入這些熱烈討論而作,而是集中討論出現在《木蘭詩》開頭部分的連綿詞。即使是這様一個小題目,在學界中也形成了一方戰場。本文嘗試從不同的視角和方法進行探索,從歷史語言學、翻譯學、傳統詩律學、民歌習俗和文本互涉等角度切入,期望對這首中國文學史上的名作提供一個嶄新而成理的解讀。

異文穿梭

《木蘭詩》開頭四句是爲木蘭塑像的一個特寫鏡頭。但由於詩歌的第一句指代不明,木蘭形象乃顯得模糊和不確定。《樂府詩集》本《木蘭詩》首句中的象聲詞"唧唧"所擬之聲,可能是蟋蟀的鳴叫聲、木蘭的歎息聲或者是織布機和梭子發出的聲音。詩的首句在各本中出現的異文很可能是在口頭傳播過程中產生的,而這些異文使我們對場景的理解變得複雜。學界對此迄今尚未有定論;新視角和新方法的運用也許能得出新的見解。

當我們運用決不可忽視的傳統方法去梳理原始文獻,把搜集範圍限於唐宋史料時,所得的是以下七組異文:

---

① 一般認爲《木蘭詩》是北朝時期(286—534)作品。目前較新較完整的歷代對《木蘭詩》的評論收録於黄進德主編的《中華大典・文學典・魏晉南北朝文學分典》之《北朝文學部》,頁1167—1173。另一關於《木蘭詩》討論的綜述是譚潤生的《北朝民歌》,頁190—202。有關《木蘭詩》的創作時間和時代錯亂的論述,可參看 Margret Barthel,"Kritische Betrachtungen zu dem Lied-Gedicht Mulan 木蘭," 440—456。感謝葉翰(Hans van Ess)教授幫助找到此文。第二首《木蘭詩》("木蘭抱杼嗟")最早收録在《樂府詩集》,釋智匠(約568)在《古今樂録》的解説引起了學界對第一首《木蘭詩》("唧唧復唧唧")的質疑。其曰:"木蘭不知名,浙江西道觀察使兼御史中丞韋元甫續附入。"見《樂府詩集》卷二十五,頁373—374。雖然第二首一般認爲是唐韋元甫模仿第一首而作,但是龔延明認爲事實正好相反,見龔延明《北朝本色樂府詩〈木蘭歌〉發覆,兼質疑〈全唐诗〉誤收署名韋元甫〈木蘭歌〉》,頁112—120。何水英則反對龔説,見其《"木蘭抱杼嗟"版〈木蘭歌〉爲北朝本色民歌説獻疑——與龔延明先生商榷》,頁22—26、31。長谷部剛從第二首的政治宣傳内容斷定這是中唐時期社會狀況的反映,見長谷部剛《『全唐詩』所收韋元甫「木蘭歌」について——「木蘭詩」の形成と傳承》,頁85—98。

表一:《木蘭诗》首句的異文

異文 (文句及早期中古音擬音①)	出處② (星號標示最早出處)	首次出現時間
1. 唧唧復唧唧 *tsik tsik buwk tsik tsik	《樂府詩集》;《滄浪詩話》(列《樂府詩集》異文);《英華》異文*③	987
2. 促織何唧唧 *ts^{h}uawk tɕik ɣa tsik tsik	《古文苑》*;《英華》異文*;《樂府詩集》異文;《滄浪詩話》④	唐(?)或 987
3. 唧唧何力力 *tsik tsik ɣa lik lik	《英華》*	987
4. 唧唧何歷歷 *tsik tsik ɣa lɛjk lɛjk	《英華》異文*;《滄浪詩話》(列《英華》異文)	987
5. 蝍蝍復蝍蝍 *tsik tsik buwk tsik tsik	宋本《樂府詩集》*⑤	約 1130
6. 唧唧何切切⑥ *tsik tsik ɣa ts^{h}ɛt ts^{h}ɛt	《滄浪詩話》(列《英華》異文)*,不見《英華》	約 1230
7. 唧唧何嚦嚦 *tsik tsik ɣa lɛjk lɛjk	《滄浪詩話》(列《英華》異文)*⑦,《詩人玉屑》(列《英華》異文)	約 1230

① 本文所用的早期中古音擬音均據 Edwin G. Pulleyblank(蒲立本),*Lexicon of Reconstructed Pronunciation in Early Middle Chinese, Late Middle Chinese, and Early Mandarin*, q.vv。蒲書中未收的漢字的擬音則按《廣韻》中該字的同音字之見於蒲書者的擬音。見陳彭年(961—1017)《宋本廣韻》。

② 文本所據版本包括:《樂府詩集》卷二十五,頁 373;《樂府詩集》(宋本)卷二十五,頁 10a;郭紹虞《滄浪詩話校釋》,頁 214;《古文苑》(九卷本)卷四,頁 5b—6a(二十一卷本,頁 232);《文苑英華》卷三三三,頁 6a;魏慶之(約 1240)《詩人玉屑》卷十一,頁 244。在二十一卷本《古文苑》中,《木蘭詩》作爲“附”被收録在“齊梁詩”的末尾部分;而在九卷本中則收録在“齊梁詩”大類之前,也不是“附”。

③ 又見於宋代類書《錦繡萬花谷》(1188 年序)卷三十七,頁 16a。

④ 又見於另兩種文獻:(1)曾慥(約 1126—1255)編《類説》卷五十一,頁 7a;(2)蔡正孫(約生於 1239)《詩林廣記》卷六,頁 24a。

⑤ 宋本《樂府詩集》卷二十五,頁 10a。有關這一版本的編輯時間,見孫尚勇《郭茂倩〈樂府詩集〉的編輯背景與刊刻及校理》,收於《傅增湘藏宋本樂府詩集》,頁 17。傅本此行所在的開頁(卷二十五,頁 8a)與 1955 年宋本重印一致。

⑥ “切”屬《廣韻》入聲“屑第十六”;“屑”韻韻母接近“質第五”,是“唧”的另一發音(*tsit)所屬,“唧”的這個發音與“蟋蟀”同韻。誠然,將“切”歸於“唧”韻的做法有點武斷,但是“唧”與“蟋蟀”同韻則值得注意。下文續論。

⑦ 《滄浪詩話》,頁 701。另見張健《滄浪詩話校箋》,頁 700“校勘”,引述各種版本。

當這些異文爲人所知時，其譜系所據以形成的那個“母本”(copy-text)①，已不復存在了。雖然《古文苑》和《英華》(上表異文 2 號和 3 號)的成書年代較早，但是就讀者接受廣度而言，《樂府詩集》(1 號)遠勝二書。儘管這個後出版本只是《英華》各種異文之一，但後世文集和啓蒙讀物却據以重印，遂令其奪得了權威地位，沿襲至今。《古文苑》本(2 號)的落敗大概是由於其令人質疑的成書背景所致。雖然此異文較早被收入《英華》，但僅被視爲文本傳播過程中的衍生品②。在以下論述中，我們將看到此本實最爲可信。

異文詮解

“標準”本(1 號)大概就是造成《木蘭詩》首四句含義不明的根源。“唧唧”一詞最常被解釋爲木蘭歎息聲的象聲詞③。然而，其他幾個異文(2—7 號)却提供了另外三種不同的意義：一、對蟋蟀鳴叫聲的模擬④；二、對機杼聲的模擬⑤；三、對木蘭不斷勤勞工作的描寫。近幾十年來，學者們運用了各種各樣的方法嘗試解決這個問題，其努力的成果爲本研究提供了一個較高的起點⑥。

西方學界對“唧唧”一詞的解讀，明確地以余冠英的解説劃分成兩種

---

① “母本”是西方文獻學的一個重要概念，由 Ronald B. Mckerrow 始創，指某文本中的一種被後世編纂工作者主要依據的本子。見 W. W. Greg，“The Rationale of Copy-Text，” 19–36；又見 Ronald Gottesman and Scott Bennett，eds. *Art and Error: Modern Textual Editing*，17–36。另見 G. Thomas Tanselle，*Textual Criticism and Scholarly Editing*，27–29；Jerome J. McGann，*A Critique of Modern Textual Criticism*，24–28。

② 北京大學中國文學史教研室編《魏晉南北朝文學史參考資料》，頁 379，注 2。

③ 余冠英大概是最早提出這一看法的學者。見余冠英《樂府詩選》，頁 119。此外，又見林庚、馮沅君編《中國歷代詩歌選》，頁 268，注 2；《魏晉南北朝文學史參考資料》，頁 379，注 2。汪中《樂府詩選注》，頁 149。

④ 見朱建新《樂府詩選》，頁 22。

⑤ 洪順隆《樂府詩》，頁 535；譚潤生《北朝民歌》，頁 378，注 57。

⑥ 認爲“唧唧”模擬木蘭歎息聲的研究包括：鮑幼文《談木蘭詩的唧唧復唧唧》，頁 33；鄧永福《木蘭詩中唧唧一詞當作何解》，頁 126—127；王彤偉《〈木蘭詩〉中的“唧唧”》，頁 50。黄金貴認爲，“唧唧”既是蟋蟀的鳴叫聲，也是女孩的歎息聲。見黄金貴《唧唧考》，頁 48—53。林延君認爲，“唧唧”是對蟋蟀鳴叫聲的模擬，見其《木蘭詩唧唧釋義》，頁 307—309。李華斌指出，唐代以前，“唧唧”是對低聲歎息的模擬，而且它作爲對蟲鳴聲的模擬直到唐代才開始出現，見李華斌《唧唧音證》，頁 78—80。

理解。余先生把“唧唧”注作“歎息聲”,具世界性影響。例如,傅樂山(John Frodsham)把“唧唧”理解爲女子的歎息聲,具見於以下翻譯:

表二:傅樂山英譯《木蘭詩》首二章

傅樂山的英譯	《樂府詩集》本原文	中期中古音(下劃綫標示屬於相同或近似韻組的字)
Heaving a sigh and then another sigh,	唧唧復唧唧	*_tsik tsik buɯk tsik tsik_
Mu-lan was sitting weaving at her door.	木蘭當户織	*_mǝɯk lan taŋʰ ɣɔ' tɕik_
You could not hear the noise of loom and shuttle;	不聞機杼聲	*_pǝt mun kɨj drɨǎ' ɕiajŋ_
But only the sound of the girl lamenting.	惟聞女歎息	*_jɯi' mun nr ǎ' tʰanʰ sik_
‘O lady, are you thinking of your love?	問女何所思	*_munʰ nrǎ'ɣa ʂɨ ǎ's ɨ_
O lady, are you brooding on your love?	問女何所憶	*_munʰ nrǎ'ɣa ʂɨ ǎ'ʔik_
‘Indeed I have no love at all to think of.	女亦無所思	*_nrǎ' jiajk muǝʂɨǎ'sɨ_
Indeed I have no love at all to brood on.’①	女亦無所憶	*_nrǎ'jiajk muǝʂɨ ǎ'ʔik_

① J. D. Frodsham, *An Anthology of Chinese Verse: Han Wei chin and the Northern and the Southern Dynasties*, 104; Barthel, “Kritische Betrachtungen,” 457; Hu Shiguang, trans., “The Song of Mulan,” 180. 這種解讀也見於倪豪士(William H. Nienhauser, Jr.)的翻譯中,但他在注文中指出,“‘唧’的音節既是對歎息的模擬,也是對織機聲響的模擬。”(“the syllable ‘chi’ is both an onomatopoeic representation of a sigh and the sound made by a loom.”) Nienhauser, “The Ballad of Mulan,” in Wu-chi Liu and Irving Yucheng Lo, eds., *Sunflower Splendor: Three Thousand Years of Chinese Poetry*, 77, n. 2.

除傅樂山之外,不少譯者和注者似乎也都受到余冠英的影響①。

但在余冠英之前的西方學界著述中,"唧唧"很少被翻譯成"歎息"。一個較早期的例子是儒蓮(Stanislas Julien, 1797—1873)對首聯的法文翻譯:"*Tsi-tsi*, puis encore *tsi-tsi*. / Mou-lân tisse devant sa porte."② 這種理解也反映在韋利(Arthur Waley, 1889—1966)於1923年出版的英譯中,其影響較大,承傳至今③。韋利翻譯的開頭幾句如下:

Click, click, forever click, click;
Mulan sits at the door and weaves.
Listen, and you will not hear the shuttle's sound,
But only hear a girl's sobs and sighs.
"Oh tell me, lady, are you thinking of your love,
Oh tell me, lady, are you longing for your dear?"
"Oh no, oh no, I am not thinking of my love,

---

① 余冠英《樂府詩選》,頁119。余書被Barthel列爲參考資料,見"Kritische Betrachtungen," 459, n. 115。余說對日本學者亦具影響,見小尾郊一、岡村貞雄譯注《古樂府》,頁90—91。然而日文譯注中也有不同於余說而把"唧唧"注爲蟲鳴聲與織布聲者,見藤原楚水《註解漢詩歌謠樂府朗詠選》上卷,頁135,注1。

② Julien, "Romance de Mou-lan," *Revue de Paris* 37 (1832), 13; rpt. in Julien, *Tchao-chi-kou-eul, ou L'Orphelin de la Chine, Drame en Prose et en Vers*, 327. 翁同文(Wong T'ong-wen)的法譯(由桀溺[Jean-Pierre Diény]修改)是:"Tsi-tsi et puis tsi-tsi: / Mou-lan tisse à sa porte."見Paul Demiéville(戴密微), ed., *Anthologie de la poésie chinoise classique*, 189。

據粗略調查,《木蘭詩》的早期歐洲語系譯文沒有一種把"唧唧"譯作"歎息聲"的。見Hellmut Wilhelm(衛德明), "Wei to Sui: Narrative Ballads," unpublished manuscript, 27。感謝康達維(David R. Knechtges)教授提供這些譯文的詳細出版資料。

③ 另又見Hans H. Frankel(傅漢思), *The Flowering Plum and the Palace Lady*, 68; Stephen Owen, *An Anthology of Chinese Literature, Beginnings to 1911*, 241。Charles Budd對首聯的意譯並無涉及"歎息",其譯文首章如下(中譯由筆者提供):

Mulan's swift fingers flying to and fro 木蘭靈敏的手指來回飛舞翩翩,Crossed warp with woof in deft and even row, 熟練而整齊地編織著緯紗經綫。As by the side of spinning-wheel and loom 她一直在紡車之側和織機之前,She sat at work without the women's room. 坐在閨房門前努力不懈地工作。But tho' her hand the shuttle swiftly plies 雖然梭子在她指掌間揮動迅速,The whir cannot be heard for Mulan's sighs; 但不聞機杼之聲惟聞木蘭歎息。

Budd, Chinese Poems, 124. 又見Jeanette Faurot(傅靜宜), ed., *Asian-Pacific Folktales and Legends*, 95.

Oh no, oh no, I am not longing for my dear. ①

"*Tsi-tsi*"或"click,click"摹況某種機械重複且無休止的聲音,但這聲音在詩中的模仿對象並不清楚。如韋利所譯,詩中第二聯構成一個轉折:連續不斷的織布動作現在停了下來,女子的歎息聲取代了"唧唧"之聲。然而,余冠英的解讀同樣合理:從詩歌一開始,女孩就一直邊織布邊歎息("唧唧"聲),而當她停止織布時,她那不斷的歎息聲便成了整個場景的主調。

從傳統詩律學入手考察當有助於理清這一問題。一般來說,舊體詩以聯爲單位寫作推演,每聯自成一個完整意義。如首聯的含義"入侵"到下一聯,就顯得有點彆扭。此外又可從詩歌的押韻結構考察。同其他大多數樂府詩一樣,《木蘭詩》首章的押韻結構是 AABA(A=押韻句);但是如果詩人對音響效果不那麽熱衷,也可以選擇 BACA 的形式。從首行四次重複以[k]爲韻尾的入聲字"唧"作擬聲來看,詩人的確在追求一種生動的聽覺效果。這種聲音不住反復,誘使讀者去尋找它的來源——那是木蘭織布時機杼所發出的聲響。一般來說,AABA 的押韻結構在《樂府詩集》的"北方"民歌中並非佔絶對優勢,假如《木蘭詩》的作者意在模擬"歎息",選擇非入聲字則會更加準確自然(見下表三)。只要拿《木蘭詩》與韋元甫(卒於 771 年)的仿作比較,擬聲的作用和對象便判然清晰。韋詩首章不入韻,"唧唧"也無處可尋:

木蘭抱杼嗟,借問復爲誰?欲聞所慼慼,感激强其顔。②

此章以非入聲字寫"嗟"(**tsia*),不用"唧唧"來描繪木蘭停機抱杼時的歎息狀態。雖然"慼"(**tsʰɛjk*)字所屬韻組接近"唧",但"慼"的複疊"慼慼"

① Waley, *The Temple and Other Poems*, 128.
② 《樂府詩集》卷二十五,頁 274。

並非象聲詞，而是形容女子憂心忡忡的一個動詞短語①。詩的結尾部分雖有一句曰“歎重徒嘻吁”(*tʰanʰ druawŋ dɔxɨxu ə̌ə̌)，但此“歎”和“嘻吁”均非入聲字，與木蘭的歎息不同，二詞描述的是木蘭戰友們發現她真實身分時的驚訝與稱賞。韋元甫的《木蘭詩》由於並無模擬機杼聲的必要，故“唧唧”也就自然不合用了。

蟋蟀與歎息

從語音學和文化角度作審視也許有利確定“唧唧”的摹描對象。上表所列異文多爲疊字連綿詞，其聲母爲塞擦音或摩擦音，韻母以入聲[k](或6號的[t])爲韻尾；它們很有可能是從音響效果上模仿蟲鳴或機杼之聲。“蟋蟀”和“促織”之作爲昆蟲名，均有音響效果的根據，二詞的中古音分別爲*sit ʂwit和*tsʰuawk tɕik，各由模擬蟲鳴的入聲音節類疊而成，且兩者均與“唧”(*tsik或*tsit)字押韻②。

蟋蟀尖銳而急促的鳴叫聲由入聲字“唧”準確而生動地表現出來。《康熙字典》所收的一首啓蒙七絶教人如何辨别漢語四聲，末句云：“入聲短促急收藏”③。入聲的音值很符合蟋蟀鳴叫聲的特點。《木蘭詩》裏其他象聲連綿詞恰與“唧唧”形成對比：非入聲詞“濺濺”(*tsianʰ tsianʰ)和“啾啾”(*tsuw tsuw)分别模擬了流水和馬嘶的長音；與此相反，入聲疊詞“霍霍”(*xwak xwak)模擬了磨刀聲，而入聲疊韻詞“撲朔”(*pʰəwk ʂaɨwk)則描述了“某種急速的反復動作”④。

雖然這類聲音在不同的文化裏有不同的理解方式，但是這種“關聯的”(associative)模擬具有世界普遍性。就昆蟲名而言，勞費爾(Berthold

---

① “慼慼”表悲傷的用例甚多，如魏文帝(220—226在位)《悼夭賦》、梁簡文帝(549—551在位)《傷離新體詩》，見《藝文類聚》卷三十四，頁600；卷二十九，頁520。

② 這些命名被Hugh Bredin歸類爲“關聯象聲詞”(associative onomatopoeia)，即“某詞的讀音與該詞指代對象相關的聲音相類似”(the sound of a word resembles a sound *associated with* whatever the word denotes)。Bredin, “Onomatopoeia as a Figure and a Linguistic Principle,” 560.

③ 《康熙字典》等韻，頁4。

④ 洪業(William Hung)認爲，“撲朔”即《孟子·梁惠王上》(1A/7)中形容牛的“觳觫”(*ɣəwk suawk)。Hung, “The last four lines of the *Mu-lan Ballad*,” 360-361.

Laufer, 1874—1934)説過:"中國人與其它民族並没有什麽不同。我們語言中的'蟋蟀'(cricket)[也]是對昆蟲鳴叫聲的模擬(從字面來看,'小嘎吱聲'[little creaker]來源於法語 *criquer*,意思是'嘎吱作響')。"①表一所列首句的異文中漢字(除"復"與"何"外)的主要特徵是對昆蟲的模擬,或至少與模擬昆蟲相關。它們的韻尾[k]和[t]都分别對應了英語中的對等詞如"creak"、"chirp"和"stridulate"等。在歐洲語言中,一些意義相當的詞没有以[p]、[t]或[k]爲韻尾,其"入聲"特點却反映在音節的開頭或中間部分,如英語詞 twitter、drone 和 shrill;法語詞 gazouiller 和 bavarder;德語詞 zwitschern 和 stridulieren;以及拉丁語詞 crepito-are 和 pipilo-are,等等。

人類對蟋蟀鳴聲的反應不盡相同,因此,同樣的聲音可以引起不同的意念。勞費爾對此有這樣的論述:

> 蟋蟀發出的聲音當然不是一首真正的樂曲,而只是和所有昆蟲發出的聲音一樣的機械的作品。這些蟲鳴振羽的主題大抵衍生自人類的主觀臆測:可以是一闋情歌,可以是求偶之聲,也可以是其他感情的表述。蟋蟀只有在它們完全發育成熟並且能够交配的時候才能鳴唱,這大概就是使人類覺得它們所唱的就是一曲情歌的原因。②

象聲與情歌的關係在下文引述的《折楊柳枝歌》中,體現在由象聲詞引發的女孩對婚姻的渴望。勞費爾對於蟋蟀鳴叫聲的臆測性論點,驗諸中國傳統,則又見蟲鳴聲對擬聲詞的範式(paradigm)構成具重要意義。這

① Laufer, *Insect-Musicians and Cricket Champions of China*, 8.

② Laufer, *Insect-Musicians*, 3: "The sound made by crickets is, of course, not a true song, but a mechanical production, as are all of the sounds produced by insects. The object of the chirping or stridulating is somewhat conjectural. It may be a love-song, mating-call, or an expression of some other emotion. The fact that the crickets are able to sing only when they are full grown and capable of mating would seem to suggest that their chirping is a love-song." 勞費爾引用 Frank E. Luts (頁 3—4)之説支持這後一個觀點。

些機械而單調的聲音是木蘭在《木蘭詩》中織布之聲的摹狀，這個“聲象”(sound-image)來自蟋蟀的鳴叫①。

由於上述觀點多有臆斷，我們必須從反面論證“唧唧”模擬的並非歎息聲，以堅實其說。摹狀的特質是直觀性，這在由同類擬聲詞構成的範式系統中顯著可見。例如，英語的“hiccup”法語曰“hoquet”，西班牙語爲“hipo”，德語是“schluckauf”；在漢語系統中，普通話是“嗝”(*kɛ：jk)，粵語發音爲“思臆”(*si1 jik1*)，客家話是“噎督”(et^{8} tuk^{8})，閩南話是“呼屎呃”(*koō sǎi'ēh*)，吴方言是“嗝頓”($kəʔ^{5}$ $təŋ^{34}$)，等等②。這些發音中都有一個高尖塞音音節模擬打嗝聲。

模仿是象聲詞的一個基本功能，這是世界各種語言的一個通例③。非入聲詞是人類聲音的另一種摹況功能。上舉打嗝一例在數種語言中以喉音或塞音作模仿；而大多數表示歎息的漢語詞彙在中古音的聲母爲喉音，而且是可以延長的非入聲音④。以下是一些例子：

① 費爾迪南·德·索緒爾(Ferdinand de Saussure, 1857—1913)提出、定義並論述了“聲象”這個概念。其專著的英譯者説：“但是對索緒爾來説，語言實質上是一個倉庫，它從外接收……除了談話中的任何對聲象的實際運用以外，聲象在潛在語言中對詞語的表達是最佳最自然的手段。”(“But for F. de Saussure language is essentially a depository, a thing received from without.... The sound-image is par excellence the natural representation of the word as a fact of potential language, outside any actual use of it in speaking.”)見 de Saussure, *Course in General Linguistics*, trans. Wade Baskin, 66, n. 1。

② 粵語發音據黄錫凌編《粵音韻彙》；互聯網版：http://humanum.arts.cuhk.edu.hk/Lexis/Canton/。檢視日期：2013 年 4 月 18 日。客家話發音據羅美珍、林立芳、饒長溶《客家話通用詞典》，頁 295(本文選取詞條“噎子”的梅州話發音)。吴方言據閔家驥等《簡明吴方言詞典》，頁 50。閩南話據林寶卿《普通話閩南方言常用詞典》，頁 97。

③ Hugh Bredin 認爲：“任何時候，只要一個詞義的某一方面可被視爲一種聲音或聲音屬性，世人就總會想去找出這個詞的發音如何與詞義相似或如何據以形成該詞的形態。如果如此尋索，就會感受該詞的擬聲特點，也就是説，我們感受到該詞是一個既表意亦表音的符號。”(“Whenever some aspect of a word's meaning can be identified as a sound or a sound property, there is a universal human disposition to seek out some aspect of the word's sound that resembles or instantiates it. If we should find such a resemblance or instantiation, we experience the word as onomatopoeic: that is, we experience the word as a sign which enacts its meaning as well as articulating it.”)Bredin, “Onomatopoeia as a Figure and a Linguistic Principle,” 568.

④ 這個數據調查參考了黄金貴《唧唧考》，頁 50。

表三:常見表示歎息的詞彙

詞彙	早期中古音
歎①	$^{*}t^{h}an^{h}$
噫嘻	*ʔ ɨ^{h} xɨ
嗚呼	*ʔ ɔ xɔ
欷歔	*xɨ jxɨ ĕ
吁嗟	*xu ə̌ tsia
喟	$^{*}k^{h}wi^{h}$
唉	*ʔ ə̌j②

雖然"唧唧"被用來表示歎息之聲由來已久,但是這個意思似乎引申自其字根的模擬作用。北魏楊衒之(約 540)在其《洛陽伽藍記》中描寫了一群仕女看到河間寺的宏偉建築時的激動之情,文中透露出此字根的基本作用:

> 四月初八日,京師士女多至河間寺。觀其廊廡綺麗,無不歎息,以爲蓬萊仙室亦不是過。入其後園,見溝瀆蹇產,石磴礁嶢,朱荷出也;綠萍浮水,飛梁跨閣,樹出雲,咸皆唧唧③。

宋人戴侗(1200—1285)注此文中的"唧唧"爲:"竊語聲,亦歎聲也。"④第二個意思"歎聲"表達了一種讚歎和欣賞,這與《木蘭詩》中的苦惱悲歎截然不同。以上引文爲對偶結構:"歎息"對"唧唧",各有分工。其語境是,洛陽的士女雖"驚歎"寺院的宏偉美觀,却不能高聲喧嘩,因此只能像蟲鳴般

① 也許有人認爲,《木蘭詩》裏"歎息"的"息"(*sik)是入聲韻,表歎息。但是"息"字本身的含義是"氣息",而"歎息"的意思是"感歎的氣息"。另外值得注意的是,一些西方語言中"歎息"一詞的發音跟入聲一樣短促,比如瑞典語"suck"、挪威語"sukk"和荷蘭語"zucht"等。

② "唉"字唸去聲是現代漢語普通話讀音(āi)。早期中古音的這兩個讀音,分別見《廣韻》"上平咍十六"及"上聲駭十三",前者義爲應聲、歎聲,後者飽聲。

③ 《洛陽伽藍記》(T2092)卷四,頁 1016c15—1017a1。

④ 戴侗《六書故》卷十一,頁 49a。張自烈(1597—1673)把"唧"解釋爲"竊語聲"。見張自烈《正字通》卷二三四,丑集上,口部,頁 58b。

“竊語”。或許有人認爲,“唧唧”爲“嘖嘖”(*tşəijk)的異文,後者在早期文獻中的意思是“讚歎的咂嘴聲”[1],但是這類替代並不必要。以“唧唧”表讚美或苦惱的用法在一些唐詩中有用例而成爲論者的證據[2],但這類含義大概只是一種引申用法,下文續論之。

轉移,翻譯,變易

《木蘭詩》雖然來源不確定,但隱現著文本經歷傳播和修改的痕跡。我們對“唧唧”一詞雖耳熟能詳,但在《木蘭詩》之前的藝圃詞林中却没有它的根苗。這一點爲我們追尋《木蘭詩》的非漢語根源提供了重要的啓示,由此角度進行探討也許會得到有用的綫索。

成書於七世紀的一部佛教辭典《一切經音義》把“唧唧”解釋成“鼠聲”[3]。這個詞條注解的對象文本是闍那崛多(Jñānagupta, 523—600)所譯《佛本行集經》中一名螺髻梵志(外道出家者)的故事:他的三個舅舅皈依了佛教,他在前往責備他們的途中發出了“唧唧”聲。相關原文如下:

> 彼聞其舅迦葉三人及諸弟子往詣於彼大沙門邊,悉皆出家,剃除鬚髮,聞已心驚,大不歡喜,而口發言:“希有舅等!於若干年祭祀火神,今日忽已入沙門中爲作弟子。我今當往彼處訶責,何故作是不善事也?”彼口中咽唧唧之聲,而往詣彼三阿舅邊……[4]

---

① 楊勇曰:“唧唧,嗟歎聲,照本作‘嘖嘖’,通。”照本即《學津討源》所收照曠閣本。見楊勇《洛陽伽藍記校箋》卷四,頁 192,注 131。黄金貴認爲“嘖嘖”是“唧唧”的正確寫法,表示“讚歎的咂嘴聲”,並舉託名漢代伶玄子所作的《飛燕外傳》爲證。見黄金貴《唧唧考》,頁 48。

② 鮑幼文《談木蘭詩的唧唧復唧唧》,頁 33。唐詩中“唧唧”出現了 23 次,其中 13 次模擬蟲鳴或鳥啼聲,7 次模仿了人類的歎息,3 次含義不明。網上檢索:“國科會”數位典藏“國家型”科技計畫:全唐詩檢索系統:http://cls.hs.yzu.edu.tw/tang/tangats/Tang_ATS2012/SrchMain.aspx。檢視日期:2013 年 3 月 31 日。

③ 釋玄應(約 645)《一切經音義》卷十二,頁 43a06。這種用法又見於一部唐代道經《無上三天法師説廕育衆生妙經》(HY 1188),頁 4b。勞格文(John Lagerwey)認爲此經成於 756 年以後。見 Kristofer Schipper(施舟人)and Franciscus Verellen(傅飛嵐), eds., *The Taoist Canon*, q. v., p. 489。任繼愈等繫之於晚唐,見任繼愈編《道藏提要》修訂本,頁 944。

④ 闍那崛多(523—600)譯《佛本行集經》(T190)卷四十二,頁 851a19—23。

這部佛經的成書及解經背景爲理解《木蘭詩》提供了重要綫索①。《木蘭詩》和《佛本行集經》都來自或者途經北方,兩者中的"唧唧"所模擬的都是某種非人類的聲音。犍陀羅國(Gandhāran,即今阿富汗的坎大哈)僧人闍那崛多根據梵文版的《佛本行集經》翻譯——而不是創作——螺髻梵志發出的聲音。隋代翻譯家玄應入唐後參與了玄奘(602—664)的譯經工作。玄應既精於佛教辭典編纂,故應接觸過梵文版的佛經原典。其傳記資料記載了一些關於他編纂辭典的情況:"徵覈本據,務存實録",以及"通造經音","隨字删定,隨音徵引,並顯唐梵方言"②。據此,《一切經音義》所記定是玄應據其對梵文原文的理解作出的對漢譯經文的解釋。

翻譯是新詞彙增加的一個重要動因。雖然"唧唧"一詞不一定在翻譯中才被造出來,但翻譯對它的生成和變化當有過重要影響。雖然學界對"北方"詩歌來源的爭論使這些作品的"北方"性質被懷疑③,但這些作品中的新詞彙所標誌的新的語言元素的湧現却是有目共睹的,其產生途徑主要是北歌的翻譯過程中所用到的意譯方法。《樂府詩集》共收《折楊柳歌辭》五首,其中第四首體現了上述論點,其辭曰:

遥看孟津河,楊柳鬱婆娑。我是虜家兒,不解漢兒歌④。

學界對這首歌辭的北方來源的純粹程度的質疑可從文本的翻譯痕跡

① 《木蘭詩》一般定爲北魏時期的創作,只是歷經竄寫而改變了原貌。見譚潤生《北朝民歌》,頁 177—178。

② 見釋智昇(667—740)《開元釋教録》(T2154)頁 562a19;釋道宣(596—667)《續高僧傳》(T2060)卷三十,頁 704c4;終南太一釋氏(即釋道宣)《大唐衆經音義序》,見《一切經音義》,序,813C8-9。

③ 這些"北方作品"在《樂府詩集》中歸類爲《梁鼓角歌辭》,它們並非全部來自北方,而是翻譯、校勘、改編和模仿的產物。見 Xiaofei Tian(田曉菲), *Beacon Fire and Shooting Star: The Literary Culture of the Liang* (520-557), 335—46;中譯本《烽火與流星》,頁 258—266;譚潤生《北朝民歌》,頁 77—78;閻采平《梁陳邊塞樂府論》,頁 49—50。裴士凱(Scott Pearce)指出:"'北方詩歌'既不是純粹的'北方胡人歌曲',也没有簡單而孤立地存在於一個在南方出現、發展的錯綜複雜的詩歌譜系中。"("the 'northern songs' are neither full and pure 'songs of the northern barbarians,' nor did they exist simply and solely within the elaborate and intertwined genealogy of verse that emerged in the south.") Pearce, "The Way of the Warrior in Early Medieval China, Examined through the 'Northern *Yuefu*,'" 98.

④ 《樂府詩集》卷二十五,頁 370。

得到印證①。曹道衡指出,歌詞中的“虜”是“南朝對北方少數民族的蔑稱”,證實了這首歌曲是由南方樂工從鮮卑語翻譯成漢語的歷程②。郭茂倩對《敕勒歌》的解説可作旁證:“其歌本鮮卑語,易爲齊言,故其句長短不齊。”③

在《木蘭詩》與其他“北方”詩歌被引入“南方”的過程中,翻譯在文化交流中起著重要的作用④。郭茂倩在《樂府詩集》引《古今樂録》,將詩歌分爲横吹曲與胡吹曲,又云“歌辭有《木蘭》一曲,不知起於何代”⑤。雖然梁代(502—557)的樂工詞人修改了這些作品,但是它們的北國韻味仍由其獨有的意識形態、意象藝術和另類詞彙體現出來,這些因素都不見於前代漢人作品。下表列舉了一些這類新詞:

表四:帶有北國韻味的詞彙

詞語	早期中古音	含義	出處
木蘭	*Məwk lan	勇敢英雄之名,其詞義有駱駝、麒麟、大雄鹿(bulān)等⑥	《木蘭詩》

① 余冠英指出:“從後兩句可知這篇是‘胡’歌漢譯。”見余冠英《樂府詩選》,頁115。

② 曹道衡《關於北朝樂府民歌》,頁61。另見星川清孝譯注《古詩源》(下),頁353;Hans H. Frankel, “*Yüeh-fŭ* Poetry,” 98; 譚潤生《北朝民歌》,頁47;Xiaofei Tian, *Beacon Fire and Shooting Star*, 337;《烽火與流星》,頁259。

③ 《樂府詩集》卷八十六,頁1212。“齊言”指北齊朝的漢語。小川環樹對此詩的漢譯特徵做了仔細的分析,對本文認爲《木蘭詩》的翻譯痕跡的觀察具有重要的參照價值。見小川環樹《勅勒の歌——その原語と文学史的意義》,頁328—329。

④ 《木蘭詩》中的時代錯亂的用詞引起過不少爭議,這些用詞主要體現於政治制度術語的混雜使用,例如天子、明堂、可汗、尚書郎等詞。見黄進德《北朝文學部》,頁1167—1173;Barthel, “Kritische Betrachtungen,” 451—452。唐長孺通過這些語言因素斷定《木蘭詩》作於唐代,見唐長孺《〈木蘭詩〉補證》,頁41—44。卜弼德(Peter A. Boodberg)認爲:“《木蘭詩》這首名作毫無疑問作於北朝拓跋魏的統治下,詩中皇帝稱爲‘可汗’,此詞因鄂爾渾突厥而出名,可能是他們從蠕蠕那裏得來的;蠕蠕又必定從拓跋氏或慕容氏借來此詞。”(“In the famous song of Mu-lan 木蘭, which was undoubtedly composed in the North during the time of T'o-pa domination, the Emperor is referred to as *k'o-han*. The title, made famous by the Orkhon Turks, was probably derived by them from the Juan-juan, who, in turn, must have borrowed it either from the T'o-pa or the Mu-jung.”) Boodberg, “The Language of the T'o-pa Wei,” 172; Alvin P. Cohen, comp., *Selected Works of Peter A. Boodberg*, 226. 長谷部剛就嚴羽所説《木蘭詩》中“朔氣傳金柝,寒光照鐵衣”等句的聲律透露了此詩“已類太白,必非漢魏人詩”的論斷作研究,認爲這些句子乃齊梁朝宫廷詩人所增入。見長谷部剛《李白詩と「木蘭詩」:「木蘭詩」の形成と傳承》,頁463—465。

⑤ 《樂府詩集》卷二十五,頁362。沈德潛(1673—1769)曰:“斷以梁人作爲允。”見《古詩源》卷十三,頁327。岡村貞雄認爲釋智匠不止編纂了北朝民歌,更重要的是:他把這些民歌從北方語言翻譯成漢語。見《古楽府の起源と繼承》,頁388—392。

⑥ 陳三平認爲:“木蘭”爲音譯詞,表示人物的雄壯英勇,如韓雄(卒於568),字木蘭,韓麒麟(433—488)之名則出自雄鹿這一概念或起碼與之相關。見 Sanping chen, *Multicultural China in the Early Middle Ages*, 44—59。

(續表)

詞語	早期中古音	含義	出處
唧唧	**tsik tsik/tsit tsit*	蟲鳴之聲	《木蘭詩》
明駝	**miajŋ da*	擅於長途旅程的駱駝	唐宋文獻所載的《木蘭詩》異文①
撲朔	**pʰəwk ʂaɨwk*	快捷②	《木蘭詩》③
捉搦	**tsaɨwk nraɨwk*	捉弄④	《樂府詩集》25.369
鉅鉾	**ɣɔ ʰ(?)muw*	頭盔(?)	《樂府詩集》25.363
懀馬	**kʰwaɨj maɨ'*	快馬	《樂府詩集》25.364, 25.370
側側力力	**tʂik tʂik lik lik*	(論見下文)	《樂府詩集》25.366
勞利	**law liʰ*	鳥鳴叫(?)	《樂府詩集》25.367
踋跋	**bjit bat*[52]⑤	(馬匹)疾馳	《樂府詩集》25.370
敕勒	**trʰik lək*	北方少數民族名⑥	《樂府詩集》86.1213
阿得脂	*ʔa tək tɕi	與鳥有關,可能是表鳥鳴的象聲詞⑦	《晉書》苻堅(338—385)載記

這些不常見的新詞彙源自北方。翻成漢語的連綿詞和專有名詞,爲我們提供了綫索去瞭解當時翻譯的普遍做法。首先,當某個詞彙在漢語中找

---

① 見黄進德《北朝文學部》,頁 1167。

② William Hung, "The last four lines of the *Mu-lan Ballad*", 360—361.

③ 《錦繡萬花谷》(卷三十七,頁 16a)引作"扑屋"(**pʰ əwk* ʔ*əwk*)。

④ 譚潤生《北朝民歌》,頁 374,注 30。"捉搦"的字面意思是"捉住"或"抓住"。

⑤ "踋"字不見於《廣韻》,據丁度(990—1053)等編《集韻》"入聲"卷九,頁 37a—38a。

⑥ 這個族名的羅馬拼法是 Tölis 或 Tölös,也有音譯作特勒、鐵勒、狄歷、高車丁零等。見《舊唐書》卷一四九《北狄傳·鐵勒》,頁 5343;譯注及考證見 Eduard Chavannes(沙畹,1865—1918),*Documents sur les Tou-kiue* (*Turcs*) *Occidentaux*, 87—89;又參看 Boodberg, "Sino-Altaica II," Selections from *Hu T'ien Han Yüeh Fang Chu* 8, in *Selected Works of Peter A. Boodberg*, 115—17;小川環樹《勅勒の歌——その原語と文学史的意義》,頁 326—327。

⑦ 欒保群説:"有人解釋説是好偷油吃的鳥。"見欒保群《歷史上的謡與讖》,頁 87。這首歌爲趙整所作,意在諷刺前秦主苻堅把自己的同族氐人調遣離京到諸鎮,京師則交付鮮卑人留守。見《晉書》卷一一四《苻堅載記》,頁 2928;《資治通鑑》卷一〇四,頁 3296。

不到意義完全相當的對等詞時，則據其北方發音音譯成漢語①，而且譯法呈不穩定狀態，如"敕勒"的多種譯法。其次，由於"北歌"大都經梁代詩人修改或重寫，不常見的詞乃被翻譯成了相應的漢語，如《木蘭詩》中的"霍霍"（*xwak xwak）和"迷離"（*mɛj liə ǒ）均爲現成的漢語詞彙。這就合理地解釋了爲何上引《折楊柳歌辭》中的北人會自稱"虜"，也解釋了爲何《木蘭詩》中出現了關於漢人日常生活、意識形態和政治制度的詞彙。第一點與本文論旨十分相關，我們推斷："唧唧"一詞很可能是一個源自北方語言的意譯或音譯詞，其"創製"契機大概由於當時的漢語中没有一個與之完全對等的詞可以同時模擬蟋蟀的鳴叫聲和機杼嘎吱聲②。

從現有的唐代材料看，《木蘭詩》的文本本身也呈現了不穩定的特點。這些不穩定的因素極可能就是翻譯的未定型和口頭傳播的産物。杜甫自注其詩，引用了"古樂府"——明顯就是《木蘭詩》——中的一聯："不聞耶娘哭子聲，但聞黄河流水一濺濺"，異於今本如《樂府詩集》所載的"不聞爺娘唤女聲"和"但聞黄河流水鳴濺濺"③。這些異文説明了唐時流行的《木蘭詩》，不論是否口耳相傳所致，却印證了歌詞的"母本"的衍變情況，其遠因大抵在於譯法的不同。再舉一例：詩中"火伴皆驚惶"一句，就有"火伴皆驚忙"、"火伴始驚惶"、"火伴驚忙忙"等異文，也許"可能是稿本之各

---

① 此外，一些樂府詩題中含有一些難明的詞，如"企喻"、"黄淡思"、"地驅"、"魯爽"等。《舊唐書·音樂志》載："今存者五十三章，其名目可解者六章……其不可解者，咸多可汗之辭……知此歌是燕、魏之際鮮卑歌。歌辭虜音，竟不可曉。梁有《鉅鹿公主歌辭》……其辭華音，與北歌不同……開元初，以問歌工長孫元忠……雖譯者亦不能通知其辭。"《舊唐書》卷二十九，頁1071—1072；《樂府詩集》卷二，頁362—363。

② 模擬織機聲的詞只有入聲連綿疊詞"扎扎"（* tʂaɨt tʂaɨt），但不用於對蟋蟀鳴叫聲的模擬。見蕭統（501—531）編《文選》卷二十九，頁5b，《古詩》其十。早期文獻中，"唧"字没有複疊作擬聲詞之例；最接近"唧唧"的要算枚乘（卒於前141年）在其《柳賦》中的"啾唧"一詞，模擬柳枝摇曳奏出的"樂"聲。見葛洪（283—343）《西京雜記》卷四，頁4b。"唧"字獨用，模擬射工發出的射擊聲。射工是傳説中能像射箭一樣從其觸角射出毒物的甲蟲，見葛洪《葛仙翁肘後備急方》（HY 1295）卷七，頁27b；Bernard E. Read, *Chinese Materia Medica: Insect Drugs, Dragon & Snake Drugs, Fish Drugs*, 178。"唧"字作爲擬聲動詞在今天的粵方言中仍在使用，音 *zit1*，意思是"擠出"或"射出"液體，與早期中古音 *tsit 相當。

③ 長谷部剛《初唐至中唐間"古樂府"概念衍變芻論》，頁129—131，引用謝思煒認爲出現在《宋本杜工部集》中的這兩條注爲杜甫自注。謝文爲《〈宋本杜工部集〉注文考辨》，頁136—143。這兩條注見《宋本杜工部集》卷一，頁8a《兵車行》題下注。

異"所致[①],這些異文的由來,固然與口耳傳抄密切相關,但詩句意義的流傳於人口,則大抵脱胎自意譯,以上諸異文所表達的近似意義多少能說明這一點。

這樣的情況在音聲模擬的詞語處理上尤其能見出其翻譯的痕跡,這在《木蘭詩》的"互涉文本"(intertexts,下稱"互文")中的一些擬聲範式(paradigm)得到進一步印證[②]。最有力的證據是《折楊柳枝歌》其三,開頭描寫了一位對窗織布的女子:"敕敕何力力(*tr^hik tr^hik *ɣa lik lik*)。"[③]從語言學和文本互涉(intertextuality)的角度考察,這首歌和《木蘭詩》的首句一樣,都譯自相同的聲音,此説的理據是二者的共有因素:同類甚至同樣的詞語、場景和情感,而最重要的是,其入聲象聲詞與"唧"屬於同一韻組——《廣韻》入聲"職第二十四"[④]。這種解釋在聲音和意義方面都同樣合理,因爲"敕"本身就表示"勞"[⑤],"力"表示"勤"。這與表一所列異文"促織"(2號)——"催促某人紡織"——的含義是一致的(論見下文)。

《木蘭詩》的其他異文也透露了翻譯活動的重要性。不難發現,這些異文都試圖用漢語來表達嘎吱聲響,例如:發出"唧唧"聲的"促織"(2號);强調聲音頻率的"切切"(6號);表示勤勞的"力力"(3號;《折楊柳枝歌》其三);强調聲音清晰明亮的"歷歷"(4號)等。這些異文對聲音的模仿,反映了作品的譯者或改編者在漢語詩律的規則中尋找一種表現特殊聲音的方法的努力,可是在這個範例系統中的異文没有一個是表示"歎息"的。假如"歎息"是作品的原定含義,那麽此義應當由一個非入聲詞來表示,但爲何譯者選擇了"唧唧",而不是普遍使用的表達方式如"嗟嗟復嗟嗟"(*tsia

① 李得賢《木蘭詩時代雜考》,頁246。

② "互涉文本"及下文的"文本互涉"(intertextuality)借用了Julia Kristera的理論,她認爲"文本"的構成由與此文本同源或衍生的其他相關文本構成。詳見其專著:Desire in Language: A Semiotic Approach to Literature and Art.

③ 《樂府詩集》卷二十五,頁370。全文及討論見下文。

④ 方以智(1611—1671)根據發音把一些象聲詞歸爲一組,其中包括"唧唧"和"敕敕力力"。見方以智《通雅》卷十,頁10b、11b。

⑤ 《爾雅注疏》卷二,頁8b。

tsia buwk tsia tsia)[①]來表達詩人或歌者的歎息?

這樣的考察有助於探究"唧唧"模擬歎息聲這個後起的用法。與大多數"北歌"一樣,《木蘭詩》被帶到了梁王朝並在那裏被修改。梁代的宮廷是北歌的修改和再造活動十分蓬勃的地方,以下是梁代詩人施榮泰的《詠王昭君》。此詩敘寫了與北方相關的歷史事件,有助我們考察用詞的意義。

> 垂羅下椒閣,舉袖拂胡塵。唧唧撫心歎,蛾眉誤殺人。[②]

詩人所詠王嬙事,具見《西京雜記》[③],《唐書·音樂志》則交代了樂曲背景:

> 《明君》,漢曲也。[漢]元帝(前 49—前 33 在位)時,匈奴單于入朝,詔以王嬙配之,即昭君也。及將去,入辭,光彩射人,聳動左右,天子悔焉。漢人憐其遠嫁,爲作此歌。[④]

施榮泰首次在此舊題中加入"唧唧"一詞,似乎在表達王昭君的歎息聲。吳兆宜(約 1672)注曰"啾唧聲"[⑤]。觀五世紀初的文獻,從"是非啾唧"一句的語境可知"啾唧"指的是俗世的煩擾[⑥]。從語境看,困擾昭君的是當時畫師們收受宮人賄賂,昭君没有行賄,畫師遂没有把其"光彩射人"之貌如實繪

---

① 見顧瑛(1310—1369)《丈人行》,《草堂雅集》卷三,頁 76b。其他類似的表達還有:"嗟歎復嗟歎"(**tsia* $t^{h}an^{h}$ *buwk tsia* $t^{h}an^{h}$)和"吁嗟復吁嗟"(**xuǒtsia buwk xuǒtsia*)。分别見倪宗正(1505 年進士)《題施翁終慕卷》,《倪小野先生全集》卷五十八,頁 3.40b;高叔嗣(1501—37)《古謌二首》其一,《蘇門集》卷一,頁 9b。疊詞連綿詞"嗟嗟"始見於《詩經·周頌·臣工》,鄭玄(127—200)注曰"勑",孔穎達(574—648)正義曰:"重歎。"見《毛詩正義》卷十九之二,頁 322c。"嗟嗟"在西漢大儒韋賢(前 148—前 60)的一首詩中是歎息的象聲詞,見《漢書》卷七十三本傳,頁 3104。在四世紀初的一首"北歌"《隴上歌》中,歎息聲是"阿呵嗚呼奈子何! 嗚呼阿呵奈子何!"(**ʔa xa ʔɔ xɔnaj*^{h}*tsɨ'γa/ʔɔxɔ ʔa xa naj*^{h}*ts'γa*)見《樂府詩集》卷八十五,頁 1200,注 5 引馮惟訥(1513—1572)《詩紀》。

② 徐陵(507—583)編《玉臺新詠》卷十,頁 491。"唧唧"在《藝文類聚》卷三十頁 540 引作"即即"。

③ 葛洪(284—364)《西京雜記》卷二,頁 1a/b。

④ 《樂府詩集》卷二十九,頁 425 引;《舊唐書》卷二十九,頁 1063,文字稍異。前書介紹了梁代對此曲的改編活動詳情。

⑤ 《玉臺新詠》卷十,頁 491,吳兆宜注引《廣韻》。

⑥ 東方朔(前 154—前 93)著,顏幼明(晉)、何承天(370—447)注《靈棋經》卷二,頁 54。

畫,至匈奴娶之而事發,京城畫師遂全被殺,故詩中借昭君之口言"蛾眉誤殺人"。據此,施榮泰以"唧唧"描寫昭君的痛心,而不是她的"歎"聲,因爲昭君"撫心",而"唧唧"又與"惻惻"音近,指代她心中之痛(論見下文)[①],即致其歎息的内因。

促織與唧唧

施榮泰的《詠王昭君》詩中看似表示歎息的"唧唧"一詞,由吴兆宜注引《古促織詩》以及《木蘭詩》首句(表一異文 1 號)引導,則又可理解成"促織"之意。《古促織詩》作爲《木蘭詩》的異文標題見於十三世紀末成書的《古今韻會舉要》,其標注出處爲《文選》[②]。雖然此《促織詩》没有以"促織"開頭,但是這個詩題有力地證明了"唧唧復唧唧"不是歎息聲而是蟋蟀的鳴叫聲。

"促織"和"蝍蝍"(表一異文 2 號和 5 號)構成一個名詞連綿詞(nominal binome)類别,有别於其他描述性連綿詞(descriptive binome)範式。與其他異文一樣(除 6 號"切切"),二詞都是詩句音頓中的押韻處(caesural rhyme),而且都含有"蟋蟀"的實義並有模擬紡織聲的作用。"促織"一詞出現於最早的文獻《古文苑》和《文苑英華》,故尤其值得重視。此詞的根本意義將蟲鳴與紡織聯繫起來。"促織"又作"趨織",字面義爲"催促紡績者"[③]。這個意思因其詞的擬聲效果而得以升華,成功地描繪了一幅交織著蟋蟀鳴叫和人們織布的生動畫面。蟋蟀還有一個矛盾修辭式(oxymoronic)的别名"懶婦",俗語謂:"趨織鳴,懶婦驚。"意思是説,婦人被高頻率且機械的蟲鳴聲督促著努力幹活[④]。"蟋蟀"(*ṣit ṣwit)之名首見於《詩經·豳風·七月》第五章,是由兩個入聲音節組成的雙聲疊韻詞,顯然

---

① "惻惻"爲"痛心貌","如鳥被射其心"。見葉子奇(約 1378)《太玄本旨》卷五,頁 6b。

② 黄公紹(宋元間人)、熊忠(元)編《古今韻會舉要》卷二十九,頁 9a。另見樂韶鳳(卒於 1380 年)編《洪武正韻》卷十六,頁 17b;張自烈《正字通》丑集上,口部,頁 58b。

③ Laufer, *Insect-Musicians*, 7:"one who stimulates spinning." 他認爲這種聲音是由禮冠蟋蟀(mitred crickets; *Gryllus mitratus*)發出的。

④ 陸璣(三世紀)《毛詩草木鳥獸蟲魚疏》卷二,頁 59。又見邢昺(932—1010)《爾雅注疏》卷九,頁 73a 注引陸璣説。崔豹(約 290—306)在其《古今注》列出的蟋蟀别名中,有兩種與我們的論題密切相關:"促織謂鳴聲如急織布也,絡緯謂其聲如紡也。"見《太平御覽》卷九四九,頁 5b—5a。

來自對蟲鳴聲的模仿。《木蘭詩》中蟲鳴和織布聲在詩意中相互交織[①],但是當木蘭停機罷織,開始歎息時,這種交織便戛然而止,歎息聲逐步取代了織布聲[②]。後來的歐陽修(1007—1072)在其《秋聲賦》中也運用了類似的場景設計,其篇末云:“但聞四壁蟲聲唧唧,如助余之歎息。”

“唧唧”模擬鼠聲的功能由5號異文“蝍蝍”充分體現出來。“蝍”字從“虫”,在“蝍蝍復蝍蝍”中重覆了四次,給人的印象是詩人試圖通過追求視聽效果向讀者展示一幕生動場景:一隻又一隻蟋蟀正在“唧唧”地叫。初唐文學家張鷟在其《朝野僉載》中呈現了一幅生動畫面:

> 嶺南獠民好爲蜜蝍,即鼠胎未瞬通身赤蠕者,飼之以蜜,飣之筵上,囁匕而行,以筯挾取,啖之唧唧作聲,故曰蜜蝍。[③]

“蝍”在文中摹狀鼠聲,乃根據兩種聲音的相似而派生。與上文引述的《佛本行經》對讀,則可見“唧唧”模擬的是一種高音調高頻率的聲音,與人類的歎息聲迥異。“蝍”和“唧”都是象聲字,聲旁都是“即”(*tsik),意義則與部首“虫”或“口”密切相關[④]。

《木蘭詩》首句的七種異文(見表一)爲我們勾勒出口頭傳播的概況。大多數異文都是以[k]爲韻尾的入聲字,並且都是以“KKXKK”爲句型排列,K代表入聲字,如“唧唧”、“歷歷”和“力力”,X則是兩組K的連接詞。除了“切”(6號)以外,所有K異文字分屬兩個鄰近韻組即《廣韻》入聲“錫第二十三”和“職第二十四”;而句中音頓用韻又增强了詩歌的音樂

① 這兩種聲音的交織,又見於胡奎(約1331年)《木蘭辭》,《斗南老人集》卷二,頁51a。

② 林延君認爲《木蘭詩》中的“唧唧”是蟋蟀的鳴叫聲,並推論:“因爲古時常常利用秋後農閒時開戰,蟋蟀‘唧唧’之時,正是烽煙將起之日。”蟋蟀的“唧唧”聲讓木蘭想起,年邁的父親被徵召從軍之事。見林延君《〈木蘭詩〉“唧唧”釋義》,頁308。

③ 張鷟《朝野僉載》卷二,頁41。薛愛華(Edward H. Schafer)把“蜜蝍”翻譯成“honey peeper”(蜜餞小唧鼠),作爲“新生鼠的婉語”(“a euphemism for newborn rats”)。這一理解反映了薛氏認爲“蝍”是高尖聲音的標記。見Schafer, *The Vermilion Bird: T'ang Images of the South*, 250。

④ 歐陽修《秋聲賦》中的“唧唧”在一宋本中從“虫”。見吕祖謙(1137—1181)編《宋文鑒》卷三,頁5b。

性。這些韻律功夫,反映了詩人在努力利用聲韻和喻意的手段,把連續不斷的蟲鳴聲融入到織布聲裏去。然而,在口頭傳播過程中,《木蘭詩》的用詞並不穩定,且易於改變,於是導致了七種異文的產生①。異文"切切"、"歷歷"和"力力"形成了一組描述性連綿詞狀語,分别描述迫切、清晰和勤勞的狀態。這些與原本擬聲範式的出入大概是由不同人意譯和轉述而導致的。

苦惱與歎息

上述連綿詞狀語範式的結構模式促使我們擴大探索的範圍。KKXKK 結構成爲我們對《木蘭詩》以外的類似文本進行考察的重要綫索,對象也包括没有連接詞 X 的四言句式,考察重點是 KK 形式的短語在不同語境下的含義有何不同②。

雖然不同的語境有細微差别,但是這種固定句型體現了民歌傳播過程中的口頭傳播方式。現存與《木蘭詩》的風格和意義接近的民歌可以被視作它的"互文"。可是,在傳播過程中,KK(X)KK 結構的文句在《木蘭詩》和其他詩歌中的意思是不同的。例如,表一異文第 3 至 5 號中的擬聲作用變成了狀語範式。從以下兩首被視爲《木蘭詩》來源之一的短歌中,我們可以爲 KK 短語建立一個範式譜系(paradigmatic genealogy)。兩首短歌是《折楊柳枝歌》的第三和第四首,以下引述全部四首,以見全璧:

---

① 康達維對漢賦中連綿詞的論述對本文的異文探討有所啓發,他説:"……西漢時期賦家所使用的許多新詞彙,並没有標準的寫法。"(... for the Former Han period, when there was no standard way of writing many of the new expressions used by *fu* poets.)他以《史記》和《漢書》中一些連綿詞的異文爲證據,指出:"背誦是整個西漢時期賦作最基本的陳述方式。"(recitation was the primary medium of presentation for the *fu* throughout the entire Former Han period.) Knechtges, "Problems of Translating Descriptive Binomes in the *Fu*," 335.

② 余冠英認爲,在《樂府詩集》卷二十五的其他作品中,所有發音與"唧唧"、"力力"等相似的連綿詞都是"歎息聲"。見余冠英《樂府詩選》,頁 119。這個觀點被中國大陸出版的大多主流教科書採用,如:北京大學中國文學史教研室《魏晋南北朝文學史參考資料》,頁 379,注 1;朱東潤《中國歷代文學作品選》上編第二册,頁 392,注 1。小尾郊一和岡村貞雄在其《古樂府》(頁 70、85、90—91)中基本上逐字翻譯了余冠英的注解。

其一

上馬不捉鞭，反拗楊柳枝[1]。下馬吹長笛，愁殺行客兒。

其二

門前一株棗，歲歲不知老。阿婆不嫁女，那得孫兒抱？

其三

敕敕何力力，女子臨窗織。不聞機杼聲，只聞女歎息。

其四

問女何所思，問女何所憶。阿婆許嫁女，今年無消息。[2]

四首短歌的共有主題是"苦惱"。第一首與最後兩首没有必然聯繫；後三首的主角都是渴嫁的女子。第三首的首句由兩組疊詞 KK 短語組成，雖然"敕敕何力力"義取"勤勞和努力"似切合文意，但將其理解爲象聲詞則更恰當。勞費爾提出，蟋蟀的鳴叫聲被當成一首情歌，是因爲"蟋蟀只有在它們完全發育成熟並且能够交配的時候才會鳴叫"[3]。女子聽著與蟋蟀叫聲混雜在一起的織機聲，不由地産生了對婚姻的渴望。單憑勞費爾之説也許是過度詮釋，可是歌詞中女子無休止的工作或單調的織機聲與煩心的蟋蟀鳴叫聲之間的交織關係，却是躍然紙上。和《木蘭詩》中的蟋蟀一樣，此處的蟋蟀也是通過互文渠道進入文本畫面的。這種解讀非常符合傳統詩歌的表現手法"興"，宇文所安(Stephen Owen)指出，"'興'並不是指一個詞怎樣從其'本來'的意思被'引申'出一種新意思，而是指某種'物'(現象)在詞語中如何奥妙

---

① 折楊柳枝是傳統的送别習俗，"柳"是"留"的諧音。

② 《樂府詩集》卷二十五，頁 370。

③ Laufer, *Insect-Musicians*, 3："the crickets are able to sing only when they are fully grown and capable of mating."

地'興'起回應或喚起情感"①。在第二首短歌中,根據余冠英的説法,棗樹的"棗","和'早'同音雙關語"②。這個含有反諷意味的意象與下句的"歲歲"形成了鮮明對比,並致使女子擔心自己不得早日出嫁。同樣的手法亦見於其三和其四,蟋蟀的鳴叫仿彿催促著女子欲嫁的迫切心情。這鳴叫聲首先跟織布聲融爲一體,然後才帶引出北歌中一個突出母題即愛情主題③,而"興"是這個主題的一種常用藝術手法④。《木蘭詩》將《折楊柳枝歌》後兩首融合移植到其開篇幾行,但把北歌的常備主題替換掉了;不過,"唧唧"依然保留了其"興"的功能——它先與織布相互交織,再與木蘭對她年邁父親被徵召從軍的擔憂相互作用⑤。

從語義上看,"力"的復疊形式構成一個描述性連綿詞。當"力力"與其他詞連在一起時,它被理解成歎息聲;可是這個意思可能源於"痛苦"這個近似含義。在"側側力力"(**tʂik tʂik lik lik*)和"惻惻力力"(**tʂʰik tʂʰik lik lik*)二語中,"力力"就是這種意思。與《木蘭詩》的"唧唧"一樣,這些詞不屬於可延長的歎息聲的範例。《地驅歌樂辭》是在釋智匠年代即六世紀中流傳的兩首作品,在《樂府詩集》中與《木蘭詩》同卷,其辭曰⑥:

---

① Owen, *Readings in Chinese Literary Thought*, 258 (《文心雕龍·比興》注解): "*hsing* is not how a word is 'carried over' from its 'proper' sense to a new one, but rather how the presentation of some phenomenon (*wu*) in words is mysteriously able to 'stir' (*hsing*) a response or evoke a mood."

② 余冠英《樂府詩選》,頁116。

③ 周文龍(Joseph R. Allen)認爲柳樹的意象是一種"互涉文本"(intratext)。他把這首詩理解爲,"普通的女性定位"(general female orientation)和"强烈的女性關聯"(strong feminine associations)。此處的"普通"可能指"難以被後世文人詩人接受的"(that will not be accepted by later literati poets)以及"祖母與孫女的家族關聯"(the familial associations of grandmother and children)等難以歸類的題材。見 Allen, *In the Voice of Others: Chinese Music Bureau Poetry*, 144—145。

④ 有關這些詩歌的討論,見譚潤生《北朝民歌》,頁168—171。

⑤ 唐代詩人張祜(約792—853)在其《捉搦歌》中繼承了女子欲嫁心切的傳統話題,見《全唐詩》卷五一〇,頁5796。舊題樂府《捉搦歌》四首都是關於女子欲嫁的迫切心情(《樂府詩集》卷二十五,頁369),但是張祜只模仿了《折楊柳枝歌》的後三首。

⑥ 《樂府詩集》卷二十五,頁366引釋智匠《古今樂録》;《地驅歌樂辭》二首見同卷,頁366—367。

其一

側側力力，念君無極。枕郎左臂，隨郎轉側。

其二

摩捋郎鬚，看郎顏色。郎不念女，不可與力。

“側側力力”由每首歌詞的末句末字復疊而成。此兩首歌詞連讀時的韻脚是 AABA/CADA，與《木蘭詩》的首四句和《折楊柳枝歌》其三其四一樣；如此密集的押韻體現了詩律和程式（formulaic）的特點[①]。第一首歌詞首句的作用可以是擬聲或狀語，意指“哀歎悲泣”之聲或“太多太煩人”地懊惱[②]。

“側側力力”以一個近似形態“惻惻力力”出現在一首政治諷刺詩中：

惻惻力力，放馬山側，大馬死，小馬餓，高山崩，石自破。[③]

這首詩諷刺的對象是晉明帝（323—325 在位）甫薨後的政治動亂。《晉書・五行志》緊接引詩解説：“及明帝崩，成帝幼，爲蘇峻（卒於 328 年）所逼，遷於石頭（今南京市西），御膳不足。”不知是否受到這首詩的諷喻性質的影響，胡文英（十八世紀）將“惻惻力力”解釋成“沙石無草之聲”[④]。然而“惻惻”的另一含義“心痛”也許更符合文意，這個用法見於歐陽建（卒於

① 譚潤生把“側側力力”釋爲“歎息聲”，把《木蘭詩》中的“唧唧”則釋作“機杼聲”。見譚潤生《北朝民歌》，頁 372，注 17；頁 378，注 57。

② “側側”可理解爲“歎息”，也可理解爲程度副詞“多麽”或“十分”。《逸周書》裏的“側側”也表示“多”，見孔晁（晉）注《逸周書》卷四，頁 108。藤原楚水注爲哀痛貌、悲痛貌、切身感到痛苦。見《註解漢詩歌謡樂府朗詠選》，頁 108。

③ 《樂府詩集》卷八十八，頁 1245；《晉書》卷二十八《五行志中》，頁 846。前兩句有異文：“側側力，放馬出山側。”見余嘉錫《世説新語箋疏・容止十四》第 23 條，頁 615，劉孝標注引《靈鬼志》。首句《宋書》作“惻力惻力”，見《宋書》卷三十一《五行志二》，頁 916。

④ 胡文英《吴下方言考》卷十二，頁 14b。胡注：“吴中食飯菜而有細沙者曰惻力。”此説十分符合《晉書》所載晉成帝的情況。

300年)在其《臨終詩》中所表達的臨刑時念及愛女而產生的"惻惻心中酸"[①]。上引詩中末句預言了蘇峻之死以及其弟蘇石的敗亡。《晉書·五行志》又云:"高山,峻也,又言峻尋死。石,峻弟蘇石也。峻死後,石據石頭,尋爲諸公所破,復是崩山石破之應也。"[②]

從以上文本譜系的文字、語音和程式化特點來看,"敕敕力力"和"惻惻力力"同源,描述的都是某種負面情感。值得注意的是,"敕"、"側"、"惻"和"力"等字不僅具有擬聲功能,而且在語義上也有表情達意的作用:"敕"表勞役,"側"言多言苦,"惻"寫痛心貌或颯颯聲,"力"謂難。因此,這些字構成的疊詞從語音效果和語義上都强化了詩中的痛苦之情。《木蘭詩》中的連綿不斷且引發愁思的蟋蟀鳴聲,同出這個範式系統,表達哀愁之情。這些詞在其譜系中的"互文"(如唐詩)所見的另一含義"歎息"相信就是這樣衍生的。

結語:紡織與交織

機杼的紡織與文本的交織在《木蘭詩》中由異文的帶引而互爲作用。這些異文構成了一個衍生於作品"互文"的口頭和文本傳播過程中的語音語義鏈條。這些主要來自作品唱誦時的同音或近音效果的異文,導致了"唧唧"及其同源詞在語義學和詩律學方面的多種解讀方式,由此《木蘭詩》首句也就經歷了字形和意義的變化。異文所表"痛苦"、"懊惱"之意在被傳遞給相關文本時扮演著非常重要的角色;而勞苦和哀傷這兩層意思可能早在蘇峻的時代就已存在。在六世紀文獻《洛陽伽藍記》和施榮泰的《詠王昭君》中,"唧唧"可能分別表達兩種基本含義,即蟲鳴和心痛。然而,在這

① "惻隱之心"一語早就見於《孟子·公孫丑上》(2A/6),故"惻"字與心有關由來已久。另見嵇康(224—263)《思親詩》和歐陽建《臨終詩》,收於逯欽立編《先秦漢魏晉南北朝詩》,頁490、647。逯注:嵇康詩中的"惻惻"在劉節(十五世紀)編的《廣文選》中作"側側"。歐陽建《臨終詩》的英譯和討論,可參看拙著:Chan, *Considering the End: Mortality in Early Medieval Chinese Poetic Representation*, 174–175.

② 《晉書》卷二十八《五行志中》,頁846。關於這類預言性謎語的作品和解讀,參見拙著:Chan, "A New Reading of an Early Medieval Riddle: 'Utterly Wonderful, Lovely Words'?" 15–19;中譯本《"幼婦"與"外孫":"絕妙好辭"新解》,見本書。

些作品的閱讀過程中却冒出了“歎息”這個引申義，分别表達歡樂和悲傷兩種情感。本文從文本互涉現象和文化特質對《木蘭詩》的文本情況作審視，確定了“唧唧”一詞模擬了與織布相關且相似的蟋蟀鳴叫聲。這一點可從“唧唧”最早的異文“促織”（表一，2 號）和作爲《木蘭詩》異文題目的《古促織詩》得到强有力的印證。從語境來看，木蘭不停織布這一動作，在實義和比喻義上都寫出了木蘭因老父被徵召從軍而愁苦不已的聲音和情感。

《木蘭詩》除了由於口頭傳播外，其非漢語來源定是導致異文繁衍的主要原因。在北歌通過翻譯或音譯而進入漢語文化的過程中，《木蘭詩》首句以擬聲爲主，在口頭和文本傳播時往往按音定字。有些異文關注的是蟲鳴聲的程度或狀態，有些則關注木蘭的織布情況，其色調均以悲傷爲主；而詩中“歎息”之義則是伴隨著機杼的聲響或蟋蟀的鳴叫而繼起產生的。假如忽略了《木蘭詩》的特有歷史背景和跨文化因素，就不容易意識到“唧唧”是個新造詞，而會像吴兆宜一樣把“唧唧”當成“啾唧聲”。《木蘭詩》哀傷的基調容易讓人把“唧唧”理解成“歎息”，但是實際上此歎息是在蟋蟀的鳴叫和織布的聲響融爲一體後才出現的。本文討論的入聲韻脚的 KK 連綿詞本來描述的是某種愁苦的狀態，但是後來的注家和詩人們却把包括“唧唧”在内的同源詞都理解成“歎息聲”這個象聲詞義。從此，後起義便構成了一個新的詞型範式，在中國詩歌發展史上，尤其是唐詩中，本義和引申義都被廣泛沿用。

王勃滕王閣作品中的主客問題和人物關係

引言

初唐文人王勃(約 650—約 676)才華橫溢,可惜英年早逝,否則其文學與學術的成就必定遠不止此;即便如此,其成就和名聲在當時已是傲視同群。在他的衆多文學作品中,《滕王閣序》標誌著他寫作生涯的巔峰,並成爲我國文學史上的一朵奇葩(原文見附録)。然而,這篇名作所牽涉的人物關係懸而未決,這些關係計有:作品爲何人獻予何人?篇中牽涉到的人物之間的關係如何?這些人物是誰?本文試圖解決上述諸問題,論證流程包括:先探討"序"這種文體的歷史發展、功能及作用,從而確定王勃作於滕王閣宴會上的作品《滕王閣序》和《滕王閣詩》所詠爲何人,再確定《滕王閣序》中所提及的不同人物與地方的確切含義。這些人名、地名對理解王勃的作品至關重要①。本

① 對王勃此序所涉及人物的研究中,值得一提的是吴之邨的《滕王閣得名考暨〈滕王閣序〉新注》,頁 17—35、16。吴文的重要貢獻在於對大量文獻的細緻分析,參考了正史、野史、地志及唐代碑刻。吴氏對序中人物的身分問題的主要觀點有:一、滕王閣以隋朝滕王楊瓚(550—591)命名(頁 19—24);二、洪州都督閻公應爲初唐著名畫家閻立本(卒於 673 年),王勃《滕王閣序》寫成的二十四年前他負責設計滕王閣(頁 27—30);三、宇文新州爲北周一位滕王的妹妹,她是隋朝一位滕王之妻及另一位滕王之母。這位"宇文新州"的"懿範"爲王勃序文中所高度讚許。

文的另一個重點是對《滕王閣詩》的討論。這首詩看似與其序文不相干，但其實具有闡釋序文主旨的作用。

有關《滕王閣序》傳説的主要來源是中唐《唐摭言》中的一則故事。此書作者王定保（生於870年）記載王勃十四歲時出席了南昌（今江西南昌）的一次宴會。這次宴會由當地都督閻公主持，準備撰文誌慶：

> 閻公意屬子壻孟學士者爲之，已宿構矣。及以紙筆延讓賓客，勃不辭讓，公大怒，拂衣而起，專令人伺其下筆……又云："落霞與孤鶩齊飛，秋水共長天一色。"公矍然而起曰："此真天才，當垂不朽矣。"遂亟請宴所，極歡而罷。[①]

此後王勃才華綻放，聲名大噪。《唐摭言》所載的這段軼聞成爲了衆多野史、詩歌、戲劇等文體的相關故事的藍本，不斷被改編、渲染和流傳[②]。

儘管這個傳聞相傳至今，當中已廣爲接受的背景與細節其實存在著矛盾。爲了更好地理解《滕王閣序》與《滕王閣詩》的背景，實有必要理清這段傳聞的各種細節。以下將重點研究這篇序文，並據以分析"序"這種文體的流變過程。

《滕王閣序》的篇題與"序"的文體特點

《滕王閣序》的標題意義歷來並没有弄清楚。"滕王閣序"乃人們習用已久的通稱，但這個標題其實有語病：一篇文章如何成爲一座建築物的"序"呢？一種可行的解釋是，"滕王閣序"意爲"（名爲）《滕王閣》（詩集）的

---

① 王定保《唐摭言》卷五，頁10a/b。

② 見鄭瑜（1653年前後在世）《滕王閣》，載鄒式金（1633年進士）編《雜劇三集》卷二十，頁1a—12b；馮夢龍（1574—1646）《馬當神風送滕王閣》，載《醒世恒言》卷四十，頁1a—13b。這些故事的梗概均爲：王勃偶遇一老翁，老翁原來是馬當山神，他用風送王勃使之及時趕到滕王閣宴會去。

序”[①]。這個問題歷來少有人注意研究;這情況持續到二十世紀五十年代屈萬里開始探討這個問題才有新進展。屈先生認爲宋初編成的《文苑英華》中所載該文的另一個標題最爲合理——《秋日登洪府滕王閣餞别序》,是爲序文的原題,原因是這個標題見於宋代的文集,而且很恰當地交代序中所記事件的背景與詳情[②]。序文標題的問題至此殆無異議,但本文所關注的問題,即序文爲誰而作,却仍有待商榷[③]。

理清“序”這種文體以及“序”的分類有助把握這個文類的流變與特點;這也是確定序文爲誰而作的一把鑰匙。姚鼐(1732—1815)最早提出“贈序”屬於“序”的一種[④],王勃的《滕王閣序》可歸於“贈序”一類,並據以窺探出“贈序”文體的發展脈絡。姚鼐所定義的“相違,則以言相贈處”這個古老傳統,體現在王勃《滕王閣序》的“臨别贈言”一語中[⑤]。這種傳統以及贈序的文體特點爲《滕王閣序》爲誰而作提供了重要的綫索。

---

① 同一語病亦見於王羲之(303—316 或 321—379)著名的蘭亭宴席上所作的序。見王羲之《三月三日蘭亭詩序》,載《全上古三代秦漢三國六朝文》之《全晉文》卷二十六,頁 9b—10a。此序通常稱爲《蘭亭集序》或《蘭亭序》。

② 見屈萬里《〈滕王閣序〉的兩個問題》,頁 259。屈先生還認爲此序題明朝時最初修改爲《滕王閣詩序》。雖然這個序題出現在蘇軾(1037—1101)的書法作品《蘇東坡書〈滕王閣序〉》,但這塊石碑是否確爲蘇軾所抄,却有待考證。見拙著《王勃〈滕王閣序〉校訂——兼談日藏卷子本王勃〈詩序〉》,頁 68—69,注 13。

③ 梅維恒(Victor Mair)在其英文譯注《滕王閣序》中提出了這個疑問:“宴會到底爲送别誰人而設?”(“Just whose farewell the feast was meant to honor?”)他引述文中“臨别贈言”句爲據,認爲該宴會是爲王勃而設。然而,梅氏又補充説:“考慮到席上的達官貴人的來意顯然是爲了參與慶祝節日,那麽如果説宴席目的在於送别他們則較穩妥。”(In view of the fact that there were numerous illustrious officials and officers present who, apparently, came expressly to attend the festival functions, it would be safer to assume that the feast served as a farewell for all of them.”)Mair, *Mei Cherng's “Seven stimuli” and Wang Bor's “Pavilion of King Terng”: Chinese Poems for Princes*, 104. 這個説法雖較“穩妥”,但邏輯上似欠妥,首先,一個宴會如何爲衆人而設?其次,衆人如何同時離别?蓋離别一般指遠行而言。

④ 姚鼐對“贈序”這種文體的定義也是對“贈序”字義作的解説:“‘贈序’類者,老子曰:‘君子贈人以言。’顔淵子路之相違,則以言相贈處。梁王觴諸侯於范臺,魯君擇言而進。所以致敬愛陳忠告之誼也。唐初贈人,始以序名,作者亦衆。”見姚鼐《古文辭類纂》目録,頁 11。雖然姚氏認爲贈序這種文體始於初唐,但在此書中並没有收録初唐的贈序作品以見該文體的形成與發展過程。這很可能是由姚氏主張古文不華麗浮豔的基本要求所致。姚鼐忽略了初唐時贈序發展的重大變遷,因此造成其書中對贈序的勾勒並不完整。“贈序”初發展時的基本特點與“序”相同。贈序是對特定場合——通常爲宴會或出行——所作詩歌的簡介。姚鼐書中所選韓愈(768—842)的贈序是“贈人以言”的典範,但贈序發展到中唐,其文集序文的作用已基本消失。

⑤ 這種傳統亦見於劉向(約前 77 年—公元 6 年)的一條記載。見《説苑校證》卷十七,頁 43。

“贈序”在初唐時期經歷了一些重大變遷。“序”的文體功能即作爲某文集的序言,在此時期的“贈序”中漸漸淡化①。褚師斌杰詳細勾勒了“贈序”的發展歷程:

> 古代文人在親朋師友離别之際,常常設宴餞别,在别宴上又往往飲酒賦詩,詩成,則由在場的某人爲之作序。②

這個定義明確區分了文集序文與宴會詩集序文。從《文苑英華》的文體分類也可見出“文集”之序與“宴遊”之序的清晰區别。這兩種序的作用有所不同亦有所重疊,可是這一點長期未被注意。褚師還指出贈序在後來的發展過程中漸漸完善了自身的形式,成爲一種獨立的文體,不再是爲文集而寫的一般序文③。褚師簡潔而全面地論述了“贈序”這種文體,填補了姚鼐論説中的漏洞。總而言之,“贈序”是贈予某人的文章;但更重要的是,尤其在初唐時期,贈序是寫於送别聚會時的詩集序文。

《文苑英華》卷六九九至七三八共收有四十卷的序,這些作品是追溯

① “序”與“緒”或“敘”互訓,作動詞或名詞。“序”用作文集序文時,作用是説明文章或文集的背景、結集目的、作品歷史、註釋或編纂過程等。“序”的作用包括“序文”、“作序”、“敘述”以及“排序”等幾種含義。見拙著:Chan,“The *Jing/Zhuan* Structure of the *Chuci* Anthology: A New Approach to the Authorship of Some of the *Chuci* Poems,”298—299;中譯本《〈楚辭〉的經傳結構與作者問題》,見本書。吴訥(1372—1457)對“序”的定義是:“其言次第有序,故謂之序也。”序的這些作用均由文集之序發展而來,姚鼐論之,並創“贈序”一詞。吴訥引吕祖謙(1137—1181)所言,定義“贈序”爲:“凡序文籍,當序作者之意;如贈送燕集等作,又當隨事以序其實也。”見吴訥《文章辨體序説》,頁 42。吕祖謙所選序文大多是某位文人著作之序,也收有贈序,收於卷八十七及八十九。見吕祖謙《皇朝文鑑》卷八十五至卷九十二。“序”更早期的定義可見於孔安國(約前二世紀)《尚書正義》卷一,頁 4b:“《書》序,所以爲作者之意,昭然義見。”徐師曾(1517—1580)根據真德秀(1178—1235)在《文章正宗》給兩種不甚相關的文體所下的定義,總結出“序”的兩種功能:“議論”和“敘事”。“敘事”又分“正”與“變”兩種。徐師曾在“敘事”之“正、變二體”下注解“繫以詩者爲變體”。分别見真德秀《文章正宗》之《文章正宗綱目》,頁 2a—4a;徐師曾《文體明辨序説》,頁 135。這種“正”“變”之分是分析《詩經》作品兩種不同風格的傳統方式。“變”風源自“正”。但在“序”的文體發展過程中,詩文之序應是“正”序。詳見以下論述。

② 褚斌杰《中國古代文體概論》,頁 383。同一宴會上作的詩和序通常爲即興創作,這從《滕王閣序》結尾可見:“登高作賦,是所望於群公。敢竭鄙懷,恭疏短引。一言均賦,四韻俱成。請灑潘江,各傾陸海,云爾……”此現象又見駱賓王(約 626—684)《夏初餞宋三少府之豐城詩序》,載陳熙晉(1791—1851)《駱臨海集箋注》卷九,頁 321;盧照鄰《宴鳳泉石翁神祠詩序》,見《盧照鄰集》卷六,頁 77。

③ 褚斌杰《中國古代文體概論》,頁 368。

“序”這一文體分化發展的重要綫索。書中對這些作品的分類方法難免粗疏，甚至有所重疊，例如“餞送”、“贈别”、“遊宴”等類别下的序文，都有一些明顯的共同點[①]。以上幾類序文中，初唐寫於送别時的“贈序”無一例外均爲特定場合的詩集之序[②]。序從單一的詩集之序發展成爲“贈序”這種獨立文體，大概始於盛唐。李華（約卒於767年）在《送十三舅適越序》中並未提及自己作詩贈予舅父，而言“贈人以言”[③]。也許自李華時起，序就不僅僅是文集或詩集之序，而完全演變出贈序這種獨立文體，更準確地説是“送别者也寫一篇表示惜别、祝願與勸勉之詞相贈”[④]。

《滕王閣序》的標題當爲《秋日登洪府滕王閣餞别序》，因爲其中交代了宴會背景，而文中又提到“臨别贈言”。雖然這次宴會的詩集現存僅一首詩，但這篇序文仍屬於特定場合詩集之序[⑤]。這裏所述的序文的實際作用，是這篇序文標題改爲《滕王閣序》或《滕王閣詩序》的原因[⑥]。

誰主誰客？誰爲主筆？

從史料記載及王勃的作品均可見那次滕王閣宴集的背景：王勃及其父親正在前往南方的路上，宴集爲二人而設，而王勃獲邀執筆撰寫《滕王閣序》。對這些背景的論證，可通過對王勃的幾篇贈序標題的結構的分析得之。先看看初唐贈序標題的典型結構：

（時間＋）（“遊”、“訪”或“登”＋）地名＋“送”或“宴”＋受事者＋

---

① 道坂昭廣《王勃の序について》，頁21。

② 贈序這種文體大抵興盛於初唐，但在不少論者看來初唐一直處於“宫廷詩”興盛時期的尷尬地位。持這種觀點的是宇文所安（Stephen Owen）和麥大維（David McMullen）等，分别見Owen, *The Poetry of the Early T'ang* 和 McMullen, *State and Scholars in T'ang China*, 211—234。

③ 《文苑英華》卷七二〇，頁7b。

④ 褚師斌杰的研究提供了如下數據：韓愈所作的三十四篇贈序中十六篇後附有詩；柳宗元（773—819）的二十九篇贈序中則有十篇提及贈詩。見褚斌杰《中國古代文體概論》，頁394。

⑤ 贈序的這兩種功能，王勃在其《冬日送儲三宴序》中明言：“贈子以言。”見羅振玉輯《王子安集佚文》，頁10a；本文所用子安佚文版本爲蔣清翊《王子安集註》，頁641—642。

⑥ 這兩個標題可理解成“滕王閣之序”或“滕王閣詩之序”。《滕王閣詩序》一名最早見於傳爲北宋蘇軾的《蘇東坡書〈滕王閣序〉》。

(“往”或“還”地名十)序

這種結構在王勃的序文中都得到印證,例如以下兩篇的標題:

冬日羈遊汾陰送韋少府入洛序①

越州永興李明府宅送蕭三還齊州序②

上述序文命題的程式中括號内的内容可有可無;有時贈序標題所提供的背景並不詳細。最大的難題其實在於王勃的一些序文並不寫明受事者的全名③,例如他在《秋日餞宴序》中説明了當時聚會送别的並爲其設宴的某位楊學士,此人仕歷生平不詳④。這個例子否定了序文作者爲被餞别者的推斷,儘管對《江寧吴少府宅餞宴序》而言此推斷是成立的。

《滕王閣序》中受事者之名闕如,造成了理解此序文的障礙。但可以推斷這篇序文作於上元二年(675),王勃時年二十六歲,隨父前往南方就任交趾(今五嶺以南地區)縣令的路上⑤。《文苑英華》所收這篇序文的標題《秋日登洪府滕王閣餞别序》及其内容説明了序文的背景爲一個餞别宴會⑥。

---

① 《王子安集註》卷八,頁 239。

② 同上,頁 241。

③ 如《江寧吴少府宅餞宴序》、《秋日餞别序》、《緜州北亭羣公宴序》和《張八宅别序》,見《王子安集註》卷八,頁 246、237,卷七,頁 218—219;《王子安集註》,頁 637。

④ 有論者認爲楊學士即楊炯(650—約 694)。見聞一多(1899—1946)《四傑》,載《唐詩雜論》,《聞一多全集》第 3 册,頁 26;張志烈《王勃雜考》,頁 72。

⑤ 本文開頭所引《唐摭言》的記載,清人姚大榮最早證明其爲野史,見《書王勃〈秋日登洪府滕王閣餞别序〉後》,《惜道味齋集》文編二,頁 1a—2a。後世不少學者認同姚大榮的觀點,並加以發明闡述,如:屈萬里《〈滕王閣序〉的兩個問題》,頁 261—263,傅璇琮《〈滕王閣詩序〉一句解——王勃事跡辨》,頁 628—637;傅璇琮《唐才子傳校箋》第一册,卷一,頁 30—31;高步瀛《唐宋文舉要》乙編卷一,頁 1172;黄晴惠《初唐四傑傳記資料及其文學思想考辨》,頁 115—129;張志烈《初唐四傑年譜》,頁 180—182。雖然以上研究都有文獻證據,但仍有學者堅持《滕王閣序》寫於王勃十四歲時,如鈴木虎雄《王勃年譜》,頁 4;王天海《〈滕王閣序〉寫於何時》,頁 65—69。任國緒認爲《滕王閣序》作於總章元年(668),王勃二十歲,往六合看望父親途中。見任國緒《王勃〈滕王閣序〉作於何年》,頁 47—50。不少研究證明《滕王閣序》作於王勃二十六歲時,而王勃前往東南部時爲二十七歲,不是十四歲。見張志烈《王勃雜考》,頁 76—78;傅璇琮主編、陶敏著《唐五代文學編年史:初盛唐卷》,頁 185—186,頁 238—239。

⑥ 據記載此故事的其他文本,這場宴會同時也慶祝滕王閣竣工以及重陽節。筆者認同黄任軻的觀點,即這些都出於後人加工潤色,這場宴會應僅是餞别宴會,而且《滕王閣序》不可能作於重陽節。見黄任軻《〈滕王閣序〉疑義辨析》,頁 244、253。

王勃在宴會的角色是序文的執筆者,當是應邀而作,而非如《唐摭言》所記的冒昧自薦以炫耀文才。這在序文中證據確鑿。首先,《滕王閣序》並未提及任何臨行的主要人物之名,不像《秋日餞宴序》明言贈予楊學士。觀當時情況,只有王勃及其父親即將離開,是被送別者。傅璇琮認爲王勃當時隨父南行,因此對"家君作宰,路出名區;童子何知,躬逢勝餞"幾句的句法結構作了如下分析:

> 很明顯,"童子何知,躬逢勝餞",其主語是"童子",也就是王勃自己;以此例彼,則前一句"家君作宰,路出名區",主語當然也應是"家君",也就是王勃的父親。不應把這一完整的句子割裂爲並立的兩句,而以前者的主語爲王勃之父,後者的主語爲王勃。①

傅先生對此兩聯的解説,符合了駢文隔句對仗結構的嚴格要求。序文另有兩句對確定受事者至爲關鍵:"臨别贈言,幸承恩於偉餞。"由於這兩句並没有説明何人贈言予何人,對於確定受事者似乎没有幫助;但根據上文論述的古老傳統,接受贈言的應該是臨行者。因此,《滕王閣序》的受事者理應是王勃及其父親,因爲宴會結束後他們將繼續南行②。

考察贈序的抄寫文化爲本研究提供一個不同的視角。這個考察涉及《滕王閣序》與宴會上所作的送别詩的抄録過程以及所用的卷軸的結構的復原工作。唐代餞别宴會作詩,是爲臨行者設宴,與會者在席上贈予詩作。其程序是:先由一人(通常爲著名文人)負責在卷軸上撰寫序文,然後與會者作詩並抄録於卷軸上。這個程序在王勃《樂五席宴群公序》中所述得到印證:"各題四韻,共用一言。成者先書,記我今日云爾。"③於是這卷軸就成爲了一個小集,獻給臨行者。這個集子中的序文與詩作是一份珍貴的

---

① 傅璇琮《〈滕王閣詩序〉一句解——王勃事跡辨》,頁 629。

② 王勃兩篇受贈者名字闕如的自贈序文,提供了同類聚會一般程序的重要綫索。《緜州北亭羣公宴序》文末道:"請命離前之筆,爲題别後之資。"類似的序文結尾亦見於《秋晚入洛於畢公宅别道王宴序》,王勃在篇中向道王及其他官員道别,對方送别王勃。見《王子安集註》卷七,頁 219,卷八,頁 259。

③ 《樂五席宴羣公序》,《王子安集註》,頁 639。

禮物，它們承載著衆人對臨行者的友誼①。

王勃在滕王閣的宴會中儼然扮演著主人的角色——不一定是宴會的主人，但一定是負責詩集的主持人。王勃當時既享受到作爲宴會主角的榮耀，他與父親也獲贈宴會上成詠的送别詩；此外，這次禮遇還包括王勃受邀撰寫序文。撰寫序文之時王勃已是名滿天下，其名氣宴會在座無人能及。楊炯在《王勃集序》中説王勃早在"年十有四，時譽斯歸"。遊蜀期間(669—671)，則"西南洪筆，咸出其詞"②。這位著名作家常獲邀或被委託撰寫表疏、墓志銘、廟碑文等等③，顯然當他到達洪州時衆人皆早聞其大名。因此王勃與父親必然受到當地都督閻公的盛情邀請；臨别時王勃在宴上受邀撰寫宴會詩集之序。能够得到大文豪在當地名勝作序，也一定是閻公的榮幸。

《滕王閣序》行文語調謙遜，因爲當時王勃年紀太輕。以年資論，他與席上其他貴賓相比並無資格撰寫序文，但在閻公的盛情邀請下，王勃没有理由拒絶。王勃如此謙卑的態度與《唐摭言》所載的高傲恃才截然相反。如果《唐摭言》那段軼聞屬實，那麽閻公的女婿孟學士之名一定不會見於《滕王閣序》；但恰恰相反，王勃稱孟學士爲"詞宗"，在宴會上如此讚譽一位高級官員十分妥帖。此外，王勃自稱"童子"、"三尺微命"④以及"一介書

① 黄任軻《〈滕王閣序〉疑義辨析》，頁 243。初唐關於皇帝出行的詩歌結集過程與其他時代有所不同：初唐時由皇帝限韻限題，令在場官員作詩。詩成後結集，有時刻於石上，並指派一位官員作序。見拙著：Chan, "In Search of Jade: Studies of Early Tang Poetry," 15—21.

② 楊炯《〈王勃集〉序》，載《楊炯集》卷三，頁 35、36。《北里志》所載一則唐代野史如此評價王勃的著名文采："《翰林盛事》云：'王勃所至，請託爲文，金帛豐積。人謂心織筆耕。'"見馮贄(九至十世紀)《雲仙雜記》卷九，頁 1b 引《北里志》。王勃的名氣迅速傳遍天下。首位輯録駱賓王(約 626—684)作品成集的郗雲卿(八世紀初)也道出了王勃當時聞名遐邇："駱賓王……與盧照鄰、楊炯、王勃，文詞齊名，海内稱焉，號爲四傑，亦云盧駱楊王四才子。"見郗雲卿《〈駱賓王文集〉原序》，載《駱臨海集箋注》附録，頁 377。

③ 王勃爲蜀地與廣州所作的廟碑文中一部分描述了其受邀撰文的詳情，如《廣州實莊嚴寺舍利塔碑》、《益州德陽縣善寂寺碑》、《梓州慧義寺碑銘》和《夏日仙居觀宴序》，見《王子安集註》卷十八，頁 542，卷十七，頁 499，卷二十，頁 590—591，頁 636—637。

④ "三尺"一詞的含義一般解爲紳帶的長度，表示低下的官位；又解作法律，因王勃當時"曾罹法律，生命甚微"。見高步瀛《唐宋文舉要》乙編卷一，頁 1183。道坂昭廣根據鈴木虎雄的手抄附箋而提出"三尺"爲"五尺"之誤，並説此句"應該解釋爲，剛剛開始學習，學力不足而又無依無靠的年輕人。"見道坂昭廣《〈滕王閣序〉"勃三尺微命，一介書生"新解——以正倉院藏王勃詩序爲綫索》，頁 53—62。

生”。王勃這些表現和態度與《唐摭言》所記並不一致。

王勃在《滕王閣序》中巧妙地注入了個人身世之感。如果此序爲贈别他人而作,那麽王勃在文中過多的抒寫己懷就不太妥當;若撰文餞送自己,則合情合理。王勃的《滕王閣序》與當時其他唐代贈序文寫作背景大同小異,但王《序》之鶴立雞群,除了辭藻雅麗之外,主要還因爲其抒情風格十分突出。如道坂昭廣所言,王《序》表現出十分强烈的沮喪心情[①]。道坂氏還援引王勃的其他作品以表現詩人在途中所寫的序文中重複表達了類似的感慨[②]。這些例子均爲王勃與宴會在座賓客分享自己心情的不同手法,以下引述王勃《江寧吴少府宅餞宴序》,記述了作者這次南行途中的心情:

> 嗟乎!九江爲别,帝里隔於雲端;五嶺方踰,交州在於天際。方嚴去舳,且對窮途。玉露下而蒼山空,他鄉悲而故人别。[③]

王勃常常在其序文中透露出對個人不幸際遇的感慨,這些成分往往造成序文受事者身分難以辨别。很可惜以上引文與《滕王閣序》均未提及受事者之名,但據學界意見和筆者所論,以及我國古典抒情文學的自詠傳統,都足以説明《滕王閣序》及其所記宴會的受事者均爲王勃。

閻公、宇文、孟學士與王將軍

《滕王閣序》的一個顯著特點是大量人名的出現,其中一些人名是確定該序的受事者的重要綫索。這些人名概有兩類:一類是宴會席上的尊貴賓主,另一類是歷史人物。序文中典故提到的歷史人物基本都可確認身分;但一些當代人名與頭銜却被誤解,導致了序文指代不清。

《滕王閣序》中有四位關鍵人物:都督閻公、宇文新州、孟學士和王將

---

① 道坂昭廣《初唐の「序」について》,頁7;《王勃の序について》,頁1。
② 道坂昭廣《王勃の序について》,頁14、19—20。
③ 《王子安集註》卷八,頁247—248。

軍。四人均爲王勃時人,而非歷史人物①。有論者曾推斷閻公指閻伯嶼,但被推翻,因爲閻伯嶼於天寶年間(742—756)任起居舍人②,其時《滕王閣序》已成篇數十年。儘管序文中說這位都督閻公"遥臨"赴宴,但他當是這次宴會的主人家,因爲當時這種特殊活動通常是由當地最高官員主持的。宇文氏的身分不明,難以確定,這就成爲確定序文受事者爲誰産生了一定的障礙。有論者推斷此人爲宇文鈞,也有人認爲是宇文嶠,或者宇文節③。由於序文中閻公與宇文氏出現的兩句爲對偶關係,宇文氏一定是與閻公相當的另一重要人物,只是身分不詳。二人應是席上最高級的官員,因此王勃在行文時對二人加以奉承。文中對宇文氏的描述僅寥寥數字,對確定其身分並無幫助;但他的身分對理解整篇序文十分關鍵。有論者認爲宇文是主角,序文中的宴會爲他舉行。這種觀點大大改變了《滕王閣序》的傳統解讀方法。此論認爲:

> 王勃並不是唯一的餞送對象。在那次宴會上還有一個宇文新州,也正路過洪州要到南方去。此人年輩較高,資格也相當老,又是"都督閻公"的同鄉,剛被貶了官。這個人才是這次宴餞的首席來賓。有了他,王勃就只好屈居第二位了。《滕王閣序》裏用來勸慰宇文新州的話,佔了很大的一部分篇幅。④

---

① 《唐摭言》卷五,頁 10a/b。

② 凌迪知(明代)著《萬姓統譜》卷六十七,頁 13a。也有論者反駁這種觀點,見清人許應鑅、王之藩修《同治南昌府志》卷七,頁 40b;趙之謙(1829—1884)等編撰《江西通志》卷一四〇,頁 15b;岑仲勉《唐集質疑》,頁 2;田宗堯《王勃年譜》,頁 388。黄任軻認爲這位閻公可能是永淳元年(682)任右金吾將軍的閻懷旦,但黄氏表示"這僅僅是可能而已"。見黄任軻《〈滕王閣序〉疑義辨析》,頁 249。

③ Victor Mair, *Mei Cherng's "Seven Stimuli,"* 112–13, n. 9;萬承蒼《書〈滕王閣序〉後》,見《同治南昌府志》卷七,頁 40b 引。宇文嶠是任德陽縣令之宇文氏,見王勃《宇文德陽宅秋夜山亭宴序》,《王子安集註》卷七,頁 220。另一位宇文氏見王勃《送宇文明府序》,《王子安集註》卷八,頁 254。

④ 黄任軻《〈滕王閣序〉疑義辨析》,頁 245、250、260—263 等。另見褚斌杰《中國古代文體概論》,頁 178。此外,有認爲閻公是這次餞別宇文新州的宴會的主持,見湖南師範學院中文系古典文學教研究編《中國歷代文選》,頁 9,注 21。按新州治所爲新興縣,在今廣東新興縣。

這一點下文續論。

序文提及的另外兩位重要人物孟學士和王將軍同樣引起後世猜測。論者大都將二人看作王勃所引的歷史人物;但文句的措辭及對二人的描述,與論者所認定的兩位歷史人物的生平背景並無實際聯繫。論者認爲孟學士爲東晉的孟嘉,孟嘉以其寫作才華聞名①。然而後世文學作品中引用孟嘉典故時,通常稱引其"風流"多於文采②。孟嘉"風流"指的是孟嘉一次出遊大喜,不察覺帽子被風吹走。爲紀念這個故事,該地點從此名爲"落帽臺"③,其地在今湖北江陵縣西北。至於王將軍,人們普遍認爲是王僧辯(卒於 555 年),梁朝時任南昌都城江州刺史④。楊慎在其《丹鉛總録》中提供了下文爲證:

> 凡諸部曲,並使招攜。赴投戎行,前後雲集。霜戈電戟,無非武庫之兵;龍甲犀渠,皆是雲臺之仗。⑤

筆者以爲,王勃在序文中並不實指歷史人物王僧辯,而是以歷史上曾駐軍南昌的大將軍王僧辯的部下,作爲宴會席上軍官的部隊的譬喻,來奉承衆人⑥。

當時席上的孟學士與王將軍均極有可能任事於都督閻公幕下。兩人

---

① Mair, *Mei Cherng's "Seven Stimuli*," 113, n. 11; 張仁青《駢文觀止》,頁 230—231,注 13。王定保《唐摭言》卷五,頁 10a/b 載孟學士爲閻公的女婿。

② 見孟浩然(689—740)《盧明府九日峴山宴袁使君張郎中崔員外》,《全唐詩》卷一六〇,頁 1662;李白(701—762)《九日》,《李白集校注》卷二十,頁 1207;《全唐詩》卷一七九,頁 1832。也許因爲傳統認爲王勃的《滕王閣序》作於重陽節,因此王勃引用孟嘉有關重陽節的典故這一推斷顯得可信。

③ 《世説新語箋疏·識鑒第七》,第 16 條,頁 399,注 1 引范成大(1126—1193)《吴船録》。

④ 見楊慎(1488—1559)《丹鉛總録》卷十一,頁 29b—30a 引蕭明《與王僧辨書》引《三國典略》。另見張仁青《駢文觀止》,頁 230—213;Mair, *Mei Cherng's "Seven Stimuli*," 114, n. 12。《梁書·王僧辯傳》(卷四十五,頁 623—636)亦詳細説明王僧辯曾是東南(揚州、江州等地)最驍勇善戰的將軍,並曾多次出征西南。

⑤ 引自楊慎《丹鉛總録》卷十一,頁 29b;原文見於徐陵(507—583)《爲貞陽侯重與王太尉書》,《徐僕射集》(《漢魏六朝百三名家集》本)卷二,頁 9b。

⑥ 《滕王閣序》所提及的不止是一般的戈、戟,而是兩種寶貴的刀劍。楊慎誤引"雪戟"爲"電戟",這個訛誤進一步削弱了其説的可信度。從"武庫"一詞的另一出處得知該詞用爲驍勇善戰的將軍的威武外表之譬喻。《世説新語箋疏·賞譽第八》,第 8 條,頁 422 載:"見鍾士季,如觀武庫,但覩矛戟。"此條記載更能説明王勃文中所言初見王將軍時對其威武容貌的驚歎。

都是王勃文中所述的"俊寀"之典範[①]:孟學士以文采聞名[②],而王將軍則以軍事才能著稱。

論者認爲文中的孟學士和王將軍是歷史人物,且提供了詳細而似乎合理的解釋與推測,但却忽視了《滕王閣序》一類文學作品中人物稱謂的一些重要原則。這些原則約可歸納爲三條:第一,稱引歷史人物用全名(名、字或號);第二,稱呼地位比作者高的同時期人,姓氏後加官職;第三,稱呼作者的同輩用全名(即姓名),或姓氏後加家族中排行,如張二、蕭三、楊五、李十七等是。

《滕王閣序》中提到大量歷史人物,他們的身分都十分明確。作爲旁證,我們可參看楊炯在《王勃集序》中所見當時如何提及人名,約分爲四類。第一,兩位高官劉祥道(596—666)與薛元超(622—683)在文中分别被稱爲"太常伯劉公"和"薛令公",而非以全名稱呼;第二,"蜀王"與"沛王"的姓名也不以全名稱呼;第三,所有歷史人物均用全名;第四,王勃與楊炯的兩位朋友其年紀、社會地位或官銜與王、楊二人相當,因此用全名,他們是盧照鄰和陵季時[③]。

---

① 黄任軻《〈滕王閣序〉疑義辨析》,頁 247。異文"寀"字,意爲"官",見於唐抄本《滕王閣序》,見《正倉院展》1983 年 10 月 23 日至 11 月,頁 118b,圖 14。

② "學士"與"將軍"爲兩種級别。"將軍"可能指京官,也可能是地方軍官。"學士"可以是讀書人的泛稱,或特指弘文館、崇文館等學府的學士。今日可考初唐曾任弘文館學士的孟姓者,只有孟利貞(卒於 685 年)一人,曾參與編撰《瑶山玉彩》、《芳林要覽》、《玉藻瓊林》、《碧玉芳林》、《續文選》等重要文學文集與類書。見《舊唐書》卷一九〇《文苑上·孟利貞傳》上,頁 4997,卷四十七,頁 2046;《新唐書》卷五十九《藝文》,頁 1562—1563,卷六十,頁 1621—1622。儘管孟利貞最够得上"詞宗"的稱號,但仍無法確定是否王勃所指,因爲並無文獻記載孟利貞曾到訪南昌,更遑論他曾參與這個餞别王勃及其父親的宴會。因此只宜將序文中的"將軍"與"學士"看作地方官員。

③ 楊炯《〈王勃集〉序》,頁 35—37。許多類似例子可見於盧照鄰《〈南陽公集〉序》,《盧照鄰集》卷六,頁 71—72。但這類稱謂習慣也有例外,歷史人物稱謂可以由姓氏加官銜組成,如楊炯的作品中,胡廣(91—172)稱"胡太尉",鍾繇爲"鍾太傅"。見楊炯《庭菊賦》,《楊炯集》卷一,頁 13。而王勃筆下的"霍將軍"指霍去病(前 140—117),"王丞相"指王導(276—339),"戴侍中"指戴憑(一世紀)。見《晚秋遊武擔山寺序》、《守歲序》,《王子安集註》卷七,頁 213、209。另一個例子爲董仲舒(前 179 年—前 104 年)被稱作"董相國",與"魏文侯"(卒於前 396 年)並列。如此稱呼的原因是"魏文侯"之名更廣爲人知,其名魏斯或魏都鮮有人知。見《益州夫子廟碑》,《王子安集註》卷十五,頁 453。初唐和現代的讀者如何確定文中某人是歷史人物還是作者的同時代人呢?可用兩個標準判斷:首先,也許爲免混淆,所有歷史人物的名字都不會孤立地出現,而是出現在人們耳熟能詳的典故中。其次,文中提及同時代人時都同時提及其個人特有之事。《緜州北亭羣公宴序》中的何少府與韓法曹兩人顯然都是宴會的賓客,他們與王勃交情也顯而易見。見《王子安集註》卷七,頁 218。

關於確認文中孟學士與王將軍身分的問題,上文引述的歷史典故並非常見。相比起其他典故,孟嘉“落帽”的佳話與王僧辯的卓越軍事才能比較常見,但序中均未提及;而文中旨意是要描繪群英薈萃的場面。如果王勃突然避而不介紹在場人士,轉而引述歷史人物,並不明智——這是不是因爲在場無人值得稱頌? 此外,孟嘉似乎與文中的“騰蛟起鳳”没有關係,“騰蛟起鳳”的典故指董仲舒與揚雄(前 53 年—公元 18 年)夢而屬文[①]。如果硬把這三個典故湊在一起,文章便顯得笨拙。

王勃在這場閻公主持的宴會上既是最年輕者,他又怎能在序文中直呼閻公、宇文氏、孟學士與王將軍的全名呢? 如果他們都是歷史人物,爲何文中不用全名,也不簡介人物背景?

寫作背景與自喻實踐

王勃《滕王閣序》的不凡之處在於完美結合了華麗的文風與寫景時偶爾表現的個人感情,以及用典的精當——所用之典清晰準確地勾勒出一個失意青年的自畫像。文中所述洪州的歷史背景對於序文的內容與基調的定位十分重要,王勃據以表達其感慨,而非爲宇文新州代言。《滕王閣序》寫於上元二年(675)九月,當時王勃正隨父親王福畤前往南方就任交趾縣令。相關史料及研究表明,王福畤這次被貶,是由於王勃所犯之罪所致[②]。

王勃生平有兩件大事導致他人生後期不稱意。他少年得志,十多歲已獲劉祥道賞識,成爲沛王李賢(654—684)府中侍讀;“咸亨之初,乃參時選,三府交辟”[③]。然而正當王勃到達事業巔峰之時,他幼稚、傲慢與輕浮

---

① 見葛洪(284—364)《西京雜記》卷二,頁 5b、5a:“董仲舒夢蛟龍人懷,乃作《春秋繁露》辭。”“雄著《太玄》經,夢吐鳳凰,集《玄》之上,頃而滅。”。

② 道坂昭廣《王勃の序について》,頁 2。

③ 見楊炯《王勃集序》,頁 35—36。各種文獻與研究均表示四傑參選都被裴行儉(619—682)批評爲“浮躁淺露”。但若果真如此,爲何王勃在長安被“三府交辟”? 見拙著:Chan, “Literary Criticism and the Ethics of Poetry: The ‘Four Elites of the Early Tang’ and Pei Xingjian,” 167-168;中譯本《初唐四傑“華而不實”辨》見本書。

的態度行爲使他不再春風得意[①]。第一件大事是王勃撰檄文討英王(李顯,即後來的唐中宗[在位年份:684,705—710])的鬥雞,激怒了高宗(650—683 在位),曰:"據此是交搆之漸。"認爲會引起諸王内訌[②],於是"即日斥勃,不令入府"。此後三年(669—671)王勃自放於蜀地。

咸亨二年至三年(672—673)王勃就任虢州(今河南省)參軍後多次犯下嚴重罪行[③]。野史與正史均記載王勃"倚才陵藉,爲僚吏共疾"。有一次,"官奴曹達抵罪,匿勃所,(勃)懼事洩,輒殺之。事覺當誅,會赦除名"[④]。"改咸亨五年爲上元元年,大赦"。咸亨五年即公元 674 年,那是八月的事,王勃得以除名[⑤]。

序文第二段有一處用典,也許就是這個背景的折射。"李廣難封"句中王勃引用了《史記》所載李廣(卒於前 119 年)的故事,行文頗含感慨。這個典故與吴、楚兩地大有聯繫,因爲漢初時李廣曾任驍騎都尉,跟隨太尉周亞夫(卒於 143 年)爲抗擊以吴王濞爲首的吴楚叛軍。後來李廣成爲著名漢將,"結髮與匈奴大小七十餘戰",匈奴"號曰'漢之飛將軍',避之數歲,不敢入右北平"。他長期在前綫作戰,軍功無人能及。雖功及侯爵,却從未封侯;相反,晚年被誣,最終引頸自刎[⑥]。

---

① 有關初唐四傑爲人"浮躁淺露",受時人嘲笑的論述,見拙著:Chan,"In Search of Jade: Studies of Early Tang Poetry," 82—98。

② 《舊唐書》卷一九〇《文苑·王勃傳》上,頁 5005。這在初唐時是個敏感問題,朝廷内不時發生諸王内訌奪權的情況。最典型的史例是唐太宗(629—649 在位)李世民與太子李建成(589—626)、李元吉(603—626)爭權的"玄武門之變"。見張志烈《王勃雜考》,頁 74;牛致功《試論玄武門之變的參加者》,頁 110—132。王勃《滕王閣序》"竄梁鴻於海曲"句,可能用以自況,因爲梁鴻志行高潔,嘗"過京師,作五噫之歌……肅宗聞而非之,求鴻不得。乃易姓運期,名燿,字侯光,與妻子居齊魯之閒。有頃,又去適吴"。見《後漢書》卷八十三《逸民列傳·梁鴻傳》,頁 2766—2767。王勃在其他作品中還引用了梁鴻遷至吴越之典故以自況,如:《還冀州别洛下知己序》及《緜州北亭羣公宴序》,《王子安集註》卷九,頁 265,卷七,頁 218。

③ 張志烈《初唐四傑年譜》,頁 151—166。

④ 道坂昭廣對此提出質疑,認爲王勃罪不至死。見其《王勃の序について》,頁 2。然據唐律,王勃罪當死刑。他除了包庇犯罪的官奴,可能還曾經給予幫助。如據此論罪,王勃應該比曹達罪減一等;若犯救助罪犯之罪,則應該被判流放到長安三千里外。王勃顯然因畏罪而決定殺死曹達。豈料罪加一等,被判死罪。相關的刑法條文見於長孫無忌(卒於 659 年)編撰的《唐律疏議》。見劉俊文撰《唐律疏議箋解》卷二十八,頁 2004—2007,卷十七,頁 1277、1273。姚大榮推斷王勃並没有犯殺官奴之罪,只是被仇家陷害。見姚大榮《王子安年譜》,《惜道味齋集》文編二,頁 20b。傅璇琮也持姚氏的觀點,見其《〈滕王閣詩序〉一句解》,頁 633。

⑤ 《舊唐書》卷五《高宗紀》,頁 99;張志烈《初唐四傑年譜》,頁 170。

⑥ 《史記》卷一〇九《李將軍列傳》,頁 2867—2876。

王勃似乎以李廣先甜後苦的生平自況，因此聯繫兩人的事蹟以解讀《滕王閣序》頗爲有趣。我們不妨推測：李廣未能封侯與王勃後來不幸遭遇的原因類似。大將軍李廣有見從弟李蔡“爲人在下中，名聲出廣下甚遠，然廣不得爵邑，官不過九卿，而蔡爲列侯，位至三公。諸廣之軍吏及士卒或取封侯”。一次與王朔閒談：

> “自漢擊匈奴而廣未嘗不在其中，而諸部校尉以下，材能不及中人，然以擊胡軍功取侯者數十人。而廣不爲後人，然無尺寸之功以得封邑者，何也？豈吾相不當侯邪？且固命也？”朔曰：“將軍自念，豈嘗有所恨乎？”廣曰：“吾嘗爲隴西守，羌嘗反，吾誘降者八百餘人，吾詐而同日殺之至今大恨獨此耳。”朔曰：“禍莫大於殺已降，此乃將軍所以不得侯者也。”①

假如上引内容是王勃序文希望表達的意思，兩人相似的命運在駢文的格律限制下必須以高度概括的筆法表達。王勃仕途的重大轉折點在於收容曹達而後殺之一事；正如李廣殺死已降的羌人一樣。王勃在《滕王閣序》中所提出的問題其實是對命運與際遇的詰問：爲何李廣未能封侯？其實這是設問句，因爲王勃精通漢史②，心中一定已有答案，其旨在於感慨史實，寄託自身遭際。

由於資料的匱乏，無法證明或反駁以上的解説；然二人的相似經歷也許成爲王勃用李廣事的動因。王勃在其《隴西行》絶句系列中，其中的一個歌詠的“隴西名家”便是李廣（其五）③。李廣也曾到過同一地點南昌執行重要任務，與王勃一樣際遇不佳，而二人都自命不凡。王勃引李廣自況，旨

① 據《史記》卷一〇九《李將軍列傳》，頁2873—2874；又載《漢書》卷五十四《李廣蘇建傳》，頁2446，文字稍異。

② 勃“九歲得顏師古注《漢書》讀之，作指瑕以擿其失”。《新唐書》卷二〇一《文藝上·王勃傳》，頁5739。

③ 王勃《隴西行》十首不見《王子安集註》，由童養年輯入《全唐詩續補遺》卷一，見《全唐詩外編》，頁341。

在反思自己仕途不暢因由，既是由於自己行爲不當，也歸因於"時運不齊，命途多舛"。

王勃犯下了嚴重罪行，也得到了相應的懲罰。儘管他死罪得免，但父親被牽連，被貶到偏遠的交趾。王勃是肇事者，對他的懲罰最有可能是免官和流放①。因此，王勃不得不前往南方，這等於是他與父親同時被流放。王勃的沉痛心情表現在他動身前往交趾前寫下的《上百里昌言疏》②，文中交代了他這次一手造成的家庭不幸：

> 勃聞古人有言，明君不能畜無用之臣，慈父不能愛無用之子。何則？以其無益於國，而累於家也。嗚呼！如勃尚何言哉！辱親可謂深矣。誠宜灰身粉骨，以謝君父，何面目以談天下之事哉！……今大人上延國譴，遠宰邊邑，出三江而浮五湖，越東甌而渡南海。嗟乎！此勃之罪也，無所逃於天地之間矣。③

引文所述的主要目的是自贖。王勃在文中試圖解釋他仍然生存的原因——希望將功補過。另外他還以命運低谷安慰自己爲何落得當時的境況：

> 然勃嘗聞之《大易》曰："人之所助者，信也；天之所助者，順也。是以君子不以否屈而易方，故屈而終泰；忠臣不以困窮而喪志，故窮而必亨。④

《滕王閣序》中也用典説明了以上的道理（"屈賈誼於長沙"、"竄梁鴻於海曲"、"窮且益堅"），王勃以歷史人物命途不幸，於字裏行間自我慰藉與鼓

① 黄任軻指出王勃"會赦除名"（《舊唐書》本傳），但只"'除名'了一年多，就恢復了舊職"，但仍辭官南下看望父親。見黄任軻《〈滕王閣序〉疑義辨析》，頁 267—268。這個觀點的依據是楊炯的《王勃集序》（頁 36）的記載："坐免歲餘，尋復舊職，棄官沉跡，就養于交趾焉。"但楊炯如此記載並不能説明王勃棄官的原因是曹達之死一案。此外，王勃既已獲赦，爲何他的父親仍需留守交趾？楊炯在爲《王勃集》作序時想必對内情有所隱瞞。

② 見姚大榮《王子安年譜》，頁 21b；劉汝霖《王子安年譜》，頁 128。

③ 《王子安集註》卷六，頁 187—189。

④ 同上，頁 189 引《周易》恒卦《象》傳，困卦《象》傳。

勵。這篇疏文對理解《滕王閣序》及其歷史背景十分有幫助。

這種懊悔的心情成爲了王勃這次流放途中其他作品的主調。《滕王閣序》的首段以讚美洪州爲旨,但只要細心對看,其中"襟三江而帶五湖"二句,直接來自上引《上百里昌言疏》的"出三江而浮五湖,越東甌而渡南海"對前景的憂懼想象。《序》中行文因場合所需,必須對洪州景物加以誇讚;但這浮華背後的悲愴,在《序》的下文中逐步披露,最終"反客爲主",成爲篇中的主調。王勃此行途中所見的陰鬱風景,加劇了陰鬱之情。因此,即使美景當前,在這位年輕人筆下,也染滿了悲傷與憂慮的色彩。文學作品中的景物通常都不僅僅是場景,還充滿了作者的感情。儘管中國傳統詩學通常將一首詩歌作品分爲兩部分——情與景,但兩者並非孤立存在,而是常常有所重疊,相互交織[①]。情與景的界綫在詩、詞兩種文體中十分明顯,通常詞的上闋寫景,下闋抒情[②]。寫景的部分不僅提供作品的背景,而且是抒情部分富象徵性與比喻性的開頭。作品的主要感情基調指導著寫作動機、過程與産品,因此整個作品抒情性强,完全是爲了其主要感情而服務。劉勰(約 466—538 或約 465—532)在其《文心雕龍·詮賦》討論"登高必賦"的寫作傳統時提供了以下的指引,可作爲王勃《滕王閣序》的框架:

> 原夫登高之旨,蓋覩物興情。情以物興,故義必明雅;物以情觀,故詞必巧麗。[③]

《滕王閣序》篇末引述了"登高必賦"這種傳統,以邀賓客作詩——"請灑潘江,各傾陸海"。寫作的實際工作是拼合零散的意念;但在劉勰看來,寫作

---

① 參見 Pauline Yu, *The Reading of Imagery in the Chinese Poetic Tradition*, 40。王國維謂之"有我之境"與"無我之境"。見《人間詞話》第三至六則,頁 191—193。

② 宋代評論家周弼(十三世紀初進士)以"虛"、"實"類比律詩的"情"、"景"。他認爲唐代律詩根據頷聯與頸聯的不同,可分爲四種類型。見周弼《三體唐詩選例》,《三體唐詩》,頁 2a—4a。方回(1227—1307)曾批評周弼"四實四虛"的詩學觀點,以王勃的《遊梵宇三覺寺》前六寫景後二寫情爲例。但這種觀點仍局限於傳統"情""景"配置的詩學觀。見《瀛奎律髓彙評》卷四十七,頁 1625—1626。

③ 《文心雕龍註》卷二,頁 136。

過程是由“情”所統馭的。劉勰將這個創作過程歸結爲“爲情而造文”,“文采所以飾言,而辯麗本於情性。”(《文心雕龍·情采》)[①] 對於那些與王勃並無交情的賓客來説,在席間寫贈別詩充其量只是“爲文而造情”,寫出的只是平淡、敷衍的宴會詩。相反,王勃的《滕王閣序》措辭妥當而綺靡,希望表達旅途中一直縈繞腦際的沮喪心情。

《滕王閣詩》的題旨與題贈

《滕王閣序》的自詠主題,貫徹於《滕王閣》詩中[②]。詩中對滕王的描述角度較爲特殊,因爲王勃與滕王有一份超越時空的友誼[③]。但滕王究爲何人? 他爲何建滕王閣? 爲什麽《滕王閣序》中對滕王閣的背景隻字不提? 爲何滕王又成爲了王勃詩作中的主人公? 這些問題少有人注意,但對本研究十分重要。

在衆多關於滕王閣的碑文題詠與學術研究中,這首詩的主人公滕王長期遭到遺忘和忽視。滕王名李元嬰(卒於 684 年),唐高祖李淵(618—626 在位)的第二十二子,曾任洪州都督,並於任内永徽四年(653)修建滕

① 《文心雕龍註》卷七,頁 538。關於“形象是散落意念的統合”的相關論述,參看 Rene Wellck and Austin Warren, Theory of Literature, 186－188,引述龐德(Ezra Pound, 1885－1972)和但丁(Dante Alighieri, 1265－1321)之説。

② 如上所述,《滕王閣序》爲詩集之序,詩集中所收詩作含四韻(四聯),爲餞別王勃及其父親而作,這個集子現僅存王勃的《滕王閣詩》。這些綫索有助重組王勃集的編輯過程。王集的首位編者應爲楊炯,當時他應該可以看到完整的《滕王閣序》及賓客爲該聚會所作的詩的卷子,因爲當時的風氣是宴會後該卷子送給臨行的王勃。但楊炯編纂時只輯録了王勃的《滕王閣序》與《滕王閣詩》,因爲楊編乃王集,不録他人作品。

③ 黄任軻認爲《滕王閣詩》的主題與《滕王閣序》不同,因此與這篇序文無關,應如《古文觀止》編次:序後不附詩。黄氏的理據有三:第一,《詩》用兩韻,不符合王勃序中所言的作詩規則“一言均賦,四韻俱成”;第二,《序》的主旨是慰藉宇文新州,感謝閻公之助,但《詩》則爲緬懷滕王而作;第三,《詩》末句提及了滕王之死,卒於 676 年的王勃不可能作詩緬懷卒於 684 年的滕王,時間上説不通。見黄任軻《〈滕王閣序〉疑義辨析》,頁 271－272。黄氏提出的關於《詩》的格律問題,可解釋爲:王勃乃作序者,首倡之作毋須嚴格遵照自己訂立的規則。也有可能他作《序》甫就即寫《詩》,那時尚未爲賓客選定韻脚。這個推測,有例可援:王勃作有兩首以《上巳浮江宴》爲題的詩,兩首詩均爲四韻而非《上巳浮江宴序》所規定的六韻。見《王子安集註》卷七,頁 202—205,卷三,頁 67—68,卷三,頁 89。黄任軻提出的後兩個問題是基於他堅信《序》中所述宴會爲宇文新州而舉行,以及他對《詩》的末聯的不同理解。筆者認爲“今何在”不是説滕王已死,只是已經人去樓空而已。參見松浦友久《漢詩の事典》,頁 16。其實,黄説以《詩》非王作並無文獻可徵,王作《詩》之説早在宋代已有之。胡震亨(十六世紀)編《唐音統籤》(卷二十一,頁 4c—5c),把兩篇作品放在一起,《序》在前,《詩》在後。

王閣[①]。這些史料大致勾勒了滕王這位主人公的面貌。檢各種相關文獻資料可知《滕王閣序》"臨帝子之長洲"中的"帝子"所指爲滕王[②];文中"帝子"一詞用本義,指"皇帝之子"。類似的用法可見於王勃的其他作品和其他初唐作品[③]。但"帝子"一詞在《滕王閣序》中的含義並不明確:"長洲"既可能屬於"皇帝之子",也可能屬於"天神之子"。這個不明確情況在《滕王閣》詩中也是個同樣棘手的難題。先看看王勃《採蓮賦》中的幾聯。這篇賦很可能是王勃這次南行途中到達南昌前寫於吴地的作品,他在賦文中回顧了當時不安的心情,其中"帝子"一詞明顯指代皇帝之子,最有可能是沛王李賢,因爲王勃曾在長安爲沛王侍讀。其文曰:

> 時有東鄙幽人,西園舊客,常陪帝子之輿,經侍天人之籍,詠緑竹於風曉,賦朱華於月夕。暑往寒來,忽矣悠哉。蓬飄梗逝,天涯海際。似還邛之寥廓,同適越之淫滯。蕭索窮途,飄飖一隅。昔聞七澤,今過五湖。聽菱歌兮幾曲?視蓮房兮幾株?非鄴池之宴語,異睢苑之歡娱。[④]

選段的開頭集中描繪了昔日宴會的場景。賦文從王勃的視角憶述這場由皇帝之子("帝子")主持的盛大宴會,席上皆是才華横溢的隱士與賓客[⑤]。但宴會的敘述戛然而止,筆鋒轉至被疏遠的詩人,他被放至南方,正受羈

---

① 有謂李元嬰之爲滕王,在滕王閣竣工後,而閣以滕王封號命名。此説不確,蓋元嬰於貞觀十二年(638)獲封爲滕王,遠早於滕王閣竣工之年。見《同治南昌府志》卷七,頁 36a;九奇、仲禄《滕王閣史話》,頁 8。筆者認爲滕王閣竣工時間爲永徽四年(653)。關於竣工年份的各種説法,見九奇、仲禄《滕王閣史話》,頁 9—10。

② 薛愛華(Edward H. Schafer)聯繫了《楚辭》神譜作論述。將"帝子"解釋爲《楚辭·湘夫人》中的"帝子",即如湘水女神。《滕王閣序》之援引《湘夫人》中的意象也是有可能的,因爲湘水位於南方(今湖北省),雖離南昌稍遠,但從修辭言也符合本文所論的典故使用的地理文化覆蓋原則。然而《湘夫人》的政治隱喻成分没有《離騷》或其他的《楚辭》作品多,因此政治隱喻並不符合《滕王閣詩》的主題。見 Schafer, "Notes on T'ang Culture, Ⅲ," 110–115。薛氏的觀點遭到梅維恒的批評,認爲忽略了這首詩與其序文的聯繫。見 Mair, *Mei Cherng's "Seven stimuli,"* 107, 138, n. 55。

③ 見王勃《七夕賦》,《王子安集註》卷一,頁 18;宋之問(卒於 712 年)《奉陪武駙馬宴唐卿山亭序》,《文苑英華》卷七〇九,頁 7a;《全唐文》卷二四一,頁 3a。

④ 《王子安集註》卷二,頁 56—57。

⑤ 王勃在《上郎都督啓》(《王子安集註》卷四,頁 143)中自稱"東鄙一書生"。王粲也曾自稱"臣東鄙幽介",見謝莊(421—466)《月賦》,《文選》卷十三,頁 13b。

旅之苦。這樣的主題在《滕王閣序》與王勃許多其他作品中一再出現。從這些有著共同主題的作品及其措辭看,王勃對某些字詞有偏好並重複使用。這一點有助理解《採蓮賦》與《滕王閣序》共有的兩個詞"天人"與"帝子"。這兩個詞有相同的出處,建安時期(196—219)兩位"帝子"曹丕(187—226)與曹植(192—232)常常舉行宴會招待有才之士。蔣清翊根據的是魚豢(三世紀初)《魏略》對"天人"一詞的用法,該書記載了曹操讚譽曹植爲天人。《採蓮賦》的另一個可能的出處是梁孝王(約前二世紀)的宴會,梁孝王是漢朝時一位王侯,常常邀請著名文人到睢園參與其文學活動。顯然,王勃作品中這一對概念"天人"與"帝子",意在以曹植喻唐代的兩位王者:《採蓮賦》寫沛王、《滕王閣序》寫滕王。沛王與滕王均爲"帝子",在文中爲擁有"天人"潛質的人。因此詩人說:"得天人之舊館,臨帝子之長洲。"①

然而,滕王絶不是流芳百世之人,因此在《滕王閣序》中不值一提。據正史記載,滕王作風淫奢。高宗看不慣這位皇叔,並曾寫信譴責:

> 王……實冀孜孜無怠,漸以成德;豈謂不遵軌轍,踰越典章。……又巡省百姓,本觀風問俗,遂乃驅率老幼,借狗求罝,志從禽之娱,忽黎元之重。時方農要,屢出畋遊,以彈彈人,將爲笑樂。取適之方,亦應多緒,何必此事,方得爲娱?晉靈虐主,未可取則。趙孝文趨走小人,張四又倡優賤隸,王親與博戲,極爲輕脱,一府官僚,何所瞻望?凝寒方甚,以雪埋人,虐物既深,何以爲樂?家人奴僕,侮弄官人……②

高宗話雖如此,但滕王最終安然無恙,因爲他畢竟是皇叔。高宗在這封警告信中責令滕王改過自新,但滕王依然我行我素。《新唐書》本傳載:"帝嘗

① 有學者認爲原文應爲"仙人"而非"天人",因滕王閣曾有"仙人"留宿,包括洪崖、郭璞、梅福、葛洪、吴猛、許遜等。也有論者認爲"滕王閣"可能不是這座建築的本名,初落成時可能名爲"仙人舊館",以紀念以上的仙人。見黄任軻《〈滕王閣序〉疑義辨析》,頁 255—256;仲禄、九奇《滕王閣史話》,頁 2。曾居住在當地的其他"仙人"還有十二真君,見樂史(930—1007)撰《太平寰宇記》卷一〇六,頁 7b—8a。

② 《舊唐書》卷六十四《滕王元嬰傳》,頁 2436。

賜諸王綵五百，以元嬰及蔣王貪黷，但下書曰：'滕叔、蔣弟不須賜，給麻二車，助爲錢緡。'二王大慙。"[①]成書於初唐的《朝野僉載》詳細記載了以下滕王臭名昭著的惡行：

> 唐滕王極淫，諸官妻美者，無不嘗徧。詐言妃唤，即行無禮。時典籤崔簡妻鄭氏初到，王遣唤，欲不去，則怕王之威；去則被王所辱。鄭曰："昔愍懷之妃不受賊胡之逼；當今清泰，敢行此事邪！"遂入王中門外小閣。王在其中，鄭入，欲逼之。鄭大叫，左右曰："王也。"鄭曰："大王豈作如是？必家奴耳。"以一隻履擊王頭破，抓面血流。妃聞而出，鄭氏乃得還。王慚，旬日不視事。簡每日參候，不敢離門。後王衙坐，簡向前謝過。王慚却入，月餘日乃出。諸官之妻曾被王唤入者，莫不羞之。其壻問之，無辭以對。[②]

以上關於滕王的傳記資料提供了重要綫索，有助確定王勃對滕王的態度。滕王本應該是閣公所辦宴會的中心人物，但他在滕王閣這名勝之地爲自己留下的是個不好的名聲。他的事蹟固然不值得仿效，尤其在如此莊重高雅的宴會上。那麼關於滕王之事有何值得書寫呢？

根據上述關於"歷史上尋友"的思路，王勃在滕王閣尋找到的友人是滕王。如上所論，《滕王閣序》的"帝子"與"天人"所指均爲才華横溢的滕王。史載李元嬰是著名的畫家和音樂家，他長於繪畫蝴蝶，名重於唐代與後世，甚至被尊稱爲"滕派蝶畫的鼻祖"[③]。但他行爲不當，最終命途多舛，被流放到外地。因此當王勃到訪這座曾屬滕王的玩樂場所時已物是人非[④]。王

① 《新唐書》卷七十九《滕王元嬰傳》，頁 3560。更早的記載説二王不獲賜物。張鷟（約660—740）《朝野僉載》卷三，頁 75—76；又見引於《太平廣記》，卷二四三，頁 1879。

② 張鷟《朝野僉載》補輯，頁 175。編者注云出《説郛》。另見陶宗儀（十四世紀中末葉）等編《説郛一百卷》卷二，頁 9b—10a。

③ 李元嬰的代表作爲《蜂蝶圖》，關於其畫技，見唐張彦遠《歷代名畫記》卷九，頁 268；《宣和畫譜》卷十五，頁 395；王建（八世紀末）《宫詞》其六十，《全唐詩》卷三〇二，頁 3441；段成式（卒於 863 年）《酉陽雜俎續集》卷二，頁 13a。

④ 杜甫曾作《滕王亭子》兩首，滕王亭子位於閬州（今四川閬州）。這兩首詩的主題一直被認爲是影射窮奢極樂的滕王。見《杜詩詳注》卷十三，頁 1089—1090；《全唐詩》卷二二八，頁 2475、2476。

勃登上這座滕王所建的樓閣時,對滕王的情況一定已經有所瞭解,自然觸景傷情——他與滕王同樣從曾經榮耀的高峰跌落到如今落魄的羈旅生活。

先看此詩的内容:

《滕王閣》

滕王高閣臨江渚,佩玉鳴鸞罷歌舞。
畫棟朝飛南浦雲,朱簾夕捲西山雨。
閒雲潭影日悠悠,物換星移度幾秋。
閣中帝子今何在? 檻外長江空自流。①

滕王的事蹟在《滕王閣序》中不值一提,但成爲《滕王閣詩》的重點。因爲序文的寫作目的爲奉承,其作用相當於一座紀念碑,獻給滕王閣這座名勝以及前賢今人的豐功偉績。但在詩歌這種抒情文體中,王勃却與滕王同歌共哭②。詩歌開頭對滕王閣描述了一番,讓讀者回顧過去的歷史遺跡。想象與回顧後,歌舞中止——那宴會已經結束。這是全詩的主題,在末聯有所闡發:"閣中帝子今何在? 檻外長江空自流。"

王勃到訪滕王閣,通過描述這座由滕王下令建造的歷史建築及其周邊環境——樓閣依舊,俯瞰長江——以表達他對滕王的沉思這個詩旨。宇文所安(Stephen Owen)認爲此詩的主題是無常(impermanence)③,這個觀點能指引我們觀察到詩中的三層對比。首先是滕王的短暫歡愉與滕王閣的紀念意義及其不朽生命力的對比。如今滕王不在,他的歡愉也不再;但到訪滕王閣仍讓人想起滕王。第二層是滕王閣與長江、潭水、雲彩、太陽、星辰以及秋日之間的對比。這些自然景物可以長江爲代表。長江不僅見證了滕王的快意,也見證了滕王閣的建造過程。長江是這處歷史勝地

① 《王子安集註》卷三,頁76。

② 有論者認爲這首詩的不凡之處在於其主題獨樹一幟。《滕王閣詩》並未提及宴會如何,反而集中表達對滕王的緬懷,這一點寫作特色可類比司馬遷於《史記》每篇末的評語。見劉文蔚(1822年進士)《唐詩合選詳解》卷二,頁1b引吴綏眉語。

③ Owen, *The Poetry of the Early T'ang*, 137.

中相對而言最爲長久的事物,但它並非滕王閣,因而無法指代一段特定的歷史,因爲它並無這方面的象徵性。後世重構並重修滕王閣及其周邊景致的目的是爲了維護這座歷史建築,以免"帝子"離開,閣樓倒塌以後一無所剩。第三層對比是試圖保留滕王閣可能失去的歷史光輝。《滕王閣序》一文並不如長江一樣長久,但它以另一種方式實現了不朽。重讀《滕王閣序》一如其詩能讓當時的情景重現,這包括滕王留下的滕王閣以及當時的長江。因此,王勃所作的詩和序,在這個意義上確實成爲了"不朽"的文學作品①。

這個無常却又自然的特點②,在王勃的作品中——尤其是這首詩,以更爲個人化的方式呈現。薛愛華將這首詩的結構分爲上下兩半,上半部分爲頭四句,記述往事,而下半部分則表達詩人的觀點。但是上半部分並非單純追憶滕王的歷史,而是詩人對自身的反思。宴會、賓客與場面的繁盛與詩人的孤獨之間的反差在《滕王閣序》中屢屢出現,這種反差映襯也貫穿全詩。只要把"雲"、"雨"理解爲較普遍的譬喻義,指代恩寵、享樂,就可領會作品所寫宴會結束象徵著快樂結束③。

在薛氏的論述中,這首詩的頷聯提到的兩處地名並未被解作當地地點。事實上,"南浦"位於廣潤門外十里,"西山",或稱"厭原山"、"南昌

① 曹丕對著述作了高度的讚揚:"蓋文章經國之大業,不朽之盛事。"見曹丕《論文》,收入《全上古三代秦漢三國六朝文》之《全三國文》卷八,頁 11a。鲁威儀(Mark Edward Lewis)論述了寫作力量的六個方面,見 *Writing and Authority in Early China*, 1-4.

② 初唐四傑作品的主題可以"無常"一詞作概括,這可從王勃的《滕王閣序》對鄴、睢園、蘭亭、金谷等地的歡聚的敘述可見。可參看 Owen, *Early T'ang*, 104—122.

③ 《滕王閣詩》的頷聯寫到了"雲"、"雨",這兩個傳統意象通常指涉性愛關係,因此容易引人據以解讀王詩。薛愛華和宇文所安均引據説爲宋玉(約前 260 年)所作的《高唐賦》,認爲《滕王閣詩》有性方面的隱喻,但都未能合理證明這種隱喻與詩歌主題之間的聯繫。Schafer, "Notes on T'ang Culture, Ⅲ," 112; Owen, *Early T'ang*, 137。有論者以詩中"雲"、"雨"的性隱喻臆測李元嬰縱欲過度的野史記載確有其事,而滕王閣就是滕王縱情享樂的場所。筆者以爲王詩不太可能抨擊這一點,因詩中並没有嘲諷或批判的意味,而且借這場餞别宴會表達這方面的批判思想並不合適。王勃在其《夏日仙居觀宴序》(《王子安集註》,頁 636)中用"雲"、"雨"描繪仙居觀中的歌舞場景,此序透露,這些道教儀式結束後設有宴會:"舞闋歌終,雲飛雨驟。……停歡妙域,列宴仙壇。""雲"、"雨"出現的這種背景讓人聯想到薛愛華將《滕王閣詩》的内容理解爲衆神歡聚。但據《夏日仙居觀宴序》,知宗教宴會前有歌舞表演,而歌舞過後才迎來衆神。如果王勃的原意是刻畫當地神靈的活動,他們所欣賞的歌舞就應該在聚會前表演。

山”,在南昌以西四十里[①]。按此地理形勢,這兩處地方都能從“臨江渚”的“高閣”上看到。這兩句復原了滕王閣的美景,而過去“雲”和“雨”只被看作天氣現象:朝雲自南浦飛入高閣,縈繞畫棟[②];下雨時朱簾隨風雨飄動。據記載,西山上有一湖泊名爲“風雨池”。此湖“四面山巖,人跡罕到”,據説能“出雲氣,作雷雨”[③]。如此場景自然讓人想起《滕王閣序》中所述滕王閣之高大壯觀。自然風光與每日的旅客,雲與雨,從古到今日日迴環往復;而最顯而易見的是滕王的人去樓空。因此,這種富有感情色彩的場景烘托出“無常”的主題。

這種解讀方法對一些“索隱”派讀者來説頗嫌“膚淺”,並意圖在文本中尋找“更深層”的意義。譬如唐朝時“南浦”一詞在文學傳統中已是離别的象徵。在江淹(444—505)的《别賦》中“南浦”是送别之地[④];而“雲雨”也指代離别,見王粲(177—217)的《贈蔡子篤詩》[⑤]。這種解讀也符合滕王的情況,因爲王勃到訪滕王閣時滕王已經離去,故王勃在詩中運用這兩個詞的離别象徵義似乎更加合適;加之,王勃享受宴會的短暫愉悦後也即將離開南昌。因此這首懷古詩並不單純緬懷滕王或者表達世事無常,還可包含其他意義。

---

① 祝穆(十三世紀)《宋本方輿勝覽》卷十九,頁 2a、4a。《嘉慶重修一統志》卷一一三,頁 19b、7b。江西的西山是道教傳統中的第十二洞天。見《雲笈七籤》(HY 1026)卷二十七,頁 5b 引《天地宫府圖》。

② 薛愛華認爲這句不應理解爲倒裝句;但是倒裝句在唐詩中十分普遍。筆者不認同薛氏“飛入南浦的是畫棟,而不是雲彩”的理解。Schafer,“Notes on T'ang Culture, Ⅲ,” 112。倒裝詩句的一個例子是杜甫《望嶽》的頷聯與頸聯,《全唐詩》卷二一六,頁 2253。柯睿(Paul W. Kroll)對此詩有不同理解,見 Kroll,“Verses from on High: The Ascent of T'ai Shan,” 178—182。另一個倒裝句的例子是王維的《山居秋暝》的頸聯,見《全唐詩》卷一二六,頁 1276。其句式結構爲:竹喧/歸/浣女,明月/松間/照,兩句結構不同。

③ 顧祖禹(1631—1692)《讀史方輿紀要》卷八十四,頁 8b;《太平寰宇記》卷一〇六,頁 5a。筆者認同方祖燊對該句的理解,見方祖燊《秋日登洪府滕王閣餞别序》,頁 8,注 110、111。

④ 姜亮夫《楚辭通故》第一輯,頁 472—473;江淹(444—505)《别賦》,《文選》卷十六,頁 31a;《江文通集彙注》卷一,頁 39。“南浦”一詞,自《楚辭·九歌·河伯》起已有這層含義。據王逸(約 89—158)注,於南浦得他人送别的“美人”是回歸故土楚國途中的屈原。見洪興祖(1090—1155)《楚辭補注》卷二,頁 78。

⑤ 《文選》卷二十三,頁 25b。

結語

雖然《滕王閣序》自成篇以來便成爲名作，但其主客問題與篇中涉及的人物關係一直懸而未決。這是一篇風格綺麗而表意深澀的駢文，因此並未入選歷代各種重要的散文集。然而，强烈反對駢文浮誇文風的古文大家韓愈，却高度評價了此文①，其原因大抵是由於本文完美結合了華麗文風與抒情元素。王勃巧妙地運用了不同典故表達内心的痛苦，而且大部分典故都與南昌當地的歷史與風俗緊密相連。除了《滕王閣序》，王勃還寫了大量駢文，大多作於類似的宴會上，但大部分都已散佚，其中一個原因是人們普遍認爲寫駢文者只會以徒具美貌的景物描寫奉承上級，於是大多數駢文作品得不到選集編者注意而失收，被視爲千篇一律的駢文也因人們認爲缺乏個人感情而飽受批評。因此，初唐長期被稱爲文學衰退的時期②。反觀王勃的《滕王閣序》，作者能將沮喪感慨流露於歷史典故，將個人感情貫穿於景物描寫。綺麗文風並没有成爲王勃表述情寫志的障礙，反而表現了他與衆不同的寫作技巧。序文的成功，説明了個人感情完全可以通過雕琢華麗的文字文風表達，這看似截然相對立的内容和形式的結合，實現了一次完美的創作經驗。此序也讓我們看到，宴會上所撰的作品並不一定是消極的；然而，問題在於有多少文人能不落阿諛奉承的窠臼，以華麗文風達到抒情效果。

重新審視王勃《滕王閣序》及《滕王閣詩》的歷史背景，確認其中相關人物的身分，能有助更準確而合理地分析王勃宴會時的心理狀態。同樣重要的是如何分析王勃作品中所用典故與其自身情況的聯繫，以及如何考察他對一些人物如滕王的態度。這些研究視角和討論問題過去關注不

① 韓愈《新修滕王閣記》，見馬其昶《韓昌黎文集校注》卷二，頁 91—94；《全唐文》卷五五七，頁 5a—6a。

② 此類送别作品散佚的一個重要原因是：作品抄寫到紙上後，送給遠行的人。儘管有時會有另一個抄本，由宴會主持人收藏，但由於這些詩作並不廣爲流傳，更難被收入其他詩集，其命運大多是散佚。有關初唐詩作流通、傳播及散佚的情況，見拙著：Chan, "In Search of Jade: Studies of Early Tang Poetry," 1–53.

足，導致兩篇名作中的感情與美學價值都没有得到恰當而準確的賞析，而在批判華麗雕琢文風的態度影響下没有得到珍視[1]。本研究冀望能全面而深刻地評價王勃作於滕王閣宴會的作品，對其佳作有更深入與合理的認識。

附録

《秋日登洪府滕王閣餞别序》[2]

豫章故郡，洪都新府。

星分翼軫，地接衡廬。

襟三江而帶五湖，控蠻荆而引甌越。

物華天寶，龍光射牛斗之墟；人傑地靈，徐孺下陳蕃之榻。

雄州霧列，俊采星馳。

臺隍枕夷夏之交，賓主盡東南之美。

都督閻公之雅望，棨戟遥臨；宇文新州之懿範，襜帷暫駐。

十旬休假，勝友如雲；千里逢迎，高朋滿座。

騰蛟起鳳，孟學士之詞宗；紫電青霜，王將軍之武庫。

家君作宰，路出名區；童子何知？躬逢勝餞。

時維九月，序屬三秋。

潦水盡而寒潭清，煙光凝而暮山紫。

儼驂騑於上路，訪風景於崇阿；

臨帝子之長洲，得天人之舊館。

層臺聳翠，上出重霄；飛閣翔丹，下臨無地。

鶴汀鳧渚，窮島嶼之縈迴；桂殿蘭宫，即岡巒之體勢。

披繡闥，俯雕甍，

① 姚大榮曾指出對王勃《滕王閣序》的認識不應流於表面，並以此比喻："勃此序膾炙藝林……然但賞其文辭之工，於勃作序之年并撰述宏旨，率未深考，是猶買櫝而還其珠也。"見姚大榮《書王勃〈秋日登洪府滕王閣餞别序〉後》，頁 1a。

② 據《王子安集註》卷八，頁 229—235。文句按駢文對偶結構排列。

山原曠其盈視,川澤紆其駭矚。

閭閻撲地,鐘鳴鼎食之家;舸艦迷津,青雀黄龍之軸。

雲銷雨霽,彩徹區明。

落霞與孤鶩齊飛,秋水共長天一色。

漁舟唱晚,響窮彭蠡之濱;雁陣驚寒,聲斷衡陽之浦。

遥襟甫暢,逸興遄飛。

爽籟發而清風生,纖歌凝而白雲遏。

睢園緑竹,氣淩彭澤之樽;鄴水朱華,光照臨川之筆。

四美具,二難并。

窮睇眄於中天,極娱游於暇日。

天高地迥,覺宇宙之無窮;興盡悲來,識盈虚之有數。

望長安於日下,目吴會於雲間。

地勢極而南溟深,天柱高而北辰遠。

關山難越,誰悲失路之人?溝水相逢,盡是他鄉之客。

懷帝閽而不見,奉宣室以何年?

嗟呼!

時運不齊,命途多舛。

馮唐易老,李廣難封。

屈賈誼於長沙,非無聖主;竄梁鴻於海曲,豈乏明時?

所賴

君子見機,達人知命。

老當益壯,寧移白首之心?窮且益堅,不墜青雲之志。

酌貪泉而覺爽,處涸轍而相歡。

北海雖賒,扶摇可接;東隅已逝,桑榆非晚。

孟嘗高潔,空餘報國之情;阮籍猖狂,豈效窮途之哭?

勃

三尺微命,一介書生。

無路請纓,等終軍之弱冠;有懷投筆,慕宗慤之長風。

舍簪笏於百齡，奉晨昏於萬里。

非謝家之寶樹，接孟氏之芳鄰。

他日趨庭，叨陪鯉對；今茲捧袂，喜託龍門。

楊意不逢，撫淩雲而自惜；鍾期既遇，奏流水以何慚？

嗚呼！

勝地不常，盛筵難再，

蘭亭已矣，梓澤丘墟。

臨別贈言，幸承恩於偉餞；登高作賦，是所望於羣公。

敢竭鄙懷，恭疏短引，

一言均賦，四韻俱成。

請灑潘江，各傾陸海，

云爾。

杜甫筆下的兩座宫殿的宗教政治洗禮

引言

杜甫(712—770)中後期的詩歌創作與唐帝國的危難相始終,其詩心與國運交織,構成了沉鬱頓挫的詩歌創作基調。天寶十四載冬(755—756),安禄山(卒於757年)發動叛變,玄宗被迫逃離失陷的長安城,唐王朝受到了極大的蹂躪。不久肅宗(756—762年在位)於鳳翔(今陝西鳳翔)登基,建立了新朝廷,杜甫任左拾遺。他忠言直諫,反對肅宗把討賊兵敗的宰相房琯(697—763)貶官,招來了殺身之禍,幸得新任宰相張鎬(卒於764年)爲他求情才得以脱身。最後房琯被貶官[①],杜甫被賜假。至德二年(757)秋,杜甫與家人在鄜州(今陝西富縣)團聚的長假中,遊歷了兩座宫殿,並寫

① 《新唐書》卷二〇一《文藝上·杜甫》,頁5737; William Hung (洪業), *Tu Fu: China's Greatest Poet*, 109—110。洪業引述潘德輿(1785—1839)的論點並指出:"房琯被指控僅因爲他與一個不受歡迎的人有來往,而杜甫爲房琯辯護的論點是:無論此人怎樣不受歡迎,房也不應被定罪。"(the express charge was only Fang's association with an undesirable character, and Tu Fu's argument in Fang's defense was that an association, however undesirable, constitute no guilt.)見 Hung, *A Supplementary Volume of Notes for* Tu Fu: China's Greatest Poet, 66。此人指的是琴工董庭蘭。見潘德輿《養一齋李杜詩話》,頁270—271。

下了《九成宫》[①]和《玉華宫》兩首名作。

本文旨在探討杜甫在這兩首詩中的感情特質[②]。從兩首詩的抒情藝術看,杜甫可算是第一個嘗試把宫殿題材詩歌從歌頌轉向抒情的詩人[③]。然而詩中所表達的是什麼樣的感情呢? 二詩的創作動機是否在於諷刺? 如果是,其諷刺的對象是誰? 是什麽?

頌詩和抒情詩的分野有著理論上的差異,麥大維(David McMullen)指出,這種差異體現在唐朝皇帝的"兩個身體"(two bodies)中[④]。麥氏解釋道:第一個身體或角色是"永生皇帝的身體(immortal sovereign)",皇帝這種"永生"(immortality)特質長存於描寫宫殿的頌詩中。麥氏對唐朝皇帝"第二個身體"的定義,有助我們思考杜甫這兩首宫殿詩的創作動機。其論曰:

---

① 據魯訔(1100—1176)編定、蔡夢弼(南宋)箋注《杜工部草堂詩箋》卷十一,頁 414:"山有九重,故名九成。"九成也意指九闋樂曲演奏終止,見《尚書正義》卷五,頁 32a,孔穎達(574—648)疏。九成宫所處的地形可以解釋"九成"的意思,它位於今陝西麟遊縣新城鎮,坐落於海拔近 1 100 米的高原山區。見中國社會科學院考古研究所西安唐城工作隊《隋仁壽宫唐九成宫 37 號殿址的發掘》,頁 1084。從兩首關於宫殿的詩得知"九成"一詞描述高聳的宫殿:杜甫的《九成宫》有"曾宫"一詞;上官儀(608—664)的《酬薛舍人萬年宫晚景寓直懷友人》曰:"奕奕九成臺。"見《全唐詩》卷四十,頁 506。魏徵(580—643)描述這座宫殿及其周圍地形爲"冠山抗殿","仰視則迢滯百尋"。見《九成宫醴泉碑銘》,《全唐文》卷一四一,頁 13b。魏徵與上官儀遊覽時,九成宫尚在使用,故二人的描述很可靠。儘管"九"並非實指,意謂"很多",見馬融(79—166)《長笛賦》,《文選》卷十八,頁 2a,李善(約 630—690)注引郭璞(276—324)《山海經》注。作爲宫殿名的"九成"被直譯成"Nine Perfections"("九項成就")和"Nine Times Perfected"("成就九次")。分别見 Howard J. Wechsler(魏侯瑋),*Mirror to the Son of Heaven: Wei Cheng at the Court of T'ang T'ai-tsung*, 130; Suzanne E. Cahill(柯素芝),*Transcendence and Divine Passion: The Queen Mother of the West in Medieval China*, 138.

② 西方學者對《玉華宫》的興趣要大於《九成宫》,前者有多種英譯,後者却幾乎没有。

③ 唐前以宫殿爲題材的頌詩的作者有:梁簡文帝(549—551 在位)、北周明帝(557—559 在位)和陰鏗(六世紀中末葉)。見《藝文類聚》卷六十二,頁 1113。鮑照(約 412—466)的《從過舊宫》有著相似的基調。見《鮑參軍集注》卷五,頁 302。九成宫在初唐時期形成爲一個重要的文學主題,這些有關九成宫的作品無一例外地以讚頌和諂媚爲基調,風格華美雕琢,例如:王勃(650—約 676)的《九成宫頌》,見蔣清翊(十九世紀中末葉)《王子安集註》卷十三,頁 341—342(序),頁 373—376(詩第 4—10 首);又見《文苑英華》卷七七七,頁 1b(序),頁 7b—8a(詩第 4—10 首);上官儀《酬薛舍人》,《全唐詩》卷四十,頁 506;李嶠(644—713)《奉教追赴九成宫途中口號》,《全唐詩》卷五十七,頁 686。太宗創作的宫殿題材詩歌在基調上不同於其臣下的同類作品,只不過因爲他是皇帝罷了,他的這些作品儘管有抒情成分,風格上都是以華美雕琢爲主,例如《幸武功慶善宫》、《秋日翠微宫》,見《全唐詩》卷一,頁 4、14。

④ David McMullen, "Recollection without Tranquility: Du Fu, the Imperial Gardens and the State," 191,引述 Ernst H. Kantorowicz 提出的"王者的兩個身體"(the king's two bodies)的理論。

他們〔按：指唐朝皇帝〕是獨立的個體，充滿熱情却又有權力危機意識；他們像普通人一樣老去，也會恐懼死亡。他們在宫廷中過著至爲奢華的生活，消耗著資源，制訂施政方針，在心儀的宗教人士上耗費資材，有著各種各樣的嗜好……①

杜甫在宫殿題材詩歌創作中有所改變，不再把皇帝寫成永生的(immortal)個體，而是集中寫他的世俗、肉身的(carnal)一面。這種從"第一個身體"到"第二個身體"的轉换，體現了杜甫對皇帝永生和唐皇室不滅神話的質疑。

兩首作品

本文重點討論的兩首詩均屬古體，引録於下。

《九成宫》

蒼山入百里，崖斷如杵臼。曾宫憑風迴，岌嶪土囊口。立神扶棟梁，鑿翠開户牖。其陽産靈芝，其陰宿牛斗。紛披長松倒，揭巘怪石走。哀猿啼一聲，客淚迸林藪。荒哉隋家帝，製此今頹朽。向使國不亡，焉爲巨唐有？雖無新增修，尚置官居守。巡非瑶水遠，跡是雕牆後。我行屬時危，仰望嗟嘆久。天王狩太白，駐馬更搔首。②

《玉華宫》

溪迴松風長，蒼鼠竄古瓦。不知何王殿，遺構絶壁下。陰房鬼火青，壞道哀湍瀉。萬籟真笙竽，秋色正蕭灑。美人爲黄土，況乃粉黛假。當時侍金輿，故物獨石馬。憂來藉草坐，浩歌淚盈把。冉冉征途

---

① Ibid, 191—192："They were individuals; they had their passions, their crises of authority; they aged as other men; they feared death. They lived in large palace communities that embodied the highest standards of luxury; they spent resources, took political decisions, lavished patronage on religious figures of their own choices, and had favourites. . . ."

② 《杜詩詳注》卷五，頁 386—388。

間,誰是長年者?[①]

兩位皇帝與兩座宮殿

唐太宗(626—649 年在位)和唐高宗(649—683 年在位)與九成宮和玉華宮有著密切的關係。九成宮始建於隋朝,名仁壽宮。唐興以來,由於九成宮象徵著隋朝的奢華無度,初唐時一度有遭拆卸的危險,但最後太宗和大臣們還是決定把它保留下來。貞觀六年(632),太宗在九成宮避暑期間發現了醴泉,視爲吉祥之兆。於是就地立碑記其事,由魏徵撰文,歐陽詢(557—641)謄寫,這就是在中國書法史上佔有崇高地位《九成宮醴泉碑銘》(見附録一)。碑文内容對建造九成宮時的鋪張浪費作了譴責:"九成宮,隋之仁壽宮也……觀其移山迴澗,窮泰極奢,以人從欲,良足深尤。"[②]碑文的内容及説教語調對後世宮殿題材詩歌創作起著指導作用,例如:王勃上呈給高宗的頌和詩、李商隱(約 813—858)的《九成宮》詩等[③]。這類作品中的一個常用的訓誡例子是周穆王的放蕩生活及其追求永生的奢望,這種批判語調的來龍去脈有助我們理解杜甫同類題材作品的主題思想。

九成宮得以保留和後來的修繕顯然令太宗和高宗龍顔大悦。據杜詩和唐史記載,太宗曾任命官員專責監管九成宮。而他的多次行幸表明了他鍾愛此宮[④]。高宗永徽二年至乾封二年期間(651—667),九成宮更名爲萬年宮。兩《唐書》薛仁貴(614—683)本傳載,永徽五年(654)高宗行幸萬年宮時突遇山洪爆發,幸得薛仁貴營救脱險[⑤];然而這並不影響他以後繼

① 《杜詩詳注》卷五,頁 389—390。

② 魏徵《九成宮醴泉碑銘》,《全唐文》卷一四一,頁 13b。有關魏徵此碑銘的歷史背景及其内容的討論,詳見 Wechsler, *Mirror to the Son of Heaven*, 130—132。

③ 王勃《九成宮頌》及詩,見上文頁 86 注③;李商隱《九成宮》,《全唐詩》卷五三九,頁 6162。

④ 正史記載了太宗的五次行幸,分别在公元 632、633、634、639 及 644 年夏。見《舊唐書》卷三《太宗本紀》,頁 42、43、50、56;《新唐書》卷二《太宗皇帝本紀》,頁 33—35、43、44。

⑤ 《舊唐書》卷八十三,頁 2780—2781;《新唐書》卷一一一,頁 4140。《資治通鑑》卷一九九,頁 6285。

續行幸的興致。爾後的二十年，有紀録的行幸共有七次①。儀鳳三年(678)，高宗最後一次行幸萬年宫，當時大量士兵死於暴雨和酷寒②。杜甫到訪時，萬年宫已廢棄。文宗開成元年(836)，宫殿被一場洪水徹底毁壞③。

玉華宫於貞觀二十二年(648)由太宗諭令建成。一般認爲玉華宫即高祖(618—626年在位)於武德七年(624)年所建的仁智宫，經重修後更名；筆者以爲玉華宫的建造應是一個新的工程項目④。太宗在《建玉華宫手詔》中自言"遵意於樸淳"，"無情於壯麗"，要求以節儉爲原則。此外又説明兩大建造意圖：第一，長安城南新建的翠微宫太小而不方便他召見大臣們；第二，在酷熱的夏日，自己年老體衰，需要一個清涼的避暑勝地。又云："良以爲國爲人，比者屢有征行，非無疲頓。"他爲唐朝强盛勞苦多年後，認

---

① 高宗行幸九成宫分别在公元654、655、668、669、670、673、676及678年。見《唐會要》卷三十，頁556；《舊唐書》卷四，頁72，卷五，頁91—95、97—98、101、103，卷二十八，頁1049；《新唐書》卷三，頁55、66—68、70—74，卷三十六，頁935。九成宫雖於乾封二年(667)已復舊名，但盧照鄰(634—約684)作於咸亨四年(673)的《贈許左丞從駕萬年宫》中仍稱之爲萬年宫，見《全唐詩》卷四十二，頁528。學界一致把盧此作繫於673年，見任國緒《盧照鄰集編年箋注》，頁180—181；祝尚書《盧照鄰集箋注》卷三，頁114—145注1；李雲逸《盧照鄰集校注》卷三，頁137注1。

② 《新唐書》卷三十六《五行志三》，頁935。

③ 天寶六載(747)，楊國忠爲相時，同時兼任四十多個"使"官，其中一個就是九成宫使。見《資治通鑑》卷二一六，頁6890，胡三省(1230—1302)注引洪邁(1123—1202)《容齋隨筆》。德宗朝(779—805)，九成宫貢立獸炭爐。見《舊唐書》卷十二《德宗本紀》，頁323；《新唐書》卷七《德宗本紀》，頁185。高宗於儀鳳三年(678)最後一次行幸九成宫。九成宫在高宗朝後期逐漸失寵，主要是因爲武后(690—705年在位)掌權期間洛陽成爲了新的政治中心。自玄宗(712—756在位)在驪山上建了温泉宫(即後來的華清宫)，九成宫遂不用。見介永强《關中唐代行宫考》，頁202；中國社會科學院考古研究所西安唐城工作隊《隋仁壽宫唐九成宫37號殿址的發掘》，頁1083。

④ 一般認爲玉華宫據仁智宫修緝而成。仁智宫由高祖於武德七年(624)下令在宜君縣(今屬陝西銅川市)首建，用以抵禦西北邊患。據此，這項翻修工程只需幾個月時間，並不算奢侈。及後太宗令閻立德(卒於656年)主持翻修工程，竣工後，太宗改名玉華宫。顧祖禹(1624—1680)始主此説，明確提出仁智宫改名玉華宫。見《讀史方輿紀要》卷五十七，頁23a；盧建國《陝西銅川唐玉華宫遺址調查》，頁380；穆渭生《唐玉華宫興衰考略》，頁89。仁智宫爲玉華宫前身之説，並無早期史料可證。嚴耕望視之爲兩座不同的宫殿，理據是：仁智宫在宜君縣，而玉華宫則在宜君縣以北四里外的鳳凰山谷。見《唐代交通圖考》第一卷，頁232—233。嚴氏所據史料是《新唐書》卷三十七《地理志一》，頁970。《元和郡縣圖志》載："其地[按：指玉華宫所在地]本縣人秦小龍宅，太宗曰：'小龍出，大龍入。'[大龍指太宗自己]"李吉甫(758—814)《元和郡縣圖志》卷三，頁73。胡三省向以可靠資料注釋地名，却並未注明玉華宫據仁智宫翻修而成。見《資治通鑑》卷一九〇，頁5983，卷一九一，頁5984，卷一九八，頁6248、6253。程大昌(1123—1195)也認爲這是兩座不同的宫殿，見《雍録》卷四，頁86—87。

爲這是他該得的。他只讓玉華宮主殿屋頂鋪上瓦片,其他都用茅草,示意節儉[①]。

高宗登基兩年後即永徽二年(651),玉華宮改建成佛寺。後來高僧玄奘(602—664)在那裏翻譯了大量佛經。貞觀十九年(645),玄奘從天竺取經歸來,回到長安。二十二年,太宗在剛建成的玉華宮接見他[②]。《舊唐書·玄奘傳》載:"高宗在東宮,爲文德皇后追福,造慈恩寺及翻經院……送玄奘及所翻經像、諸高僧等入住慈恩寺。……後以京城人衆競來禮謁,玄奘乃奏請逐靜翻譯,敕乃移於宜君山故玉華宮。"時在顯慶四年(659)冬[③]。玄奘在玉華宮完成了大量重要的翻譯工作,如《大般若經》等,直至圓寂[④]。因此,玄奘一派在佛教史上有一重要席位,稱法相宗,但由於大量譯經工作在玉華宮完成,因此亦稱玉華宗[⑤]。

節儉還是奢侈?

唐太宗早年大抵能維持節儉,但後來這個形象却完全改變了。如上文所引述,當決定保留九成宮時,太宗曾下令避免鋪張浪費。魏徵在《九成宮醴泉碑銘》中有如下記載:

> 於是斲彫爲樸,損之又損,去其太甚,葺其頹壞,雜丹墀以砂礫,間粉壁以塗泥;玉砌接於土階,茅茨續於瓊室。仰觀壯麗,可作鑒於既往;俯察卑儉,足垂訓於後昆。[⑥]

---

① 唐太宗《建玉華宮手詔》,《全唐文》卷八,頁 14a—15b;《資治通鑑》卷一九八,頁 6248、6253;《唐會要》卷三十,頁 555;《册府元龜》卷十四,頁 4b。

② 慧立(生於 615 年)《大唐大慈恩寺三藏法師傳》(T2053)卷十,頁 255a5。

③ 《舊唐書》卷一九一《列傳·僧玄奘》,頁 5109。慧立《大唐大慈恩寺三藏法師傳》卷十,頁 255a6,頁 275c20—22。

④ 玄奘在玉華寺的活動概況,見本覺(宋)編集《釋氏通鑑》(X1516)卷八,頁 88a、89b/c。另可參看楊廷福《玄奘年譜》,頁 275—288。

⑤ 玄奘與窺基(632—682)創立的這一新宗派史稱法相宗。由於他們在玉華宮完成了最重要的佛經翻譯工作,故又稱玉華宗。見王仲德《玄奘圓寂後》,頁 12—16。

⑥ 魏徵《九成宮醴泉碑銘》,《全唐文》卷一四一,頁 14a/b。

古時很多王者爲了顯示節儉的美德,在建造明堂時都會作出這樣的安排[①]。對於太宗來説,顯示節儉或許是爲了保留九成宫所須付出的代價。

從歷史記載看,太宗下令修建玉華宫時的言論,純粹是預立地步,駁斥一切可能針對他奢侈的批評。他的妃子徐惠(627—650)上呈的一篇奏疏便是一個例證,篇中揭露了他的虚僞,其中有云:

> 北闕初建,南營翠微,曾未逾時,玉華創制。雖復因山藉水,非無架築之勞;損之又損,頗有工力之費。終以茅茨示約,猶興木石之疲;假使和雇取人,不無煩擾之弊。[②]

除了徐惠指出的奢華作風和勞民傷財,太宗的奢侈還表現在不絶如縷的宫殿建造工程上。以下列示了這些工程的概況:

年份	所建宫殿
貞觀四年(631)	九成宫、洛陽宫
貞觀七年(634)	大明宫
貞觀十年(637)	飛山宫
貞觀十三年(640)	襄城宫(因選址錯誤,建成後旋被拆除)
貞觀十七年(644)	湯泉宫
貞觀二十年(647)	翠微宫
貞觀二十一年(648)	玉華宫

太宗在生命的最後十年中逐漸變得揮霍和冷漠,常常像暴君一樣對

① 《吕氏春秋》卷七,頁 246:"故明堂茅茨蒿柱,土階三等,以見節儉。"

② 《舊唐書》卷五十一《后妃傳上·太宗賢妃徐氏》,頁 2168;《唐會要》卷三十,頁 555。《新唐書》卷七十六《后妃傳上·太宗徐賢妃》,頁 3472。關於徐惠的生平事蹟,包括這篇奏疏的英譯,可參看 Paul W. Kroll(柯睿), "The Life and Writings of Xu Hui (627–650), Worthy Consort, at the Early Tang Court," 35–64.

待那些敢於進諫的大臣們[1]。且不説太宗由於這些工程的巨大花費而不得不推遲原定於貞觀二十一年(648)的封禪大典[2],建造玉華宫本身就是一筆昂貴的開銷。玉華宫初建成時有九座大殿和五道殿門[3],據《唐會要》記載:

> 正門曰南風門。殿名玉華殿,皇太子所居。南風門東,正門曰嘉禮門。殿名暉和殿。[4]

當玉華宫初建成時閻立德曾繪過一張地理形勢圖[5],今已亡佚。要瞭解此宫的詳情我們只能依據現存文獻,例如《開元釋教録》記載的建築物名稱計有:肅誠殿(或稱肅誠院)、嘉壽殿、慶福殿、雲光殿、八桂殿、明月殿、玉華殿[6]。必須指出的是以上各殿宇没有一座屬於主建築群完成後額外建造的十三座大殿之一。《册府元龜》卷十四載:

> 營造庶物亦擾市,取供而折番和雇之費,以巨億計矣。及帝遊幸,敕奉禦王孝積於顯道門内起紫微殿十三間,文甓重基,高敞宏壯,帝見之甚悦。[7]

這些記載與考古發現相吻合。建造玉華宫所用的磚塊、棟樑等材料質量都是上好的。土木原材料並非本地所産,而是從洛陽、長安等地運送過去的。考古研究也發現,南風門長六十米寬三十米,這無疑是唐朝最大的建

---

① 《資治通鑑》卷一九三,頁 6078、6088,卷一九四,頁 6106、6125,卷一九五,頁 6154,卷二一二,頁 6757,卷一九八,頁 6246、6248、6253。關於太宗奢華無度地營造(和拆卸)宫殿,以及他對進諫者的態度,可參看 Howard J. Wechsler,"T'ai-tsung (reign 626-649) the Consolidator," 192-193。

② Wechsler,"T'ai-tsung," 192,引《資治通鑑》卷一九八,頁 6248。

③ 郭曾炘(1855—1929)《讀杜劄記》,頁 68,引宋人張岷《遊玉華山記》。

④ 《唐會要》卷三十,頁 555。

⑤ 《新唐書》卷五十九《藝文志三》,頁 1560。

⑥ 智昇(活躍於 730 年)《開元釋教録》(T2154),頁 560b27、561a7;玄奘《阿毗達磨界身足論》(T1540),頁 625c18;慧立《大唐大慈恩寺三奘法師傳》,頁 276b15。

⑦ 《册府元龜》卷十四,頁 5a。

築工程之一①。

由此可見,玉華宮的建造一定會給當地居民和唐王朝造成巨大的負擔。太宗大概有見及此,宮殿落成之初,曾下詔停止向玉華宮所在的宜君縣徵税②。他下令用茅草作屋頂只是一種姿態,是對自己奢侈的掩飾。這樣,《貞觀政要》所載太宗早年提倡節儉,以及他在貞觀二十二年(648)爲訓誡子嗣而撰寫的《帝範》中的相關教條,就顯得很虛僞了。而事實上,他在《帝範》中也承認了自己行爲上的過失③。

"天王狩太白"

歷史文獻提供的資料幾無助於解讀杜甫的《九成宮》和《玉華宮》兩詩的情感特質。造成解讀的困難原因之一,可能是杜甫自從得罪肅宗,僥倖逃過殺身之禍後,開始傾向用較婉曲的筆觸來探討唐朝皇帝的"第二個身體";然而,在詩中他表現出一如既往的直率。據《舊唐書・杜甫傳》所載,杜甫"性褊躁",且"無器度"④,這個性也許就是他不平則鳴的詩風的基礎。故當他剛逃脱死刑時,仍舊敢向唐王室發出批判之聲。

杜甫名作《春望》中首句"國破山河在",表現出作者憂國時的獨特反應。此詩作於天寶十五載(756)春,當時長安已被安禄山叛軍佔領⑤。首句中感情從物象的錯置可見,或許可用心理分析學術語"錯置"(displacement)去理解⑥。此類亂離景象成爲了杜甫詩中縈繞不息的主

---

① 盧建國《陜西銅川唐玉華宮》,頁 383;陳曉捷《玉華宮三題》,頁 41—42。

② 《玉華宮成曲赦宜君縣制》,見宋敏求(1019—1079)編《唐大詔令集》卷一〇八,頁 4b—5a。

③ 見吴兢(670—749)《貞觀政要》卷五,頁 185—188,卷六,頁 206—212。有關太宗《帝範》的寫作與傳播,見《資治通鑑》卷一九八,頁 6251;《册府元龜》卷四十,頁 18b—19a。《帝範》十二篇見於各種文獻,注釋本見吴雲、冀宇《唐太宗全集校注》,頁 591—622。英譯本見 Denis Twitchett, "How to Be an Emperor: T'ang T'ai-tsung's Vision of His Role," 1–102。

④ 《舊唐書》卷一九〇《文苑下・杜甫》下,頁 5054;《新唐書》卷二〇一《文藝上・杜甫》,頁 5738。

⑤ 《杜詩詳注》卷四,頁 320。

⑥ 佛洛依德(Sigmund Freud, 1856—1939)的術語,他指出"我們大概可以認定:夢中所見並非夢的思想的重點,其重點應是夢中反覆出現的景物。"("What appears in dreams, we might suppose, is not what is important in the dream-thoughts but what occurs in them several times over.") Freud, *The Interpretation of Dreams*, 340–343.

題,所呈現的仿佛是眼前事物被放錯了地方。從此,對混亂時局的紀述和議論,便成了杜甫此後作品中的突出主題。

《九成宫》一詩看似批判隋朝,實際針對的是唐朝。自從魏徵的《九成宫醴泉碑銘》面世以來,九成宫在後人的創作中多被視爲縱慾與奢侈的象徵;我們從杜甫這首《九成宫》中得知後來的唐朝皇帝沿襲了這些缺失。詩中用周穆王典:傳説周穆王曾赴西域的瑶池拜會西王母①,西王母囑咐穆王:"將子無死,尚能復來。"然而,周穆王是凡人,在他的有生之年,並没有能再次赴約。瑶池相會代表追求永生這一詩歌主題,在杜甫手中得到確立②。這個主題通過詩中出現的靈芝意象(第七句)得到進一步的凸顯——靈芝是一種可食用並具有延壽功效的植物③。太宗在他生命中的最後一年貞觀二十三年(649),在遥遠的西域新置瑶池都督府這個軍事機構,其取名動機,似非偶然④。杜甫《玉華宫》詩的結尾寫出了太宗對長生的渴望,論見下文。

杜甫通過周穆王傳説的典故對奢侈作批判,他曾以同樣的典故指斥玄宗的耽於逸樂⑤。從長安到九成宫的距離遠不如周穆王到瑶池那麼遠,但在杜甫眼中,兩者的奢侈却並無二致。《九成宫》的"雕牆"一詞的豐富含

---

① 顧實認爲:"瑶池,當在第希蘭之南,有一湖,波斯語曰 Daria-i-namak,義言王之海也。蓋即觴西王母之瑶池也。"見《穆天子傳西征講疏》,頁 153 及頁 174 與 175 之間的地圖(座標:34.6N51E)。第希蘭爲伊朗首都德黑蘭(Teheran)的舊譯名。

② 《穆天子傳》卷三,頁 1a/b。李商隱《九成宫》,《全唐詩》卷五三九,頁 6162。

③ 有關"芝"的解釋與别名,見 G. A. Stuart, *Chinese Materia Medica*, 271。靈芝歷來被視爲有延壽的功效,《抱朴子内篇》記有"五芝"——"石芝、木芝、草芝、肉芝、菌芝,各有百許種也。"見王明《抱朴子内篇校釋》卷十一,頁 197—202。

④ 《舊唐書》卷三《太宗本紀》,頁 62。自阿史那賀魯作亂,顯慶三年(658)亂平後其都督府不再復置。見《舊唐書》卷一九四《突厥傳下·阿史那賀魯》下,頁 5186。

⑤ 杜甫在《自京赴奉先縣詠懷五百字》描述玄宗在華清宫温泉的奢華生活片段,用"瑶池"指代皇帝享樂的場所。《杜詩詳注》卷四,頁 268。杜詩《同諸公登慈恩寺塔》曰:"惜哉瑶池飲,日晏崑崙丘。"仇兆鰲注:"惜哉二句,傷今,以王母瑶池比太真温泉也。"《杜詩詳注》卷二,頁 105。陳子昂在其《感遇》其二十六也引用了同樣的典故,達到同樣的目的。《全唐詩》卷八十三,頁 893。有關陳子昂《感遇》詩多重主題的討論,見拙著:Chan, "The 'Ganyu' of Chen Ziang: Questions on the Formation of a Poetic Genre," 14–42;中譯本《從陳子昂的〈感遇〉詩看"感遇"詩體的形成和發展》,見本書。

義是幫助我們解讀此詩的重要綫索①。"雕牆"一詞始見於《尚書·五子之歌》:"内作色荒,外作禽荒,甘酒嗜音,峻宇彫牆。有一於此,未或不亡。"②大意爲:沉迷女色、耽於畋獵、酗酒過度、嗜樂無厭、大興土木、裝飾樓宇,只要犯上六項中任何一項,一定滅亡。《尚書》之後,"雕牆"一詞用以描寫晉靈公,這位國君的放蕩行爲和暴虐統治,導致了晉國的滅亡。《左傳·宣公二年》曰:"晉靈公不君,厚斂以彫牆。"③"雕牆"一詞,也見於貞觀二十一年(647)太宗的一道詔書中④。當時正值玉華宫建造期間,與《尚書》和《左傳》一樣,詔書中的"雕牆"也指代奢侈浪費。盡管杜甫在詩中用了"跡"字——似乎當他遊歷九成宫時那些"雕牆"已成陳跡——但據詩文互證,那些"雕牆"一直都得到了很好的維護。杜詩表明當時有官員"居守"在九成宫中,他們的職責當然包括九成宫的修繕工作。這條記載和推斷在《新唐書·百官志》中得到印證:

> 九成宫總監:監一人,從五品下;副監一人,從六品下;丞一人,從七品下;主簿一人,從九品上,掌脩完宫苑,供進鍊餌之事。⑤

---

① 柯素芝對《九成宫》的解讀與本文迥異,她認爲詩旨在於"頌揚王朝征服之功"("celebrating dynastic conquests")。因此她把這兩句相關詩句譯作:"Although the imperial circuit did not reach the Turquoise Water, / Still divine traces are right here, behind these carved walls."("雖然大唐天子巡狩未達瑶池,但其神聖的足跡就在這雕牆的背後")。她又解釋:"雖然大唐國君們也許並没有到過西方聖境,可他們的寓所却散發著神聖的光輝"("Although the rulers may not have gone to the Western Paradise, even their residence shows a holy aura.")。因而斷定:"杜甫(在其詩中)也展現出時人耳熟能詳的瑶池意象的靈活和豐富的内涵"("Du also demonstrates how flexible and rich with associations the image of the Turquoise Pond had become in his day.")。Cahill, *Transcendence and Divine Passion*, 138–139.

② 《尚書正義》卷七,頁45a。

③ 《左傳·宣公二年》,第4段。英譯及注釋見James Legge(理雅各,1815—1897),*The Ch'un Ts'ew with The Tso Chuen*, 290.

④ 唐太宗《建玉華宫手詔》,《全唐文》卷八,頁14a—15b。這道詔令又題作《建玉華宫於宜君縣鳳凰谷詔》,見《唐大詔令集》卷一〇八,頁3a/b。

⑤ 《新唐書》卷四十八《百官三》,頁1262;《舊唐書》卷四十四《職官三》,頁1888。法文譯注並九成宫的歷史簡介,見Robert des Rotours(戴何都),*Traité des fonctionnaires et Traité de l'armée, tr. de la Nouvelle histoire des T'ang* (*chap. XLVI-L*), 431–432;英譯及解釋見Charles O. Hucker(霍克),*A Dictionary of Official Titles in Imperial China*, 175。

作爲太宗和高宗最主要的避暑行宫，九成宫和雕牆必定會得到很好的維護。"鍊餌"則指丹藥，供皇帝服用，詳見下文。

《九成宫》詩中重點體現的是"錯置"這一主題。當杜甫遊訪九成宫時，宫殿可能已棄置不用。事實上，在高宗於儀鳳三年(678)最後一次行幸之後，九成宫所有皇室活動已經停止。在杜甫眼中，這座已經失去皇帝寵幸的宫殿，只不過是它過去的"跡"而已。杜甫是在秋季到達九成宫的；而太宗和高宗的避暑行幸也通常在這個季節結束。面對此時此景，昔日曾在九成宫中度過歡樂時光的這兩位皇帝，很自然便成爲詩人追憶的對象。貞觀和永徽盛世與詩人所處的時代兩相對照，詩人吟出了"我行屬時危"之句；這種對比引導我們把杜甫對隋朝的評論運用到審視唐朝的現狀上來："向使國不亡，焉爲巨唐有？"這兩句詩喚起了朝代循環更替的歷史主題：巨唐統治者曾接管這座隋朝宫殿，但現在唐朝却已失掉了都城長安。

《九成宫》最後兩句用典旨在諷喻。絶大多數注解認爲"天王"毫無疑問指的是曾"守"在太白山的肅宗[①]。此聯首句典出《春秋·僖公二十八年》："天王狩於河陽。"儘管在大多數杜詩較早的版本中，"狩"字作"守"[②]，但從杜甫慣用的用典手法——如《春秋》的一字褒貶，可知他所引述的就是《春秋》記載的史實。此外，這兩個字常常互相通假，出現在相似内容的文本中[③]。《左傳》述僖公二十八年河陽之會如下：

> 是會也，晉侯召王，以諸侯見，且使王狩。仲尼曰："以臣召君，不可以訓。"故書曰："天王狩于河陽。"言非其地也，且明德也。[④]

---

① 頗爲耐人尋味的是，在九成宫37號殿址所在地，考古隊發現刻有"天王"和"冈"字樣的門軸石基。不過一般認爲這些刻記刻於宋代即九成宫倒塌之後。然而，宋人爲何刻鏤這些字樣？是否他們的心目中閃現著杜甫的詩句？見中國社會科學院考古研究所西安唐城工作隊《隋仁壽宫唐九成宫37號殿址的發掘》，頁1092。

② 見《文苑英華》卷三一一，頁2a。仇兆鰲注曰："晉、晁(兩個宋本)並作'狩'。"見《杜詩詳注》卷五，頁388。

③ 《春秋經傳引得·僖公二十八年》，第17段，《穀梁傳》注一作"守"。又見《春秋穀梁傳注疏》卷九，頁38b。

④ 《左傳·僖公二十八年》，第18段；Legge, *The Ch'un Ts'ew with The Tso Chuen*, 212。

杜詩中採用“天王狩XX”的句式，並不是爲了“明德”，而是要强調“非其地”的狀況，因爲皇帝已失其位，而太白山並“非其地”。與《左傳》所載的周王一樣，唐朝皇帝也被迫遠離了作爲統治中心的國都。

那麽，杜詩指的是哪位唐朝皇帝？一般箋注家都指出太白在唐朝時屬鳳翔管轄，因此斷定詩中的“天王”指的是肅宗。從地理上看，太白山離臨時都城鳳翔非常遥遠（見附録二地圖）。太白有無可能指代當時已遜位並且遠幸蜀地的玄宗呢？這個假設基於盛唐時的一種普遍看法，即太白是蜀地和秦地（長安所在）的分隔點[①]。如果此假設不成立，那麽這首詩和其他杜詩中出現的“太白”，似乎都是指肅宗在鳳翔轄内的太白建立流亡朝廷這一史實[②]。筆者傾向於後一種説法。

此詩的結尾通常被理解爲杜甫對自己的描述；但是否可以理解爲暗指流亡中的唐皇呢？詩的末句並無名詞主語，只云：“駐馬更搔首。”“騷首”一詞出自《詩經·邶風·静女》的首章：“静女其姝，俟我於城隅。愛而不見，搔首踟躕。”[③]詩中的“我”約會時被捉弄，表現出著急的情緒，其實他的愛人故意躲在城牆後面。杜詩的結尾傳遞出同樣的“搔首”情緒，然而不清楚這“首”是杜甫的還是唐朝皇帝的。這個典故藴含的意義是主人公對當前得不到事物的著急渴望。關於這句詩的背景，通常的理解爲：杜甫在到

---

① 李白《蜀道難》，《全唐詩》卷一六二，頁 1681。蜀地有另一座太白山，但玄宗顯然是沿著陳倉路綫前往蜀地的，因此他不會經過這座太白山，杜甫詩中的“太白”指玄宗的這次“幸蜀”。《資治通鑑》卷二一八，頁 6978—6991。有關蜀地太白山的方位，見《元和郡縣圖志》卷二十二，頁 574。譚其驤《中國歷史地圖集》第五册，頁 65，座標 X3:Y5(N104.8E32.65)。有關長安與蜀地之間的路綫，見拙著：Chan, “Restoration of a Poetry Anthology by Wang Bo,” 509（地圖），中譯本《王勃〈入蜀紀行詩〉研究》，見本書；馮漢鏞《唐五代時劍南道的交通路綫考》，頁 45、62（地圖）。

② 參看《戲贈閿卿秦少翁短歌》、《送韋十六評事充同谷郡防禦判官》，《自京竄至鳳翔喜達行在》其三，《杜詩詳注》卷六，頁 505，卷五，頁 356、348。關於《九成宫》此句的注解可參看吉川幸次郎《杜甫Ⅱ》，頁 211，注 23。

③ 第三句的“愛”字一般訓作“薆”的通假字，意爲“掩藏”，見馬瑞辰（1782—1853）《毛詩傳箋通釋》卷四，頁 157。西方最具代表性的《詩經》譯注皆用“愛”字面義（“love”），如：Legge, *The She King*, 68；Arthur Waley（韋利），*The Book of Songs: The Ancient Chinese Classic of Poetry*, 36；Bernhard Karlgren（高本漢），*The Book of Odes: Chinese Text, Transcription and Translation*, 28。高本漢對此詩的集解在 Karlgren, *Glosses on the Book of Odes*, 128。

達九成宫之前,曾向邠州(今陝西彬縣)的友人李嗣業(卒於 759 年)借馬[1]。可是,據宋本杜集的編排,《徒步歸行》一詩中寫到的向李嗣業借馬的事,發生在《九成宫》之後[2]。從地圖上看(附録二),杜甫東北方向的行程路綫,在到達邠州之前,一定已經到過九成宫的所在地麟遊。因此,到達九成宫時杜甫並没有馬,而且典故中《静女》詩中被捉弄的男子也没有騎馬;是知杜甫在詩句中想象流亡中的皇帝在馬背上搔首的樣子。此外,詩中的主語如果從出句的"天王"一變而爲結尾的詩人自己,不論從寫作或閲讀的角度看,都是一個很不自然的轉折。

"不知何王殿"

在《玉華宫》一詩中,杜甫通過對這逐漸湮滅的遺跡的聚焦表達了自己的世界觀。詩中第三句"不知何王殿"的理解方法關係到如何理解全詩意旨。對此,陳師貽焮列舉了三種不同的解釋:第一,杜甫不知道哪位皇帝享有這座大殿;第二,當地百姓不知實情,但杜甫知道;第三,杜甫知道實

---

① 杜甫《徒步歸行》,《杜詩詳注》卷五,頁 385—386。趙次公(十二世紀上中葉)認爲,題注中的"李特進",指的是李嗣業(卒於 759 年)。見《杜詩趙次公先後解輯校》乙帙卷四,頁 210。李嗣業在至德元年(756)被段秀實(719—783)稱爲"特進",與杜詩題下注吻合。見《資治通鑑》卷二一八,頁 6987。杜詩早期版本中的題下注之爲杜甫自注,所據的是謝思煒的考證,見謝思煒《〈宋本杜工部集〉注文考辨》,頁 136—143。

② 這個看法在兩個宋本杜集中的相關詩作的順序得到印證:《杜詩趙次公先後解輯校》乙帙卷四,頁 210;魯訔編定、蔡夢弼箋注《杜工部草堂詩箋》卷十一,頁 416—417。在另一個宋本中,詩作的順序爲:《徒步歸行》、《玉華宫》、《九成宫》。見《宋本杜工部集》卷二,頁 6a—7a。《宋本杜工部集》雖刻於紹興初年(紹興始於 1131 年),但卻直接繼承自王洙(997—1057)嘉祐四年(1059)的本子;張元濟(1867—1959)把王洙本視作後世所有杜集的母本。然而,王洙本中這三首詩的時間順序存有兩方面的疑點:首先,王本編次按體裁排列,並非按編年,這三首作品遂入"古詩"類;其次,王本杜集是個殘本。據王洙《杜工部集記》:"甫集初六十卷,今秘府舊藏,通人家所有稱大小杜集者,皆亡逸之餘,人自編摭,非當時第敘矣。搜裒中外書,凡九十九卷,除其重複,定取千四百有五篇……"是知王洙校訂的杜詩的順序,與原編六十卷不可能完全一致。《徒步歸行》題下注"贈李特進自鳳翔赴鄜州途經邠州作"見於兩個宋本,即《宋本杜工部集》卷二,頁 6a 和《分門集注杜工部詩》卷十一,頁 4a。在王得臣於政和三年(1113)完成的杜詩注釋中,這條題下注"鄜"誤作"許",這個錯誤復被魯訔與蔡夢弼無意中納入到他們的《杜工部草堂詩箋》中。以上有關杜集版本詳情的資料來源包括:王淇(活躍於 1034 年前後)《後記》,見《宋本杜工部集》卷二十,頁 22b;張元濟《杜集跋》,見《宋本杜工部集》卷二十,頁 1a;周采泉《杜集書録》,頁 6—9、17(引張菊生說)、22、68;洪業《杜詩引得序》,見《杜詩引得》,頁 i—iii, xvi—xvii;林繼忠《杜詩趙次公先後解輯校》前言,頁 3;張忠綱等編著《杜集敘録》,頁 11—12。

情,但他不忍説出來①。

這句詩很早就被解讀爲杜甫迴避對皇帝的直接批評。例如,宋代箋注家趙次公認爲:

詩有云:"不知何王殿,遺構絶壁下。"何也?此蓋詩人之深意也……太宗創業之主。身觀習治之世,人費財於營建。癡時逸豫於離宫。故詩人諱之曰:"不知何王殿"也。②

如上文所論,太宗晚年頻繁下令建造新的宫殿,給這位一代英主的名聲蒙上了污點。據此,趙注是一個合理的解釋。

陳師貽焮所列的第二種觀點看似無法令人接受,但或許有著重要的意義。朱鶴齡(1606—1683)提出的觀點遭到了浦起龍的批判,其看似悖論的意見如下:

玉華宫作於貞觀年間,去公時僅百載。而云不知何王殿者,何也?按《高僧傳》載,玄奘嘗於此譯經,意久廢爲寺,與九成之置官居守者不同,故人皆不知爲何王之殿耳,非公真昧其跡也。③

施鴻保(1804—1871)給了一個最直截了當的解釋,消除這些疑點:

又按朱説,久廢爲寺,亦不然。如已爲寺,則此詩必不仍題《玉華

① 陳貽焮《杜甫評傳》,頁374。有注釋者甚至認爲此遺跡爲苻堅(338—385年)墓,見魯訔編定、蔡夢弼箋注《杜工部草堂詩箋》卷十一,頁417。浦起龍(1679—1762)持陳師所列的第三種觀點並解釋道:"若明言貞觀之儉,則顯形天寶之奢矣。"浦起龍《讀杜心解》卷一之一,頁39。

② 《杜詩趙次公先後解輯校》乙帙卷四,頁211;又見郭知達(活躍於1181年前後)《九家集注杜詩》卷三,頁51a。陳師貽焮對此句首倡異見並詳細解釋,他同意浦起龍對杜甫"不知何王殿"的解讀,但不同意浦氏有關杜甫悲歎太宗的"儉德而終廢"的説法。見《杜甫評傳》,頁374。

③ 郭曾炘《讀杜札記》,頁68,引朱鶴齡語。

宫》,詩亦不云何王殿矣。[①]

杜甫作此詩或許旨在保存玉華宫的歷史。然而有趣的是,玉華宫的遺跡在詩人到訪時必定還能見到,但詩中却隻字不提。上引朱鶴齡臆測之論,可從歷史和宗教的相關資料找到印證。玉華宫在永徽二年(651)被改建成佛寺。兩年後高宗命玄奘在這座佛寺中進行譯經工作。據慧立《大唐大慈恩寺三藏法師傳》載,麟德元年(664):

> 又有敕曰。玉華寺奘法師既亡。其翻經之事且停。已翻成者准舊例官爲抄寫。自餘未翻者。總付慈恩寺守掌。勿令損失。其玄奘弟子及同翻經僧。先非玉華寺僧者。宜各放還本寺。[②]

這是有關玉華寺光輝歷史的最後記録。没人知道此後是否還有僧侣們照管著玉華寺,但可以肯定的是,當杜甫造訪此地時該寺院業已廢置,因此詩人眼前的這座廢棄建築物必定是寺院而不是宫殿。杜甫的創作意圖極有可能是要跳越玉華寺的歷史,還原到其前身狀態即玉華作爲一座宫殿的時期。

這種"對歷史的公然忽視",强化了"虚空的虚空"這一詩歌主題,成爲了懷古詩的一個顯著特徵[③]。杜甫的視綫穿透了玉華寺的遺址,展現出太宗已逝的短暫榮耀。太宗的豐功偉績並没有保留下來,美人已爲黄土,何况那些人工的妝扮?遺留下來的只有那幾隻没有生命的石馬。過去的活動排場,無論有多奢華,都已不復存在。當宫殿被改建成寺院時,石馬的本來面目已被遮蓋了。杜甫在努力"發掘"宫殿的遺物時,"找到"了想象中的

① 施鴻保《讀杜詩説》卷五,頁45。

② 慧立《大唐大慈恩寺三藏法師傳》卷十,頁278a10—15。

③ "公然忽視歷史"("professed ignorance of its history")出自傅漢斯(Hans H. Frankel, 1916—2003),"The Contemplation of the Past in T'ang Poetry," in *Perspectives on the T'ang*, 351引洪業語"虚空的虚空"("vanity of vanities")。此語見Hung, *Tu Fu: China's Greatest Poet*, 110。

美人和她們日用的脂粉,以及那真實的石馬。這些都是玉華宮歷史的指徵,前者指代帝皇的享樂;後者可能是太宗鍾愛駿馬或者是他戰勳卓著的象徵①。

杜甫對瓦片的描寫也顯露了詩歌的"無常"主題。據考古研究,玉華遺址北部的肅誠殿是玉華宮的主建築,它周圍的"絶壁"符合杜甫在詩中的描述("遺構絶壁下")。上文已指出,玉華宮中只有主殿屋頂覆蓋著瓦片,那些副殿用的則是茅草。儘管遺址的其他地方也發現並出土了瓦片②,但這事實不足以推翻我們對杜詩的解讀。杜甫可能有意提及瓦片以暗指太宗下令建造玉華宮這件事,當時太宗下令主殿屋頂以瓦片鋪之(論見上文);而如今杜甫見到的只有"蒼鼠竄古瓦"的景象。杜甫在其藝術構思中將眼前所見的瓦片强加於其設想中的太宗主殿的狀貌。這些懷古與無常的情緒强化了詩歌"錯置"的主題,讀者可以把詩歌放在更爲廣闊的當代歷史背景中來看:當時安禄山叛軍佔領了長安,處死了許多唐王室成員,幸存者被迫逃離長安。面對此情此景,詩人撫心自問:人們還會不會記得唐朝輝煌的歷史?對歷史的沉思必定是杜甫血淚悲情的根源。

"誰是長年者?"

本文討論的兩首作品中,對唐朝盛世的悼念這個主題是引發詩人哭泣的主要因素。他的悲傷因由在《九成宫》中明言:"我行屬時危。"這"時危"之"行"促使杜甫對"雕牆導致亡國"這一訓誡進行重新思考。在詩中,他把憂患的對象從自身擴展到了整個唐帝國③。在作品中,詩人對事物無常的感歎,揭示了太宗晚年長壽願望的落空。《玉華宫》結尾提出詰問:"冉冉征途間,誰是長年者?"這一聯的指向對象到底是什麽?杜甫指的是自

① 《行次昭陵》中出現過"鐵馬",一作"石馬",見《文苑英華》卷三〇六,頁 5a。這一名詞仇注以爲是太宗戰功的指代,見《杜詩詳注》卷五,頁 410。史載魏徵曾批評太宗晚年"求駿馬於萬里",見《貞觀政要》卷十,頁 296。太宗的六駿浮雕被列置在昭陵中,見足立喜六(1871—1949)《長安史跡研究》,頁 265—268(照片)。

② 盧建國《陝西銅川唐玉華宫遺址調查》,頁 382。

③ 《杜詩詳注》卷五,頁 388、390。

己？太宗？唐帝國？還是泛指所有人？

太宗對道教養生術的興趣或許可以幫助我們理解這兩句詩。從上文論述我們已知道九成宮官員其中一項職責是“供進錬餌之事”。太宗詔建玉華宮的諭令和其他相關文獻顯示了他對自己日益衰頹的健康狀況的關切，這自然觸動他對長壽的渴求。下面一則記載即反映了這一點：

> 張道鶴，平棘人。少遊名山，得服食之術。後居人間，每每餌金膏。太宗貞觀十九年(645)，車駕次平棘，幸其廬。賜給衣服，時六百四十六歲。①

這段記載顯示了太宗對長生術的興趣。在九成宮官員負責進呈丹藥的貞觀早年，太宗就已習慣服食這些藥物。兩《唐書》記載的以下事件更是太宗服食丹藥的明證：高士廉(575—647)去世時，太宗堅持要求參加他的葬禮，然而房玄齡(579—648)和長孫無忌(卒於659年)却反對太宗這樣做，長孫叩馬諫曰：“餌石臨喪，經方明忌。陛下含育黎元，須爲宗社珍愛。”②所謂餌石，指服食礦物如丹砂、玉屑、雲母等物，傳説可以延年長生③。

太宗晚年迫切需要減輕病痛的折磨，這就是他在貞觀二十一年(647)下令建造玉華宮的重要動機。玉華宮“清涼勝於九成宮”④，如果斷言太宗曾服食有發熱副作用的玉屑，或許純然是一種推測⑤；然而早在貞觀六年(632)，太宗尋求清涼勝地的事跡，有魏徵所撰《九成宮醴泉銘碑》爲證⑥。到底是什麽病引起太宗三十歲前就出現那些發熱症狀，則文獻無可徵者；但他在《建玉華宮手詔》中却清晰表達了願在清涼勝地中尋求康復與長壽的渴望：

---

① 《册府元龜》卷九二八，頁10951。

② 《舊唐書》卷六十五《高士廉傳》，頁2444—2445；《新唐書》卷九十五《高儉傳》，頁3840—3841。

③ 《抱朴子内篇校釋》卷十一，頁202—204。

④ 《元和郡縣圖志》卷三，頁73。

⑤ 《抱朴子内篇》卷十一，頁204。丹藥中有毒物質包括朱砂、汞、鉛和銀，玉屑則不含有毒成分。見 Ho Peng-yü (何炳郁) and Joseph Needham (李約瑟)，“Elixir Poisoning in Mediaeval China,” 236。

⑥ 魏徵《九成宮醴泉碑銘》，《全唐文》卷一四一，頁14a。

而頃年已來,憂勞頓結,暨至兹歲,風疾彌時。嗟乎!濟世之威,患攢躬而靡制;迴天之力,痛沈己而難移。重以景熾流金,風揚溽暑,邅迴几席,旭暮增勞。……爰制玉華……非其樂勞人而竭力,好峻宇而雕牆。但以養性全生,不獨在私在己。怡神祈壽,良以爲國爲人。①

這個動機,在初唐慧立的《大唐大慈恩寺三藏法師傳》的記載得到確認:

[太宗於貞觀]二十二年(648)春駕幸玉華宫。……"朕在京苦暑,故就此山宫。泉石既涼,氣力稍好。"②

同年五月,就在太宗下令建造玉華宫的十個月後,他發現從帝那伏帝國(Tirabhakti)俘獲的二千戰俘中③,有一位叫那羅邇娑婆寐的方士,據稱精通於煉造延年之藥。於是太宗對這位方士"深加禮敬,使合長生藥。發使四方求奇藥異石,又發使詣婆羅門諸國采藥"④。有不少史料記述,這些丹藥直接導致了太宗之死⑤。

在《玉華宫》中,皇帝過去的榮耀,追求長壽的不遂,尤其是毁壞的宫殿,都在托出永恒破滅這一詩歌主題。這個主題可以有各種不同的解讀,包括對國家的悲歎,或者是詩人對自己身世的感慨⑥。然而先皇太宗對長

① 《全唐文》卷八,頁 14a—15b;《唐大詔令集》卷一〇八,頁 3a/b。

② 《大唐大慈恩寺三藏法師傳》卷十,頁 255a5—10。

③ 今印度南部的蒂魯伯蒂(Tirapati)。見鍾興麒《西域地名考録》,頁 238。

④ 引文據《資治通鑑》卷二百,頁 6303,其事又見《舊唐書》卷三《太宗本紀下》,頁 61。

⑤ 萬鈞《唐太宗》,頁 83。有兩條史料可以證實這個論斷:第一條是《資治通鑑》卷二〇一,頁 6356:"(高宗總章元年[668])冬十月,戊午,以烏荼國婆羅門盧加逸多爲懷化大將軍。逸多自言能合不死藥,上將餌之。東臺侍郎郝處俊(607—681)諫曰:'脩短有命,非藥可延。貞觀之末,先帝服那羅邇娑婆寐藥,竟無效,大漸之際,名醫不知所爲,議者歸罪娑婆寐,將加顯戮,恐取笑戎狄而止。前鑒不遠,願陛下深察。'上乃止。"第二條是《舊唐書》卷十四《憲宗本紀》,頁 432:"[憲宗元和五年(810)八月]上顧謂宰臣曰:'神仙之事信乎?'李藩(754—811)對曰'……文皇帝[按指太宗]服胡僧長生藥,遂致暴疾不救。……'上深然之。"此外,《資治通鑑》(卷二百,頁 6303)也記載了那羅邇娑婆寐被遣回國之前尚未完成煉丹工作的史實。

⑥ 論者解此詩,指出由哀悼帝皇漸轉向自傷自哭。見金聖歎(1608—1661)《杜詩解》卷一,頁 47;陳貽焮《杜甫評傳》,頁 376—377;Hans H. Frankel, "The Contemplation of the Past in T'ang Poetry," 351。宇文所安解讀此詩的意象爲"人類死亡的嘲諷符號"("mocking signals of human mortality"),見 Owen, *The Golden Age of Chinese Poetry: The High T'ang*, 224。

壽的渴求確實與這座宫殿有著最直接的關聯。詩歌的多層次結構和多義性或許就建立在這種情感基調上。

結語

本文所論述的兩座宫殿,歷史文獻描述往往把它們視作皇帝荒淫無度的象徵,這對杜甫兩首詩作的解讀指出了方向。高宗登基時,玉華宫、翠微宫和九成宫要麼被改建成佛寺,要麼被更名,這顯然不是偶然事件①;從那以後它們與太宗不再有任何聯繫。這三座宫殿中,只有九成宫最後恢復了原名,但中間更名萬年宫長達十六年之久。杜甫遊歷期間所見的玉華宫和九成宫,是奢侈和追求永生的象徵。

當玉華宫變爲佛寺,並最終成爲佛教玉華宗的發祥地,太宗的永生追求這段史實亦隨之被湮没遺忘。太宗的排佛政策表面上拒絶有關玉華宫功能和命名的任何佛教元素。與其説高宗下令把玉華宫改建成佛寺並准予玄奘在寺中翻譯佛經是爲了補償他父親的過失,倒不如説他實際上"有點無奈繼續向他父親建立的佛教基礎加以護蔭"②。從那以後,玉華宫的道教(或至少非佛教)特徵,都一概被佛教重新洗禮。

九成宫經歷了更加複雜的"錯置"過程。儘管太宗屢次邀請父親到訪仁壽宫(九成宫前身),由於隋文帝卒於此地,高祖始終託辭拒絶行幸這座不祥的宫殿③。隋文帝和隋煬帝都是虔誠的佛教徒,從佛教意義上看,仁壽宫之名本意味著實現仁慈與長壽;但這恰成了個無情的反諷,因爲隋朝的"不長壽"正是由於它的"不仁慈"。"長壽"的另一層諷刺在於太宗,他決

---

① 《資治通鑑》卷一九九,頁 6275。穆渭生認爲,高宗登位後終止了貞觀朝晚期以來的對外戰事和奢侈行爲是爲了彌補他父親的過失。見穆渭生《唐玉華宫興衰考略》,頁 91。

② "In the first years of Kao-tsung's reign, the emperor continued the somewhat reluctant patronage of Buddhism established under his father." Denis Twitchett and Howard J. Wechsler, "Kao-tsung (reign 649－683) and the Empress Wu: The Inheritor and the Usurper," 263. 有關太宗的排佛政策以及給予道教的特權(主要因爲太宗認爲唐皇室爲老子的後裔),見 Wechsler, "T'ai-tsung," 217－219; Arthur F. Wright, "T'ang T'ai-tsung and Buddhism," 252－255;湯用彤《隋唐佛教史稿》,頁 13—18。陳觀勝(Kenneth Ch'en)則對太宗和高宗的佛教觀持相反的觀點,見 Ch'en, *Buddhism in China*, 216－219。

③ 《資治通鑑》卷一九四,頁 6106。

定保留這座宮殿之後，進供丹藥成了九成宮官員的一項重要職責[①]；於是這座宮殿就有了道教煉丹養生的功能；但當杜甫到訪時，九成宮已遭冷落並可能已被棄用。

儘管玄奘曾在玉華宮譯經立宗，在中國佛教史上佔有重要地位，而玉華舊址採用的却是“玉華宮”這一名稱。這種對佛教歷史的錯置與否定，爲杜甫詩句“不知何王殿”提供了更爲深刻複雜的意義。至於新近在玉華宮故址建成的玄奘紀念館，却又喚起了遊客對玄奘佛教事跡的回憶。這種選擇性記憶隨時勢而定，某些過去重要的方面很容易被湮没。正如九成宮的遺址已被長埋地下，但杜詩却把它的某些方面留住，而歐陽詢的書法也從不同角度保留了此宮的歷史背景和功過。如今，詩和書反而達到了永生並成爲了藝術瓌寶。

附録一

魏徵撰文、歐陽詢書《九成宮醴泉銘》拓片（局部）[②]

① 高宗朝初期，佛教在九成宮一帶佔著優勢地位，那時高宗下令在九成宮（當時名爲萬年宮）附近建造慈善寺石窟。見常青《陝西麟遊慈善寺石窟的初步調查》，頁913。

② 《宋拓九成宮碑》。

附録二

杜甫從鳳翔到邠州的行程關係地名位置圖①

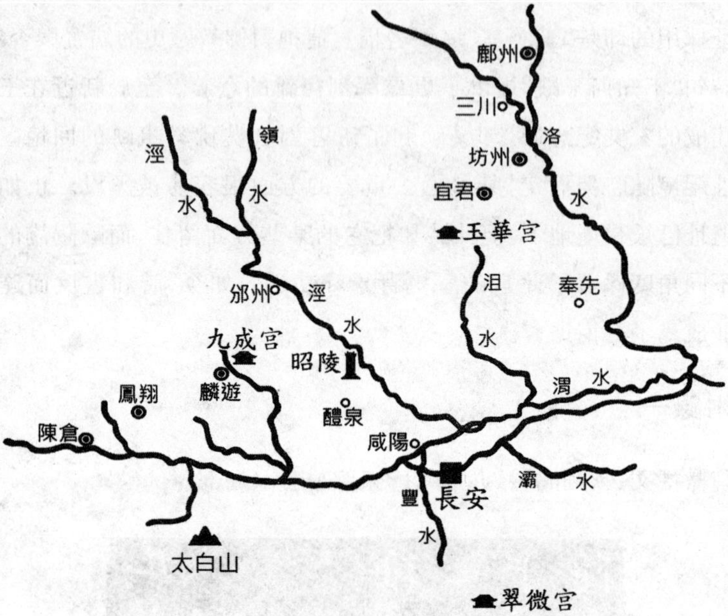

① 本地圖的輪廓綫取自譚其驤主編《中國歷史地圖集》第五册，頁 40—41。

第二部分

文學史辨

初唐四傑"華而不實"辨

唐高宗咸亨二年(671)的某天,吏部侍郎裴行儉(619—682)接見了四位士子:王勃(650—約676)、楊炯(650—約694)、盧照鄰(634—約684)、駱賓王(約626—684)①。這四人當時已享負盛名,郗雲卿(八世紀初)稱四人"文詞齊名,海内稱焉,號爲四傑,亦云盧駱楊王四才子"②。此中所透露的信息是四傑飲譽當時;但在這次與裴行儉的會面中,裴氏曾發表過意見,以"華而不實"一語評論四人,歷來論者皆以爲是貶損四傑之意。本文對此評語有不同見解,以下論述,對相關的歷史材料和文化背景作梳理分析,

① 見傅璇琮《楊炯考》,載《唐代詩人叢考》,頁7;傅璇琮《盧照鄰楊炯簡譜》,載徐明霞點校《盧照鄰集·楊炯集》,頁217—218;張志烈《初唐四傑年譜》,頁147—149。駱祥發則認爲事在670到676年間,見《初唐四傑研究》,頁147。劉真倫繫在總章年間(668—669),見《四傑總章參選考》,頁25—26。鈴木修次認爲咸亨年間(670—674)駱賓王都在四川,見《初唐における歌行体の詩の文芸性について》,《唐代詩人論》上卷,頁14。有此考慮,再加上避免對四傑形象的毀壞,黄晴惠乾脆否認了四傑曾與裴行儉會面,見黄晴惠《初唐四傑傳記考辨及其文學思想研究》,頁155—161。

筆者把此次會面繫在咸亨二年(671)理據如次:首先,楊炯在《王勃集序》記述了王勃在咸亨初年參選,見《楊炯集》卷三,頁36。《舊唐書·高宗本紀下》載總章三年(670)三月改元咸亨,見《舊唐書》卷五,頁94。其次,駱賓王離開長安前裴行儉應該已閲覽過駱賓王的檔案與文章,這個説法可以解釋三點:一、駱賓王於咸亨二年秋離開長安,並於咸亨五年(674)歸來;二、這四年間駱賓王贈予裴行儉的文章語調親密;三、駱賓王一回到長安就獲得裴行儉的任用。

② 郗雲卿《駱賓王文集原序》,載陳熙晉(1791—1851)《駱臨海集箋注》附録,頁377。

重新審視裴行儉對四人的態度。

曲解與辨解

四傑與裴行儉的會面,標誌著四傑的事業的一個高峰。但是,這會見却因後世的不同記載而產生了誤解。最早的曲解大抵來自對張説(667—731)爲裴行儉撰寫的《贈太尉裴公神道碑》(以下簡稱《神道碑》)的解讀方式。此碑文作於開元十八年(730),一般認爲其内容的可信性甚高[①]。文中有一段記述了裴行儉與四傑相識的細節:

> [裴公]在選曹,見駱賓王、盧照鄰、王勃、楊炯,評曰:"炯雖有才名,不過令長;其餘華而不實,鮮克令終。"見蘇味道、王劇,歎曰:"十數年外,當居衡石。"後各如其言。[②]

在討論其他資料之前,必須先説明兩點。第一,裴行儉當時任職吏部侍郎,負責評審和聘任基層文官,其會見四傑的時間是咸亨二年即公元671年的秋冬時節。第二,成語"華而不實"的象徵意義早已深入人心,意指:徒具美麗外表,没有實際能力。

裴行儉接見四傑的這段軼聞顯然矛盾重重。從現存關於相關的資料看,裴對四人的態度顯屬善待,而上述引文却看似十分刻薄。爲了解説這個矛盾,論者試圖對此段軼聞添加枝葉,使整個故事更加完整,改變了故事的原意。這些改編層出不窮,充斥於正史與野史的相關記載。清代學者姚大榮是第一位指出並説明這段佳話的矛盾點的人,他對張説的相關記載的可信性提出了疑問:由於張文屬於喪禮用的碑銘文,故此文中不免帶

① 筆者認同陳祖言對張説《神道碑》的寫作時間考證。陳以《新唐書》的記載印證碑文中的一句"季子光庭侍中兼吏部尚書",此推斷其寫作時間爲開元十八年(730),即裴光庭兼任兩職之時。見陳祖言《張説年譜》,頁89。駱祥發則認爲《神道碑》的寫作時間應爲開元五年(717),其時裴行儉遺體被送回長安,之後送往終南山。見駱祥發《初唐四傑研究》,頁194。張説的這方《神道碑》"至今豎立於聞喜縣永青村之野,字跡不可辨認,受到省級保護"。見周征松《魏晉隋唐間的河東裴氏》,頁149。

② 《贈太尉裴公神道碑》,《張説之文集》卷十四,頁10a/b;《全唐文》卷二二八,頁12c。

有奉承成分,即是姚氏所謂的“諛墓之文”①。

上述矛盾點大致有兩種重要的解説方式。傅璇琮引用姚大榮之説,認爲該次會面根本不曾發生,他對張説的其他作品的分析並找到兩個矛盾點。首先,張説在他的《贈别楊盈川炯箴》中讚揚楊炯的高尚品德,並勉勵他做好新任的盈川縣令一職②;但據《舊唐書》所載,楊炯“爲政殘酷”,“大爲遠近所笑”③。此外,傅先生又在劉肅(活躍於807年左右)《大唐新語》相關記載中提出第二個矛盾點,即張説對楊炯評價很高:“楊盈川之文如懸河注水,酌之不竭。”這些頌讚之詞與《舊唐書·楊炯傳》中對楊的形象勾勒並不一致。爲了解析這些差異,有學者認爲由於張説的碑銘文是敬贈給裴行儉的,自然必須頌揚裴公,於是通過記述裴公對四傑的評價以達此目的。因此,碑銘文中的内容未必就是張説自己的觀點④。

張志烈與高木重俊分别爲這些矛盾點作了解説⑤。兩位學者在杜易簡(約670年)兩《唐書》本傳中找到了一段重要的記載:“(易簡)咸亨中(670—674),爲考功員外郎。時吏部侍郎裴行儉、李敬玄相與不叶。”⑥張志烈引述《舊唐書》、《唐會要》等史書中所載:李敬玄起初極力推薦四傑給裴行儉,但行儉却貶低四人。張氏由此總結出裴對四傑的輕視乃由裴李不和所造成。

儘管上述兩種觀點看來都能自圓其説,但根據不足。筆者認爲,張説的原文中所載,既不是編造以頌揚碑主,其評價亦無負面意思,這是本文論述的重點。裴行儉對於四傑的態度之被歪曲,出現得很早,例如中唐時

---

① 姚大榮《跋駱賓王上吏部侍郎書》,見《惜道味齋集》文編卷二,頁26a—27b。傅璇琮在其《楊炯考》一文中引用了姚氏的全文。見《唐代詩人叢考》,頁19—20。

② 《張説之文集》卷十三,頁9a;《全唐文》卷二二八,頁8c。

③ 《舊唐書》卷一九〇《文苑上·楊炯》上,頁5003。

④ 駱祥發在其《初唐四傑研究》(頁210—212)重申了傅璇琮的大部分觀點。但是駱祥發認爲張説撰碑銘文奉承裴行儉之子裴光庭,受裴光庭之命在文中讚揚裴行儉的品德與高超的預言能力。

⑤ 張志烈《初唐四傑年譜》,頁146—149,特别是頁149。高木重俊《初唐詩人を巡る人々 Ⅱ 裴行倹——文芸と器識の問題を中心に》,頁52。

⑥ 《舊唐書》卷一九〇《文苑上·杜易簡》上,頁4999。

期成書的《大唐新語》有如下記載：

> 及[行儉]爲吏部侍郎，賞拔蘇味道、王勮，曰："二公後當相，次掌鈞衡之任。"勮，勃之兄也。時李敬玄盛稱王勃、楊炯等四人。以示行儉，曰："士之致遠，先器識而後文藝也。勃等雖有才名，而浮躁淺露，豈享爵禄者。楊稍似沉靜，應至令長。並鮮克令終。"卒如其言。[1]

此段引文較諸張説的原文，增飾改動甚多。而上文所引述的兩個矛盾點的各家解説，所根據的大多是改編版（如《大唐新語》）的相關記載。儘管張説所記的相關内容並非出自裴行儉之口，然而，論者大抵拿後造文獻與《神道碑》對讀，又或是不讀《神道碑》而只依賴兩《唐書》及野史記載，於是得出的結論是裴行儉蔑視四傑。集非成是，積重難返；尤甚者，對事件作藝術敷演，使之更具戲劇效果，例如《新唐書》及《資治通鑑》的編纂者爲了讚揚裴行儉的識見之卓越和評論之中肯，加上了"有知人之鑒"、"善知人"等語以高揚裴的能力[2]。儘管如此，清代學者吴之器却以蘇味道和王勮終身潦倒，未如裴行儉之所預料爲例，指出裴行儉的觀人察質並非一貫準確無誤[3]。

黄永年則認爲張説的相關記載，應作於《舊唐書·裴行儉傳》之後。雖然《舊唐書》成書時間較晚，但是書中所據皆前人稗史，甚或早於張説的記述。黄氏的證據是一句出自較早文獻的句子："史臣韋述曰……"這句話仍見於與《裴行儉傳》同卷的《劉仁軌傳》[4]。黄氏梳理出傳統史料編纂的一種方法，認爲《舊唐書》所載是基於裴行儉的"門生故吏"的文字記録。韋述

---

① 《大唐新語》卷七，頁 114。
② 《新唐書》卷一〇八《裴行儉傳》，頁 4088。《資治通鑑》卷一〇三，頁 6407。
③ 《駱臨海集箋注》附録，頁 387 引《駱丞列傳》。
④ 《舊唐書》卷八十四《劉仁軌傳》，頁 2797。

(卒於757年)引用並編輯這些資料而撰成早於《舊唐書》的裴行儉傳①;其後,劉昫(888—947)將各種野史遺文合併而纂成《舊唐書》。雖然黃永年未能在裴行儉的相關記載中,找出如上述《劉仁軌傳》中所見的同類實證,但他所分析的《舊唐書》吸納前代資料的基本方式,却爲裴傳來源之不晚於張説所記這個論點,提供了重要的綫索②。此外,黄氏也反駁了裴行儉輕視四傑一事,他推斷《大唐新語》是歪曲原意的始作俑者。

裴公四傑之會

可能有人會認爲裴行儉對四傑的評價只是一般的鑒定,但其實裴氏既觀察四人的性格,也重視他們的文學作品。貞觀時期的儒學風氣,對考察官員影響很深③。高木重俊認爲這種傳統應該追溯到裴子野(469—530或467—518)在其《雕蟲論》中的主張,裴子野評論了梁朝當時的文壇風氣,“罔不擯落六藝,吟詠情性”,他批評“學者以博依爲急務,謂章句爲尊魯,淫文破典,斐爾爲功”④。在論述初唐文風時,高木氏舉出虞世南(558—638)對唐太宗(626—649在位)作宮體詩所進的諫言爲例證⑤。至於裴行儉的文學觀,高木氏引述了封演(活躍於742—756左右)的《封氏聞

① 黄永年《“士先器識而後文藝”正義》,頁98—99、102。蒲立本(E. G. Pulleyblank)考定了《資治通鑑考異》所引的文獻出處,並翻譯了一段文字以説明《唐書》最初由吴兢(670—749)所撰,之後由韋述、于休烈(約713年進士)和令狐峘(活躍於742—756年前後)所編訂。宋代書目中所載的《唐書》並無注明作者;這部《唐書》可能是吴兢所著的同一部書,之後歷經重編。這點史料可以説明黄永年的分析結果。見Pulleyblank, “The *Tzyiyh Tongjiann Kaoyih* and the Sources for the History of the Period 730—763,” 449—450, n. 1。相關的宋元書目有:錢侗(1778—1844)、王堯臣(1003—1058)等《崇文總目輯釋》卷二,頁5b;馬端臨(1254—1323)《文獻通考》卷九十二,頁3b。黄永年之論雖然有理,但吴兢、韋述等人的生活年代都較張説晚,其史著内容來源雖不得而知,但張説所能掌握的關於裴行儉的史料理應不比這些編史者少,也不會離史實太遠。關於《唐書》的文獻史概況的新近研究是吴玉貴的《唐書輯校》前言,頁1—12。吴氏引述了岑建功和岑仲勉等人的見解,提出《太平御覽》所收的《唐書》非吴兢、韋述本,而是《舊唐書》於北宋初年修訂前的版本。

② 《舊唐書》的王勃傳曾被增飾,其内容與《大唐新語》所載相同。見《舊唐書》卷一九〇《文苑上・王勃》上,頁5006。黄永年認爲王勃傳的内容依據的並非裴行儉手下或門客的早期記載。見黄永年《“士先器識而後文藝”正義》,頁102。

③ 高木重俊《初唐詩人を巡る人々 Ⅱ 裴行倹》,頁57—61。另見Wechsler, “The Confucian Impact on Early T'ang Decision-making,” 1—40。

④ 裴子野《雕蟲論》,《全上古三代秦漢三國六朝文》之《全梁文》卷五十三,頁16a。

⑤ 《新唐書》卷一〇二《虞世南傳》,頁3972;《大唐新語》卷三,頁41—41。

見記》中關於王師旦(約 647 年)的故事,與裴行儉的情況作對比。其文曰:

> 貞觀二十年,王師旦爲員外郎,冀州進士張昌齡、王瑾並文詞俊楚,聲振京邑,師旦考其文策爲下等,舉朝不知所以。及奏等,太宗怪無昌齡等名,問師旦。師旦曰:"此輩誠有詞華,然其體輕薄,文章浮艷,必不成令器。臣懼之,恐後生倣效,有變陛下風俗。"上深然之。後昌齡爲長安尉,坐贓罪解官;而王瑾亦無所成。①

引文中所敘和裴行儉與四傑的故事很相似。兩個故事的背景相同,而最重要的是,王師旦的評語所關注的與《大唐新語》中裴行儉的完全一致。由這種文本對讀方法可得出一個結論:裴行儉十分强調個人舉止,指責浮誇文風。但我們必須弄清,這一關鍵敘述出現在較晚出的《大唐新語》對裴行儉生平的改編本中。一如《封氏聞見記》所記,這些晚出的改編本可能刻意誇大了貞觀時期的政治思想。最有趣的是,這兩個故事的敘事模式都十分一致——這是當時文人所共同習用的,他們無論書寫正史或者野史都將太宗盛世描繪成儒家治國的典範,以强調太宗對其子民及時代的恩德和影響力。

瞭解裴行儉與四傑的這則軼事的特定歷史背景對追查這段歷史真相也十分重要。據一些唐代律令文獻記載,當時吏部選官的四項考核内容是:身、言、書、判②。傅璇琮認爲四項中最重要的是"判"③。"判"指考生參加一場模擬判案的筆試,理論上這是爲了測驗考生的寫作、分析及判斷能力;但是這場測驗很快變成了徒以追求浮誇文風爲目的的作文比賽④。這一點似乎和裴行儉對四傑的評語吻合,但還有一個方面需要考慮。

① 《封氏聞見記》卷三,頁 1a/b。王師旦之名一作王師明,見《通典》卷十七,頁 402。王瑾之名在其他文獻中有異文,如《通典》作王公理;又有作王公瑾,見《唐會要》卷七十六,頁 1376;又作王公治,見《唐詩紀事校箋》卷八,頁 206。

② 《文獻通考》卷三十七,頁 1a;《通典》卷十五,頁 360。

③ 傅璇琮《唐代科舉與文學》,頁 512。

④ 《文苑英華》卷五〇三至五五二收録了大量判文。

總章二年(669)是中國考詮史上的一個重要里程碑。此年設立了"長名姓歷牓",簡稱爲"長名牓"①。這是一份名單,由裴行儉和李敬玄負責,記録了全國官員的履歷,對官員考核有重要作用和影響。名單依照郡縣或資歷排列,是當時官員詮選最重要的參考資料②。裴行儉設立長名牓的目的,是要將其前任官員的建議付諸實行,這些建議見於《通典》。例如劉祥道(約 664 年)曾批評科舉考試制度"選司取士,傷多且濫"。負責科舉詮選的官員如劉嶢、李安期(約卒於 670 年)、魏玄同(617—689)與薛謙光(七世紀末至八世紀初)也都表示:"經學時務等比雜色,三分不居其一。經明行修之士猶罕有正人,多取胥徒之流,豈可皆求德行。"③時人所讀大多不是經典,或者是學不得致用。因此在顯慶(656—661)初年,這些考詮官員試圖改變考核方式,但他們上奏的大部分提議都未能通過。於是,他們所擔憂的時風每況愈下。

經李敬玄的改革,這種狀況有所改善。《舊唐書》李本傳載:"自永徽以後,選人轉多,當其任者,罕聞稱職,及敬玄掌選,天下稱其能。"④李敬玄自總章二年始掌吏部詮選事,是年他與裴行儉共事,始設"長名牓"。雖然該牓實行不久後似乎失去了作用,但作爲一種新制,至少在最初幾年裏在吏部嚴格執行過。《舊唐書》本傳歸功於李敬玄的才能⑤。從這段制度史的概況得知,裴行儉在詮選四傑時根本不必單獨評價其身、言、書、判,因爲長名牓已記録了這些履歷資料。再者,我們很難想象裴行儉與四傑初次見面就作出如此輕率的評價,上文所引的與此相類的王師旦故事中,王師旦也沒有當面或當衆批評張昌齡和王瑾;只有當皇帝問起,他才發表意見。

在考察裴行儉與四傑事件上,我們還須把《大唐新語》和其他相關文

---

① 見《舊唐書》卷八十四《裴行儉傳》,頁 2802。

② 負責整理"長名牓"的員外郎張仁禕因工作過勞而死,側面反映了此榜之詳盡。見《舊唐書》卷八十一《李敬玄傳》,頁 2754;《新唐書》卷一〇六《李敬玄傳》,頁 4052。

③ 《通典》卷十七,頁 403—409。

④ 《舊唐書》卷八十一《李敬玄傳》,頁 2754—2755。

⑤ 黄清連對"長名牓"有詳細研究。見 Huang Ch'ing-lien,"The Recruitment and Assessment of Civil Officials under the T'ang Dynasty," 155–156;黄清連《唐代的文官考課制度》,頁 412—414。

獻的體裁作區分。《大唐新語》是《世說新語》的仿作產物,所載故事的情節和對話均依據先前的記載作敷演潤色,傳統稱這種"體裁"爲志人小說。雖然在文學批評史上,歷史和小說之分是個爭論不休的課題,但是"改編"、"擴寫"這樣的字眼可能說明了《大唐新語》和張説的《神道碑》内容有所不同。

最切實的辨識方法是看看這次考核的"結果"。駱賓王曾寫信給裴行儉,表示願意隨師出征將功補過。這次貶職是在駱賓王東臺詳正學士任上,原因不詳①。縱使這件事也許影響了裴行儉對駱賓王的看法,但從事件的結果可知裴行儉欣賞駱賓王之才,因爲駱賓王從軍歸來不久就再度獲任命②。王勃的事蹟最具説服力。楊炯在《王勃集序》中寫道:"咸亨之初,乃參時選,三府交辟,遇疾辭焉。"③試想,如果裴行儉對王勃印象不佳,怎麼會有"三府交辟"的結果? 王勃"聞虢州多藥草,求補參軍",張志烈指出:"就能如願以償,説明裴行儉事實上是給以關照的。"④

張説的《神道碑》

如果張説的《神道碑》所記裴行儉並非批評四傑的浮誇文風,那麼他的評語是什麼意思呢? 要準確回答這個問題,必須先篩汰後來改寫裴行儉評四傑故事的一些版本中的新增成分,並且細讀張説的碑銘文内容。

《神道碑》的關鍵處是一個成語"華而不實"的使用。其字面義是開花而不結果,約有三種含義:頭兩種是引申義,即"有華美外表但無實際用處"和"言過其行而招致怨恨"⑤;還有一個是最原始的本義,原指植物的生長

---

① 見《詠懷古意上裴侍郎》及《疇昔篇》,《駱臨海集箋注》卷四,頁110,卷五,頁162。

② 駱賓王在《上吏部侍郎帝京篇》開頭説的"昨引注日,垂索鄙文",意謂銓選名單上有其名,且裴行儉索要其文章。見《駱臨海集箋注》卷一,頁1。

③ 《楊炯集》卷三,頁36。

④ 《新唐書》卷二〇一《文藝上·王勃》,頁5739;此當據楊炯《王勃集序》(見上注)。張志烈《初唐四傑年譜》,頁151。

⑤ 《左傳·文公五年》(第6段)是最早使用"華而不實"第二種含義的文獻,其文曰:"且華而不實,怨之所聚也。犯而聚怨,不可以定身。"所説的是晉陽處父的爲人。楊伯峻注:"(首句)言過其行如花開而不結實。……(次句)與《晉語五》'非其實也,怨之所聚也'同意。……(第三句)剛則犯人,己又華而不實,故云犯而聚怨。"見楊伯峻《春秋左傳注》,頁541。楊注意謂言過其行,所結非實,而是怨。

過程,喻指潛質優厚但最終却一事無成的人生經歷。

“華而不實”的第一種含義通常指代浮誇的文風,裴行儉評四傑的故事主要因爲這種理解而被歪曲。這種含義見於貞觀史臣之作,魏徵(580—643)評論梁簡文帝(550—551在位)曰:

> 太宗聰睿過人,神彩秀發,多聞博達,富贍詞藻。然文豔用寡,華而不實,體窮淫麗,義罕疏通,哀思之音,遂移風俗,以此而貞萬國,異乎周誦、漢莊矣。①

這裹的“華而不實”與上句“文艷用寡”成互文見義關係,指的是梁代綺靡淫麗、流連哀思的文風,對治國化民没有益處。正因爲“華而不實”的這層含義十分符合人們對四傑文風的印象,後來的學者就接受了這種理解,並且對張説的論述添枝加葉,遂使裴行儉評四傑的故事更形“完整”。但是《大唐新語》中諸如“浮躁淺露”的評語並非出自裴行儉或張説,顯係後來敘述者所編造。

在張説《神道碑》的語境中,“華而不實”一語所表應該是其本義——潛質優厚但最終却一事無成。裴行儉生前曾預言過蘇味道、王勮以及四傑的命運;張説則在銘文中著力突出裴行儉不凡的洞察力。文中數次强調裴氏占卜、星象、戰略及看相等方面的才能,這些都是裴的不凡才具。在談及四傑的段落中,張説特别强調了裴行儉命理學方面的才華。以下引文按駢文對仗排列,見其結構特色:

1 加以
汲引沉淪,推獎氣類。
2 虛懷而襟帶不設,弘亮而藏府洞開。
3 故
虎旅雲從,詞林響應。

① 見《梁書》卷六《敬帝本紀》,頁151;又見《南史》卷八《梁本紀下·敬帝》,頁252。

4 若

毛羽之崇麟鳳,衆川之長江河也。

5 在選曹,

見駱賓王……[按:引文見上]後各如其言。

6 在軍麾,

擇帳下之士,則有張知運……引偏裨之將,則有程務挺……

凡所進拔,盡爲名將。

7 此則

有道之人倫,武侯之賞鑑也。①

引文以四聯頌辭開始,繼而寫"在選曹"與六位文人會面的敘述,然後是"在軍麾"一段,寫他提拔了一些中級將領如張知運、程務挺(卒於685年)、張虔勗、王方翼(623—685)等,他們後來都有不凡的成就。這部分敘述以兩句作結:"此則有道之人倫,武侯之賞鑑也。"上句指裴行儉對六位文官評價,下句描述的是他如諸葛亮(謚武侯,181—234)般評核武將的能力。這樣的結構别出心裁,强調了裴行儉心中理想人才的品質——文武兼備。上文勾勒裴氏能文能武的才幹後,描述了他與六人的會見,並記録了他所提拔官員的名字。這部分行文的結構程式爲:

1—2聯:總敘引薦、胸襟

3聯:簡述"武";簡述"文"

4聯:總敘引薦之功

5聯:詳寫"文"

6聯:詳寫"武"

7聯:評論"文";評論"武"

① 張説《贈太尉裴公神道碑》,《張説之文集》卷十四,頁12b;《全唐文》卷二二八,頁12c。

文中寫到六位文官的段落中,裴行儉評價了各人的命運。如果我們跟從慣常的負面評述方式去解讀他的評語,自然會認爲裴氏批評四人浮躁淺露的性格。那麽裴氏的模範形象也會因這些惡評而大打折扣,這與文中張説讚揚四傑的語氣也顯得不一致。

訓詁與互文研究

如果裴行儉對四傑的評語是張説稱頌裴氏精通命理學的引例,該評語就很符合張説的行文語調。據文意,裴氏對蘇味道、王勮和楊炯的評語顯然就是命理之論。雖然吴之器認爲裴行儉對蘇味道和王勮的讖語並不準確,這恰恰説明了裴行儉的評語並非出於後世捏造。《舊唐書》本傳記載裴行儉與蘇味道和王勮會面,裴與李敬玄的談話,然後便是以下的敘述:

> 是時,蘇味道、王勮未知名,因調選,行儉一見,深禮異之,仍謂曰:“有晚年子息,恨不見其成長。二公十數年當居衡石,願記識此輩。”其後相繼爲吏部,皆如其言。①

張説《神道碑》的相對應段落,在預言部分之後出現了“華而不實”一語。如果此語意指“有華美外表但無實際用處”,那麽張説單獨指出楊炯有“才名”就成了畫蛇添足。“名”與“實”是一對意義相對的概念,“不實”一詞出現在裴行儉對四傑其餘三人的評語中。如果“不實”在本段中意爲“不實際”或“不實用”,就與在張説的全篇《神道碑》中意義相同。因此,“華而不實”應該理解成對楊炯以外其餘三傑不得善終的讖語。

與“華而不實”本義在結構和意義上相當的另有成語“苗而不秀”,以之作爲研究參照,將有助於堅實以上的論點。“苗而不秀”同樣原指植物生長,亦喻指人生早夭或没有達到預期目標。庾信(513—581)在其《傷心賦》

① 《舊唐書》卷八十四《裴行儉傳》,頁 2805。裴行儉最後幾句的主客不明,但憑《資治通鑑》可以基本確定。見《資治通鑑》卷一〇三,頁 6407。

序中使用了這個成語：

> 至於繼體，多從夭折。二男一女，並得勝衣。金陵喪亂，相守亡没。羈旅關河，倏然白首。苗而不秀，頻有所悲。[①]

在庾信以前，"苗而不秀"的相類用法見於《世説新語》："戎子萬子，有大成之風，苗而不秀。"説的是王戎(234—305)之子王綏，劉孝標注引《晉諸公贊》："王綏字萬子，辟太尉掾，不就，年十九卒。"[②]這也是個不幸早夭的例子。

"苗而不秀"一詞的最早出處爲《論語·子罕》：

> 子曰："苗而不秀者有矣夫，秀而不實者有矣夫。"

孔安國(前二世紀)注《論語》謂："言萬物有生而不育成者，喻人亦然。"何晏(卒於249年)的注解更爲具體："《正義》曰，此章亦以顔回早卒，孔子痛惜之，爲之作譬也。言萬物有生而不育成者，喻人亦然也。"[③]何晏之説頗爲有理，因爲《子罕》篇中的這一句之前是關於顔回的兩句話，顔回最得孔子喜愛却不幸早逝。文中的兩個詞分别比喻兩種遭遇：苗而不秀——事業未成却早夭折；秀而不實——過早身亡(而未及有成)。

儘管孔子没有説明他用哪一個詞哀悼顔回早逝，憑以上兩個例子可知這兩個詞大概的含義。王綏十九歲去世；庾信"二男一女，並得勝衣"，即剛剛長成而能穿著成年服裝之時，便已亡故。這些年輕人死時都不足二十歲，而且尚未任官職。"秀而不實"亦指一個成年人已就職但尚未成就一番事業，據《禮記·王制》，"秀"是指通過鄉試的一項考核要求，並由司徒選出的士子[④]。

---

① 《庾子山集注》卷一，頁55。

② 《世説新語箋疏·賞譽第八》下，第29條，頁437。

③ 《論語注疏》卷九，頁35b，其中何晏注引自孔安國，刑昺疏引自何晏《論語正義》。

④ 《禮記正義》卷十三，頁114a："命鄉論秀士，升之司徒，曰選士。司徒論選士之秀者，而升之學，曰俊士。"

是知"苗而不秀"與"秀而不實"的主要區别在於任官與未任官①。

最重要的一點是張説在其《神道碑》描述四傑的措辭是有出處的。文中以華、實比喻四傑,與宋之問(約656—712)的《祭杜學士審言文》中提及四傑的部分所用的比喻十分相似。宋之問這篇祭文比張説的《神道碑》早二十二年寫成,以下是相關内容:

> 運鍾唐虞,崇文寵儒,國求至寶,家獻靈珠。後復有王楊盧駱,繼之以子躍雲衢。王也才參卿於西陝,楊也終遠宰于東吴,盧則哀其栖山而卧疾,駱則不能保族而全軀。由運然也,莫以福壽自衛;將神忌也,不得華實斯俱。②

此下轉入祭文對象杜審言(647—715)的生平。以上引文所透露的是宋之問憐惜四傑的語氣,他對四人所作評價的一個共同主旨是:四傑皆懷才不遇。四人才華横溢却命途多舛,終其一生没有成果。引文的末句曰"不得華實斯俱",據此揣文意,得知兩個關鍵詞"華"和"實"之義,並非文學批評或人物評價時慣用的"花巧"和"樸實"的意思。張説可能借用了宋之問這篇祭文的用字及其意涵;但更可能的是,張説和宋之問所據都是時人對四傑的普遍看法,至少是朝廷裏官員的看法③。

裴行儉對四傑作過評價大概是可信的。但是上述兩條最早的記載佐證了裴行儉的評語對四傑的文風或人品都並無貶義;相反,從張、宋二人的評語

① 《後漢書·章帝八王傳》載:"平原懷王勝,和帝長子也。不載母氏。少有痼疾,延平元年封。立八年薨,葬於京師。無子,鄧太后立樂安夷王寵子得爲平原王,奉勝後,是爲哀王。得立六年薨,無子,永寧元年,太后又立河閒王開子都鄉侯翼爲平原王嗣。安帝廢之,國除。……贊曰:章祚不已,本枝流祉。……平原抱痼,三王薨朝。……振振子孫,或秀或苗。"李賢注引《論語》(見上),解釋:"苗謂早夭,秀謂成長也。"《後漢書》卷五十五,頁1810—1811,注2。

② 宋之問《祭杜學士審言文》,《全唐文》卷二四一,頁16b。

③ 文獻可證張説、宋之問與楊炯交往甚密:三人同時事於朝廷並常有作品贈答。見張説《贈别楊盈川炯箴》,《張説之文集》卷十三,頁9a;宋之問在《祭楊盈川文》敘述自己與楊炯的親密關係:"同趨北禁,同拜東堂。……裘馬同弊,老幼均糧。"《全唐文》卷二四一,頁12b。張説的《神道碑》説明裴行儉的同輩兼同僚薛元超(622—683)曾寫過一篇"神道前銘",當是立於裴行儉墓神道首位,在張説《神道碑》前。薛元超這篇碑銘最爲可信,但可惜已經散佚。見張説《贈太尉裴公神道碑》,《張説之文集》卷十四,頁14b;《全唐文》卷二二八,頁14c。

中可以讀出一絲對四傑不幸遭遇的憐憫意味，因爲裴氏所言不僅僅是讖語，更像天妒英才式的“哀辭”。張說似乎沿用了《論語》中關於顏回早逝語句的措辭，但四傑參選時已屆成年，用“苗而不秀”形容並不準確[①]；因此，張說選用了一個更合適的意象“秀而不實”以描述四傑中楊炯外其餘三位未成大器，不得善終。

幾十年後，杜甫在一首寄贈高適（716—765）和岑參（715—770）的排律中表達了同樣的感慨：“舉天悲富駱，近代惜盧王。似爾官仍貴，前賢命可傷。”[②]爲什麼杜甫只列出了四傑中三人的名字，而以富嘉謨（卒於706年）代替楊炯呢？杜甫不用平聲的“楊”字可能是出於遵守對仗格律的考慮。但他在這首排律的下四句中的末句却運用了“拗救”，避免了出律；那麼在首聯中杜甫爲何不用拗救，捨仄聲的“富”字而用平聲的“楊”字呢？我想這其中反映了杜甫的理解及用意：楊炯在四傑中際遇最佳，因此不適合用作杜甫自己的不幸遭遇的喻體。杜甫此詩是寄贈當時在就任途中的高適和岑參，詩題下小字云：“時患瘧病。”[③]杜甫在疾病困擾情緒低落的狀態下寫下這首排律，並以王勃、盧照鄰、駱賓王與富嘉謨的不幸遭遇自況。據唐《御史臺記》，吴少微（卒於706年）“聞富嘉謨亡，號哭賦詩，序曰：‘……[嘉謨]官職十分，未作其一，乃至是耶！”[④]富的不幸遭遇促使杜甫把他歸入“前賢命可傷”的數人中[⑤]；而詩中這種用典方法有助於更準確地理解張說的評語。

---

① 聞一多（1899—1946）指出其實四傑包含兩代人：盧駱爲一代，王楊爲另一代人。見聞一多《四傑》，《唐詩雜論》，《聞一多全集》第3册，頁24—26。如果確如傅璇琮所言四傑於咸亨二年（671）曾於長安會面以備考核，當時駱賓王已經四十多歲，盧照鄰也有三十七八歲，這種年紀稱爲“苗而不秀”有失偏頗。而這次會面也不可能比671年早許多，因爲669年時王勃與楊炯只有大約十九歲。

② 《寄彭州高三十五使君適虢州岑二十長史參三十韻》，《杜詩詳注》卷二，頁640。

③ 此四字在宋本杜集已入詩題下，見《宋本杜工部集》卷十，頁26a；王狀元本則無此注，見《王狀元集百家注編年杜陵詩史》卷十，頁6a。此四字亦有見於注文者，如蔡夢弼（南宋人）《杜工部草堂詩箋》卷十六，頁3a。《宋本杜工部集》作品的題下注爲杜甫自注，參看謝思煒《〈宋本杜工部集〉注文考辨》，頁136—143。關於杜集早期概況，參看本書所收《杜甫筆下的兩座宫殿的宗教政治洗禮》文中注。

④ 《唐詩紀事校箋》卷六，頁154、155，注5云吴之詩序出《御史臺記》，引自《太平廣記》卷二三五。

⑤ 陳師貽焮也認爲杜甫詩中提及的四人均際遇不佳，而四傑中的楊炯並非如此。見《杜甫評傳》，頁573。

裴氏世系

從另一個角度考察,也許可以解釋爲什麼張説不用《論語》中的"秀而不實",而用"華而不實"這個多義詞。除了上文所述宋之問送别詩的出處之外,張説的用語可能出於要避裴氏家族"秀"這個諱字的考慮。

張説所撰的《神道碑》,是遵裴行儉之子宰相裴光庭之囑而成的。考察裴氏譜系,對本文論題當有啓發。晉代有一位名人裴秀(224—271),他的名字可能是張説《神道碑》中所要避的諱。可能有人會認爲裴秀所處年代太過久遠,八世紀初張説撰文時其名已經不是裴氏須避的諱字①;但《新唐書·宰相世系表》記載了裴行儉五世祖有名叫裴惠秀和裴秀業的先人②。避諱是古文書撰作的一個重要規則,這個規則對確定古代文獻的著作、抄寫或刻印的年份是個十分重要的考察因素。那麽,張説會不會因爲裴氏的避諱需要而改"秀"爲"華"呢?③

張説的《神道碑》文中不乏"華而不實"的奉承成分。這是張説奉裴行

① 其實裴秀之父裴潛屬東眷裴,而非裴行儉所屬的中眷裴。見林寶(活躍於九世紀初)《元和姓纂》卷三,頁 333—334;《新唐書》卷七一《宰相世系表上》上,頁 2180、2276,注 2。

② 《新唐書》卷七一《宰相世系表上》上,頁 2211、2212。

③ 張説的《神道碑》有幾個疑點,如爲何使用諱字"虎"、"鳳"及"行"。"虎"爲唐高祖(618—626 在位)之父的名諱;且南北朝時期裴氏家族也有三兄弟名中帶"虎"字:即萬虎、雙虎和三虎;裴行儉的曾祖父伯鳳名中有"鳳"字;"行"字見於裴行儉之名。陳垣在其《史諱舉例》中對唐朝姓名避諱的論述有助理解此情況:第一,"已祧者則不諱"(頁 57),所謂祧,即把上幾代的祖宗的神主遷入遠祖之廟;第二,寫碑銘文有幾種避諱方法,如缺筆(頁 4—5)、注明"廟諱"或"空其字而不書","或曰'某'"(頁 3—4)等;第三,陳垣還提到一種編輯文獻的做法——"回改",即改回文獻記載避諱前的原貌(頁 15、35 等),"回改"常發生於後世編纂、抄録、發行或刊刻文獻重印本時;第四,雖然唐朝時"虎"爲諱字(李淵父名),但很多文獻中仍保留"虎"字。在本文的研究中,我們無從瞭解張説的《神道碑》的哪些部分曾被改動、未經改動或經過"回改",因爲這篇《神道碑》從原來的石碑派生出多種手抄本、重印本及重編本,而那方石碑已經殘缺。裴氏家族中眷裴雙虎的嫡系的現存文章,以及專門爲其後人如裴行儉、裴光庭、裴道安(唐朝人)與裴肅(約 785 年)所作的文章中,都没有使用"秀"字。有文獻可證"秀"字是裴氏家族的諱字。見《全唐文》卷一六二,頁 6a,卷二九九,頁 1a—7a;《唐文拾遺》(《全唐文》本),卷十六,頁 4b,卷十八,頁 4a;裴朏(約 731—742)《裴光庭碑》,《裴道安墓誌》,載王昶(1725—1806)編《金石萃編》卷八十一,頁 34a—39a,卷八十四,頁 1a—3b。雖然《金石萃編》收録了一篇紀念裴鏡民的碑文,其中使用了"秀"字,但裴鏡民屬於東眷裴,與中眷裴的裴行儉不同。裴氏家族五支,分别為西眷裴、洗馬裴、南來吴裴、中眷裴以及東眷裴。見《新唐書》卷七十一《宰相世系表上》上,頁 2179—2180、2184、2194、2209、2223 及 2244;《金石萃編》卷八十一,頁 41a—42a。關於初盛唐河東裴氏的石刻史料書目,可參看李浩《唐代三大地域文學士族研究》,頁 299—304。

儉之子宰相光庭之命的敬贈之作，然篇中奉承的風格並不影響解讀本文研究的關鍵詞“華而不實”。文中的讖語内容可能是張説在事件發生後補寫，目的是要把裴行儉知人之鑒加以神化；但是，只要拿宋之問作於《神道碑》撰成前二十多年的《祭杜學士審言文》作比較，即見兩首作品的内容、語調和敘事角度都很一致，頗能透露裴行儉會見四傑在歷史上真有其事[①]。

有些學者認爲，裴行儉既然十分賞識四傑，因此不可能對他們作此惡評[②]。雖然這種意見可能只是一廂情願，目的是要突出裴行儉與四傑的理想形象，但上述論證已爲此説提供了堅實的理據。

文品與人品

上文提及，裴行儉對六位文官的評語是命相學方面的預言。據各種文獻記載，裴行儉是個多才多藝的學者，精通各種方技法術如戰略、天文、曆法、陣法、陰陽之學等。元代評論家方回(1227—1307)首次提出裴行儉對六人的評語，實質上屬於命相學範疇的：

> 裴行儉以器識一語少王、楊、盧、駱。彼專以富貴骨相取人，而文之以器識之説，吾未見裴之合於“四子”也。[③]

方回在《瀛奎律髓》這一卷討論的是詩歌風格，在以上引文的前後，他讚揚了王勃和駱賓王：高度評價王勃詩歌的技巧，激賞駱賓王在其名篇《討武氏檄》所透露的氣概。另一方面，方回對裴行儉身事武則天僞朝加以貶斥，而讚揚四傑的品德和詩風。這樣的評價很可能是方回投降元朝侵略者的

① 如果我們認同黄永年所言，即《舊唐書》中的相關記載直接録自裴行儉門生或門客所撰，且這個版本比張説的碑銘文更早寫成，則現存有三種未經增删的相關記載。見黄永年《“士先器識而後文藝”正義》，頁98—99。《唐會要》的相關記載可能直接録自《舊唐書》。見《唐會要》卷七十五，頁1356。《太平御覽》引《唐書》的相關内容與《舊唐書》一致，見《唐書輯校》，頁671，第1020條。

② 如姚大榮《跋駱賓王上吏部侍郎書》，《惜道味齋集》文編卷二，頁26a—27b；駱祥發《初唐四傑研究》，頁195—203；張志烈《初唐四傑年譜》，頁194；唐春生《爲初唐四傑“浮躁淺露”辯誣》，頁47—50。

③ 《瀛奎律髓彙評》卷四十七，頁1626。

僞政權的折射。①

雖然方回的評論以《大唐新語》和《舊唐書・王勃傳》等據張説《神道碑》的改編本爲根據,但他提出了兩點卓見。其一,他認爲裴行儉對四傑的評語主要是命理之説。這種看法的根據很可能是方回對張説所用“人倫”一詞的理解,《神道碑》中“人倫”意爲“人物品評”或“命理”,而黄永年的解釋則是“完全是屬於陰陽範疇的相人術,和正常的月旦人物不能混爲一談”②。這個意義從上引《神道碑》文末裴行儉對六位官員的評價得到印證:“此則有道之人倫。”③其二,方回否定裴行儉會見六人一事在改編本中的曲解成分。他也舉出一種對“華而不實”的解讀方法,認爲此語在他所處年代之前解作對四傑華麗文風的批評。對於四傑作品的卓越文學價值,他採用另一種方式加以讚揚,其所謂“卓越”的根據,迥異於一般文學批評活動對“華而不實”的理解的文學價值理念。

對四傑“華而不實”的傳統理解的駁論,可從四傑本身的教育背景和早期作品的主題入手。王勃是最典型的例子,他是隋代大儒王通(584—617)嫡系。楊炯在《王勃集序》中記述了王勃早年事跡:“九歲讀顔氏《漢書》,撰《指瑕》十卷。十歲包綜六經,成乎朞月。”④王勃在短短的二十八年生命中寫下了大量的學術著作,大部分與儒家學説有關⑤。此外,這篇序文也記載了王勃的文學主張,楊炯讚揚王勃公開貶斥龍朔年間(661—664)的浮誇文風,並大力主張文章的“剛健”與“風骨”⑥。楊《序》又曰:“年十有

---

① 方回降元爲後人所譴責,見周密(1232—1298)《癸辛雜識别集》卷一,頁 37b;曾廉(生於 1857 年)的《元書》及紀昀(1724—1805)《[〈瀛奎律髓〉]刊誤序》,《瀛奎律髓彙評》,頁 1911、1826。紀昀對方回詩學觀點的酷評很能體現人品是文學批評活動中的重要因素。紀昀在序文開頭寫道:“文人無行,至方虚谷而極矣。”然後指出了方回著作中的“謬誤”。關於方回“詩格”説,可參看拙著《方回詩論淺探》,頁 92—102。

② 《舊唐書・裴行儉傳》的相關敘述中(卷八十四,頁 2805)也使用“人倫”一詞:“行儉……有人倫之鑒。”黄永年《“士先器識而後文藝”正義》,頁 100。黄氏並指出《大唐新語》把這些充滿迷信色彩的敘述改寫成:“[行儉]少聰敏多藝,立功邊陲,屢剋兇醜。”(頁 102)。《大唐新語》卷七,頁 114。

③ 《舊唐書・裴行儉傳》的相關記載(卷八十四,頁 2805)所用的同一個詞:“行儉……兼有人倫之鑒”也帶有雙重意義。

④ 《王勃集序》,頁 35。聞一多也反對評價四傑爲“浮躁”,見《四傑》,頁 25—26。

⑤ 王勃的著述詳見聞一多《四傑》,頁 25。又見拙著《王勃著述考録》,頁 71—92。

⑥ 《王勃集序》,頁 36。

四，時譽斯歸。太常伯劉公巡行風俗，見而異之，曰：'此神童也。'因加表薦，對策高第，拜爲朝散郎。"[①]必須指出及强調的是，劉祥道曾在顯慶(656—661)初年上書嚴厲批評當時吏部選人太濫，不重實學等弊端，雖然結果是"議者多難於改作，事竟不行，"[②]但此舉聞名當朝及後世。因此劉氏提攜王勃也是出於重實學真才的考慮，再次説明王勃並非一般意義上的"華而不實"之人。

楊炯的序文也提到盧照鄰大力支持王勃的文學觀，猛烈抨擊龍朔初載以綺錯婉媚爲宗的作家及評論家，讚揚了當時一些文人簡樸的文風[③]。盧照鄰本人的儒家背景，見於各種文獻記載，他早年已開始跟隨名儒王義方和曹憲學習[④]。至於駱賓王，也是個精通儒學和子書的士子[⑤]。由此看來，裴行儉批評四傑浮華文風的説法更不可信了。

只要對比與四傑同期的文人以及龍朔時期的主流詩風就會發現，四傑的風格並不屬於文學批評中"華而不實"的類別。相反，"華而不實"一詞的貶義更適用於龍朔時期的文人如上官儀(608—664)和許敬宗(592—672)等人的詩風，而不適用於抨擊龍朔文風的四傑[⑥]。從儒家詩教看來，四傑詩作的抒情性其實已突出地實現了傳統詩言志的重要功能；反觀初唐盛行的宫廷詩，大都並不具備這個特點。

結語

從以上的論證得知，裴行儉對四傑的評語其實既非關於文風，亦無關乎品德。因此在閲讀裴氏評語的早期記載時，不宜朝這兩方面的意思去尋索。揣文意及思路，篇中的關鍵詞"華而不實"應該讀作裴行儉對四人命

---

① 《王勃集序》，頁35。
② 《通典》卷十七，頁403—406。
③ 葛曉音《初唐四傑與齊梁文風》，頁89。
④ 盧照鄰的教育背景見《舊唐書》卷一九〇《文苑上·盧照鄰》上，頁5000。Paul W. Kroll, "The Memories of Lu Chao-lin," 584—585。
⑤ 駱祥發《初唐四傑研究》，頁4。
⑥ 葛師曉音與杜曉勤均認爲龍朔詩風的代表人物爲上官儀與許敬宗。見葛曉音《初唐四傑與齊梁文風》，頁87—90；杜曉勤《齊梁詩歌向盛唐詩歌的嬗變》，頁165—172。

運的預示和憐憫。張説仰慕四傑的才華,因此不太可能在《神道碑》中貶低他們,也不會在爲裴行儉之子所寫的這篇碑文中讚賞裴行儉所作的惡評;相反,張説著重表揚裴行儉的“人倫”之鑒,並且記下裴行儉對四傑的悲憫之情。

後世文人誤解“華而不實”一詞並據以編造出裴行儉會見四傑故事的枝葉。這也許是要通過貶損四傑,以抬高盛唐詩人的地位。這項研究只是一個小小的例子,説明準確理解中國詩歌史和文學批評的重要性,期望正確認識和理解相關歷史,更能接近史實,對文學史有更好的掌握。

從陳子昂《感遇》詩看“感遇”詩體的形成和發展

初唐詩人陳子昂(661—702)的文集中收録了五言古體《感遇》詩三十八首,是陳子昂的代表作,奠定了他在中國詩史革新的崇高地位。學界大致認爲《感遇》詩所涉題材雖廣,但却統屬於一個寓意系統之内,並據以理解“感遇”一詞的意涵①。本文試圖通過梳理這組詩歌的詩學發展和文獻歷史,重新考察這個詩學傳統,從而理出“感遇”詩體的形成及發展的脈絡。

陳子昂《感遇》詩的數目

今本《感遇》詩三十八首當非原編。陳子昂似未以“感遇”名篇並據此以編纂“組詩”,因此將這些作品全部歸爲同一組詩的做法頗有商榷餘地。吴明賢曾根據不同文獻的記載對陳子昂《感遇》詩的數量進行考察,現將其主要的例子臚列②:

① 鍾惺(1574—1624)和譚元春(1586—1637)指出《感遇》詩主題的多樣性:“有似丹書者,有似《易》注者,有似詠史者,有似讀《山海經》者。”見《唐詩歸》卷二,頁 1b—2a。陳沆(1785—1826)是最具代表性的寓意解讀評論家,聲稱發現了《感遇》詩三十八首真正的共同的主題,並爲幾乎每一首的寓意提供了解讀方法。見《詩比興箋》卷三,頁 95—113。

② 吴明賢《陳子昂〈感遇〉詩考辨》,頁 82—83。

文獻作者/編者	所載《感遇》詩數量
1. 盧藏用(約卒於714年)、杜甫(712—770)	未提及
2. 皎然(約八世紀中末葉)、《舊唐書》、趙次公(約十二世紀中葉)、辛文房(約1300年)、沈德潛(1673—1769)	30
3. 白居易(772—846)、元稹(779—831)	20
4. 姚鉉(968—1020)、《新唐書》、方回(1227—1307)、楊澄(約1491)	38
5. 高棅(1350—1423)、黄節(1837—1935)	36
6. 楊士弘(元朝)、李慈銘(1829—1894)	24

筆者補充:楊士弘《唐音》從陳子昂的三十八首《感遇》詩中選出二十四首①。

陳子昂作《感遇》詩三十八首這個數目始見於宋初姚鉉所編的《唐文粹》②。然而陳子昂去世後,盛唐和中唐的文獻記載這組詩的數目爲二十或三十首。白居易記載《感遇》詩有二十首,吴明賢據白氏編詩的準則——"風雅"與"比興",試圖對"二十"這個數字的來歷加以解釋③。然而白居易如何使用這準則以及選定了哪幾首詩却無從得知;此外,白居易從哪裏選出二十首詩也不能確定④。

陳子昂的《感遇》詩顯然經歷過多次編選過程。據上表資料,可作這樣的推理:皎然稱陳子昂《感遇》詩共三十首,而白居易當時所見可能只有其中的二十首,宋初時則搜集到三十八首。宋初是編纂文學選集與類書的蓬勃時期,其時不少散佚古籍、殘本、僞書或作者不詳的文獻得到蒐集整理,並出現真僞相混的情況,《文苑英華》所見的不少訛舛即反映了文獻史

① 楊士弘《唐音》卷二,頁1b。敦煌文獻P3480中一首詩的内容爲陳子昂的《感遇》第四首,但卷子上並没有注明作者和標題;同頁上抄寫的作品均有作者名如"王仲宣",篇名如《落花落》。此現象進一步説明了這首《感遇》詩不一定題爲"感遇",而且唐人當年抄寫時也没有注明是陳子昂的作品。見《法國國家圖書館藏敦煌西域文獻》第24册,頁308。

② 《唐文粹》卷十八,頁2a。

③ 吴明賢《陳子昂〈感遇〉詩考辨》,頁82—83。

④ 白居易《與元九書》,《全唐文》卷六七五,頁3a。穆員(九世紀末)記鮑防(約723—約790)曾以"感遇"爲題作十七首詩,抨擊社會問題。見穆員《鮑防碑》,《全唐文》卷七八三,頁17a;《文苑英華》卷八九六頁8a/b題作《工部尚書鮑防碑》。據白居易所説,鮑防著有十五首《感興》詩,這大概就是穆員所記鮑防的十七首《感遇》詩的其中十五首;但《全唐詩》中並沒有收録鮑防所著的《感興》或《感遇》詩。另見王仲鏞《唐詩紀事校箋》卷四十七,頁1272。

上這個特有的情況。

但《英華》並未收録陳子昂的《感遇》詩,這就使得研究更形複雜化。業師柯睿(Paul W. Kroll)指出"一個頗有趣的現象是:在現存的各種唐代詩歌選集中,没有一部收録過任何一首陳子昂的《感遇》詩"①。《英華》所收作品來自各種總集别集等文獻,從而可以推知《感遇》組詩也許並未被收於盧藏用所編的陳子昂集裏②。假如當時《感遇》詩被視爲重要作品,爲何没有一首够得上入選爲"文苑之英華"? 周必大(1126—1204)在《文苑英華・事始》中談到:"是時印本絶少,雖韓柳元白之文,尚未甚傳,其他如陳子昂、張説、九齡、李翱等諸名士文集,世尤罕見。"③周氏還指出一些詩人如白居易和權德輿(761—818)的作品全部收於《英華》中。另一現象是敦煌寫本陳子昂集殘卷中所見的一些作品並不見於《英華》。對於這些差異,可作以下兩種解説:第一,《感遇》詩可能並未收録於盧藏用所編的陳子昂集;第二,《英華》所據可能是個不含《感遇》組詩的陳子昂作品選集④。

宋初編選前朝作品工作的粗疏,大概是導致陳子昂《感遇》詩的數量增加到三十八首的原因。也許盧藏用之後的陳集編者"發現"了一些被認爲是陳子昂所作的無題作品,於是冠以《感遇》之題,其根據當是盧藏用序中所言:"至於感激頓挫,微顯闡幽,庶幾見變化之朕,以接乎天人之際者則

---

① Kroll, Review of *The Poetry of the Early T'ang* by Stephen Owen, 123: "It is interesting to note, however, that none of the extant anthologies of poetry dating from the T'ang include even a single poem from the *kan-yü* series."

② 劉蜕(約生於 821 年)在《覽陳拾遺文集》一詩中表示他藏有陳子昂作品十卷,但没有提及是《感遇》詩;另一方面,他雖稱讚陳子昂的詩作是"大雅篇",但無法確定是否指代《感遇》詩。見《永樂大典》卷三一三四,頁 17b 引《潼川志》;另見陳尚君《全唐詩補編》,頁 245。《感遇》詩在中唐時似乎是未結集的二十首詩。元稹稱他曾見過陳子昂的《感遇》詩:"適有人以陳子昂《感遇》詩相示,吟翫激烈,即日爲《寄思玄子詩》二十首。"元稹的這二十首詩應該是對陳子昂《感遇》詩的概述或"唱和"之作。元稹所言二十首與白居易記載一致。見元稹《敘詩寄樂天書》,《全唐文》卷六五三,頁 4a。

③ 《文苑英華・事始》,頁 2a—3b。

④ 盧藏用所編的陳子昂集是最早的陳集,但此本及其子本均已散佚。吴其昱梳理出據盧本派生出的兩個分支:一支是敦煌卷子本,另一支是《唐詩品彙》。但吴氏並没有説明這兩支陳集直接抄録自盧藏用本。這幾種陳集之間的差異至今無人深入研究。見吴其昱《敦煌本故陳子昂集殘卷研究》,頁 254。高棅《唐詩品彙》(卷三,頁 1a—9b)只含陳子昂《感遇》詩三十六首。

《感遇》之篇存焉。”[1]目前仍無法證明盧藏用初編的陳子昂作品集收録了《感遇》詩；此外，一些後世的陳集編者與評論家並不認同宋初所確定的陳子昂三十八首《感遇》詩，他們只採納唐代文獻中所提及的三十首之數。

因此，現存陳子昂集所收的《感遇》詩可能是後來加入的。即使陳子昂自己確曾以“感遇”名其詩作，那些作品也並非相當於今日所見的三十八首。雖然盧藏用在陳集序中提到了“感遇之篇”，但他既没有提及《感遇》詩的數量，也没有説過他編纂詩集時是否收録了這些“感遇之篇”。他在《陳氏别傳》中明言“其文章散落，多得之於人口”[2]。這兩句話解釋了《感遇》詩三十八首的主題多樣的原因，以及爲何當中大部分作品的主旨並不符合其標題“感遇”被廣爲接受的含義。

“感遇”——從字義到詩歌體式

如上文所論，歷來賴以確定“感遇”含義的主要依據是一些對陳子昂整組《感遇》詩的寓意解讀。然而這種後起的詮釋並不能作準，更不應據以尋溯這種詩體的形成過程。

陳子昂以前的“感遇”詩

陳子昂作爲詩歌革新者這個歷史功績多少對於“感遇”一詞的理解有所影響。一般理解爲“有感於事”或“對自身經歷有所感發”（英譯：“moved by events”或 “stirred by my experience”）[3]，這些較普通而籠統的理解，早已成爲解讀《感遇》詩的指引；然而“感遇”詩題的這個含義，實際上是闡釋

---

① 盧藏用《陳伯玉文集序》，見《陳伯玉文集》序，頁 2b。

② 盧藏用《陳氏别傳》，見《陳伯玉文集》卷十，頁 14a。鈴木修次指出“文章”一詞應指各種文體的作品，而不止散文。見鈴木修次《陳子昂論》，載其《唐代詩人論》，頁 49。羅時進稱陳子昂的創新之處在於散文，見羅時進《對陳子昂研究中幾個基本問題的再認識》，頁 87。筆者則認爲陳子昂的詩較其散文更爲人熟知。

③ 分别見 William H. Nienhauser, Jr.（倪豪士），“Diction, Dictionary and the Translation of Classical Chinese Poetry,” 54；Stephen Owen（宇文所安），*The Poetry of the Early T'ang*，184。另見沈德潛（1673—1769）《唐詩别裁集》卷一，頁 2b。

組詩寓意的解讀方法的産物①。楊士弘是較早討論“感遇”含義的評論家，其説曰：

> 感遇云者，謂有感于心，而寓于言，以攄其意也。又云：感之于心，寓之于目，情發于中，而寄于言，如《莊子·寓言》之類是也。②

首四句詳細説明了詩歌創作的過程，與《毛詩序》所言“情動於中而形於言”其致一也③。“又云”以下則强調了詩歌寓意方面的内涵，解讀方法屬於傳統的訓詁方法中的聲訓：楊氏以同音異義的“寓”字（寄寓）解釋“遇”字（遭遇）④，“寓”的字面義爲將“真正”的含義寄寓於字裏行間，如《莊子》的《寓言》篇，作者將寫作的真正意圖“寄寓”於字面意義背後。事實上，“感寓”這個異文早在盛唐至中唐已開始流通。這個異文，爲“感遇”或“感寓”之詩都具有諷喻作用的理解提供了理據⑤。這種對陳子昂《感遇》詩的文學批評觀點，到了陳沆手中達至高峰，他對陳子昂詩的寓意解讀具見於《詩比興

① 目前有關陳子昂研究的唯一一部英文專著是何文匯（Richard M. W. Ho）的 *Ch'en Tzu-ang: Innovator in T'ang Poetry*。雖然何氏對《感遇》詩寓意的解讀頗多發明，但没有翻譯出《感遇》詩題，僅援引了楊士弘的説法（頁 81）。見 Donald Holzman（侯思孟）評何書，頁 359。

② 楊士弘《唐音》卷二，頁 1b。

③ 《毛詩序》，見《毛詩正義》卷一之一，頁 2a。

④ 錢良擇在《唐音審體》所收的《感遇》詩題下注有“遇”的異文“寓”。《清詩話》（頁 779—784）所收《唐音審體》只録各詩體概論。施蟄存想必見過二十卷本，並在其《唐詩百話》（頁 51）提到“寓”這個異文。筆者未見其他有“寓”字的文獻。這異文可能只是錢良擇的理解。有關“寓”字的含義，薛愛華（Edward H. Schafer）解釋爲傳達、搬遷、寄居、轉移、隱喻、寓意（transfer, relocate, move to temporary lodgings; metastasize; metaphor, allegory）；見其 “Annex to 'Combined Supplements to *Mathews*,'” part Ⅷ, in *Schafer Sinological Papers*, number 26, p. 3。而柏夷（Stephen R. Bokenkamp）則認爲雖然“喻”和“寓”部首不同，但兩者的字根可能相同，見其 “Chinese Metaphor Again: Reading—and Understanding—Imagery in the Chinese Poetic Tradition,” 212, n. 5。雖然柏夷參考了薛愛華“喻”爲“比喻”的觀點，而且其“喻”、“寓”字根相同的推論合理，但他並没有提出詞源學上的實證。蓋“喻”屬“喻”母，“寓”屬“疑”母，並無“喻”、“寓”兩字通假之例。參見王力《同源字典》，頁 194；高亨《古字通假會典》，頁 330。

⑤ 杜荀鶴（846—904）、權德輿、劉威（約 841 年）、孟郊（751—814）和梁德裕（約 740）均作有《感遇》詩，見《全唐詩》卷六九三，頁 7977，卷三二〇，頁 3606，卷五六二，頁 6524，卷三七四，頁 4202，卷二〇三，頁 2125。宋時陳子昂的《感遇》詩又名《感寓》。見《杜詩趙次公先後解輯校》，頁 521，注 2。在另一個宋代文獻中，《感遇》作《感興》，見祝穆（十三世紀初）《宋本方輿勝覽》卷六十二，頁 10b。

箋》一書。

沈德潛的解讀方式則不同於這個主流。他除了基本接受楊士弘關於“感遇”的觀點外,還清晰區分了寓意解讀和另一種對“感遇”的理解,即“感知遇意”①。實際上陳子昂以前“感遇”指的是一種奉承之詩,與社會批評或政治諷刺無關。以“感遇”爲題的詩用於表達對歌詠對象的感謝之情,如侯思孟所論,“‘遇’通常寓指某人的政治命運以及君王對他的待遇,‘感遇’則常常指感念知遇之恩”②。

儘管沈德潛明確表示陳子昂的詩題“感遇”與“感念知遇之恩”並無關係,但這是“感遇”一詞在中國詩學傳統中的本義,不應輕易否掉。“感遇”的這種用法較早見於江淹(444—505)擬劉楨(卒於 217 年)詩風所作的《劉文學感遇》一詩。江淹在這組模擬詩中以前朝詩人爲模仿對象,體現了幾種不同的典型詩風,如擬曹丕(187—226)以“遊宴”爲典型,擬嵇康(224—261)則取其“言志”風格,擬阮籍(210—263)則以“詠懷”爲典範。這幾種典型詩題雖籠統概括,但能準確反映這些詩人作品的各自基本風格③。其中《盧郎中感交》一首擬盧諶(285—351)詩,“感交”既是江淹概括盧詩風格,而詩中“感遇喻琴瑟”一句則反映了“感遇”的一個意義,即盧諶對於他與劉琨(270—318)的友情的感動之情④。江淹以“感遇”這個詩題概括了劉楨的典型詩風,吕延濟(約 712 年)於江詩題下注“感遇”曰:“感,

---

① 《唐詩別裁集》卷一,頁 2b。

② Holzman's review of *Ch'en Tzu-ang: Innovator in T'ang Poetry* (by Richard M. W. Ho), 359: "*Yu* so often refers to a man's political destiny, to the treatment he has received from his lord or sovereign and *ganyu* so often means 'feelings [of gratitude] for [good] treatment received.'"“感遇”用作“感念知遇之恩”的較早文獻有《三國志・吴書・太史慈傳》(卷四十九,頁 1187)記述太史慈(166—206)之母感孔融(153—208)重用慈之恩。唐代則有獨孤及(726—777)在《送成都成少尹赴蜀序》中所言:“士感遇則忘軀。”見《全唐文》卷三八七,頁 13b。

③ 這些仿詩見《江文通集彙注》卷四,頁 140、141、143、144;逯欽立編《先秦漢魏晉南北朝詩》,頁 1571;《文選》卷三十一,頁 10b—11a。

④ 《江文通集彙注》卷四,頁 151。

思也。思其有幸遭遇。”此注反映了初唐時對“感遇”詩題的理解①。雖然劉楨現存作品不多，但它們基本上能反映出與江淹擬詩相同的“感念知遇之恩”這個主題②。由於江淹在《劉文學感遇》中使用了“感遇”一詞，因此這首詩是考察劉楨與陳子昂作品中“感遇”含義的重要綫索。江詩全文如下：

> 蒼蒼中山桂，團團霜露色。霜露一何緊，桂枝生自直。橘柚在南國，因君爲羽翼。謬蒙聖主私，託身文墨職。丹采既已過，敢不自雕飾。華月照芳池，列坐金殿側。微臣固受賜，鴻恩良未測。③

詩中引用了《楚辭》的意象及寓意④：“桂”比喻明君，而“橘”則是《橘頌》的作者⑤。本詩開篇的這些仿句描繪了詩人當時對“聖主”賞識的渴求⑥，無論“橘”多麽正直與高尚，也需遇到並跟從更高貴和更高尚的植物“桂”。John Marney 指出，這是宫廷詩的典型情感表述，反映了美言宫廷生活的必要性。Marney 還認爲江淹對此奉承做法十分内行，並且把握到劉楨的獻身精神：“微臣愚鈍。”⑦由此可見，感念知遇之恩的主旨應該是“感遇”這個詩歌標題的較早期含義。

這個主旨還見於劉楨詩集。他的《贈五官中郎將》組詩是獻予當時他

---

① 見吕延濟注《六臣注文選》卷三十一，頁 14b。逯欽立編《先秦漢魏晉南北朝詩》（頁 1571）與丁福保編《全漢三國晉南北朝詩》（頁 1044）均作《感懷》而非《感遇》。但這兩部文獻都没有對“感懷”這個異文作校勘注釋。其他早期文獻證明《感懷》之題有誤，見馮惟訥《古詩紀》卷八十六，頁 3b；《江文通集彙注》卷四，頁 141、142，注 1；《文選》卷三十一，頁 10a。

② 見 Robert Joe Cutter（高德耀），“Cao Zhi (192–232) and his poetry,” 67–129。文中論述了大部分題爲《公讌》的遊宴詩，《公讌》主要記敘各種京城的宴會，用以奉承皇族。

③ 《江文通集彙注》卷四，頁 141；《先秦漢魏晉南北朝詩》，頁 1571；《文選》卷三十一，頁 10b—11a。

④ 《楚辭補注》卷十二，頁 232—233，卷四，頁 155—157，王逸（約 89—約 158）注，洪興祖（1090—1155）補注。

⑤ 李善（約 630—690）注似以“桂”爲詩人自喻，示其忠心。見《文選》卷三十一，頁 10b。

⑥ 此處的“聖主”，張銑（七世紀末）認爲指曹植（192—232）。見《六臣注文選》卷三十一，頁 14b。

⑦ Marney, *Chiang Yen*, 84–85：“[*Chiang Yen*] no stranger himself to the imperative sycophancy of court life, captures Liu's own self-abnegation：'Your petty subject is stupid and dull.'”

所屬文學集團的主子曹丕的作品。清人吴淇對這組詩的注釋正好體現了“感遇”爲“感念知遇之恩”的意思,他説:

> 魏氏與諸子,不過如富貴人家養幾箇作詩相公陪伴自己子弟讀書,或遊戲,或飲酒,間亦教他代作些書札,其實非憐其才而大用之也。在諸子,當漢室大亂之後,四海無家,只得事急相隨,留滯於此,其實心上多有不快活處,所以各人敘感恩處,只在飲宴間説去,而他無所及。①

建安詩人作品中有兩種不同的主題,都與“遇”有關,但各自有不同的含義。吴淇指出,曹氏家族“其實非憐其才而大用之也”,這是作品“有感於不遇於時”主題的基礎;但詩人在表達“感念知遇之恩”的遊宴詩中並不著意於“不遇”這個主題。吴淇分析劉楨的第一首詩時以“遇”爲主題:“首章追述其始遇以見恩遇之隆。”②全詩爲:

> 昔我從元后,整駕至南鄉。過彼豐沛都,與君共翺翔。四節相推斥,季冬風且涼。衆賓會廣坐,明鐙熹炎光。清歌製妙聲,萬舞在中堂。金罍含甘醴,羽觴行無方。長夜忘歸來,聊且爲大康。四牡向路馳,歡悦誠未央。③

這首詩記述了詩人自依附曹氏到宴席上歡愉的場面。“元后”指曹操(155—220),詩的歌詠對象爲曹丕。曹氏父子尤其是曹丕均爲詩中劉楨所感謝之人。如吴淇所述,這首詩的背景爲宴會,最能體現“美言宫廷生活的必要性”。

除江淹以外,謝靈運(385—433)也把劉楨的詩風視爲“感遇”。雖然謝

① 吴淇《六朝選詩定論》,頁139;又見引於《三曹資料彙編》,頁352—353。
② 同上注。
③ 《文選》卷二十三,頁30a/b;《先秦漢魏晉南北朝詩》,頁369。

靈運並没有將他仿劉楨而作的詩命名爲"感遇",但其仿作仍屬於"感念知遇之恩"的類别,這是劉楨的典型風格,且符合遊宴賦詩的背景。謝靈運的《擬魏太子鄴中集詩八首》中仿劉楨風格的一首如下:

貧居晏里閈,少小長東平。河兗當衝要,淪飄薄許京。廣川無逆流,招納厠群英。北渡黎陽津,南登紀郢城。既覽古今事,頗識治亂情。歡友相解達,敷奏究平生。矧荷明哲顧,知深覺命輕。朝遊牛羊下,暮坐括揭鳴[1]。終歲非一日,傳卮弄新聲。辰事既難諧,歡願如今并。唯羨肅肅翰,繽紛戾高冥。[2]

謝靈運在詩中著力重現劉楨作爲曹府門客和宫廷詩人的形象和思想狀態。詩人抓住劉楨作品著重表述的人生沉浮主題,抒發了"自己"參與這場宴會的感謝與喜悦之情,從而刻劃劉楨從無所依傍到爲人賞識的關鍵時刻和情緒特質。這就是唐前詩歌傳統中"感遇"的意涵。一些注家因此認爲謝靈運通過這首"擬"詩描述個人的處境,表達成就一番事業的希望,而他所依靠的是劉宋的廬陵王劉義真[3]。

鮑照(約 414—466)也有仿劉楨風格之作。雖然鮑照旨在模仿劉詩抒情和比喻的風格,但他的《學劉公幹體五首》詩旨大抵圍繞遇與不遇這個主題,儘管藉以寄託自身遭遇,但其中"感念知遇之恩"的意味,則是劉楨詩的典型主題[4]。

劉楨使用"感遇"之題大概標誌著這種詩體的開端。但是有學者試圖將陳子昂的《感遇》詩提高到政治諷喻的高度,如吴明賢將"感遇"解釋爲

---

① "括揭"同"括桀",典出《詩經・王風・君子于役》的第二章。顧紹柏《謝靈運集校注》,頁 150,注 19。關於《君子于役》的解釋可參看 Bernhard Karlgren(高本漢), *Glosses on The Book of Odes*, 166。

② 《文選》卷三十,頁 30b—31a;《先秦漢魏晉南北朝詩》,頁 1183;黄節注《謝康樂詩注》卷四,頁 15a。

③ 見顧紹柏《謝靈運集校注》,頁 150,注 25;另參見拙著《從劉宋王朝和謝氏家族的關係看謝靈運的政治悲劇》,頁 78;Cynthia L. Chennault(陳美麗), "Lofty Gates or Solitary Impoverishment? Xie Family Members of the Southern Dynasties," 249—327。

④ 《先秦漢魏晉南北朝詩》,頁 1299;錢振倫、錢仲聯《鮑參軍集注》卷六,頁 358—361。

"感己之不幸遭遇，感自己生不逢時，不遇明聖之君"，並援引董仲舒(前179—104)的《士不遇賦》、司馬遷(前145—約86)的《悲士不遇賦》以及陶淵明(365—427)的《感士不遇賦》，與陳子昂的《感遇》詩進行對照，强調"感遇"詩的主題爲"感己之不幸遭遇"和"感士之不遇明時"①。吴氏持論與宇文所安相似，宇文氏認爲陳子昂在詩中感慨生不逢時，屬"賢人失志"的文學傳統②。但如果這是陳子昂"感遇"詩的真正主題與意涵，那麽詩題應該是"感不遇"而非"感遇"或"遇合之際，蓋難言也。"③但從"感遇"的字面意義理解，"感遇"之題下的作品所表達的只能是感謝之情，這一點已見於上述江淹以"感遇"爲題之詩。

南北朝時期，"感遇"的詩學含義似有抒憤之意。北朝元暉業(卒於551年)所使用的"感遇"詩題的含義，也許是陳子昂的先驅。元氏在其《感遇》詩中表達了他的沮喪心情：

昔居王道泰，濟濟富群英。今逢世路阻，狐兔鬱縱横。④

元暉業的生平背景爲此詩最佳注脚。暉業爲北魏濟陰王拓拔小新成曾孫，作品以批判社會著稱。正史記載："暉業以時運漸謝，不復圖全，唯事飲啗，一日三羊，三日一犢。又嘗賦詩云(按：見上引)。"⑤這首詩明顯是政治諷刺作品，通過映襯修辭來對比今昔。從隱喻的角度分析，詩中的"狐"、

---

① 吴明賢《陳子昂〈感遇〉詩考辨》，頁80—81。陳元龍(1652—1736)《歷代賦彙》外集卷三，頁1b—2b。以上賦的英譯及注釋見 James Robert Hightower, "The *Fu* of T'ao Ch'ien," 169－230; Hellmut Wilhelm, "The Scholar's Frustration: Notes on a Type of 'Fu'," 310–319, 398–403。

② Owen, *The Poetry of the Early T'ang*, 185, 187.

③ 章學誠(1738—1801)對"感遇"一詞作了詳細論述，見《文史通義校注》卷三(内篇三)，頁326。

④ 《先秦漢魏晉南北朝詩》，頁2223；《全漢三國晉南北朝詩》，頁1469；李延壽(七世紀初中葉)《北史》卷十七《元暉業傳》，頁637。這首詩在《先秦漢魏晉南北朝詩》中題爲《感遇詩》。但編者逯欽立有一條編纂原則："詩紀各詩題目。有出詩字者。有不出詩字者。標題殊不一致。今一律綴以詩字。"見《先秦漢魏晉南北朝詩》凡例，頁6，第26條。

⑤ 《北史》卷十七《元暉業傳》，頁637；魏收(506—572)《魏書》卷十九《元暉業傳》上，頁48；《北齊書》卷二十八《元暉業傳》，頁387。北魏孝文帝(471—499在位)首次將皇族姓氏"拓跋"氏爲"元"氏。見《元和姓纂》卷四，頁399—340。

“兔”可能指代魏朝的篡位者高洋(即北齊文宣帝,550—559 在位),他推翻魏朝建立了新王朝。其後元暉業被貶,且爲高洋所殺。

儘管如此,現存史料中没有明確記載“感遇”一詞從“感念知遇之恩”到“有感於所歷”的重大轉變發生於何時。這裏的最大疑團是文獻的可靠性。在明人馮惟訥(卒於 1572 年)所編的《古詩紀》之前並没有文獻證明上述元暉業的詩原題爲《感遇》。初唐編修的史書如《北史》和《周書》均只記述元暉業“又嘗賦詩曰”云云,顯然元暉業這首詩的原題在唐朝時已散佚,又甚或該詩原本無題①。因此,“感遇”很可能是馮惟訥根據他自己那個時代對“感遇”一詞的普遍理解所補之題②。

陳子昂作品中的“感遇”

將陳子昂《感遇》組詩的標題理解爲“有感於事”大抵源於有學者設想這些詩歌隱含著某種寓意。但是這種理解方式並不全適用於這三十八首詩,如其二、其七、其十三、其二十五的内容,並不能與當時的政治隱喻聯繫起來③。陳子昂當時也許確實希望表達某些想法,但並無一以貫之的政治解讀適用於組詩。由於《感遇》詩和陳子昂其他作品的主題具有多樣性的特點,因而可以從細微處探討《感遇》詩的“感念知遇之恩”和“有感於事”等主題的含義。

假如劉楨式的《感遇》詩是陳子昂學習的典範,則可將陳的三十八首《感遇》詩視作他在宴會上表達感謝知遇之恩的作品。但是由於陳子昂歷

---

① 北魏雖經孝文帝漢化,但北人皇族之詩一般較淺,暉業此詩即如此。今存北魏漢詩之藝術較成熟者大多是漢人作品如蕭綜(501—528)、温子升(495—547)之作。至於“感遇”詩題是否由南傳入北朝,則無文獻可徵。

② 曹道衡與沈玉成在《中國文學家大辭典·先秦漢魏晉南北朝卷》(頁 53)並未提及元暉業這首詩的標題,只交代“嘗賦詩一首,以歎魏之衰亂”。馮惟訥在《古詩紀》中解釋其編選詩集的原則爲:“《藝文類聚》、《初學記》二書所載,其詩題明白者,則仍其題,……亦有引詩不明著其題,則止云‘闕題’,題下注:‘見某書某部’,庶不失作者之意。”見《古詩紀》“凡例”,頁 4b—5a。但元暉業的這首詩並未收入《初學記》和《藝文類聚》。因此馮惟訥捏造元暉業詩題一直爲人詬病。詩見《古詩紀》卷一一八,頁 3b。

③ 徐文茂選取了數首《感遇》詩(其一、十四、十七、二十六、二十九、三十二)重新探討其政治寓意,引用了王士禛(1634—1711)《古詩箋》卷十六“亦不當以鑿求之”的讀法。見徐文茂《陳子昂〈感遇詩〉主旨質疑》,見其《陳子昂論考》,頁 241—253。誠然,徐氏所選的這些作品皆有政治寓意,但三十八首中另有不少較難確定其政治主題的作品。

來被視爲詩歌革新的先驅，並曾大力抨擊“文章道弊”的宫廷詩，若以其《感遇》詩爲表達感恩之作就必然削弱了他在詩歌史上革新的功績。然而事實上，陳子昂的作品中確有與劉楨作品模式類似的一首詩①，那就是《高氏三宴詩集》中的《晦日重宴高氏林亭》。其詩曰：

公子好追隨，愛客不知疲。象筵開玉饌，翠羽飾金卮。此時高宴所，詎減習家池。循涯倦短翮，何處儷長離。②

建安時期的遊宴詩稱爲“公宴”詩，陳子昂這首作品的寫法與之無異。詩中先奉承宴會主人，再描述宴會場景，最後照例以有禮或奉承的謙卑語調作結，是爲“感念知遇之恩”的典型模式。以下引應瑒（卒於 236 年）作於宴會的一首詩作比較：

公子敬愛客，樂飲不知疲。和顔既以暢，乃肯顧細微。贈詩見存慰，小子非所宜。爲且極讙情，不醉其無歸。凡百敬爾位，以副饑渴懷。③

清人張玉穀以“感”和“遇”兩個字作爲理解這首詩要旨的關鍵：“前十八句，皆敍己從前行跡，與目今冀獲知遇之心事也……感其敬愛，愧己非宜。”④上引陳子昂的《晦日重宴高氏林亭》雖非以“感遇”命篇，但與應瑒這首均十分符合“感念知遇之恩”的模式，因此在此意義上大可名之曰《感遇》。

---

① 陳子昂現存兩首應制詩旨以奉承君主，表達知遇之恩，這些應制詩是陳子昂這一類詩的代表作。該二首作品分别題爲《奉和皇帝丘禮撫事述懷應制》和《洛城觀酺應制》，見《陳伯玉文集》卷一，頁 10b—11a。

② 《陳子昂集》補遺，頁 233；《全唐詩》卷八十四，頁 911。

③ 應瑒《侍五官中郎將建章臺集詩》，見《先秦漢魏晉南北朝詩》，頁 383；《文選》卷二十，頁 14a—15a。引文是詩的下半。有學者認爲其實這首詩應爲兩首詩，只是誤放在同一詩題下。見梁章鉅（1775—1849）《文選旁證》卷二十，頁 1a，引梅鼎祚（1549—1615）之説；另見郁賢皓、張采民《建安七子詩箋注》卷六，頁 247，注 1。

④ 張玉穀《古詩賞析》，載服部宇之吉校訂《漢文大系》第十八卷，卷十，頁 2；《三曹資料彙編》，頁 348。

但是陳子昂的整組《感遇》三十八首詩中都没有這種模式的作品。另一方面，如果“感遇”可以解釋爲“有感於事”，組詩中只有幾首的内容尚可算作“事”，如其三及其二十九所敘的軍旅生活，其六及其三十三中的煉丹之事；而組詩中明顯敘寫詩人憤慨心情的源頭或動因的“事”並不多見。

如上所論，陳子昂《感遇》詩的命名問題有待商榷。這組詩中的哪些作品原來就名爲《感遇》？陳子昂是否寫過一首詩並以《感遇》名篇？杜甫對陳子昂《感遇》詩作過評價：“終古立忠義，感遇有遺篇。”①杜甫指出這些作品有一個重要的主題——“忠義”。這個籠統的概括導引人們從政治隱喻的角度解讀這組詩。但杜甫所據的“感遇”詩究竟是哪些？陳子昂“忠”於何人？組詩表現了什麽樣的“義”？② 這些都没有交代清楚。

也許是陳子昂或其作品的後世編者（如盧藏用）賦予了“感遇”一詞新的内涵，並以此爲陳子昂這三十八首中的某些詩命名。只要“有感於所歷”中的“經歷”並非僅限於政治方面，這種解釋就適用於所有的《感遇》詩，因爲“所歷”可以是愉悦或是激憤的經歷。由於上述元暉業作品的詩題很可能是後人所添加，並且較陳子昂的《感遇》詩命名晚得多，可見“感遇”這個詩題一直普遍使用，而且是一種有新内涵而含義較穩定一致的詩體。後來的詩人如張九齡、李白（701—762?）、岑參（715—770）、柳宗元、喻鳧（840年進士）和司空圖（837—908）都寫過同題詩作，這些作品著重表達“有感於所歷”的主旨，是隱喻詩和抒情詩的佳作③。這種新的詩體是陳子昂詩歌創作的一項重大成就，因此除了上述詩作的命名與編訂問題以外，這種詩體的形成過程也有探討的必要。

---

① 杜甫《陳拾遺故宅》，見《杜詩詳注》卷十一，頁947。

② 王士禛持正統論，猛烈抨擊陳子昂“不知世有節義廉恥事矣”，因爲子昂事武則天（690—705）之故。見王士禛《香祖筆記》卷三，頁44。而王夫之（1619—1692）則讚揚陳子昂不僅是最優秀的詩人，還是高宗武后時期的一位能臣。他認爲子昂與上官儀（608—664）不同在於“儀忠而愚者也”，而子昂却有才而不得其用。見王夫之《讀通鑑論》卷二十一，頁620、634。上官儀愚忠於唐，但詩風則綺錯婉媚而無風骨；子昂忠而不被重用，詩風則慷慨而多氣。

③ 分别見於《全唐詩》卷一九九，頁2062；卷五四三，頁6278；卷三五三，頁3958；卷四十七，頁571—572；卷一八三，頁1864；卷六二三，頁7245。李白在其四首《感遇》詩中以道教傳説寄寓己意。見《李白集校注》卷二十四，頁1395—1398。而鮑防的十七首《感遇》詩雖然已散佚，但曾經是針砭時事的作品。見前注。據《舊唐書》卷一三〇《李泌傳》，頁3621載，李泌（722—789）曾因寫《感遇詩》諷刺時弊而被楊國忠（卒於756年）逮捕。

比陳子昂更早以“感遇”的新含義作《感遇》詩的可能是郭震(656—713)。《永樂大典》引述了相關的評論,其文曰:

> 楊祐甫《跋拾遺〈感遇詩〉》云:“按《感遇》之目,梁昭明《文選》及唐吴兢《樂府古題》皆無見,惟見郭代公有《感遇詩》留通泉。陳、郭同武后時人,而郭逮事明皇,後死。則陳固先達,郭之詩必祖述陳公之爲,非陳之詩蹈襲代公之目也。”①

郭震與陳子昂誰先使用“感遇”作爲詩題不易判斷,但筆者認爲郭比陳早。楊祐甫判斷寫詩時間的標準是“先達”,這種評判方法並不穩妥。張説的《兵部尚書代國公贈少保郭公行狀》爲《新唐書》郭震本傳及《登科記考》相關記載的重要史料根據,張文記述了郭震的早年事蹟:“十六入太學,與薛稷(649—713)、趙彦昭(活躍於707—714)同業……十八擢進士第,其年判入高等。時輩皆以校書正字爲榮,公獨請外官,授梓州通泉尉。”②引文中的通泉與陳子昂的故鄉射洪都在梓州③。根據楊祐甫所言,郭震寫過一首《感遇詩》並保存於通泉,此詩只可能作於郭震通泉尉任内即上元二年(675)初以前,因爲此時郭震被派到已遣使請和的吐番④。而陳子昂當時只有十四歲。據盧藏用所述,陳子昂“至年十七八未知書”⑤,因此陳子昂

---

① 《永樂大典》卷三一三四,頁14a。

② 張説《兵部尚書代國公贈少保郭公行狀》,《全唐文》卷二三三,頁1a/b;《新唐書》卷一二二《郭元振傳》,頁4360。徐松(1781—1848)考訂出郭震中進士的時間爲咸亨四年(673),見《登科記考》卷二,頁58。曹學佺(1573—1646)《蜀中名勝記》卷二十九,頁425:“《唐詩紀事》:郭分振神龍間尉通泉。”按“分”當爲“元”之誤。《唐詩紀事》雖未言郭震何時任通泉尉,但據其他相關的歷史文獻,知郭震於上元二年(675)或以前已任通泉尉。見《唐詩紀事校箋》卷八,頁200—201。傅璇琮、陶敏亦繫於673年,見《唐五代文學編年史·初盛唐卷》頁228。

③ 李吉甫(758—814)《元和郡縣圖志》卷三十三,頁842;《嘉慶重修一統志》卷四〇七,頁3a/b。

④ 《資治通鑑》卷二〇二,頁6375;《新唐書》卷一二二《郭元振傳》,頁4361。趙次公注杜甫詩含糊記述了一個時間段:“元振(即郭震)則自通泉尉而往,先天二年爲兵部尚書。”因此郭震生平的幾個重要時間點容易被誤解。見《杜詩趙次公先後解輯校》,頁522,注4。

⑤ 盧藏用《陳氏别傳》,《陳伯玉文集》卷十,附録,頁11a。據曹學佺《蜀中名勝記》卷二十九,頁426載:“按慧普寺南園,有代公姬薛氏殯地。陳子昂爲誌銘矣。”是知陳子昂獲重用後郭震不可能在通泉。

不可能比郭震更早寫下《感遇》詩。

郭震任通泉尉後將近一百年，杜甫到訪陳子昂的故居，並寫了《陳拾遺故宅》一詩，其中有云：

> 同遊英俊人，多秉輔佐權。彦昭超玉價，郭震起通泉。到今素壁滑，灑翰銀鉤連。①

據字裏行間很容易推斷出：郭震和趙彦昭都曾到訪陳子昂故居，並賦詩題壁。而史料並未記載陳子昂與郭震或趙彦昭曾有交往。黄鶴則指出郭震和趙彦昭同入太學，故杜詩云"同遊英俊人"。張説記述了郭震曾與一些高官交往甚密，如張説自己、薛稷、韋安石（651—714）等，但並未提及陳子昂②。陳子昂的友人則包括盧藏用、陸餘慶、趙貞固、王無競、史懷一等③，並無當時的高官。此外亦無文獻記載郭震與陳子昂曾在通泉有過交往。杜甫在詩中提及郭震和趙彦昭只是希望强調此地曾經群英薈萃，因此詩中有"盛事會一時"之句。杜甫所指的壁上題詩必定不出自郭震或趙彦昭之手，而應該是比杜甫更早到訪的人④。此外，正史也没有記載郭震晚年回到過通泉，而事實上也不可能。因此，郭震更加不可能與陳子昂在通泉結識。

郭震和陳子昂各自仕歷的時間差異，以及兩人的交往無文獻可徵，這兩點足以證實郭震的《感遇》詩比陳子昂的更早寫成。因此，就目前所知郭震是最早作《感遇》詩的唐代詩人，只可惜這首唐朝第一首《感遇》詩已經散佚，於是能確定這首重要作品的主題與詩風的最有力綫索也不復存在了。

"感遇"的其他用法

有學者試圖找出陳子昂《感遇》組詩的共同主題，而且已有各種對其

---

① 《陳拾遺故宅》，《杜詩詳注》卷十一，頁 948。

② 《兵部尚書代國公贈少保郭公行狀》，《全唐文》卷二三三，頁 7b。

③ 盧藏用《陳氏别傳》，《陳伯玉文集》卷十，頁 14a。

④ 仇兆鰲引《碑目》："陳拾遺故宅，有趙彦昭、郭元振題壁。"這條記載可能源於對杜甫詩的誤解。見《杜詩詳注》卷十一，頁 947。

寓意的解讀。筆者認爲,"感遇"一詞還可根據它在其他類型的文獻如道教或佛教典籍中的意義加以考量。

"感遇"在道教和佛教文獻中指顯靈、精神感悟與溝通,或者遇見神靈、高人。一些唐朝以前的宗教哲學文獻如《易經》、《周易參同契》、《真誥》等常用"感"或"遇"字。而"感遇"的近義詞"感通"則見於唐代的佛經①。這些詞彙都有一種共同的含義,即人與地點、事物或神靈之間的神奇接觸。"感"字的許多用例可見於道教文獻,如《周易參同契》云:"陰陽相飲食,交感道自然。"②"二氣玄且遠,感化尚相通。"③《參同契》是古代煉丹專著。煉丹的原理是基於道教化生論,古代的化生論大抵出自《周易》,其書有云:"天地感而萬物化生,聖人感人心而天下和平。"④以上兩處引文中的"感"爲"交感",其手段爲"交通"、"交媾"等的相互作用⑤。

張載(1020—1078)所用的"感"和"遇"字出現在其對宇宙化生論中。他論及化生時多次使用"感"字描述陰陽的相互作用⑥。這一點與《周易》同理。以下是張載論述中提到"感遇"的部分:

> 氣坱然太虛,升降飛揚,未嘗止息。……此虛實動靜之機,陰陽剛柔之始。浮而上者陽之清,降而下者陰之濁。其感遇聚散,爲風雨,爲雪霜……⑦

這裏"感遇"描述了陰陽的相互作用,是對自然現象的理解。此處所論的陰陽結合與時政並無關聯。張載如此使用"感遇"反映出"感遇"有不止一種含義,而且可以是哲學詞彙。

---

① 相關論述見 Raoul Birnbaum, "The Manifestation of a Monastery: Shen-ying's Experiences on Mount Wu-t'ai in T'ang Context," 134—135.

② 朱熹(1130—1200)《參同契考異》,頁 14a。

③ 同上,頁 18a。

④ 《周易》,《咸》卦,《象》傳。

⑤ "感"字在《説文解字》意爲"動人心",既是單向的行爲,也是引申義。見段玉裁(1735—1815)《説文解字注》十篇下,頁 46a。

⑥ 張載《正蒙》卷二,頁 1b—3a。

⑦ 同上,頁 2b。

以上“感”字可理解爲靈感、感應，其玄奥含義在不同文獻中都能作出合理解釋。只要理解陳子昂《感遇》詩的主旨爲“觀道”①，“感”在《參同契》語境中的意義便豁然開朗了。陳子昂在這組詩中表達了對化生的類似看法，其八曰：“精魄相交構，天壤以羅生。”②詩中的“精魄”指萬物化生的兩種最基本元素——陰、陽。“精”可能和《感遇》其六的“至陽精”含義相同，而“陽”須與“陰”結合才能創造生命。這種理解從其八的其他詩句得到印證：“仲尼推太極，老聃貴窅冥。”太極和窅冥爲儒家與道家學説中萬物的起源。陰陽相交的過程即“交感”。陳子昂在《感遇》其六中使用了“感”字，以“玄”字修飾，表達了“感”這個玄奥概念：“玄感非象識，誰能測沉溟？”③此處所説的“玄感”的概念十分抽象和玄妙，一般人無法依靠任何具體圖像來理解。雖然《感遇》組詩中有幾處表達感慨時使用了“感”字，如“感謝”（其十六、十八、三十），但“玄感”是個玄學概念，其所指與“感謝”的心情完全不同。“玄感”的另一種用法出現在《真誥》所引的一首傳爲南嶽夫人（晉朝人，名魏華存，251—334）所作的詩中，和陳子昂詩的用法相同：“玄感妙象外，和聲自相招。”④詩中所説的“聲”並非真正的聲音，而是個比方，描述的是無需依靠任何媒介的某種神秘溝通方式和狀態。

此外，“感”和“遇”也指代凡人與仙人的交往。《雲笈七籤》收録了一則有關傳授《靈寶經》的故事，其文曰：

> 今傳靈寶經者，則是天真皇人於峨嵋授於軒轅黄帝。又天真皇人授帝嚳於牧德之臺，夏禹感降於鍾山。⑤

此處“感”字的用法與“感遇”所説同仙人相遇相交的意義基本相同。

---

① “Observing the *dao*”。見拙著：Chan，“In Search of Jade：Studies of Early Tang Poetry，” 206—225.

② 《感遇》其八，《陳伯玉文集》卷一，頁 3a。

③ 《感遇》其六，《陳伯玉文集》卷一，頁 2a。

④ 《真誥》(HY 1010)卷四，頁 7a。

⑤ 《道教所起》，見《雲笈七籤》(HY 1026)卷三，頁 2b—3a。

“遇”在道教傳統中通常指凡人與仙人(或快要成仙者,如高道行的道人)相遇。《真誥》記載了東漢的淳于斟與仙人彗車子相遇,且獲彗車子的丹經。這則故事中的“遇”爲動詞,意思是“遇見”①。此外,宋朝時還有一部道教傳記《南嶽遇師本末》,書名的“遇”字也意爲“遇見”。而唐詩中“遇”字常常用以描述尋訪宗教人物,如可見於一種公式化的詩歌標題“訪某人不遇”或“尋某人不遇”,其中“某人”通常指代道士、僧侶,或者品德高尚的隱士。《全唐詩》中有大量例子,如李白的《訪戴天山道士不遇》②。這種語境中“遇”字暗指兩人歡聚,而且是未經事先約定的偶遇。寫這種尋訪詩的詩人渴望遇見某人,因此如果尋而不遇會相當失望。

這個關於仙緣的概念在中唐時衍生出豔遇這個主題。這類詩歌的能手除了元稹、白居易之外,可以數施肩吾(780—861),其《感遇詞》曰:

> 一種貌如仙,人情要自偏。羅敷有底好,最得使君憐。③

此詩採漢樂府《陌上桑》主題,詠“羅敷”之貌美如仙,令“使君”神魂顛倒。此“感遇”之義乃指詩人有感於豔遇,以遇仙經歷爲喻體④。

陳子昂《感遇》詩中的“感遇”的這些含義大概不會廣爲人們接受,但論者必須面對“感遇”一詞在晚唐的《神仙感遇傳》(HY 592)中的用法。作者杜光庭(850—933)所記均爲仙凡的交往,爲何以“感遇”爲書名?柏夷(Stephen R. Bokenkamp)對這部書作過歸納:“這是關於一些主要生活在唐代的不知名人物的故事集,這些人物都有特殊經歷,即通過道教修煉或

---

① 《真誥》卷十二,頁 8a/b。

② 《李白集校注》卷二十三,頁 1355。其他例子如丘爲(約 703—約 798)的《尋西山隱者不遇》、賈島(779—843)的《尋隱者不遇》、王建(約 751—830)的《尋李山人不遇》和皮日休(約 834—約 883)的《訪寂上人不遇》。見《全唐詩》卷一二九,頁 1317—1318,卷五七四,頁 6693,卷三〇〇,頁 3404,卷六一四,頁 7084—7085。

③ 《全唐詩》卷四九四,頁 5589。

④ 陳寅恪在其《讀〈鶯鶯傳〉》一文中已詳細探討了唐代士子尋歡,借遇仙指代之。見《元白詩箋證稿》,頁 107。關於元白的豔情詩,可參看本書中《兩個世界:中晚唐詩詞誤入桃源》一文。

憑藉個人美德而得與仙人接觸。”①由此可見,如果把陳子昂作品中的“感遇”局限於傳統的單一政治化解讀,將難以合理解釋杜光庭的這部著作,即使“有感於事”或“賢人失志”這些解釋也都難以準確描述書中奇異而精妙的故事。

佛教文獻中也有不少“感遇”的記載與道教意義相當。《大藏經》中就有類似的傳記,名爲“感通”。這類的故事也記述了仙凡之間的交往②。“感遇”一詞在初唐的佛教著作中的其中一個重要用法是指有緣得遇佛祖、菩薩、高僧等的奇遇③。

此外,古時賢臣之事明主也被視爲“感遇”。這個用法見於王通(約584—617)的《文中子中説》所附王福畤(王勃之父)作的《録關子明事》。王通五世祖穆公薦關朗於北魏孝文帝,

> 帝嘉歎,謂穆公曰:“先生知人矣。昨見子明,管樂之器,豈占筭而已?”穆公再拜,對曰:“昔伊尹負鼎干成湯,今子明假占筭以謁陛下。臣主感遇,自有所因,後宜任之。”④

君臣感遇這個用法在尉遲偓(約936年)所述故事中的含義與杜光庭的類似,同帶有傳奇色彩。故事記述了宣宗(846—859在位)微服私訪時遇見一個姓趙的男子,其時趙慕杜琮之名,正準備前往淮南拜謁、投誠。宣

① Bokenkamp, “Taoist Literature. Part I: Through the T'ang Dynasty,” 145: “Tu's work is a collection of tales concerning little-known figures, mostly of the T'ang period, who shared the distinction of having come into contact with transcendents, either through their Taoist practice or by virtue of their character.” 任繼愈、鍾肇鵬《道藏提要》,頁426:“是書纂録古來人與神仙感應相遇之故事。”

② 道宣(596—667)《集神州三寶感通録》(T2106)、《道宣律師感通録》(T2107);楊雄等《青蛇里感應表》,《廣弘明集》(T2103)卷十七,頁216b—221b;王邵(隋)《舍利感應記》,《廣弘明集》卷十七,頁213b—216b;惠英(唐)《大方廣佛華嚴經感應傳》(T2074);慧皎《高僧傳》(T2059)。

③ 見玄奘(602—664)、辯機(619—649)《大唐西域記》(T2087)卷九,頁920a。同書卷十一,頁933b的“感遇”則指“感知恩遇”。又釋道世(七世紀)《法苑珠林》(T2122)卷五十一,頁672c2記魏涼州釋僧朗“感遇”事。

④ 王通《文中子中説》卷十,頁13a。

宗收下了趙的履歷，之後提拔了他，還賜予趙終生的高薪厚禄。故事以二語結束：“其人感遇，人皆稱之。”[①]此處的“感遇”可以暫且理解爲“感念知遇之恩”，但不可理解爲“有感於事”，因爲句中“感遇”一詞爲名詞，而且感動的是其他人而非趙。此外，趙的經歷並非憤慨之事，而是眷遇。

“感遇”在司空圖的《南北史感遇十首》中所透露的意義則是讀史有感一類的抒發。這一類型的“感遇”在陳子昂詩《感遇》中也佔一席位，如其四、十四、二十一、二十六、二十八等。藉詠史以詠懷早就成爲中國詩史上的一個慣常做法，然而，從司空圖的兩類“感遇”看——即《效陳拾遺子昂感遇二首》及《南北史感遇十首》[②]，則知其人對於“感遇”的理解還是有此二種分别的。

“變化”主題

另一個與“感遇”相關而且值得討論的詞語是“變化”。盧藏用以“變化”一詞歸納了陳子昂《感遇》詩的主題：

> 至於感激頓挫，微顯闡幽，庶幾見變化之朕，以接乎天人之際者，則感遇之篇存焉。[③]

引文中的“變化”可以理解爲天地的“變”與“化”；因此人們也常常以政治角度解讀這個詞。但“變化”也可從道教角度來解讀。

盧藏用在其所著《陳氏别傳》中提到一篇文章，也許可以解釋陳子昂的道教思想。他説子昂“嘗著《江上丈人論》，將磅礴機化而與造物者遊”[④]。這篇文章是一位叫做“江上丈人”的老隱士的傳記，《高士傳》有傳。

---

① 尉遲偓(十世紀初)《中朝故事》卷上，頁 1a/b。

② 《全唐詩》卷六三二，頁 7245，卷六三三，頁 7264。

③ 盧藏用《陳伯玉文集序》，《陳伯玉文集》序，頁 2b。

④ 盧藏用《陳氏别傳》，《陳伯玉文集》卷十，頁 14a。《江上人文論》之題可見於徐鵬《陳子昂集》，頁 225；彭慶生《陳子昂詩注》，頁 262。此篇標題早在《陳伯玉文集》已誤作《江上文人論》；敦煌殘卷《故陳子昂遺集》P3590 則作“江上丈人論”，《法國國家圖書館藏敦煌西域文獻》第 26 册，頁 17；又見《文苑英華》卷七九三，頁 4b；《全唐文》卷二三八，頁 27a；《永樂大典》卷三一三四，頁 12b。何文匯誤以爲此篇佚文的標題是《江上人文論》，稱此文若非散佚，將有助理解陳子昂的詩學觀點。見 Richard M. W. Ho, *Ch'en Tzu-ang*, 73。

“江上之丈人”之名最早出現在《吕氏春秋》，是《史記・伍員傳》相關記載所自出。這位隱士是個漁翁，曾協助伍員（即伍子胥，卒於前484年）渡河，躲避楚軍追捕。伍員渡河後拿出自己價值百金的劍回贈，但漁翁表示：“荊國之法，得五員者，爵執圭，禄萬擔，金千鎰。昔者子胥過，吾猶不取，今我何以子之千金劍爲乎？”伍員到達吴國成爲大夫後，“使人求之江上，則不能得也，每食必祭之”①。但據《吴越春秋》所載，這位漁翁渡伍員後，“已覆船自沉於江水之中矣”②。這個故事情節在初唐的《伍子胥變文》中得以保留③。這個漁翁的形象在古代文學傳統中是一種隱士的原型，品德高尚而且通常是完人的形象。《楚辭・漁父》中的漁父也屬於這種類型④。

盧藏用對陳子昂的傳文《江上丈人論》一定有所瞭解，而且在其《陳氏别傳》結處表達了一些道家思想。盧藏用評價陳子昂文章成就的“與造物者遊”一語出《莊子》。《莊子》高度評價真人、關尹和老聃“變化無常”，也表揚自己“上與造物者遊”以及“獨與天地精神來往”，這些都見於《寓言》篇⑤，其篇旨有助揣摩陳子昂《江上丈人論》的主題。

盧藏用與陳子昂均屬“方外十友”，與一些道士如潘師正（585—682）、田遊巖（約680年）有不少來往⑥。儘管盧藏用所言的“變化”或“機化”指涉不明，但我們發現《感遇》詩中有兩處以“變化”指代道教概念。第一處“變化”出現在其六，描述的是龍的變化，即“至陽精”。另一處“變化”在其三十三，指代事物的變形（metamorphosis），詩中對比了生命的有限與不朽，指出凡人無法變化成其他生物。這兩個“變化”都著重論述了道教傳統

---

① 《吕氏春秋・孟冬紀》第十“異寶”，頁101—102；《史記》卷六十六《伍子胥列傳》，頁2173；《高士傳》卷上，頁7a/b。王利器、王貞珉《漢書古今人表疏證》，頁306—307。

② 趙曄（活躍於公元40年）《吴越春秋》卷三，頁15—17。

③ 王重民等編《敦煌變文集》卷一，頁15。姜士彬（David Johnson）仔細論述了這部分敦煌卷子，並對伍員故事的出處做了全面的文本研究。見 Johnson, "The Wu Tzu-hsü *pien-wen* and its Sources, Part Ⅰ," 104-105, n. 28, 119-156。

④ 《楚辭補注》卷六，頁179—181。關於六朝文學中的漁父形象的意義，可參看拙著：Chan, *Considering the End: Mortality in Poetic Representation in Early Medieval China*, 187-207。

⑤ 《莊子・天下》，33/62—68.

⑥ 道上克哉《陳子昂の交友關係——方外の十友をめぐって》，頁239—252；葛曉音《從“方外十友”看道教對初唐山水詩的影響》，頁42—48。

中的變化思想①。

結語:“感遇”的意義

由於陳子昂《感遇》組詩包含了各種不同的主題,要準確翻譯“感遇”一詞並不容易。這些詩歌涉及軍旅生活、社會批判、道教煉丹、政治諷喻、個人感想、歷史發展、哲學思想等等②,而且大部分詩歌的主題都難以確定。儘管對“感遇”的一般理解——“有感於所歷”——可涵蓋不同方面,但未能包括煉丹的主題;而且“有感於所歷”的主題無法具體套用到系列中的一些詩歌。業師柯睿將“感遇”翻譯成 “empathetic experiences”,即有感觸的經歷③。如此一來“感遇”的對象就無須落實到任何具體的“事”。依筆者拙見,“inspiration and encounters”(感發與遭遇)似乎與“感遇”比較符合,因爲“and”容許詩歌有多種内容和背景。這個譯法不僅保留了“感遇”或有或無的政治或社會批判的意味,還包含了上述杜光庭和尉遲偓作品中的意思。

本文從文學史和思想史等角度探索陳子昂的《感遇》詩,認爲不宜對這組詩倉促作整體劃一的解讀。這是由於“組詩”中各首的“感遇”主題不一、指涉不明、缺乏綫索以及背景不確定等因素所致的一個謹慎穩妥的處理方式。儘管個别詩作的確有所寄寓,但仍難以斷定其寓旨。上文分析可見,“感遇”一詞所涵蓋的意義廣泛多樣,這個本身含義如此豐富的詞語,其豐富含義的某一方面也許能以模糊處之的不負責任的“感遇”方法,反而能够“感遇”其詩旨④。

---

① 《陳伯玉文集》卷一,頁 2b,卷一,頁 7a/b。李豐楙的《不死的探求:抱朴子》(頁 135—163)全面論述過這種思想。《抱朴子・内篇・遐覽》詳細説明了這種“變化”的思想源流,見《抱朴子内篇校釋》卷十九《遐覽》,頁 336—337。

② 安東俊六則分成幾種主題:詩人孤高自負的自述(如其五、三十八),對黑暗現實的批判與感歎(如其二、十、二十三),借古諷今的懷古詠史(如其十五、十七、三十五),對延壽成仙的憧憬(如其五、二十、二十五)等。在篇章結構上則以“我”與“他”的對立爲常見。見安東俊六《陳子昂の「感遇詩」を支える思想について》,頁 2—12。

③ Kroll, “Poetry of the T'ang Dynasty,” 291.

④ 最有代表性的“寄寓派”學者是陳沆,詳見其《詩比興箋》。何文匯基本上延續陳沆的讀法和觀點,並稱其解讀信而有徵。見 Richard M. W. Ho, *Ch'en Tzu-ang*; 何文匯《陳子昂感遇詩箋》,頁 21—138。多數學者認同陳子昂先立“感遇”之題,然後寫了標題、主題都相同的組詩。見施蟄存《唐詩百話》,頁 53。

陳子昂“詩歌改革宣言”新議

引言

陳子昂(661—702)在初唐講求詩歌綺靡雕琢的時風下,致力提倡詩歌剛健思想的“漢魏風骨”,在詩歌史上作出了重大的貢獻。在宫廷詩風興盛之初唐,詩歌創作强調屬對影帶,如宇文所安(Stephen Owen)指出:“詩歌在格律(結構及句法)和範例(主題及用字)上對詩人們都有限制”①。陳子昂對於這種詩風的反對,贏得唐詩的改革者或“創新者”的稱號②,因爲他所高舉的“漢魏風骨”實際上是對當時詩歌衰落趨勢的反撥。這個反撥的出現,無疑是對於詩歌自身的關注;而更重要的是,這是對於詩學“道德”的關注,因爲這是導致當時詩歌朝向“逶迤頹靡”之癥結所在。傳統儒家學説强調詩教,其主張是閱讀及書寫具有“温柔敦厚”思想的作品③。因此,在

---

① Owen, *The Poetry of the Early T'ang*, 427: “The syntagmatic (structural, syntactical) and the paradigmatic (topical, lexical) rules of poetry all served the single purpose of limiting the choices available to the poet.”

② 何文匯即以此稱號命名其專著,見 Richard M. W. Ho, *Ch'en Tzu-ang: Innovator in T'ang Poetry*.

③ 《毛詩序》,《文選》卷四十五,頁 21a—22a。

中國詩史的研究中,陳子昂復倡"漢魏風骨"的動機,素來被簡單理解爲他自己的一個使命。有見及此,本文嘗試釐清這種評論的根據,期望能更清晰而準確地勾勒出陳子昂提倡"漢魏風骨"的真實歷史圖景。

陳子昂出生於蜀地,據説早年在他父親陳方慶的護蔭下成長,並且養成驕縱的性格。他從未有入仕之抱負,直到十八歲時到洛陽遊太學後,才開始發奮讀書。經多次科舉失敗,最後終於成功考取進士。他的仕宦生涯,正處於中國第一個女皇帝武則天(690—705 年在位)的執政時期,而他的官職是九品官階制度中的第八品小官右拾遺。陳子昂四十二歲時,被縣令段簡入罪逮捕,在家鄉梓州射洪死去①。

陳子昂之所以被譽爲"唐詩改革者",主要是基於其"古體"組詩《感遇三十八首》的成就;除此之外,更重要的是他的《修竹篇序》。然而,陳子昂這個名聲,却成爲深入研究他的真正業績的障礙,模糊了他在"漢魏風骨"復辟之中真正的歷史角色。這個現象的成因主要是:任何對陳子昂的貢獻持懷疑態度乃至批判的言論,都可能玷污這位"唐詩改革者"的聲譽。本文並非意圖貶低陳子昂對唐詩發展的貢獻,而旨在爲陳子昂對初唐詩歌改革的貢獻作更全面的考察,並討論這些貢獻曾怎樣和在什麼程度上被不準確地理解和評價。

《修竹篇序》

陳子昂《修竹篇》這首古體詩前有一篇序言,被譽爲中國文學史上的一篇"詩歌改革的宣言"。詩人於篇中發表了對於詩歌創作的見解,全文如下:

① 關於陳子昂的死因,學界未有統一意見。學界普遍認爲武三思(卒於 707 年)密令段簡陷害陳子昂,藉此去除政敵。見岑仲勉《陳子昂及其文集之事跡》,頁 149—173;王運熙《陳子昂和他的作品》,頁 99—103,《漢魏六朝唐代文學論叢》,頁 74—77;鈴木修次《陳子昂とその死》,頁 37;韓理洲則以爲武三思猜疑陳指斥自己幹壞事,懷恨在心,暗地指令段簡害死他。見韓理洲《陳子昂評傳》,頁 98—100;葛師曉音認爲,段簡知悉陳子昂批評武則天之後,才逮捕他。見葛曉音《關於陳子昂的死因》,《漢唐文學的嬗變》,頁 362—364。

東方公足下：

文章道弊五百年矣！漢魏風骨，晉宋莫傳，然而文獻有可徵者。僕嘗暇時觀齊梁間詩，彩麗競繁，而興寄都絶，每以永歎。思古人常恐逶迤頽靡，風雅不作，以耿耿也。一昨於解三處見明公《詠孤桐篇》，骨氣端翔，音情頓挫，光英朗練，有金石聲。遂用洗心飾視，發揮幽鬱。不圖正始之音，復覩於兹，可使建安作者相視而笑。解君云："張茂先、何敬祖，東方生與其比肩。"僕亦以爲知言也。故感歎雅製，作《修竹詩》一篇，當有知音，以傳示之。①

作爲陳的好友及第一個收集陳子昂詩文的人，盧藏用(664—714)在其《陳伯玉文集序》中反覆强調了陳子昂在詩史上"横制頽波"的作用和地位，對陳的詩歌改革觀點，給予了高度的評價。在討論盧藏用對陳子昂的稱譽之前，我們先討論這篇序言的立場。

《修竹篇序》所述的理想詩風

《修竹篇序》(以下簡稱《序》)並無特定的抨擊目標。一般認爲陳子昂所反對的是宫廷詩；但事實上，這篇《序》是在宫廷詩酬唱活動中所創作的一篇文章，論述了當時詩人共同追求的理想詩風。

盛唐素來被視爲一種"風骨"與"聲律"兼備的理想詩風的誕生時期②，可是這看法並不全面。根據殷璠(八世紀中葉)所言，其實這種"理想詩風"早在初唐已見端倪，並在開元十五年(727)達致完備③。近年不少學者已指出這種"理想詩風"成於盛唐，它是一個發端於初唐、成型於開元時期的

① 《陳伯玉文集》卷一，頁 9b—10a。

② 學界歷來對"風骨"一詞，各有見解。可參看李樹爾《論風骨》，頁 34—35；周振甫《文心雕龍注釋》卷二十八，頁 560—565；星川清孝《風骨考》，頁 9—15。

③ 殷墦編《河嶽英靈集·序》，《唐人選唐詩》，頁 40；傅璇琮《唐人選唐詩新編》，頁 107。另參見王運熙《釋"河嶽英靈集序"論盛唐詩歌》，《漢魏六朝唐代文學論叢》，頁 113—122；Chen Zu-yan (陳祖言), "Impregnable Phalanx and Splendid Chamber: Chang Yüeh and the Aesthetics of High T'ang Poetry," 72；葛曉音《論開元詩壇》，《詩國高潮與盛唐文化》，頁 325—352。

漸進過程。可是,傳統二元對立的思維方式,一直成爲劃分初盛唐詩風的標尺,那就是在以"聲律"見稱的沈佺期(約卒於713年)和宋之問(約656—約712)所確立的"沈宋體",和以"風骨"見稱的陳子昂所提倡的詩歌改革之間,劃出一個對立的分野。但是,初唐宫廷詩實際上已經歷了一定的變化——儘管够不上是"變革",亦即上述兩種對立詩歌元素的逐漸融合。元兢(七世紀中末葉)在其《古今詩人秀句》的序言中,提倡以謝朓(464—499)爲仿效對象,因爲謝朓以自創的詩歌理論"好詩圓美流轉如彈丸"①作爲實踐的標準。元兢高舉謝朓之詩,嘗試轉移因爲追求華麗辭藻而忽略了情感抒發及聲律效果的一般傾向。這個嘗試正是殷璠所言"風骨與聲律兼備"的先驅,這兩個因素也正是元氏對入選《古今詩人秀句》作品的基本要求,即其所謂"助之以質氣,潤之以流華。……事理俱愜,詞調雙舉"②。另一方面,李白(701—762)曾讚揚謝朓的詩歌具有"清發"的特點③。李白的評價,對我們理解元兢所定義的理想詩風——詩歌中情感抒發的自然與流暢,有進一步的啓示。

《序》與東方虬和解琬

《序》中出現的兩個人物——東方虬和解琬(卒於718年),爲陳子昂的同代人,是瞭解陳子昂相關作品的歷史背景的重要綫索。首先,《修竹篇》及其《序》是陳子昂寫給東方虬的;而解琬則是第一個對東方虬的《詠孤桐篇》作出評價的人,其事極可能發生於陳子昂到訪其家中之際。按照傳統的二元對立思維,東方虬與解琬皆屬宫廷詩人,論者每將陳子昂排除在宫廷詩

---

① 小西甚一《文鏡秘府論考·攻文篇》南卷,頁188—189。學界一般都同意此爲元兢的《古今詩人秀句序》,見盧盛江《文鏡秘府論彙校彙考》南卷,頁1542—1546引諸家説。王夢鷗把《古今詩人秀句序》繫在671年,見《初唐詩學著述考》,頁67。謝朓觀點引自《南史》卷二十二《王筠傳》,頁609。吕本中(1084—1145)稱此爲"彈丸法",是爲"活法",吕所關注的是江西詩派形式化的問題。關於"彈丸法"及"活法"的討論,參見方回《瀛奎律髓彙評》卷四,頁180及卷二十,頁824。史密特(J. D. Schmidt)認爲所謂"活法"是融會佛學教義而成,而且將"法"理解爲梵語"達磨"(dharma)的意思。見Schmidt, "The 'Live Method' of Yang Wan-li," 287–319。關於詩學術語引入佛學教義例子,見拙著《方回論淺探》,頁104—105。

② 盧盛江《文鏡秘府論彙校彙考》南卷,頁1555。

③ 李白《宣州謝朓樓餞别校書叔雲》,《送儲邕之武昌》,見《李白集校注》卷十八,頁1077、1089。

人類别之外並許之以唐詩革新者的稱號。事實上,硬把陳子昂與宫廷詩人劃清界限顯然是不合實際的做法,因爲陳子昂與這些"宫廷詩人"過從頗密,而所謂"陳子昂詩歌改革宣言"却正是在宫廷詩的氛圍中提出來的。

東方虬的《詠孤桐篇》現已散佚,我們無法依靠這第一手資料來瞭解其風格[①]。然而,劉餗(728年前後在世)在其《隋唐嘉話》記載了一段關於東方虬的事蹟:

> 武后遊龍門,命群官賦詩,先成者賞錦袍。左史東方虬既拜賜,坐未安,宋之問詩復成,文理兼美,左右莫不稱善,乃就奪袍衣之。[②]

據此知東方虬於武則天時期任左史一職[③],侍候左右,並曾參加武后出遊時所舉行的詩歌創作比賽。這次東方虬詩作中的"文理"被認爲不及宋之問,武后並没有指責宋之問對東方虬所作的無禮輕率的行爲,而且更默許群官對宋之問一致的稱讚。最終,武后並没有履行"先成者賞錦袍"的諾言,而將錦袍贈予了宋之問。宋之問的得獎作品見於《唐詩紀事》[④],我們可以從此詩體會上述所言宋之問作品如何"文理兼美"。雖然東方虬輸了,但這也説明他是僅次宋之問的第二優秀的宫廷詩人。

至於解琬,官至從一品的太子太傅,而且是《高氏三宴詩集》的作者之一。《高氏三宴詩集》是一部收録高正臣三次宴會詩作的集子。高氏官至衛尉卿(從三品),襄州刺史,並且與皇室有姻親關係[⑤]。除此之外,解琬更

---

① 東方虬作品,現僅存四首絶句,見《全唐詩》卷一百,頁1075。

② 《隋唐嘉話》卷下,頁40。又見引於王仲鏞《唐詩記事校箋》卷十一,頁302;《新唐書》卷一二七《文苑傳中》,頁5750。

③ 左史從六品上,龍朔二年,改起居郎爲左史。《舊唐書》卷四十二《職官志一》,頁1783;《新唐書》卷四十七《百官志二》,頁1205、1208。東方虬任左史在聖曆(698—700)前後。見彭慶生《陳子昂詩注》,頁224。

④ 《唐詩紀事校箋》卷十一,頁302。又載《全唐詩》卷五十一,頁627—628。

⑤ 高正臣《高氏三宴詩集》之《高氏三宴詩集詩後》,頁1a;《唐詩紀事校箋》卷七,頁164;《新唐書》卷七十一《宰相世系一下》下,頁2389。湯華全認爲《高氏三宴詩集》是僞書,非出自高正臣之手,非刊刻於北宋,而是明人依據前朝選集如《唐詩紀事》編撰而成。見湯華全《關於四庫著録的〈高氏三宴詩集〉版本、編者諸問題》,後扉頁。解高的官職品第即太子太傅及衛尉卿,見《唐六典》卷二十六,頁660,卷十六,頁459。

時常參與唐中宗景龍年間(707—710)的宮廷聚會①。解琬的宮廷一品大員身分,加上他在宮廷詩創作的活躍角色,顯示了他在當時舉足輕重的地位。而陳子昂參與了《高氏三宴詩集》的創作,並應邀撰寫三次宴會詩集中的三篇序言之一。

那麽,既然陳子昂作《序》的對象是東方虬,而解琬又是陳氏拜訪的主人,這二位"宫廷詩人"不可能是陳的批判對象。更主要的是,陳子昂官階較大多數同時代的與會詩人低;僅爲八品上的拾遺陳子昂如何敢明目張膽借《序》來批評上級官員的詩風?② 因此,如果陳子昂《序》意在批評宮廷詩,那麽便與東方、解二位"宫廷詩人"爲敵了,這顯然不是陳的本意。

《序》中所舉的典範詩人

如以陳子昂爲"詩歌革新者"的角色觀之,《序》本身包含了一些前後矛盾的地方,最顯著的是關於漢魏、晉宋的二分法觀點。解琬指出東方虬可與張華(232—300)及何劭(卒於 310 年)比肩,陳子昂加以認同。如果説陳子昂《序》意在高舉漢魏以推行詩歌革新,那麽他對解琬之見的認同則是自相矛盾,因爲張華及何劭活躍於《序》所言"漢魏風骨"衰落的晉朝③。也許是爲了擺脱這個兩難困境,陳子昂在指出"漢魏風骨"於晉宋失傳之後,補上了一句"然而文獻有可徵者",旨在説明晉宋詩人在某程度上仍然秉承著"漢魏風骨"④。

---

① 高正臣《高氏三宴詩集》卷上,頁 1a、5a 及 6b。《舊唐書》卷一百《解琬傳》,頁 3112—3113。解琬之名亦見於唐中宗景龍二年(708)九月九日宮廷聚會之中,載於武平一的《景龍文館記》。見《唐詩記事校箋》卷十二,頁 323;安東俊六《初唐文學史における陳子昂の位置つけ》,頁 23。最近對《景龍文館記》的全面研究,有賈晉華《唐代集會總集與詩人群研究》,頁 43—73。關於這類詩歌集子前言的寫作過程及背景,可參見拙作:Chan, "Dedication and Identification in Wang Bo's Compositions on the Gallery of Prince Teng," 221−226;中譯本《王勃滕王閣作品中的主客問題和人物關係》,見本書。

② 安東俊六《初唐文學史における陳子昂の位置つけ》,頁 18—21。安東氏指出,陳與這些宮廷詩人有某程度上的聯繫。

③ 較早持此論者爲周祖譔,見《關於陳子昂歷史作用的再思考》,頁 187。又可參看田口暢穗《東方虬の〈蚯蚓賦〉をめぐって——その類書としての應用》,頁 25—26。

④ 孔繁信反而認爲,此句是支持"漢魏風骨,晉宋莫傳"的論據。他認爲陳子昂"用文獻證明文章之道走向邪路"。見孔繁信《陳子昂的〈修竹篇〉及〈修竹篇序〉》,頁 61。

齊梁詩的纖巧追求，幾乎與“風骨”毫無關係。鍾嶸（約 468—518）在其《詩品》提供了有助我們瞭解張華和何劭詩風的綫索。他把二人評爲中品，對張華的評論是：

> 其體華艷，興託不奇，巧用文字，務爲妍冶。雖名高曩代，而疏亮之士，猶恨其兒女情多，風雲氣少。①

張、何之在中品，雖已屬較高等級，但亦頗有不足處。鍾嶸所言的“風雲氣”，是一個在《詩品》之中評價詩歌的重要標準，其相反義是“兒女情”。在鍾嶸“幹之以風力”的準則下，不論是張華或是何劭的詩風，都欠缺“風骨”的元素②。

既然張華與何劭的作品同欠風骨，那麼他們爲何能成爲陳子昂“詩歌改革”的模範對象？揣《序》文意，解琬對東方虬的評價並不含諷刺意味，而是真誠地認爲東方虬的詩歌可與張華和何劭比肩。這可從陳子昂所言解琬的評論是“知言”見之。再看陳子昂對東方虬詩歌的稱讚：“骨氣端翔，音情頓挫，光英朗練，有金石聲。”呼應了元兢提倡的理想詩風所具備的內容與形式的條件。可是，張華和何劭的詩風，所欠缺的却正是上述的元素。如此説來，陳子昂確是處於一個兩難的局面：當評論東方虬之時，陳子昂必須遵照解琬對東方虬的評價，故而不得不曲意稱許張華、何劭的詩風。

陳子昂也許並非全心全意稱頌張華及何劭的詩風，而是就解琬的評説，來稱頌東方虬的《詠孤桐篇》；可是此詩並不是寫給陳子昂的。陳之所以如此，主要是爲其唱和東方之作尋找理據；故此，解琬的言論，實際上與陳的觀點無關。此外，關於張、何、東方三人被解琬相提並論一事，大抵是

---

① 鍾嶸《詩品》卷中，見《歷代詩話》，頁 11；評何劭在頁 12。

② 關於鍾嶸對建安詩歌的“風骨”觀點，可參見梅運生《鍾嶸評建安詩歌》，頁 138—146。王叔岷謂張華“時亦興託不凡”，他引清人宋長白《柳亭詩話》，舉《壯士篇》爲張華“風雲氣”之例，宋引吴雪舫謂張華詩中“長劍橫九野”四句，“稍見風雲之氣，蓋以鍾嶸謂其‘兒女情多’也”。王叔岷則以爲張華“蓋寄情於兒女以冀免禍邪？”評何劭：“清靡與王粲略近，似乏劉楨之逸氣。”見《鍾嶸詩品箋證稿》，頁 228、242。

因爲張華、何劭曾以"遊仙詩"相贈答之故[①];張何的贈答因而成爲陳與東方的唱和的模擬對象。從陳子昂極力向東方虬介紹自己詩作的態度可以看出,他很希望東方虬能視自己的詩作爲酬答之作,而成爲張何贈答的異代匹配作品。因此,陳在《序》的結尾重申:"故感歎雅制,作《修竹詩》一篇,當有知音,以傳示之。"引文可以理解爲:"我現在找到了先生這位知音人,在稱頌先生的大作之餘,謹呈奉拙作《修竹詩》。"[②]

《序》的一個特點是以奉承口吻成文。從陳子昂的其他序文中,可找到用以襯托其歌頌對象的前代詩人,作爲讀《序》的佐證。例如,在一篇宴會詩的序言中,陳以"張載文章"喻薛大夫。張載是晉朝詩人,《詩品》列爲下品[③],另一例是陳子昂爲一個由四十五位詩人寫的詩集而作的序,當中陳歌頌當時被貶職,並正要前往貶謫路上的杜審言。他將杜審言的文學才華與兩組詩人比較:

> 徐、陳、應、劉,不得劘其壘;何、王、沈、謝,適足靡其旗。[④]

上句所言詩人包括:徐幹(171—218)、陳琳、應瑒、劉楨(三人均卒於 217 年),他們是以"風骨"見稱的"建安七子"中的四子[⑤]。下句四人是何遜(約卒於 518 年)、王融(461—493)、沈約(441—513)、謝朓,他們是"風骨"衰落的齊梁時代的詩人,可稱得上是齊梁時期名列前茅的詩人。當中何遜是

---

① 《文選》卷二十四,10b—12a;《先秦漢魏晉南北朝詩》,頁 684、618。這首詩的英譯見 Anna Stranghair, *Chang Hua: A Statesman-Poet of the Western Chin Dynasty*, 88-89。王運熙等人推測東方虬仿效張華"擬古詩"及何劭"遊仙詩"。見王運熙等《中國文學批評通史》第三册,頁 115。二詩見《先秦漢魏晉南北朝詩》,頁 621、649。

② 學者對此數句有不同的解讀。孔繁信的看法是:"這裏的所謂知音者,便是贊成改變浮艷詩風的人,都要學習東方虬《詠孤桐篇》的藝術方法。"孔繁信《陳子昂的〈修竹篇〉及〈修竹篇序〉》,頁 61。又見 Stephen Owen, *The Poetry of the Early T'ang*, 167。

③ 陳子昂《薛大夫山亭宴序》,《陳伯玉文集》卷七,頁 13a。鍾嶸《詩品》卷下,頁 18:"孟陽(張載)詩,乃遠慚厥弟(張協)。"但陳延傑以爲:"孟陽《七哀》亦何慚厥弟耶?"見陳延傑《詩品注》,頁 59,注 6。

④ 陳子昂《送吉州杜司户審言序》,《陳伯玉文集》卷七,頁 15b。

⑤ 徐、陳、應、劉的排列順序來自曹丕的《又與吴質書》,見《全上古三代秦漢三國六朝文》之《全三國文》卷七,頁 5b。

神童詩人,范雲(461—503)及沈約都稱許其作品[①]。王融、沈約及謝朓是“竟陵八友”之三友[②]。在陳子昂眼中,杜審言躋身於建安詩人之列,而齊梁時期最著名的詩人不過是瞠乎其後。由此可見,陳子昂撰寫序文,大率以奉承語調行文。

上引一聯,毫無半點宣揚“風骨”的字眼。相反,它僅是對詩人名聲的歌頌。這樣的矛盾現象,成爲解讀《序》寫作動機的障礙。在上引序文中,一般預設爲陳子昂的攻擊對象——齊梁詩人,並没有受到半點批評。因爲這些齊梁詩人,在文中用作陪襯杜審言的對象。在這種文類之中,一般來説不會以詩風萎靡的詩人爲陪襯對象,從序文體裁特點而言,這是極爲不恰當的。陳子昂也不例外地必須遵守傳統,以奉承態度作爲書寫序文的語調。因此,這個矛盾現象,成了重讀《序》寫作動機的有力支撑點。學者普遍認同的《序》的寫作動機爲“漢魏風骨”之復辟,現在看來則有重新考量審視的必要。

“正始之音”

陳子昂一廂情願寫給東方虬的賡和詩,透露了他奉承高層的意圖及與宫廷官員的共同愛好——“正始之音”。初唐的評論者一般認爲,作爲文學批評概念的“正始之音”本源於《詩經》,因爲它在《詩經》的《周南》和《召南》之中保存下來,而且所謂的“正始之音”有“正其初始之大道”及“正王道之始”的匡正教化作用[③]。陳子昂《序》中所言“正始之音”,一般的理解是指三國魏朝正始時期(240—248)的詩歌傳統。那是建安(196—220)以後出現的另一個詩歌鼎盛時期,以阮籍和嵇康(223—262?)爲代表詩人。可是,《序》中所述的“正始之音”所涵蓋的,並不限於阮籍和嵇康。

“正始之音”之所以成爲承傳詩教的同義詞,大抵是由於歷來論者對

---

① 姚思廉《梁書》卷四十九《文學上·何遜》,頁693。

② Richard B. Mather(马瑞志), *The Poet Shen Yüeh (441－513)*, *The Reticent Marquis*, 37.

③ 《毛詩序》,《文選》卷四十五,頁22a;《毛詩正義》卷一之一,頁5a孔穎達(574—648)注;《六臣注文選》卷四十五,頁31a。

陳子昂的《序》及《感遇》的盛譽所致。欲正本清源,我們必須先去除《序》被視作《感遇》的序文,或是“詩歌改革宣言”的這兩個廣爲人們接受,但實際上是不準確的看法。安東俊六發現陳子昂詩歌中不少用詞來自阮籍的《詠懷詩》,但同時他認爲其詩作多取法於六朝詩人。一般認爲,陳子昂的《感遇》是模仿阮籍詩風的産物,這自然令我們相信陳所謂的“正始之音”所指的就是阮籍的詩歌風格①。然而事實上,在《序》中,陳並没有列出阮籍嵇康之名以爲模範詩人;反之,陳所列舉的却是一些“風雲氣少,兒女情多”的晉朝時期的中品詩人。這些詩人,按常理都成爲陳子昂攻擊的目標②。

較早期文獻所見的“正始之音”一詞,多關乎魏晉盛行的清談之風,與詩歌傳統並無直接關係。《世説新語·賞譽第八》載:

> 王敦爲大將軍,鎮豫章。衛玠避亂,從洛投敦,相見欣然,談話彌日。于時謝鯤爲長史,敦謂鯤曰:“不意永嘉之中,復聞正始之音。阿平若在,當復絶倒。”③

引文中“正始之音”所指是魏晉清談名士的“風流”雅氣和談玄之風。衛玠是繼王弼(226—249)之後少有的著名清談名士之一。初唐纂修的《晉書》所記上引故事,即以《世説新語》爲基礎,並敷衍了王敦之語,保留了“正始之音”一詞④。此詞在陳子昂《序》中有類似的語境和同樣的含義,“不圖正始之音,復覩於兹”二句,顯然借自上引文段,表達了作者重新發現了這個令人嚮往的傳統的意外驚喜。

王勃是另一位使用“正始之音”的初唐詩人,他借用此詞奉承明員外

① 安東俊六《陳子昂の詩論と作品》,頁 47—62。

② 同上,頁 49。安東氏在另一篇論文中,通過唐人借用主要收於《文選》等作品的詩句的統計,説明了陳子昂《感遇》詩多借用晉宋後的詩人句子,從而提出《序》所提倡的詩學思想應與《感遇》的創作分開來看。見安東俊六《陳子昂の「感遇詩」の再評価》,頁 25—44、46—47。

③ 《世説新語箋疏·賞譽第八》,第 51 條,頁 450。

④ 《晉書》卷三十六《衛玠傳》,頁 1067。“正始”一詞之指玄風,見《世説新語箋疏》頁 450—451,注一,引各種文獻。

的貴族氣派。其文曰：

> 江東第一，家傳正始之音；日下無雙，譽重名流之首。[①]

文中“正始之音”之義一如上文二例，是對個人情操的稱讚用語，讚歎明員外典雅高尚的貴族氣派，與下聯互爲表裏，其義與詩歌風格無關[②]。

劉勰在《文心雕龍》所用的“正始之音”，是指正始詩歌的特有風格。《明詩》篇云：

> 正始明道，詩雜仙心；何晏之徒，率多浮淺。唯嵇志清峻，阮旨遥深，故能標焉。[③]

劉勰指出那時人們對“明道”的興趣，反映正始時期是一個哲學時代。其時，何晏、王弼等人，都是享負盛名的清談名士。“仙心”一詞，素來被理解爲道家之盛行，指的是討論研究《老子》及《莊子》的時風。這種討論學術的方式實質上屬於“名家”之學[④]。在這種時風的影響下，詩歌乃染有“仙心”的色彩。可是，劉勰並不欣賞何晏等人的詩風，貶之爲“率多浮淺”，認爲只有阮籍及嵇康的詩作最爲傑出，因此稱得上是正始文學的代表詩人[⑤]。而

① 王勃《上明員外啓》，《全唐文》卷一八〇，頁 6b。

② 又如北齊邢子才（生於 496 年）《廣平王碑文》云：“侍講金華，參遊銅爵，出陪芝蓋，入奉桂室，充會友之選，當拾遺之舉。發言爲論，受詔成文，碧雞自口，靈蛇在握。方見建安之體，復聞正始之音。”見《藝文類聚》卷四十六，頁 806。此言廣平王之高雅。末聯上句言文體，下句“正始之音”形容“發言爲論”的高雅風格，非指詩歌。

③ 范文瀾《文心雕龍註》卷六，頁 67。

④ 名家之學，以析論“道”爲重心。見唐長孺《魏晉玄學形成及其發展》，頁 312、322；侯外廬《魏晉思想的歷史背景與階級根源》，《侯外廬史學論文選集》第一卷，頁 439—441；森三樹三郎《六朝士大夫の精神》，頁 103—104。

⑤ 詹鍈《文心雕龍義證》卷六，頁 199—202。王運熙、楊明《魏晉南北朝文學批評史》，頁 397—398。徐公持把正始詩風分成兩組：第一組以何晏及王弼爲代表，另一組以阮籍及嵇康爲代表。前者的詩歌多表現爲“率多浮淺”，後者則在格律及内容上皆有成就。徐公持《正始體》，頁 1261。徐氏又指出：魏末詩人“詩雜仙心”，“幾乎無一能免”，阮嵇詩以玄意玄論致“詩味索然”。見《魏晉文學史》，頁 208。李曰剛引用劉師培的研究成果，將正始時期文學分爲個兩派别，當中阮籍及嵇康的雄壯高昂詩風，與時風大爲不同。李曰剛《文心雕龍斠詮》卷十，頁 2050—2051。

事實上,正始文章所涵蓋的並非以阮籍和嵇康爲主流,而是分成了正始派和竹林派,前者以何晏、王弼爲代表,後者則以阮籍、嵇康爲代表。風格上,按劉師培(1884—1919)的定義:"正始派"是"清峻簡約,文質兼備",而"竹林派"則是"文章壯麗,摠采騁辭"①。

爲了進一步釐清陳子昂的詩學思想,我們有必要找出何晏被評爲"輕澹"和"率多浮淺"的原因。以下是兩首何晏傳世的詩作,題爲《言志》:

> 鴻鵠比翼遊,群飛戲太清。常恐夭網羅,憂禍一旦並,豈若集五湖,順流唼浮萍。逍遥放志意,何爲怵惕驚。

> 轉蓬去其根,流飄從風移。芒芒四海塗,悠悠焉可彌?願爲浮萍草,託身寄清池。且以樂今日,其後非所知。……浮雲翳白日,微風輕塵起。②

知人論世,必須先弄清這兩首詩歌的創作背景。正始十年(249),曹爽在高平陵之變後即下臺被誅。在此之前,曹爽大權在握,齊王芳(239—254在位)即位,曹爽輔政。由於何晏與魏皇室有姻親關係,何晏極爲擔心自身的前途,乃問卜於管輅(209—256)。上引第一首作品,正是何晏得悉管輅預言之後,在憂心忡忡之際所寫的③。何晏這首言志詩,與阮籍的《詠懷》詩同出一轍,都表現了詩歌與政治的密切關係④。劉勰在其高舉比興抒情的詩學思想指導下,認爲"浮淺"是何詩的主要弊病,自然不能與"阮旨遥深"

---

① "正始"與"竹林"的分法,始見於袁宏(328—376)的《名士傳》。見《世説新語·文學第四》,第94條,頁272劉孝標注引。劉師培《中國中古文學史》,頁35。清水茂據劉師培之説比較了兩派的駢儷風格,印證了劉説,即阮嵇之作文采飛揚。見清水茂《中國詩文論藪》,頁25—26、30—35。

② 何晏《言志詩》,見《先秦漢魏晉南北朝詩》,頁468。後一首末二句是《北堂書鈔》所收佚句,姑置於此。第一首名爲《鴻鵠》,見《詩品》,頁11。

③ 余嘉錫《世説新語箋疏·規箴第十》,頁552,第6條。劉孝標注引《[管]輅别傳》及《名士傳》。

④ 侯思孟(Donald Holzman)即以"詩歌與政治"爲其研究阮籍的專著命名。Holzman, *Poetry and Politics: The Life and Works of Juan Chi, A.D. 210–263*.

相提並論①。很明顯,劉勰對何晏詩歌的批評主要在其欠缺深邃寄託,這在其他相關的對比論述中清晰可見。他在《時序》篇中使用了"輕澹"一詞來形容"正始餘風"的特點,此語可視作"浮淺"的同義詞,其云:"於時正始餘風,篇體輕澹。"揣文意,應指"正始"主流。緊接二句,則寫"嵇阮應繆,並馳文路"的新局面②。

總括而言,"正始之音"有兩種含意:一是關於詩學的,一是關於個人情操行爲的。從上述論證得知,前者在陳子昂生前大抵並未廣泛使用。因此,學界普遍認爲陳所言的"正始之音"是一種詩歌批評的觀念這個看法,頗有商榷餘地。這個傳統的觀念自然引導人們相信:陳子昂在《修竹篇》把所謂的"正始之音"理想的詩歌風格付諸實踐③。而事實上,《修竹篇》並沒有達到"阮旨遥深"這個藝術高度。但如果把《序》中所言"正始"理解爲玄談之風和高雅之氣,則較符合陳的語境及其詩的"仙心"意旨風格。

詩學傳統與時代風尚

雖然我們很難找到陳子昂《修竹篇》的模仿對象,但至少可以確定它並非仿傚建安詩風的作品。雖然詩中所用的隱喻抒情手法,明顯帶有劉楨《贈從弟》的影子,而《修竹篇》在敘寫退隱方外的追尋歷程,則顯得更細緻具體。劉楨的《贈從弟》按功能論屬於贈答類④,但按藝術手法則大致可

---

① 范文瀾《文心雕龍註》卷二,頁 67。劉大杰同意何晏"率多浮淺"的評價,並推舉阮籍及嵇康爲正始文學代表。見《中國文學發展史》,頁 265。

② 范文瀾《文心雕龍註》卷九,頁 647。四人指:嵇康、阮籍、應璩和繆襲。雖然張立齋反對劉師培對劉勰"輕澹"的解讀指阮籍及嵇康的風格,但他却沒有提出解讀"率多浮淺"的論據。筆者認爲兩者都是對何晏風格的評語,參見詹鍈《文心雕龍義證》卷四十五,頁 1699—1670 引張立齋《文心雕龍註訂》。劉師培《中國中古文學史》,頁 44。

③ 鍾嶸論述詩歌分期時,並沒有將"正始"視爲一個獨立時期。在論述建安文學"彬彬之盛,大備於時"後,便是"爾後凌遲衰微","爾後"有異文作"漢魏後"。李徽《詩品彙注》:"仲偉評此時期詩人,將何晏、應璩、嵇康,置之'中品';又明帝叡、繆襲,置之'下品',則唯阮籍一人而已。此比建安之陳思、劉楨、王粲三人,太康之陸機、潘岳、張協、左思四人,則自然稱之爲'凌遲衰微'也。"鍾嶸《詩品・序》,頁 2;曹旭《詩品集注》校異,頁 21、22,注 2。既然建安以後、西晉以前是"凌遲衰微"時期,學界却常以"正始文學"概括之,更以阮籍及嵇康爲代表詩人,這只是後人之見,恐非子昂《序》中所指。錢師兄志熙認爲"正始"時期是有別於"建安"及"太康"(280—290)時期,因爲"正始"是一個沒有明顯詩歌風格的時期。錢志熙《魏晉詩歌藝術原論》,頁 172。

④ 《文選》卷二十三,頁 32b—33a;《先秦漢魏晉南北朝詩》,頁 371。後者不以類從。

以歸類爲詠物詩,而陳子昂的《修竹篇》雖同是“贈答”詩,但手法則兼有詠物詩和遊仙詩的特點。兩詩皆是託物言志,但陳子昂《修竹篇》的風格明顯地較接近何劭的詩風。先看看陳詩的内容:

龍種生南嶽①,孤翠鬱亭亭。峯嶺上崇崒,烟雨下微冥。夜聞鼯鼠叫,晝聒泉壑聲。春風正淡蕩,白露已清泠。哀響激金奏②,密色滋玉英。歲寒霜雪苦,含彩獨青青。豈不厭凝冽?羞比春木榮。春木有榮歇,此節無凋零③。始願與金石,終古保堅貞。不意伶倫子,吹之學鳳鳴。遂偶雲龢瑟,張樂奏天庭。妙曲方千變,簫韶亦九成。信蒙雕斲美,常願事仙靈。驅馳翠虬駕,伊鬱紫鸞笙。結交嬴臺女④,吟弄升天行。攜手登白日,遠遊戲赤城⑤。低昂玄鶴舞,斷續綵雲生。永隨衆仙去,三山遊玉京。⑥

詩中用自述筆法細緻地描寫了修竹的實用功能,以潔身自愛發端,後被伶倫製作成洞簫,喻意懷才得遇,得與桐木製成的瑟共事仙靈即共事朝廷。這大抵是《序》中批判“興寄都絶”的正面示範。在處理這個主題時,陳子昂的自述手法可以説是“浮淺”的,與上引何晏作品如出一轍。所用的譬喻少見創意,而且詩中並無深層寄託,純是自述。而詩中多用對偶排比及雙聲疊韻,體現了陳子昂對華麗文體的追求。這些都是晉代六朝遺留下來的

---

① 一作“龍鐘”。見吴琯《唐詩紀》卷二十一,頁 12a。“龍鐘”是傳統對竹子的稱謂,見庾信《邛竹杖賦》,《庾子山集注》卷一,頁 42。亦作“種龍”或“鐘龍”,兩者同是製造吹奏樂器的最佳材料。見李昉《太平御覽》卷九六三,頁 3a 引《廣志》、《吕氏春秋》及《竹譜》;卷九六二,頁 5b 引《南越志》。“鐘龍”又見《初學記》卷二十八,頁 694。筆者認爲:“種/鐘龍”或“龍種/鐘”都是疊韻連綿詞,以讀音形容“竹之形貌”,故有異體字和倒置狀態。

② 金爲五行之一,象徵秋天。

③ “節”字雙關,既實寫竹節,亦含“志節”、“節義”等象徵義。

④ 劉向(約前 77—6)《列仙傳》載:“蕭史得道好吹簫,秦穆公(前 659—621 年在位)以女弄玉妻之,遂教弄玉吹簫,作鳳鳴,有鳳來止其屋,公爲作鳳臺。後弄玉乘鳳,蕭史乘龍,共昇天去。”見《列仙全傳》卷二,頁 2c。

⑤ 赤城是“十洞天”之一,是道家修煉之地。見《雲笈七籤》(HY 1026)卷二十七,頁 2b,卷一〇四,頁 112a 引《天地宫府圖》及李道《太元真人東嶽上卿司命真君傳》(此爲茅盈[生於前 145 年]傳)。

⑥ 《陳伯玉文集》卷一,頁 10a/b;《陳子昂集》卷一,頁 15—16。

積習，並非建安時期獨特的詩風。這恰恰與鍾嶸對張華詩風的評價吻合："其體華艷，興託不奇，巧用文字，務爲妍冶。"因此，陳子昂此詩可視爲與張華及何劭的"比肩"之作。

作爲陳子昂《修竹篇》唱和的對象，東方虬的《詠孤桐篇》雖已散佚，但兩詩在主題、風格和修辭上，必定極爲相似。雖然我們無法在東方虬的佚詩中尋找綫索，但是通過討論相關的詩學傳統，將有助於對此佚詩的瞭解。誠然，透過陳子昂《修竹篇》所提供的蛛絲馬跡重構東方虬《詠孤桐篇》的主題不免穿鑿[①]，然而，唐前至初唐的詩歌傳統是相對穩定的，這是與《文選》及《藝文類聚》被視爲詩歌創作的入門指引有關。這個文學傳統，有助我們推定東方虬《詠孤桐篇》的内容。梧桐樹之作爲文學作品的歌詠對象，可以追溯到枚乘（卒於前140年）的《七發》。然而，收入初唐時期成書的《藝文類聚》的《七發》並不是東方虬《詠孤桐篇》的仿傚對象[②]，因爲陳子昂對東方虬的讚頌，在於其詩中的"興寄"手法。此外，如上文所論，陳子昂在詩序中提及"然而文獻有可徵者"，所指的竟是詩歌的衰落時期即晉宋，齊梁以下則"興寄都絕"。《序》中明言陳所追求的是風骨與興寄這兩個詩歌的剛健元素，而南朝以來，風骨與興寄時常出現在詠梧桐樹的詩作中，梧桐樹成爲了寄託詩人情感的隱喻。以下分別是沈約、司馬彪（約卒於306年）及鮑照（約414—466）詠梧桐樹的詩句：

沈約："微葉雖可賤，一剪或成珪。"（《詠梧桐詩》）

司馬彪："焉得成琴瑟，何由揚妙曲。"（《與山巨原詩》）

鮑照："不願見彫斲，爲君堂上琴。"（《山行見孤桐詩》）[③]

正如陳子昂所言，東方虬創作《詠孤桐篇》，成功地恢復了詩歌的抒情傳統。

① 孔繁信重構東方虬《詠孤桐篇》的主題，認爲東方虬詩作與陳詩相似，是基於兩者皆以植物爲樂器的假設。見《陳子昂的〈修竹篇〉及〈修竹篇序〉》，頁60。

② 《藝文類聚》卷五十七，頁1021—1023；枚賦中寫桐的數句則引於《類聚》"桐"條下，見卷八十八，頁1527。《文選》卷三十四，頁7a—8a。

③ 《藝文類聚》卷八十八，頁1528。

因此,在陳的"唱和詩"中,必定著力跟隨東方原玉,用力於類同的抒情模式。這種抒情模式在六朝的其他詩歌中亦有跡可尋。以下分别是虞羲(卒於六世紀初)及陰鏗(活躍於六世紀中葉)描寫修竹的兩聯:

> 虞羲:"但恨非嶰谷,伶倫未見知。"(《見江邊竹詩》)
>
> 陰鏗:"欲見淩冬質,當爲雪中看。"(《賦得夾池竹詩》)①

二者皆爲託物寄意之例。然在衆多詠竹詩之中,劉孝先(五世紀末至六世紀初)的《竹詩》當是現存最早實踐寄興與詠物這個詩歌傳統的作品:

> 竹生空野外,梢雲聳百尋,無人賞高節,徒自抱貞心,恥染湘妃淚,羞入上宫琴。誰能製長笛,當爲吐龍吟。②

除了詩體,陳子昂《修竹篇》所本尚有賦體作品,最顯著的要數馬融(79—166)的《長笛賦》。賦中對竹子的歌詠寄情,可視作陳詩的藝術淵源,試看:

> 惟鐘籠之奇生兮,于終南之陰崖。託九成之孤岑兮,臨萬仞之石磎。特箭槀而莖立兮,獨聆風於極危。秋潦漱其下趾兮,冬雪揣封乎其枝。巔根跱之槷刖兮。感迴飇而將穨。……是以閒介無蹊,人迹罕到。猨蜼晝吟,鼯鼠夜叫。……定名曰笛,以觀賢士。陳於東階,八音俱起。……然後退理乎黄門之高廊。……鱏魚喁于水裔,仰駟馬而舞玄鶴。……唯笛因其天姿,不變其材。伐而吹之,其聲如此。蓋亦簡易之義,賢人之業也。③

---

① 《藝文類聚》卷八十九,頁 1552—1553。嶰谷,地名,相傳伶倫取竹於此以造籥管。見應劭(活躍於 189—194)《風俗通義》卷六,頁 2a。

② 劉孝先《竹詩》,《藝文類聚》卷八十九,頁 1553。

③ 《文選》卷十八,頁 2a—11a。竹子作爲籥管材料的寄情描寫,早見於王褒(前 59 年前後在世)的《洞籥賦》,與陳詩相類的寫法,除竹子生長的環境外,還有:"朝露清泠而隕其側兮,玉液浸潤而承其根。……幸得謚爲洞籥兮,蒙聖主之渥恩。"《文選》卷十七,頁 11a/b。

在這個深厚的文學傳統中,陳子昂的創作不無發展。他與東方虬的“唱和詩”共同點在於:以詠物對象的功能作爲詩歌的主題,借詠物對象來寄託詩人自身的情懷①。在陳詩中,樂官伶倫將修竹製成洞簫;根據各種相關文獻,梧桐是製作古瑟的最佳木材②。熟悉這文學傳統的東方虬,必定是以梧桐樹自喻,想象自身成爲古瑟。因此,陳子昂作《修竹篇》唱和:“遂偶雲龢瑟,張樂奏天庭。”運用修竹來寄託自身情感,與孤桐的化身東方虬不但以詩唱酬,更藉喻象寫自己冀望有幸高攀,與東方虬共事朝廷。而《序》中的末句,亦巧妙地使用了“知音”的雙關義——由音樂的知音,引申至詩作的知音。

現存史料中並沒有實證顯示陳子昂通過提倡抒情詩體來攻擊“宫廷詩”;相反,其《修竹篇》却非常適合被歸類爲“宫廷詩”。七世紀後期至八世紀初期詠物詩的空前繁榮,反映了當時類書編纂的時尚。李嶠(約645—約714)的“百詠”正是這個時尚的典型產物。值得注意的是,“百詠”中有兩首分別以梧桐及修竹爲歌詠的對象③。陳子昂對東方虬的歌頌,大抵是基於東方借詠物對象來寄託詩人自身情懷的成就;這是與李嶠詩作爲“創作入門指引”的示範的主要區別,蓋後者與詩人自身情懷毫無關係。李嶠系列詠物詩的模範,題材包羅萬象,乃是當時風氣④,也反映在東方虬創作以昆蟲爲題的賦作,例如《蚯蚓賦》、《尺蠖賦》及《蟾蜍賦》等。東方虬的賦作集合抒情和議論於一身,這是一直流傳至六朝初唐年間的古老詩學傳統⑤。陳子昂長期受教於這個詩學傳統,其《修竹篇》即以喻意爲詩:修竹象徵陳子昂個人高潔品格,而修竹被製成洞簫,宇文所安認爲是希望獲得

---

① 參見 Pauline Yu, *The Reading of Imagery in the Chinese Poetic Tradition*, 167–170。

② 《藝文類聚》卷八十八,頁1516,引《詩經·大雅·卷阿》及《詩義疏》。

③ 葛曉音《創作範式的提倡和初盛唐詩的普及——從〈李嶠百詠〉談起》,《詩國高潮與盛唐文化》,頁236—240。《全唐詩》卷六十,頁715、718。

④ 聞一多論述了自太宗以來類書編纂對詩歌的影響,見《類書與詩》,收入《唐詩雜論》,《聞一多全集》第3册,頁9—10。

⑤ 《全唐文》卷二〇八,頁5b—7a。田口暢穗認爲東方虬這些賦作,反映著當時類書編纂的潮流。田口暢穗《東方虬の〈蚯蚓賦〉をめぐって——その類書としての應用》,頁23。運用昆蟲爲興寄意象之作,還有鮑照的《尺蠖賦》、《飛蛾賦》,駱賓王的《螢火賦》等。見《全上古三代秦漢三國六朝文》之《全宋文》卷四十六,頁7a;《全唐文》卷一九七,頁2a—4b。

東方虬青睞的一種暗示[1]。這個解讀也許合乎歷史背景,因爲東方虬出仕早於陳子昂,而其時官位亦較高,故此,陳著力描寫修竹之與瑟和笙"張樂奏天庭"、"攜手登白日","永隨衆仙去,三山遊玉京",喻意已有幸與東方虬同仕於朝[2]。

另一個關於"宫廷詩"的矛盾,來自陳子昂與東方虬的詩歌贈答交情。這使我們重新思考陳子昂作爲"詩歌改革者"的説法。陳子昂歌頌張華、何劭這兩位中品詩人的箇中因由,可從《序》中的奉承口吻得知。正始時代既"詩雜仙心",遊仙詩後來亦同爲張華、何劭所喜愛。陳子昂在其詩序中,並無必要標明對哪種時代風格的追求,但在序言和詩作中,他却透露了對遊仙詩的興趣。

由於張華、何劭之名被陳子昂列作典範,考察其作品尤其是遊仙主題有助於理解陳的詩學思想。在張華的詩作時常出現蕭史與弄玉這個遊仙詩中常見的主題;何劭方面,雖然其詩作散佚甚多,但是從現存作品中可見他對遊仙詩的愛好。下舉何劭的《遊仙詩》,很好地説明陳對遊仙詩的繼承和發展。

> 青青陵上松,亭亭高山柏。光色冬夏茂,根柢無凋落。吉士懷貞心,悟物思遠託。揚志玄雲際,流目矚巖石。羡昔王子喬,友道發伊洛。迢遞陵峻岳,連翩御飛鶴。抗跡遺萬里,豈戀生民樂。長懷慕仙類,眩然心縣邈。[3]

驗諸陳子昂於《序》所言,我們不會驚訝何詩的喻體模式,已經内化在陳《修竹篇》之中,而遊仙則成爲了在朝爲官的喻體。何詩中的喻象則是松樹和

① Stephen Owen, *The Poetry of the Early T'ang*, 169.

② 彭慶生把《修竹篇》繫於 697—698 年,"東征凱旋之後、表乞歸侍之前",並説末二句"正寓掛冠之意"。見《陳子昂詩注》,頁 224。

③ 《文選》卷二十一,頁 22a/c;《先秦漢魏晉南北朝詩》,頁 649。詩人名字《文選》作"何敬宗";又有作"何敬祖",《六臣注文選》卷二十一,頁 27a,《初學記》卷三,頁 59。二者皆何劭(《初學記》作"何邵")的字。

柏樹。何焯(1661—1722)認爲,此詩可能是爲被賈后殺害的司馬遹(謚號愍懷太子)而寫[①]。可是,這個解讀由於無文獻佐證,故無從稽考,難以確定是否爲諷喻朝政而作[②]。同樣,陳詩的喻意也難以猜測,儘管在中國詩學傳統中,修竹多以喻堅守、貞潔等德行。陳雖在《序》中强調"寄興",可是《修竹篇》中却無深刻的政治寓意。觀其《感遇》詩,却向被認爲有著特定的政治寓意,其諷刺對象多以模糊筆法寫之,這是爲免惹禍的考慮所致[③]。《修竹篇》却並無因避禍而模糊處理的必要和婉曲的藝術表現,而詩作本身也缺乏深邃的寓意,而更多的是奉承之筆。

詩歌革新

如果把《序》的内容視作陳子昂詩歌改革宣言的表述,那麽詩人在《修竹篇》中的創作實踐,與這份"宣言"則構成一個難以解釋的矛盾。《修竹篇》及其《序》的創新,在於對遊仙及詠物詩的特有"興寄"處理;而通過《感遇》詩的創作,陳子昂繼承了阮籍的詩風,大抵可視爲詩歌復古的實踐。這兩方面的成就很早就被混爲一談,是造成陳子昂在詩史上的評價不準確的原因。

陳子昂逝世不久,盧藏用在《陳伯玉文集序》中,高度肯定陳對於扭轉詩道衰落的貢獻:

> 道喪五百歲而得陳君。君諱子昂,字伯玉,蜀人也。崛起江漢,虎視函夏,卓立千古,横制頹波,天下翕然,質文一變。[④]

這段讚語,緊接於對初唐詩道衰落的始作俑者上官儀(約607—664)的批

---

① 何焯以何詩爲"遊仙正體,弘農其變",見《義門讀書記》卷四十六,頁895。《晉書》卷五十三《愍懷太子傳》,頁1461—1462。

② 六臣注並無此政治喻意讀法,張銑注:"以處亂朝,思遊仙去世,故爲是詩。"見《六臣注文選》卷二十一,頁27b。

③ 陳沆《詩比興箋》卷三,頁97—98。

④ 盧藏用《陳伯玉文集序》,頁1b—2a。

評文字之後。盧藏用對陳的褒獎,許是言過其實。這類奉承的稱讚,實際上在陳子昂生前已經漸漸儀式化,例如陳子昂曾奉承崔兵曹使,稱讚其天分過人:“崔子玉之雄才,斯文未喪。”[①]以“斯文未喪”稱讚他人文才,在陳子昂宴會詩系列的序言中,成爲套語,用以高度讚揚自己及兩位赴宴同人的詩歌創作[②]。這大抵是初唐奉承謙恭的陳腔濫調。如此説來,盧藏用對陳的褒獎,具有相同功能,是對其好友死後的一種“諛墓”的做法[③],故文中感慨:“天喪斯文,我恨何及!”

陳子昂對初唐文學的所謂“横制頹波”,大抵未如盧藏用所言。“宫廷詩”在陳子昂去世後,達致空前的繁榮。《景龍文館記》及《珠英集》這兩種以刻劃宫廷宴會、皇室出遊的宫廷詩集,成爲了初唐詩道“衰落”的時代標誌。在八世紀前,詩歌已經受到格律約束,而且已經有可能成爲科舉考核的範圍。詩人創作之時,必須嚴格遵守詩歌格律規則[④]。如果如盧藏用所言詩歌“質文一變”,其“變化”應該是詩歌朝向格律化的轉變,而並非普遍認爲由陳子昂提倡的復古理論所産生的轉向。

盧藏用奉承的立場,成爲他在讚揚陳子昂的序言中的主調。數十年後,這種讚語又再成爲了類似場合的必需禮儀。李陽冰(約762年前後在世)在《草堂集序》中,表達了他對李白詩歌改革的讚揚,當中就引用了盧藏用的觀點。如果説盧藏用所言屬實,那麼李陽冰以下所述内容便與之牴觸。試看:

---

① 陳子昂《秋日遇荆州府崔兵曹使宴》,見《陳子昂集》卷二,頁38。此篇不見《陳伯玉文集》。

② 陳子昂《暉上人房餞齊少府使入京府序》,見《陳伯玉文集》卷七,頁18a;《陳子昂集》卷七,頁162。此套語又見張説(667—731)《齊黄門侍郎盧思道碑》,《張説之文集》卷二十五,頁3a。

③ 見拙著:Chan, “Literary Criticism and the Ethics of Poetry: The ‘Four Elites of the Early Tang’ and Pei Xingjian,” 158–159。文中引用姚大榮討論張説稱頌楊炯(650—約694)的行爲,並稱張説獻給裴行儉的《贈太尉裴公神道碑》的内容屬“諛墓”之文。中譯本《初唐四傑“華而不實”辨》見本書。

④ 賈晉華認爲總集的出現是詩歌格律臻於完善的標誌。但葛師曉音對此持質疑態度,認爲律詩定型的確切的時間難以推定。Jia Jinhua, “The ‘Pearl Scholars’ and the Final Establishment of Regulated Verse,” 1–20;葛曉音《創作範式的提倡和初盛唐詩的普及》,頁238—239。

> 盧黄門云：陳拾遺横制頽波，天下質文翕然一變，至今朝詩體，尚有梁、陳宫掖之風。至公大變，掃地並盡；今古文集，遏而不行。唯公文章，横被六合，可謂力敵造化歟。[1]

這段引文的訊息相當關鍵，有三方面重要意義。第一，同樣風格的序言，在前代中比比皆是，如裴子野(469—530或467—518)、鍾嶸和唐太宗(626—649在位)的言論中皆有之。這現象揭示了一直以來對詩歌改革的長期需要。第二，李陽冰不認同陳子昂的"横制頽波"是成功的，只有到了李白手中，詩歌改革才竟其大功。這樣的奉承之辭，已經是詩文集序言中常見的陳腔濫調。第三，這類詩文集序言的作者無一例外地採用誇讚的口吻，藉以肯定並高揚該集主的文學地位[2]。爲了達到標榜集主的目的，必須先貶低前人的成就，藉此樹立好壞標準，從而突出那位被讚揚詩人的成就。

再者，盧藏用刻意不提陳子昂曾三次與宴賦詩於高正臣私人宴會，和創作《上元夜校小庾體》的事實；蓋今本盧編陳集並無此三首作品[3]。因爲盧藏用曾批評徐陵(507—583)、庾信詩作爲"天之將喪斯文"的標誌。如此令人有機會反駁的證據，將會貶低陳子昂作爲"詩歌改革者"的名聲[4]。其實，盧藏用一直以來關注詩歌時風，並批評時人喜愛的"沈宋體"空洞華麗的詩歌弊病。由此看來，盧藏用實際上比起陳子昂更够得上"詩歌改革者"的美譽，因爲他通過反覆申述自己對陳子昂誇獎的觀點，直接抨擊當下詩道頽靡之風。

在衆多唐代寫於某詩人歿後的文集序言之中，顔真卿(709—784)的《孫逖文公集序》大抵是較爲客觀可信的。雖然孫逖(696—761)曾提拔顔真卿，但是顔真卿並没有如盧藏用或是李陽冰般溢美集主，更没有牽强地

---

① 《李白集校注》，頁1789。

② 楊炯高度讚揚盧照鄰及王勃改革龍朔時期宫廷詩風，指王勃"思革其弊，用光志業"。楊炯《王勃集序》，《全唐文》卷一九一，頁12a/b。

③ 徐鵬《陳子昂集》補遺，頁234。上元節是農曆正月十五日。

④ 盧藏用《陳伯玉文集序》，頁1a。高木正一指出，陳子昂的事業肇始於宫廷文人圈子。他舉出陳子昂的宫廷宴會賦作《麈尾賦》及陳經常作客於高正臣宴會爲例子。見高木正一《陳子昂と詩の革新》，頁359—360。

將孫逖的成就視爲一種時代的反撥。顔真卿認爲没有必要將詩人的個人成就提升爲一種時代標誌;反之,强調應該按照文學自身發展的規律作評論,所以説:江山自有才人出。在此種思想原則指導下,顔真卿敏鋭地指出了盧藏用褒獎陳子昂"横制頽波"的貢獻是"傷於厚誣"的做法①。

唐詩"革新者"新議

陳子昂與盧藏用的政治道路,是重評陳子昂唐詩"革新者"稱號的關鍵指引。爲何文獻記載陳子昂剛到京城後便時常"歷抵群公"②?爲何陳子昂一直維持這種習氣,與高官結交?陳子昂提倡復古理論的用意何在?其實,早在中唐時期,陳子昂對六朝詩學傳統的見解已被批評爲不中肯。除了顔真卿,皎然(720—793或798)同樣强烈反對盧稱陳"激昂頽波"的觀點③。如上所論,陳子昂本身對待"頽波"的態度也有著難解的矛盾。

這個矛盾,也許可從陳子昂一生爲求顯達於官場的心態找到答案。陳子昂向來熱切期盼高官垂青,這可從李亢(九世紀末)《獨異志》所記載的一段佚事見之。雖然只是傳説,却披露了他露才揚己的一面。

> 陳子昂,蜀射洪人,十年居京師,不爲人知。時東市有賣胡琴者,其價百萬。日有豪貴傳視,無辨者。子昂突出於衆,謂左右:"可輦千緡市之。"衆咸驚問曰:"何用之?"答曰:"余善此樂。"或有好事者曰:"可得一聞乎?"答曰:"余居宣陽里,指其第處,並具有酒,明日專候。不唯衆君子榮顧,且各宜邀召聞名者齊赴,乃幸遇也。"來晨,集者凡百餘人,皆當時重譽之士。子昂大張讌席,具珍羞。食畢,起捧胡琴,當前語曰:"蜀人陳子昂有文百軸,馳走京轂,碌碌塵土,不爲人所知。此樂賤工之役,豈愚留心哉!"遂舉而棄之。舁文軸兩案,遍贈會者。會

---

① 顔真卿《尚書刑部侍郎贈尚書右僕射孫逖文公集序》,《全唐文》卷三三七,頁11a。
② 盧藏用《陳氏别傳》,見《陳伯玉文集》附録,頁11b。
③ 李壯鷹《詩式校注》卷三,頁162。

既散，一日之内，聲華溢都。[①]

除此而外，在陳子昂的政治生涯上，曾多次上奏武后。這些奏折，一直被視作證明陳子昂正直個性及不凡才具的材料。然而，陳子昂爲何盡忠於一個篡唐而自立的武則天？傳統的解釋是，這是陳子昂直言敢諫，爲民請命的表現。可是，陳子昂又爲何在《登幽州台歌》中涕泣，感慨武攸宜及建安王對自己的排擠，發出報國無門的哀歎？

陳子昂以上種種行爲，一方面難以與唐代干謁時風撇清關係，一方面與他急功近利，試圖“歷抵群公”的心態有關。無容置疑，最有效表現自己的方法，就是展示自己的創作才華，從而凸顯自身的與衆不同的才具與識見[②]。這些因素，是評定陳子昂當時的情況、心態和詩歌創作的重要資料。

盧藏用的性格，可從同代人目之爲“隨駕隱士”的綽號見之。史載：“司馬承禎(647—735)嘗召至闕下，將還山，藏用指終南曰：‘此中大有嘉處。’承禎徐曰：‘以僕視之，仕宦之捷徑耳。’藏用慚。”這就是成語“終南捷徑”的出處，指人假託隱士清高之名，謀求官場榮利爲實。盧藏用當時已經憑藉隱士之名，聲名大噪；因此，司馬承禎藉機嘲諷他美其名曰隱居而實際上致力於官位爵禄的行爲，令盧相當尷尬。正史又言：盧“晚乃徇權利，務爲驕縱”。難怪史家評價其晚年爲“素節盡矣”[③]。

盧藏用與另外九位唐代詩人，號稱“方外十友”，目的顯然是沽名釣譽。當盧藏用脱去那道家幌子和隱士外衣後，立即顯露出爭名奪利的野心。在八世紀時，盧藏用極活躍於宫廷詩人的圈子之中，並與杜審言、宋之問熟稔[④]。像

---

① 《太平廣記》卷一七九，頁1331。此故事之梗概又見尤袤《全唐詩話》卷一，頁67—68。

② Chan, “In Search of Jade: Studies of Early Tang Poetry,” 99–109. 道上克哉《陳子昂の交友關係——方外の十友おめぐって》，頁499。

③ 《新唐書》卷一二三《盧藏用傳》，頁4275。

④ 葛曉音《從“方外十友”看道教對初唐山水詩的影響》，《詩國高潮與盛唐文化》，頁65、70。道上克哉《陳子昂の交友關係》，頁185。陳師貽焮對唐前至李白時代的隱逸求仙的干禄動機和作用作了透徹的分析，他説：“當時[按：初唐]藉隱逸、求仙沽名釣譽，漁獵富貴的豈止盧藏用一人？就是那個嘲笑别人的司馬承禎，本身也是其中之一。所不同的，只是他所追求的是名譽而非富貴而已。”見陳貽焮《唐代某些知識分子隱逸求仙的政治目的——兼論李白的政治理想和從政途徑》，《唐詩論叢》，頁164。

盧藏用這樣一個擁有如此背景的人,又與陳子昂結交爲友,竟然同時是執筆《陳伯玉文集》序言之人。那麽當我們分析盧藏用對陳子昂的評價之時,這些背景都應加以考慮。

儘管陳子昂原本並没有那麽積極改革詩歌的意圖,但他還是作了重要的貢獻。他在《修竹篇序》中力主"風骨",在《修竹篇》示範了理想詩風及"寄興"筆法。因此,陳子昂在這些方面的貢獻是不容置疑的。他在詩作中實踐了劉勰所提倡的"風骨論"——風骨與辭采並重[①]。據此標準,陳子昂的《感遇》詩實比不上《修竹篇》,因爲前者的"綵麗"風格技巧,並没有達到"風骨論"的要求。學界一直公認《感遇》是陳子昂"復古詩學"的實踐,而且爲唐詩在中國文學發展史上翻開新的一頁。在當時詠物詩及新興的格律詩的潮流中,陳子昂的創作却與衆不同[②]。從這點來説,陳子昂被譽爲唐詩"革新者"是當之無愧的。

---

① 《文心雕龍註》卷六,頁 513—514。劉師培以爲:"江左詩文,溺於玄風。辭謝彫采,旨寄玄虚。以平淡之詞,寓精微之理。故孫、許、二王,語皆平典,由嵇、阮而上溯莊周,此南文之别一派也。"劉師培《南北文學不同論》,載羅根澤、郭紹虞編《中國近代文論選》,頁 574—575。劉勰則將以爲"晉世群才……采縟於正始","江左篇製,溺乎玄風"。《文心雕龍註》卷二,頁 67。鍾嶸指"建安風力"是辭采的實踐。他認爲建安後"陵遲衰微",緊接便説"迄於有晉,太康中,三張二陸,兩潘一左,勃爾復興……亦文章之中興也"。至東晉,"建安風力盡矣",是由於此時詩歌"理過其辭,淡乎寡味"。《詩品·總論》,頁 1—2。

② 高木正一舉《晦日宴高氏亭林》和《上元夜效小庾體》等爲例,説明當時詩風直接受南朝影響;而《修竹篇》的序與詩則是其詩學改革思想的契機。見《陳子昂と詩の革新》,頁 360—361。

兩個世界:中晚唐詩詞誤入桃源

引言

誤入仙界,遊歷仙境是三世紀初以來中國文學作品中的一個常見主題,構成了中古文學的一道獨特的風景綫①。這個文學傳統中的作品情節雖頗爲多樣,但時空轉移(spatiotemporal displacement)這個主題的發展變化却相對穩定。論者常拿這個主題與美國作家華盛頓·艾爾文(Washington Irving, 1783-1859)筆下的《吕伯大夢》(*Rip Van Winkle*)故事作比照,二者類似點是:故事主角遊歷另一個世界重回原先所屬的世界後,發覺人間經歷了滄海桑田而感覺十分驚詫②。我國中古時期時空轉移故事的較完整祖本是劉晨、阮肇誤入桃源仙境的傳説。二人於仙境暫留

① 學界一般以 James Hilton 在其 1933 年的小説 *Lost Horizon* 中所描述的發現香格里拉(Shangri-La)作比較。例如:Kenneth DeWoskin and J. I. Crump, Jr., *In Search of the Supernatural: The Written Record*, 248。《搜神後記》(卷一,頁 1)收録了有關發現人間仙境的一些故事。李豐楙認爲這類故事的濫觴是王嘉(約卒於 385 年)的《拾遺記》(卷十,頁 235—236)。見李豐楙《誤入與謫降——六朝隋唐道教文學論集》,頁 127—128。李在其較早的著述中提到,袁相根碩一條(《搜神後記》卷一,頁 2—3)是最早的仙境故事。見李豐楙《六朝仙境傳説與道教之關係》,頁 179。

② 見小川環樹《中国小説史の研究》,頁 270;DeWoskin and Crump, *In Search of the Supernatural*, 249;李豐楙《誤入與謫降》,頁 133。

半載後重返故里,驚覺人間已歷七代變遷①。劉阮誤入桃源的故事,在中晚唐時期形成了一個作品譜系②,這些作品對祖本中故事的開放式結局(open ending)、角色意義、仙境遊歷等方面多有敷演、發明和創新。

本文嘗試通過分析一些較具代表性的中晚唐詩詞作品,探討劉晨、阮肇誤入桃源主題在此時期作品中的演繹特色及創新意義③。“兩個世界”的結構是時空轉移這個文學主題的産物和敘事框架,也是本文用以分析中晚唐詩詞對劉阮故事不同表述的基本理論結構。劉阮誤入仙境,逗留六個月後重回人間,這個情節劃出了人間與仙境兩個世界之間的一條分界綫。這條界綫在本文選析的詩詞作品中仍清晰可見,而且爲其他新主題提供了一個重要的平台,原有的故事情節在這平台上藉著寓意和典故的運用而成就了新生。劉、阮傳説中的情愛和疏離這兩個元素,在中晚唐詩詞裏衍生出兩個新主題:(一)詩人對人生浮沉的觀感;(二)詩人與某女子不正當的風流韻事。這兩個新主題均通過“兩個世界”的寓意筆法作

---

① “劉晨”一作“劉晟”,首見於一部晚唐地志手稿以及一部宋初類書的木刻本,徐靈府(九世紀初至中葉)《天台山記》,頁 34(其中“劉晟”看似“劉日成”,因爲二字豎排,“日”、“成”兩個部件排列較疏);李昉(925—996)等編《太平御覽》卷九六七,頁 7a(出處作《幽冥録》)。

② 現存最早爲唐詩作分期的是洪邁(1123—1202)的初盛中晚之分,見《唐人絶句詩》。嚴羽(活躍於 1230 年前後)在《滄浪詩話・詩體》(頁 689)“以時而論”,把唐詩分成五“體”,即唐初體、盛唐體、大曆(766—779)體、元和(806—820)體及晚唐體。高棅(1350—1423)將大曆和元和合併爲中唐。見《唐詩品彙總敘》,《唐詩品彙》,頁 1a。這種四分法不獨爲中國歷代唐詩研究者所沿用,在一些西方的相關專著中亦然,如 Wilt Idema(伊維德)and Lloyd Haft(漢樂逸), *A Guide to Chinese Literature*, 125。有中國學者將中唐分成兩個時期,這是由於貞元(785—805)的最後幾年出現了一些新的文學思想,故以此爲分界綫。見羅宗强《隋唐五代文學思想史》,頁 190。西方的唐詩研究通常採用三分法。雖然葛瑞漢(A. C. Graham)没有明確提出此分期法,但從他把杜甫《夔州歌十絶句》(作於 766—768)歸入“晚唐”作品的做法可見。Graham, *Poems of the Late T'ang*, 41–56。柯睿(Paul W. Kroll)則採用世紀分期法,並論述了詩賦二體的發展概況。見 Kroll, “Poetry of the T'ang Dynasty”,收入 Victor H. Mair(梅維恒), ed., *The Columbia History of Chinese Literature*, 274–313。宇文所安(Stephen Owen)則認爲,“在體裁風格上,題材内容上和藝術手法上,中唐詩與盛唐詩相比更爲多元豐富,詩歌題材的涵蓋隨著其他體格上的散漫變化而發生擴展和變易”(In style, in topics, and in norms of treatment, the poetry of the mid-Tang is much more varied than that of the High Tang, and the ways in which the scope of poetry broadened and changed were closely tied to changes in other discursive forms.)。見 Owen, *The End of Chinese 'Middle Ages': Essays in Mid-Tang Literary Culture*, 2。本文以世紀區分唐詩歷史,將唐代最後一個世紀劃分爲中晚唐。

③ 有關這個故事在元雜劇中的改編情況及意義,參看拙著《從誤入到導入——〈劉阮天台〉雜劇主題的新變》,頁 438—461。

表述[1]。晚唐詞牌《女冠子》作品中的"兩個世界"雖然延續了劉、阮傳說的愛情母題,但故事中的女性角色却由女道士擔演,不少同題詞作由於這個變化而對劉、阮傳說的内容加以改寫,把重點放在愛情主題上,刻劃出一個晚唐五代的癡情女子形象。

劉、阮傳說爲唐代文學提供了重要的素養。在此譜系裏的詩詞作品繼續發展變化,成爲了新時代的産物,透視著時人的生活思想和審美情趣。

他界因緣

劉晨、阮肇與他界接觸這個故事最早收録在劉義慶(403—444)編撰的志怪故事集《幽明録》中[2]。故事記述:

> 漢明帝永平五年,剡縣劉晨、阮肇共入天台山取穀皮[3],迷不得

---

① 借用I. A. Richards的譬喻理論術語,這"兩個世界"分别構成了譬喻的"本體"(tenor)和"喻體"(vehicle)。見Richards, *The Philosophy of Rhetoric*, 64。

② 《宋書》劉義慶本傳並未提及義慶作《幽明録》;最早以義慶爲《幽明録》作者的記載是初唐魏徵(580—643)等編修的《隋書》卷三十三《經籍志二・雜傳》,頁980。劉阮故事的作者問題,歷來頗有爭議。汪紹楹指出劉阮故事"亦應出《搜神後記》",但又將之收入"搜神記佚文"。見其編校《搜神記》,頁250。惟敘述中有"晉太元八年"(西元383年)一語,蓋干寶卒於咸康二年(336),故不可能爲劉阮故事的作者。李劍國指出:"《蒙求注》及《歷世真仙體道通鑑》卷七《劉晨》皆作'太康',則在干寶前也。"李列出引録劉阮故事的文獻,並說,"觀諸書多引作《幽明録》或《續齊諧記》,作《搜神記》者惟《廣記》明鈔本等三種,且相承襲,頗疑書名有誤。"見李劍國《新輯搜神記 新輯搜神後記》附録,頁718。陶潛(365?—427)作《搜神後記》之說,歷來亦多有爭議,《四庫》館臣云:"其爲僞託固不待辨。"余嘉錫指出:"此書之題作陶潛,自梁已然。"李劍國則認爲是陶潛所作。見永瑢(1744—1790)等《四庫全書總目》卷一四二,頁1208a;余嘉錫《四庫提要辨證》卷十八,頁1144;汪紹楹《搜神後記》出版說明,頁1;李劍國《新輯搜神記 新輯搜神後記》前言,頁83—84。《幽明録》書名的含義,據李劍國解說:"取義於《周易・繫辭》:'是故知幽明之故。'注:'幽明者,有形無形之象。'劉義慶用來指冥冥中幻化萬端的神鬼靈怪。"見李劍國《唐前志怪小說史》,頁357。

③ "穀皮"即"穀桑"(按:"穀"字常誤作"榖"),亦即"楮",拉丁學名爲*broussonetia papyrifera*,英語名爲paper mulberry。見Bernard E. Read, *Chinese Medical Plants from the Pen Ts'ao Kang Mu* 本草綱目 *A. D.* 1596 *of a Botanical, Chemical and Pharmacological Reference List*, 192, no. 597。穀皮"可製衣,亦可造紙"。見李劍國《唐前志怪小說輯釋》,頁436,注3。由此推斷,劉阮可能從事造紙業或紡織業。另可參考胡正武《劉阮遇仙故事與越中傳統造紙發微》,頁14—18。錢存訓對穀皮有詳細說明,但並未引劉阮故事爲早期原始文獻。見Joseph Needham, ed., *Science and Civilisation in China, Volume 5: Chemistry and Chemical Technology, Part 1: Paper and Printing*, 56—59。該部分論述主要根據作者1974年的一篇學術論文,該文的中譯本收於錢存訓《中國書籍紙墨及印刷史論文集》,頁57—69。

返,經十三日,糧食乏盡,飢餒殆死。遥望山上有一桃樹,大有子實,而絶巖邃澗,永無登路。攀援藤葛,乃得至上。各啖數枚,而飢止體充。復下山,持杯取水,欲盥漱,見蕪菁葉從山腹流出,甚鮮新,復一杯流出,有胡麻飯糝,相謂曰:"此知去人徑不遠。"便共没水,逆流二三里,得度山出一大溪,溪邊有二女子,姿質妙絶,見二人持杯出,便笑曰:"劉阮二郎,捉向所失流杯來。"晨肇既不識之,緣二女便呼其姓,如似有舊,乃相見忻喜。問:"來何晚邪?"因邀還家。其家銅瓦屋,南壁及東壁下各有一大床,皆施絳羅帳,帳角懸鈴,金銀交錯,床頭各有十侍婢,敕云:"劉阮二郎,經涉山岨,向雖得瓊實,猶尚虛弊,可速作食。"食胡麻飯、山羊脯、牛肉,甚甘美。食畢行酒,有一群女來,各持五三桃子,笑而言:"賀汝壻來。"酒酣作樂,劉阮忻怖交并。至暮,令各就一帳宿,女往就之,言聲清婉,令人忘憂。十日後欲求還去,女云:"君已來是,宿福所牽,何復欲還邪?"遂停半年。氣候草木是春時,百鳥啼鳴,更懷悲思,求歸甚苦。女曰:"罪牽君當可如何?"遂呼前來女子有三四十人,集會奏樂,共送劉阮,指示還路。既出,親舊零落,邑屋改異,無復相識。問訊得七世孫,傳聞上世入山,迷不得歸。至晉太元八年,忽復去,不知何所。①

魏晉以來,人們普遍相信人世以外還存在另一世界②。柏夷(Stephen R. Bokenkamp)指出:除了人所熟知的陶淵明的《桃花源記》外,他界的描述在唐代以前的宗教性及非宗教性文獻中,比比皆是③。小南一郎認爲他

① 《幽明録》,見魯迅(1881—1936)校録《古小説鉤沈》,頁205—206;又見李劍國《唐前志怪小説輯釋》,頁462—463。

② 李豐楙從道教經典中的"洞天福地"思想以及相關地理文獻的記載,解釋這種想法的形成過程。見《誤入與謫降》,頁96—109。

③ Bokenkamp, "The Peach Flower Font and the Grotto Passage," 65-77. 柏夷研究的文本,是《靈寶五符經序》(HY 388)所載關於進入洞天的通道(Grotto Passage)的記載。柏夷指出,這部分的經文不單是陶淵明《桃花源記》故事所本,而且"早於葛洪(283—343)的《抱朴子》和楊羲(330—約386)收於《真誥》(HY 1010)的類似記載"。見 Bokenkamp, "The Peach Flower Font," 65, n. 1。

界的出現源於人們對當世社會現實規範的批判①。李豐楙引用御手洗勝的研究成果,認爲他界傳統源自一個古老的追求長壽與和平的伊甸園式神話傳説,並認爲這種"仙境"的原型是傳説中的崑崙山②。

與他界仙鬼相交故事所展現的世界觀呈二元結構,而且必然以"闖入"作爲兩個世界相互交通的手段。劉晨、阮肇在桃源仙境中的姻緣在二人來説是巧遇,但這巧遇却是他界女子所預知的。這一點可從劉阮二郎初見仙境溪邊女子的敘述中看出:"晨肇既不識之,緣二女便呼其姓,如似有舊,乃相見忻喜。"二女對二郎的命運全知,並且完全掌控著。故事暗示了她們已成功引誘劉阮二郎,並使他們"忻怖交并"。兩人的這種複雜心情,到侍婢慶賀劉阮二郎成婚時更達至高潮。然而至此劉阮二人仍不知曉自己與女子的關係,只能無奈地接受如二女所言的"宿福"③。

《幽明録》的這個故事,在中晚唐詩詞的重述中有所增補和改動,最顯著的改動集中在洞窟中的愛情情節。洞窟在唐代詩人筆下變成了發生男女之情的女妓寢室④。故事原寫劉阮二郎及兩位女子的歡愛,但這歡愛却演變爲女子對男子的挽留,最後以孤單女子的綿綿幽怨作結。裴鉶(活躍於八世紀 60 至 80 年代)的一首《憶崔生》就是這類改寫作品的典型,此詩以紅綃妓(活躍於 766—779)的口吻敘寫相思之情⑤:

深洞鶯啼恨阮郎,偷來花下解珠璫。碧雲飄斷音書絶,空倚玉簫

① 小南一郎《中国の神話と物語り——古小説史の展開》,頁 214—215。

② 李豐楙《六朝仙境傳説與道教之關係》,頁 169。

③ 故事本身並没有對這種"宿福"作任何解説。李豐楙認爲這種想法是一種普遍的宗教思想,不限於道教或佛教。見《誤入與謫降》,頁 130—131。

④ 李豐楙《仙、妓與洞窟——從唐到北宋初的娼妓文學與道教》,頁 481—487。薛愛華(Edward H. Schafer)以日語"藝者"(geisha)一詞與中文的"妓"類比,認爲她們"是較高檔次的富有才華的表演者"("represents the upper and more genteel range of this spectrum of talented performers")。薛愛華還討論了"娼"和"姬"這兩種唐代的藝人。Schafer, "Notes on T'ang Geisha," 1–4.

⑤ 這個故事名爲《崑崙奴》,最早見於《太平廣記》卷一九四,頁 1452—1454 引裴鉶《傳奇》。校注本並敘録,見王夢鷗《唐人小説校釋》下册,頁 21—30。王氏引胡應麟(1551—1602)説,指紅綃妓的主人是郭子儀(691—781)。見該書頁 29。

愁鳳皇。①

此詩以劉晨、阮肇故事寫紅綃妓對情人崔生的相思。在故事元素及描寫技法上約有四方面的創新:(一) 洞窟變成女子閨房,而情人去後剩她孤苦伶仃;(二) 阮郎"偷"會情人,而非不期而遇;(三) 女子之渴求情書,乃人神相交的世俗化表現;(四) 劉阮傳説與蕭史、弄玉的愛情故事結合,以表現離愁。以上這些特點隨著一些主題上的改動,使得中晚唐詩詞在敘寫劉阮故事上,展現出更多人間化因素,筆調更爲有血有肉,有情有義。

當同一個故事被不斷覆述,每覆述一次,便意味著故事的"兩個世界"被賦予一層新的意義。Edwin Honic 對此過程作過理論的概括:

> 當一個主題由某作家(writer)著手寫作——尤其是寓言的作家也是某故事經兩次敘述的作者(author),該主題即擁有某種一般而不顯現的敘事權杖,這權杖可能具神秘性或宗教性,也可能具有歷史性或哲學性,視讀者如何接受這種權威而定。爲了使該主題活現,作家必須加以再創造。在再創造的過程中,作者會創建一個新的結構,也必然因而創造出新的意義。該主題既然已被再創造了,於是以嶄新形態首次出現,脱離了其前身主題,並具有獨立的敘事權威。②

Honic 將這個衍生過程稱爲"目的性的隱喻"(metaphor of purpose)。這種獨立的敘事權威標志著一個新作品的誕生。

---

① 《全唐詩》卷八〇〇,頁 8999。末句用蕭史弄玉事:"蕭史得道,好吹簫。秦穆公(前 659—621 在位)以女弄玉妻之,遂教弄玉吹簫,作鳳鳴,有鳳來止其屋。公爲作鳳臺。後弄玉乘鳳凰,蕭史乘龍,共昇天去。"見劉向(公元前約 77—6)《列仙全傳》卷二,頁 62。

② Honig, *Dark Conceit: The Making of Allegory*, 13: "When the subject is taken over by the writer—particularly the allegorical writer, the author of a twice-told tale—it bears a certain general but muted authority, mythical, religious, historical, or philosophical, depending on the range of its acceptance. To come alive, the subject must be re-created, completely remade, by the writer. To remake the subject the author creates a new structure and, inevitably, a new meaning. To the extent that the subject is thus remade, it exists for the first time and has an authority independent of that of the antecedent subject."

疏離與相認

劉阮故事深受中晚唐文人的喜愛,成爲當時不少作品的熟典或改編對象。雖然大多數詩人喜歡把劉阮二人與二女子的邂逅改寫成詩人與情人間的戀愛,但也有例外之作。其中一首唐詩改寫了劉阮故事中時空錯置的背景,巧妙地表現出時政的今昔對比。這裏先談談愛情主題這個主流以外的政治寓意詩。

劉禹錫(772—822)巧妙地在劉阮故事的詩化敍述中,抒發了對時事的觀感,其詩筆所展現的技巧可以"疏離"一詞概括。雖然詩中的"劉郎"一般是較爲人熟悉的劉姓男子,包括漢武帝(公元前140—87在位)或劉備(161—223)等人[①],但從詩中的桃樹意象可知,這位劉郎是劉晨;其角色却由姓劉的這位詩人扮演,出現在當代的場景中。詩中的兩個世界包含著自傳色彩和政治意味。這首詩題爲《元和十一年自朗州召至京戲贈看花諸君子》[②],作於元和十一年(816)詩人遊歷長安崇業坊的玄都觀後[③]。詩云:

紫陌紅塵拂面來,無人不道看花回。玄都觀裏桃千樹,盡是劉郎去後栽。[④]

---

① 杜甫(712—770)《發劉郎浦》中的"劉郎"指劉備。見《杜詩詳注》卷二十二,頁1939。李賀(790—816)《金銅仙人辭漢歌》中的"劉郎"則指漢武帝;李商隱(約813—858)《無題》詩其一的"劉郎"則用漢武帝召李夫人魂事或劉晨遇仙事,或兼用二事。説見James Liu(劉若愚), *The Poetry of Li Shang-yin, Ninth-Century Baroque Chinese Poet*, 63-64;余恕誠、劉學鍇《李商隱詩歌集解》,頁1469,注4。三首作品文本見《全唐詩》卷二二三,頁2373;卷三九一,頁4403;卷五三九,頁6163。

② 宋敏求(1019—1079)《長安志》卷九,頁122;徐松(1781—1848)《唐兩京城坊考》卷四,頁91。楊鴻年引平岡武夫和今井清的觀點,認爲"安善是崇業舊名"。見楊鴻年《隋唐兩京坊里譜》,頁89—90、264—265;平岡武夫、今井清編《唐代の長安と洛陽——地図》,圖版一(9E)。另見Victor Xiong(熊存瑞), *Sui-Tang Chang'an: A Study in the Urban History of Medieval China*, 250, map 2.1(9E)。李健超認爲玄都觀應位於靖善坊,他根據《唐會要》卷五十及其他相關文獻提供的資料,認爲宇文愷(555—612)規劃京城時以《易經》卜筮之法爲指引,認真考慮了"靖善坊"在長安的"九五"中心位置(9F),只能爲皇帝所用。宇文愷爲了給皇帝保留這個尊貴的位置,下令在此興建大興善寺和玄都觀。見李健超《增訂唐兩京城坊考》,頁52、172。

③ 此元和十一年(816)應爲元和十年(815)之誤,因爲十一年時劉禹錫已身在朗州。見瞿蜕園《劉禹錫集箋證》卷二十四,頁703。

④ 《全唐詩》卷三六五,頁4116。

詩中表現的“兩個世界”指劉禹錫不在京城的十年(806—815)期間所造就的時空間隔,詩人從離開至重返長安所目睹的兩個世界。劉晨、阮肇故事主要描述仙境與人間兩個世界,而劉禹錫筆下的兩個世界却由自己被排擠後復返故地所見而生成的現實與寓意的兩個世界。全詩雖有提及桃樹和劉郎,但劉晨、阮肇故事並非描述的重點。詩中既寫“劉郎”去後方栽種桃樹,是知“劉郎”實非純寫劉晨故事,而是指向劉禹錫本人[①]。孟棨(八世紀70年代進士)在其《本事詩》中道出劉禹錫寫此詩的用意:詩中的桃樹寓指王叔文(753—806)領導的改革派班子成員劉禹錫及其同僚被貶謫、流放後,新得勢的當政者所扶植的政治勢力[②],劉作此詩,

> 其詩一出,傳於都下……他日見時宰,與坐,慰問甚厚。既辭,即曰:“近者新詩,未免爲累,奈何?”不數日,出爲連州刺史。[③]

此貶又是多年。十四年後,劉禹錫重遊玄都觀,並寫下另一首詩,勾畫了另一幅政治圖景。其詩有引,逐録如次:

《再遊玄都觀》(并引)

> 余貞元二十一年爲屯田員外郎時,此觀未有花。是歲出牧連州,尋貶朗州司馬。居十年,召至京師,人人皆言,有道士手植仙桃,滿觀如紅霞,遂有前篇以志一時之事。旋又出牧,今十有四年,復爲主客郎中。重遊玄都觀,蕩然無復一樹,唯兔葵燕麥動搖

---

① 宇文所安還指出詩人在此詩中對幾個角色的巧妙調動,而下一首則是個“詩歌反諷遊戲”(ironic poetic game)。Owen, *The Late Tang: Chinese Poetry of the Mid-ninth Century (827-860)*, 75-76。下文續論。劉詩中之暗用《幽明録》劉阮故事,在多種劉禹錫集的注本中都没有提及,一個例外是陶敏、陶紅雨校注《劉禹錫全集編年校注》卷四,頁203,注3;卷七,頁443,注7。

② 孟棨《本事詩》,頁12。

③ 卞孝萱引述《資治通鑑》的記載,在其論證中質疑這種廣爲人接受的觀點。他認爲當時王叔文的所有親信都遭貶職,因此劉禹錫的再遭貶謫並不可能單單因此詩之故。卞先生還認爲《本事詩》比兩《唐書》成書更早,是兩《唐書》所記訛誤的來源。見卞孝萱《劉禹錫年譜》,頁81—82。《資治通鑑》卷二三九,頁7708,胡三省(1230—1302)注。《舊唐書》卷一六〇《劉禹錫傳》,頁4211;《新唐書》卷一六八《劉禹錫傳》,頁5129。

於春風耳。因再題二十八字，以俟後遊，時大和二年三月。

百畝庭中半是苔，桃花淨盡菜花開。種桃道士歸何處？前度劉郎今又來。①

這位“劉郎”——劉禹錫在這兩首詩中以諷刺筆法，巧妙地營造出時間的疏離感。兩首詩雖然都用劉晨、阮肇典，但並没有在同一首詩中同時提及劉晨和阮肇兩人②。相比其他詩中阮肇的角色，劉禹錫這兩首詩中的這位劉郎，顯得十分政治化。讀者只要能掌握詩作的背景及其意旨，自能讀出詩中的“兩個世界”，其寓意層面明顯凌駕於實際的景物描寫，亦使原典意象和情節淡化失色。宇文所安分析道：“詩中的他（劉郎）並没有改變，但桃源仙境的不死之鄉却已經歷了一來一往的過程。”他認爲當中“不死之鄉”指劉禹錫長期遠離長安期間，京城的光輝歲月的閃耀與熄滅③。雖然錢大昕（1728—1804）認爲此詩並非直接導致劉禹錫被貶洛陽的原因④，但詩中寫種桃道士的離去，却表達了劉禹錫對一個政治派系隨著其“種植者”的離去而失勢的觀感⑤。

始亂與終棄

唐代詩人以劉阮故事入詩，最爲人津津樂道的莫過於用以投影詩人自己的愛情世界。這類愛情主題的表述方式大體通過兩個世界的建構類

① 《全唐詩》卷三六五，頁 4116。

② 劉禹錫其他作品中的“阮郎”也集中表現“時空錯置”的主題。他在《寄楊虢州與之舊姻》開篇寫道：“避地江湖知幾春，今來本郡擁朱輪。阮郎無復里中舊，楊僕却爲關外人。”一如劉禹錫在其他詩中以劉郎自況，此處以阮郎歸返所見自比，以西漢楊僕事比楊氏，寫時光流逝，人事變遷。瞿蜕園注：“漢楊僕家居宜陽，恥其不在關内，乞移秦關而東之，使關反在外。”見瞿蜕園《劉禹錫集箋證》卷二十四，頁 728。詩又見《全唐詩》卷三五九，頁 4052。

③ Owen, *Late Tang*, 76: “He has not changed, but the ‘immortal’ world of the magic peaches has come and gone.” Owen sees the “immortal” world as the “moment of splendor that came and vanished during Liu Yuxi’s long absences from the capital.”

④ 錢大昕的觀點爲瞿蜕園所引用，見《劉禹錫集箋證》卷二十四，頁 704—705。錢説見《十駕齋養新録》卷六，頁 145—146。

⑤ 見《唐詩選脈會通評林》，引唐汝詢（十七世紀初至中葉）注，載陳伯海主編《唐詩彙評》，頁 1842；陶敏、陶紅雨《劉禹錫全集編年校注》卷七，頁 444。

比而達成:第一個世界指作品中所用的劉晨、阮肇之典;第二個世界則是該典故被賦予的新的譬喻意涵。Kenneth Burke 對此種譬喻表述作出以下提醒:

> 運用譬喻類比的危險性在於:把事物間的相似點當成事物的本質的證據。由於兩個事物具有共同特徵,於是引起我們注意,並往往直接以這個引人注目的共同特徵指代該事物的本質特性。①

那麽,我們閱讀譬喻詩時如何避免這種危險? 劉晨、阮肇的故事正好爲我們提供了一種穩定的表述愛情故事的詩歌傳統範式(paradigm)。中晚唐時期對劉阮故事的譬喻表述較爲標準化,於是在理解詮釋上便無多大困難。中晚唐詩人們在引用劉晨、阮肇的典故時大體表現出"清晰而有序的思路"②——這範式中並不包括上述劉禹錫對此典故的特殊處理,又或是將劉詩看作"志在表述精神錯亂或荒誕不經"之例③。

元稹(779—831)對劉、阮故事主題的詩化表述,可以説是中唐文人的典型創作模式。在下列作品中,詩人以象徵手法,用劉、阮故事曲折地描述了詩人隱秘的愛情故事:

《古豔詩》二首

其一

春來頻到宋家東,垂袖開懷待好風。鶯藏柳闇無人語,惟有牆花滿樹紅。

---

① Burke, *Permanence and Change*, 97: "The great danger of analogy is that a *similarity* is taken as evidence of an *identity*. Because two things are found to possess a certain trait in common which our point of view considers notable, we take the common notable trait to indicate identity of character."

② Ibid, 98, quoting C. K. Ogden: "Clearness and consecutiveness of thinking."

③ Ibid: "Insanities or eccentricities of interest."

其二

深院無人草樹光,嬌鶯不語趁陰藏。等閒弄水浮花片,流出門前賺阮郎。①

從以"豔詩"命篇及詩中用典看,愛情主題一目了然。二詩所述,爲女主人公尋找愛情。第一首的"宋家"指宋玉(活躍於前三世紀),讓人聯想到他所作的幾首關於愛情的賦如《高唐》、《神女》等。只要將此詩與元稹的《鶯鶯傳》對讀,即能清晰見到宋玉乃是此詩的焦點②。《鶯鶯傳》開頭寫張生,即以宋玉自比,自謂是個"真好色者",其文曰:

貞元中,有張生者,性温茂,美風容,内秉堅孤,非禮不可入。……知者詰之,謝而言曰:"登徒子非好色者,是有兇行。余真好色者,而適不我值。……③

這裏借用了宋玉《登徒子好色賦》的文意。該賦記述了宋玉所言:

① 《全唐詩》卷四二二,頁 4645。這些詩最初收於元稹所編的詩集《豔詩卷》。第二首收入韋縠(約十世紀中葉)的《才調集》,題作《春詞》。見傅璇琮編《唐人選唐詩新編》所收《才調集》卷五,頁 817。因此,《春詞》這個詩題應該是這首詩的原題,而《古豔詩》則出自收入該詩的集子名稱。有關《豔詩卷》的詳細論述,見山本和義《元稹の豔詩及び悼亡詩について》,頁 54—84;花房英樹、前川幸雄《元稹研究》頁 194—202 是《豔詩卷》作者重輯内容。近年有關這部詩集的一項研究是 Anna M. Shields(田安),"Defining Experience: The 'Poems of Seductive Allure' (*yanshi*) of the Mid-Tang Poet Yuan Zhen," 61–78。田安提到杜牧(803—852)指責元稹作品:"淫言媟語,冬寒夏熱,人人肌骨,不可除去。"(頁 71—72)杜牧《唐故平盧軍節度巡官隴西李府君墓誌銘》,《樊川文集》卷九,頁 137。此外,關於當時元稹與白居易鍾愛並推崇"豔詩"的情況,以及後來對"豔詩"的論爭等概況,可參看蹇長春《白居易評傳》所附的《元稹評傳》,頁 662—667。

② 宋邦綏(卒於 1770 年)認爲這兩首詩均爲《鶯鶯傳》而作。見《才調集補注》卷五,頁 15b。儘管這個故事中只載有這些詩的别名《春詞》,宋邦綏的論述仍十分有説服力。鶯鶯故事提及《春詞》處見元稹《鶯鶯傳》,載魯迅輯《唐宋傳奇集》,頁 121。宋邦綏的理解大抵受趙令畤(1061—1134)啓發,趙氏最早提出《鶯鶯傳》爲自傳作品,並將元稹與張生的生活作類比,將《鶯鶯傳》故事與相關詩歌聯繫起來。見趙令畤《侯鯖録》卷五,頁 41—45。王拾遺對這種見解作考證,並加以確認,因爲每首詩都有一個"鶯"字,合看兩首詩出現"鶯鶯"之名。他還引用了元稹的另一首《會真詩》(《全唐詩》卷四二二,頁 4644)作爲張生贏得鶯鶯芳心的證據。這首詩中也有"宋家東"一詞,指代情人的幽會。見王拾遺《元稹論稿》,頁 162—163。

③ 《唐宋傳奇集》,頁 119;英譯本及相關論述見 James Robert Hightower(海陶瑋),"The Story of Ying-ying," 33。

天下之佳人……莫若臣東家之子……然此女登牆闚臣三年,至今未許也。登徒子則不然……①

元稹二詩中"宋家東"一語,用的就是《登徒子好色賦》東家佳人偷窺宋玉的典故。從描述語言看,《豔詩》第一首的敘事角度並非女子,所用的宋玉典更進一步落實此點。該詩採男子視角敘寫女子情愛。具體言之,寫的是張生對鶯鶯的感覺。詩中以張生口吻説出:偷窺者就是鶯鶯。這個視角和態度,驗諸上述《鶯鶯傳》引文,均預示了張生最終拋棄鶯鶯的結局:張生雖以宋玉自比但反而用之,自言是"真好色者",認爲鶯鶯不是他可以"自許"的女子。

第二首詩中的嬌鶯是劉阮故事裏洞中女子的化身。女子有意弄水浮花(而非在溪邊流出蕪菁葉)吸引她的"阮肇"來幽會,是爲劉阮故事所述山洞强留情人的重新演繹。"鶯"在兩首詩中兼含二義:既指鳥,也指女子鶯鶯②。

幾年後,元稹再次寫到相同的主題:

《劉阮妻》二首

其一

仙洞千年一度閒,等閒偷入又偷迴。桃花飛盡東風起,何處消沉去不來。

其二

芙蓉脂肉緑雲鬟,罨畫樓臺青黛山。千樹桃花萬年藥,不知何事憶人間。③

---

① 宋玉《登徒子好色賦》,《文選》卷十九,頁 10a。

② 薛愛華認爲第二首詩的場景是在道觀,而"這裏的鶯是一位迷人的年輕女道士"("the oriole is an enchanting young priestess")。見 Schafer, "Empyreal Powers and Chthonian Edens: Two Notes on T'ang Taoist Literature," 668。這種理解符合下文大部分有關劉阮故事的詩,但並不符合這一首。

③ 《全唐詩》卷四二二,頁 4640。

雖然這兩首絶句與張生與鶯鶯的愛情故事相契合，但也適用於其他情境。元稹慣常在詩中透露花花公子的自畫形象，符合他在本詩中用“偷”字來描寫男子探望情人的情景；因此，他在本詩中所寫的愛情對象，當不是他的妻子，而更可能是情人。如果同意將本詩寫作時間繫於元和五年(810)，則應是元稹遊歷金陵時所作[①]。據説他在金陵期間曾與歌妓發生戀情。在唐代士人文化中，著名詩人與歌妓經常交往，元稹和白居易兩位尤其以此著稱[②]。在上述幾首詩中，元稹筆下的劉晨、阮肇的“妻子”盼望愛侣重來，用“偷”字來形容情侣的會面，這就與《幽明録》原有記載的“誤入”桃源有了區别[③]。元詩對他界中的女子的描述符合現實中歌妓居所的情況——有美女金屋，珍饈樂舞；因此“仙境”成爲了享樂生活的譬喻[④]。但劉阮二人的離開“仙境”，他們與人間的關係並不爲愛侣所理解，是知劉阮典故比喻瞬間即逝的愛情。男子的“偷入又偷迴”透視了這種行爲有違當時人們認可的合法婚姻與社會風氣，因而當劉阮二人回到人間，也就是回歸到平凡無刺激的世界去[⑤]。

---

① 楊軍《元稹集編年箋注》，頁 353、1021。周相録則以爲“疑長慶三年至大和三年(筆者按：即公元 823—829 年)作於越州”。見《元稹集校汁》續補遺卷一，頁 1540，注 1。

② 較早提出這種結論的是王書奴《中國娼妓史》，頁 88—90。此外亦見王拾遺《元稹論稿》，頁 160—161、169。

③ “偷”字也見於曹唐有關劉阮故事的一首詩，而且被評爲“有違清規”。見李豐楙《憂與遊——六朝隋唐遊仙詩論集》，頁 147。曹詩《小遊仙詩》其九十八：“降闕夫人下北方，細環清珮響丁當。攀花笑入春風裹，偷折紅桃寄阮郎。”《全唐詩》卷六四一，頁 7352。

④ 陳寅恪解釋《鶯鶯傳》即《會真記》時指出，“會真”指“遇仙成遊仙之謂也”，暗指與美麗女子的豔遇。見《讀〈鶯鶯傳〉》，《元白詩箋證稿》，頁 107。另見高鋒在其《花間詞研究》(頁 105—106)的論述。王拾遺指出元稹在《閨晚》一詩(《全唐詩》卷四二二，頁 4638)中對歌妓住所的描述符合孫棨(九世紀末)在《北里志》中的記載，《北里志》所載即唐代長安娛樂場所平康里的概況。王拾遺《元稹論稿》，頁 168—169。平康里的位置見平岡武夫、今井清《唐代の長安と洛陽——地図》，地圖一，5H。

⑤ 陳寅恪引白居易答元稹的詩，認爲元稹利用當時的門第觀念，“惟其(筆者按：指鶯鶯)非名家之女，舍之而别娶，乃可見諒於時人……舍棄寒女而别婚高門，當日社會所公認之正當行爲也”。因而拋棄鶯鶯迎娶韋叢(784—809)。見陳寅恪《豔詩及悼亡詩》、《讀〈鶯鶯傳〉》，載《元白詩箋證稿》，頁 95、111。白居易《和夢遊春詩一百韻》曰：“劉阮心漸忘，潘楊意方睦。”見《全唐詩》卷四三七，頁 4858。出句用劉阮事，對句用潘岳(247—300)對亡妻楊氏的愛之典。見潘岳《悼亡詩》三首、《哀永逝文》，《文選》卷二十三，頁 18a—20b；卷五十七，頁 24b—26a。

洞内與洞外

劉晨、阮肇故事在中晚唐詩歌中以情愛主題被反覆演繹,但原故事的女子却變成情深款款的女冠。在這些演繹作品中,原本故事裏劉阮戀情發生的洞窟亦變成了女子或女道士的房間①。施肩吾(820 年進士)在其詩作中塑造了一位多情女道士的形象:

《贈女道士鄭玉華二首》其一

玄髮新簪碧藕花,欲添肌雪餌紅砂。世間風景那堪戀,長笑劉郎漫憶家。②

陳寅恪認爲:"至於唐代,仙(女性)之一名,遂多用作妖艷婦人或風流放誕之女道士之代稱,亦竟有以之目娼伎者。"③施肩吾在詩中把女道士鄭玉華形容爲一位非凡絶妙的女子,她責怪情人爲何因思家而離棄她。詩中寫到女主人公試圖阻止她的情人返回"人間"與髮妻共聚。

詩中的鄭玉華形象是當時以仙擬妓的典型,事實上唐時女道士之同爲娼者亦爲數不少④。從施肩吾詩及下引的中晚唐詩詞所見,女冠特有的道袍打扮及其外貌氣質等,使當時的文人雅士爲之神魂顛倒,以女冠爲題材的愛情故事也因之大量出現⑤。文士與女冠這兩個階層的交往形成了另一組"兩個世界",以具有象徵意義的"洞口"作爲分界綫。如施肩吾與其

① 宇文所安論述李商隱的詩《飲席戲贈同舍》時提到了這一點,李詩以"洞中"指代歌妓的房間。見 Owen, *Late Tang*, 401—402。李詩見《全唐詩》卷五三九,頁 6152。

② 《全唐詩》卷四九四,頁 5599。

③ 陳寅恪《讀〈鶯鶯傳〉》,頁 107—108。陳氏舉施肩吾的《及第後夜訪月仙子》一詩爲例(頁 107),以詩中的桂枝爲及第的象徵。《全唐詩》卷四九四,頁 5590。李豐楙補充了陳寅恪的論述,並重構了施肩吾在妓院的事蹟。見李豐楙《仙、妓與洞窟》,頁 479—489。

④ 胡蔚在其關於唐妓研究的近著中提出異議,認爲具有妓女性質的女道士只是道觀中的一小部分人,過去由於集中研究這一小部分人,因而形成了唐代女冠基本等同歌伎的錯覺。見胡蔚《道教的清修觀與文人的白日夢——唐五代道書與文人創作中女仙形象之差異及原因》,頁 112—117。

⑤ 有關社會現象的改變導致宗教規條的違反,已有頗多論述,如:陳寅恪《讀〈鶯鶯傳〉》,頁 107;廖美雲《唐伎研究》,頁 201—204;劉尊明《唐五代詞與道教文化》,頁 134。

他詩人的作品中所見,文士到訪教坊裏風流女冠閨房的内容,經詩化處理後,以劉郎洞中遇仙代之。

上述的詩作區分出兩個世界,即人間與仙界。前者體現著義務與責任,後者象徵著爲世不容的浪漫戀情。如元稹的幾首詩所見,以杯盤、落葉或花瓣順水流出外面,均爲仙女或女冠爲勾搭他人與外界溝通的方式。薛愛華在對曹唐(九世紀中葉進士)相關詩作的論述中,進一步明確了洞窟的象徵意義,他説:

> 洞口是幽會的場所——有待外面的人給予實際承諾的邊緣地帶。這也是一條界綫:一旦決定越過這條界綫進入塵世,便後果堪虞。①

如上文所論,鶯鶯越過了這條界綫後,换來無限傷痛,在她作此決定並付諸行動時,已預示了她將成爲"始亂終棄"的受害者。同樣的色慾也驅使元稹追求"平生趣",現實中無法成真的慾望只能在夢中實現。有研究認爲,元稹偷歡的場所是一個有桃樹圍繞的譬喻意義上的洞窟②。從《幽明録》中確切存在的實體洞窟,到在中晚唐詩歌中譬喻意義上的洞窟的轉變,標誌著這個故事向情慾化方向發展。如果洞口的作用是劃分兩個世界,那麽到了中晚唐時它已不僅僅是一個實際存在的洞口,而是帶有譬喻意義,爲詩人特定的寫作目的服務。

洞窟和浮葉的譬喻作用開創了一個新的文學傳統。雖然這個傳統是否屬於劉、阮主題的譜系並不確定,但當中"洞内"與外界的秘密溝通十分重要。這可從兩則九世紀中葉的野史記載中見之:孟棨的《本事詩》和范攄

---

① Schafer, "The World Between: Ts'ao T'ang's Grotto Poems," 6: "The mouth of the grotto is a place of assignation—a limbo waiting for a definite commitment by the outsider. It is also a boundary: the decision to cross it, once made, especially out into the mundane world, is fateful." Schafer, *Mirage on the Sea of Time: The Taoist Poetry of Ts'ao T'ang*, 43.

② 陳寅恪對比研究了這種仙境與張鷟(約 660—約 740)在《遊仙窟》中的描述。陳氏所引元稹的詩爲《夢遊春》,見《全唐詩》卷四二二,頁 4635—4636。陳寅恪《讀〈鶯鶯傳〉》,頁 110。張鷟的《遊仙窟》一般被解讀爲劉阮故事的改寫文本,見李劍國《唐前志怪小説史》,頁 359。《遊仙窟》文本可參看汪辟疆編《唐人小説》,頁 23—40。近年最新的校注本是李時人和詹緒左的《遊仙窟校注》。

(約九世紀中葉)的《雲谿友議》分別講述了顧況(約727—約816)和盧渥(820—905)與宮女溝通並相戀的故事,這就是詩史上所謂的"紅葉題詩"[①]。故事中宮女把葉子從宮中御溝隨流送出,是排解孤獨憂愁的途徑。下面這首詩以一位宮女的口吻寫成,葉子意外地被盧渥拾得並保存,他最後更與宮女重聚。詩的内容是:

水流何太急,深宫盡日閒。慇懃謝紅葉,好去到人間。[②]

這首詩勾勒了仙界人間二元世界的基本結構,主觀上也反映了時間流動的速度在兩個世界的不同。由於長期困居於深宮,宮女在詩中把深宮不愁衣食却長期被閒愁所困擾的生活,視作時間流轉緩慢的"仙界"生活,她渴望的是使人興奮的有愛情生活的世界。紅葉題詩傳統雖難以與劉阮故事扯上直接的關係,但前者反映了詩人異想天開的情懷。盧渥的故事標誌著劉阮類型故事詩化表述的一個分支,亦開闢了一個嶄新而獨立的文學傳統[③]。這兩個傳統均以"兩個世界"作爲基本的框架。

劉阮故事文學傳統成爲唐代詩人創作的一個重要參照,在唐代詩歌史上發揮著重要的影響力。在劉阮故事豔情化發展道路上,曹唐在其遊仙詩的創作中,特别突出了故事中的洞口作爲劃分兩個世界的作用。詩中所述可能是當時他聞見的戀愛故事,也可能是曹唐本人的羅曼史[④]。曹

① 孟棨《本事詩》,頁6;范攄《雲谿友議》卷三,頁20a—21a。這兩個故事都收入《太平廣記》卷一九八,頁1486。

② 范攄《雲谿友議》卷三,頁21a。

③ 這個新的文學傳統致使北宋張實的《流紅記》故事十分流行。見《唐宋傳奇集》,頁253—256。這個主題成爲後世小説戲曲改編的熱點,共計六十九個作品。見魯茜《論"紅葉題詩"的文本流傳》,頁11—13。

④ 李豐楙《憂與遊》,頁139—147。但李氏在另一篇較早的論文《仙、妓與洞窟》(頁496)中對此並未如此確定。施蟄存根據陳寅恪對上述相關晚唐文本中"仙"字寓意的解讀,也認爲"遊仙"指與唐伎交往。他認爲曹唐沿襲了張鷟這類詩的傳統,因爲張鷟的《遊仙窟》"記述她和一些妓女情愛的故事。小説中有許多五言詩,也就是一種新型式的遊仙詩了。曹唐的《遊仙》詩,便是從《遊仙窟》發展而成。"見施蟄存《唐詩百話》,頁644。據辛文房(活躍於1300年前後)《唐才子傳》記載,曹唐寫遊仙詩以"紀其悲歡離合之要,大播於時"。見傅璇琮《唐才子傳校箋》第三册,卷八,頁492。

唐在他以劉阮故事爲題材的五首組詩的第一首中[①]，描寫了劉阮二郎試圖從家中返回洞窟的情況：

《劉阮再到天台不復見仙子》

再到天台訪玉真，青苔白石已成塵。笙歌冥寞閒深洞，雲鶴蕭條絶舊鄰。草樹總非前度色，煙霞不似昔年春。桃花流水依然在，不見當時勸酒人。[②]

“玉真”是唐代用以稱謂女道士的詞語[③]，詩中使用這個稱謂，反映了劉阮故事在中晚唐詩化敘述中女主人公身分的道教化現象。曹唐詩中的“玉真”，與上述施肩吾詩中的鄭玉華，同是帶有妓的性質的女道士。正如李豐楙所論，曹唐這首詩抒發了詩人再訪天台却無從再遇女子的惆悵心情，“均爲將人間北里的景致加以仙境化的描寫……可説詩中所用的洞中春對照了人間路，活現出妓館中人與尋芳客的關係”[④]。詩人重返煙花歌舞之地却找不到先前共度歡愉的女子。

這類愛情韻事在唐代文學中屢見不鮮。以下兩首作品爲李豐楙對曹唐詩的解讀從女性視角提供了更多的佐證。二詩分别出自兩位唐代才華出衆的女冠李冶（八世紀中葉至晚期）和魚玄機（840 或 844—868）的手筆。

---

① 全組詩的英譯本有兩種：Schafer, “Empyreal Powers,” 670－671, Owen, *Late Tang*, 325–329。

② 《全唐詩》卷六四〇，頁 7338。

③ “玉真”一詞指早期道教經典中仙人的一個等級。“真人”有玉真、太真、右真、上真等各等級。見陶弘景（456—536）《洞玄靈寶真靈位業圖》（HY 167），頁 3b—7b。唐玄宗（712—756 在位）的妹妹號“玉真公主”（692—762）。她後來成爲了一位道士，玄宗“賜名持盈”。《舊唐書》卷九《玄宗本紀》，頁 218。她和張説（667—731）、李白（701—762）和王維（701—761）等詩人有來往。見丁放、袁行霈《玉真公主考論——以其與盛唐詩壇的關係爲歸結》，頁 41—43、49—52。晚唐詩歌中的“玉真”有一種新的含義——仙女，指女道士。見元稹《襄陽爲盧竇紀事》、張籍（約 766—約 830）《靈都觀李道士》；温庭筠（約 812—866）《題河中紫極宫》。《全唐詩》卷四二二，頁 4644；卷三八四，頁 4311；卷五七九，頁 6731。

④ 李豐楙《憂與遊》，頁 145。

李冶《送閻二十六赴剡縣》

流水閶門外①,孤舟日復西。離情遍芳草,無處不萋萋②。妾夢經吴苑③,君行到剡溪④。歸來重相訪,莫學阮郎迷。⑤

魚玄機《暮春即事》

深巷窮門少侶儔,阮郎唯有夢中留。香飄羅綺誰家席,風送歌聲何處樓。街近鼓鼙喧曉睡,庭閒鵲語亂春愁。安能追逐人間事,萬里身同不繫舟。⑥

李冶詩中多愁善感的女主人公請求情人閻伯均不要學阮郎般迷失方向辜負她⑦。李詩用阮肇典,是由於閻伯均即將前往剡縣即劉阮韻事發生的天台山所在。李冶因爲自己就是與閻伯均相愛的"仙女",出於嫉妒,才聯想到這個典故。據此典故作角色代入,李冶在詩中自許爲閻氏的"妻子"。

魚玄機詩中用阮郎典的語氣透露了她的"妓"的身分,没有長久的愛情。她的阮郎離去後,只能在夢中相見;白天爲春愁所困。這"春愁"一詞本身就帶有情慾的意味。這位女冠並不屬於"人間"正常婚姻系統,故其位置如不繫之舟,漂浮不定的愛情,只能令她徒然懷戀。

李冶和魚玄機詩中女冠的典型角色和用語與曹唐詩中的仙子角色一致,可相互印證。以下曹唐的另一首詩,從一位熱情的仙女的視角表述初遇凡夫情人的激動情懷。

---

① 閶門,在今蘇州西面。

② 《楚辭·招隱士》:"王孫遊兮不歸,春草生兮萋萋。"《楚辭補注》卷十二,頁233。

③ "吴苑",即"長洲",是建於河上小島的花園,曾爲吴王所有而得名。《漢書》卷五十一《枚乘傳》,頁2363,注7引服虔(活躍於二世紀末)、孟康(活躍於220—250)注。

④ "剡溪"是曹娥江的上游,在今浙江省嵊縣。

⑤ 《全唐詩》卷八〇五,頁9059。

⑥ 《全唐詩》卷八〇四,頁9053。末句典出《莊子·列禦寇》,32/11。

⑦ 閻氏名伯均,見岑仲勉《唐人行第録》,頁175;《元和姓纂》卷五,頁771,第584F條。李冶在詩中用"阮"字而不用"劉"字,大概出於聲調的考慮,如用"劉郎",該句將會出現"三平調"之病。

《小遊仙詩九十八首》其二十三

玉皇賜妾紫衣裳①,教向桃源嫁阮郎。爛煮瓊花勸君喫,恐君毛鬢暗成霜。②

詩中所述的情緣也許是《幽明録》"宿福"思想的繼承,但曹唐筆下所見的這份愛情並不爲社會規範所接受。玉皇所"賜"的情緣並非依循社會道德進行,這可從組詩中第二十六首使用"偷"字描述仙女與劉晨幽會作印證③。上引第二十三首所述仙女的感情顯得既興奮又匆忙,這位多情女子知道她的凡夫情人很快會變老,於是竭力挽留他,給他仙藥服。詩人以全知視角敘述了這個愛情故事,展現了這個短暫愛情的世界。他善用劉阮愛情故事的結局,增加了這首詩的張力。

《幽明録》原故事中洞中女子與二郎分離的情節,在曹唐的詩化敘述中加入了感人至深的悲情,以表達女子自知情人一去不返的感受。

---

① "玉皇"可能有兩個別名——玉皇道君、高上玉帝,見於早期道教神譜中"上第一"的"右位"。見陶弘景《洞玄靈寶真靈位業圖》,頁 2a/b。柯睿認爲上相青童君自稱"玉皇"。見 Kroll, "In the Halls of the Azure Lad," 78–79, n. 29。這位仙人的全名是九微太真玉保王金闕上相大司命高晨師東海王青華小童君,屬"第二中位"。陶弘景《洞玄靈寶真靈位業圖》,頁 3b。唐詩中的"玉皇"以統禦天庭的高位神明形象出現,例如:李白《贈别舍人弟臺卿之江南》、吴筠(卒於 778 年)《遊仙二十四首》其三、韓愈(768—825)《李花二首》其二以及《華山女》、柳宗元(773—819)《界圍巖水簾》、白居易《夢仙》、李紳(772—846)《贈毛仙翁》、李咸用(九世紀末至十世紀初)《昇天行》等等,這些用例中有用作比喻的。見《全唐詩》卷一七一,頁 1758,卷八五三,頁 9641,卷三四〇,頁 3808;卷三四一,頁 3841,卷三五一,頁 3930,卷四二四,頁 4655,卷四八三,頁 5494,卷六四四,頁 7381。另又見:武則天(624—705)的《昇天太子碑》;陸長源(活躍於 796 年前後)的《華陽三洞景昭大法師碑》,見《全唐文》卷九十八,頁 2b,卷五一〇,頁 13b。玉皇贈紫衣裳當是中晚唐詩詞中的一個熟典。除了見於曹唐的詩,這個典故還見於王建(生於 766 年)的《贈王屋道士赴詔》、陸龜蒙(約卒於 881)的《奉和襲美〈吴中言情見寄次韻〉》和《王先輩草堂》。《全唐詩》卷三〇〇,頁 3410,卷六二六,頁 7197,卷六二九,頁 7222。現存玉皇的傳記見於《高上玉皇本行集經註》(HY 1428)卷上,頁 8b—17b,這是個佛教化的故事,記載"玉帝"(即"玉皇",唐後較常見之别稱)一如佛祖,本爲凡人,後來拋棄其繼承的王國,拯救人民,最終成神,永垂不朽。這部經文儘管"可能根據現已散佚的早期道經《靈寶真文度人本行妙經》所重構",其寫作時間"難以確定"。見 Kristofer Schipper (施舟人), "*Gaoshang yuhuang benxing jijing*," in Schipper and Franciscus Verellen, eds., *The Taoist Canon: A Historical Companion to the Daozang*, 1096–1097, quoting John Lagerwey, *Wu-shang pi-yao: somme taoiste du VIe siècle*, 256。

② 《全唐詩》卷六四一,頁 7347。

③ 李豐楙《憂與遊》,頁 146—147;《全唐詩》卷六四一,頁 7347。

《仙子送劉阮出洞》

殷勤相送出天台，仙境那能却再來？雲液每歸須强飲，玉書無事莫頻開。花當洞口應長在，水到人間定不迴。惆悵溪頭從此別，碧山明月閉蒼苔。①

此詩可與上述的魚玄機詩對讀，兩者都提及阮郎離去的情景。曹詩描寫洞穴長在而水流不迴——洞穴指代仙子，水流代劉阮，不變的洞穴和流動的溪水象徵人間和仙境的分隔。女子希望玉書和雲液能延長凡夫情人的生命②，但二郎一旦離開仙境就會衰老。這段敘述中仙女處於全知視角，她們自知一旦與情人分別便重聚無期，而凡夫情人對此却一無所知。

在曹唐組詩中的另一首中，女子痛苦的結局與魚玄機的描述甚爲相似。曹詩寫到她的情人返回人間後，雖然命短却活得快樂，而女子却在仙境中受著綿綿長恨的痛苦煎熬。其詩曰：

《仙子洞中有懷劉阮》

不將清瑟理霓裳③，塵夢那知鶴夢長④。洞裏有天春寂寂，人間無路月茫茫。玉沙瑶草連溪碧，流水桃花滿澗香。曉露風燈零落盡，此生無處訪劉郎。⑤

---

① 《全唐詩》卷六四〇，頁 7338。

② 施蟄存解釋："'雲液'是仙女贈劉、阮的酒名。她們勸劉、阮多飲仙酒，可以延年益壽。……'玉書'是道家的書籍。內容大約是養生的藥方或解災辟邪的法術。"見施蟄存《唐詩百話》，頁 648。

③ 該曲的全名爲《霓裳羽衣》，最早由河西（今甘肅省）節度使楊敬述（活躍於八世紀初）引入長安。該曲最初名爲《婆羅門曲》，後由唐玄宗改爲《霓裳羽衣》。《新唐書》卷二十二《禮樂志》，頁 476。據劉禹錫記載，這首曲子是當年玄宗"三鄉陌上望仙山，歸作霓裳羽衣曲"。見劉禹錫《三鄉驛樓伏睹玄宗望女几山詩小臣斐然有感》，《全唐詩》卷三五六，頁 3999。有關這首曲子傳播過程，見王灼（十二世紀）《碧雞漫志》卷三，頁 124—129。

④ "鶴夢"一詞在晚唐詩歌中似乎很常用，指代一種超越凡間生活的希望。現存最早載有"鶴夢"一詞的文獻是司空圖（837—908）的《與李生論詩書》，見郭紹虞《詩品集解》，頁 68；《全唐詩》卷六三四，頁 7289。

⑤ 《全唐詩》卷六四〇，頁 7338。

雖然自《離騷》起傳統文學的愛情主題常被詮釋爲政治諷刺的作品，但曹唐的遊仙詩的政治寓意則較難確定[①]。曹唐確實曾仕途失意，但如果將其個人際遇和失意情懷硬套於上述作品作詮釋，那就不免牽强穿鑿。因此，較合理的讀法應如李豐楙所推測及上文所論：曹詩中以劉阮傳説爲基礎的愛情主題應指詩人與女道士的不規範的愛情。

女冠仙子和她的情人

從以上幾首詩可見，劉阮故事的女子在中晚唐詩歌中有三重身分：情人、女冠及歌妓。上文對曹唐詩歌的解讀符合中晚唐的文化與詩學背景[②]。這樣解讀詩歌的隱喻内蕴的方法，可用在閱讀一些含相關主題的中晚唐詞作，據以更準確地理解某些詞語概念、意象和作品主題。

女主人公的三重身分特質常見於《花間集》所收録有關劉阮故事主題的詞作中。《花間集》所收詞作多以濃豔筆墨刻劃女性姿態容顔，缺乏深刻寓意，歷來爲人所詬病。無獨有偶，大多數花間詞的創作年代與曹唐以劉阮故事爲主題的詩作相約。《花間集》中最流行的詞牌之一是《女冠子》，這個詞

---

① 程千帆對比研究了郭璞(276—324)與曹唐的遊仙詩，並指出郭璞詩基本沿襲了《離騷》的傳統；而曹唐雖然繼承了屈原的風格，但也將其作品主題擴充到其他方面，如道教方術、房中、煉丹、女冠枕席之歡等。程千帆《郭景純、曹堯賓〈遊仙〉詩辨異》，見《古詩考索》，頁306—307。

② 這種推斷在學術界並未廣泛接受，但有前人持同樣看法。早在上世紀八十年代便有學者認爲曹唐詩中的戀愛主題反映了現實，但可惜並未詳細論述。見程千帆《郭景純、曹堯賓〈遊仙〉詩辨異》，頁300—301；梁超然《晚唐詩人曹唐及其詩歌》，頁76。顔進雄將曹唐詩的主題解讀爲仕途不順。見《唐代遊仙詩研究》，頁375—382。陳繼明認爲曹唐通過其遊仙詩"曲折地表現了人間的悲歡離合"，但没有具體指出是哪些詩。見《曹唐詩注》前言，頁3—4。儘管施蟄存認同其援引的廖文炳(十六世紀中末葉)的觀點，認爲曹唐的遊仙詩意指與歌伎的交往，但他僅以劉阮傳説解釋曹唐詩，没有聯繫曹唐個人的生平分析。見施蟄存《唐詩百話》，頁644、646—649。

牌始創於長安的風月場所①。此詞牌的作品大都以劉阮故事爲藍本②,寫一位女子爲失去的愛情所受的折磨。從劉阮故事的主題發展脈絡來看,仙女的角色朝世俗化方向演變。到了晚唐,作品中的這位女子基本定型爲以女冠爲表象的歌妓或情人③。花間詞人在重寫劉阮故事時,習用“花洞”一詞來指代女子與情人享受歡快的幽會的閨房④。但當情人離去後,以往的歡愉激情頓然把“花洞”變成痛苦的源泉。

以下引述的詞作印證了這個推斷,並且符合上述李豐楙對曹唐詩的分析。温庭筠是現時所知的首位填《女冠子》詞牌的詞人,其作品如下:

《女冠子》其二

霞帔雲髮,鈿鏡仙容似雪。畫愁眉,遮語迴輕扇,含羞下繡幃。玉樓相望久,花洞恨來遲。早晚乘鸞去,莫相遺。⑤

從詞末二句的祈使語氣得知詞的上下闋的視角不同。下闋以“我”敘述,玉樓相望的情景合用了兩個典故,即簫史、弄玉故事和劉晨、阮肇故事。這做法並非《女冠子》詞牌所獨有,在詩的傳統中也有之,如上引紅綃妓詩即是。這兩個典故的場景分别爲“玉樓”和“花洞”,旨在表現不願被情人拋棄的共

---

① 《御定詞譜》卷四,頁4b。有關《女冠子》詞作的最新研究是田安(Anna M. Shields)的 *Crafting a Collection: The Cultural Contexts and Poetic Practice of the Huajian ji* 花間集(*Collection from Among the Flowers*),314—343,當中引用並評論了薛愛華及柯素芝(Suzanne E. Cahill)的相關研究成果。Schafer, “The Capeline Cantos: Verses on the Divine Loves of Taoist Priestesses,” 5—65; Cahill, *Transcendence and Divine Passion*.

② 雖然《女冠子》詞在《花間集》中佔有相當的分量,用劉阮事的詞作並不限於《女冠子》詞。Shields, *Crafting a Collection*, 321, n. 76; 高鋒《花間詞研究》,頁108。許尚樞認爲最早改寫劉阮故事的詞是司空圖的《楊柳枝》其五,詞見曾昭岷等編《全唐五代詞》副編卷一,頁1049;許尚樞《劉阮傳説的源流和影響》,頁188。

③ 田安列舉了孫棨的一首詩,認爲以劉阮故事爲題材的詞中並非所有人物或描寫對象都是女冠。中晚唐詩人詞人較傾向於以“道教”的形象去裝飾妓女。Shields, *Crafting a Collection*, 320.

④ 李誼解釋“花洞”爲“女冠所居之處”。見《花間集注釋》,頁43,注5。另參見權德輿(759—818)爲女冠所作的《戲贈張鍊師》中的一句:“相邀洞口勸流霞。”《全唐詩》卷三二二,頁3628。

⑤ 《全唐五代詞》正編卷一,頁119。

有主題。薛愛華歸納出同用《女冠子》詞牌的作品中的共有語言特點和相同意象[①]。這個論點有助確定該詞牌作品中程式化(formulaic)的譬喻修辭特點。據此,"玉樓"和"花洞"這兩處地方不僅僅是景物描寫,還藴含了豐富的涵義。

我們先分析鹿虔扆(活躍於十世紀)的《女冠子》的程式化特點,然後再作具體論述。鹿詞曰:

> 鳳樓琪樹[②],惆悵劉郎一去。正春深,洞裏愁空結。人間信莫尋。竹疏齋殿迥,松密醮壇陰。倚雲低首望,可知心?[③]

從鹿氏這首詞及温庭筠詞的一些模仿作品中,可梳理出一些程式化的因子,這些因子有助於準確地理解温詞中的典故[④]。這些程式化因子令讀者讀出女子的三重身分。首先,她身穿"霞帔",是女道士服飾。唐詩中歌妓的住處多稱"玉樓"(如上引温詞),鹿詞則稱作"鳳樓"。從鹿氏所寫的"劉郎一去"和"洞裏"得知此"洞"與温詞的"花洞",均用劉阮典故。鹿詞中"琪樹"一詞也可資佐證,因爲在孫綽(314—371)的《遊天台山賦》中,琪樹是天台山一帶的特産。這些因子都與劉阮故事及天台山傳説有關[⑤]。鹿詞中

---

① 薛愛華除了研究語言特點外,還比較了詞作中的"冠"、"帔"、"壇"、"翠"等詞彙,重構了這些詞作中的女冠的衣著、形象和環境。見 Schafer,"Capeline Cantos," 17-34。張以仁以相關數據分析並重構了當時的一種寫作風氣,即該類詞人以相同的常用詞彙、典故甚至相同内容創作同詞牌作品。見張以仁《從鹿虔扆的〈臨江仙〉談到他的一首〈女冠子〉》,頁 269—271。

② "琪樹"據説長於天台山,並與神仙有關。薛愛華英譯爲"nandin",相關論述見 Schafer,"Capeline Cantos," 37-38。薛愛華又考證出"琪樹"爲"南天竺"(*nandina domestica*)。見 Schafer,"Annex to 'Combined Supplements to Mathews'," 7。"南天竺"這種植物雖有衆多别名(如"南天燭"、"南天竹"),但並不包括"琪樹"一名。見 Bernard E. Read, *Chinese Medicinal Plants from the Pen Ts'ao Kang Mu*, 52, no. 200a。

③ 《全唐五代詞》正編卷三,頁 570。

④ 張以仁確定温庭筠一首《女冠子》詞的主題爲愛情,並提供了各種數據以證明《花間集》寫作主題十分狹窄。但他並未提及"洞"與劉阮傳説的聯繫。見張以仁《温庭筠兩首女冠子的訓解與題旨的問題》,頁 10;《從鹿虔扆的〈臨江仙〉談到他的一首〈女冠子〉》,頁 269—271。

⑤ 孫綽最早記載天台山上的"琪樹"。李善(約 630—690)引《山海經》説:"崑崙之墟,北有珠樹、文玉樹、玗琪樹。"《文選》卷十一,頁 8b,李善注。袁珂《山海經校注》卷六《海經新釋》,頁 299。

的女子住在有“鳳”、“鸞”和“琪樹”的仙境,這些意象來自孫綽作品中所描述的天台山仙境,那裏有神鳥、奇花異草和王子喬這類人物[①],是仙人升天的地方。這類升天活動在道教文學中意爲得道成仙,但在豔詩傳統中,陳寅恪解釋爲愛情(見上文)。此外,鹿詞首句直接借用了温庭筠《女冠子》(其一)一句:“琪樹鳳樓前。”鹿、温同將女子比喻成琪樹[②]。這個意象刻畫了一位渴求重獲愛情的深情女子,這情懷在詞的第二到第五句被作者借用劉阮故事加以鋪排、展開和深化。但與劉阮原故事不同的是,仙女變成了“齋殿”和“醮壇”(鹿詞第六、七句)中抒發春愁的女冠;上引魚玄機的詩與其他大多數以《女冠子》爲題的作品也如此[③]。

渴求重獲愛情的場景源於劉阮春天離開洞窟的情節。這種希望重聚却不能如願的情緒在詞中表現爲主人公幻想與愛人在天上暢遊。其他重複出現的意象有道壇女子渴求重獲愛情的場景,這是從劉阮在春天離開洞窟的情節演化過來的。這種渴望重聚却不得實現的願望,在詞作中表現爲女主人公幻想與愛人在天上暢遊。其他常見的意象包括道壇、夢、桃

---

① 孫綽《遊天台山賦》,《文選》卷十一,頁7a—8b。據上注引《山海經》,玗琪樹所在之崑崙,“鳳皇、鸞鳥皆戴瞂”。孫綽的賦中寫琪樹與“鳳”、“鸞”一同出現,蓋有所本。據地志載,琪樹是天台山地區特有的一種植物。見張聯元(1691年進士)《天台山全志》卷四,頁8a。明代釋無盡推斷李善對孫綽所寫“僊都所産”的注:“正指桐柏石橋等處也。”見釋無盡《天台山方外志》卷十三,頁17b。薛愛華指出“琪樹”長於茅山,類似於“snow-gem tree”,他參考的文獻除陸龜蒙的《奉和襲美懷華陽潤卿博士三首》其三(《全唐詩》卷六二五,頁7184)之外,並不用“琪樹”之名,而是“南燭”——“吴越間亦呼染叔”。見 Schafer, *Mao Shan in T'ang Times*, 15, 59, n. 89 引《茅山志》(HY 304)卷十九,頁2b—3a所引《清虚真人内傳》和《登真隱訣》。天台山自見於孫綽的《遊天台山賦》後就十分有名。初唐時天台山因司馬承禎(647—735)曾居此而出名。詩人宋之問(卒於712年)、崔湜(671—713)、李嶠(664—713)、張説(667—713)和張九齡(673—740),甚至唐玄宗也曾爲司馬承禎寫詩,但没有引用劉阮傳説。見《全唐詩》卷五十二,頁6363,卷五十三,頁656,卷五十四,頁664,卷六十一,頁729,卷三,頁35。有關這些作品的論述可參看 Paul W. Kroll, “Szu-ma Ch'eng-chen in T'ang Verse,” 16－32; “Notes on Three Taoist Figures of the T'ang,” 19—22。大多提及天台山的地志中所載的劉阮傳説只記“劉阮洞”一處,宋朝時如此稱呼。地志編者們的主要興趣多在道教和佛教傳説,如釋無盡《天台山方外志》卷三,頁6a;張聯元《天台山全志》卷三,頁13a/b。

② Schafer, “Capeline Cantos,” 37.

③ 薛愛華並没有確認典故爲劉阮傳説,但因爲“鳳樓”重複出現,因此他認爲“這是表示女子住所或宫廷美厦的一般意象。本人推斷這是表現仙宫的意象,也許是西王母的住所。”(“It is a common image of a residence of a woman, or for a lofty royal building. Here I suspect that it is an image of a divine palace—perhaps that of Hsi Wang Mu.”) Schafer, “Capeline Cantos,” 38.

花、道袍與洞窟等[①]。這些意象説明了《女冠子》這一詞牌——顧名思義——本身講述的就是女冠的故事;這是早期詞的文體特點,是爲該詞牌作品在早期所見的題材規範化的現象。這傳統在同詞牌作品中得到延續,大多數《女冠子》詞講述的都是女冠自敘愛情故事,以劉阮故事爲題材的作品也屬於這一譜系。

這種文學傳統中的女主人公從一個他界女子變成身穿道袍的美麗女子,而且爲失去的愛情苦惱憂愁,這個轉變是新時代的産物。這個狹窄的主題圈子有助我們確定詞人在引用劉阮故事的《女冠子》詞作中樂於使用的一般意象,其中"洞窟"一詞十分重要。晚唐詞使用劉阮典故蔚然成風,這種風氣一直持續到五代和宋代[②]。五代一個例子是李珣(約 855—930)的《女冠子》[③],當中的女主人公用劉阮事以抒發感傷。其詞曰:

> 春山夜靜,愁聞洞天疎磬。玉堂虚,細霧垂珠珮。輕煙曳翠裾。對花情脈脈,望月步徐徐。劉阮今何處?絶來書。[④]

詞中所述的場景與女主人公的心情均見於温庭筠和鹿虔扆的《女冠子》。但洞中何以聽到磬響則頗爲奇怪;顯然,女主人公正身處"玉樓",也許是宫中寢室、禪房或者閨房。詞中劉阮的名字如"洞"的指代作用一樣,作"情人"解,已經失去了《幽明録》故事主人公的本質與内涵[⑤]。女主人公的一

① 張以仁《從鹿虔扆的〈臨江仙〉談到他的一首〈女冠子〉》,頁 269—273,有關於以上部分意象的數據。

② 關於宋詞中劉阮故事的運用,參看拙著《洞仙歌送阮郎歸——歐陽修詞閨情淺探》。

③ 李珣祖先爲波斯人。珣以秀才爲五代前蜀後主王衍(919—925 在位)賓客。前蜀亡後,珣守節不仕。見何光遠(十世紀)《鑒誡録》卷四,頁 3a;吴任臣(約 1628—約 1689)《十國春秋》卷四十四,頁 5a。

④ 《全唐五代詞》正編卷三,頁 602—603。

⑤ 薛愛華指出劉阮二人已成爲"富有精神内涵的人物"("persons of rich spiritual content"),也是文學作品中女主人公設定的戀人("putative lovers")。見 Schafer, "Capeline Cantos," 25。李豐楙説:"劉郎,仙郎的雅稱,也是北里詩的常見手法。"見《仙、妓與洞窟》,頁 486—487。除了薛愛華和李豐楙所舉的例子,還有許渾(832 年進士)嘲諷、打趣房千里相思的詩句:"爲報西遊減離恨,阮郎才去嫁劉郎。"許渾《寄房千里博士》,《全唐詩》卷五三六,頁 6127。

身道袍與一腔愁情,已經成爲花間詞涉及劉阮典故作品的常備元素,從現有的資料看,温庭筠是這個詩學傳統的較早實踐者。

《女冠子》作品的主題元素體現了劉阮故事在詩化敘述上的又一次衍變。曹唐詩中描述主人公與歌妓來往;在詞體文學中却一轉視角,變成了女冠表達渴求愛人歸來的愁情。儘管魚玄機等女詩人的作品中已出現了這種主題和手法,但到了詞人手中則又跨進一步,並且男詞人以女性口吻書寫,使這種文學傳統得以繼續蓬勃發展。如果温庭筠真的是這個傳統的革新者,那麽自他起這種風氣一直在詞體文學中特别是在蜀地持續著,至宋代詞壇更開出了新的花朵①。

結語:新世界裏的劉阮與情人

從上文討論的以誤入桃源爲主題的詩作和《女冠子》詞可見,唐代詩人詞人喜以劉阮故事作抒寫情懷與敘説豔情的藍本。在中晚唐、五代詩詞中,詩人在描寫與女冠或情人的戀愛時,常引劉阮典故以助抒情。曹唐的詩歌爲劉阮傳説的詩化處理著力渲染了情愛的成分,他的遊仙詩十分盛行②。在這種時風中,作品中的劉、阮及其戀人角色有著十分重要的作用。這個詩歌傳統的一個發展方向是轉而描寫女子對情郎的思念,上引魚玄機詩是較爲典型的例子,這個發展方向對詞這一體裁也有著深遠的影響。雖然這故事在發展過程中一直保留著愛情與命運的主題,但在中晚唐相關的詩詞作品中,劉晨、阮肇的形象已與《幽明録》原故事中所載大異其趣。

劉晨、阮肇文學傳統中的"兩個世界"劃分了人間和仙境,經過後代文人詩歌中的寓言化表述,新的意涵乃孕生其中。當一個故事被重新演繹,故事的原來意義亦隨著詩人的目的而發生删減和增衍的改編。雖然劉阮

---

① 見拙著《洞仙歌送阮郎歸——歐陽修詞閨情淺探》。

② 傅璇琮《唐才子傳校箋》第三册,卷八,頁 492—493,梁超然注指出《唐才子傳》載羅隱(833—909)曾與曹唐討論其遊仙詩一事爲"小説家言,不足爲信",因爲"羅隱生於大和七年,較曹唐晚出約三十餘年,今未有直接證據以證彼此有交往"。然而這段傳言不屬實這一點,側面反映了上述曹唐的詩歌當時大受歡迎的情況。

故事的寓言化不知始於何時,但至少在八世紀末以前仍未出現[①]。本文所論述的誤入桃源主題詩詞作品的創新意義,是中晚唐詩人詞人對劉阮文學傳統所作的重要貢獻。這些作品中的“兩個世界”是對詩人政治生涯和風流韻事這兩個相矛盾的世界的直接映照。劉晨、阮肇和仙境情人的事蹟在晚唐詩詞中不斷被改寫,即使他們原來的身分和特徵在新的寓意表述中已經發生了變化,但在一定意義上,劉阮傳説穿越了時空,在詩歌的新世界裏繼續發展變化,獲得了“永生”。

① 上文所引紅綃妓的詩究竟是否由八世紀末的紅綃妓所作,頗成疑問。這首詩極有可能是裴鉶在九世紀末時作《崑崙奴》時所寫。

第三部分

仙道法術

阮籍、嵇康尋“仙”考論

引言

由於史料的不足和舛誤，關於阮籍（210—263）和嵇康（223—262）這兩位三世紀的最重要詩人的生平事蹟，存在著不確定和誤解。兩人曾分別拜會隱士孫登，而嵇康亦曾從王烈遊，這對於阮、嵇的思想和態度似乎產生過很大的影響。因此，深入考究這些事件，可以爲我們提供一些關於阮、嵇作品内容風格的形成及發展的啓示；同時，也爲二人的一些作品繫年提供有力的根據。弄清這些脈絡實有助重構兩位詩人所處的歷史背景以及他們的一些同時代人的事蹟。

一般認爲阮籍和嵇康都只分別拜訪過孫登一次，其實不然。雖然二人都確曾拜會過孫登[1]，但會面的地點和時間却難以確定。筆者過去論證了阮籍拜訪的那人，雖有些材料不記其姓名，但其實就是孫登；也論證了

① 見拙文《阮籍訪孫登辨疑》，頁 64—65。

阮籍拜訪過孫登兩次,並且推測過兩次會面的時間①。然而,有些地方仍有待進一步闡明,除了補前論之不足,本文重點在於考證阮籍訪孫登以及嵇康訪王烈、孫登的時間、地點以及相關細節。

文獻概覽

在進入具體討論之前,我們先對相關文獻作概述與分類。這些文獻可以分成三類:

(一)可信度較高的,成書較早的文獻,如葛洪(248—344)的《神仙傳》②和張隱(約304年)的《文士傳》③。

(二)成書稍晚,但直接或間接引用了較早期材料的文獻。這些文獻可能保留了先前記録的原貌,因此也是重要的參考。這類文獻包括:樂資(約410年)的《九州要記》④、孫盛(約302—373)的《魏氏春秋》⑤、袁宏

① 龔斌之見與筆者同,認爲此蘇門山上的隱者即孫登,見《世説新語校釋》卷下"棲逸十八",頁1276—1277,注2、8。余嘉錫對此持不同看法,認爲王隱(約320年人)和張騭(一作張隱,約304年人)書中關於阮籍與嵇康訪孫登的記載是錯誤的;而蘇門先生和孫登其實是兩個人,並且阮籍只拜訪過兩人各一次,而嵇康只在孫登處"不過一炊許時",並非三年。《世説新語箋疏·棲逸十八》,第2條,頁649—651,注1(本文引《世説新語》原文均據此本)。近亦有論者考證,也認爲蘇門先生和孫登是兩個人,而蘇門山及汲郡北山也是兩個不同地方,而歷史文獻却把兩人、兩地合而爲一。見程峰《關於孫登的幾個問題》,頁8—13。魏敏則認爲孫登其人其事,是道教傳説累增而成。見魏敏《孫登事蹟考》,頁534—535。小林昇對相關記載作比較分析,認爲蘇門先生和孫登的混而爲一的淵源是王隱的《晉書》。小林昇《孫登の伝について》,頁32、37。

② 李昉(925—996)等編《太平廣記》卷九,頁63—64引《神仙傳》。又見胡守爲《神仙傳校釋》卷六,頁238—240。

③ 《世説新語·棲逸十八》,第1條,頁647,劉孝標(458—521)注。張隱又作張騭,見《隋書》卷三十三《經籍志二·雜傳》,頁976。新舊《唐書》及《通志》均曰:"《文士傳》五十卷,張騭撰。"惟《崇文總目》作:"《文士傳》十卷,張隱撰。"見興膳宏、川合康三《隋書經籍志詳攷》,頁385。

④ 此書亦名《九州記》。見王先謙(1842—1917)《合校水經注》(下文引作《水經注》)卷二十九,頁10a。《九州要記》原書已佚,輯本收於王謨(約1790年)《重訂漢唐地理書鈔》,頁4a。作者樂資很可能是東晉時人,卒於五世紀初葉,他在《山陽義記》和《山陽公載記》中記載了漢獻帝(189—220在位)的故事,因此他應該十分熟悉山陽的歷史,其地曾分別爲漢朝末代皇帝和嵇康較長時間的居住地。《九州要記》中嵇康拜訪孫登的史料最早見於樂史(930—1007)《太平寰宇記》卷五十六,頁9a。

⑤ 《三國志》卷二十一《魏書·阮瑀傳附籍傳》,頁604—605,注1裴松之(372—451)注。

(328—376)的《竹林七賢傳》[①]、戴逵(卒於 396 年)的《竹林七賢論》[②]、孫綽(約 301—380)的《高士傳》[③]、王隱的《晉書》[④]、臧榮緒(415—488)的《晉書》[⑤]和劉義慶(403—444)的《世説新語》等等[⑥]。撰於三世紀末葉到五世紀中葉的《晉紀》也屬於此類[⑦]。

(三) 據早期文獻而得歸納性結論的後期文獻通常並不十分可信。這些説法是對阮、嵇訪孫登的誤解的主要來源。南朝後大多相關記載的論據大抵都來自這類文獻。例如:房玄齡(579—648)的《晉書》[⑧]、梁載言(約 685 年)的《十道志》[⑨]和佚名的《孫登列傳》[⑩]都不能盡信。其中部分記載甚至頗爲牽强。

即便根據以上不同文獻所載,仍然難以確定阮籍和嵇康於何時何地造訪孫登,以及嵇康訪王烈的詳情。儘管如此,我們還是可以作兩方面的推斷。一是由於許多文獻記載孫登的居所在宜陽山中,距離最早記載的孫登居所蘇門山頗遠(見附録地圖),我們可以假定孫登不同時期在太行山區或更遠的地方有不同居所。另一點是嵇康訪孫登的相關事實有助於確定阮籍訪孫登的時間。王隱認爲阮籍在宜陽山上會見孫登[⑪];房玄齡在《晉書·孫登傳》的説法基本相同:

> 孫登字公和,汲郡共人也。……嘗住宜陽山,有作炭人見之,文帝

---

① 《水經注》卷九,頁 5b,酈道元(卒於 527 年)注。《竹林七賢傳》一作《竹林名士傳》。見《晉書》卷九十二《袁宏傳》,頁 2398。

② 《世説新語·棲逸十八》,第 1 條,頁 647,劉孝標注引。

③ 《水經注》卷十五,頁 6b。《高士傳》一作《至人高士傳讚》,著録於《隋書》卷三十三《經籍志二·雜傳》,頁 975。

④ 《太平御覽》卷五〇二,頁 3b;《世説新語·棲逸十八》,第 2 條,頁 649,劉孝標注引。

⑤ 《水經注》卷十五,頁 6b 引臧榮緒《晉書》。

⑥ 《世説新語·棲逸十八》,第 1、2 條,頁 647—649。

⑦ 《太平御覽》卷五七九,頁 7b—8a。《隋書·經籍志二·雜傳》著録七種《晉紀》,這七位作者的生活年代最早爲晉朝,最晚爲南朝宋。見《隋書》卷三十三,頁 958。裴松之也寫過一篇《晉紀》,已佚,引文見於虞世南(558—638)等編《北堂書鈔》卷六十五,頁 5b。檀道鸞(約 430 年)也著有一部《晉紀》,已佚,引文見《太平御覽》卷二六三,頁 5b。

⑧ 《晉書》卷四十九《阮籍傳》,頁 1362。

⑨ 《太平御覽》卷四十五,頁 2a。

⑩ 《太平御覽》卷三九二,頁 4a/b。

⑪ 《太平御覽》卷五〇二,頁 3b。

聞之，使阮籍往觀。[①]

然而，房玄齡在《晉書·阮籍傳》則曰："籍嘗於蘇門山遇孫登。"[②]這兩條記載顯然自相矛盾，反映了房玄齡歸納前代文獻的做法。上引《晉書·孫登傳》所據當是臧榮緒的《晉書》，仔細對照就能發現一個容易被忽視的關鍵詞。臧氏記載："孫登嘗經宜陽山，作炭人見之……"[③]房書則改"經"爲"住"，因此引起了混淆。正如酈道元在《水經注》中所提出的那樣，儘管臧榮緒可能只是概括了其他文獻的要點，因爲孫綽已散佚的《高士傳》提到阮籍於蘇門山見隱士，但不記隱士之名；[④]但從臧氏所記可知孫登居所不止一處：除了蘇門山以外，孫登也在宜陽山被作炭人看到過，這也曾經是阮籍訪孫登的地方。有了這個認識，就更能合理解釋房玄齡以前的史家的記載，比如孫盛、劉義慶、孫綽等人認爲阮籍到蘇門山所訪的是一位佚名的真人，如孫盛曰：

> [阮籍]嘗遊蘇門山，有隱者莫知姓名……籍聞而從之，談太古無爲之道……[⑤]

嵇康訪孫登，一般認爲是在太行山，或者是在汲縣（治在今河南省衛輝市）北部山區。持此見者，分别是樂資和孫盛。樂資記載的是："天門山有三水，嵇康採藥逢孫登彈一弦琴，即此山。"[⑥]孫盛則曰："初，康採藥於汲郡共北山中，見隱者孫登。"[⑦]而《晉紀》則曰："孫登字公和，不知何許人……居白鹿、蘇門二山。"[⑧]

---

① 《晉書》卷九十四《孫登傳》，頁2426；《太平御覽》卷五〇二，頁3b。

② 《晉書》卷四十九《阮籍傳》，頁1364。

③ 《水經注》卷十五，頁6b引臧榮緒《晉書》。

④ 《水經注》卷十五，頁6b。

⑤ 《世説新語·棲逸十八》，第1條，頁647，劉孝標注引《魏氏春秋》。王隱没有指出該隱士的名字，只稱之爲"蘇門先生"。

⑥ 《九州要記》，頁4a。

⑦ 《三國志》卷二十一《魏書·嵇康傳》，頁606引《魏氏春秋》。

⑧ 《太平御覽》卷五七九，頁7b引《晉紀》。

據此，孫登的隱居地如果不在太行山脈西南部的宜陽山，就在太行山區，包括蘇門山、天門山、白鹿山以及汲縣北部山區[1]。後者的這些地區，在後期的地志中有這樣的描述：

> 共山在[共城]縣北十里。……天門山在縣西五十里。[2]

> 共城[縣]。有白鹿山、天門山、共山、淇水、百門陂。[3]

> 共山……《水經注》……所謂共北山。……縣志亦謂之九峯山，蘇門之别阜也。[4]

楊守敬(1839—1915)指出："蓋北山即太行支阜，東迤於諸縣境，隨地異名。"[5]楊氏此説有助我們推測：孫登出没於太行山區一帶。此外，我們也需留意，孫登被稱爲蘇門先生、蘇門真人以及"僊君隱蘇門"[6]，表明他和太行山區關係密切。據史載，阮籍、嵇康死後，孫登曾到司州[7]，由此可見，孫

---

① 《太平寰宇記》卷五十三(頁 9a)記載了位於天門山的孫登長嘯臺，毗鄰嵇康生前的隱居之地。這條史料正好和《九州要記》(頁 4a)關於嵇康訪孫登於天門山的記載吻合。

② 《太平寰宇記》卷五十六，頁 8b—9a。

③ 王存(1023—1101)等《元豐九域志》卷二，頁 82。共城縣本名共縣，"隋開皇四年加城字"，唐因之。見李吉甫(758—814)《元和郡縣圖志》卷十六，頁 461。百門陂是蘇門山的别名。蘇門山另有稱柏門山、百門山等。見《水經注》卷九，頁 5a/b，王先謙注。

④ 《大清一統志》卷一五八，頁 3a。

⑤ 楊守敬、熊會貞(卒於 1936 年)《水經注疏》卷九，頁 810。顔師古(581—645)曰："北山，淇水所出。"見《漢書》卷二十八《地理志》上，頁 1554，顔師古注。

⑥ 孫廣(唐)《嘯旨》，頁 7a。

⑦ 《晉書》卷四十《楊駿傳》，頁 1178—1180 載：楊駿(卒於 291 年)於惠帝即位後進"太傅、大都督、假黄鉞，録朝政"，然"自知素無美望，懼不能輯和遠近，乃依魏明帝即位故事，遂大開封賞，欲以悦衆"。"初，駿徵高士孫登，遺以布被。登截被於門，大呼曰：'斫斫刺刺。'旬日託疾詐死"。《水經》酈注："孫登不欲久居洛陽，知楊氏榮不保終，思欲遯跡林鄉，隱淪妄死(按：即詐死)，楊駿埋之於此橋(按：即今偃師西面的七里澗上的旅人橋)之東。"《水經》又云："河水右逕黄馬坂北。"酈注曰："謂之黄馬關，孫登之去楊駿，作書與洛中故人處也。"見《水經注》卷十六，頁 26a，卷五，頁 6a。

登顯然没有長期的固定住所①。以下引文即勾勒了他居無定所的生活：

> 嘉平中，汲縣民共入山中，見一人，所居懸巖百仞，叢林鬱茂，而神明甚察。自云"孫姓，登名，字公和"。康聞，乃從遊三年。②

> 阮嗣宗聞登而往焉。③

> 蘇門山中忽有真人在焉，籍親往尋其人於巖巔。④

> [孫登]嘗住宜陽山，有作炭人見之……文帝聞之，使阮籍往觀……嵇康又從之游三年。⑤

> 大人先生……遺其書於蘇門之山而去，天下莫知其所如往也。……度重淵，跨青天，顧而逌覽焉。⑥

以上這些來源各異的引文，還提供了阮籍訪孫登的時間的重要綫索。首先，阮籍兩次訪孫登，至少有一次早於嵇康。此外，文帝司馬昭(211—265)

① "公和土窟"見於《北堂書鈔》卷一五七，頁12a，引王隱《晉書》。"孫登石室"見《大清一統志》卷一五六，頁6b。晉人庾闡(卒於339後)《孫登贊》對其隱居處有這樣的描寫："靈巖霞蔚，石室鱗構，青松標空，蘭泉吐漏，籠薈可游，芳津可漱，玄谷蕭寥，鳴琴獨奏。"見《藝文類聚》卷三十六，頁650。

② 《世説新語・棲逸十八》，第2條，頁649，劉注引《文士傳》。漢魏間，汲縣是河内郡的一個縣。泰始二年(266)置汲郡時，汲縣成爲汲郡治。見《漢書》卷二十八《地理志》上，頁1554；《晉書》卷十四《地理志》，頁417。

③ 《太平御覽》卷三九二，頁4a/b引《孫登列傳》。《魏氏春秋》有類似記載。見《三國志》卷二十一《魏書・嵇康傳》，頁605，注1裴松之注。

④ 《太平御覽》卷三九二，頁4b引《竹林七賢論》。

⑤ 《晉書》卷九十四《孫登傳》，頁2426。莊萬壽認爲阮籍這次訪孫登是受司馬昭所派，目的是"去監視他的行動"。見《嵇康研究及年譜》，頁134。

⑥ 阮籍《大人先生傳》，《阮籍集校注》卷上，頁161、188。孫登爲大人先生的原型，論見下文。

於魏末所指派的會面不是阮籍第一次見孫登[①]。戴逵的相關記載成書最早，當中提到一位後來被證實是孫登的佚名人士——儘管阮籍到訪之前顯然無人知道這位隱士的名字。當嵇康聽聞孫登的名字和居所後，遂前往拜訪。而文帝派遣阮籍訪孫登之時，孫登之名已爲人所知。因此，阮籍初訪孫登一定早於嵇康，而且必在文帝派遣之前。

筆者先前的一篇論文討論過阮籍兩次訪孫登的問題，但無法確定二者的時間順序。如今通過分析其他材料和阮籍詩歌的相關段落，可以更準確地落實這兩次訪問的時間。

嵇康訪王烈、孫登

本節先討論嵇康訪孫登的細節，是爲下一步有關阮籍訪孫登提供綫索。首要的工作是理出以下較可靠的史料的繫年概況：

（一）嵇康從王烈遊以前，已造訪過孫登。所據材料是房玄齡歸納較原始的史料撰成的史著的記事順序：

> [嵇康]至汲郡山中見孫登，康遂從之遊。……康又遇王烈，共入山。[②]

（二）阮籍訪孫登先於嵇康訪孫登。嵇康訪孫登事見《世説新語》，劉孝標注引王隱《晉書》作結：“孫登即阮籍所見者也。”[③]依照陸侃如《中古文學繫年》中的相關考訂，筆者先前曾把嵇康訪孫登的時間定爲正元二年初到甘露元年(255—256)之間，即嵇康訪王烈的前三年[④]。那次造訪孫登，

---

① 《孫登列傳》載阮籍於“魏末”訪孫登，而《文士傳》則記載了“嘉平中”與嵇康的一次會面。見《太平御覽》卷三九二，頁4a/b，引《孫登列傳》；《世説新語・棲逸十八》，第2條，頁649引《文士傳》。

② 《晉書》卷四十九《嵇康傳》，頁1370。

③ 《世説新語・棲逸十八》，第2條，頁649劉注引王隱《晉書》。

④ 陸侃如《中古文學繫年》，頁578；拙文《阮籍訪孫登辨疑》，頁65。侯思孟(Donald Holzman)認爲嘉平年間(249—253)嵇康訪孫登後隨即拜會王烈。見Holzman, *La vie et la pensée de Hi K'ang*, 42–43。莊萬壽則認爲嵇康從孫登處得知王烈其人，並於嘉平六年(254)拜訪王烈。見《嵇康研究及年譜》，頁143。

嵇康正在前往河東路上[①],此行是爲了逃避因爲曾參與毌丘儉(卒於255年)反司馬氏的株連[②]。然而,根據各種文獻所載,對嵇康此行的目的地可以有更準確的推論:255至257年期間嵇康前往的是河東,而不是他造訪孫登之地汲縣[③]。此外,較早期的文獻記載:嵇康訪孫登後,在河東從王烈遊[④]。現存文獻中並無關於孫登曾到河東的記載,因此當時嵇康訪問的只可能是王烈[⑤]。

最早的相關文獻《神仙傳》中有一條記載提供了佐證。作者葛洪寫道:

> 王烈者,字長休,邯鄲人也。……中散大夫譙國嵇叔夜,甚敬愛之,數數就學。……河東聞喜人多累世奉事烈者。[⑥]

總而言之,嵇康在河東期間,即255年到約258年[⑦],他訪問的隱士很有可能是王烈,而不是住在遠處的孫登。

那麽,嵇康是在何時何地訪問孫登的呢?《文士傳》和《九州要記》提供了嵇康訪孫登的可靠時間和地點:嘉平年間(249—254)於天門山(在今河

---

① 河東郡,治安邑,在今山西夏縣西北禹王城。嵇康此行於河東聞喜(今山西聞喜)見王烈,見下文。

② 《魏氏春秋》載:"大將軍嘗欲辟康。康既有絶世之言,又從子不善,避之河東,或云避世。"見《三國志》卷二十一《魏書・嵇康傳》,頁606,注1裴松之注。

③ 《世説新語・棲逸十八》,第2條,頁649劉注引《文士傳》。嵇康似乎是在汲縣的天門山逢孫登。見樂資《九州要記》,頁4a。

④ 雖然葛洪和臧榮緒都稱王烈是邯鄲人,但在二人的著作中並無王烈在邯鄲或附近地區會見嵇康的記載。見《太平廣記》卷九,頁61引葛洪《神仙傳》;《北堂書鈔》卷一六〇,頁7a引臧榮緒《晉書》。而《大清一統志》(卷一一九,頁6a)則載王烈爲毗鄰河東的"絳縣人"。湯球(1804—1881)在《九家舊晉書輯本》卷九頁76引《北堂書鈔》中臧榮緒的《晉書》時改"遇"爲"過",改變了對會面情況的描述:"嵇康過邯鄲,邯鄲人王烈,自言二百餘歲,共入山……"而《北堂書鈔》所載爲"嵇康遇邯鄲人王烈,烈自言二百餘歲,共入山……"

⑤ 許多學者都認爲嵇康於河東之行拜會孫登。如劉汝霖認爲:"蓋叔夜避居於外,本無定所,然以居蘇門山時爲多也。"見《漢晉學術編年》卷七,頁32。

⑥ 《水經注》卷四十,頁26a/b。經曰:"太行山在河内野王縣西北。"酈注:"王烈得石髓處也。"石髓是一種長生不老藥。而朱謀㙔(約1592年)注引《神仙傳》記王烈得石髓事後,隨即曰"用攜少許示嵇叔夜",因此誤導讀者以爲嵇康也在場。朱引《神仙傳》宋本云:"用攜少許歸,乃與叔夜,曰……"更清楚表明嵇康並没有跟隨王烈往太行山,而是留在河東。見《太平廣記》卷九,頁62引《神仙傳》;《神仙傳校釋》卷六,頁232。

⑦ 嵇康在其作於景元二年(261)的《與山巨源絶交書》中説:"前年自河東還。"嵇康是在正元二年(255)到達河東的,因此很顯然這年至甘露三年(255—258)他身在河東。《文選》卷四十三,頁1b;陸侃如《中古文學繫年》,頁600—601。

南修武縣西北）：

天門山有三水，嵇康採藥逢孫登彈一弦琴，即此山。①

嘉平中，汲縣民共入山中，見一人…… 自云“孫姓，登名，字公和”。康聞，乃從遊三年。②

記載嵇康與孫登的對話的文獻，大都經過明顯的文學潤色。《神仙傳》記録了一個孫登對嵇康評價的重要用詞，可能有助確定造訪的時間：

登曰：“少年才優而識寡，劣於保身，其能免乎?”③

嘉平年間嵇康二十多歲，符合“少年”一詞的描述。假如採納嵇康於正元二年(255)訪孫登的普遍觀點④，嵇康當時三十二歲，並不符合一般人所理解的“少年”的含義，除非我們假定孫登當時的措辭態度是輕佻的或者以長輩自居的。

據上文考訂，基本上可以確定孫登的居所主要在太行山區，而且嵇康訪孫登的地點不可能是河東。而訪問時間既亦大致確定，可以論證樂資在其《九州要記》所持的觀點，即訪問地點在天門山。嵇康很有可能在與竹林七賢其他成員交往以後，於嘉平年間造訪孫登，因爲孫登於正始六年(245)的居所正是位於這一帶。其時，嵇康很可能住在同一地區即山陽(治在今河南焦作東南)，至少拜訪孫登後才搬走。據史載，嵇康遷出會稽以後

① 《九州要記》，頁 4a。
② 《世説新語・棲逸十八》，第 2 條，頁 649 劉注引《文士傳》。
③ 《太平廣記》卷九，頁 63 引《神仙傳》。
④ 陸侃如《中古文學繫年》，頁 577—578。莊萬壽把嵇康訪孫登的年份“暫列於嘉平五年”即公元 253 年，而且爲了磨平史料記載互相矛盾的現象，假定：“嵇康見孫登，《世説新語》説是遇到，但有的説是自行去找的，可能是以前遇過，或聽過，此次則是自行去的。”見莊萬壽《嵇康研究及年譜》，頁 134。

就長期住在山陽[①],因爲他死於四十多歲,而他的友人,也是竹林七賢之一的王戎(234—305)説他和嵇康同住了二十年[②]。山陽是一個頗大的區域,地方廣及太行山脚。嵇康的居所似乎主要是太行山一帶。《元和郡縣圖志》載:

天門山,今謂之百家巖……又有鍛竈處所,即嵇康所居也。[③]

《水經》載:

[長泉水]又逕七賢祠東,向子期所謂山陽舊居也。[④]

酈注曰:

郭緣生《述征記》所云白鹿山東南二十五里有嵇公故居,以居時有遺竹焉,蓋謂此也。[⑤]

天門山、白鹿山和七賢祠所在,是人們曾發現孫登的汲縣西部和嵇康的居所山陽東部。各種史料顯示,嵇康確曾到過這一帶。袁宏《竹林七賢傳》中的一句話除了能够證明以上論點,還説明了其他問題:"嵇叔夜嘗採藥山

---

① 《三國志》卷二十一《魏書·嵇康傳》,頁 605—606,注 1 裴松之注引虞預(約 317 年)《晉書》:"康家本姓奚,會稽人。先自會稽遷于譙之銍縣,改爲嵇氏,取'稽'字之上,'山'以爲姓,蓋以志其本也。一曰銍有嵇山,家于其側,遂氏焉。"譙郡銍縣在今安徽亳州。他的第二處居所很可能是山陽。

② 《世説新語·德行第一》,第 16 條,頁 18。其他史料也説明了嵇康久居山陽,例如:趙至(約 270 年)"亡到山陽,求康不得而還"。嵇康寫下《與山巨源絶交書》後回到了山陽。趙至"年十六,游鄴,復與康相遇,隨康還山陽"。見《晉書》卷九十二《文苑·趙至》,頁 2377;陸侃如《中古文學繫年》,頁 603。莊萬壽繫竹林七賢之遊於 243 年。見《嵇康研究及年譜》,頁 85—88。

③ 《元和郡縣圖志》卷十六,頁 446。嵇康與向秀同鍛鐵的記載見《世説新語·簡傲第二十四》,第 3 條,頁 766。

④ 《水經注》卷九,頁 4a。酈注曰:"向子期所謂山陽舊居也。"引自向秀的《思舊賦》,見《文選》卷十六,頁 12b。

⑤ 《水經注》卷九,頁 4a,酈注。

澤，遇之于山。”[①]所遇者指孫登，其山爲百門陂，在共縣故城西。

陸侃如考訂嵇康於正始六年(245)遷至山陽，而他在“竹林”活動的時間也是這段時期[②]。阮籍是竹林七賢之一，也是嵇康最爲崇拜的一位[③]。我們既已考定阮籍初訪孫登早於嵇康訪孫登[④]，所以嵇康很有可能從阮籍處瞭解到孫登，且從那時候起才拜訪孫登並且從遊三年。由於 255 年初嵇康已前往河東躲避毌丘儉起義的株連，他只可能在嘉平元年(249)或以後才拜訪孫登。很明顯，他從孫登遊三年，進而師事王烈[⑤]。因此可以推測嵇康訪孫登的時間在 249 年到 251 年期間。

阮籍訪孫登

嵇康訪孫登的時間大致確定以後，乃可以據以推斷阮籍訪孫登的日期。筆者在《阮籍訪孫登辨疑》一文中論證了阮籍曾兩次拜訪孫登，假定他十多歲到三十多歲時到蘇門山第一次造訪孫登，第二次造訪則是在正元二年(255)或以後，地點是宜陽山。現在我們可以更準確地落實初訪的時間。

孫登廣爲人知之前，阮籍已經拜訪過他。王隱是第一位提及嵇康訪孫登的學者，並説：“孫登即阮籍所見者也。”[⑥]房玄齡在其根據前人記載而寫成的《晉書・孫登傳》中稱：“文帝聞之，使阮籍往觀……嵇康又從之游三年。”[⑦]但他這種看法將阮籍的兩次造訪混淆成了一次[⑧]。孫盛在《魏氏春秋》中提到：

---

① 《水經注》卷九，頁 5b。
② 陸侃如《中古文學繫年》，頁 545。
③ 嵇康《與山巨源絶交書》，《文選》卷四十三，頁 4a。
④ 拙著《阮籍訪孫登辨疑》，頁 64—65。
⑤ 《晉書》卷四十九《嵇康傳》，頁 1370。
⑥ 《世説新語・棲逸十八》，第 2 條，頁 649，劉注引王隱《晉書》。酈道元並未指明孫登就是阮籍拜會的人。見《水經注》卷十五，頁 6b。
⑦ 《晉書》卷九十四《孫登傳》，頁 2426。
⑧ 韋鳳娟把二人訪孫登的年份定在“嘉平中”，阮在嘉平三年(251)前後，嵇在嘉平三年(251)至五年(253)之間。這個繫年是基於阮籍只訪問過孫登一次這個前提而定的，韋氏並按此繫年論證阮籍的《大人先生傳》是他目睹高平陵事變後對政治形勢的看法的產物。見韋鳳娟《阮籍〈大人先生傳〉辨析》，頁 47、49—51。

籍少時嘗遊蘇門山，蘇門山有隱者，莫知名姓……籍從之，與談太古無爲之道。[①]

筆者在先前的論文中以"少時"一詞的含義爲綫索作考究。如能正確理解"少時"，則不難推斷阮籍訪孫登的詳情。阮籍自己也曾説過，"籍平生曾遊東平"[②]，此處的關鍵詞是"平生"，而在這種語境中不能以其一般含義"終其一生"來理解。孔安國(約前 156—前 74)注《論語》曰："平生猶少時。"[③]據《晉書・阮籍傳》載，阮籍初訪孫登是隨叔父同行的，這可能是因爲他當時年紀輕之故。陸侃如認爲阮籍此行遇到了王昶(卒於 259 年)，而且假定此時是 234 年，阮籍二十四歲，因爲黄初(220—226)後期王昶任兗州太守，在職幾近二十年(約 226—241)[④]。筆者曾論證過阮籍此行經過蘇門山，首次拜會孫登。是次拜會當在 224 年到 238 年期間，即阮籍三十歲前，如上引《魏氏春秋》所載，證以邢昺(932—1010)對"少"字的解釋："少謂人年二十九以下。"[⑤]面對阮籍年齡的幾種不同説法——阮籍太年輕無法獨行、王昶任期約二十年和邢昺對"少"的解釋，將阮籍初訪孫登的時間追溯到王昶兗州太守任期早年最爲合理。

只要進一步考究其他文獻證據，就可以把阮籍初訪孫登的時間定在 225 年到 228 年之間。此時阮籍 16 到 19 歲，這也是他經歷思想上的轉折點的時期。阮籍的《詠懷》其十五云：

昔年十四五，志尚好書詩。被褐懷珠玉，顔閔相與期。[⑥]

---

① 《三國志》卷二十一《魏書・嵇康傳》，頁 605，注 1 裴松之注引《魏氏春秋》。這段話亦見於《太平御覽》卷五〇二，頁 5b—6a；《文選》卷二十一，頁 16b，顔延年《五君詠》之一《阮步兵》，李善注引。

② 《晉書》卷四十九《阮籍傳》，頁 1360。

③ 《論語注疏》卷十四，頁 55a。

④ 陸侃如《中古文學繫年》，頁 511；萬斯同(1638—1702)《魏方鎮年表》，頁 2a—3b。

⑤ 《論語注疏》卷十六，頁 66a，邢昺注。

⑥ 黄節(1874—1935)《阮步兵詠懷詩註》，頁 21。

詩中的“十四五”的準確程度有多高呢？讀者可能會馬上想到如侯思孟所作的解釋——這只不過類似於孔子的自述：“吾十有五而志于學。”①但如果阮籍是用典，他完全可以寫“十有五”而不必改作“十四五”。他所以没有這麼做，表明了此處指定的年齡可能是實指。另外，詩中的道家思想語調讓人聯想到莊子，與阮籍初訪孫登後寫就的《大人先生傳》的大意類似。阮籍這篇重要的文章與莊子思想有關，而與阮籍的後期作品如《樂論》和《通易論》有很大差别②。他的這些後期作品更大程度上受何晏（卒於 249 年）和王弼（226—249）的影響。如馮友蘭所論：“何晏和王弼所研究的經典，都是《論語》、《周易》和《老子》。他們研究這些經典，都是藉以發揮他們自己的哲學思想。”③他們很少引用《莊子》，而集中研究《老子》。然而阮籍的《大人先生傳》及其續篇《達莊論》④讚揚了遠古時期的“無政府”管理方式，以及從莊子處直接學來的“相對論”思想；因爲這些文章根本没有流露正始（240—248）後期普遍流行的何晏、王弼思想的痕跡，所以它們有可能寫於何王“貴無派”興起之前⑤。

有關阮籍訪孫登於蘇門山的早期記載，明顯和阮籍當時對“無爲”的

---

① 《論語·爲政》，2/4。Holzman，*Poetry and Politics*，163.

② 侯思孟認爲《樂論》最遲寫於 254 年，時阮籍四十四歲，但亦“不能確切將之排除在早年所作之外”（“it cannot with any assurance be discounted as a youthful work”）。他還引用了青木正兒的説法，認爲此文主旨不過是傳揚儒家教條。見 Holzman，*Poetry and Politics*，88。

③ 見馮友蘭《中國哲學史新編》第四册，頁 47。湯用彤雖以《王弼之周易論語新義》名篇，但總結時，認爲：“然則其（按：指王弼）形上學，雖屬道家，而其於立身行事，實仍賞儒家之風骨也。”見湯用彤《魏晉玄學論稿》，頁 84、102。

④ 《達莊論》篇首透露了它是《大人先生傳》的“續篇”。阮籍以同一人物“大人先生”開篇，但並没有對這位“先生”加以介紹，因爲《大人先生傳》中已有詳細介紹。見《阮籍集校注》卷上，頁 133。大上正美亦論證了阮籍二文的緊密關係，認爲二篇作於同時，又引述劉伶的《酒德頌》中的“大人”形象佐證；不同意松本幸男的繫年——即《達》作於 248 年；而《大》據之修訂改寫於 258 年。見大上正美《阮籍・嵇康の文學》，頁 114—127。又見拙著：Chan，*Considering the End*，83，n. 61。

⑤ 阮籍在《大人先生傳》和《達莊論》中所體現的早期思想，被歸類到“崇有派”，即“貴無”的對立。阮籍主張物質世界中存在“無外”。見馮友蘭《中國哲學史新編》第四册，頁 106—107。阮籍的“無外”思想可能是參考惠施（約前 370—310）而來的，惠施的相關言論見於《莊子·天下》，33/70。大部分有關中國哲學史的書籍都認爲阮籍晚於“貴無派”，其實在阮籍撰寫體現其融合老莊思想的早期哲學思想的《大人先生傳》和《達莊論》時，王弼尚在襁褓或孩提之年。正始（240—248）初年，何晏大力推許的王弼也只有十幾歲。見《世説新語·文學第四》，第 7 條，頁 198 及劉孝標注、余嘉錫箋疏。

熱衷以及其作品《大人先生傳》受這次會面的直接影響有關。《世説新語》引述了如下兩條作於四世紀的文獻記載:

籍聞而從之,談太古無爲之道,論五帝三皇之義。①

籍歸,遂著《大人先生論》,所言皆胸懷本趣,大意謂先生與己不異也。亦近乎目擊道存矣。②

通過以下《大人先生傳》的一段引文,我們除了可以看到阮籍對老莊思想的融合,還可以瞭解到這時期他心目中的"典範"形象。

昔者天地開闢,萬物並生。大者恬其性,細者靜其形;陰藏其氣,陽發其精;害無所避,利無所爭;放之不失,收之不盈。亡不爲夭,存不爲壽;福無所得,禍無所咎:各從其命,以度相守。明者不以智勝,闇者不以愚敗;弱者不以迫畏,强者不以力盡。蓋無君而庶物定,無臣而萬事理,保身修性,不違其紀;惟兹若然,故能長久。今汝造音以亂聲,作色以詭形;外易其貌,内隱其情,懷欲以求多,詐僞以要名;君立而虐興,臣設而賊生,坐制禮法,束縛下民,欺愚誑拙,藏智自神,强者睽眠而凌暴,弱者憔悴而事人,假廉以成貪,内險而外仁,罪至不悔過,幸遇則自矜,馳此以奏除,故循滯而不振。

夫無貴則賤者不怨,無富則貧者不爭,各足於身而無所求也。恩澤無所歸,則死敗無所仇;奇聲不作則耳不易聽,淫色不顯則目不改視。耳目不相易改,則無以亂其神矣;此先世之所至止也。今汝尊賢以相高,競能以相尚,爭勢以相君,寵貴以相加,驅天下以趣之,此所以上下相殘也。竭天地萬物之至以奉聲色無窮之欲,此非所以養百姓

① 《世説新語·棲逸十八》,第1條,頁647,劉注引《魏氏春秋》。
② 同上,劉注引《竹林七賢論》。

也。於是懼民之知其然，故重賞以喜之，嚴刑以威之；財匱而賞不供，刑盡而罰不行，乃始有亡國戮君潰敗之禍。此非汝君子之爲乎？汝君子之禮法，誠天下殘賊，亂危、死亡之術耳；而乃目以爲美行不易之道，不亦過乎！①

引文從主旨到語言都體現了老莊“無爲”思想對阮籍的影響②。阮籍所提倡的“無爲”是魏晉時期的主流思想之一，其孕生似乎早於“貴無派”的創始人何晏和王弼。以上引文既不是阮籍“十四五”時“志尚好詩書”的表現③，也不是正始時期發展起來的何王“儒道合流”玄學思想的影響的表現。《大人先生傳》中所述，集中於未經晉朝玄學家闡釋的老莊基本思想。因此，將此篇的寫作時間確定在阮籍十五歲（即 225 年）以後到何晏、王弼思想興起之前（約 244 年）是比較合理的。戴逵所説的阮籍寫這篇文章以表達拜訪孫登後的“目擊道存”，也有一定道理④。這次初訪孫登似乎給阮籍的世界觀帶來很大程度的改變。

房玄齡等在《晉書・阮籍傳》中也記録了阮籍人生的一個重大改變，認爲這個改變主要受當時的政治形勢影響：

① 《阮籍集校注》卷上，頁 169—170。
② 參見《老子》，特别是第 18、57 章；《莊子・胠篋》，10/1—41。
③ 史稱阮籍少時“博覽羣籍，尤好莊老”。見《晉書》卷四十九《阮籍傳》，頁 1359。
④ 《世説新語》的第一位注解者劉孝標將《魏氏春秋》和《竹林七賢論》的引文置於書中有關阮籍到蘇門山拜訪孫登的記載之後，似乎認同《大人先生傳》確實是這次會面後所寫的。見《世説新語・棲逸十八》，第 1 條，頁 647。日本學者對《大人先生傳》與現實的關係的觀點主要有三：西順藏認爲篇中思想與嵇康無視禮教的“自然”一致，旨在批判現實；福永光司則以爲篇旨爲道家超越論的思想的發揮；中島千秋則以傳統“列傳”體裁風格視之，有遊戲成分；小川環樹則以爲大人先生的形象乃“半實半虚”傳統中的“架空人物”，是作者的理想寄託。詳情見大上正美《阮籍・嵇康の文學》，頁 112—116。侯思孟結合《詠懷》其七十三中的“奇士”形象論述，認爲大人先生“似是想像中的英雄，屬玄遊避世一類的英雄，其重要性在於：他在阮籍的有意識和無意識的渴望中形成……大人變身成羽化仙人…… [在《大人先生傳》中]其大人則化身成救世者，是爲至善至大的理想人物，令阮籍沉湎其中，拜倒其下。”（He seems to be a purely imaginary hero, a kind of hero of mystical escape. But his importance as the crystallization of Juan Chi's conscious and unconscious yearnings seems to me to be undeniable.... A Great Man being metamorphosed into a great winged creature. ... His Great Man has become a kind of savior, an ideal figure of absolute goodness and greatness that seems to have become an obsession to him. ）Holzman, *Poetry and Politics*, 185, 192. 關於阮籍的末世思想的論述，可參看拙著：Chan, *Considering the End*, 65-96。

> 籍本有濟世志，屬魏晉之際，天下多故，名士少有全者，籍由是不與世事，遂酣飲爲常。[①]

“名士”當中何晏、鄧颺及其他曹爽的擁護者（以上諸人皆卒於 249 年）不能幸免於難，曹氏家族垮臺後他們就被處決[②]。唐朝時房玄齡的記載並没有把阮籍訪孫登一事視作一個轉折點，可知在初唐或以前，關於阮籍尋訪孫登的時間，以及對其人的影響的理解和相關記載，已經含混不清。

根據現有資料可對阮籍思想發展作這樣的推斷：正如阮籍本人所説，他十五歲左右時是一個傳統儒家的擁護者，或者至少深受儒家經典的影響。在經歷過曹氏奪權，漢滅魏興的衝擊後，阮籍開始認真思考政治問題。在作品中他宣稱對治下人民淳樸誠實的“五帝三王”時期最爲推崇，因此他訪問孫登時請教了他“太古無爲之道”和“五帝三王”的含義。孫登却只以他那迴蕩山谷的長嘯回應阮籍，却使阮籍更加重視個人修養的提升，其思想行爲自此發生了變化，例如王昶和他談話時，阮籍“終日不開一言”。“籍雖不拘禮教，然發言玄遠，口不臧否人物。”[③]這些態度和處事作風，都可從他與孫登的見面和“目擊道存”找到根由。從那時開始，阮籍更爲關注《莊子》書中所描述的理想人物“至人”，即像大人先生（即孫登本人）那樣能超脱物質世界的人[④]。阮籍這些思想行爲上的轉變受到嵇康的讚賞，因此他聞説孫登其人及其行誼以後，遂從遊三年。

筆者曾假定阮籍在與叔父前往東平途中初訪孫登，但無法得出一個確切的日期。陸侃如認爲阮籍這次出行時二十五歲，時在魏明帝青龍二年（234）[⑤]。如今有更可靠的證據證實阮籍是在他十五到二十歲時，也就是大約在魏文帝黄初末年至明帝太和四年（226—230）初訪孫登於蘇門山。

---

① 《晉書》卷四十九《阮籍傳》，頁 1360。
② 《三國志》卷九《魏書·曹爽傳》，頁 286—288。
③ 《晉書》卷四十九《阮籍傳》，頁 1361。
④ 《大人先生傳》，《阮籍集校注》卷上，頁 161—162。
⑤ 陸侃如《中古文學繫年》，頁 511。

如上文所述,阮籍曾經應文帝命令,於宜陽山中再訪孫登[①]。房玄齡大概根據只載有阮籍蘇門山之訪的《魏氏春秋》寫道:“籍嘗於蘇門山遇孫登。”[②]但同時他在《晉書·孫登傳》却又説阮籍受文帝所派,訪孫登於宜陽山[③]。房玄齡顯然是在王隱和臧榮緒著作的基礎上記録阮籍的訪問,但並没有認真考證,又或者是,他完全忽略了前代記載中的差異[④]。然而如上所述,蘇門山與宜陽山相距甚遠,且位於不同的山脈。儘管王隱和臧榮緒關於阮籍訪孫登於宜陽山的記録出現較晚[⑤],但我們不能就此忽略他們的記載,而認爲阮籍只在蘇門山或宜陽山拜訪過孫登一次。

阮籍對宜陽山地區的情況應是瞭如指掌的,因爲他曾受命撰寫《宜陽記》——屬地志一類的著作。儘管這個文獻現已散佚,但因爲這類地志主要記載該地區的軼聞故事,所以阮籍理應很熟悉這個地方[⑥]。但這僅僅是推測。

由於史料不足而難以確定阮籍再訪孫登的時間。尋訪時間最早可能是正元二年(255),即司馬昭掌政並任大將軍之時[⑦]。此前阮籍是司馬昭之父司馬懿(179—251)和兄長司馬師(208—255)手下的一位官員[⑧]。阮籍再訪孫登的時間上限是255年,下限是阮籍離世的那一年即263年。儘管陸侃如在《中古文學繫年》中假定阮籍於正元二年拜訪孫登(按:即再訪)[⑨],但這是無法證明的。

---

① 莊萬壽認爲孫登可能是“五斗米道”的道士,文帝派阮籍探訪孫登就是爲了監視孫登的情況,但此説乏論據。見《嵇康研究及年譜》,頁133—134。

② 《晉書》卷四十九《阮籍傳》,頁1362。

③ 《晉書》卷九十四《孫登傳》,頁2426。

④ 侯思孟指出“少時”一詞見於《魏氏春秋》,但他並不認爲有過兩次會面,而以爲是文本的異文現象,“無法知道哪個版本正確(可能兩個都不正確)”(“There is no way of knowing which version is correct [if either])。Holzman, *Poetry and Politics*, 150, 273, n. 7.

⑤ 《水經注》卷十五,頁6b引臧榮緒《晉書》;《太平御覽》卷五〇二,頁3b。

⑥ 《太平御覽》卷四十二,頁5a:“阮籍《宜陽記》曰:‘金山之竹,堪爲笙管’。”

⑦ 《晉書》卷二《景帝紀》,頁33。

⑧ 司馬懿卒於嘉平三年(251),而司馬師卒於正元二年(255)初。見《晉書》卷一《帝紀》,頁20,卷二,頁31。

⑨ 陸侃如《中古文學繫年》,頁575。劉汝霖將之繫於甘露二年(257),但論據不足。見《漢晉學術編年》卷七,頁28—29。劉氏亦以爲阮籍只拜訪過孫登一次。

儘管無法確定阮籍和嵇康尋訪孫登的具體日期,但我們已經完成了基本的繫年工作,並且合理説明了現存文獻中模糊含混甚至矛盾的地方。這也有助於對兩位詩人部分作品的重新繫年工作,解決當今對嵇康和阮籍的記載上的其他問題。

附録:本文關係地名位置圖①

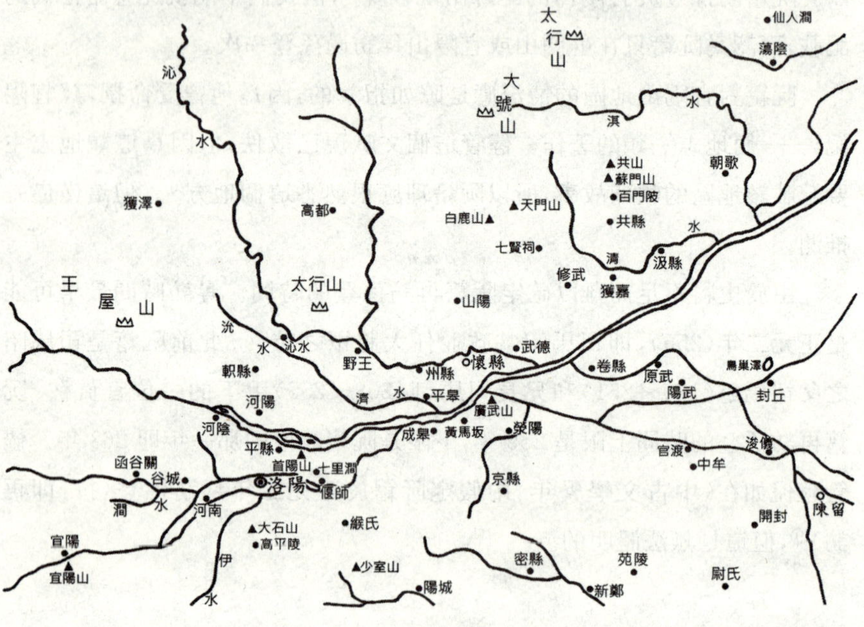

① 本地圖的輪廓根據譚其驤《中國歷史地圖集》第三册,頁 5—6、7—8、11—12,第五册,頁 44—45。地名不見上書者據以下文獻中的相關紀録定位:《水經注》、《元和郡縣圖志》、《元豐九域志》、《大清一統志》、《太平寰宇記》及臧勵龢等編《中國古今地名大辭典》。楊守敬等重構的此區地圖見《水經注圖》卷九,南四西 1b—2a,南五西 2b—3a(複印本現代頁碼:270—271、300—301)。

早期道教詩歌中的“玉華”意象與玄境之遊

引言

遨遊天界這個文學題材和藝術表現在我國古代文學與文化中佔有十分重要的地位。陸機(261—303)在其《文賦》中首次以玄覽玄遊類比論述創作的構思過程,創立了獨特的文學理論體系,玄遊成爲該理論的思想基礎。這個理論在中國古代詩學研究領域已有過很多的探討。然而,相比於屈原《離騷》藉遨遊天國作政治寄託的表述方式[1],道教文學中的玄境翱翔的動機則有所不同。這些不同,在“玄遊”題材中開掘出另一種文學境界。大概由於道經秘傳内容的獨特性和艱深難懂[2],加上文學與宗教文本歷來劃若鴻溝,因此“玄遊”這一保存於道籍的獨特傳統一直較少從文學角度

---

① David Hawkes, *The Songs of the South: An Anthology of Ancient Chinese Poems by Qu Yuan and Other Poets*, 67.

② 李豐楙指出:“一般文士未奉道就根本無緣得見經文,就是奉道世家中的能文之士也要依科而不輕易洩密,這是俗世的詩文總集或詩評絶少録及論及仙歌仙詩的根本原因。”因此,宗教與文學兩種傳統幾乎没有任何交流。見李豐楙《仙詩、仙歌與頌讚靈章:“〈道藏〉中的六朝詩歌史料及其研究”緒論》,頁 651—652。本文所論印證了李氏的觀點,尤其是關於“玉華”守護神聖經籍的角色的内容。

作學術研究[①]。

玄遊這個主題是漢代以前文學中一個顯著的特色,《離騷》則是玄遊文學的一個重要起源。在霍克斯(David Hawkes)梳理出的關於《離騷》的兩個特點中,道教文學與第一個特點即尋求仙女爲伴的情欲主題之間有相似性,儘管在目的上兩者有顯著的不同。然而,霍克斯所言的第二個特點——《離騷》中求仙願望的失敗——在道教文學中却表現爲願望的實現。實現玄遊求仙最早見於《遠遊》,有謂是一首早期道教詩歌[②]。頗爲有趣的是自《遠遊》收入《楚辭》後,人皆知之,其深奥的與道教文化的聯繫却被遮掩了[③]。

玄遊在漢代文學中構成了一個突出的主題,並在魏晉文學中持續發展[④]。玄遊主題分成文學與宗教兩個支流的具體時間不得而知。宗教玄遊譜系的早期例證可見於二、三世紀的《黄庭經》[⑤]。這部可能後來被歸類

---

① 上清派經系的文學美學魅力是近期一些六朝道經研究的熱點,如:Paul W. Kroll(柯睿),"The Divine Songs of the Lady of Purple Tenuity," 149–212;"A Poetry Debate of the Perfected of Highest Clarity," 577–587;李豐楙《仙詩、仙歌與頌讚靈章》,頁 657—683;神塚淑子《六朝道經の形成とその文体——上清經の場合》,頁 53—118;趙益《六朝南方神仙道教與文學》。

② David Hawkes 的相關論述見 *Songs of the South*, 48. 業師柯睿對《遠遊》中的道教元素與表現有專門探討,見 Kroll,"On Far Roaming," 653–669;又見 *Religions of China in Practice*, ed. Donald S. Lopez Jr., 157–165.

③ "遠遊"一詞與道教關係密切。然而王逸(約 89—約 158)爲了强調屈原的忠心,將屈原的玄遊僅僅解釋爲個人挫折的發洩方式。見《楚辭補注》卷五,頁 163。《周易参同契》的作者利用《遠遊》首句中的"輕舉"和"遠遊"以及引自《莊子·大宗師》(6/5)的詞語,描繪了真人獲得長生的故事:"經營三載,輕舉遠遊。跨火不焦,入水不濡。能存能亡,長樂無憂。"見陰長生(東漢)注《周易参同契》(HY 996)卷上,頁 32b—33a。王褒(活躍於六世紀中葉)的《輕舉篇》和曹植(192—232)的《遠遊篇》的立題也直接取自《楚辭·遠遊》的首句,足見其在遊仙文學的重要地位,王、曹之作延續了《遠遊》中的玄遊活動和與仙溝通的兩個重要文學主題。見《樂府詩集》卷六十四,頁 922—923。雖然曹植的《遠遊篇》與《楚辭·遠遊》有承傳關係,但此詩及曹植的其他遊仙詩的模糊性却引起過熱烈的討論,參看侯思孟(Donald Holzman),"Ts'ao Chih and the Immortals," 15–57, esp., 47–51。一些道教修煉者採用了"遠遊"作爲其名字,例如許邁(300—349)後改名"遠遊",他是傳授上清派經典的主力人物之一,見《真誥》(HY 1010)卷十九,頁 13b;《雲笈七籤》(HY 1026)卷九,頁 6b,卷五十六,頁 16a。關於許邁生平最早的記載見於唐代王懸河編《三洞珠囊》(HY 1131)卷三,頁 24b 引馬樞(卒於 581 年)《道學傳》;《文苑英華》卷六六九,頁 5b。此外,《上清後聖道君列紀》(HY 442)的作者名王遠遊。

④ David Hawkes,"Quest of the Goddess," 53–68.

⑤ 馬伯樂(Henri Maspero, 1883–1945)將《黄庭經》著作時間定於二、三世紀,見 Maspero, *Taoism and Chinese Religion*, 489。王明認爲内景經早於外景經,内景經大約作於 252 年,外景經則作於 334 年。見王明《黄庭經考》,頁 548—549,《道家和道教思想研究》,頁 336—337。由於外景經的絶大部分内容收於内景經,引起學界爭論。施舟人(Kristopher Schipper)則認爲内景經根據外景經而作。Schipper, *Concordance du Houang t'ing king*, "Introduction," 1–11.

爲道教上清派的“救世”經書，講述了如何通過“修煉不死軀體”而達到永生①。從文學角度解讀這部經典和其他上清經所描述的玄遊②，可建構出一個人世以外的不同世界。這個世界具有雙重性質，因爲這個宇宙存在於人體内的小宇宙(microcosm)③。

本文從文學角度解讀一些文本例子，並探索“玉華”一詞在這些文本中的不同含義。“玉華”意象在魏晉和南朝時期以來的道經中屢見不鮮，但在不同文本中有不同含義。儘管有這些差異，甚或有些難以解讀的隱語秘辭，但“玉華”一詞的含義與特點，通過以下的文學與宗教角度的訓解，仍然瞭然清晰。

透視與内視

玄遊在文學文本和道教文本之間呈現著一個重要的差異，即兩者各自體現不同的雙重世界觀。這點差異産生出兩種截然不同的文學表現體系。在進行文本分析前，很有必要先瞭解兩種文本的相關理論，找出兩者的共同特點及其在文學呈現上的差異的原因。

文學作品中的玄遊在塵世上空的想象世界裏發生。《楚辭》、《文選》等

① 賀碧來(Isabelle Robinet)認爲：“雖然《黄庭經》並非出自茅山派一脈，但最終《黄庭經》在此派佔有重要地位。”(“While this work originally did not belong to the same religious milieu, it eventually assumed an important position within the Mao-shan school.”) Robinet, *Taoist Meditation: The Mao-shan Tradition of Great Purity*, 56。另見 Maspero, *Taoism and Chinese Religion*, 434, 445—447，關於“救世宗教”(salvation religion)和“永生”(eternal Life)的論述。

② 作於“三君手書”——即楊羲(303—約 386)、許謐(305—376)和許翽(341—370)所傳的道經——後的道經之中，許多部分(尤其關於玄遊的描述文字)都直接抄自早期上清派經典。例子見於神塚淑子《六朝道經の形成とその文体》，頁 56—70、86—103、106—109 等，神塚氏認爲這些經文並没有嚴格遵守齊梁時代盛行的駢文規則，與屬於後期上清派文本層次的王靈期所作的“藻麗”文章不同(頁 86、107)。此外，神塚氏還認爲上清派術語在《上清金真玉章八景飛經》(HY 1367)等文獻中頻繁出現，此經也包含了一些靈寶派的儀式(頁 101)。有關王靈期僞造上清派道經的記載，見《真誥》卷十九，頁 11b—12b。上清派的後造經書可通過排除法斷定，即凡不見於以下三種文獻者即屬後造經書，即《真誥》卷五、《紫陽真人内傳》和《洞玄靈寶三洞奉道科戒營始》(HY 1117)卷五引《上清大洞真經目》(神塚：頁 60—61)。“三君手書”指上清經文，“晉哀帝興寧年間扶乩降籙，楊羲用隸字寫出，以傳許謐、許翽”。見陳國符《道藏源流考》，頁 7—14；Michel Strickmann, “The Mao Shan Revelations: Taoism and the Aristocracy,” 1—14；陶弘景《真誥》敘録，《真誥》卷十九，頁 2a—10a。

③ 有關這種世界觀的介紹可參看 Kroll, “Body Gods and Inner Vision: The Scripture of the Yellow Court,” 60—82。

文學總集收録了不少這類作品如《離騷》和張衡(78—139)的《思玄賦》等。陸機是現時所知最早討論玄遊與文學創作關係的評論家。陸機的論述重點與司馬相如(前 179—117)有所不同:陸機重内而相如重外①。即便如此,兩者在文學構思和修辭方法上是一致的。司馬相如的相關論述只剩殘章斷簡,葛洪(284—364)的《西京雜記》録其文曰:"賦家之心,苞括宇宙,總覽人物。斯乃得之於内,不可得而傳。"②這種内在的、精神上的寫作機制雖然在陸機《文賦》中有關文學創作的討論中得到印證,但在創作實踐中,司馬相如的作品風格華麗宏大,而陸機的興趣似乎止於"内在世界"。雖然有此差異,二人作品和理論所共同呈現出的世界觀却都可以被定義爲"雙重世界觀"。這種世界觀的雙重性建基於"精"、"神"兩個概念的作用。蔡宗齊在錢鍾書觀點的基礎上,對"精"、"神"以及相關的"形"作過如下的進一步論述:

> "精"和"神"是兩個各自獨立却又緊密相連的現象。當人的精到達某個特定的階段,便進入神,也即開始了一個與天地之神(精神過程)共同飛行的魔幻式的或靈魂出竅式的飛行。……因此這第二個人類的神實際上體現著一種相矛盾的二重特性:意指其初始住所即所依存的形,及其後從形出發並超越了形的神。③

---

① 藤原尚觀察到一點:司馬相如和陸機的觀點最主要的差異在於陸機只思考天地、四季、萬物、感慨事物消逝和表達個人思想等方面。見藤原尚《〈文賦〉的理論的根抛》,頁 22—23。

② 《西京雜記》卷二,頁 5b。

③ Zong-qi Cai, "The Conceptual Origins and Aesthetic Significance of '*Shen*' in Six Dynasties Texts on Literature and Painting," 326: "The *jing* and the *shen* are two separate but intimately related phenomena. When one's *jing* reaches a certain state, one can enter the *shen*—that is, embark on a daemonic or out-of-body flight along with the *shen* (the numinous processes) of heaven and earth. ... So this secondary human *shen* actually demonstrates a conflicting dual nature: its initial residence and hence dependence on the *xing* and its eventual departure from and hence transcendence of the *xing*." 該理論也用於筆者對阮籍"神"的論述;見拙著:Chan, *Considering the End: Mortality in Early Medieval Chinese Poetic Representation*, 82-86。

蔡氏所説的雙重性隨著精神離開身體而飛行而産生。這是人與自然溝通的渠道。這種精神上的活動,使詩人能够脱離凡間並獲得視通萬里的視角以反觀自身,由此達致悟境。陸機的《歎逝賦》對這種視角和開悟作了以下的描述:

然後弭節安懷,妙思天造,精浮神淪,忽在世表,寤大暮之同寐,何矜晚以怨早。①

引文所屬的段落把"精"與"神"作了區分。這種區分在《文賦》中著名的一聯中同樣明顯:"精騖八極,心遊萬仞。"②只有神、形分離,主人公方能超越其凡人生活,才能回視自己的肉身。陸機在這一文學傳統中將玄遊這個文學主題理論化。

這種視角成爲劉勰(卒於 520 年)《文心雕龍·神思篇》的指導思想。劉勰沿襲了陸機的理論,並以這種視角爲文學創作的先決條件:"文之思也,其神遠矣。故寂然凝慮,思接千載;悄然動容,視通萬里。"③道教養生學的"神"與陸機、劉勰的理論截然不同。"神"由"魂"和"魄"組成,不可離"形";"神"離"形",人即死④。這種理論創造了人體内的小宇宙,這個小宇宙是修煉的必要"場所"。論者認爲這種小宇宙不是想象的世界,而是真實世界,修煉者在其間"能隨意見到仙人"⑤。這種視界全賴存於小宇宙内的

---

① 《文選》卷十六,頁 16b。

② 《文賦》,《文選》卷十七,頁 2b。

③ 范文瀾《文心雕龍註》卷六,頁 493。

④ 西方關於魂魄的討論頗多,例如:Maspero, *Taoism and Chinese Religion*, 440; Stephen R. Bokenkamp(柏夷), *Early Daoist Scriptures*, 283—287; Bokenkamp, *Ancestors and Anxiety: Daoism and the Birth of Rebirth in China*, 62—63; Edward H. Schafer(薛愛華), "Combined Supplements to *Mathews'*," 40; Ying-shih Yü(余英時), "'O Soul, Come Back!' A Study in The Changing Conceptions of The Soul and Afterlife in Pre-Buddhist China," 363—395; Joseph Needham(李約瑟), *Science and Civilisation in China*, *Volume 2: History of Scientific Thought*, 333; K. E. Brashier(白瑞旭), "Han Thanatology and the Division of 'Souls,'" 125—158. 這些論著,大抵圍繞著魂和魄的各自性質作討論,有認爲兩者異名同謂(如 Brashier),但大多認同魂在上魄在下這個基本概念。

⑤ Maspero, *Taoism and Chinese Religion*, 435, 439.

諸神①。使身内諸神與小宇宙近乎“實體化”是文學創作的重要過程②。

道教關於冥想的文學作品一方面旨在保存人身内的“神”,另一方面和培養神通視野的文學理論有相通之處。以下引文的描述與陸機、劉勰有關創作準備階段的論述不謀而合。陶弘景(456—536)引述的《八紫度炎光内視中方》:

> 常欲閉目而卧,安身微氣。使如卧狀,令傍人不覺也。乃内視,遠聽四方,令我耳目注百萬里之外,久行之亦自見萬里之外事。精心爲之,乃見百萬里之外事也。③

文中的“内視”這個概念所指涉的是道人和文學理論家一項常見而重要的活動。“内視”在東漢時期常以對仗形態與“歷藏”一詞同用,“藏”通“臟”,歷藏謂遊觀體内五臟④。載有“歷藏”、“内視”的文獻見二世紀上、中葉魏伯陽的《周易參同契》和荀悦(148—209)的《申鑒》⑤。兩個文本所談都是長生術,因此“歷藏内視”意爲“胎息之道,視五藏而存思也”,“闔目内視,歷五藏以存思”。《黄庭經》中“内視”標誌了“存”的過程⑥。

以下文本的相似之處溝通了文學理論與道教冥想。陸機《文賦》曰:“其始也,皆收視反聽。耽思旁訊。”⑦儘管傳統和現代的評注都討論過這

---

① 詳細論述見 Bokenkamp, *Early Daoist Scriptures*, 288. Bokenkamp 將存思譯作“retentive contemplation”(意念集中的冥想);存見則譯作“retentive visualization”(意念集中的視像化)。薛愛華則把存思譯爲“actualization”並作此定義:“如僅把存思譯作‘視像化’並不足以準確描述存思過程中修煉者的活動——他所力圖建構的並不止於精神圖像。存思所指是‘感官上的呈現’,或‘給予存思存在屬性乃至於將之實體化’。”(“It would be inadequate to translate this word as ‘visualize’; the adept’s efforts produce more than a mental picture. The word means ‘to make sensibly present,’ ‘to give existence to’—almost ‘to materialize’.”) Schafer, “The Jade Woman of Greatest Mystery,” 387.

② 筆者對存思的不同翻譯及解説做過整理考辨,並討論存思在文學創作中的作用。參看拙文《意象飛翔:〈上清大洞真經〉所述之存思修煉》,頁 231—233。

③ 陶弘景撰《登真隱訣》(HY 421)卷中,頁 4b;《真誥》卷九,頁 5a/b。

④ 《周易參同契》卷上,頁 31a 陰長生注;俞琰(元代)注《周易參同契發揮》(HY 1002)卷三,頁 6a。

⑤ 《周易參同契》卷上,頁 30b;荀悦《申鑒》卷三,頁 17。

⑥ 《雲笈七籤》卷十二,頁 3a:“内視密盼盡睹真。”

⑦ 《文選》卷十七,頁 1b。

種冥想過程並指出它和道教的表層關係①,但葛洪《抱朴子》中的兩句却尚無人用以注解《文賦》:“内視反聽,呼吸導引。”②葛洪在文中提出了一個詰問:士人忙於讀詩書,“應聘諸國”,“席不暇煖”,如何能專心修習長生術?他於是提出了一個與儒家追求的理想相反的詞“閉聰掩明”。人只有與外界隔絶,才能開始“内視反聽”,其知覺才得以向内轉移至一個虚擬的内在世界。這種冥想方法早在《莊子》書中已有記載③,但存見五臟則又是一個嶄新的概念。上述的《黄庭經》就是這一概念的早期來源之一。以下是陶弘景所引《丹字紫書三五順行經》的一段論述:

常欲閉目内視,存見五臟腸胃,久久行之,自得分明了了也。④

存見體内五臟是一種採取神靈視角的文學表述前的思維活動。這種場景爲亦神亦人的主人公提供了玄遊的起點。除了隱語的頻繁使用,多彩多姿而又神秘玄奥的場景營造使得玄遊之旅更具文學性,表述更加逼真。下文是這種冥想過程詩化文學呈現的一例:

四極真人報,與我俱登玉清之上。次存玉清之上,四極溟然無崖,唯見清炁鬱鬱,仰亦無天,俛亦無地。唯見中央有金門四達,内有瓊宫

① 宇文所安(Stephen Owen)援引了不同的相關文獻印證其説:“陸機從不拒絶知識,拒絶知識對道教冥想活動十分重要。陸機只是把道教的冥想方式轉化爲文人尋找文字與意念的過程。”(“Lu Chi never rejects knowledge, that rejection being essential to the Taoist spiritual project. Li Chi is simply transferring the Taoist spiritual model to the writer's quest for words and idea.”)見 Owen, *Readings in Chinese Literary Thought*, 96—97。修中誠(E. R. Hughes)則指出:“……道經的語言包括道教關於如瑜伽一類的冥思術語——‘收視’[把視覺收起來]和‘返聽’[把聽覺召回]。”此外,他還補充,“其實陸機所做的只是借用道教術語以表達一般的意思”(“... the language of the text consists of Taoist technical terms used in connection with mystic trance, or yoga—*shou shih* [to put away seeing] and *fan t'ing* [to turn hearing back]... There is no need to suppose that Lu Chi is doing more than borrowing the term for a more general meaning.”)。Hughes, *The Art of Letters: Lu Chi's "Wen fu," A. D. 302*, p. 117.

② 王明《抱朴子内篇校釋》卷十二,頁 224。

③ “内視”一詞見於《莊子·列禦寇》,32/38。

④ 《登真隱訣》卷中,頁 5a。

玉樹金枝，夾生兩邊。巨龍走獸，遊戲其巔，存我周遊其間。①

引文末句的"存"字即存思，想象自己遊覽於這個奇幻境界中。漢魏文學中玄遊場景的主人公往往獨處無形無聲的世界，例如《遠遊》是如此結尾的：

經營四荒兮，周流六漠。上至列缺兮，降望大壑。下峥嵘而無地兮，上寥廓而無天。視儵忽而無見兮，聽惝怳而無聞。超無爲㠯至清兮，與泰初而爲鄰。②

《大人賦》譜系作品的玄遊主人公都到達並遊玩於這一境界③。道教傳統中，玄遊者可以隨時隨地通過内視以存思身内諸神和不同的境界。這種奇異的内在運動産生了一個新的視角，也因此豐富了玄遊這一傳統文學主題的詩化敘述。

道教神譜中的"玉華"

"玉華"在玄遊中佔有十分重要的地位。然而"玉華"一詞在不同文本中有不同含義，這種情況增大了理解相關文本的難度。這個詞大約在漢代最早使用，用的都是字面義即玉製之花。現存含"玉華"一詞的最早記載是《楚辭》中劉向（約公元前 77—前 6）的《九歎》。儘管這首作品有玄遊的内容，寫主人公"杖玉華與朱旗兮，垂明月之玄珠"，這裏"玉華"顯然只是華麗儀仗裝飾的意思④。而"玉華"在蔡邕（132—192）筆下是一種叫"金鋑

---

① 《洞真上清開天三圖七星移度經》（HY 1306）卷上，頁 3a。

② 《楚辭補注》卷五，頁 174—175。

③ 有關這個文學主題譜系的論述，見福永光司《〈大人賦〉の思想的系譜——辭賦の文學と老莊の哲學》，頁 97—126。玄遊的這個境界的相同描述又見於司馬相如的《大人賦》，見《漢書》卷五十七《司馬相如傳》下，頁 1592—1598；阮籍（210—263）《大人先生傳》，《阮籍集校注》卷上，頁 188—189。竹治貞夫則以《楚辭》爲此譜系的淵源作討論分析，見《楚辞遠遊文学の系譜》，頁 23—38。

④ 《楚辭補注》卷十六，頁 293。注曰："華，一作策。"

(wàn)"的"馬冠",據李善注,"如玉華形,在馬髦前[①]。"揣其意,玉華爲玉製花形飾物。道經中的"玉華"則有幾種含義,但都只用於與長生有關的主題中。

首先,"玉華"是一些仙人侍者的總稱。這些侍仙的别稱中最常見的是玉女,配對出現的常有玉童、金童、金晨或紫晨。這些仙童仙女通常負責護送在人體小宇宙内存見仙人神靈的修煉者。陶弘景《真誥》所引的祝辭所述即爲存想的這一階段:

> 常以本命之日,向其方面,叩齒三通,心存再拜,而微祝曰:太一塡生,三炁合真。胎室上景,母玄父元。生我五臟,攝我精神。下灌玉液,上朝泥丸。夕練七魄,朝和三魂。右命玉華,左嘯金晨。令我神仙,役靈使真。常保利津,飛行十天。[②]

唸誦後須"心拜四方,叩齒三通,咽液三過","常能行之,令魂魄保守,長生神仙"。玉華和金晨的責任是護送修煉者的魂魄,飛行十天之境,達到長生。"泥丸"爲泥丸宫,即上丹田,位於頭頂正中,中有神,引文的神遊過程全在人體"小宇宙"内進行,修煉者通過想象把此玄遊帶入上與天通的精神境界。與此相類似的描述很多,例如《雲笈七籤》引《大帝開結經法》祝文記玉華與玉童護送修煉者精神:"玉童侍衛,玉華散馨。上告三元,與我長生。"[③]這裏所述發散花香的動作是冥想前的禮儀,"祝畢開經,然後乃得誦讀之,此名爲大帝開經之法,令玉女玉童,侍守燒香,啓説降神靈,上聞九天[④]。"

"玉華"在一些經文中被稱爲"西華玉女",表明這些侍女是西王母的手

---

① 見張衡《東京賦》;謝朓(464—499)《齊敬皇后哀策文》。分别見《文選》卷三,頁16b,卷五十八,頁8b,李善注引蔡邕《獨斷》。

② 《真誥》卷十,頁20a;《洞真太上三元流珠經》(HY 1307),頁5b;《雲笈七籤》卷四十一,頁19b。

③ 《雲笈七籤》卷四十六,頁4a、8b;《上清大洞真經》(HY 6)卷一,頁7a。

④ 《雲笈七籤》卷四十六,頁4a。

下，住在西華宫。西王母一直被視作玉皇的配偶神；“玉皇”則常被誤作“玉帝”，其實玉帝是青童君的别名①。玉女和玉童的一項重要職責是保護賜給青童君的神聖經籍②。青童君的三座宫殿中其中一座名爲“玉華清宫”，收藏青童君位於東華青宫的所有仙經③。

玉華和金晨自此成爲神聖經籍的守護神。這些經書中的其中一部爲《洞真高上玉帝大洞雌一玉檢五老寶經》，藏於“九天之上，大有之宫，太玄靈臺玉房之中”：

> 守衛經者玉女二十七人，常典燒香，侍護經者玉童二十九人，常寶靈文。玉童玉女合五十六人，禁勑漏泄，營視真經，記功明善，重慎消患矣。神光之表異也，皆有華晨以摽其真矣。爾乃玉華以暎玉女之形，金晨以冠金童之顔。飄飄朗於九玄之上，焕明暢於積感之房。④

這裹的玉華和金晨的靈氣貫注於經籍中。經書的“神光”有“玉華”和“金晨”的精神陪護映襯，文中以“華晨”簡稱這一對侍神⑤。

自楊羲於東晉昇平元年(357)獲授上清經，“玉華”似乎已成爲侍神的指代。守護經籍之作爲侍神玉華和金晨的職責，有著把經書進一步神聖化的作用。例如《靈書紫文》開頭的重點是敘述該組道經的“文獻歷史”，描述青童君如何受經，當經書收藏好後，西華玉女和玉童便被派往守護⑥。

---

① Kroll, “In the Halls of the Azure Lad,” 78. 這位神靈通常稱爲“上相青童君”。陶弘景《洞玄靈寶真靈位業圖》(HY 167)(頁 3b)記其全名爲“九微太真玉保王金闕上相大司命高晨師東海王青華小童君”。

② 《洞真上清開天三圖七星移度經》卷下，頁 17b。有關這兩位神祇的職責見《洞真太上素靈洞元大有妙經》(HY 1303)，頁 1b、46b—65b；《洞真上清青要紫書金根衆經》(HY 1304)卷下，頁 14a；《皇天上清金闕帝君靈書紫文上經》(HY 639)，頁 4a，等等。

③ 《洞真上清青要紫書金根衆經》卷下，頁 12a/b；《洞真太上八素真經三五行化妙訣》(HY 1311)，頁 10b。另見《上清大洞真經》卷一，頁 5a。

④ 《洞真高上玉帝大洞雌一玉檢五老寶經》，頁 1a/b。

⑤ 同上，頁 12b。“華晨”在其他文獻中名爲“華晨君”。《雲笈七籤》卷二十，頁 13b。

⑥ 《皇天上清金闕帝君靈書紫文上經》，頁 1a—4a，《上清後聖道君列紀》，頁 6b。類似關於青童君尋找道經七百年的故事可見於《洞真上清開天三圖七星移度經》卷下，頁 16b—17b。

守護經書便成爲了這些基層侍神的一項特别的新職責。

玉華:頭髮、天庭

較早期道經中玉華和金晨並没有守護魂魄或經籍的職責。玉華在《黄庭經》中的意義與守護經籍没有任何聯繫,而是小宇宙内存思過程中的一個意象。《黄庭經》第十九章提到了存思心神,遊歷五臟。其詩曰:

> 若得三宫存玄丹,太一流珠安崑崙。重中樓閣十二環,自高自下皆真人。玉堂絳宇盡玄宫,璇璣玉衡色蘭玕①。瞻望童子坐盤桓。問誰家子在我身,此人何去入泥丸。千千百百自相連,一一十十似重山。雲儀玉華俠耳門,赤帝黄老與己魂。三真扶胥共房津,五斗焕明是七元。日月飛行六合間,帝鄉天中地户端,面部魂神皆相存。②

末句總結了此詩所述乃面部小宇宙的魂神的存見景象。這首關於存思身内諸神的隱語式詩篇饒富詩意,引人入勝。然而對詩中玄奥意象作解碼却十分困難,因此這首詩的含義也變得晦澀難懂。於是讀者陷入了一個兩難的處境:要想對全詩尋求一個意義清晰的解釋,就難免令詩中的修辭索然無味。詩中的“玉華”指人的髮鬢。唐代梁邱子注描述了這個美麗意象的由來:

> 雲儀玉華,鬢髮之號。……經曰:“髮神名蒼華。凡言華者,敷榮之義,猶草木之花。”③

“玉華”這個富有詩意的喻象爲意念表述增添了十分重要的藝術效果。它

① “北斗魁四星爲璇璣,杓三星爲玉衡”,見《史記》卷二十七《天官書》,頁 1351;Gustave Schlegel (1840–1903), *Uranographie Chinoise*, 502–503。

② 《黄庭内景玉經註》(HY 402)卷中,頁 15a—16a;《雲笈七籤》卷十一,頁 46a。

③ 《黄庭内景玉經註》卷中,頁 15b;《雲笈七籤》卷十一,頁 46a/b。

和詩中類似的其他隱語意象和隱晦表述使描述養生和冥想技術的呆板語言轉成多姿多彩的畫面。雲儀是由雲霓構成的儀仗裝飾，配合玉華，爲"耳門"這個通道口平添了華麗的色彩，它是"三宫""樓閣"的正門兩側的小門，即存思神靈向人體這個"宫殿"進入的門口兩旁位置。通過這樣的藝術想象，修煉者進入了撰經者創造的一個奇幻世界，是爲存思招來的諸神遨遊的場景。如去掉這些修辭，意象即打回原形，變回耳旁鬢髮；這同時也標誌著存思活動的失敗，因神靈無處可遊。

"玉華"除了暗指鬢髮，它在《黄庭經》第二十三章中還指人的額頭，大抵因爲額前有髮，故亦謂"玉華"。其詩曰：

> 安坐紫房幃幕間，立坐室外三五玄。燒香接手玉華前，共入太室璇璣門。①

梁邱子注曰："玉華即華蓋之前，謂眉間天庭也。百神之宗元，真人之窟宅，從面而存之也。"②這又是大小宇宙之間的相互作用：人體的額前由於存思的作用而變成天庭接神之門，這是由身内諸神從上而至這個理念而構成的體系。

存思素材與果實

"玉華"在一些文本中用爲一種長生食材的隱語代稱。據記載，漢朝的鹿皮公曾服用玉華——即玉屑，成功消除人體内的"三尸"③。《河圖紀命符》載：

---

① 《黄庭内景玉經註》卷中，頁 26a/b;《雲笈七籤》卷十二，頁 2a/b。

② 《黄庭内景玉經註》卷中，頁 26a;《雲笈七籤》卷十二，頁 2b。這種含義在另一些文獻中得到印證，見《雲笈七籤》卷十二，頁 33b 引《太上黄庭外景經》，務成子注。相關的詩歌英譯及注解見 Maspero，*Taoism and Chinese Religion*，526－527，可是却没有對"玉華"作注解説明。

③ 《真誥》卷四，頁 15a。

> 三尸之爲物,實魂魄鬼神之屬也。欲使人早死,此尸當得作鬼自放,縱游行饗,食人祭醊。……故求仙之人,先去三尸,恬惔無欲,神靜性明,積衆善乃服藥有益,乃成仙。①

插圖:三尸②

當人體内清除了"三尸",便能辟穀長生。服食"玉華"就能達此目的。

此外還有一些較早期的文獻如《楚辭》中的《離騷》、《涉江》、《遠遊》以及《黄庭經》等,雖然不一定用上"玉華"一詞,也記載了服玉是一種長生之法③。

道教冥想的成果也稱爲玉華。這種修煉方式的基本原理是將天上的光引入人體④。有了這種外來的光就能存見身内諸神,這些神的顯現稱爲

---

① Yamada Toshiaki(山田利明),"Longevity Techniques and the Compilation of the Lingbao wufuxu," 110,引丹波康賴(912—995)的《醫心方》。《河圖紀命符》見安居香山、中村璋八合編《緯書集成》第六册,頁 113;又見重印本《緯書集成》,頁 1196。有關"三蟲"的解釋,另見《雲笈七籤》卷十一,頁 37a—38a 引《黄庭内景玉經註》梁邱子注引《洞神訣》:"上尸彭琚,使人好滋味,嗜欲癡滯;中尸彭質,使人貪財寶,好喜怒;下尸彭矯,使人愛衣服,耽婬女色。亦名三毒。"又見王明《抱朴子内篇校釋》卷六,頁 125。《雲笈七籤》(卷十三頁 13a—14a)引《洞神玄訣》有更詳細説明,並述服氣滅三尸之法。

② 插圖取自《太上除三尸九蟲保生經》(HY 870),頁 7a—8b,略有修葺。

③ 《楚辭補注》卷五,頁 168,洪興祖注引《黄庭經》。有關服玉的論述,見王明《抱朴子内篇校釋》卷十一,頁 203—204。葉憲舒論述了玉爲仙人之食,也是凡人欲求成仙的服食品。見《食玉信仰與西部神話的建構》,頁 8—11。

④ Robinet,"Visualization and Ecstatic Flight," 168-177.

"景"。引入的天上之光的另一種體現是玉華,修煉者獲得玉華即可白日升天①。《上清胎精説解結行事訣》云:

> 通理三關,八景翼體,與靈同年,帝君玄母,曲回高晨②,降我玉華,停我落鮮,返容朱顔,面化金仙。③

"三關"指口、手、足;也有人稱"三關"爲體内三丹田,位於腦、心、胃處④。"八景"則指人體内八個分管不同部位的神,名爲"八景神",或稱"三八景神",每組八神,共三組,在人體内上中下三個部位。司馬虚(Michel Strickmann)對八景的大小宇宙關係作了説明:"'景'不僅是修煉者體内所住的發光之神的名字,也指天上星體的光亮。"⑤修煉者通過存思讓身體變得光亮,並與大宇宙融合⑥。

"華"是追求長生的修煉者的目標。這目標早期已有明確的説法,即《黄庭經》序所説的"五臟生華"或"五臟結華"⑦。賀碧來解釋:存思之時,"當五臟健康,光明通透,並受體内神明驅動而活躍起來,繼而由禁欲而轉化,便會'生華'、'結華'或'成華'"⑧。這個概念爲後世的道經尤其上清經

① 《雲笈七籤》卷三十,頁 10a,卷三十一,頁 3a。

② "高晨"即"玉保王上相大司馬高晨師",他管理東華宫三座宫殿中的第二座。見《上清大洞真經》卷一,頁 5a。"高晨"也指"高晨宫"等"高晨"神仙居住、管理的地方。《雲笈七籤》卷九十七,頁 10a、12b;《真誥》卷三頁 12a 引南岳夫人魏華存(卒於 334 年)詩。

③ 《雲笈七籤》卷二十九,頁 10a;《上清胎精記解結行事訣》(HY 408),頁 4a。

④ "三關"指明堂、玉房和丹田。見《黄庭内景玉經註》卷中,頁 13a/b;《雲笈七籤》卷十一,頁 44a,注引元陽子。

⑤ Strickmann, "On the Alchemy of T'ao Hung-ching," 173—174: "Not only did *ching* designate luminous spirits dwelling within the body of the adept, it also referred to the brilliance of the heavenly constellations." 又參見王明《黄庭經考》,頁 551—553;《道家和道教思想研究》,頁 340—343。"八景神"及其"二十四真人"是存思活動的主要神靈,常見於上清經所載的祝咒中,如《上清紫精君皇初紫靈道君洞房上經》(HY 405),頁 5a/b,7a—8a;《上清紫微帝君南極元君玉經寶訣》(HY 406),頁 3b—5a。

⑥ 康德謨(Max Kaltenmark)《"景"與"八景"》,頁 1152。

⑦ 《黄庭内景玉經註》,頁 1a/b 引《黄庭内景玉經訣》。

⑧ Robinet, *Taoist Meditation*, 63: "When the viscera are in good health, luminous, vivified by the indwelling spirits, and transformed by asceticism—then, they are said to 'blossom;' 'form themselves into flowers,' or 'generate flowers' (*chieh-hua*, *ch'eng-hua*)."

系所沿襲,成爲一種普遍的信念[①]。《上清明堂元真經訣》即載有這種預期的修煉效果:“神光内曜,朱華外陳。體生玉映,形與氣明。”[②]這裏儘管並無明確提到“玉華”一詞,但却把修煉結果寫成充滿詩意的句子,將玉華意象理解爲獲得内在之光:作爲喻象的“朱華”,令人的身體散發出玉的光芒。

玉華作爲這種修煉成果的詩化表述出現得較早。如《楚辭·遠遊》敘述了食玉之效:“吸飛泉之微液兮,懷琬琰之華英。玉色頩以脕顔兮,精醇粹而始壯。”中間二句,據王逸解釋是:“咀嚼玉英,以養神也。……面目光澤,以鮮好也。”[③]如上引的道經文本等,則以其他詩化意象表現這種預期修煉成果,如“金容”、“神光”、“玉映”、“玉光”和“玉精”等。獲得這種光亮對於存思“八景”十分重要。康德謨指出二十四位八景神與存思五星活動緊密相關——“五星”通常稱爲“五老”,並説這個傳統的相關詳細論述見於《大洞真經》[④]。這種光亮很可能由存思所見的星星共同發出,下列引文提供了重要綫索:

於是紫房秀霄,丹田曜焕。五老降其室,玉華憩其寢。[⑤]

五老羅室,玉華告靈。西玉飛軒[⑥],策空流軿。

---

① “五臟生華”作爲修煉成功的描述例子甚多,如:《上清大洞真經》卷四,頁 2b;《真誥》卷六,頁 3a;《雲笈七籤》卷三十,頁 15a。

② 《上清明堂元真經訣》(HY 424)。其他例子見《洞真太上三九素語玉經真訣》(HY 1316),頁 5b、6a;《洞真太乙帝君太丹隱書洞真元經》(HY 1319),頁 6a;《登真隱訣》卷下,頁 8a。

③ 《楚辭補注》卷五,頁 168。《離騷》已有食玉的記載:“折瓊枝以爲羞兮,精瓊爢以爲粻。”王逸注:“精,鑿也;爢,屑也;粻,糧也……言我將行,乃折取瓊枝,以爲脯腊,精鑿玉屑,以爲儲糧,飲食香潔,冀以延年也。”《楚辭補注》卷一,頁 42。

④ 康德謨《“景”與“八景”》,頁 1150。

⑤ “玉華詣寢”又見於《玉京九天金霄威神王祝太元上經》(HY 256),頁 4a。另見《上清明堂元真經訣》,頁 4a。其中確有情欲意味。詳見下文引薛愛華之説。

⑥ 西玉可能是西華玉女。從南岳夫人的一首詩中可知玉華是一位車夫。《真誥》卷九十七,頁 10a。

玉華結五老，紫煙運霄軿。乘氣蕩玄房，委順拔所經。①

日、月和北斗七星的神光是修煉者身體的重要滋養，可致長生。《大洞真經》中"玉華"一詞是這天上"三光"的指代②。這些光亮是人、神溝通的重要媒介。二十四位八景神出現標誌著修煉成功，因爲這些八景神傳遞了這些神光。

二十四真，忽然而生，上開上元，下開八冥。左朝六甲，右使六丁。玉華引日，太一並形，千乘萬騎，舉身登晨，白日昇天。③

此處描述的神的行列，其中主人公向衆神發號施令，這些場景使人聯想起《離騷》和《遠遊》④。引文中呈現的場景構建了玄遊途中的精彩畫面，與賦的典型寫作風格相近。儘管《遠遊》涉及追求長生的元素，以及服食仙藥的描述⑤，但楚辭和賦體文學中並没有道經特有的內視描寫。上文的"千乘萬騎"比喻存思八景神所引領的體內神，這是描寫存思成功後常常出現的神靈隊列的場面⑥。

然而，獲得玉華並不容易，並非所有修煉者都能實現這個目標⑦。修煉者通常需要九年修煉時間才獲得玉華。這種觀念常見於不同文本，下引其中兩個：

---

① 分別見《洞真太上素靈洞元大有妙經》，頁 36a；《洞真高上玉帝大洞雌一玉檢五老寶經》，頁 22a、29a。

② 《上清大洞真經》卷一，頁 4b。

③ 《洞真太乙帝君太丹隱書洞真元經》，頁 8a/b；《雲笈七籤》卷三十，頁 10a。類似場景又見於《雲笈七籤》卷三十一，頁 3a；《上清紫精君皇初紫靈道君洞房上經》，頁 5b；《上清紫微帝君南極元君玉經寶訣》，頁 3b。

④ 《楚辭補注》卷一，頁 29，卷五，頁 167—168。隨從行列的規模根據神仙的級別有所不同，級別由高到低分別爲玉清、上清和太清。見《雲笈七籤》卷二十，頁 3a/b。

⑤ Kroll, "Far Roaming," 665-666，第 58、81—83 句注。

⑥ "千乘萬騎"見於《太玄八景録》(HY 258)，頁 4a、5a、7a、11a 等處。此經詳細描述了每一位八景神的隨從數目，見頁 15b—41b。八景神有衆多坐騎，其名有金龍騎、飛龍騎、龍虎騎、神龍騎、龍騰騎等(頁 14a/b)。

⑦ 《洞真上清太微帝君步天綱飛地紀金簡玉字上經》(HY 1305)，頁 21b："太上常使西靈神童面有玉華者七人，侍此七星之象……"

運致飛霞，上造帝庭。畢，咽氣三十六過。如此則九年面生玉華。①

流精陶注，玉華降身……修之九年，面發金容。體暎玉光，神妃交接，身對靈真，剋乘飛蓋，遊宴紫庭也。②

負責護送的女子在第二段引文中再次出現。此處女子稱爲“神妃”，别處稱作“玉華”③，她和修煉者有情愛上的“交接”；讀者至此自然會想到《離騷》中對神女追求的描寫。儘管這兩種玄遊的主題並不相同，但情愛元素構成文學作品的重要情節。阮籍（210—263）的《清思賦》和陶潛（365—427）的《閒情賦》中對玉女的追求意在平伏心中的激情④；但道教文獻的思想却正好相反，玉華的職責包括與修煉者“交接”，陪伴在他們追求長生的路上⑤。

耐人尋味的是，阮籍的《大人先生傳》中的一個玄遊情節與《清思賦》截

---

① 《雲笈七籤》卷五十，頁10a。

② 《洞真上清青要紫書金根衆經》卷上，頁13a。這種觀念還見於他處，如《洞真上清青要紫書金根衆經》卷上，頁6b、13a、8b、17a；《洞真太上素靈洞元大有妙經》，頁24a；《雲笈七籤》卷五十，頁10a。

③ 《登真隱訣》卷下，頁8a。

④ 《阮籍集校注》卷上，頁38—39；《陶淵明集》卷五，頁155—156。海陶瑋（Robert James Hightower）指出陶潛的《閒情賦》在自宋玉以來至曹植及建安諸子的同樣主題傳統中的創新處在於“形而上學的妙喻（metaphysical conceit）的大量使用——約佔全賦的三分之一（賦作的第35—75行）”。Hightower, “The *Fu* of T'ao Ch'ien,” 194–197, 183–186. 孫康宜（Kang-i Sun Chang）說：“陶淵明的《閒情賦》與公元前三世紀宋玉的《高唐賦》和曹植的《洛神賦》等有極大不同……在於他能通過對大自然力量的描述去超越心中滿溢的情感。”（“T'ao Ch'ien's ‘*Fu* on Calming the Passions’ is dramatically opposed to such earlier *fu* as Sung Yü's [3rd century B. C.] ‘*Kao-t'ang fu*’ and Ts'ao Chih's ‘*Lo-shen fu*’ in one significant aspect: ... his remarkable description of nature's power to transcend excessive feeling is an original contribution to the *fu* tradition.”) Chang, *Six Dynasties Poetry*, 45–46.

⑤ 《皇天上清金闕帝君靈書紫文上經》，頁12b。此經的異文見《紫文行事決》，敦煌卷子P2751，第136行，敘述存思的預期結果是玉女成爲修煉者之妻。Bokenkamp, *Early Daoist Scriptures*, 369, n. 23。敦煌抄本見《法國國家圖書館藏敦煌西域文獻》第18册，頁77—89。在一些文本中，玉女隨存思成功而至，並以嘴對嘴的方式傳遞唾液給修煉者。見《上清明堂元真經訣》，頁2b—3a。薛愛華對修煉者與仙女的姻緣和以口傳“赤氣”有論述，見Schafer, “Jade Woman,” 391–392。儘管玉女玉童的職責爲守護神聖的經籍，他們當中並非所有人都修煉成玉華。顯然，玉華是爲不同級别的玉女玉童而設的指引。見《洞真上清太微帝君步天綱飛地紀金簡玉字上經》，頁21b。

然相反，這一點有助印證神女與修煉者“交接”的事實。這個矛盾點將阮籍的作品獨立於文學和道教傳統之外。以下爲阮籍《清思賦》的相關段落：

> 大人微而弗復兮，揚雲氣而上陳，召大幽之玉女兮，接上王之美人，體雲氣之逌暢兮，服太清之淑貞。合歡情而微授兮，光艷溢其若神。華姿燁以俱發兮，采色焕其並振，傾玄髦而垂鬢兮，曜紅顏而自新。[①]

結語

“玉華”一詞甚少出現於漢代文學和學術文本中，除字面義即馬之裝飾外别無他指；而道經中的“玉華”則含義豐富。“玉華”在道經中的含義包括玉女的總稱、額頭和頭髮的隱喻代指以及存思修煉的成果神光，這些含義對玄遊的詩化表述十分重要。儘管玄遊主題在漢魏晉文學中已蔚然成風，但玉華意象却在道教傳統的玄遊中有著獨特表現。在這方面的發展，所謂“三真手書”的神諭文本的作者作了至爲重要的貢獻，在其筆下玄遊得到生動誇張和炫目華麗的描述。其藝術淵源雖爲《楚辭》和漢賦，但上清經系中所見的相關描述，由於宗教元素的推動，實現了玄遊的新發展和開拓[②]。

玉女的角色是典型的飛天仙女。她們通常和玉童一同出現在充滿奇幻色彩的典型的天庭景象中。玉女玉童的職責包括守護神聖道經，而玉女並以情愛“交接”陪護升天路上的修煉者。這些職責使他們成爲了人神溝通的重要媒介。

在道經的隱語系統中，“玉華”作爲頭髮和修煉成果的喻象，使長生修煉秘訣呈現著濃厚的神秘色彩。不諳道教養生學的讀者，對道門獨有的修煉詩定然難以理解；即便如此，一般讀者也很容易被這些詩中構建的炫目廣闊的藝術境界和玄遊景象所深深吸引。這個奇異世界只存在於人的

① 《阮籍集校注》卷上，頁181—182。筆者對阮籍的“求女”書寫，另有專文論述：Chan, “Ruan Ji on Pristine Thoughts and Divine Visions,” 未刊稿。

② 神塚淑子《六朝道經の形成とその文体》，頁108—109。

體内,通過神秘玄虚的内視存思,道門修煉者能進入此世界;而讀者同樣能根據玉華等藝術意象而重構這個神奇世界,但是其“真實”程度則視乎對該宗教的認識水平的深淺。這是道教修煉與文學表述的互通點。

儘管學界尚未有實證論述陸機和劉勰的創作論建基於道教思想,但是兩人的思想方法和原理與道教存思修煉同出一轍。長久以來,文學和宗教一直被視作兩個不相關的領域,形成了兩種不同的表意方法系統。玉華意象在道教修煉中人神交往上有重大作用,它的豐富涵義和不同“玉華”所居的處所,不僅是修煉者所要開掘探求的對象,也是值得道門外文學研究者探討的議題①。

① 參看拙著《意象飛翔:〈上清大洞真經〉所述之存思修煉》,頁 217—248。

大道玉晨君之遊:上清派一部籙文的文獻文學研究

引言

道教上清派經系中有一部據説是東晉穆帝永和十一年(355)降授的籙文,較楊羲(330—約 386)在哀帝興寧二年(364)衆真所授的第一批上清經籍早了九年,這樣,上清經系的繫年就顯得複雜得多[①]。這部早出的籙文名爲《上清高聖太上大道君洞真金元八景玉籙》(HY 1378,以下簡稱《玉籙》)[②],經文的一個重要的主題是大道君的天界之遊,途中大道君獲得了神符以及有關撰寫煉丹、冥想和驅魔等内容的啓示。

本文從兩個方面考察《玉籙》,即籙文的文獻構成及其文學特點。《玉

---

① 《真誥》卷十九,頁 9b6—10a1。楊羲將這部道經傳給了許翽(341—約 370)及其子許謐(303—373)。賀碧來(Isabelle Robinet)認爲,也許由於許謐的傳人許榮弟對其手上道藏隨意添加了一些編造出來的按語,以證明這些道經早已著成,於是導致《玉籙》被認定爲早期之作。Isabelle Robinet,"Le *Ta-tung chen-ching*: Son authenticité et sa place dans les texts du *Shang-ch'ing ching*," 416. 賀碧來的推斷來自根據《真誥》卷四,頁 13b2—3、頁 11b4—5 等陶弘景(456—536)的注解。賀氏又指出許榮弟對所藏的許多上清經作了錯誤的按語。另見 Michel Strickmann(司馬虚),"The Mao Shan Revelations: Taoism and the Aristocracy," 49。

② 有關篇題中的"八景"的含義可見 Michel Strickmann,"On the Alchemy of T'ao Hung-ching," 173–174。王明《黄庭經考》,頁 551—553;又見王明《道家和道教思想研究》,頁 340—343。

籙》中呈現的文本層次(textual layers)在伴隨著編訂過程出現的干擾性活動中形成,本文的首要重點是分析這些文本層次,期望對《玉籙》的文獻結構加深認識。文章開頭將考察這部籙文的不同標題,其文本層次在一定程度上勾勒了《玉籙》的傳播過程,這過程包括文字的摻入、借用和增添等。這個考察工作有助確定和理清上清經系衆經之宗《上清大洞真經》(HY 6,下文簡稱《大洞真經》)實際内容及其周邊的衍生文字以及僞經成分。

本文另一論述議題是這部關於《玉籙》非典型的文體特點,藉以窺探上清詩學並據以重構上清派僞經文獻的寫作背景。《玉籙》與一般的"籙文"的文體功能特點並不吻合,因爲文中的文學成分比起一般籙文多得多。上清詩學的兩個基本創作要旨可以歸納爲兩個方面:(一) 存思——一種以意象爲主導的冥想方式,其原理與文學創作過程十分接近①;(二)道門内部使用的隱語系統。《玉籙》中所述的存思展現了文中主人公的神遊天界,與發生於人體内的精神之遊的共通關係。儘管神遊天界這個文學主題發展到四世紀前已蔚爲大觀,但上清派道籍中的飛升文學成分仍呈現著一種獨特的美學效果,其原因主要在於其創作思路以奧秘的冥想方式運行,此外又運用了道門中的隱語②。《玉籙》所載多有仙人爭相以華麗精妙的語言修辭,呈現出一種極盡雕飾的語言風格。這樣的仙界場景折射著人間世界,可視之爲一個道籍寫作的縮影:造經的道徒在其撰寫上清經文時極度注重文學技巧。

---

① "存思"的英譯及討論可參看 Michel Strickmann,"On the Alchemy of T'ao Hung-ching," 128。關於存思作爲文學創作的比較研究,見拙著《意象飛翔:〈上清大洞真經〉所述之存思修煉》,頁 217—248。

② 上清派道籍的文學成就已引起學術界的注意。例如神塚淑子分析過《紫陽真人内傳》(HY 303)等經籍,重點分析這部經典的雅緻風格,尤其是其駢文體裁,見其《六朝道經の形成とその文体——上清經の場合》,頁 53—118。柏夷(Stephen R. Bokenkamp)認爲楊羲"一定要算作中國文學史上的主要創新者之一"("must be counted among the major innovators in the history of Chinese letters"),因爲他的語言"隱晦、凝練、朦朧而含蓄"("abstruse, dense, and obscurely allusive")。柏夷又補充説:陶弘景覺得"極難將楊羲作品和後來模仿者區分開來"(Tao Hongjing "found it extremely difficult to distinguish Yang's writings from those of his imitators"). Bokenkamp, *Early Daoist Scriptures*, 277—278。業師柯睿(Paul W. Kroll)譯注了《真誥》的部分詩歌,標誌著學界對道教詩歌有新的興趣;見其"Seduction Songs of One of the Perfected," 180—187;"The Light of Heaven in Medieval Taoist Verse," 1—12;"The Divine Songs of the Lady of Purple Tenuity," 149—211。

《玉籙》異名與《大洞真經》譜系

《玉籙》中記載了五個不同的標題，因此引起了人們對其完整性的懷疑。儘管《玉籙》全本見於明刻《正統道藏》(1445 年)①，但籙文文本中的疑點以及其繁衍情況使得《大洞真經》的譜系文獻變得複雜。《玉籙》開篇即列舉了五個標題（括號内用 ABCDE 標示）②：

> 《上清高聖太上大道君洞真金元八景玉籙》(A)，東華上仙曰《太上八素隱書》(B)③，南華上仙曰《大洞真經》(C)④；西華上仙曰《金真玉光映天洞觀玉經》(D)；北華上仙曰《蕭條九曜豁落七玄上經》(E)⑤；玉皇中華上仙曰《太上高聖八景玉籙》(A 的節略版)。

---

① 這一部明本道籍並非直接源自宋代官本，因爲宋本在元朝時爲蒙古人燒毀。儘管如此，明正統年間出版的《道藏》根據元朝火燒的一個幸存版本重印。見陳國符《道藏源流考》，頁 166—174。

② 這些標題出自張君房（活躍於十一世紀初）援引《玉籙》的前言："經釋題曰……"因此，每位神的名字後的"曰"字意爲"[道籍]題爲"，而不是"説"的意思。見《雲笈七籤》(HY 1026)卷八，頁 14a7。在該書卷一〇一頁 3b2—6a8 中有一段引文，内容與《玉籙》一致，出處却標作《洞真大洞真經》。

③ 賀碧來認爲"素"是"景"的對應，景爲陽，素爲陰。Robinet，"*Shangqing gaosheng taishang dadao jun dongzhen jinyuan bajing yulu* 上清高聖太上大道君洞真金元八景玉籙，" 140；*La Révélation du Shangqing dans l'histoire du Taoisme*，Tome Second，42-43. 東華上仙可能是上相青童君，見《雲笈七籤》卷四，頁 7b4。有關上相青童君的身分與住處，見 Paul W. Kroll，"In the Halls of the Azure Lad，" 75-94，文中翻譯了一些相關經文，即《雲笈七籤》卷八，頁 20a8—20b3(p. 79)；《真誥》卷九，頁 20b2—21b10(pp. 80-81)；《三洞珠囊》(HY 1311)和《上清衆經諸真聖秘》(HY 446)的選段(pp. 83-85)。上相青童君與編輯、校對和保存神聖道籍有關，如《[皇天上清金闕帝君]靈書紫文[上經]》，見《雲笈七籤》卷四，頁 1b1—3；Kroll，"In the Halls of the Azure Lad，" 76；Bokenkamp，*Early Daoist Scriptures*，307-312。

④ 賀碧來指出："《道藏》中有幾個《大洞經》版本，各種選集中又多予徵引，但大多數引文與原文並不相符。"("There are several versions of the *Dadong jing* in the *Daozang*. Various anthologies also contain numerous citations which, in most cases, do not correspond to the actual text.")Robinet，*Taoist Meditation: The Mao-shan Tradition of Great Purity*，98.

⑤ "豁落七玄"一詞出現在《大洞真經》卷一，頁 19a4，指一組七星群。《真誥》記載了這個詞可能出自《大洞真經》仿作的其他兩個含義：其一指題爲《豁落七元》的書，其二指"豁落符"之名；見《真誥》卷六，頁 3a8，卷十九，頁 15a5。《豁落七元》也是《洞真金真玉光八景飛經》的别名；見《雲笈七籤》卷九，頁 2a6。關於"豁落七元"一詞的研究，可參看 Edward H. Schafer（薛愛華），"Li Po's Star Power，" 5-15。

經文接著説:

> 中央黄老君南極元君藏録二經於太素瑶臺玄雲羽室,封以鬱森之笈[①]、玉清三元之章。乃命北寒金臺龍華玉女七百人,又命白空虞宫西靈玉童七百人,侍衛《大洞真經》及《太上虚生大隱符玉籙》(A的節略版)焉。

道籍中同時列舉同一部經典的不同標題並不稀奇[②]。一部道經之所以産生出各種不同的標題,其原因可能是新標題的作者希望將該部經籍神化。《玉籙》别名之多,作用在於顯示籙文乃傳自多位不同神祇。於是《玉籙》文本乃産生了兩個層次:(一)籙文詳述大道君著經的經過;(二)籙文以不同標題爲不同文獻所援引。

《玉籙》的不同標題在早期道經和唐宋類書中有所繁衍(見附録)。這個現象證實了賀碧來的設想:以《大洞真經》爲中心的同類文本形成了一系列的緯書(apocryphal texts),《玉籙》即其中一種,而當《玉籙》被其他文獻引用時,大多數情況下都引作《大洞真經》[③]。《玉籙》在大多文本中出現時並没有與它的異名重疊(除《大洞真經》外),這現象反映了這些異名所指

---

① 此"笈"之名又作"鬱林",見《雲笈七籤》卷八,頁14b2。"鬱森之笈"始見時用作承載傳予大道君的《玉佩金鐺太霄隱書》,見《太上玉佩金鐺太極金書上經》(HY 56),頁2b1;《三洞珠囊》卷八,頁27b10—28a1。

② 例如《無上祕要》(HY 1130)卷三十所載。

③ Robinet,"Le *Ta-tung chen-ching*," 432;"*Shangqing gaosheng taishang dadao jun dongzhen jinyuan bajing yulu*," 140. 例如《無上祕要》卷三十二頁2a8—2b4列舉了《玉籙》的四種標題,但出處標爲《洞真大洞真經》。麥谷邦夫根據一條數見於《真誥》的注釋"未出世",認爲陶弘景於499年編寫《真誥》時除了《大洞真經》三十九章以外,還有一些並不完整的文本。這些文本都屬於《大洞真經》譜系的範圍内,包括《大洞真經精景按摩篇》(見《真誥》卷九,頁3b1)、《消魔經上篇》(《真誥》卷九,頁4a9)和《太上籙渟發華經》等。麥谷氏還引用了陶弘景的《登真隱訣》(HY 421),指出《大洞真經》譜系經文標題不一的現象。陶弘景列出的《大洞真經》不同標題有《大洞真經精景按摩篇》、《大洞精景上卷》、《大洞遏邪大祝》等,陶曰:"□大洞之例,卷題殊多,非謂止在三十九章也。"見《登真隱訣》卷中,頁3a3—4。麥谷邦夫《『大洞真經三十九章』をめぐって》,頁61—62。

的是同一個文本①。

A標題《上清高聖太上大道君洞真金元八景玉籙》自此經相傳於355年降授以降，也許由於彼時文本的標題尚未確定，這個標題在其他文獻中都不再使用②。

《玉籙》最初的流傳方式可能是口耳傳授。賀碧來舉《上清九天上帝祝百神内名經》(HY 1349)爲例，論證此經的一些經文可能直接節録自《大洞真經》每章經文後修煉者必須念誦的口訣祝咒③。我們發現，《玉籙》中有關由冥想玄遊而驅魔伏邪的一部分也見於《大洞真經》④。這兩種版本各含異文，透露了兩者的祖本當以口頭傳授；兩個(異文)版本的作者可能先熟記於心，然後不參照"原"本(即早期文獻)而僅憑記憶寫下來。《玉籙》的好些段落在其他文獻中被引作《大洞真經》，這個現象有力地説明這些引文原來就是《大洞真經》文獻族群中的一部分⑤。

《玉籙》文本本身提供了一些内證，有助解決一些文獻上的疑難。如上所引，籙文開篇提及了最早藏於太素的"二經"(頁1a6)，即《大洞真經》三十九章和一個共有四種不同標題(均含"玉籙"之名)的文本。後者的四個標題分别爲：《太上大道君八景玉籙》、《太上虚生大隱符玉籙》、《洞經玉籙》

---

① 《無上祕要》卷三十一，頁10a5—6引用的《洞真太丹隱書經》，列舉了幾個其他異名如下(括號所示爲上文給《玉籙》的五個别名的序號)《太上隱書》(B)、《八素之辭》(B)、《太洞真經三十九章》(C)、《金真玉光》(D)、《豁落七元》(E)。有趣的是，《豁落七元》被列作《洞真金真玉光八景飛經》的别名，見《無上祕要》卷三十，頁2a6；《雲笈七籤》卷九，頁2a6。據《雲笈七籤》卷九頁2a6，《豁落七元》是不同於《玉籙》的一個標題，其書的提要，見《雲笈七籤》卷八，頁14a6—14b6。現存的《上清金真玉光八景飛經》(HY 1367)的内容與《玉籙》並無重複。趙益認爲《金真玉光》和《豁落七元》等名稱所指的是方法而不是經名。見趙益《六朝南方神仙道教與文學》，頁171，注24。這一觀點即使正確也並無助於解決本文關於文本的討論問題。

② 這些文獻包括《真誥》卷五；《茅山志》(HY 304)卷九；《雲笈七籤》卷六。見Robinet, "Le *Ta-tung chen-ching*," 416。

③ 《上清九天上帝祝百神内名經》(HY 1349)的不少段落見引於《道典論》(HY 1122)，出處作《大洞玉經註訣》。此外，《上清九天上帝祝百神内名經》中名爲《百神名》的一組詩的一句見引於《雲笈七籤》卷八，頁2a7—8，引作讀畢《大洞真經》所念之咒。見Robinet, "Le *Ta-tung chen-ching*," 414。

④ 《玉籙》，頁6b5—7a1；《大洞真經》卷一，頁3a8—3b5。

⑤ 《三洞珠囊》卷三，頁19a8—20a4所引《大洞經》文字散見於《玉籙》，例如頁3b1—7、4a8—9、5a3—5、6a4—6b2、9a1—2、4。《玉籙》頁16b7—17a7的文段在《無上祕要》引作《洞真大洞真經》，見《無上祕要》卷三十四，頁10b4—11a4。詳見附録。

和《大洞真經太上玉籙》①。最後兩個標題説明了《玉籙》附屬於《大洞真經》,這一層關係從《玉籙》篇末所敘得到印證:

受經於紫微王夫人凡二萬二百三十字,其《大洞真經》一萬字。②

據此,這次授經,《大洞真經》佔一萬字,那麽其餘一萬二百三十字屬附録文字,也許就是《玉籙》的内容③。大概由於兩部分經文據説是同時傳授之故,《玉籙》從此也就歸屬於《大洞真經》的譜系中。

其實,《大洞真經》在最初流傳階段是個中心文本。其餘周邊經文附隨而來,這些"附屬"的三十一卷經文稱爲《上清經》④。在一部早期的上清文獻目録《上清大洞真經目》(《洞玄靈寶三洞奉道科戒營始》[HY 1117])中,著録了當時尚未散佚的上清派經文,並命名爲《上清大洞真經》。《上清大洞真經》和《上清經》的這個文獻類近關係,成爲了大淵忍爾的一個論據,"認爲《道藏》中的《洞真》部,其名源自這部道經的標題即《上清大洞真經》"⑤。

文本層次、文本斷層與籙文文體

《玉籙》的文本層次提供了重構其文獻歷史的重要綫索。本節論述《玉

① 《玉籙》,頁 1a9、17a8—9、15b10、16a6。《大洞真經》三十九章在《紫陽真人内傳》(HY 303)中也有記載,頁 8b2—3、16b10,爲中央黄老君所有。

② 紫微王夫人的生平簡介可參看 Kroll,"The Divine Songs," 158-160。

③ 《玉籙》内文共有 5696 字。這個字數算上所有後來增補的内容(見下一節論述),大概是 10230 的一半。其他文獻中所引該玉籙的文段與《玉籙》(HY 1378)有所不同(見附録)。這些不同處説明這個文本零散而不統一,可能寫成時有 10230 字。

④ Robinet,"Le *Ta-tung chen-ching*," 396. 陳國符認爲《上清大洞真經目》三十四卷根據這三十一卷的内容擴充而成,見《道藏源流考》,頁 16。關於《大洞真經》的文獻歷史,張超然做了精細的研究,並且考證了陶弘景所説的"大本"與"小本"的具體内容,認爲 HY 6 本《大洞真經》"接近陶弘景所見的'大本',而其中《大洞玉經》、《玉清王祝》、《天上内音地上外因》等部分應爲'小本'的内容,也就是楊、許所受傳的《大洞真經三十九章》"。見張超然《系譜、教法及其整合:東晉南朝道教上清派的基礎研究》,頁 225—247。石井昌子指出《大洞真經》見引於各種道書,有不同的書名,例如《真誥》有十條,大都不見於今本《大洞真經》,《雲笈七籤》引用了《大洞真經》的六個不同書名。其他例子,尚有《三洞珠囊》和《上清道類事相》(HY 1124)等書。見石井昌子《上清大洞真經の一考察》,頁 130—117。

⑤ Ōfuchi Ninji(大淵忍爾),"The Formation of the Taoist Canon," 256-257.

籙》的文本層次如何形成，這些層次如何産生文本斷層，從而討論《玉籙》是否符合“籙文”的文體特點。文本斷層的重要痕跡是經文中出現的不規則和孤立而不成韻組的用韻情況。《玉籙》的内容主要是押韻的聯句，因此其原始狀貌的押韻模式應是完整而具規律性的；但今本却並非如此，以下數據顯示了經文所經歷的文獻編輯干預時行文韻律原有的完整性受到了的破壞情況：

頁碼，行數	韻脚(以“/”間隔互不押韻的字)
1b6—2a2	仙神芬晨真天/峰/元/清靈生精明
2b7—3a1	靄外/國/致萃蔚邁
9a9—10	易迹/頤/適

以上韻脚不一致的原因可能源於某抄録者從母本(copy-text)作不完整的選擇性選録，這現象是文本層次形成過程的一個重要原因。由此可以推論：每一個文本層次的出現即標誌一次編訂或篡改。《玉籙》在對大道君生平的描述後，是有關長生的幾節詩，詩句一般以“也”或“矣”字確定性虚字(definitive particle)作結。儘管其中插入一些不協韻和出處不明的内容，但這些詩節大抵可以視爲第一層次①。文中凡對於某個文本作描述的部分則爲第二層次。第三層次包括序言和附言；而重複的附言則顯然是第四層次。以下爲這些層次的詳細内容(括號内是頁碼和行數)：

第一層次　1. 大道君的生平描述，包括出生、遊歷和事功。(1a10—3b1)

2. 選自確定或未知文獻的有關長生的所有論述。如引自《大洞真經》的詩句(6b7—7b1)，以“曰”和

① 比如“變白首而方童矣”(頁4a4)、“節惔以迴孫嬰也”(頁4a9)、“是以永久也”(4b8)、“後天而彫也”(頁5b5)。《玉籙》不像其他道經處在於，引述祝咒語通常開頭没有“咒曰”或“祝曰”，結尾也没有“畢”字。

	"畢"字爲標誌的引文(10a2—6、8)等
第二層次	大道君"受籙紫皇"(1b7),"敷陳《隱篇》"(3a9),"《中篇》定模"(5a5—8),"鬱鬱靈寶,化易文章"(6a2—8);仙人們"衆藻扶疏,微言續呈"(8a9—9a7);"冥然《妙篇》"(10a10—10b6);唱《大妙》、《靈章》與《神音》(11a1—5);"大帥秉栴,把籙明篇"(11a7);大道君記録一系列名字及撰寫《太上八景玉經》(11b6—8);大道君獲《隱符》(12a10—14a1);"元剛把《籙》"(14a3);誦《大洞真經》(15b2)
第三層次	1. "讀畢於此"(15b3) 2. 《大洞真經》與《玉籙》的傳授情況及其戒律(15b4—16b6) 3. "受經盟誓"(16a4—5)
第四層次	1. 再提受經戒律、"受經盟誓",並更多詳情(17a1—7) 2. 《玉籙》"簡介"(1a1—10) 3. 受經的背景(17b4—6)

在第二層次中,我們看到最多的文本斷層現象,反映了《玉籙》拼湊成書的性質。文中的歌唱、吟誦、閱讀和寫作的活動只是創作過程的"記録",而非籙文自身的"内容"。《玉籙》的主要内容本應爲大道君所受和所寫的《大洞真經》文本成分,即文中提及的《隱篇》、《中篇》之類經文的内容;然而,此第二層次中所見的却只是交代大道君得到和寫出這些經文的概況①。從以下例子可見《玉籙》作者的口吻視角是個注解者而非作者:相傳大道君寫

① 這兩個標題《大洞真經中篇》和《太上之隱篇》分别出自《真誥》卷九,頁25a2,卷六,頁5b5。注謂《大洞真經中篇》的文句"今《洞經》亦有此四句"。《真誥》卷九,頁24b9—25a1。此引文的全詩(共八句)見於今本《大洞真經》卷二,頁7b4—7。《雲笈七籤》卷三十,頁5a9—b2引自《中篇》的一首詩也見於《大洞真經》卷五,頁11b8—10。《中篇》與《隱篇》結合,成爲《玉籙》的標題,見於《太上玉晨鬱儀結璘奔日月圖》(HY 435),頁1a2—8。

下了這部《玉籙》,但籙文記載他曾寫過一部内容完全相同的《太上八景玉經》,此下《玉籙》又記載:“子獲其篇,號曰元景。左卿思習,洞道上清。”意謂從前當“禰”受此經時,經文題爲《元景》,是左卿許穆(又名許謐)修習而得道的經書。這其中的“子”當指大道君,然則大道君所撰的《太上八景玉經》乃《元景》的修訂或增訂? 此等舛亂不一而足,讀此則明顯見到《玉籙》作者在敘述籙文的創作和傳播過程,而非寫出籙文的實際内容①。

此外值得注意的是文中的一個時代錯誤(anachronism)現象。《玉籙》的後記(第四層次)交代傳授《玉籙》的時間爲穆帝永和十一年(355)(頁17b4—6),假如許謐“思習”此經而“洞道上清”,他應該卒於此年前。但是《真誥》記載許謐於興寧二年(364)獲授第一批經文,而史載他卒於 373 年。顯然,《玉籙》在其聲言的降授之時(355 年)却已具備了籙文標題和簡介(第四層次,第 2 點)、發願戒律和經文研究等介紹。這是文本遭受後起的摻雜舛亂的内證。

《玉籙》的幾種不同的標題、其具體内容和層次結構等引發了一個問題,即這部經文是否符合籙文這種文體。“籙文”體裁的最權威的定義見於《隋書·經籍志》:

> 籙皆素書,紀諸天曹官屬佐吏之名有多少,又有諸符,錯在其間,文章詭怪,世所不識。受者必先潔齋,然後齎金環一,并諸贄幣,以見於師。師受其贄,以籙授之,仍剖金環,各持其半,云以爲約。弟子得籙,緘而佩之。②

索安對此段引文作了歸納分析:“道人之‘籙’列舉道人所掌管的所有天庭

① 《玉籙》,頁 11b8—9。左卿即許謐。見陶弘景《洞玄靈寶真靈位業圖》(HY 167),頁 4b1。又見《真誥》卷十二,頁 12.5a 注。

② 《隋書》卷三十五《經籍四·集·道經》,頁 1092。英譯及討論可參看 Paul W. Kroll, “Li Po's Transcendent Diction,” 108; Anna Seidel(索安),“Imperial Treasures and Taoist Sacraments: Taoist Roots in the Apocrypha,”323。關於引文所述的受籙儀式的解説,可參看興膳宏、川合康三《隋書經籍志詳攷》,頁 941,注 12、13。

中各級神靈及其主神的名字”，因此修煉者可藉以“號召這些神靈前來幫助，收服有害的神明和妖魔”①。大體而言，《玉籙》符合籙文文體的一些特質，如“文章詭怪”、驅邪、末世論的世界觀和救世主義等，此外《玉籙》的結尾亦有對受籙所需遵循的儀式和戒律的説明；然而它並不具備籙文的基本特點，即本質上不是一部籙文，因爲它並没有符合《隋書》所言的要素，即“紀諸天曹官屬佐吏之名有多少，又有諸符，錯在其間”。

據以上論述的文本層次結構，有助我們辨識不同層次的敘述者的聲音；這是確定該玉籙是否爲原創經文的另一個重要方法。《玉籙》直接引用的祝咒語和籙文條目極少。這類引文在《大洞真經》中常用以標誌直接引用的兩個字眼是“畢”和“兆”，“畢”表示祝咒語引文完結，“兆”是第二人稱代詞，指代練習冥想的修煉者②。但《玉籙》中“畢”只出現了兩次，“兆”只出現一次。這種寫作風格不同於《大洞真經》等修煉指引經書和大多標準籙文的風格③。

大概因其文體特色，賀碧來並没有視《玉籙》爲籙文，而稱之爲一部“太上大道君聖傳”④。這個看法基於賀氏的精心研究，考慮文中大道君取經的所有細節及其寫作活動。此外，《玉籙》内容的一個焦點本應爲大道君玄遊時所得的九個神符，但這些神符都没有出現⑤，並不如《隋書·經籍志》所言“又有諸符，錯在其間”。也許出於補亡的考慮，上相青童君撰寫了《洞真八景玉籙晨圖隱符》(HY 1328)以補入這些神符。雖然《玉籙》與《隱符》

---

① Seidel, "Imperial Treasures and Taoist Sacraments," 324: "the priest's *lu* are lists of the names of all the spirits at his command as a member of the celestial hierarchy and thus their superior" and thereby the adepts "have the power to summon their help and to subdue them [gods and demons] should they be maleficent."

② 周作明《東晉南朝上清經中的“兆”》，頁 132—135。蕭登福曰：“兆：修行者自稱，或稱‘小兆’。兆：兆民。小兆，猶如小民、小道、小臣，自謙之詞。”見蕭登福《〈上清大洞真經〉今註今譯》，頁 7。

③ 可對照其他“標準”籙文，如 HY 1374、HY 1375、HY 1376、HY 1377、HY 1379—1386。這些籙文的一般内容特點包括：神靈正式的名字和級別、祝咒語和神符等。成書於唐代的《正一修真略儀》(HY 1229)是一本介紹如何閲讀和撰寫籙文的“手册”。

④ Robinet, "*Shangqing gaosheng taishang dadao jun dongzhen jinyuan bajing yulu*," 140; *La Révélation du Shangqing dans l'histoire du Taoisme*, 42.

⑤ 《玉籙》，頁 12a10—14a1。

能很好對應,但並無任何證據顯示這兩部經文是一個整體[1]。由此可得出一個論斷:《玉籙》由於缺少籙文文體應具備的一些重要特徵,因此不是一部傳統而典型的籙文。

文本層次和標題不一這兩方面透露了《玉籙》文獻來源的神秘複雜性。《玉籙》的内容大都被徵引作《大洞真經》,於是《籙》和《經》的内容共同構成了《大洞真經》譜系,這個譜系可視爲《大洞真經》的"緯書"内容。儘管這些内容的出處有已知的,也有未知的,但《玉籙》所用的一系列獨特術語則不見於其他文獻,如有借自佛經的概念和術語,以及一些解讀不了的文句等等[2]。這些特點使《玉籙》成爲一部有看似統一主題的雜糅之作。

大道玉晨君之遊

《玉籙》的傳記部分記録了太上大道君這位高級神靈的事蹟。大道君名詔夽,字上開元[3]。他在《黄庭經》中以作者身分出現[4];而在《玉籙》中亦以作者身分出現,同時也是人類的救主。他的居所與《黄庭經》所記一致,即蘂珠日闕館七映紫房[5]。

末世論的世界觀是早期道教文獻中救世之神出現的一個常見背景,

---

① Robinet,"*Dongzhen bajing yulu chentu yinfu* 洞真八景玉籙晨圖隱符,"182. 任繼愈認爲這兩部經文當"同爲一事",見《道藏提要》,頁 1058。

② 有關上清經典中佛教詞彙的論述與例子,參看 Robinet,"Le Shangqing et le Bouddhisme," in *La Révélation du Shangqing dans l'histoire du Taoisme*, 87—104。《玉籙》中的佛教詞彙包括"定覺"(頁 4a9。梵語:*samādhi-sanbodhyanga*),"七覺支"之一,指修煉時精神集中;"舍利"(頁 6a8。梵語:*Śarīra*),即佛骨;"普明"(頁 7a2。梵語:*samantaprabhāsa*),謂五百羅漢開悟時的普照光明。參考"Digital Dictionary of Buddhism"電子佛教辭典:http://www.buddhism-dict.net/ddb/

③ 大道君在《雲笈七籤》卷三,頁 9b4 中名爲"器度"。據《洞玄靈寶真靈位業圖》頁 3a2,大道君位列"第二中位",注云:"爲萬道之主。"

④ 《上清黄庭内景經》(以下簡稱《黄庭經》),見《雲笈七籤》卷十一,頁 10b5—12a1。英譯見 Paul W. Kroll,"Body Gods and Inner Vision: The Scripture of the Yellow Court," 151—152。

⑤ 《玉籙》,頁 2b3—4。其中對大道君的衣著裝束的描述可能來自《大洞真經》譜系的一部早期經典。以下引自《玉籙》的文句見於《無上祕要》卷十七,頁 2a9—2b1,引《洞真七聖元紀經》:"佩九色離羅之帔,衣飛森霜珠之袍。巾須臾百變之冠,帶晨光日鈴育精之劍。"此後是《玉籙》(HY 1378)中没有的三句四言詩。《洞真七聖元紀經》不見於今本《道藏》,它應當是《上清大洞真經目》(《洞玄靈寶三洞奉道科戒營始》頁 2a2)列舉的《上清七聖玄紀徊天九霄》,《真誥》卷十四,頁 19a1 注提到的《七聖玄紀》亦當是同一部經書。

大道玉晨君也不例外[①]。他在宇宙經歷重大破壞時的兩個大劫（*kalpa*）之間出現[②]。雖然《玉籙》並没有列出見於同期道經的"後聖"（即李洪）之名[③]，但從大道君的教義詩篇中可總結出一個重點主題，即獲得永生和歷劫不滅[④]。

《玉籙》記述了大道君的誕生及爲生民所作的事功，籙文開頭道：

上清高聖太上大道君者，蓋

二晨之精炁，慶雲之紫煙。

玉暉曜焕，金映流真。

結化含秀，苞凝玄神。

寄胎母氏，育形爲人。

諱䨺㚖，字上開元。母妊三千七百年，誕於西那天鬱察山，浮羅岳丹玄之阿側矣。[⑤]

元監朗於始旦[⑥]，八洞被於太初。

周觀九緯，俯擢醴川。

---

① 柏夷認爲："這部經（按：指《靈書紫文上經》）的末世論世界觀很能提醒讀者該經書寫作時前途不明的歷史背景：當中國北方被外族佔領了大概五十年後，晉朝無法收復北方家園，朝代已經顯現衰敗之勢"（"the eschatological vision of this text [*The Upper Scripture of Purple Texts Inscribed by the Spirits*] reminds us forcefully of the uncertainty of the times in which it was written, some fifty years after the occupation of northern China by the Huns and a period in which the Jin dynasty, having failed to regain the northern homelands, was already showing signs of collapse.") Bokenkamp, *Early Daoist Scriptures*, 7–8.

② 另見《上清金真玉光八景飛經》（HY 1367），頁 3a4—3b5。有關上清經典對大劫和小劫的論述，見《三洞珠囊》卷九，頁 1a4—4b5，引《上清三天正法經》。關於古代中國對時間的論述及計算，可參看 Derk Bodde, *Chinese Thought, Society, and Science: the Intellectual and Social Background of Science and Technology in Pre-modern China*, 122–126；佛教的劫的觀念可參看 Erik Zürcher, "Eschatology and Messianism in Early Chinese Buddhism," 38–40。關於漢魏晉文本的毁滅主題的論述，見拙著《道不若神——阮籍的宇宙生滅循環論》，頁 215—244；另見 Chan, *Considering the End: Mortality in Poetic Representation in Early Medieval China*, 67–72。

③ 有關老子和李洪作爲救主的研究，可參看 Isabelle Robinet, *Taoism: Growth of a Religion*, 162; Anna Seidel, "Taoist Messianism," 165–173; Michel Strickmann, *Chinese Magical Medicine*, 50–53.

④ 《玉籙》，頁 6a1、9b4。

⑤ 又見《雲笈七籤》卷三，頁 9b1—10a1。是爲大道君的詳細傳記。

⑥ "元監"當是"玄鑑"。見《淮南子》卷十九，頁 344。道經中這個詞通常寫作"玄監"。例如：《太上洞玄靈寶赤書玉訣妙經》（HY 352）卷一，頁 18a10；《無上祕要》卷十五，頁 11a2。

逍遥擪生，採真食精，

飛玄揚羽，漱挹泰明。

受籙紫皇，位司高仙。

振風朱素，朝會萬神。

玄淵峨岑，大音彌芬。①

此後下文論述的視角從高至低，從個人修德到救世濟物。大道君"遂撫四大，揔括弱喪"②，於是"受書玉虚，眺景上清"③。在當時世道每況愈下的情勢下，大道君的救世使命的第一步是驅魔除妖。他的終極目標是拯救一小部分他所選擇的人，即"種民"——當世界毁滅後重生之時由他們生育繁衍——儘管這個詞並没有出現在《玉籙》中④。

在這一敘事文本層次中，傳統文學中的升天主題得到了道教特有的世界觀的潤色完善。文中描述大道君行遊隊列的壯觀場景，使人聯想到《楚辭》中的類似場景，但後者並没有前者的由玄境之遊轉入養生修煉的轉化。《玉籙》所敘述的大宇宙（天界自然）和小宇宙（修煉者體内）不時相互混雜融合，表達雙重意義。以下文句是文中雙重意涵的開端：

若夫

散教養形，赴救神炁。

明立三宫，沖靈獨泰。

寥朗二順，含元嘉會。⑤

① 《玉籙》，頁1a10—1b8。

② 《老子》第二十五章："道大，天大，地大，人亦大。"

③ 《玉籙》，頁2b1—2。

④ 有關"種民"的論述，一般以《女青鬼律》（HY 789）及《大道家令戒》（見《正一法文天師教戒科經》[HY 788]頁12a—19b）爲對象文本作分析，可參看大淵忍爾《初期の道教——道教史の研究，其の一》，頁263—274，301—304；小林正美《六朝道教史研究》，328—336。柏夷將"種民"譯作"seed people"，相關討論見Bokenkamp，*Early Daoist Scriptures*，297。菊地章太則從《女青鬼律》至《告趙昇口訣》等文獻，論述它們的救世思想，引述太上老君在《太玄紫簿》所發出的"甄别種人"的命令。見菊地章太《神呪経研究——六朝道教における救済思想の形成》，頁182—183。

⑤ 《玉籙》，頁3b1—3。

“三宫”是人體的三個部位，即三丹田。《黄庭經》對此有論述：“若得三宫存玄丹，太一流珠安昆侖。”據梁邱子（名白履忠，活躍於八世紀初）注：“玄丹”爲心（中宫）；“太一”、“流珠”爲“目精”，也可以指下宫。“崑崙”既可指上宫（腦），也可指下宫（肚臍以下）。引文的大意是如果人能存思三宫，三宫之神便會出現[①]。

《玉籙》詳述大道君訪天宫後，轉而敘述其冥想過程，當中也用到相同隱語式的意象和詞彙。冥想的一個主要目的是通過吸取日月精華而“攝精逐穢”[②]，文中一段描述以豐富的意象體現上清派冥想方式：

漱晨華以招日皇，挹夜明以抱月珠。

鬱儀横運，焕啓太旡。

結璘吸霄，雙景合遊[③]。

飛芝葩玄，靈若被岫[④]。

鳳腦鼓翼於金層，驎精奮耳以振軀[⑤]。

夜光焕乎五嶽，晃朗垂條而結華。

隱龍鳴雲[⑥]，瓊子竦溝。

① 《黄庭經》，《雲笈七籤》卷十一，頁 44b4—44a2。

② 上清修煉有服日月、奔日月之法，可參看神塚淑子《六朝道教思想の研究》，頁 53—62。

③ 賀碧來對“鬱儀”和“結璘”的理解爲“日月的神聖稱謂”（“the divine names of the sun and moon”），見 Robinet，*Taoist Meditation*，191。有關“鬱儀”和“結璘”的英譯及研究可參看 Bokenkamp，*Early Daoist Scriptures*，348，370，n. 35 引用 Robinet，*La Révélation du Shangqing dans l'histoire du Taoisme*，67。又可參看 Monica Esposito，“Sun-Worship in China—The Roots of Shangqing Taoist Practices of Light—Part 1. *Yuyi* and *Jielin*：The Taoist God of the Sun and Goddess of the Moon”。“鬱儀”和“結璘”作爲神靈之名見《黄庭經》，《雲笈七籤》卷十二，頁 8a3—5 梁邱子注。

④ 這句詩亦見於《三洞珠囊》卷三，頁 19a9—10 引《大洞經》。

⑤ “鳳腦”是靈芝名。見東方朔《漢武帝内傳》（HY 292），頁 6b6；《太微靈書紫文琅玕華丹神真上經》（HY 255），頁 6a8、6a10；Bokenkamp，*Early Daoist Scriptures*，338。“驎精”雖不見其他文獻，很可能也是靈芝名。

⑥ “隱龍”是肝膽的隱語名字。見《黄庭經》，《雲笈七籤》卷二十，頁 24b5—24b6，梁邱子注。

於是靈瓜漫壟,紫柰鬱丘①。

丹散千合,玉密懸嵎。

蹀躞七元,登空駕浮。

西靈浩漿,東建醴朱。

酣丹琳可以還九玄②,

味虎沫③足以嬰朽夫④。

以上場景緊隨大道君建造"三宮"的段落,因而也描述了神靈在人體内漫遊的過程。"鬱儀"和"結璘"是存思過程中需要召喚的兩位神靈⑤。引文中的絢麗意象基本都是煉丹的隱語,這些隱語營造出一幅生動畫面:神靈"灌溉"而使體内臟腑結"華",得飛芝、靈瓜、紫柰和津液⑥。神靈進而"登空駕浮"以吸"七元"星光與"西靈浩漿"。這些隱語式意象共同呈現出一個奇境,這是大道君真實地遊歷登天的小宇宙。

上清詩學

大道君登天之旅的雙重意涵有賴上清派獨特的詩學思想得以實現。約有兩個重要因素:隱語和存思。經文中使用大量隱語將大道君遨遊天宫,乘著由神獸護駕的車子、服食仙草等細節描寫,轉化爲神靈在修煉者體内的神遊。上清派作者對這一類隱語的詞庫作出了重要開拓,在相傳

---

① "靈瓜"和"紫柰"是神話中的瓜果名。"靈瓜"爲"空洞靈瓜",據説每四劫結一次果。見《漢武帝内傳》,頁6b4;《無上祕要》(HY 1130)卷四,頁13a7。《真誥》卷十四頁17a6載大禹曾在鍾山採紫柰。

② "丹琳",酒名。見《真誥》卷三,頁11a3—11a4。

③ "虎沫"在《真誥》中與"鳳腦"對偶,見《真誥》卷六,頁2b6。《玉籙》中的"虎沫"可能是一種寶石,或者岩漿形成的物質。《大洞金華玉經》(HY 254)頁5b5中的"虎沫"與"雲琅"對偶。《漢武帝内傳》(頁6b10)記載了一種名爲"文虎白沫"的花蜜,當是"虎沫"的全稱。

④ 《玉籙》,頁3b5—4a2。

⑤ 這一點符合南宋成書的《太上玉晨鬱儀結璘奔日月圖》(頁4a4)中所描述的小宇宙的運作情況:"大神鬱儀之君降此真氣濯我身形。"參看加藤千惠《真誥における日月論とその周邊》,頁140。

⑥ "結華"(亦作"生華")一詞常見於比喻存思的成果。見拙著:Chan,"'Jade Flower' and the Motif of Mystic Excursion in Early Religious Daoist Poetry";中譯本《早期道教詩歌中的"玉華"意象與玄境之遊》見本書。

由魏伯陽（二世紀）所作的《周易参同契》中使用的隱語的成就基礎上，再加以發展①。

第二個詩學要素"存思"是天界之旅得以轉化成精神之旅的另一個重要方式②。大道君在文中以一個楷模的形象出現，展示他登天的成功經歷。他指導修煉者如何冥想這種登天之旅，如何存思體内的日月。其文曰：

子欲爲真，當存日中君③，
駕龍驂鳳，乘天景雲。
東遊希林④，遂入帝門。
若必昇天，當思月中夫人，
駕十飛龍，乘我流零⑤。

---

① 《周易参同契》的最顯著特色爲精緻的文風及其隱語的創製。參看 Wu Lu-ch'iang（吴魯強）and Tenney L. Davis, "An Ancient Chinese Treatise on Alchemy Entitled *Ts'an T'ung Ch'i*," 215–216, 224。

② 柏夷把存思翻譯作"retentive contemplation"，頗適合此處對文學創作的論述。Bokenkamp, *Early Daoist Scriptures*, 288. "存思"這種文學方式一直是道教文學的重要課題。蔣艶萍將這種方式追溯至《太平經》等早期文獻，見其《道經修煉與古代文藝創作思想論》，頁 62—64。賀碧來對存思有傑出研究，見 Robinet, *Taoist Meditation*, 48–54，援引了 Henri Corbin 和 Mircea Eliade 對其他宗教的相應課題的對比研究。賀碧來指出，Eliade 把存思稱爲"創造性的想象"("creative imagination")，Corbin 則稱"活躍的想象"("active imagination")(p. 49)。Corbin 認爲存思這種想象"有溝通心靈和宇宙的作用，有一種功能或本領，能讓人到達一個中間境界——處於介乎玄奥隱秘之境和真實可感的世界之間"("[It has a] psycho-cosmic function of the imagination." "It is a function or faculty that gives one access to an intermediary world between the realm of unfathomable and hidden mystery and the world of sensible and gross forms.")(p. 50)。另參看拙文《意象飛翔》，頁 217—246。

③ 薛愛華將"存"翻譯爲"actualization"（真實化），認爲"翻譯成'visualize'（視象化）並不够準確。修煉者努力達到的不止是想象出一幅精神畫面；'存'的意思是'使事物可感可見'，'使事物存在'——幾乎是'使之實物化'"("It would be inadequate to translate this word as 'visualize'; the adept's efforts produce more than a mental picture. The word means 'to make sensibly present,' 'to give existence to'—almost 'to materialize'.")見 Schafer, "The Jade Woman of Greatest Mystery," 387。

④ "希林"一作"桑林"。見《雲笈七籤》卷八，頁 15a10；卷一〇一，頁 4a5。

⑤ "流零"一作"流鈴"。見《雲笈七籤》卷二十三，頁 4a9。"流鈴"全稱爲"流金火鈴"，見《真誥》卷五，頁 4a10，《雲笈七籤》卷二十，頁 24b6，卷四十一，頁 22b10 等。此鈴具降服鬼怪的作用。見 Kroll, "Halls of the Azure Lad," 87, n. 118; Monica Esposito, "Sun-Worship in China," 356 n. 42 引 Schafer, "Wu Yun's Cantos on Pacing the Void," 409, n. 129; Judith Boltz, *A Survey of Taoist Literature*, 30。

西朝六領,遂詣帝堂。

精根運思,上朝玉皇。①

“内視”的修煉方法早見於《莊子》,晉時成爲了陸機(261—303)一再强調的文學創作的重要方法之一,也是存思過程的重要元素②。陸機除了提出“精騖八極,心遊萬仞”和“收視反聽”這兩個激發想象的著名理論,還在《文賦》開頭如此論述寫作的準備階段:“佇中區以玄覽。”③“玄覽”一詞始見於《老子》第十章,王弼(226—249)注曰:“言能滌除邪飾,至於極覽,能不以物介其明,疵其神乎?則終與玄同也。”④此處的“抱一”的目標是“極覽”。這個理想境界在後期上清派存想修煉的理論和實踐中有所發展,修煉目的已超越“抱朴”,修煉者在獲得平静的心境之時,就能進入一個主動的想象的精神世界⑤。

然而修煉者在存思的過程中的想象並不是天馬行空漫無目的的;修煉者只能朝幾個方向想象⑥。存思的視像化(visualization)的目的是將人帶到大宇宙與小宇宙中的一個特定境界,當修煉者到達這一境界之前,首

① 《玉籙》,頁 5a8—5b1。“玉皇”在《雲笈七籤》卷二十三,頁 4a10 作“天皇”。

② 見拙著“Jade Flower,” 166–170。亦見 Henri Maspero, *Le taoïsme et les religions chinoises*, 313–314。

③ 《文選》卷十七,頁 2a/b。有關陸機的文學主張與道教詩學的論述,見拙著:Chan, “Jade Flower”。

④ 王弼《老子道德經注》,頁 23。Richard John Lynn(林理彰), *The Classic of the Way and Virtue: A New Translation of the Tao-te Ching of Laozi as Interpreted by Wang Bi*, 66:“Can you cleanse away the misleading and the specious and so attain vision capable of grasping the ultimate and the subtle, not allow things to get in the way of its brightness or flaw its numinous power [*shen*]? If so, it will be one with mystery from beginning to end.”

⑤ 這是宇文所安對陸機詩學思想的解説。見 Stephen Owen, *Readings in Chinese Literary Thought*, 88: “a spirit journey within the mind parallels the shift from the involuntarism of earlier literary thought to Lu Chi's voluntarism.” 宇文所安同意《老子》的河上公注:“心居玄冥之處,覽知萬物,故謂之玄覽。”(頁 87)河上公注見《文選》卷十七,頁 2a 李善(約 630—690)注引。

⑥ 賀碧來指出這種升天想象過程“不是‘幻境想象’”(“not the ‘fantastic imagination’”),因爲“道經既是向導,也是導師,通過事先描述所往之地和所見之形引領修煉者去想象,修煉者並非獨自行動,僅僅隨著自己的幻想去想象。”(“the *jing* [scripture], as guide and mentor, conducts the adept's vision by describing, beforehand, the places to be visited and the forms to be seen. The adept does not act on his own and does not just follow his own fantasies.”)見 Robinet, *Taoist Meditation*, 53。

先要關閉所有感官系統,將身體和心理的視界轉而向内。例如,“紫房”是大道君的居所,它在小宇宙中代表人腦的一個穴位,稱爲“明堂”,是修煉者召唤五神之處①。“内視”這種傳統做法最早見於《莊子》,後來在晉朝文學創作和道教存思中變得重要起來②。《玉籙》中的兩個關鍵詞“内視”和“閉視”出現於以下語境:

若登齋入室,當先驅除以辟鬼病③。
又防百試,乃冥目内視,
拊心而祝,北向叩齒三十六通,有微言於玉清瓊元君曰④:
六天大魔王,受制幽寥无⑤。
巨獸赤甲,毒龍四喉。
白鷹仰鳴,奮爪振豪。
萬精幽匿,滅邪破妖。
天丁一怒,五獄啓朝。
風火征伐,九天扇照矣。

於是重楗閉視,練神密精,
調研三官,存一天庭⑥。
帝君撰宴,卿輔普明,
和適烝液,朝謁九靈。

---

① 《黄庭經》,《雲笈七籤》卷十二,頁34a1—34a2,務成子注。明堂爲頭内九宫之一,位於眉間入二寸處。可參看垣内智之《頭部九宮の存思と太一》,頁23—26引述《大有妙經》、《登真隱訣》、《大洞金華玉經》等文獻及插圖。

② 《莊子·列禦寇》,32/38。

③ 二句亦見於《上清三真旨要玉訣》(HY 422)頁17a5—17b5,引《洞真金玄八景玉籙》。

④ 此咒亦見於《大洞真經》卷一,頁3b2—3b6,有異文。

⑤ “幽寥无”是太一的别名,太一名爲“重冥空”。見《大洞真經》卷二,頁4b10,卷六,頁1a6—1a7;《上清衆經諸真聖秘》卷五,頁11a9—11a10。

⑥ “三宫”指人體中的上中下三丹田。見《黄庭經》,《雲笈七籤》卷十一,頁44b4—44b5。“天庭”也是其中一“宫”之名;見《黄庭經》,《雲笈七籤》卷十一,頁52a7。據《登真隱訣》等文獻,天庭是頭内九宫之一,在明堂之上,見垣内智之《頭部九宮の存思と太一》,頁24。

五神安疊[①],津源流盈。

白元啓真,无英布生[②]。

洞景潛朗,四德以平。

結暉内寶,歌洞翫清。

太素列圖,壽亦不傾也。[③]

以上第一部分(分段前)引自《大洞真經》,中有異文。修煉者"先驅除以辟鬼病",瞑目内視,念祝叩齒,召太一天尊以驅魔[④],存思神獸天丁守護。第二部分接著描述體内景致:修煉者"存一天庭","帝君撰宴",這發生於"三宫"(腦)之内,蓋"天庭"在兩眉之間[⑤]。修煉者存思"邀請"神明,各臟腑之神帶引玉華光芒進入體内,照耀明亮,達致長壽[⑥]。這種存思過程旨在煉養一種由意象極强造就的宗教性視野,創造出這個道門内部早有共識的而與天界神境相通的神奇小宇宙即修煉者的體内,通過召唤神靈,引入神光,照徹臟腑,以保健康。

大道君在文中明確指出體内之遊是天界之旅的想象模擬。有關這種"境界的召唤"(calling on the realm)的構成,賀碧來有如下解釋:

人類同時存在於象徵世界中的幾個層次。這些層次有類似形

① "五神"掌管心、肝、肺、腎、膽。其名見於《黄庭經》,《雲笈七籤》卷十一,頁 23a7—24a4。

② "白元"和"无英"分别名爲"鬱靈標"和"明夫",是一對體内神;"白元"位於"右腋之下、肺之後户","无英"則位於"左腋之下、肝之後户"。見《大洞真經》卷二,頁 11a3—4,頁 8b7—8;亦見《紫陽真人内傳》,頁 10b7—11b7。據《釋三十九章經》:"無英中真上老君,處上真之宫,領五帝之籍,解兆五符之重結,化兆五神於胎骨,常遊紫房明堂之内也。"見《雲笈七籤》卷八,頁 7b7—9。

③ 《玉籙》,頁 6b5—7a5。

④ 消魔思想是《大洞真經》的一個重要主題。張超然認爲今本《大洞真經》所引祝詞,大抵來自《上清太上玉清隱書滅魔神慧高玄真經》(HY 1345)中的《内祝隱文》,加上高玄真人口訣,對今本《大洞真經》的形態構成及大洞經法有重要的作用。見張超然《系譜、教法及其整合》,頁 238—247。關於六朝道教的魔、鬼的性質及來源,還有《洞淵神咒經》和《靈寶度人經》的消魔思想的詳情,參看神塚淑子《六朝道教思想の研究》,頁 212—245。

⑤ 《黄庭經》,《雲笈七籤》卷十一,頁 18a3,梁邱子注。

⑥ 見拙著:Chan,"Jade Flower," 176 - 179;亦見康德謨(Max Kaltenmark)《"景"與"八景"》,頁 1147—1154。

式並相輔相成——相互疊加而透明,並錯綜複雜地互相映襯(比如小宇宙内的五臟即大宇宙中的行星)。存在於下界的只是上界對應物的另一種形式;因此人的身體或精神所産生的,在天上也會發生。①

在某些文本的語境中並不見隱語之使用,可能只是由於我們這些道門之外的讀者不熟悉這套語言系統而已。然而對道門中人並非如此,文本的目標讀者早已熟悉這種文風措辭,故能將充滿奇妙意象的場景解讀成修煉成功的象徵表述。因此,對這套深奧的語言文學系統有經驗的讀者來説,閲讀過程就是由文字帶領到這個奇妙的世界的思維旅程。我們讀者得到的並不是永生,而是由想象帶動而獲得的神奇的視野。學界普遍認同《楚辭》中的《離騷》首創這種天界遊歷的全景視角,而《遠遊》則表達了這種追求永生的主題②。但是,上清經典中糅合這兩者的雙重世界觀,則又是經文作者的創新③。

操觚揮毫的神靈

《玉籙》的内容包含了神靈撰寫經文這個特有主題,這個内容形成了一個明顯的文本層次,勾勒出該玉籙的寫作背景;换言之,《玉籙》在告訴讀者"我是怎麽來的"。因此,分析這些寫作背景有助於瞭解本文所論述的文本複雜性。《玉籙》主要記述大道君的行遊經歷所見所感,他在遊歷伊始已獲"指派"寫下他所理解的"大道"。其文曰:

---

① Robinet, *Taoist Meditation*, 51:"A being exists within a symbolic world on several levels at the same time. They exist in forms which are homologous and resonate together—arranging themselves in superimposed and transparent layers that involutedly reflect each other (e. g., the five viscera are internally what the planets are externally). What exists below is but another form of what exists above; and what is produced in the human body or spirit also occurs in the heaven."

② Paul W. Kroll,"On 'Far Roaming,'" 656.

③ 上清經系的存思的前身是《太平經》中的觀圖冥想。見拙文《意象飛翔》,頁 224—228。

若其

躭栖靈觀，洞宴七覺[①]，

機芒飈末，測神盡奥。

弘模瀠渟，虚還幽間[②]。

神浪希夷[③]，九音以懸。

玄寂既忘，託寓華園。

照照法標，明明功全。

妙激重理，扉洞萬千。

儛景扇虚，乘空抱煙。

磐紆七紀，籙首上緣。

靈符曜散，敷陳隱篇，

括致沉蒙，運轉滯輪。

綜結五象，携領諸天。

寔太上之化理，以視於群方也。[④]

大道君記載玄秘内容一方面是權威的表現，另一方面也是救世的方式。“華園”一詞應是寫作活動的喻體[⑤]，因爲寫作需要華麗的辭藻和高超的文學造詣。引文提到，大道君所“敷陳”(即撰寫)的是“隱篇”，這很可能是《玉籙》的“藍本”[⑥]，也就是《玉籙》未經後來的文本摻雜的狀態，所含的只有第一文本層次的極少的基本内容，例如他所聽到的符咒和神聖教誨等。其文曰：

爰有寶魂制魄[⑦]，凝神胞胎之法[⑧]。

① “七覺”指得道之人。見《大洞真經》卷二，頁 7a9 注。
② 《莊子·庚桑楚》，23/48。“幽間”指陰間。
③ 《老子》第 14 章；Lynn，*The Classic of the Way and Virtue*，72.
④ 《玉籙》，頁 3a5—3b1。
⑤ “華園”亦見於《真誥》卷八，頁 6b2，但含義不同。
⑥ 《玉籙》有被引作《太上隱書中篇》者。見本文附録。
⑦ 有關守護魂魄的論述，見 Bokenkamp，*Early Daoist Scriptures*，283—288。
⑧ “凝神”是一種冥想方式。具體情況可見《玉清金笥青華秘文金寶内鍊丹訣》(HY 240)卷一，頁 11a4—12a3。

發數十言耳，可以安身合道，衆魔散制。

乃異天之絶祝，祕宣龍燭之玄北①。

其旨不可得而演，重言不可得而譯②。

鳥音獸聲，風纏雲落。

殊天幽唱，莫能通釋。

若聊

總領奇翰，採炁洞宅，

領括九幽，冥韻内廓，

乃玉音金流，以施於南户之方矣。③

這裏所論涉及寫作困境。大道君的救世任務，很大程度上取決於他如何理解和詮釋那些從天庭聽來的神聖而難懂的福音。因此他是天上與人間的溝通者，負責向人間傳遞這些信息與教義。其文曰：

將有

真妙玄致，靈章无方。

恍惚奇洞，高眄圓鄉。

擢此神音，觸類在亡。

凛凛登霄，芬芬運芳。

仰執軌度於絶聞，俯拯萬和於弱喪。④

這種寫作救世的方式東晉時已很常見，因爲大道君顯然不是唯一的作者。諸神都表達了對經文的看法：

① “龍燭”是北方的地名。見《上清後聖道君列紀》(HY 442)，頁 4a4。

② “重言”，見《莊子・寓言》，27/1。成玄英(七世紀中葉)的解釋是“長老鄉閭尊重者也”。見郭慶藩(1844—1896?)《莊子集釋》卷九上，頁 947，注 2 引。

③ 《玉籙》，頁 9b4—10。

④ 《玉籙》，頁 11a3—6。

又各

大唱妙幾，論元理靈。

玉響八維，金音振庭。

開陳太素，敷誘隱冥。

衆藻扶疏，微言續呈。

暉條森灑，極妙之精，

旁遘岋業以群臻，别柯棽羅以散榮。

有邁於閶闔之南映，又似乎紅葩之繞梁，

流景之伊鬱，飛煙之藹蒙。

曜九采於帝圖，歌紫虚之邕邕。

廣聽嘈嚖於玉臺，擊石沸駭於金堂。[1]

這種華麗的寫作風格展現了諸神靈高度的文學技巧，他們努力使作品充滿詩化的意象。這些豐富的意象表現了諸神的個人風格，他們用詩化的語言，鏗鏘的音律，表達奥秘玄旨，描述奇妙仙境。如果説《真誥》所載楊羲的五言詩妙於言玄述奥，那麽《玉籙》及其他《大洞真經》周邊緯書所收的詩化敘述和祝咒文字的精麗高超之筆，也應該得到同樣的推許。

從《玉籙》的相關歷史記載、文本層次及内容考察，可以設想仙界中的這一系列寫作活動其實就是人間上清道人在爭相著經的一個縮影。與青童君所受的《靈書紫文》不同[2]，《玉籙》雖有玉晨君取經的記載，但從文本層次分析，其内容發生過增益繁衍，定本出衆多道人之手。《真誥》記載了楊羲和許氏受經自降真後，出現了造經的風尚[3]。王靈期和許榮弟等的造

① 《玉籙》，頁 8a9—8b5。

② 第一批含符和訣的經籍"皆起於九天之王，傳於代代之真"，後"撰集靈篇，集爲寶經三百卷，以付上相青童君"。見《無上祕要》卷三十，頁 1a8—1b6；《雲笈七籤》卷九，頁 1a9—1b9。《雲笈七籤》謂其出處爲《太霄琅書妙經》。有關青童君受《紫文》的記載，見《皇天上清金闕帝君靈書紫文上經》(HY 639)頁 1a1—3b1；Bokenkamp, *Early Daoist Scriptures*, 307—312。

③ 陳國符《道藏源流考》，頁 14—15；《真誥》卷十九，頁 9b10—10a2、11b4—12a8，卷二十，頁 2a8—9。

經活動旨在記載他們從神靈之所學，爲了吸引讀者，他們還對所造經文大加潤色。這種世俗的景象也許可以解釋爲什麽不同神靈對經書的命名的不同——即本文開頭所列的ABCDE五種經名，以及爲什麽這一部經文衍生出許多不同標題（見附録）。這種理解也可從上清派存思的連類（correlative）的思維方式得到印證：修煉者通過存思天宫之遊的細節將星光帶入體内；同理，著經的神靈大概也參與了一次天庭的朝會，聽到了一些妙語玄旨，於是每位神靈以不同的修辭手法和詩歌風格記録了同樣的内容，經文就是以這種方式由這些神靈在人間的“化身”所作。在人世間，這種“朝會”可以簡單看作上清派教義的傳統。

結語

《玉籙》具備的籙文特點不多，因此這不是一部典型的籙文；反而，這部經文獲得了一定的文學成就。經文中没有按級别列舉神靈與符咒之名，反而“記録”了大道君的聖蹟及其對修煉、救世、永生等議題所作的言説。《玉籙》的異名中有以“經”和“書”名之者，説明它初寫成時可能不是一部籙文。從本文考察的文本層次與斷層所見，《玉籙》後來遭受的編輯干擾可以證明這一點。雖然《玉籙》經過改動，但文中引自可考與不可考道籍的祝咒語的共同主題是追求長生成仙。文中缺乏對冥想方式的詳細描述，也使《玉籙》被排除於永生修煉指南的文類之外，這也可從經文的華麗語言和出色修辭區别於大部分修煉指南和籙文得到印證。

《玉籙》的文體特點體現了詩篇式文體的成熟發展，這文體在南朝道籍中十分流行。文中的賦法句式可能用於潤色文本，以四言爲主的特點使其與五言詩和傳統的賦有截然不同的吟誦效果。上清經系的這種特色，標誌著道教文學中四言詩的新發展①。這些詩作體現了一種由楊羲及

---

① 儘管古直引陶潛（365—427）的四言詩以證明這種詩體到晉朝的後續發展，但四言詩的發展勢頭早已過去，五言詩在晉朝前已成爲主要詩體。見王叔岷《鍾嶸詩品箋證稿》，頁70—73，注3、注4引古直等人所言。亦見葛師曉音有關晉朝四言詩的論述，《八代詩史》，頁106—107。

其後繼者發起和延續的積極修辭和華美文字的追求。《玉籙》中所見的爭妍競麗的撰寫經文"比賽"中,可見人們對靡麗詩風的追求,這趨勢不知不覺地促進了東晉的美學發展。因此,《玉籙》不僅實現了自身的宗教目的,還對文學作出了貢獻。然而道教詩歌的這些美學成就的研究尚屬初階,有待開發。

附録

《上清高聖太上大道君洞真金元八景玉籙》(HY 1378)的别名①

標題	出處	最早記載日期②/文獻説明
A類標題及其别名		
A1:《上清高聖太上大道君洞真金元八景玉籙》	《玉籙》,頁1a1	355年
A2:《太上虚生大隱符玉籙》	《玉籙》,頁1a9—10	355年
A3:《太上八景玉經》	《玉籙》,頁11b8	355年
A4:《元景》	《玉籙》,頁11b9	355年
A5:《太上大道君八景玉籙》	《玉籙》,頁17a8—9	355年
A6:《上清高聖太上道君金玄八景玉籙》	《雲笈七籤》(下稱《雲笈》)卷八,頁14b7	十一世紀初葉 含與《玉籙》同樣的語句,但由於有"大有"、"小有"的異文與解釋,出處明顯不同(卷八,頁15b4—5;卷一〇一,頁4a9—10)
A7:《上清高聖太上玉晨大道君紀》	《雲笈》卷一〇一,頁3b1	十一世紀初葉

① 此表的内容並不完整。資料蒐集的兩種方法:(一)檢索"中央"研究院漢籍電子文獻的《正統道藏》;(二)筆者閱讀《道藏》時蒐得。所收道經以宋前成書者爲主。

② 除《玉籙》外,其餘文獻成書時間據 Schipper and Verellen, *The Taoist Canon: A Historical Companion to the* Daozang, s. vv。

(續表)

標題	出處	最早記載日期 /文獻説明
A8:《上清高上太上道君洞真金玄八景玉籙》	《洞玄靈寶三洞奉道科戒營始》卷四引《靈寶中盟經目》,頁 10a9—10	七世紀初中葉
A9:《太上大道君洞真金玄八景玉籙》	《雲笈》卷八,頁 14a6	十一世紀初葉
A10:《高聖太上大道君洞真金玄八景玉録》	《上清衆經諸真聖秘》卷七,頁 13a9—10	九世紀或以後 記大道君的字與傳授符咒予大道君之神(《玉籙》,頁 12a10—13b10)
A11:《太上高聖八景玉籙》	《玉籙》,頁 1a5;《雲笈》卷八,頁 14a10;《無上祕要》(下稱《祕要》)卷三十,頁 2b3	355 年 《祕要》載其出處爲《洞真大洞真經》
A12:《洞真高聖金元八景玉籙經》	《祕要》卷三十一,頁 12b3	577 年
A13:《洞真金元八景玉籙經》	《祕要》卷四十七,頁 6b8	577 年
A14:《洞真金玄八景玉籙》	《上清三真旨要玉訣》,頁 18a2;《雲笈》卷八,頁 14a6	618—907 年 引了一部亦見於《上清大洞真經》的經典,見卷一,頁3b2—5
A15:《八景玉籙》	《太平御覽》(HY 1220)卷三,頁 12a7	983 年 引《上清大洞真經》
B 類標題及其别名		
B1:《太上八素隱書》	《玉籙》,頁 1a;《雲笈》卷八,頁 14a;《上清太上八素真經》(HY 426),頁 24a8;《祕要》卷三十,頁 2a10	317—420 年 無《玉籙》内容。《祕要》記載出處爲《洞真大洞真經》
B2:《八素真經》	《真誥》卷五,頁 2a3	499 年 無《玉籙》内容。注曰:"太上之隱書也,在世。"

(續表)

標題	出處	最早記載日期/文獻説明
B3:《太上隱書八素》	《雲笈》卷四十四,頁3b3;《祕要》卷三十一,頁10a4—5	十一世紀初葉 列爲單獨標題,與《大洞真經三十九章金真玉光豁落七元》並列。無《玉籙》内容
B4:《太上寶文八素隱書》	《雲笈》卷四,頁9b9,卷一〇六,頁4a	十一世紀初葉 列爲單獨標題,與《大洞真經靈書紫文》並列。無《玉籙》内容
B5:《太上隱書中篇》	《太上玉晨鬱儀結璘奔日月圖》,頁1a2;《雲笈》卷二十三,頁4a5—10	十一世紀初葉或以後 《中篇》據載爲大道君所作,見《玉籙》,頁5a5—8
B6:《八素真經太上隱書》	《紫陽真人内傳》,頁10b2;《上清後聖道君列紀》,頁8a9;《雲笈》一〇六,頁13b6引《紫陽真人周君内傳》	220—589年 《紫陽真人内傳》,頁16b4作《八素真經太上隱書》。無《玉籙》内容
C類標題及其别名		
C1:《大洞真經》	《玉籙》,頁1a2—3;《雲笈》卷八,頁14a8;《祕要》卷三十,頁2b1;《一切道經音義道門由起》(HY 1115),頁5a8—5b7	355年 唐代文獻《一切道經音義道門由起》(712—713)載有簡略的大道君生平,與《雲笈》所載不同。《祕要》所列出處爲《洞真大洞真經》
C2:《洞經玉籙》	《玉籙》,頁15b10	355年
C3:《大洞真經太上玉籙》	《玉籙》,頁16a6	355年
C4:《大洞真經三十九章金真玉光豁落七元》	《洞真太一帝君太丹隱書洞真玄經》(HY 1319),頁5b7。《雲笈》卷四十四,頁3b4—5	220—589年
C5:《大洞真經三十九章太上道君玉籙》	《上清衆經諸真聖秘》卷一,頁1a2	九世紀或以後 無《玉籙》内容

(續表)

標題	出處	最早記載日期/文獻説明
C6:《洞真大洞真經》	《祕要》卷三十四,頁11a4;《雲笈》卷一〇一,頁3b2	577年
C7:《大洞經》	《三洞珠囊》(HY 1131)卷三,頁19a8	七世紀末葉
D類標題及其別名		
D1:《金真玉光映天洞觀玉經》	《玉籙》,頁1a3—4	355年
D2:《上清太上隱書金真玉光》	《上清大洞真經目》,見《洞玄靈寶三洞奉道科戒營始》卷五,頁1a3—4	七世紀到中葉 列爲單獨標題,與《上清大洞真經三十九章》並列。無《玉籙》内容
D3:《金真王光映天洞觀玉經》	《雲笈》卷八,頁14a8—9(引《釋太上大道君洞真金玄八景玉籙》)	十一世紀初葉
D4:《洞真金真玉光八景飛經》	《雲笈》卷九,頁2a4;《祕要》卷十三,頁2a3、2a9	十一世紀初葉 無《玉籙》内容 《祕要》又列四種經名,出於此經(卷十三,頁2a3—7)
E類標題及其別名		
E1:《蕭條九曜豁落七玄上經》	《玉籙》,頁1a4;《雲笈》卷八,頁14a9—10;《祕要》卷三十,頁2b2	355年 《雲笈》和《祕要》中"玄"寫作"元"。《祕要》記載其出處爲《洞真大洞真經》
E2:《大洞真經三十九章金真玉光豁落七元》	《雲笈》卷四十四,頁3b4—5;《洞真太一帝君太丹隱書洞真玄經》,頁5b7	十一世紀初葉 列爲單獨標題,與《太上隱書八素》並列。無《玉籙》内容

從曹娥投江關係文獻考察早期民間尋找溺水者遺體的法術

引言

我國早期歷史中最爲著名的溺水而亡的人物是忠而被謗、被放，而最終絶望自沉的楚國大夫屈原（約前 339—約前 278 年）。然而，早期相關文獻如《史記》屈原傳和王逸（約 89—約 158 年）的《楚辭章句》等並未記載關於尋找屈原遺體的事蹟。據民間傳説，屈原自沉後，"楚人哀之"，人們爲免蛟龍吃掉屈原的遺體，就往河裏投入以五色絲包裹的米飯[①]。東漢以前，人們似乎一直都未掌握有效尋找溺水者遺體的方法[②]。

現存最早記載有關尋找屍體的方法看似占卜術。這種方法需要一個物件投入死者溺水處。然而該物件究竟是何物，頗難確定，下文將詳細討

---

① 見吴均（469—520）《續齊諧記》，引自《史記》卷八十四《屈原賈生列傳》，頁 2491，注 1，張守節（八世紀）注。又見歐陽詢（557—641）等編《藝文類聚》卷四，頁 74。宗懔（約 500—約 563）《荆楚歲時記》，引自潘自牧（1196 年進士）編《記纂淵海》卷二，頁 68a。

② 題爲《公無渡河》的一首漢代民歌載狂夫"墮河而死"，其妻亦隨之投江而亡，却並没有提供尋找溺水之人的詳情。其注釋揭示了當時妻隨夫死的價值觀。見郭茂倩（約 1084 年）編《樂府詩集》卷二十六，頁 377—378 引崔豹（三世紀末至四世紀初）《古今注》。逯欽立參照各種文獻後認爲《公無渡河》是舊署蔡邕（132—192）所作組曲《琴操》的曲調之一；因此逯氏認爲這首民歌作年較早，可追溯到漢代，且一定在蔡邕之前。見逯欽立《先秦漢魏晉南北朝詩》，頁 255—256。

論。這個物件的作用就像導航儀一樣,能帶領人們尋找失蹤屍體的位置。讓人驚訝的是,時至今日這種法術仍在中國南方地區普遍施行。可是,這個古老傳統並未引起學術界關注,原因很可能在於缺乏相關資料和科學根據之故。這個傳統被忽視固然可惜;同時,由於缺乏對它的認識,導致了歷來對於相關古籍記載的誤讀。

本文針對這個被忽視的傳統,進行一項文本與文化的研究。這項研究基於一位享年只有十四歲,人稱曹娥(卒於 143 年)的少女如何找尋遇溺父親屍首的各種傳説和記載。通過對照勘察有關這個傳説的早期文獻,從而確定衆多記載中哪個異文最爲可信。本研究所得將有助我們更準確地理解這一古老傳統的具體操作細節,從而正確理解之前誤讀的相關史料。

儘管相關史料的真實程度存在著重重疑點,包括寫作時間、竄入文字成分等,但是關於尋屍的記載却值得認真研究。首先,這些記載反映了當時一些特定的價值觀,即尋找溺水者遺體的重要性,以及隨父或隨夫而死的必要性。這項研究的另一個重要意義在於重構這種民間自古到今一直廣泛流傳的尋找方式的細節。儘管相關資料由於曾被修改或添加而有時代先後舛亂之嫌,但它們仍能爲我們描繪出一幅古代風俗圖畫,讓我們瞭解人們自中古時期就相信這種尋屍方法行之有效。曹娥尋父屍故事的添加成分,成爲了中國歷史上關於尋找遇溺屍體的最早記載。

尋找方式

本文考察的中心議題來自記載曹娥故事的文本中出現的一個異文,它是投入水中之物。早期的相關文獻並没有記載曹娥投物入水以尋找遇溺後屍首未見的父親,最早的記載是鐫刻於碑石上的《孝女曹娥碑》(以下稱《曹娥碑》),由東漢一位名叫邯鄲子禮的年輕文人撰寫。儘管這方石碑已失傳,但據説碑文内容被轉抄至一段絹子上,且出自書聖王羲之(303—361 年或 321—379 年)之手。碑文的開頭記述了曹氏家族背景,曹娥父死之首尾,以及曹娥尋父屍事。碑文的相關内容如下:

《孝女曹娥碑》①

孝女曹娥者，上虞曹盱之女也。其先與周同祖，末胄景沈，爰來適居。盱能撫節安歌，婆娑樂神。以漢安二年五月，時迎伍君②，逆濤而上，爲水所淹，不得其屍。時娥年十四，號慕思盱，哀吟澤畔，旬有七日，遂自投江死。經五日，抱父屍出。

由於《曹娥碑》的撰寫動機在於把曹娥塑造成符合儒家行爲的模範，用作教化的典型③，故序文的敘事和之後的頌辭都把重點放在"孝女"尋父遺體，伴父而死，且最終犧牲這些内容上④。

在這段最早的記載中，曹娥尋父屍所用的"工具"並非何物，而是曹娥自己的軀體。雖然最終她和父親都溺死江中，但她總算找到了父親的遺體。這篇描述親情的《曹娥碑》，很容易使人們相信神明受曹娥的孝行所感動而"歸還"其父的屍首。《曹娥碑》是曹娥尋父屍故事未經增改的版本，文中並没有記載曹娥投物入河，她在死後才神奇地完成尋屍任務，找到父親的遺體，贏得了孝行第一的美名。

除了這則傳説的教化目的外，各種相關文本來源的不可靠，也削弱了事件的可信程度。誰也無法證明絹本直接源自《曹娥碑》碑本——即元嘉元年(151)邯鄲子禮奉縣令度尚(115—66年)之命所撰寫的版本。大多數

---

① 文本所據是絹本《曹娥碑》，照片載《文物精華》第2輯，頁24—25。據説這一版本的抄寫年代是東晉(見下頁注①)。此本殘缺處根據《岱南閣叢書》九卷本《古文苑》(卷八，頁9b—10a)所收署名邯鄲淳(約190—220)所作的《曹娥碑》補入。福本雅一認爲此抄本爲僞造品，其理據是曹娥之事不見於前代文獻，而《古文苑》本則據此。見《再論　孝女曹娥碑をめぐって》，頁35—37。

② 伍子胥爲吴國大夫，最終被吴王夫差(前495—前473年在位)賜死。傳説伍子胥枉死後，其遺體被塞入布袋後投入水中。此後他就成爲經常起浪淹死人的錢塘地區(今杭州)的神靈。見趙曄(約公元40年)《吴越春秋》卷五，頁66；《史記》卷六十六《伍子胥列傳》，頁2180；王充(27—約97)《論衡·書虚篇》，頁37—38。農曆五月初五的端午節原意是爲了祭祀和安撫這位憤怒的神靈。見戈春源《端午節起源於伍子胥考》，頁93—94。又見聞一多(1899—1946)的《端午考》，《聞一多全集》第一册，頁221—224，此文提供了許多資料以考據端午節紀念何人的各種可能，包括屈原、介子推(前七世紀中葉)和伍員。

③ 可參考拙著：Chan, *Considering the End: Mortality in Early Medieval Chinese Poetic Representation*, 41-64。

④ 蘇勇強認爲曹娥是爲了尋找父親屍體，讓他起死回生，而自己却意外死去，並不是因爲遵從儒家教義。見蘇勇強《曹娥的"孝"》，頁42—44。

學者認爲,絹本的産生,是在東晉昇平二年(358 年)。這個繫年根據是絹本《曹娥碑》"跋文"的内容[①]。由於絹本晚出,讓人容易懷疑所有不見於《曹娥碑》的内容均爲後世所加。例如下見隆雄就認爲,絹本的作者特意加入曹娥尋父屍的細節,以引起讀者的憐憫之情[②]。

有關曹娥使用其他工具尋找父屍的最早記載出自東晉(317—420)虞預所撰的《會稽典録》。該書的相關記載如下:

> 娥年十四,號慕思盱,乃投瓜於江,存其父屍曰[③]:"父在此,瓜當沉。"旬有七日,瓜偶沉。遂自投於江而死。[④]

在故事中加入曹娥投物入水的細節,虞預並非第一人。下文所論,投瓜尋屍是個傳統做法,這個傳統爲故事改編提供了根據。

搜尋工具

曹娥故事的不同記載中出現了多種不同的搜尋工具,造成爭議。大多數學者都不同意所投之物爲"瓜",因爲另一異文"衣"看似更符合人們的常識,自然也就贏得信任[⑤]。《會稽典録》所載的"瓜"不可信的另一個原因

---

① 絹本的繫年所據,是前賢對其中書法風格的細緻分析的研究成果。下見隆雄相信絹本出自後人手筆,但依據早期文獻抄寫。見《曹娥の伝記説話について》,頁 2557。絹本並不見録於北宋書法目録如《集古録跋尾》、《金石録》等,這一點頗引起了學者的懷疑。見梅原末治《書道全集》第 2 册,頁 157;福本雅一《再論 孝女曹娥碑をめぐって》,頁 36。另外,楊仁愷認爲此碑雖然並非出自王羲之手筆,但抄寫者必定是一位晉代的書法家;此外,他還據絹本所提供的綫索,整理出它的歷代收藏者的概況。見楊仁愷《跋晉人書曹娥碑墨跡》,頁 146—151。中田勇次郎根據絹本的書法風格作初步繫年,認爲絹本可能抄於 358 年;即使不是這樣,也至少是一位南朝藝術家據一晉本臨摹而成。見中田勇次郎《中国書論集》,頁 139。

② 下見隆雄《曹娥の伝記説話について》,頁 2552。

③ "存"是東晉時期道教上清派特有的修煉方法。"存"常與"思"結合爲"存思"一詞。司馬虛(Michel Strickmann)和柏夷(Stephen R. Bokenkamp)分别將"存思"翻譯成 visualization(意爲"視象化")和 retentive contemplation(意爲"意念集中的冥想")。筆者另有專文討論存思修煉活動,見拙作《意象飛翔:〈上清大洞真經〉所述之存思修煉》,頁217—248。

④ 《世説新語·捷悟第十一》,第 3 條,見余嘉錫《世説新語箋疏》(除非特别説明,以下引《世説》文本皆據此本),頁 579—580,劉孝標(458—521)注。

⑤ 大多數學者都認爲"衣"字於義爲勝。例如:余嘉錫《世説新語箋疏》,頁 580—581,注 2;徐震堮《世説新語校箋》卷中,頁 319,注 3;Richard B. Mather(馬瑞志),*Shih-shuo Hsin-yü: A New Account of Tales of the World*, 293;楊勇《世説新語校箋》,頁 526,注 13。馬瑞志和楊勇認爲"衣"有招魂的作用。見以下論述。龔斌引余、楊之説,又補入其他文獻佐證,以爲"當時以爲鬼無衣,須投衣著之"。見龔斌《世説新語校釋》,頁 1141—1142,注 12。

是，唐抄本《世説新語》所引《會稽典録》也作“衣”①。這個抄寫於643年或以後的《世説新語》抄本有力反駁了“瓜”的可信性②。然而這並不意味著“瓜”是錯誤的；事實正好相反。

“衣”這個異文很早就被接受並且得到大多數學者的廣泛認同。最明顯的例證是李賢(651或653—684年)在《後漢書》注中對曹娥尋父屍故事的改寫。這部正史的正文記載了曹娥尋找父屍的故事，還有尋屍過程的細節，記載文字並無摻入尋屍所用工具。但李賢在其注釋中却加入了這個成分，因而改變了部分故事内容：

> 娥投衣於水，祝曰：“父屍所在衣當沉。”衣隨流至一處而沉，娥遂隨衣而没。③

李賢這條注文清楚記載：曹娥投“衣”尋屍。不過隨後的一句關鍵的話揭示了李賢對這兩個異文的態度：

> “衣”字或作“瓜”，見項原列女傳也。④

從這句話可以看出，李賢或者他所根據的文獻的作者偏向“衣”多於“瓜”。《會稽典録》本應該是李賢注解《後漢書》所載曹娥故事的最佳材料，據《隋

---

① 《世説新書》，見《唐鈔本》，頁81。此唐抄本是個輯本，由散落日本各處的四個殘本重組而成。楊守敬(1839—1915)最早在《日本訪書志》(卷八，頁1a)中討論到其中一種殘本，以爲“其爲唐時人所書無疑”。羅振玉(1866—1940)後來輯録了這些殘本。見《唐鈔本》，頁173，杉村邦彦解説；楊勇《世説新語“書名”“卷帙”“板本”考》，頁282—283。

② 學界普遍同意這一抄本寫於唐代，而且一定在高宗(649—683在位)死後，因爲抄本中凡“治”字均改成“理”字，是爲了避高宗諱。楊勇《世説新語校箋》，頁506，注4。范子曄認爲此抄本一定抄寫於梁朝(502—558)，因爲寫本中出現了不少唐朝皇帝的名諱，范氏因而斷定這些名諱在抄寫時並非諱字；此外，范氏還據此抄本的書法風格定爲唐朝以前所抄。見范子曄《世説新語研究》，頁122—132。筆者同意此本爲唐抄本之説。公元643年高宗被立爲太子，因此筆者假定該抄本的最早謄抄時間是這一年。雖然太子之名是否需要避諱仍有爭議，但隋朝到初唐期間很明顯是有這種做法的。見王新華《避諱研究》，頁66。

③ 《後漢書》卷八十四《列女傳·孝女曹娥》，頁2794，注1。

④ 同上，卷八十四，頁2794—2795，注1。百衲本《後漢書》作“爪”，不作“瓜”。見《縮印百衲本二十四史：後漢書》卷七十四，頁16a。

書・經籍志》所載,李賢在世時《會稽典録》有二十四卷本流傳①。但是他僅在交代邯鄲子禮撰寫《曹娥碑》的始末處,引用了《會稽典録》;而在説明曹娥尋父過程時,李賢並没有參考這一部文獻。我們可以假定李賢所見的《會稽典録》並未提及尋屍工具;也有可能李賢在《會稽典録》中看到"瓜"字,但並没有採用。無論如何,從他的注釋中明確可見:他不相信"瓜"這個異文。這也許是他選擇《水經注》(相關引文及討論見下)作爲《後漢書》關於曹娥尋屍的記載的注釋之參考文獻的原因。

"瓜"見於《會稽典録》早期版本的説法看似不可信,因爲唐寫本《世説新書》記作"衣",而不是"瓜"。這一唐本理應比所有宋本都更可靠;然而我們應該相信記有"瓜"字的宋本,理由有二:第一,在許多唐代以前的文獻中,記述其事處都用"瓜"字;第二,唐寫本《世説新書》中有很多抄寫錯誤的地方,削弱了其可信性。其中最明顯的錯誤是曹娥父親的名字"盱"錯抄成"盻"②。

早期文獻中記有四種不同的尋屍方式。第一種也是最早的一種,是邯鄲子禮在《曹娥碑》碑本中説的:曹娥也許不自覺地使用自己的身體作爲尋屍手段。這個記載成爲了一系列"未經篡改"的記敘譜系的源頭。其餘三種尋找方式分别是"衣"、"瓜"和"爪"。試看下表:

表一　異文及其文獻出處

出處	文字	文獻繫年 推:可追溯的成書時間 實:實際出現的時間
1. 邯鄲子禮《曹娥碑》碑本	未記載搜尋工具	推:153 年(碑本) 實:358 年(絹本)
2. 項原《列女傳》(百納本《後漢書》李賢注引)	爪	推:約 200 年 實:569 年或更早

① 《隋書》卷三十三《經籍志二・雜傳》,頁 975。《晉書・虞預傳》則謂預著"《會稽典録》二十篇。"見《晉書》卷八十二,頁 2147。其他唐後的書録均作二十四卷。參見興膳宏、川合康三《隋書經籍志詳攷》,頁 377—378。

② 《唐鈔本世説新書》,頁 41。這個傳抄錯誤,極有可能由於混淆了"于"和"兮"兩個偏旁。唐朝時"于"也寫作"亐"。見《甘肅藏敦煌文獻》,頁 46,《敦研》035(2—1),第 6 行。"于"容易與"兮"混淆,"兮"手寫常作"ち"。

(續表)

出處	文字	文獻繫年 推:可追溯的成書時間 實:實際出現的時間
3. 項原《列女傳》(中華書局本《後漢書》李賢注引)	瓜	推:約 200 年 實:569 年或更早
4.《藝文類聚》[a] 引《會稽典録》	未記載搜尋工具	推:四世紀初至中葉 實:十二世紀中葉
5. 袁宏(328—76)《後漢紀》[b]	未記載搜尋工具	推:378 年或更早 實:1142 年
6.《藝文類聚》[c] 引劉義慶《幽明録》	瓜	推:444 年前 實:十二世紀中葉
7. 唐寫本《世説新書》引《會稽典録》	衣	推:四世紀初至中葉 實:683 年後
8.《太平御覽》[d] 引《會稽典録》	未記載搜尋工具	推:四世紀初至中葉 實:1199 年
9. 宋本《世説新語》[e] 引《會稽典録》	爪	推:四世紀初至中葉 實:1138 年後[f]
10. 宋本《世説新語》[g] 引《會稽典録》	瓜	推:四世紀初至中葉 實:1138 年或以後
11.《水經注》	衣	推:527 年或更早 實:1087 年或更早[h]
12.《太平御覽》[i] 引《會稽地記》	瓜	推:七世紀[j] 實:1199 年
13.《後漢書》李賢注	衣	推:684 年或更早 實:十二世紀中葉

a 《藝文類聚》卷四,頁 75。所據底本繫年見《藝文類聚》前言及校序,頁 14、18—21。

b 《後漢紀》卷二十二,頁 424。《後漢紀》明本是宋本的再版,很有可能由王銍(活躍於 1130—1144)所纂,其跋收於明本。見王重民《中國善本書提要》,頁 104b。

c 《藝文類聚》卷八十七,頁 1503。

d 《太平御覽》卷三十一,頁 4a,卷四一五,頁 5a。

e 宋本《世説新語》卷二,頁 98a。

f 董弅(約 1133—1162)《世説新語舊題一首舊跋二首》,載《世説新語》(香港:中華書局,1987 年),頁 1。

g 余嘉錫《世説新語箋疏》,頁 579。此版本根據一些宋本、明本校勘而成(凡例,頁 1)。儘管余嘉錫參考了載有"爪"的董弅本,但他仍不接受"爪"。

h 《水經注》現存的最早版本爲一宋本。錢曾(1629—1701)在其爲四十卷本所寫的跋中引述璐盟覺之説:宋本三十卷本的最早版本保存於成都府學宫。其餘宋本依據的應該都是這個版本。這些宋本都是殘本,但都有第四十卷,即都載有引自《會稽典録》的曹娥故事。見《讀書敏求記校證》卷二下,頁 170—171;王國維(1877—1972)《水經注校》,頁 8—9 載吴澤《前言》;鄭德坤纂輯《水經注研究史料初編》,收入吴天任纂輯《水經注研究史料匯編》上册,頁 15—19。

i 《太平御覽》卷九七八,頁 7b。

j 魯迅(1881—1936)認爲此書作於陳朝至隋朝時(六世紀中末葉)。見《夏侯曾先會稽地記序》,載《古籍序跋集》,《魯迅全集》第十册,頁 44。

曹娥尋屍故事細節的差異使各個文獻所引述的《會稽典録》的可信性頓成疑問。連援引此書而却不涉及尋屍情節的其他記載(如表一第四條)的内容和用字也各不相同。這些差異揭示了《會稽典録》這一文獻的不確定性及多變性,其書的内容甚至可能是虛構的。當此書被後人隨意"援引"之時,很可能早經散佚;因此這些所謂的"援引"可能毫無根據。這種"援引"方式正好説明這部佚書的内容如何被後人隨意改動,由此而導致許多内容和用字上的不一致之處①。這些差異,使我們更有理由懷疑唐、宋文獻所引《會稽典録》内容的穩定性和可信性。它被隨意修改,甚至改寫,導

① 論者或以《藝文類聚》所引《會稽典録》是曹娥故事的最早節録引文,但只要將出現於不同出處的同一引文稍作比較,就知道事實並非如此,而《藝文類聚》所引曹娥故事的年份也不可信。邯鄲子禮的碑本記曹娥故事在"漢安二年"即公元 143 年,而《類聚》(卷四,頁 75)作"漢安帝二年",通常人們會理解成漢安帝登基後的第二年即公元 108 年。這個誤記可見於一個更早的文獻,劉敬叔(活躍於五世紀上中葉)《異苑》卷十,頁 2a。《會稽典録》關於曹娥故事的引文又見傳爲于立政(卒於 679 年前)所編《類林》一書,曹娥故事的殘章斷簡記載散見於敦煌文獻 Дx970/6116(2—1),第 4—6 行,見《俄羅斯科學院東方研究所聖彼得堡分所藏敦煌文獻》第 7 册,頁 233。此處所引曹娥故事有更多細節,似經改寫敷衍;曹娥父親的名字誤作"呼"。成書於金元間的一個《類林》"增訂本",引述了《會稽典録》但並未採納《類聚》本的用字,且有兩點不同:第一,年份記作"元嘉二年"(152),而不是邯鄲子禮碑本中的"漢安二年"(143);第二,曹娥父親"投江而死",如此描述會讓人覺得他自殺而死,而不是邯鄲子禮所述的祭祀時遇意外而亡。見王朋壽(十二世紀初至十三世紀初)《重刊增廣分門類林雜説》卷七,頁 4b。關於《類林》及其譜系文獻,見王三慶《敦煌類書》,頁 31—34。《太平御覽》有兩處引述《會稽典録》中有關曹娥故事的記載;二者的差異反映了《會稽典録》文本的不穩定,也不太可信。這兩條引文均不同於《藝文類聚》所引。見《太平御覽》卷三十一,頁 4a,卷四一五,頁 5a。《會稽典録》所記曹娥故事的節略文字又見引於祝穆(十三世紀)《宋本方輿勝覽》卷六,頁 10b。由此可以推斷《會稽典録》内容的增衍早於七世紀已經開始,後世的輯本、改編本所根據的就是這些聲稱以某一部文獻爲依據的版本。其他的宋代文獻引述曹娥故事的記載都有出處,但其用字和文風都不同,包括:潘自牧《記纂淵海》卷二,頁 69b 引《列女傳》(一定不是劉向所撰,但有可能出自項原之手);樂史(930—1007)《太平寰宇記》卷九十六,頁 13b 引的《地志》(大概就是《會稽地記》);佚名《錦繡萬花谷》卷四頁 5a 引劉敬叔《異苑》。《太平御覽》(卷七三五,頁 4b)中的幾處《異苑》引文有差異之處。

致故事内容以及尋屍所用的工具有所變更。

上列表一的資料清晰地勾劃出上述疑點的形成概況。首先,“瓜”、“衣”和“爪”三字形體相似,容易混淆(見表二)。而後來記述此事者按照

表二　漢晉時期三種異文的書法字體[a]

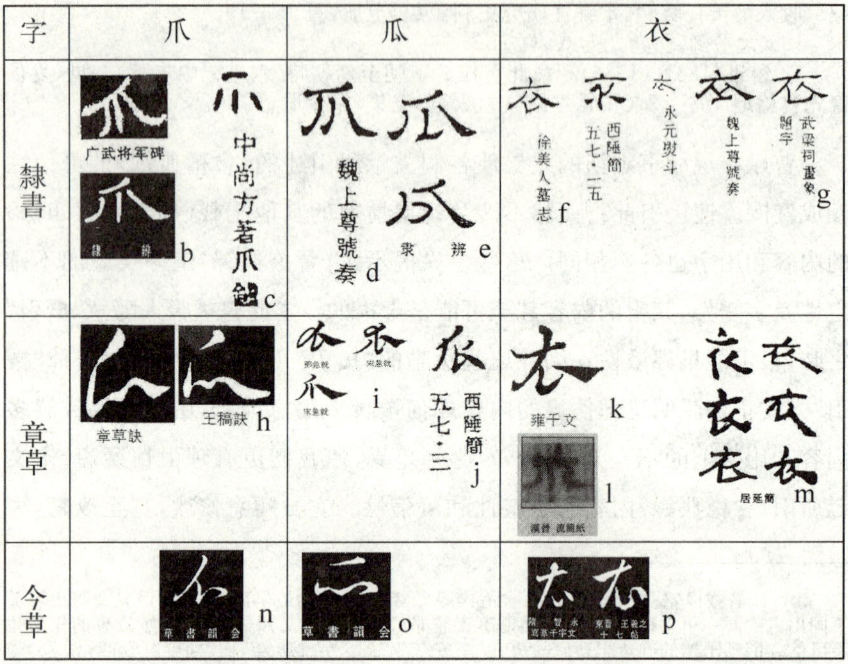

a　插圖出處文獻簡稱表

簡稱	文獻
《秦漢》	漢語大字典字形組《秦漢魏晉篆隸字形表》
《隸書》	沈道榮《隸書辨異字典》
《書法》	林宏元《中國書法大字典》
《章辨》	杜維鈞、杜金鋒《章草辨異字典》
《章典》	余德全《章草大典》
《漢魏》	臧克和《漢魏六朝唐五代字形表》

b　上圖見《隸書》,頁 269;下圖見《書法》,頁 917。《廣武將軍碑》立於 368 年。《隸辨》由清初的顧靄吉所編,書中所收字體來自不同的早期文獻。

c　《秦漢》,頁 191。“中尚方”是漢末成立的官職,掌宫内營造雜作。見《漢書》卷九十九《外戚傳下》下,頁 4188;《後漢書》卷七十七《酷吏列傳》,頁 2499,卷七十八,頁 2532。

d　《秦漢》,頁 496。《魏上尊號奏》作於三世紀初。

e　《隸書》,頁 356。

f 《秦漢》,頁 592。《徐美人墓志》刻於 299 年。沈道榮以爲是"瓜",見《隸書》,頁 269。"熨斗"這種器用記載於《晉書》卷七十五《韓伯傳》,頁 1992。"魏中尚方熨斗"見於"數位典藏與數位學習",網址: http://catalog.digitalarchives.tw/dacs5/System/Exhibition/Detail.jsp? OID =1807159。檢視日期: 2010 年 1 月 25 日。

g 《秦漢》,頁 592。武梁祠建於二世紀中葉。

h 《章辨》,頁 27。《章草訣》全名爲《章草草訣歌》;《王稿訣》即王世鏜(1868—1933)的《稿訣集字》。《章草訣》的作者存疑,有人認爲是明末一位佚名的書法家,也有人認爲是王世鏜。見楊加深《再論〈章草草訣歌〉的作者問題:對"一段離奇章草案"的幾點質疑》,頁 109—112。

i 《章辨》,頁 48。《宋急就》即宋克(1327—1387)書《急就篇》。《鄧急就》則是鄧文原(1258—1328)書《急就篇》。

j 《秦漢》,頁 496。西陲簡牘繫年爲漢晉時期。

k 《章辨》,頁 75。出處:趙雍(1289—1322)書《千字文》。

l 《漢魏》,頁 1230。"流沙紙"爲"流沙墜簡",這些存於西域的簡牘早年被英人斯坦因(Marc Aurel Stein, 1862-1943)取去,羅振玉從法國學者沙畹(Edouard Chavannes, 1865-1918)處借來照片,於 1914 年在日本以《流沙墜簡》爲書名出版。見羅振玉《流沙墜簡》,羅序,頁 1—2。

m 《章典》,頁 242。居延漢簡的年代可考者最早爲漢武帝太初三年(前 102 年),最晚是漢靈帝建寧二年(169 年)。

n 《書法》,頁 917。《草書韻會》由金代的張天錫(1115—1234)編纂。

o 《書法》,頁 955。

p 《書法》,頁 1252。智永是六世紀末僧人,是王羲之的第七代後人。

自己的理解選用了他們認爲最合適的字;但其餘的異文仍見於該事件記録的其他文獻中。其中最重要的是,"爪"字出現在一個與李賢同時或更早的母本中[①]。這個異文見於兩個據此母本所記的重要文獻——百納本《後漢書》和宋本《世説新語》。由於"爪"和"瓜"這兩個字寫法十分相像(見表二),李賢可能在其注文中據其所見抄作"爪",但是後人據臆測抄成了"瓜"。然而,在該文獻的某次編纂過程中,"爪"和"瓜"都被誤認作訛舛,以形似的"衣"字代替。李賢重寫曹娥事件的段落,遂以"衣"字爲正,並成爲了權威版本。因此,人們會理所當然認爲,出現在李賢以後的唐寫本《世説新書》,亦改"爪"(或"瓜")爲"衣"。

---

① "母本"(copy-text)是編纂活動中主要依據的權威性"原文"。這個概念最先由 R. B. McKerrow 提出。見 W. W. Greg, "The Rationale of Copy-Text," 19-36; rpt. in *Art and Error: Modern Textual Editing*, ed. Robald Gottesman and Scott Bennett, 17-36。關於 Greg 的理論的論述,見 G. Thomas Tanselle, *Textual Criticism and Scholarly Editing*, 27-29; Jerome J. McGann, *A Critique of Modern Textual Criticism*, 24-28。

儘管"衣"字見於李賢的通行本,"爪"字却並未湮没,仍見於《世説新語》譜系中。晏殊(991—1055)據一個保留了"爪"字的早期《世説新語》本子,編訂了一個修訂本,晏本所派生的一個宋本保存於日本[①]。由於人們誤以爲"爪"字是《世説新語》後期編纂者的誤傳,因此改"爪"爲"瓜",今本《世説新語》中所見的就是"瓜"字[②]。唐寫本《世説新書》作"衣",學者校訂今本時遂改"爪"爲"衣"。但這一改動並未經三思:晏殊的抄本因爲未受李賢的"衣"所影響,因此保留了"爪"。

宋本比唐寫本可靠的説法看似荒謬,但我們可以李賢的注釋——"瓜"字見於項原的《列女傳》——來論證其正確性。《隋書·經籍志》的編寫規則有助確定項原是何時人[③],據此文獻,項原著有《列女後傳》,李賢注則引作《列女傳》。一般來説,書志所列同一類著作,多按作者繫年排列[④]。這是目録學史上的悠久傳統,在劉向、劉歆(卒於公元23年)、班固(32—92)等人的書志中都可資印證[⑤]。從《隋書·經籍志》的排列看,項原生於皇甫謐(215—282)之前,繆襲(186—245)之後,因爲《列女傳》中項原的名字排在這兩人之間[⑥]。

但是爲什麽項原記曹娥事用"瓜"字而李賢選擇"衣"字呢?其中一個

---

① 《宋本世説新語》。

② "爪"見於《宋本世説新語》卷二,頁98a。余嘉錫提出:"以理度之,作'衣'爲是。"於是同意李賢改"瓜"爲"衣",見余嘉錫《世説新語箋疏·捷悟第十一》,第3條,頁580—581,注2。

③ 晁公武(十二世紀)《郡齋讀書志校證》卷九,頁369,注9。項原之名,《舊唐書》作顔原,《新唐書》作項宗。見興膳宏、川合康三《隋書經籍志詳攷》,頁393。《通志》著録"《紫虚元君魏夫人内傳》一卷,項宗撰",見《通志》卷六十七《藝文略五·道家二》,頁788c。

④ 某書目的某類也許會由於後世補入新增文獻條目而出現"斷裂"現象,但該類圖書文獻的繫年順序基本上可以保持完整。這種説法由姚振宗(1843—1906)提出,所指的是《春秋》三傳的排列方式,三傳按繫年順序分列於《春秋》條下。見姚振宗《隋書經籍志考證》序録,頁6a。這種排列慣例可參見《隋書》卷三十三《經籍志》,頁955"《晉書》"條,頁958"《晉紀》"及其續篇條,頁976"《孝子傳》"條,卷三十四,頁1000"《老子道德經》"條,頁1025"《刻漏經》"條,頁1037"《占夢書》"系列文獻條等。

⑤ 班固的《漢書·藝文志》根據劉向的《七略别録》和劉歆的《七略》寫成。見《漢書》卷三十《藝文志》,頁1701;阮孝緒(479—536)《七録序》,《全上古三代秦漢三國六朝文》之《全梁文》卷六十六,頁10b。劉向、劉歆所編的兩種書目均早已散佚,姚振宗加以輯佚並注解。見姚振宗輯《七略别録佚文》、《七略佚文》。

⑥ 《隋書》卷三十三《經籍志》,頁978。如接受項原爲項宗之説(見注22引《通志》),則《列女後傳》必出於皇甫謐書後,因爲項宗書的傳主魏夫人魏華存卒於334年,後於皇甫謐。由於《通志》後出,又是孤證,故本文不採其説。

原因可能是李賢注解《後漢書》時大量參考酈道元(466或472—527)所撰《水經注》的記載,因此沿用《水經注》中的"衣"字,"瓜"字則棄而不用。酈道元記述曹娥投入江中的是"衣",李賢很可能在自己的注文中採用了這種説法(引文見下)。他並未提及"瓜",説明"衣"是當時學者的普遍看法。當李賢的《後漢書》注本成爲通行本後,曹娥故事中的"衣"字就被照搬到後來的文獻中去[①]。這種情況很能説明文獻譜系中母本之有無的差異:没有母本的譜系的最典型例子是散佚已久的《會稽典録》,上文已論述了這部書廣爲"徵引"的情況,因而派生了現存曹娥故事的多種版本。

李賢參考的顯然是《水經注》以外的一部文獻,因爲《水經注》有更多、更豐富的細節,有助理解這個故事的首尾。這些細節記録提供了有關曹娥所作"儀式"及其動機的重要綫索。其文曰:

> 娥父盱迎濤溺死,娥時年十四,哀父尸不得,乃號踴江介,因解衣投水,祝曰:"若值父尸,衣當沈,若不值,衣當浮。"裁落便沈,娥遂於沈處赴水而死。[②]

細讀這段文字有助斷定這個關鍵字到底應是"瓜"還是"衣"。從引文敘述清晰可見,投入水中的衣服是曹娥的,而不是别人的;她以衣服爲工具尋找父親的屍體。這一點排除了一種廣爲人接受的解釋,即曹娥在爲父親招魂[③]。據《禮記·喪大記》所載,人們"招魂"時只能使用死者的衣服,而

① 如下文句見於大多數宋代文獻:"娥投衣於水,祝曰,父屍所在,衣當沉。"這句話明顯引自李賢的《後漢書》注,例如:施宿(1164—1222)《會稽志》卷十,頁2b—3a,亦引述了《世説新語》和庾翼(305—345)的《晉陽秋》等;宋人陳仁子《文選補遺》卷四十頁11a引李賢。鄭樵(1104—1162)引用了以上完整文句,却説引自項原的《列女傳》。見鄭樵《通志》卷一八五,頁2956b。陳夢雷(生於1651年)很可能參考了《通志》,但出處却誤寫爲項原《烈女傳》。見陳夢雷《古今圖書集成》禮儀典,第730册,經濟彙編卷三百八十,頁13b。洪适(1117—1184)則採《水經注》之説,見《隸釋》卷二十,頁31a。

② 王先謙(1842—1918)《合校水經注》卷四十,頁20a;全祖望(1705—1755)《全祖望校水經注稿本合編》,頁1784。相關注釋參照王國維《水經注校》卷四十,頁1268。

③ 柳瀨喜代志亦持此看法,見《「曹娥没水獲翁」譚と求屍故事》,頁115。

不是他人的①。時至今日，這一古老傳統的遺跡仍可在民間找到。"招魂"必須使用被認爲失魂落魄者的衣服②。因此，以上引文所敘漂浮水上的曹娥的衣服並不是"招魂"的工具，而是尋屍的導航工具③。不管是衣服還是瓜，均具有同一作用。

"瓜"和"衣"兩種記載分别代表了兩種思想。李賢很可能是知識分子的典型代表，對民間風俗傳統知道得不多，所以輕率地摒棄了"瓜"字。而早於他的酈道元也許没見過"瓜"的相關記載，所以自己記下了"衣"字。雖然李賢選用"衣"字一直是主流看法，但是"瓜"字還是得以如實保留，繼續流傳④。這極有可能是因爲這種古老法術一直沿用至今的緣故。

---

① 《禮記》卷四十四，頁 345a："小臣復，復者朝服。君以卷，夫人以屈狄，大夫以玄赬，世婦以爲襢衣，士以爵弁，士妻以稅衣。皆升自東榮，中屋履危，北面三號，卷衣投於前，司服受之，降自西北榮。"《儀禮》卷三十五，頁 184b—185a 則有補充："復者一人以爵弁服，簪裳於衣，左何之，扱領於帶；升自前東榮、中屋，北面招以衣，曰："臯某復！"三，降衣於前。受用篋，升自阼階，以衣屍。復者降自後西榮。"相關英譯及論析可參看：David Hawkes, *Songs of the South*, 219—220; Mircea Eliade, *Shamanism: Archaic Techniques of Ecstasy*, 447—448; Ying-shih Yü(余英時), "'O Soul, Come Back!' A Study in the Changing Conceptions of the Soul and Afterlife in Pre-Buddhist China," 365—369. 余氏指出復禮需用亡故者的衣服("the clothes of the deceased")(p. 365)。楊勇也是根據這個儀式而接受"衣"這個異文。他還補充了一點：儀式中使用死者的衣服這個做法流傳至今。楊勇《世説新語校箋》卷十一，頁 442，注 13。劉珍(二世紀)等的《東觀漢記》記載了一則漢朝故事，當中可見投擲新衣入河相當於給遇溺夭折的孩子致祭。其文曰："姜詩字士游，廣漢雒人，以傭作養母，赤眉賊經其里落，云：不可驚孝子。母好飲江水，兒取水溺死。恐母知，詐云行學。歲歲作衣，投於江中。俄而涌泉，出於舍側，味如江水。"見《太平御覽》卷三八九，頁 2b，卷四一一，頁 1a/b。

② 筆者約於十六歲前曾多次接受"招魂"這個土法古法"治療"。每當受到了驚嚇，人們認爲是魂飛魄散，母親乃施以"喊驚"(或稱"喊童年")之法，每次都會用到受驚者的衣服。這種儀式在廣東地區至今仍然十分普遍。儀式的一個步驟是燒紙錢之前，"病人"要往這疊紙錢上吐口水。此外，在燒紙錢的火堆上邊抖動一件"病人"的衣服，一邊反復念咒，一邊呼喊"病人"的名字："啊……[咒語]，某某(病人名字)，回來啊！"反復數遍，直到火滅。此時，"病人"穿上那件衣服，因爲衣服上有招回的魂魄。這個儀式除了定驚以外，據説還能治療久病不癒的兒童和招回久出不歸的家人。這項風俗的詳情可參看《喊驚》，董哲、李海霞《東莞"非遺"資料出版，老人個個會"喊驚"》。以上《廣州日報》的報導附有對文中提及的著作《東莞市常平鎮非物質文化遺産資料匯編》的簡介，此書由常平鎮文化廣播電視服務中心整理編撰。但筆者尚未見過此書。

③ 下見隆雄採納"衣"字這個異文，並認爲這部分敘述是後來竄入成分。他還認爲故事中使用衣服是爲了增加悲劇氣氛。但這一點並不能解決本文研究的問題。下見隆雄《曹娥の伝記説話について》，頁 2552。柳瀨喜代志則認爲瓜是祭祀用品，其所據的文獻是盧諶(284—350)的《祭法》："夏祀秋祀，皆用瓜。"儘管柳瀨喜氏説難以斷定哪個異文是正確，但其論文主要就"衣"立論。見柳瀨喜代志《「曹娥没水獲翁」譚と求屍故事》，頁 114。

④ 例如：楊齊賢(1199 年進士)《分類補注李太白詩》卷十六，頁 3b；李贄(1527—1602)《藏書》卷五十六，頁 10b。陸應陽(約 1527—約 1658)《廣輿記》卷十一，頁 30a。

尋覓，通靈，祈求

深入瞭解這種尋找溺水者屍體的方法和動機，有助於研究本文的主要課題——曹娥故事中的異文以及這種尋屍方法可能具有的作用。互文研究(intertextuality)能擴展我們對這一個遺忘已久的習俗的再度認識。

曹娥的尋屍過程中，那"導航工具"是如何起作用的？相關文獻記載了兩種截然不同的顯示尋找結果的方法。在宋本《世説新語》中，劉孝標注引《會稽典録》，記曹娥投瓜入江，瓜沉没之前一直在岸邊跟隨了十七天，最後在瓜沉處跳入江中求得父親的遺體。另一種相反的顯示方式記載見於更早的劉義慶的《幽明録》：

> 曹娥父溺死，娥見瓜浮，得屍。[①]

以物件浮水上指示沉屍所在的記載也見於七世紀的《會稽地記》。從文字的相似度看，這一記載很可能來自《幽明録》，其文曰：

> 曹娥父溺死，娥見瓜浮其處，即得父屍。[②]

這兩段記載的句式和用字都十分相似，表明它們很可能來自同一個母本，但此母本已散佚。這兩處記載看似是删節本，因爲均未描寫曹娥痛哭和投瓜入江的場景。以上來源不明的文獻譜系表明，曹娥尋找父親遺體的工具是漂浮江面的瓜。

那麽，尋屍過程歷時多久呢？現存四種説法是：三天、五天、十五天和一瞬間；而有些文獻根本没有提供此項資料。這些差異再次説明了史家

---

① 《藝文類聚》卷八十四，頁 1503。

② 這句引文除了可能出自《幽明録》，也可能出自夏侯曾先的《會稽記》和《會稽志》。分别參見《太平御覽》卷九七八，頁 7b；謝維新(1202 年進士)《古今合璧事類備要》别集卷四十三，頁 2a。

和文人筆下的曹娥故事主要來自改編或重寫活動。李賢注《後漢書》和《會稽地記》均未提及故事中的瓜或者衣服歷時多久才浮出或下沉，這兩部文獻省去這個細節描寫，表明二者都從那部散佚的母本删减或改寫而來。李賢和《會稽地記》的作者也許只是沿用了《水經注》的説法，即曹娥尋屍立竿見影。雖然《會稽典録》所記尋屍需時十五天，但這條記載不符合邯鄲子禮的《曹娥碑》所載：曹娥在江邊哭了十七天後，縱身跳入江中，五天以後她抱著父親，兩具遺體雙雙浮出水面。而《異苑》基本上沿襲《曹娥碑》的記載：曹娥在尋屍過程中並没有使用瓜或衣服，而是用了三天以自己的身體尋屍。這些差異説明了曹娥故事被隨意改寫過，原因很可能是没有權威版本可依。因此，後來重寫這個故事的人編造出一個自認爲最合理的尋屍時間，使尋屍過程顯得完整。正如上文所述有關瓜和衣的問題，曹娥故事的細節在不同文獻中忽然大量出現，也是一個值得注意的現象。

曹娥投瓜、投衣甚至投身入江除了有尋屍的作用，還被理解爲一種與神溝通的方式。曹娥以或浮或沉的瓜尋屍的故事在明清兩朝廣爲流傳；但是，至於爲什麽一定要投物入江，至今仍然没有令人滿意的解釋。一種常見的説法是曹娥的孝心感動了神靈，所以才找到父親的遺體[①]。這一點在《曹娥碑》中很容易發現，曹娥亦因此赢得了"孝女"的美名。這篇早期文獻並没有記載任何尋找的工具，容易讓人相信是曹娥的捨身舉動感動了神靈。孝感的信仰思維很早就形成並反映在類似的尋屍故事中，成爲了這故事類型的核心主題以及傳揚教化的手段[②]。以下是清代學者胡鳳丹所作的類似的解釋：

> 吾不知娥之搏膺呼天若何慘痛，至求屍不獲，乃投瓜以質江神，期於必驗。果旬有七日而瓜沉，娥遂投江以死，抱父屍出。此可見孝

① 見晚明天然癡叟《石點頭》卷十一，頁 2b—3a。
② 例子及論述見柳瀨喜代志《「曹娥没水獲翁」譚と求屍故事》，頁 115—118。

之一念,足以上通碧落,下窮黃泉[①]。波臣驚而下淚,陽侯駴而徙宅。不然,旬有七日之屍,豈能奪諸蛟鱷之腹,卒與娥俱出哉?[②]

類似曹娥的事蹟在中古時期並不新奇。《異苑》記載了曹娥的故事,但並未提及瓜。同書有一個類似的故事,主人公通過與河神溝通尋得溺水者遺體:

河内荀儒字君林,乘冰省舅氏,陷河死。兄倫求屍積日不得,設祭冰側,又箋與河伯。投箋一宿,岸側冰開,屍手執箋浮出。倫又箋謝。[③]

引文内容有兩個方面與曹娥故事有關:一爲人們迫切希望找到溺水者遺體的位置;二是人們重視與河神溝通。雖然曹娥尋找父親遺體的方法與荀倫不同,但她的故事很能説明以上兩點。

瓜的作用

瓜既用以作生者死者之間的溝通,但傳説中用瓜溝通的原因和神奇力量却是個難解的謎。以下關於瓜的特質和作用的論述雖不免牽强,却能提供一些新思路。在漢晉時期的一些賦作中,透露了瓜的作用。過去人們把瓜放入水中,是爲了進食前稍作冷却。雖然傳説西瓜在十世紀才從蒙古傳入中國,但是以下引文中所述的瓜,似乎就是西瓜[④]。劉楨(卒於

---

① 典出白居易(772—846)《長恨歌》,原句描述的是道人尋找死去的楊貴妃的魂魄:"上窮碧落下黄泉"。《全唐詩》卷四三五,頁 4819。

② 胡鳳丹(1823—1890)《退補齋文存二編》卷一,頁 22a。

③ 《太平御覽》卷五二九,頁 2b。荀倫書河伯箋有幾句見於八世紀初編訂的《初學記》(卷六,頁 123),其中荀倫之名作"苟倫"。有人改寫過這個故事,見《類林》,第 7—9 行;《重刊增廣分門類林雜説》卷七,頁 4b。

④ 李時珍(1518—1593)《本草綱目》卷三十三,頁 53 引吴瑞(十四世紀初)《日用本草》及胡嶠(十世紀中期)《陷虜記》;G. A. Stuart, *Chinese Materia Medica: Vegetable Kingdom*, 110。李時珍引《本草》陶弘景(456—536)注"永嘉有寒瓜,甚大",以爲"蓋五代之先,瓜種已入浙東,但無西瓜之名"。又見汪灝(1651—1718)等《御定佩文齋廣羣芳譜》卷六十七,頁 24b。勞費爾(Berthold Laufer, 1874—1934)以爲李時珍否定此説,並否定俄籍漢學家 E. Bretschneider(1883—1901)在其書 *Chinese Recorder*(1871, p. 223)之説,以爲四世紀甚至唐代以前均無任何相關記載,故西瓜只能是唐代以後引入中國的。見 Laufer, *Sino-Ironica*, 442, nn. 1&2。

217 年)的《瓜賦》云:

> 藍皮密理,素肌丹瓤……投諸清流,一浮一藏。[1]

引文的最後兩句有助於解釋瓜如何指示屍體的位置。我們作這樣的假設:投瓜入水後,如果瓜浮,則看瓜沉處;如果瓜沉,則看瓜浮處。

在嵇含(263—306)的一首同題賦中,"瓜"稱爲"地芝"[2],因它有神奇的治療功效而得此名。其文曰:

> 世云三芝,瓜處一焉……流味通其五臟,冷氣反其迷精。[3]

我們可以從最後一句作出這樣一種假設:瓜的作用是招集死者的"迷精"。這一點可能是過去人們的普遍想法,也就是曹娥投瓜入水的原因。王逸在《招魂》和《大招》的序言中,交代了二首作品的寫作原因:屈原"精神越散,與形離別,恐命將終"[4]。如上文所論,曹娥並不是用自己的衣服來招父親的魂。王逸和曹娥既是同時代人,那麽二人對魂魄離肉身的理解應該十分接近。因此儘管這是後起的推斷,瓜能招回離魂這個信念可能就是曹娥尋屍背後的動因。

如此立論可能有時代錯誤和主觀臆斷之嫌,但此思路却提供了一個新視角,根據更多文獻資料,比較研究現代所用的同樣的尋找沉屍之法,並以此解讀瓜的性質和作用。對於以瓜尋屍的原因,最普遍的解釋是死

---

① 《藝文類聚》卷八十七,頁 1504;《全上古三代秦漢三國六朝文》之《全後漢文》卷六十四,頁 3b—4a。

② "地芝"通常指冬瓜。見賈思勰(六世紀)《齊民要術》卷二頁 20a 注引郭義恭(晉)《廣志》引《神仙本草》。鄭樵列出了同一種瓜的不同名稱:"白瓜,曰水芝,曰地芝,即白冬瓜也。"見《通志》卷七十五,頁 871c。

③ 《藝文類聚》卷八十七,頁 1505;《全晉文》卷六五,頁 5b—6a。

④ 《大招》序,《楚辭補注》卷十,頁 216。王逸在《招魂》序中寫道:"魂者身之精也……魂魄放佚,厥命將落。故作招魂,欲以復其精神,延其年壽。"《楚辭補注》卷九,頁 197。

者魂魄喜食西瓜。死者的家人利用這一點,用西瓜去吸引魂魄①。不過傳統文獻中並没有這樣的記載,説明死者愛吃什麽。就古今尋屍活動而言,其動機和《左傳》當中的一種古老信仰吻合:“鬼有所歸乃不爲厲。”②意謂鬼魂有了歸宿就不會化作害人的厲鬼。可是在一些現代解釋中,混入了《左傳》中所没有的佛家觀念,即找回魂魄能讓死者投胎轉世。同理,東漢時期的曹娥尋屍故事中,也不太可能包含這種佛家思想。

殺身成孝成貞

找到沉屍可以保證死者安息,故找到家人遺體的人遂爲孝、貞之人。雖然漢朝時隨配偶或親屬同死並不常見③,但是此舉似乎是赢得女子美好名聲的重要因素。這一點可以在一些曹娥故事改編本找到印證。在這些故事中,即使曹娥投瓜入水,父親的屍體還是找不到④;最後曹娥只能縱身跳入河中,死後才成功找回父親的屍體。换言之,瓜並没有幫助實現預期的目標;曹娥獻身才找到沉屍。故事由《曹娥碑》的没有投瓜或投衣,至這樣的改寫,是爲了達到教化目的,旨在宣揚孝道。

然而在大多數曹娥故事的敘述中,瓜都完成了尋屍的任務。這樣,曹娥的犧牲看似不必;但正如《曹娥碑》中高度讚揚了曹娥的孝道和貞操,曹娥捨身尋父屍成爲了該文獻譜系的重要情節。此外,除了《後漢書》記載

---

① 引區仲德説,見《東方日報》(香港)2007年9月20日。另一個關於用西瓜尋屍的實例見於《東方日報》2008年8月10日。方海閲提及投瓜入河前要先對瓜施咒,以予法力。見《太陽報》(香港)2008年4月21日。

② 此爲古老信仰,見子産(即公孫僑,約前580—522)的講話。《左傳·昭公七年》,第4段。

③ 陰麗華(即陰皇后[4—64],漢光武帝[25—57在位]之皇后)之言:“婦人雖無從死之義。”《後漢書》卷十上《和熹鄧皇后本紀》,頁420。

④ 陶樑(1772—1857)《國朝畿輔詩傳》卷三十一,頁10b;吴翌鳳(1742—1819)《與稽齋叢稿》卷三,頁3b。

孝女雄跳入河中隨父而死的故事①,南朝典籍中還有以下記載,示人如何保持貞烈:

> 蜀郡張貞行船覆溺死,貞婦黄因投江就之,積十四日,執夫手,俱浮出。②

這一主題的故事譜系展示了當時的一種特別的價值觀,這些故事都傳達了貞節這個旨意。這個旨意帶引我們推論:女子喪夫或喪父將會再婚;對曹娥而言,如父死她不死,她將要接受未經父親安排的婚姻。爲了避免這個後果,殉夫、殉父便成了爭取成爲貞婦的方法。因此,女子面對這兩難境地時,自殺就成爲了保守個人品德並成爲貞婦的最好方式。這一點有助我們理解邯鄲子禮在《曹娥碑》中多次提及婚姻、貞婦的原因③。

結語

全面研究曹娥尋父屍這個課題有助我們理解一個歷史悠久却被忽視的民間法術,也能理清對相關文獻的誤讀。也許由於知識界和民間傳統缺乏交流,致使人們對這個傳統一直没有準確的認識甚至發生誤解。本研究的其中一個作用是對這個民間傳統作學術考察,據有關這個法術的現存相關文獻和思想,考訂並説明其情況。雖然法術缺乏科學根據,可是一直爲人們所信奉。投物入水甚至跳入水中以尋找人或物這個做法,在民俗學與文學之間構築了一個神奇的世界。

① 《太平御覽》卷四一五頁 5a/b 引陳壽(233—297)《益部耆舊傳》。《後漢書・列女傳・孝女叔先雄》(卷八四,頁 2799—2800)記録了同一故事,細節有出入。這個版本中雄名爲叔先雄,其父名爲泥和。此故事的英譯及論述見拙著:Chan, *Considering the End*, 62。又可參看下見隆雄《曹娥の伝記説話について》,頁 2553—2555,當中有關於中心人物雄在不同文獻中的教化作用的文本分析,比如《華陽國志》、《搜神記》。錢大昕(1728—1804)認爲雄名應爲雒。見《二十二史考異》卷十二,頁 234—235。

② 劉敬叔《異苑》卷十,頁 5a。

③ Chan, *Considering the End*, 49-64。婦人從夫而死形成了一個久遠的傳統,至清初方有奏議禁止。見王先謙(1842—1917)《東華録・康熙四十一》,頁 22c。

綜上所述,雖然曹娥所用的尋屍手段很可能是瓜而非衣服,曹娥故事的要旨其實還是曹娥獻身以求父親遺體,由此而贏得孝女之名。這是邯鄲子禮所要表達的思想,也是《曹娥碑》文末所要强調的意旨。這個故事的教化特點過去很被認同,而且在明清時期達到了高峰[①]。無論尋屍過程歷時多久,瓜能否顯示沉屍的位置,曹娥的獻身是必不可少的。因而曹娥所獻的身才是"終極"的尋屍"工具"。各種版本中所記以瓜尋屍未果一事,其實衍生自曹娥故事的原型——邯鄲子禮在碑文中只記曹娥以己身尋父屍,並未提及以瓜或衣尋父屍。曹娥孝道感動神靈的主題流傳多年,而且尋屍過程經改寫、添加後這一主題更爲强化了。

從故事譜系的這個共有主題看,曹娥之死不僅反映出當時的一種特有的價值觀,還形成了一種社會規範。人們普遍認同女子隨父親或丈夫而死能獲得美名。也許這個重要主題淡化了尋屍方法的敘事的重要性,在這故事的主要文獻譜系中也一直缺而不録。雖然曹娥與河神溝通、瓜的神奇作用在不少文本中都没有記述,但這兩點很能體現當時人們如何宣揚這種價值觀,以及曹娥榜樣的形象如何形成。

曹娥江以獻身尋父的曹娥命名,耐人尋味。對大多數人而言它是貞操和孝道的象徵;但有多少人知道以瓜尋屍之法?明清時期人和現在的香港人雖然都不清楚這項法術的來源和作用,但還是相信這種做法,而同一樣物件——西瓜至今仍然用以尋找溺水者遺體。人們一直不瞭解這個古老法術的時代背景和來源,所以對其動機、方法、作用和效果都有不同的解釋。因此,即使是輪迴轉世這樣的佛教觀念、死者的飲食偏好、各種尋屍工具(比如橙子)也都附益成這個古老法術的一部分。雖然如今這個始於漢朝的法術不再有提倡孝道或貞操的教化目的,但它却有著新時代的新生命,也繼續爲尋找溺水者遺體服務。

① 除以上引文,亦見呂坤(1536—1618)《呂新吾先生閨範圖説》卷二,頁 10b;金古良(十七世紀)《無雙譜》,頁 397—398。

第四部分

文集考證

《楚辭》的“經傳”結構與作者問題

引言

自從班固(32—92)在《漢書·藝文志》中著録屈原(約前339—約前278)賦二十五篇,屈原是《楚辭》的作者這一點幾成定論[①]。這二十五篇作品分别是:《離騷》(一首)、《九歌》(十一首)、《天問》(一首)、《九章》(九首)、《遠遊》(一首)、《卜居》(一首)和《漁父》(一首)[②]。

雖然歷來人們普遍接受班固的權威觀點,但這種傳統看法却較少考慮到屈原與班固的生活年代相隔了三四百年之久,班固之説實有待商榷。本文試圖根據佚書《楚辭釋文》的目録所提供的綫索,以及就《楚辭》作品按照經傳編排方式作考察,重新審視這部總集所收作品的作者問題。這種分析方法有助發現漢朝時《楚辭》作品是如何編入目録,並以此探討《楚辭》所收部分作品的作者。

《楚辭釋文》的目録提供了關於《楚辭》作者的最重要的早期資料。雖

① 《漢書》卷三十《藝文志》,頁1747。

② 見戴震(1723—1777)注《屈原賦注》目録,頁1a。“屈原賦二十五篇”的計算方法因理解不同而稍有出入。見游國恩《楚辭概論》,頁108—109。

然《楚辭釋文》已經散佚,但洪興祖(1090—1155)於《楚辭補注》的目録(見附録一)中提供了綫索,有助重構《楚辭釋文》的目録(見附録二)①。前賢相關著述爲我們瞭解這部佚書的詳細内容提供了條件。余嘉錫從《宋史・藝文志》中發現了綫索,認爲《楚辭釋文》爲南唐的王勉所編;而竹治貞夫則認爲唐朝開元時期(713—742)的陸善經才是此書的編纂者。這部佚書南唐時已經被視爲“古本”,其編排體例一仍漢代王逸(約89—約158)的《楚辭章句》。其後,陳説之(約1032年)首次對集内作品順序重新編排,是爲今日洪興祖編訂楚辭作品的次序所本②。陳説之的這次重編意在爲作品作合理的排序,但經他這麼一改,《楚辭》作品的較早期編次的痕跡便被湮没了。

《楚辭》宋本與“古本”之間的差異引起了關於《楚辭》編纂概況的爭議。這些差異主要有三個方面:第一是作品排列次序不同; 第二,《楚辭釋文》中《離騷》題下有“經”字③,而“一本《九歌》至《九思》下皆有傳字”(見表一)。最重要的是第三個不同點,即作者問題。本文開頭所列“屈原賦”中《九歌》到《漁父》以及《招魂》在篇名後都未附作者之名。學者們大抵都堅持屈原爲上列七項共二十五篇作者的觀點,並試圖對上述三個問題進行

① 《楚辭補注・楚辭目録》,頁1—3。

② 見余嘉錫《四庫提要辨證》卷二十,頁1227—1229;《宋史》卷二〇九《藝文志八》,頁5393;姜亮夫《洪慶善楚辭補注所引釋文考》,《楚辭學論文集》,頁387—390;晁公武(活躍於1165前後)《郡齋讀書志校證》卷十七,頁805。陳振孫(約卒於1262年)的書録無《楚辭釋文》,有《離騷釋文》,知《楚辭釋文》於宋時有此異名版本通行,見陳振孫《直齋書録解題》卷十五,頁433—434。聞一多(1899—1946)則認爲《楚辭釋文》爲唐前文獻,因爲成書於隋代的《楚辭音》(據王重民説)的敦煌抄本引文有來自一部叫《文釋》的書,聞氏以爲是《釋文》之誤。他還考定“江是《釋文》作者之姓矣”。見聞一多《敦煌舊鈔楚辭音殘卷跋》,《聞一多全集》第2册,頁497—500。竹治貞夫指出:宋人錢杲之的《離騷集傳》所引《陸氏釋文》(非指陸德明[約550—630]《經典釋文》)的一些内容,與《楚辭補注》中所引《楚辭釋文》内容一致。他認爲《楚辭釋文》的編者爲陸善經,作於盛唐時期。見竹治貞夫《楚辭釈文の撰者について》,頁161—183;此文的修訂版收入其專著《楚辞研究》,頁209—251;中譯本:《關於〈楚辭釋文〉的作者問題》,頁54—60。

③ 洪興祖言:“釋文第一無經字。”見《楚辭補注》楚辭目録,頁1。但余嘉錫指出洪興祖的相關論述有誤,據兩部論及《楚辭釋文》的早期文獻《郡齋讀書志》和《直齋書録解題》記載,《楚辭釋文》本《離騷》篇題下確有“經”字。見余嘉錫《四庫提要辨證》卷二十,頁1229。

解説,以證明屈原神聖的作者地位①。這些成果對本文的研究啓發良多。本文嘗試從不同角度,仔細審視各種相關文獻中僅存的蛛絲馬跡,從《楚辭》的“經傳”結構窺探其文獻歷史,冀能作出更科學的分析。

《楚辭》中的“傳”

據傳統,“傳”爲“經”之輔,用於解釋經義②。“傳”一般英譯作爲“解説”(commentary)或“釋經”(exegesis)。洪興祖對《離騷經》的解説是:“古人引《離騷》未有言‘經’者,蓋後世之士祖述其詞,尊之爲經耳,非屈原意也。”③據此,海陶瑋(James Robert Hightower)推測劉向(約前77—約6)或王逸將《離騷》視作一部“經”,《楚辭》其他篇章爲“傳”; 如果説屈原自己視其《離騷》爲“經”,就顯得不合情理了④。

既然《離騷》以外的篇章題目下都有“傳”字,是否可以説這些篇章都是《離騷》的仿作? 這種觀點可從有關劉安(前179—前122)的評論中找到支持。劉安是最早的《楚辭》編纂者,《漢書》中有一段關於他獻《淮南子内篇》的記載:

> 初,安入朝,獻所作《内篇》,新出,上愛祕之。使爲《離騷傳》,旦受詔,日食時上。⑤

① 湯炳正認爲《楚辭釋文》中作品編排之所以如此,是由於《楚辭》的編纂經歷了不同的階段。見湯炳正《〈楚辭〉編纂者及其成書年代的探索》,頁49—57。蔣天樞認爲《九辯》爲屈原所作,因此編排在《離騷》之後。見《楚辭新注導論》,頁81—135。姜亮夫認爲:“《九辯》之文,足以爲屈子輔車者……則謂《九辯》爲《離騷》之感性發展最高階段,當無不可,則以之配《騷》,正其所矣。”故曰“《釋文》以《九辯》次《騷》,而非屈子之作”。見姜亮夫《洪慶善楚辭補注所引釋文考》,頁397。陳鐘凡分析《楚辭補注》以經傳編排的目録後認爲“捨離騷一篇外,古人未嘗以爲皆屈文也”。見《中國韻文通論》,頁40—47,特别是頁41、46。

② 見劉知幾(661—721)《史通通釋》卷一,頁85。劉知幾也認同“傳”同“轉”,意爲轉授,見同書卷一,頁7。另可參看 David L. Rolston(陸大偉),“Sources of Traditional Chinese Fiction Criticism,” 5。

③ 《楚辭補注》卷一,頁2。

④ Hightower,“Ch’ü Yüan Studies,” 201.

⑤ 《漢書》卷四十四《淮南衡山濟北王傳》,頁2145。

在這段史事的不同記載中,關鍵詞"離騷傳"出現了兩種異文:一作"離騷章句",見於王逸爲《離騷》所作序文①;又作"離騷賦",見於《淮南子》高誘(約205)序和荀悦(148—209)的《漢紀》②。荀悦説《漢紀》是《漢書》的節本③,是知"離騷傳"和"離騷賦"這兩種提法都已存在於漢末時流傳的《漢書》中④。抑或有其他證據使得荀悦改"離騷傳"爲"離騷賦";或者他認爲《離騷》屬於"賦"而據以改動?

其實,這三種提法所指都是同一部作品。據以上《漢書》引文的顔師古(581—645)注,"傳謂解説之,若《毛詩傳》"⑤。《離騷傳》一直被認爲是司馬遷(約前145—約前86)與班固注屈原作品的那幾行文字⑥。王念孫(1744—1832)認同"離騷賦"的説法,認爲劉安不可能在一天之内獻呈《離騷傳》。因此他推斷:"[武帝]使[劉安]爲離騷傅者,使約其大旨而爲之賦也。"⑦王氏還認爲有人誤抄"傅"爲"傳",因"傅"與"賦"通;"傅"與"敷"通,意爲"陳"即陳述之意,亦含"散佈"等意⑧。"賦"這種體裁的主要作用是"鋪陳",或者在文學上意爲"鋪排"、"羅列"⑨。因此有人認爲"賦"與

① 《楚辭補注》卷一,頁48。

② 高誘注《淮南子》序,頁1;荀悦《前漢紀》卷十二,頁10a。

③ 《前漢紀》序,頁1a—2b。

④ 《漢書》一段佚文中"傳"亦作"賦"。見《太平御覽》卷一五〇,頁2b引《漢書》。

⑤ 《漢書》卷四十四《淮南衡山濟北王傳》,頁2146,注6。

⑥ 《史記》卷八十四《屈原賈生列傳》,頁2482;班固《離騷序》,《楚辭補注》卷一,頁49。有學者如姚振宗(1843—1906)注意到上引作品中的幾行文字出自劉安的《離騷傳》。見姚振宗《漢書藝文志條理》卷三,頁116b。游國恩認爲"傳"有序文或頌辭的作用。見游國恩《楚辭概論》,頁278—279。李誠根據湯炳正在《屈騷新探》中之《〈屈原列傳〉理惑》(頁1—22)的觀點,斷定《史記·屈原傳》中的幾段話就是劉安《離騷傳》的原文,並據以論述劉安撰寫該篇的"個人感情色彩"和"政治色彩"。此外,李誠又考定傳播劉安《離騷傳》的並非司馬遷,而是劉向。見李誠《楚辭論稿》(增訂本),頁475—498。

⑦ 王念孫《讀書雜志》志四之九,頁6a/b。

⑧ 《漢書》卷一百《敘傳下》下,頁4238,注2,顔師古注。同源詞"敷"、"傅"、"賦"、"鋪"、"布",都有"展示"(set forth)、"傳揚"(publish)、"廣爲散佈"(spread out widely)、"散佈"(distribute)等意思,見 Bernhard Karlgren(高本漢), *Grammata Serica Recensa*, 46–47(nos. 101j, g', t', u'), 47–48(103g, h)。

⑨ 《周禮注疏》卷二十三,頁158a,鄭玄(127—200)注;劉勰(卒於520年)《文心雕龍·詮賦》,見范文瀾《文心雕龍註》卷二,頁134。鄭玄和劉勰都將"賦"解釋爲"鋪",即傳揚。有學者總結了有關"賦"的作用的幾種重要觀點,見 Dore J. Levy(李德瑞), "Constructing Sequences: Another Look at the Principle of Fu 'Enumeration,'" 474–477 引霍克思、康達維(David R. Knechtges)、理雅各(James Legge)、劉若愚(James J. Y. Liu)、陳世驤(Ch'en Shih-hsiang)、余寶琳(Pauline Yu)等人之説,從而總結"賦"的意義是"列舉"("enumeration")。

"傳"在《漢書》這段故事的不同記載中意義相同,都指全面闡述《離騷》的作品。簡而言之,"賦"與"傳"這兩種提法指的都並不是注釋。班固的另一説法可資印證:"淮南王安敘《離騷傳》。""敘"雖也可理解爲"敘述"、"次第",但在引文中應解作"編次"①,因爲"敘"字訓爲"次序";然而若按此義而將劉安所爲理解爲對《離騷傳》加以排序,則顯然不合情理。"敘述"、"描繪"之意透露了劉安爲《離騷傳》寫過一篇序言以及《離騷傳》。但是這條綫索一直没有受到注意,劉安被説成寫過一篇司馬遷和班固都引用過的"傳"②。

西漢時,"傳"的意思並不是"注釋"或者"解經",而是"闡述"和"詮釋"。"傳"(chuán)字的本義的意思是"傳授",如爲後人傳揚文章的大意③。章學誠(1738—1801)如此界定"記"與"傳":"蓋皆依經起義,其實各自爲書,與後世箋注自不同也。"④"傳授"的過程中,創見與詮釋十分重要。譬如漢初不同人對《詩經》有不同解釋,毛公自稱他的解釋傳承自子夏(生於前507年)⑤。皮錫瑞(1850—1908)對兩漢訓詁差異的論述,説明了毛詩爲何歸入今文經:"前漢今文説,專明大義微言;後漢雜古文,多詳章句訓詁。"⑥由皮氏這種寬廣的歷史視角可見,劉安所作並非我們今天所理解的注釋,因爲這種注釋在西漢時並不流行。此外,《春秋》三傳與《周易》中傳的作用也能説明問題。《藝文志》記載了《春秋經》後許多作品都稱爲"傳",這些"傳"都是從不同角度記載春秋歷史的作品⑦。漢朝以前寫成的《周易》"十

---

① 《楚辭補注》卷一,頁49。"敘"意爲"敘述"時與"序"通。見《爾雅注疏》卷三,頁15b,郭璞(276—324)注。"敘"爲"次第"之意見許慎(約58—約147)《説文解字》卷三下,頁19a。

② 姜亮夫認爲劉安的《離騷傳》含序文及注釋。見《楚辭書目五種》,頁312。

③ 劉熙(東漢)《釋名》卷六,頁47a。楊伯峻解釋《左傳》中"傳"爲傳(zhuàn)車(即驛站專用車),"傳(chuán)政"爲傳授政治權力之意。楊伯峻《春秋左傳注》,頁822、444。原文見《春秋經傳引得·成公五年》,第4段,僖公二十七年,第5段。"傳"之爲"傳車"的用法最古,甲骨文有之,見羅振玉(1866—1940)輯《殷墟書契後編》卷下,頁7b(圖13)。"傳"字的解説可參考陳師初生《金文常用字典》,頁780。

④ 章學誠(1738—1801)《文史通義校注》,頁248。

⑤ 《漢書》卷三十《藝文志》,頁1708。

⑥ 皮錫瑞《經學歷史》,頁89—90。

⑦ 《漢書》卷三十《藝文志》,頁1713。

翼”都稱爲“傳”①,如《繫辭傳》、《象傳》、《説卦傳》等是,這些都是獨立成篇的,都有“解讀、再解讀”(interpretation and re-interpretation)的作用②。再看《離騷傳》這部約略同時期的以“傳”名篇的著作,其性質理應與上列諸作相同,具有解釋並闡述《離騷》的作用。

這些説法和理解勾勒了《楚辭》文獻史的衍生的圖景。據上舉皮錫瑞之説,劉安之作名爲“離騷章句”可能是王逸時代錯誤(anachronism)的用詞。雖然“章句”一詞“分析文字章節、句讀”的意思東漢時已經盛行,西漢則似乎尚未流行③。王逸似乎把《離騷》的所有篇章都稱爲“章句”,例如他稱《離騷》中賈逵(30—101)與班固的注解爲“離騷經章句”④。據此類推,知王逸使用他自己當時流行的詞語稱呼劉安所作。據王念孫所言,劉安所爲之稱作“離騷賦”,顯然並没有序、提要或注釋的性質,其文體含有“賦”的風格⑤。雖然學者對“離騷賦”有不同理解,但這個指稱反映了東漢學者普遍認同劉安作品爲賦體。何天行(1913—1986)却從認同這種觀點走向極端,認爲整部《楚辭》都是漢代的作品,而作者就是劉安⑥。下文續論。

從“離騷賦”之名稱,可知劉安上呈武帝的作品或作品集屬賦體,而這些賦仿《離騷》而作。劉勰認爲劉安所寫並不是篇題而是體裁:“淮南崇朝而賦騷,枚皋應詔而成賦。”⑦“崇朝”指一個早上,劉勰顯然是據上引《漢

---

① 郭沫若認爲《周易》之傳的作者們“一定是楚國荀子的門徒”。見《青銅時代》,頁402。

② Edward L. Shaughnessy(夏含夷),“*I ching* 易經(*Chou I* 周易),” 216.

③ 章學誠認爲對作品的注解始於東漢,以馬融(79—166)受班固女弟業而習《漢書》爲例。見《文史通義校注》,頁 237。“章句”一詞的早期用法可見於班固等撰《東觀漢記》(卷二,頁 2a)載明帝(57—75 在位)著有《五行章句》。這部作品雖名爲“章句”,但從書名可知其書性質主要在於詮釋五行,而非注解。余英時列舉例證説明東漢學者厭棄“章句”之學,但無法證明西漢時“章句”一詞已爲人所用。見余英時《士與中國文化》,頁 351—355。王逸稱劉安作品爲《楚辭章句》,大抵是用王氏時流行的詞彙“章句”名劉安之作,屬時代錯誤。

④ 《楚辭補注》卷一,頁 48。《隋書》編撰者認爲劉安所作爲注,遂曰:“其書今亡。”見《隋書》卷三十五《經籍四》,頁 1056。

⑤ 范文瀾認爲“離騷賦”這種指稱有誤。見《文心雕龍註》卷一,頁 49—50,注 3。

⑥ 何天行《楚辭作於漢代考》,頁 21—22。但其觀點已被反駁,證據是安徽阜陽漢墓出土竹簡上的《離騷》篇中的四個字。此墓的墓主是夏侯灶(卒於前 165 年),夏侯灶生活時代比劉安早半個世紀。見文物局古文獻研究室、安徽省阜陽地區博物館《阜陽漢簡簡介》,頁 21—23。

⑦ 《文心雕龍・神思》,見《文心雕龍註》卷六,頁 494。

書》劉安本傳所説漢武帝"使爲《離騷傳》,旦受詔,日食時上"。劉勰所採用的駢體有嚴格的對仗要求,"騷"所指並不是詩歌或文集的名稱,而是與對句末字的"賦"並列的體裁所指稱的作品,所以劉勰認爲劉安(所獻或所寫)的作品爲騷。必須指出的是,"騷"之作爲特定文體,是從劉勰才開始的[①],漢朝時《楚辭》的全部作品都稱爲"賦",例如《漢書·藝文志》所述的韻文體裁只有兩種,即"賦"和"詩"[②],班固在其《兩都賦序》中將"賦"定義爲"古詩之流"[③]。這表明漢朝時所有辭、騷、賦等文學樣式都稱爲"賦",因此,《藝文志》亦以"屈原賦"二十五篇指稱《楚辭》作品。

《漢書》所載關於劉安崇朝呈獻作品的故事,乃是一種自古已有的臣下覲見君主的習俗。《國語》有一段相關的記載,提供了一些綫索,幫助瞭解劉安所獻作品的性質。其文曰:

> 召公曰:故天子聽政,使公卿至於列士獻詩,瞽獻曲,史獻書,師箴,瞍賦,矇誦,百工諫,庶人傳語……[④]

這種古老習俗勾勒了宫廷賦詩的概貌。當時所有諸侯貴族都必須作詩,另有樂工負責配樂。王先謙(1842—1917)對劉安崇朝之事作過評論,認同上文王念孫的觀點:"傳當爲傅,傅與賦,古字通。"[⑤]高誘(活躍於三世紀初)《淮南子敘》所記"文皇帝……詔使爲《離騷賦》",孫詒讓(1848—1908)以爲:"傳及章句非崇朝所能成,疑高説得之。"[⑥]《藝文志》的"傳"中對"賦"的定義是"不歌而誦謂之賦"[⑦],驗諸上文援引的"賦"的定義,其與"歌"的區别就更清晰,而"賦"的含義就更確切了。"賦"是宫廷内一種區别於"歌"

---

① 游國恩認爲劉勰首次提出賦爲一種特定文體。見《離騷纂義》,頁 3。

② 《漢書》卷三十《藝文志》,頁 1755—1756。

③ 《文選》卷一,頁 1b。

④ 《國語》卷一,頁 4b—5a。韋昭(204—273)注:"無眸子曰瞍,賦公卿列士所獻詩也。""賦"爲動詞,誦詠之意。

⑤ 王先謙《漢書補注》卷四十四,頁 9a。

⑥ 《淮南子》敘,頁 1。孫詒讓《札迻》卷十二,頁 420。

⑦ 《漢書》卷三十《藝文志》,頁 1755。

的吟詠韻文作品的方法。漢朝時“賦”演變成一種文體,也成爲一種獻給君主的文學形式。由此看來,“詩”以外的文體也能獻給君主這一點頗爲新穎,同時西漢也保留了臣下在朝廷呈獻作品這個古老傳統。

霍克斯認爲劉安的作品屬於以《離騷》爲中心模範的“屈原派”(School of Qu Yuan)①。以《漢書》劉安本傳所載安崇朝寫作的故事與《離騷》的中心原型地位合而觀之,可以解釋《楚辭》中“經”與“傳”結構間的關係。從《楚辭》在宋代所經歷的重編及修訂活動可見,《離騷》是這部文集的中心文本,其餘篇章都處於從屬地位。陳説之根據當時人們對《楚辭》作者的一致看法,於天聖十年(1032)首次將《楚辭》劃分爲兩類:“離騷”及“楚辭”②。他認爲《楚辭補注》目録(見附録一)中的頭七組詩(共二十四首)均爲屈原所作,其他均爲仿作;後來人們編纂《楚辭》都沿用這種説法③。今本《楚辭補注》仍保留這個做法的痕跡,書中所收作品或作品群組題目下有“離騷”與“楚辭”的兩種分類④,從這個現象可以得知宋代這種改動的理據。《楚辭釋文》想必也採用了這種分類方式,否則陳説之没有必要創製這個分類法。這種結構是劉安獻《離騷傳》故事的殘留綫索。洪興祖《楚辭補注》第二項到第八項作品,在陳説之的體系中歸類爲《離騷》。同理,原《楚辭釋文》的第二項即《楚辭補注》的第八項《九辯》(見附録一、二)歸類爲《楚辭》⑤。

有關古籍中經傳結構的問題,章學誠認爲“經”之得名是由於“傳”的出現⑥。章氏關於劉安呈獻《離騷傳》的推論很可能是正確的。劉安崇朝寫作的記載及其異文所提供的時代背景,有助我們理解《離騷傳》的性質。首先,武帝對劉安呈獻的《淮南子内篇》十分感興趣,因此而令劉安作《離騷

---

① David Hawkes, *The Songs of the South*, 32—33.

② 《直齋書録解題》卷十五,頁 434。黄伯思(1079—1118)也認爲是陳説之作這種劃分。見《校訂楚辭序》,載《東觀餘論》卷下,頁 68a。

③ 晁補之(1053—1110)在其《重編楚辭》一書中認同陳説之的這種看法。見《郡齋讀書志校證》卷十七,頁 807。朱熹將這些仿作歸類爲“續離騷”,他所編選的作品與《楚辭補注》的略有不同。見《楚辭集注》目録,頁 1a/b。

④ 例見《楚辭補注》卷四,頁 120,卷八,頁 182。

⑤ 《楚辭補注》卷八,頁 182。

⑥ 《文史通義校注》,頁 93。

傳》;這一點表明《離騷》這部作品在劉安獻《内篇》之前已經在流傳。其次,武帝似乎認爲《離騷》與《淮南子》性質相當,因爲他讀過《淮南子》後隨即要求劉安作《離騷傳》;因此可以斷定《離騷》作於《傳》前,且《傳》爲《離騷》的附文。劉安獻《傳》(或編纂《離騷》)前可能爲《楚辭》所收作品寫過一篇序文或提要。《傳》爲賦體,具有闡發《離騷》的作用,因此,自《傳》與《離騷》結合後,《離騷》就成爲了“經”。

《楚辭》中的“經”

《楚辭》有傳有經,是重新審視其書結構的重要基礎。本節探討《楚辭》稱“經”的背景首尾。首先看看幾種較具影響力的關於“經”的定義和相關論述。蔣伯潛(1892—1956)對“經”的兩種定義是:“一以經官書,一以經聖人所作。”[①]章炳麟(1869—1936)以爲“經”的本義是“修多羅”,即梵文“sūtra”的音譯[②]。修多羅“以絲編貝葉爲書”[③]。古時造“書”不容易,只有最重要的事物才得以寫入“書”中;據此,“經”的主要特點是内容重要。平岡武夫則據“經”字的原始形態及其同源詞,追溯到“經”字的詞根與同源詞都具有類似含義,並認爲經的基本意義是“恒常”,是漢民族歷來宗奉的生活至高的規範[④]。顧頡剛則將“經”定義爲文風或文體。他認爲:“戰國後期,因爲遊學之風極盛,誦習簡編,要求簡練易記,所以大家作‘經’。”[⑤]故此類文章的特點在於“簡練易記”,如《老子》則用韻。漢朝時,“經”字的含義受儒家影響很深,具有很强的教化意味,這種傾向影響了後人對《楚辭》的理解及編纂。

---

① 蔣伯潛《十三經概論》,頁 2。

② 章炳麟《國故論衡》,頁 83。梵文“sūtra”的音譯“修多羅”可見於一些早期的佛教文獻,如龍樹(二世紀)造、鳩摩羅什(約卒於 412 年)譯《大智度論》(T1509),頁 306c18、24、26,頁 307b7,頁 412b29 等。

③ 《十三經概論》,頁 2。范文瀾沿用章炳麟的創見,推測:“衆札之間,必有物聯綴,始便翻誦,或用韋,或用絲,而絲之用尤便於韋,故因絲而得經名。”見范文瀾《羣經概論》,頁 1。范氏又“疑訓經常,或是後起之義”。《國語·吴語》載“挾經”一詞,韋昭注:“在掖曰挾,經兵書也。”范氏指“所挾之經決非兵書……疑經乃金之假字”。又注明:“經金韻部不同,而聲類則同,但别無佐證,故附於此以當妄説。”范文瀾《文心雕龍註》卷一,頁 24,注 3。

④ 平岡武夫《經書の成立——天下的世界觀》,頁 5—17,特别是頁 6—7。

⑤ 顧頡剛《論〈詩經〉經歷及〈老子〉與道家書》,頁 56。

根據《説文解字》,"經"字的本義是紡織物上的"經綫"。段玉裁(1735—1815)讀出了其中的教化意味,認爲:"從絲謂之經,必先有經然後有緯,故三綱五常六藝謂天地之常經。"理雅各認爲"經"字的引申義是"易用","意指恒常的具規律性的事物,並且保持這種規律性"。社會的意識形態造就了"恒常"意義——經[①]。"六經"的概念早在孔子時已出現,但是漢朝時一些非經典著作亦稱"經",劉師培(1884—1920)認爲《離騷》就屬於這一類[②]。如何解釋這種矛盾呢?

在《楚辭》各種定本中,《離騷》題下的"經"字的重要性經歷了演變,《楚辭》的地位從一部作品集上升到"經典"的地位。我們首先要確定《離騷》稱"經"的具體時間。李大明引王充(27—約97)之説,認爲漢章帝(76—88在位)時《離騷》得名爲"經"[③]。這個繫年不一定是《離騷》稱"經"的時間上限,但可以確定是下限。此外,不同作者對《離騷》的不同命名削弱了李大明的説服力,譬如説,如果東漢已流行"離騷經"的提法,爲何王逸在其論述中屢屢提到"離騷"而不言"離騷經"呢?[④]

根據林師維純的研究成果,筆者認爲"離騷經"之名最早見於劉向編《楚辭》之前,至少比王充早一百年[⑤]。林師考究了傳統認爲劉向編纂《楚辭》這一觀點,並推測劉向受屈原與自己命運相似之處的激發——均爲宗室大臣却遭受排擠,無法實現政治抱負。雖然這樣的論斷難以證實,但却

---

① 段玉裁《説文解字注》十三篇上,頁2b。James Legge, *The Chinese Classics*, vol. 1: p. 1 ("Prolegomena"):"An easy application of it is to denote what is regular and insures regularity."另參看皮錫瑞《經學歷史》,頁19、38。

② 劉師培以不同文體解釋"經"之義,而且是文獻外貌的比喻。見《經學教科書》卷一,頁2a。

③ "離騷之經"一詞見於王充《論衡·案書篇》,頁279。見李大明《〈離騷〉稱"經"時間新論》,頁55—59。Laurence A. Schneider也認爲《離騷》最初爲"經",其根據僅僅是《離騷》和其他類似文獻如《詩經》相比被認爲是經典。Schneider, *A Madman of Ch'u: The Chinese Myth of Loyalty and Dissent*, 27-31.

④ 《楚辭補注》卷一,頁48—50。

⑤ 林維純《劉向編集楚辭初探》,頁91;《試論〈楚辭章句〉"序文"的作者問題》,頁47—56、62。後者修訂本更名爲《楚辭章句序文作者問題考辨》,收入中國屈原學會編《楚辭研究》,頁430—450。

是基於史料所載及劉向作品中所見其人生平及思想的有理分析①。

林師維純的另一創見是對《楚辭》之《前序》及《後序》性質的探討。林師認爲每首(或組)作品的《前序》都是劉向所撰,王逸編纂十七卷《楚辭章句》時將劉向的序文置於每首作品之前,“敘曰”一詞之後,然後在某些詩歌後補入自己所撰的序。林師所引最有力的證據是《六臣注文選》的《招魂》題下《前序》中的一句:“逸曰:‘《序》曰:“《招魂》者宋玉之所作也。’”這裏顯然有兩個層次:六臣援引了王逸的説法,而王逸則引用了一篇《序》以確定作品的作者②。林師從關於《前序》、《後序》的文風與内容的不同角度進行論述,而且根據古代卷軸的結構作出假設,論證了《前序》《後序》出自不同人的手筆,進而確定《前序》爲劉向所作,《後序》出王逸之手。

林師維純的論述回答了宋人黄伯思提出的疑問:“逸註楚辭,序皆在後,如《法言》舊本之例,不知何人移於前。”黄氏還認爲序文的移位表明了

---

① 力之對林師的這個説法提出反駁,見力之《關於〈楚辭章句〉“序文”的作者問題——蔣天樞、林維純兩先生説駁議》,《〈楚辭〉與中古文獻考説》,頁52—61。

② 《六臣注文選》卷三十三,頁16b。筆者在唐鈔本《文選集注》的《招魂》題解中又發現同類的綫索:

> 李善曰:“《序》曰:‘《招魂》者宋玉之所作也。……”陸善經曰:“《敘》曰:‘招者,召也,以手曰招,以言曰召。’”

引文“招者”云云見《楚辭補注·招魂》一首的《前序》,緊接“宋玉之所作也”句。乃知唐鈔本所引的《序》和《敘》分别得自李善和陸善經;宋時拼而爲一,成今本《楚辭補注》中《招魂》的《前序》。見《唐鈔文選集注彙存》第二册,卷六六,頁1—2。

林師的觀點遭到力之的批評。力之舉出《六臣注文選》所收的另外六篇《楚辭》作品,“題下的‘序曰’前,均無一例外地加上了‘逸曰’兩字。”並指出“這顯然是後人合分别單行的‘李善注’與‘五臣注’而爲‘一’時之疏忽所致。”見力之《關於〈楚辭章句〉“序文”的作者問題,頁48—49。不過,《文選》注的情況複雜,較難定案。首先,既然今本李善注在《楚辭》各篇均有引述“序曰”及其内容,爲何只在《招魂》等六篇中引述“逸曰:‘序曰’”,而不直接引作“序曰”?其次,《招魂》一首題下引“翰曰”(李周翰注),其内容見於《楚辭補注》所收《招魂》的《序》;六臣本“翰曰”之後却是“逸曰:‘序曰’”。明州本原刻却缺後者,後人手抄補入;原刻中“翰曰”之末,加按語“逸同翰注”。既然王逸注於唐時爲權威,爲何不直接説“逸曰”而稱“翰曰”?其三,力之據其所見的版本立論,説胡刻《文選》所收“騷上”和“騷下”(卷三十二、三十三)各篇“作者後均用與標作者同樣大小的字體標出‘王逸注’三字。”而六臣本“騷下”各篇的“王逸注”三字則用小字,而《九辯》和《招隱士》則連小字也没有。《四部叢刊》本《六臣注文選》的確如此,但明州本(1158年前初刻)的“騷上”和“騷下”作者名後均以大字刻印“王逸注”三字。見《日本足利學校藏宋刊明州本六臣注文選》卷三十二及三十三的相關頁。《文選》五臣注、六臣注各早期版本對照的工作,也許能爲以上疑點提供解答的綫索,惜條件所限,筆者尚未進行此項工作。關於《文選》版本的介紹,可參看傅剛《文選版本研究》。

他所見的版本並不是初本[①]。林師的分析是:王逸根據當時的普遍做法,將自己所撰的序文置於相關作品之後。而這些詩歌前的序則爲劉向所作。

那麽,劉向是《前序》作者這一結論意味著什麽呢?《離騷》的《前序》中"離騷經"一詞如初次出現一樣附有注釋。因此,劉向一定有一個用了"離騷經"一詞的版本,因爲此詞首次出現在序文中,故需作注解。這個"經"字可能早在劉安時已存在於作品中。此外,"離騷"之"傳"或"離騷賦"寫成並呈獻後,"離騷"始得名爲"經",因爲"傳"是獨立的作品,亦屬"離騷"類(至少洪興祖的版本中作此歸類),而且"經"一詞似乎是區别《離騷》及其"傳"的唯一方法[②]。

《楚辭》編纂之初,"經"的含義隨著《離騷》的道學詮釋的變化而有所不同。也許如章炳麟所言《離騷經》本來只是一個"文本",但至晚不過劉向時已成爲一部"經"。《前序》這樣解釋《離騷》之題:"離,别也。騷,愁也。經,徑也。言已放逐離别,中心愁思,猶依道徑,以風諫君也。"[③]洪興祖認爲《前序》乃王逸所作,且此處對"經"的注釋有誤,還認爲《離騷》直到被後世學者重述,加諸"經"之名以後才成爲"離騷經"。這種解釋頗爲合理,但是洪興祖並未説明其中原因[④]。

《離騷》的地位歷經浮沉,漢朝時上升爲"經典",與漢朝其他經典相比較爲特殊。《離騷》這種特殊地位可從武帝對它的興趣見出。武帝十分欣賞與《淮南子》相似的《離騷》的瑰麗文字及其神話色彩,而劉安受命作"傳"(或"賦")也許藉以自況或者純粹模仿,武帝則似乎没有太注重這些作品的教化意義,這一點與儒家規範相悖,蓋"子不語怪力亂神"[⑤]。東漢時重新審視《離騷》的問題越來越受到關注,如班固曾反駁劉安對《離騷》的讚揚,認爲讚譽過高:"謂之兼《詩》風雅,而與日月爭光,過矣。"他批評屈原違背

① 永瑢(1743—1790)等《四庫全書總目》卷一四八,頁1267c,引黄伯思《東觀餘論》。黄伯思之論見《校訂楚辭序》,載《東觀餘論》,頁69b,指出王逸所作各序均編排在作品之後。

② 王錚也持相同看法,見《〈離騷〉題名古傳二義考辨——從〈楚辭章句〉到〈屈原列傳〉》,頁70。如果確如上述顧頡剛所言,"經"是一種文體,則可能"離騷經"剛作成即以此名篇。

③ 《楚辭補注》卷一,頁2。

④ 《楚辭補注》卷一,頁2。何焯(1661—1722)認爲稱《離騷》作經不妥。見《義門讀書記》卷四十八,頁941。

⑤ 《論語·述而》7/21。

儒家道義:第一,屈原“露才揚己”、“責數懷王”、“强非其人,忿懟不容”;第二,《離騷》部分内容“皆非法度之政,經義所載”[①]。這些評價反映了班固否認《離騷》的經典地位。劉勰在《文心雕龍》中總結了關於《離騷》的不同見解,列出對《離騷》的“同於風雅”的四方面和“異乎經典”的四方面[②],評定其歷史地位,稱頌其文學成就。

《楚辭》的早期流傳

對《楚辭》的早期流傳及編排概況的考察,是進一步論證劉安時《離騷》已是一部“經”的必要步驟。劉向及其子劉歆(卒於公元23年)在《楚辭》編纂史上居功至偉,而劉向所參照的《楚辭》版本,當爲劉安所獻之本。

首先從西漢藏書情況考察。西漢有四大皇家圖書館,即天禄閣、石渠閣、麒麟閣和金馬署。前三館都位於未央宫,四館都建於武帝在位時,主要作用爲藏書[③]。劉歆的《七略》提供了關於漢代儲存圖籍的詳情:“外則有太常、太史、博士之藏,内則有延閣、廣内、祕室之府。”[④]漢代宫廷藏書分爲兩類,即“外”與“内”(或“中”),“内”又稱爲“中祕書”,所藏爲最重要、最罕見的書籍[⑤]。劉安所獻的《離騷傳》(或《離騷賦》)應該收於“内”,而且劉向校勘天禄閣藏書時,很可能可以參閱劉安所獻《離騷傳》的原文。

從劉安獻《離騷傳》故事的敘事語調來看,這部作品深受武帝喜愛,因而得以妥善保存。當時劉安身處京城,帶着一些作品獻給武帝。在呈獻《淮南子内篇》以後,受命作《離騷傳》。“旦受詔,日食時上”的記載難免有

---

① 班固《離騷序》,《楚辭補注》卷一,頁49—50。

② 《文心雕龍·辨騷》,見《文心雕龍註》卷一,頁46—47。

③ 《漢書》卷五十四《蘇武傳》,頁2468—2469,注1;《三輔黄圖》卷六,頁7a。《三輔黄圖》載天禄閣、石渠閣、麒麟閣由蕭何(卒於前193年)所建。金馬署是西漢另一個重要圖書館。見班固《兩都賦序》,《文選》卷一,頁1b;劉肅(活躍於807年前後)《大唐新語》卷一,頁11。

④ 《漢書》卷三十《藝文志》,頁1702,如淳(魏)注引劉歆《七略》。這條史料又見引於《太平御覽》卷六一九,頁1a。杜佑(734—812)的記載略有不同:“漢氏圖籍所在,有石渠、石室、延閣、廣内,貯之於外府。又有御史中丞居殿中,掌蘭臺祕書及麒麟、天禄二閣,藏之於内禁。”見《通典》卷二十六,頁732。

⑤ 顔師古曰:“言中以别外。”《漢書》卷十《成帝紀》,頁310,注1。

誇張成分,但正如姜亮夫所言,劉安受命前一定已有底稿①。武帝"愛祕之",因此這部作品一定藏於宫内。

劉向校勘工作的幾點原則有助尋溯劉安本《楚辭》的蹤跡。劉向在所撰的各篇書録中交代過他的校勘原則。他以"内籍"爲母本②;只有當"外籍"中有"内籍"所没有的文字時,他才會參照"外籍"。此外,如果内、外藏本所載的同一段落有差異,他取"内籍"的記載。校勘工作完成以後,才按此校訂本繕寫。劉向在書録中還記録了他以"篇"爲單位編排作品③。一些傳記文獻證明了劉向根據的版本很可能就是劉安的《楚辭》。第一個理由是,四大圖書館中,劉向自公元前 26 年至死(公元前 6 年,之後由其子劉歆接替)一直在其中兩館工作:執教於石渠閣,校勘於天禄閣,因此他能接觸到大量的一手資料④。另一個理由是,從武帝在位時期至劉向校勘工作期間,漢家藏書從未有人進行過校勘工作。而自武帝登基至劉向校書期間,皇家收集書籍和民間獻書的活動一直在進行,正如劉歆所言:"武帝廣開獻書之路,百年之間書積如丘山"⑤。第三,劉向並没有"校勘"《楚辭》,而僅僅是"集"之,這條資料在《楚辭補注》中還保留著:"漢護左都水使者光禄大夫臣劉向集"⑥。因爲劉向僅僅"集"其作品,而並未寫過《楚辭》書録,

---

① 姜亮夫《楚辭通故》第 1 輯,頁 888。從出土文獻得知:"淮南王安在京師有離宫、現出土有'淮南邸印'封泥,及淮南王當殘瓦。"見陳直《漢書新證》,頁 147。

② 程大昌(1123—1195)也指出漢代校勘者最看重"内籍"文獻。見《演繁露》卷四,頁 5b。

③ 劉向《管子書録》、《晏子序録》、《孫卿書録》、《列子書録》、《鄧析書録》、《關尹子書録》、《子華子書録》及《别録》,見《全上古三代秦漢三國六朝文》之《全漢文》卷三十七,頁 3a—4b、6b、7a—8a;卷三十八,頁 1a/b、8a。劉向每完成校勘一部文獻後,在書録中記上"殺青"及"書可繕寫"等語。"殺青"是製作竹簡的程序之一,將竹片火炙去汗後,刮去青色表皮,以便書寫和防蠹。另一文獻記載:劉向校勘文獻時先將文字抄於竹簡,並標上校勘記號,然後再轉抄至絲絹上。這兩個記載説明文獻校勘時有竹簡與絲絹兩種書寫材料。見《太平御覽》卷六〇六,頁 2a 引應劭(約 140—204 前)《風俗通》、劉向《别録》及佚名《吴越》。

④ 《漢書》卷三十六《楚元王傳》,頁 1929、1950、1967;《漢書》卷十《成帝紀》,頁 310;《三輔黄圖》卷六,頁 7a。儘管没有史料記載劉向曾在三大"内籍"圖書館之一的蘭臺工作,但由於蘭臺主要收藏法律文獻,因此他應是在其他館中接觸到《楚辭》初本。見焦贛(活躍於約前 120 前後)著《焦氏易林》,頁 78a,"明夷"注。

⑤ 劉歆《七略》,引自《太平御覽》卷六一九,頁 1a。

⑥ 《楚辭補注·楚辭目録》,頁 1。另見附録一及二。因此《四庫全書》編者稱劉向所編《楚辭》爲"總集之祖"。見《四庫全書總目》卷一四八,頁 1267c;林維純《劉向編集楚辭初探》,頁 91。

因此可以推斷他的“集”本直接來自武帝手頭的《離騷》以及劉安呈獻的《離騷傳》。

儘管章學誠和林師維純都認爲劉向並未爲《楚辭》寫過序文或書録，但筆者認爲《楚辭》中每首作品（或組詩，如《九歌》、《九章》）的《前序》正是劉向所寫的“書録”。這其實是劉向編纂上的特殊考量。他將每一個篇題下的詩歌都視爲獨立的作品，而一些作品需要就作者問題作考究，不像他所校勘的其他作品如《戰國策》、《管子》、《鄧析子》等，都有統一的版本和確定的唯一作者，因此都只須附以一篇名爲“書録”的序文。孫德謙（1869—1935）關於劉向《别録》的論述，支撑了劉向確實爲《楚辭》中的作品寫過幾篇《書録》的觀點[1]：

> 蓋校讐之學，編訂目録，其要在所校之書，均撰爲序録，以揭明其大指。夫而後讀此書者，始能通作者之意。故向每校一書，各有《序録》耳。
>
> ……班《志》云“録而奏之”，所謂“録”者，即序録耳；“録而奏之”者，則謂書經校畢，無不撰成序録，以之奏御也。或曰：其書名《别録》者，豈係《序録》之别行乎？曰：是也。《七録序》云：“劉向校書，輒爲一録，論其指歸，辨其訛謬，隨竟奏上，皆載在本書。時又别集衆録，謂之‘别録’，即今之《别録》是也。”[2]夫言“輒爲一録”者，謂向於所校書悉撰有《序録》也，以其載在本書，已行奏上，而學者不復得見，思欲别存一本，故將衆書《序録》别而集之，因稱之爲《别録》。[3]

孫氏在此對劉向數篇《書録》所作的解釋十分有説服力。劉向的《别録》早

① 這種觀點由章學誠提出，他可能還參考了其他文獻。見《校讎通義》（附刊於《文史通義校注》後）卷三，頁 1064。筆者認爲劉向曾爲《楚辭》每一章寫過書録，論見下文。

② “論其指歸”至此，録自阮孝緒《七録序》，見《全上古三代秦漢三國六朝文》之《全梁文》，卷六十六，頁 11b。《漢書・藝文志》詳述了劉向撰寫書録的過程：“向輒條其篇目，撮其指意，録而奏之。”顔師古注：“撮，總取也。”《漢書》卷三十，頁 1701、1702，注 14。

③ 孫德謙《劉向校讎學纂微》，頁 32b—33a。

已散佚(或者只餘零星片段),可以假定《別録》中關於《楚辭》作品的《書録》也已無處可尋;但是附於《楚辭》正文的"序"却保存完整,在某種意義上,這些"序"相當於《楚辭》的"書録",因爲它們經由劉向轉録並連同《楚辭》正文上呈過朝廷。

根據林師維純所提供的綫索,劉向是首位"編集"《楚辭》作品,且在其《前序》爲每首作品的標明作者的人,而非王逸。劉向這些做法反映了他校勘之時作品的出處並不確定;他主要根據《史記》的資料判斷作品的作者。

又試從劉向的書録内容體例考察。劉向的其他書録如《列子書録》、《關尹子書録》等表現了另一條校勘原則:作品正文編排在書録前,且書録第一句爲"右新書著定(定著)……"[①]因此《楚辭》中每首作品都附有一篇《前序》,本置於詩歌之後,性質是"書録",這一點與劉向的校書習慣一致。黄伯思提出序文應在詩歌之後,也是基於同一條原則。因此,《前序》是劉向爲每首詩所寫《書録》的這個設想,與林師維純認爲王逸後來將這些序文移至正文前的觀點一致。

在劉向之前流傳的《楚辭》版本以及他彙録("集")後的定本《楚辭》的流傳情況同樣十分混亂。班固在《藝文志》中並未使用"楚辭"一詞,他記載的是"屈原賦二十五篇"[②]。班固以"篇"計算《楚辭》的作品,而劉向則用"卷"[③]。如何理解這種差異?

這兩個詞其實指代兩種版本。"篇"代表的可能是劉安初獻作品時的作品原貌。即便劉向爲每首(組)作品寫了序,並將其各自修訂爲獨立的作品,但每首(組)作品仍然屬於一"篇"。這種做法爲班固所採納,《藝文志》依據的基本上是劉向的書録。《藝文志》中"篇"與"卷"均屬文獻計算單位。

---

① 《全漢文》卷三十七,頁 6b、7b。蔣伯潛認同學界大致公認的《列子》爲僞作這個觀點,並認爲《列子書録》並非劉向所作。見《諸子通考》,頁 450。而馬王堆漢墓帛書也遵從這條原則:"每篇書籍的末尾多標明題目和字數。"見傅舉有、陳松長《馬王堆漢墓文物》第二册,頁 9、24。

② 《隋書》卷三十《經籍志》,頁 1056 也以"篇"計算屈原作品。姜書閣認爲《漢書・藝文志》所記"屈原賦二十五篇"抄自劉歆以劉向書録爲本的《七略》。見姜書閣《"屈原賦二十五篇"臆説》,頁 364—365。

③ 王逸最早記載劉向校勘《楚辭》十六卷。見《楚辭補注》卷一,頁 48。《隋書・經籍志四》(卷三十五,頁 1055)則著録:"《楚辭》十二卷,并目録,後漢校書郎王逸注。"

葉德輝(1864—1927)認爲這兩種命名指代兩種不同的書寫材料,“卷”寫於絲帛上,而“篇”則寫在竹簡或木牘上①。人們普遍接受這種觀念;但是馬王堆漢墓出土的帛書提供了更合理的解釋。抄寫文本的其中一條規則是“每種古佚書的開篇皆以墨塊爲記”,這個方形墨塊又稱“墨釘”,是篇(章)的分隔符號。出土文獻還説明了文本可以抄寫在絲帛上②,如果一個卷軸(或其中一個卷軸)抄録了幾種文本,要計算一“卷”當中有多少個作品就很困難。這情況可以解釋爲什麽《藝文志》計算作品數目有時用“篇”,有時用“卷”。這點細微差别説明劉向根據“墨釘”抄寫以“篇”計算作品數目的《楚辭》,並將作品“集”成十六“卷”;而班固則根據劉向的書録,以原本抄録在絲帛上的“篇”計算作品數量③。

劉向編纂《楚辭》後至少出現了兩種版本的《楚辭》。《史記》所引的一些《楚辭》作品中出現的異文,表明當時有第三種版本在流傳。但是,劉向並不接受《史記》提到的《楚辭》作品概況,因爲這個版本乃太史所藏,屬於“外籍”。王逸的注釋間有注明異文處(“甲一作乙”),這也印證了當時流傳不止一個版本。

劉向嚴格參照“内籍”,以及他“集”《楚辭》的説法,説明他所編纂的《楚辭》與初稿完全一致。由此可以認爲“經”“傳”二字在劉向所據版本中實已存在,因爲這些作品以“篇”的形式上獻武帝。

《楚辭》中的經傳結構

“經”“傳”結合是一種許多古籍使用的傳統結構。從《離騷經》及其傳也可發現這種傳統的編排方式。古時,經、傳兩個部分構成一部“完整”的

① 葉德輝《書林清話》卷一,頁 12a。

② 《馬王堆漢墓文物》第一册,頁 116;第二册,頁 9、24、11。關於“墨釘”的詳細説明見《座談長沙馬王堆漢墓帛書》,頁 46—47;何介鈞、張維明《馬王堆漢墓》,頁 67—68。

③ 羅福頤的相關研究堅實了《藝文志》的記載的可信度。他認爲絹本《力牧》十五篇正好與《藝文志》(《漢書》卷三十,頁 1759)所載的《力牧》篇數一致。見《座談長沙馬王堆漢墓帛書》,頁 47 引述羅福頤的觀點。

作品[①]。皮錫瑞從傳統角度説明了六經的形成:經爲孔子所編訂,其傳(或"記"、"説")則爲其後孔子弟子所加的注釋[②]。不獨儒家如此,從《墨子》、《韓非子》的内容也可見一部"完整"作品必須經傳兼備。"經"通常指語言簡練的正文,"經"内概述的内容以"傳"(或"記"、"説")的方式加以拓展、闡述[③]。《春秋經》及其傳的關係就是這種傳統的一例,除了春秋三傳即《左氏春秋》、《公羊春秋》、《穀梁春秋》外[④],還有一系列名爲"傳"、"微"、"章句"或"記"等等的闡發文字[⑤]。這種"完整"經典的結構也見於《藝文志》中所列的一些文獻標題[⑥]。

龔自珍(1792—1841)認爲"經""傳"的關係是"弟子傳其師,記其師之言也……傳記,猶天子畿内卿大夫也"[⑦]。如上文所述,《楚辭》的結構反映了這種文本命名的傳統方法:《離騷》爲經,其餘爲傳,正如"天子畿内卿大夫也"。如果將此經傳原則用於《楚辭》的編纂,後來劉向與王逸所編的《楚辭》就可稱爲"傳"[⑧]。王世貞(1526—1590)注意到這條著作結構的原則,並在宋本《楚辭》中這樣解釋"經""傳"二字:

> 梓《楚辭》十七卷,其前十五卷爲漢中壘校尉劉向編集,尊屈原《離騷》爲"經",而以原别撰《九歌》等章及宋玉、景差、賈誼、淮南、東方、嚴忌、王褒諸子,凡有推佐原意而循其調者爲"傳"。[⑨]

---

① 《後漢書》卷六十四《盧植傳》,頁2116。桓譚(前23—50)則認爲"經而無傳,使聖人閉門思之,十年不能知也",見《新論》,《全後漢文》卷十四,頁9b。

② 皮錫瑞《經學歷史》,頁67。

③ 《墨子》卷十,頁190—234。據畢沅(1730—1797)所記,《墨子》第四十、四十一章名爲"經"(上、下),作者爲墨翟(約前468—前376)。這兩章經文後有兩篇《經説》(上、下)。孫詒讓認爲這四篇《經説》是後人增補的。參見A. C. Graham(葛瑞漢), *Disputers of the Tao*, 137-139。《韓非子》卷十一,頁192至卷十四,頁262,第三十二至第三十五章由四部分組成,每部分均含"經"及其説明。"經"按不同主題,以"一"、"二"、"三"、"四"等編排。"右經"二字是經文結束的標誌,緊接著是經文的説明。

④ 春秋三傳最初不稱"傳"。任銘善認爲"傳"之名自劉向起用。見《經傳小辨》,頁78。

⑤ 《漢書》卷三十《藝文志》,頁1713—1714。

⑥ 例子另見《漢書》卷三十《藝文志》,頁1707—1708(《詩經》);同卷,頁1709—1710(《禮記》);同卷,頁1718—1719(《孝經》)等。

⑦ 龔自珍《六經正名》,《龔自珍全集》,頁38。

⑧ 湯炳正《楚辭編纂者及其成書年代的探索》,頁53。

⑨ 王世貞《楚辭序》,見《楚辭章句》,頁1a。

雖然王世貞認爲劉向是將“經”“傳”二字用於《楚辭》的第一人,實際上無人知曉何人首先爲之,但一定早於劉向。王氏並未詳細説明其中原因,但其結論頗爲合理。然而他並未解釋爲什麽當時的權威版本《楚辭補注》中作品的排序與“古本”《楚辭釋文》如此不同。

作者問題

對《楚辭》的經傳結構有了充分理解,方可更清晰地討論《楚辭補注》目録(附録一)中不署名作品的作者問題。這些作品包括《九歌》、《天問》、《九章》[①]、《遠遊》、《卜居》、《漁父》、《招魂》(以下統稱作“不署名作品”),可能由劉安的門客創作、收集,或者潤色、修改過。

《楚辭補注》目録中洪興祖的注釋並未提供部分作品的作者名稱。作者名的闕如,加上受到傳統影響,很容易讓人以“屈原賦二十五篇”的觀念加諸這篇目録。《楚辭釋文》與《楚辭補注》的作品順序被重新編排,可能是人們努力維護屈原作者地位的結果。劉向是爲《楚辭》每首作品列明作者的第一人,但他並没有對目録做過修訂,因此劉向對《楚辭》作品的作者看法便成懸案。湯炳正試圖理出《楚辭》編纂的不同階段以解決問題,但並無真憑實據,其用意似乎也是在維護屈原神聖的作者地位[②]。霍克斯的相關論述同樣缺乏有力證據,但却提出了一種關於“屈原派”的猜想,他提出:“此派當中,宋玉的成就最高且人所共知。”因此在那些不署名作品中,只列宋玉之名。霍克斯並舉《莊子》爲佐證,指出只有書中前幾篇爲莊周所撰,其他則是該“學派”的佚名哲學家所寫[③]。上文關於經傳結構的論述可對

① 《九章》的作者問題一直很複雜。問題的關鍵在於據記載揚雄(前 53—公元 18)曾有五篇《九章》仿作:“又旁《惜誦》以下至《懷沙》一卷,名曰《畔牢愁》。”見《漢書》卷五十七《揚雄傳》上,頁 3515。按今本《惜誦》至《懷沙》只有五首作品。湯炳正認爲《九章》作者不確定的原因在於揚雄時《九章》九首作品的編次與今本不同。見湯炳正《關於九章後四篇真僞的幾個問題》,《屈賦新探》,頁 124—138。

② 湯炳正對《楚辭》收集了不具名作品的解釋是:劉安愛好文學,集合文人著書、作《楚辭》。當時淮南都城壽春(今安徽壽縣)乃古時楚地,也許劉安有意收集當時仍然流傳的屈原作品。湯炳正《楚辭編纂者及其成書年代的探索》,頁 53—54。筆者只認同湯氏所言的劉安門客收集、仿作及潤色不具名的《楚辭》作品,但無實證顯示屈原就是二十五篇賦的作者。

③ Hawkes, *The Songs of the South*, 32:“Of this school Song Yu alone is named because he was the greatest and best-remembered of the ‘disciples’.”

此説作合理的解釋:“經”(《離騷經》)由“老師”屈原所寫,而“傳”(即《楚辭補注》目録中排列於《離騷》之後的作品)爲屈原的“弟子”及追隨者所作①。

“屈原否定論”雖早被學界所否定②,在《楚辭》學史上却記下了一筆。何天行在其發表於上世紀中葉的《楚辭作於漢代考》,認爲《楚辭》中包括《離騷》在内的所有作品均爲劉安所作③。雖然此説一直備受批評,但這種具爭議性的觀點促進了學者對《楚辭》作者問題的重新思考。何氏比較了《離騷》與《淮南子》的大量文本及其風格特色,毫無異義的是《淮南子》爲劉安所作(或劉安與門客合著)④。但何氏如此分析容易陷入自相矛盾的困局——持相反觀點的學者大可厲言正色地反駁:《淮南子》深受《楚辭》作品的影響⑤。另一位“屈原否定論”者爲廖季平。謝无量(1884—1964)在其《楚詞新論》中引述其説:“《離騷》首句‘帝高陽之苗裔’是秦始皇的自序,其他屈原的文章,多半是秦博士所作,《史記》‘始皇不樂,使博士爲《仙真人》詩,及行所游天下,傳令樂人歌弦之’。”⑥聞一多在指出廖季平之論的“驚人”和“捧腹”之餘,却提出了一個頗發人深省之論:

> 如《五變記》又曰:“[《素問》]《上古天真論》‘真人’‘至人’爲《楚辭》之師説,專爲道家神仙去世離俗之所本。讀《内經》而後《楚辭》之本旨明。”這樣就不容我們不接受了。任何讀《離騷》的人,只要肯平心

---

① 小南一郎在引述霍克斯的AB類分法之餘,另理出一種分法。霍克斯的A類指的是巫術禮儀主題類,B類則是詩人自述抒情類。Hawkes, *The Songs of the South*, 38:“those which are functional, explicitly shamanistic and in which the presence of the poet—if there is one-is unseen; and those which are personal, confessional or self-revelatory, in which the poet speaks to us in his own voice...”小南氏則分成三個創作階段:(一)楚辭文藝前期作品,包括《九歌》和《招魂》;(二)離騷時代作品,即《離騷》和《天問》;(三)楚辭文藝後期作品,即其他作品。見小南一郎《楚辞とその注釈者たち》,頁24—31。

② 首先提出屈原本人並不存在的是廖季平(1852—1932)。胡適(1891—1962)後來也認同這種觀點。見聞一多《廖季平論離騷》,見《神話與詩》,《聞一多全集》第1册,頁335—338;胡適《讀〈楚辭〉》,《胡適文存》第二册,頁91—97。

③ 何天行《楚辭作於漢代考》,頁21—22。

④ 同上,頁69—70。

⑤ 陳廣忠列舉了詳細證據證明《淮南子》受《離騷》影響。見《論〈楚辭〉與劉安〈淮南子〉之關係》,頁59—68。

⑥ 謝无量《楚詞新論》,頁12—13。

> 靜氣，忘掉太史公的傳，王逸以來的注，就《離騷》讀《離騷》，他的結論必與這相去不遠。可惜千餘年來没有人肯這樣讀《離騷》。[①]

漢武帝就是這樣一個讀者。他没有受到後出的傳和注影響，而是按照他讀《淮南子》的興趣思路去讀《離騷》，因此在讀完前者之後，馬上就想到同類的作品，命劉安上呈《離騷》傳（或賦）。

湯炳正梳理了《楚辭》編纂的不同階段，意外地促進了《楚辭》著作權的分化。他援引一個編纂通例，認爲《楚辭》的每個編纂階段完結時，編纂者在其編訂本末尾都加入了自己的作品，他指出宋玉、淮南小山、劉向與王逸都曾是《楚辭》不同階段的編纂者[②]。而《楚辭釋文》的作品排序（見表一），以淮南小山的《招隱士》置於不署名作品之後。而排列在《招隱士》之前的作品因不署名而留下了空白，使得後世學者能任意填上屈原的名字。司馬遷是首位認爲有些不署名作品的作者是屈原的人，它們包括：《懷沙》、《天問》、《招魂》和《哀郢》[③]。但耐人尋味的是，如果這些作品有確定的作者，爲何《楚辭釋文》和更早期的《楚辭》編纂者，以至於洪興祖，都採取謹慎做法，避而不寫屈原的名字？如上文所論，每首作品的《前序》都由後世注家補入，這位注家很可能是劉向而非劉安，序寫於屈原生活時代的兩百年後。總而言之，第一位編寫目録者（很可能是劉向）[④]並未標明這些作品的作者，後世的編纂者也不敢在作品標題下“填空”，根據臆斷而補入作者的名字。

爲了合理推斷這些作品的作者，有必要先根據《楚辭補注》的内容（見下表一）重構“古本”《楚辭》的目録。這個重構的目録反映了較早期《楚辭》目録的面貌，它早於王逸的《楚辭章句》甚至劉向收入《招魂》、《九懷》、《七諫》、及其《九歎》的本子。因此這個重構的“古本”《楚辭》目録並没有包括

---

① 聞一多《廖季平論離騷》，頁 338。
② 湯炳正《楚辭編纂者及其成書年代的探索》，頁 52。
③ 《史記》卷八十四《屈原賈生列傳》，頁 2487—2590、2503。
④ 馬王堆出土文獻没有任何作品集的目録，只偶爾提及劉向校書前的零星作者與篇名。見曉菡《長沙馬王堆漢墓帛書概述》，頁 40。

王逸與劉向的作品①。

表一　重構之漢代《楚辭》目録

楚辭目録	
	漢護左都水使者光禄大夫臣劉向集
離騷經第一	屈原
九辯傳第二	宋玉
九歌傳第三	
天問傳第四	
九章傳第五	
遠遊傳第六	
卜居傳第七	
漁父傳第八	
招隱士傳第九	淮南小山

據此,《楚辭》中不署名作品的作者的可能性有三:淮南小山、宋玉以及佚名作者。首先討論淮南小山。古代文獻中標題與作者排列常常與現在的署名方式"倒置",即先出正文後出標題,這個排列方式至晚在漢初時已

① 筆者認同湯炳正所言《楚辭》經歷過一段時間的編纂工作。湯炳正《楚辭編纂者及其成書年代的探索》,頁51。

如此,從馬王堆出土文獻可證。至於目録、作者名稱有時也出現在該作者所有作品的標題之後。《楚辭補注》中《九歌》與《九章》正是如此編排,即標題緊隨正文之後①。如果將這條原則用於重構的目録中,則“淮南小山”是列在“宋玉”之後的作品的作者。“淮南小山”是劉安幕下的文人集團,其名出現在《招隱士》篇名下,其《前序》試圖確定作品的作者:

> 《招隱士》者,淮南小山之所作也。昔淮南王安,博雅好古,招懷天下俊偉之士。自八公之徒,咸慕其德而歸其仁,各竭才智,著作篇章,分造辭賦,以類相從,故或稱小山,或稱大山,其義猶《詩》有《小雅》、《大雅》也。②

《詩經》中“大雅”與“小雅”分别指不同的音樂類型與創作背景③。“淮南小山”則代表一群人的寫作風格。以上引文也見於《淮南子》高誘序④。高誘所描述的“大山”、“小山”也可指代兩派學者:“諸儒大山小山之徒。”因此“淮南小山”形容的是劉安宮内的一群文人⑤。

有學者認爲淮南小山就是劉安本人。蕭統(501—531)在《文選》所收《招隱士》作者並非列作“淮南小山”,而是劉安⑥。這就是上文論述的經傳結構所見的師徒關係的體現:劉安是他的幕下文人的主子,因此《招隱士》的著作權歸他所有。所以“淮南小山”應該是具有劉安文風的一群文人,可能就是《楚辭》中不署名作品的作者。

但是,如果從目録的排列方式考察,則宋玉是這些不署名作品的作者。《藝文志》中《淮南内》以後是《淮南外》,《淮南内》下有一條注曰:“王

① 蔣驥(活躍於1713—1727)的《山帶閣注楚辭》也遵從這條原則。
② 《楚辭補注》卷十二,頁232。
③ 《詩集傳》卷九,頁1a,朱熹注。
④ 《淮南子》序,頁1。
⑤ 姜亮夫《楚辭通故》第2輯,頁203—206。
⑥ 《文選》目録,頁22a;卷三十三,頁20b。又見《唐鈔文選集注彙存》卷六十六,第二册,頁67。

安。"[①]這與上述的古籍編排方式相反——雖然《藝文志》這條注的作用是簡介作者而非僅列其名。後來一些文獻如《文選》、《文館詞林》和《古文苑》也都使用了同樣的方式列示作者[②]。例如《文選》的目録中,謝靈運(385—433)之名在其幾首詩題之前只出現一次。《廣弘明集》目録與《楚辭》編排方式最爲相似,兩部文集注明作者的體例完全一致[③]。《廣弘明集》目録的頁 13a/b(見附録三)可見如下兩例:[北]魏孝文帝(471—499 在位)與沈約(441—513)這兩個人名均只出現在各自的第一個收録作品篇題之下,而不再出現於其後作品篇題之下。這條規律更有力印證了宋玉就是那些《楚辭》不署名作品的作者。

但是,從上文所述《楚辭釋文》目録中確定作者的兩條原則看,將"淮南小山"或宋玉擬定爲《楚辭》不署名作品的作者的觀點,並非完全穩妥。於是我們提出第三種可能性:"不知作者"。"不知作者"這個標注用語只是偶爾見於《藝文志》,譬如天文、曆譜、五行、蓍龜等方面的書目中,有些條目只列書名而無作者姓名[④]。爲了説明《楚辭》作者佚名這個説法,我們再次引述湯炳正的觀點:

> 由《九歌》到《漁父》這一組作品,正是淮南賓客當時所搜集到的流傳於壽春乃至於廣大楚國舊城裏的屈原作品的一個集結。……凡是當時所認爲的是屈原的作品,幾乎全部被收入。[⑤]

雖然此説純屬推斷,但其中對搜羅佚作的不同階段的解釋頗爲有理。據此推定:《楚辭》這些不署名的作品來自民間,當初被採集時,作者不詳,因此採集者在作品標題下留下空白,這些空白在後世謄録時得以保留。大

---

① 《漢書》卷三十《藝文志》,頁 1741。

② 參見三種宋本《文選》目録:《六臣注文選》目録,頁 16a/b 等;《仿宋本胡刻文選》目録,頁 9b—10a、11b—12a;《日本足利學校藏宋刊明州本六臣注文選》目録,頁 16a/b 等。許敬宗(592—672)等《文館詞林》卷六六五,頁 1a/b。《古文苑》(九卷本)目録,頁 1a/b。

③ 釋道宣(596—667)《廣弘明集》目録,頁 17b。見附録三。

④ 《漢書》卷三十,頁 1763—1771。

⑤ 湯炳正《楚辭編纂者及其成書年代的探索》,頁 54。

概劉安獻呈武帝以前,《楚辭》所收作品就一直如此流傳。於是,後世的《楚辭》編纂者如實抄寫較早版本中的目録,而不敢貿然更改這些空白處,妄自“填空”①。

“不知作者”這個解釋似乎最爲合理。雖然有些文獻將宋玉定爲作者,例如嚴可均(1762—1843)在宋玉作品輯本的序言中持此説②,但這一點與視屈原爲作者一樣不可靠。儘管“淮南小山”和劉安在嚴可均所輯的《全漢文》中各有一首賦③,而《藝文志》亦記載了劉安及其門客都寫過許多篇賦(劉安寫過 82 篇,門客 44 篇),且描述劉安雅愛文學,並組織過數千名學者撰寫《淮南子》和作賦④,但如果因此而把他們視爲《楚辭》不署名作品的作者則純屬妄斷。據上文分析,採集《楚辭》作品的活動既由劉安主理,作者爲“佚名”之説最爲合理。

結語

有關《楚辭》作者的傳統看法,尤其以屈原爲作者這看法根深蒂固,絶少異議;但却有商榷餘地。屈原這個悲劇角色,變成了民族英雄,原先雖然只是個傳奇人物,但其地位早經提升甚至被神聖化,故此所有提出屈原是否存在、是否爲二十五篇賦的作者的懷疑觀點都很容易被否定。因此重新審視關於屈原神聖地位的傳統觀點注定吃力不討好。本文從《楚辭》的經傳結構分析,論證了屈原並非二十五篇賦的唯一作者,較穩當的説法是他僅僅寫過《離騷》。這種推斷與“屈原否定論”者的看法一樣缺乏有力證據,而且看似離經叛道;但反觀認爲屈原是二十五首賦的唯一作者這個觀點,根本也毫無證據。因此在對待這種問題時,宜先摒去民族感情的羈絆,

---

① 孫德謙讚揚劉向對文獻原貌十分慎重和尊重。他認爲古時的編纂者都沿襲寧可空白也不作纂改的傳統。劉向嚴遵原籍,絶不隨意纂改文獻,可謂文獻校勘者的模範。見《劉向校讎學纂微》,頁 16b—17a。

② 據文獻記載,宋玉作有十六篇賦,其中嚴可均輯録到十三篇,但這十三篇的作者問題仍然懸而未決。見《漢書》卷三十《藝文志》,頁 1747;《全上古三代秦漢三國六朝文》之《全上古三代文》卷十,頁 1a。

③ 嚴可均輯劉安《屏風賦》和淮南小山《招隱士》,見《全漢文》卷十二,頁 2a—3b,卷二十,有 8a/b。

④ 《漢書》卷三十《藝文志》,頁 1747,卷四十四,頁 2145;《楚辭補注》卷十二,頁 232。

以科學精神考察審視，視界不同，見解自是有别而且往往更加科學。

附録一：《楚辭補注》目録①

楚辭目録

班孟堅云始楚賢臣屈原被讒放流作離騷諸賦以自傷悼後有宋玉唐勒之屬慕而述之皆以顯名漢興高祖王兄子濞於吳招致天下娛游子弟枚乘鄒陽嚴夫子之徒興於文景之際而淮南王安都壽春招賓客著書而吳有嚴助朱買臣貴顯漢朝故世傳楚辭

漢護左都水使者光祿大夫臣劉向集

後漢校書郎臣王逸章句 一本云校書郎中後漢文苑傳云逸字叔師南郡宜城人元初中舉上計吏爲校書郎順帝時爲侍中著楚辭章句行於世

離騷經第一 屈原 釋文第一無經字

九歌第二 釋文第三 一本九歌至九思下皆有傳字

天問第三 釋文第四

九章第四 釋文第五

遠遊第五 釋文第六

卜居第六 釋文第七

漁父第七 釋文第八

九辯第八 宋玉 釋文第二

招魂第九 釋文第十

大招第十 屈原或言景差 釋文第十六

惜誓第十一 賈誼 釋文第十五

招隱士第十二 淮南小山 釋文第九

七諫第十三 東方朔 釋文第十二

哀時命第十四 嚴忌 釋文第十四

九懷第十五 王褒 釋文第十一

九歎第十六 劉向 釋文第十三

九思第十七 王逸 釋文第十七

按九章第四九辯第八而王逸九章注云皆解於九辯中知釋文篇第蓋舊本也後人始以作者先後次叙之爾鮑欽止云辨騷非楚詞本書不當録班孟堅二序舊在天問九歎之後今附于第一通之末云

① 《楚辭補注》（《四部叢刊》明仿宋本）楚辭目録，頁 1a—2c。

附録二:《楚辭釋文》重構目録①

楚辭釋文目錄

漢護左都水使者光祿大夫臣劉向集

後漢校書郎臣王逸章句

唐集賢院學士臣王勉釋文

離騷經第一 屈原

九辯傳第二 宋玉

九歌傳第三

天問傳第四

九章傳第五

遠遊傳第六

卜居傳第七

漁父傳第八

招隱士傳第九 淮南小山

招魂傳第十

九懷傳第十一 王褒

七諫傳第十二 東方朔

九歎傳第十三 劉向

哀時命傳第十四 嚴忌

惜誓傳第十五 賈誼

大招傳第十六 屈原或言景差

九思傳第十七 王逸

① 據附録一所提供的綫索重構。

附録三:《廣弘明集》目録[①]

廬山香鑪峯寺景法師行狀 齊虞羲
南齊禪林寺尼淨秀行狀 沈約
卷第二十四
沙汰僧徒詔 宋武帝
以僧顯爲沙門都統詔 魏孝文帝
立僧尼制詔
聽諸法師一月三入殿詔
令諸州衆僧安居講說詔
贈徐州僧統并設齋詔
歲施道人應統帛詔

廣弘明集目錄 十三

爲慧紀法師亡施帛設齋詔
述僧中食論 沈約
述僧設會論
問沙汰釋李詔 北齊文宣帝
答沙汰釋李詔表 北齊樊孝謙
弔道澄法師亡書 梁簡文帝
與東陽盛法師書 梁王筠
與汝南周顒書 梁釋智林
與舉法師書 梁劉峻
與皎法師書 梁王曼穎

① 《廣弘明集》(《四部叢刊》明仿宋本)目録,頁 13a/c。

王勃《入蜀紀行詩》研究

引言

王勃(650—676?)在他短暫的一生寫下的大量學術和文學著作,令中國文學史和學術史的學者們無不歎服①。這樣多産的原動力,主要來自展現自我才能以求引起朝廷關注的渴望,這種渴望的具體實踐,就是傳統上稱爲“干謁”的方式②。干謁的形式主要是向掌權的官員呈獻自己得意的作品,以求得青睞。上呈作品的體裁以詩、賦和頌爲主,由作者自己編成小

---

① 例見聞一多(1899—1946)《四傑》,載《唐詩雜論》,《聞一多全集》第3册,頁25。有關王勃著述的研究可參看拙著《王勃著述考録》,頁71—92。學者們普遍同意王勃終年二十七歲,但何林天認爲王勃起碼活到三十五歲。見何林天《論王勃》,頁92—96,又見其《重訂新校王子安集》,頁1—4。何氏所據文獻包括王勃《三月上巳祓禊序》及《游冀州韓家園序》,兩序分别記“永淳元年”(683)及調露元年(679)事。蔣清翊認爲兩序非勃所作,誤入勃集,見《王子安集注》卷七,頁210—212、222—224。何氏又據羅振玉(1866—1940)抄自日藏卷子本《王勃佚文集》中的一篇由王勃叔祖承烈所寫的《族翁承烈致祭文》上有“文明元年八月二十四日”(684),斷定王勃卒於是年。此説遭到質疑,見姚乃文《王勃生卒年考辨——兼與何林天同志商榷》,頁93—96;植木久行《初唐詩人王勃生卒年考:唐代詩人新疑年録(2)》,頁91—118,徐俊《王勃行年辨正》,頁330。

② 關於“干謁”的論述,可參看葛曉音《論初盛唐文人的干謁方式》,頁119—138;薛天緯《干謁與唐代詩人的心態》,頁1—16。有關王勃與當時其他文人的干謁詩,見拙著:Chan, “In Search of Jade: Studies of Early Tang Poetry,” 99—109。

集並上呈於有司。在王勃現存作品中我們發現了一些性質和作用上屬於干謁的作品,但却没有發現由作者自編的干謁集子。干謁活動儘管盛行於唐朝,但初唐的干謁詩集却没有一部流傳下來;現存最早的干謁詩是劉長卿(卒於 789 或 791)題爲《雜詠》的八首詩作,是詩人於至德元年(756)上禮部侍郎李希信之作①。

王勃干謁詩集並無傳世,這對於我們認識其創作概況及評價其作品藝術價值造成了障礙。王勃在其短暫生命中的關鍵時期編集了由三十首作品組成的一個詩集,題爲《入蜀紀行詩》,由於序文得以保存而詩作散佚,引起了學者們的注意。有學者猜測該小集的内容有可能散落在王勃的傳世文集中,然而由於缺乏證據,這個重要詩集的復原工作難以進行②。本文試圖通過對相關文獻和歷史背景的考證,對此詩集進行復原工作,並探討它的"社會能量"——即作品在其所處的特定歷史時期的地位和作用③。

王勃在《入蜀紀行詩序》中交待了他編訂該詩集的動機。從這篇序文可見王勃當時的情緒,透露了他何以"用宣行唱",以及爲何要把此行所作結集並展現給"好事者"。序文全文如下:

> 總章二年五月癸卯,余自常安觀景物於蜀。遂出褒斜之隘道,抵岷峨之絶徑,超玄谿,歷翠阜,追彌月而臻焉。若乃採江山之俊勢,觀

① 《全唐詩》卷一四八,頁 1521—1522。題解參見儲仲君《劉長卿詩編年箋注》,頁 105。

② 蔣清翊(十九世紀中葉至二十世紀初)僅推測了《易陽早發》的創作背景並推測這首詩"疑亦入蜀紀行之作",而没有其他推論。見蔣清翊《王子安集註》卷三,頁 91。下文對這首詩有論述。近年也有其他學者努力推定《入蜀紀行詩》的内容,如陶敏、傅璇琮《唐五代文學編年史:初盛唐卷》,頁 201;張志烈《初唐四傑年譜》,頁 121—122,文中提出現存的《入蜀紀行詩》並不完整。彭慶生在其新著中對王勃入蜀時期詩作作繫年,僅列四首爲《入蜀紀行詩》作品。見彭慶生《初唐詩歌繫年考》,頁 119—132。李海燕認爲《入蜀紀行詩》作品多已亡佚,並從王集中找出六首,定爲入蜀紀行之作。見李海燕《初唐詩的轉向:王勃"入蜀紀行詩"探析》,頁 116。張仲裁把王勃一些詩作繫在入蜀時作,但未提是否《入蜀紀行詩》的内容,繫年所據亦乏解説。見張仲裁《唐五代文人入蜀編年史稿》,頁 19—22。

③ 本文借用 Stephen Greenblatt 提出的"社會能量"(social energy)的提法,詳見 Greenblatt, *Shakespearean Negotiations*, 13-14。另有學者提出類似觀點,見 Jerome J. McGann, *A Critique of Modern Textual Criticism*, 81。

天地之奇作,丹壑爭流,青峯雜起,陵濤鼓怒以伏注,天壁嵯峨而橫立,亦宇宙之絶觀者也。雖莊周詫吕梁之險,韓侯怯孟門之峻,曾何足云?蓋登培塿者,起衡霍之心,游涓澮者,發江湖之思。況乎躬覽勝事,足踐靈區?煙霞爲朝夕之資,風月得林泉之助。嗟乎,山川之感召多矣。余能無情哉?爰成文律,用宣行唱,編爲三十首,投諸好事焉。①

文本的分離與重合

《入蜀紀行詩》在其早期文本流傳中經歷了一個分離的過程。"分離"(detachment)指的是某編者爲了將某作品編入一個不同的新的文本環境,而將該作品從原先的文本環境中移除的過程。這個過程使某個完整集子中的個别作品與其母體即原集分離,這些被移走的作品於是出現在與之原不相屬的文獻中。《入蜀紀行詩》所經歷的分離過程,不僅切斷了這個小集子中的作品與其統一主題的關聯,而且打亂了其原先所屬文獻系統的位置與次序。隨著文獻脈理被砍斷破壞,解讀作品的這些重要依據乃告丟失,解讀方式也必然受到影響。借用西方文獻學的一家說法:一個集子"一般根據其自身的排列方式展現文本,此排列方式由策劃與管理稿件的製作人來制定。"②這是説的文本的生命。在下文的討論中,筆者嘗試把散佚的《入蜀紀行詩》重構,試圖復原其手稿時期的形態,並據以探討王勃和他的預設讀者之間的關係。

首先嘗試理出王勃《入蜀紀行詩》分離過程的綫索。我們可以通過對宋蜀刻本唐人文集中的駱賓王(約626—684)文集的編排情況的考察,驗諸王勃作品。駱賓王去世後不久,郗雲卿在唐中宗(在位年份:684、705—710)的詔令下搜集並編訂了駱賓王的散佚作品③。他在此名爲《駱賓王文

① 《王子安集註》卷七,頁226—227。

② Stephen G. Nichols and Siegfried Wenzel, eds., *The Whole Book: Cultural Perspectives on the Medieval Miscellany*, "Introduction," 2: "[A collection] may well present its text(s) according to its own agenda, was worked out by the person who planned and supervised the production of the manuscript."

③ 郗雲卿《駱賓王文集原序》,載陳熙晉(1791—1851)《駱臨海集箋注》附録,頁377。

集》的輯本中把駱賓王的作品按體裁進行了如下分類：

表一 《駱賓王文集》目録

卷號	卷名	包含體裁
1	賦	賦
2—5	詩	詩
6	表啓	表和啓
7	啓書	啓和書
8	雜著	序和對策文
9	雜著	以"篇"命名的詩作和露布
10	雜著	檄、應詰、狀、祭文、挽歌①

《文選》和《文心雕龍》二書按文體編排的體例，成爲初唐時期文學文集編纂的重要指引②。我們推想楊炯(650—約694)在郗雲卿編《駱賓王集》同時期所編的《王勃集》的編纂體例與駱集相若，那麼，王勃的詩與其原屬的序也必定曾被楊炯分拆開來。初唐别集所收的序歸入"文"一類，而詩作則入"詩"類③。這樣的分拆編排方式不但《文選》如此④，更重要的是，初唐别集如盧照鄰(約634—約683)及駱賓王的集子亦如是。在初唐時期，作

① 本表資料根據宋本《駱賓王文集》目録，頁1a—5b。

② 《文選》是初唐文學活動的標準範本。見聞一多《類書與詩》，載《唐詩雜論》，頁3—4。有關《文選》和《文心雕龍》二書的問題分類比較，可參看 David R. Knechtges(康達維)，*Wen xuan or Selections of Refined Literature, Volume One: Rhapsodies on Metropolises and Capitals*，21-26。

③ 《文選》所收同一標題下的一組詩與詩序同列者如謝靈運(385—433)的《擬魏太子鄴中集詩八首》，《文選》卷三十，頁27b—33a。此外，同一詩人所作的同題詩歌通常排列在一起，而不收録詩序；因此無法得知這些詩是否有序文。《文選》中這種組詩的例子衆多，如郭璞(276—324)的《遊仙詩》(七首)、嵇康(224—262)的《贈秀才入軍》(五首)等。見《文選》卷二十一，頁23a—27b，卷二十四，頁8a—9b。

④ 除上注所列嵇康《贈秀才入軍》(五首)不知嵇熹是否有答詩外，張華與何劭的贈答詩亦由於《文選》只選録何劭贈詩一首，張華答的另一首何劭贈詩因此而散失。見《文選》卷二十四，頁8a—9b，10b—13a。關於張、何贈答詩的討論，參見拙文：Chan, "A Reevaluation of Chen Ziang's 'Manifesto of a Poetic Reform,'" 64-65。中譯本《陳子昂"詩歌革新宣言"新議》，見本書。

於同一特定場合的一組詩和一篇序,一般都是同時被抄録在同一張紙或絹布上的。但在編纂别集的過程中,它們却分别被置放於"詩"和"序"兩個部分中①。據此,王勃的《入蜀紀行詩》最初被編纂至别集時,其詩作與序文也必定分别被歸入這兩個文類中去。這樣的分割,使原來《入蜀紀行詩》文本結構所依存的社會能量(social energy)遭受破壞,這個原理成爲了本研究的理論依據。本文認爲《入蜀紀行詩》並未完全丢失,只是星散於王勃文集各處而已。

宋時流傳的王勃詩

弄清王勃作品在宋以前的流傳情况,是本項研究的一個必要步驟和基本工作。下表所見,是早期書目所載流傳於宋代的王勃作品的版本(除楊炯編的三十卷本外)的内容②:

---

① 宋本《駱賓王文集》所載的詩并序者,該序所帶的詩只有一首,故編者没有必要將二者分開,如《於紫雲觀贈道士并序》(頁 3a)、《浮查并序》(頁 4a/b)、《在獄詠蟬并序》(頁 5a/b)等是。王勃的《聖泉宴》詩輯自《文苑英華》(卷二四〇,頁 3b—4a);此詩與其序重合則始自項家達(1769 年進士)編《王子安集》卷三,頁 1a/b;蔣清翊因之,並注曰:"按《全唐文》,則以此序入駱賓王卷。"見《王子安集註》卷三,頁 78—79。這些詩與序流傳期間經歷過分離,後人重新拼合時則有張冠李戴之嫌。此序見於日本正倉院藏《詩序》(頁 115—116),是知唐時已定爲王勃所作。《文選》中序存詩佚的現象十分常見,如顔延之(384—456)與王融(467—493)的兩篇《三月三日曲水詩序》(《文選》卷四十六,頁 5b—10a,頁 10a—20b),但由於兩篇序文所序的詩没有一首收入蕭統的《文選》,因而散佚。詩與序分離的另一例子爲石崇(249—300)的《思歸引序》及《思歸引》一詩,前者收入《文選》卷四十五,頁 30b—31a,而後者則見歐陽詢(557—641)等編《藝文類聚》卷四十二,頁 765。《思歸引》的詩和序經馮惟訥(卒於 1572 年)輯録始得重新合併,見《古詩紀》卷四十,頁 9a—10a。

② 王勃集含二十卷或三十卷的問題一直没有定論。參見萬曼《唐集敘録》,頁 14。劉允濟(活躍於 690—705)爲一個早期的二十卷本王勃集作序,此本可能抄録自楊炯所編的本子,劉氏作序。見晁公武(活躍於 1165)《郡齋讀書志校證》卷十七,頁 830;馬端臨(約 1254—1323)《文獻通考》卷二三一,頁 1b,文中大量援引晁公武的論述。這兩部文獻中劉允濟之名均作劉元濟。初唐時勃集含三十卷的實證是抄録於公元 690 年或更早的手抄本,此抄本是楊炯原編本的增補本,即現存日本的兩個王勃作品唐抄本的最後三卷(卷二十八至三十),一個名爲《唐王勃集殘卷》,另一個收入中田勇次郎監修《唐鈔本》,頁 121—127。又見杉村邦彦解説《唐鈔本王勃集》,頁 5—38。關於王勃集各種日藏抄本的簡介,可參看道坂昭廣《論傳橘逸勢"詩序切"與上野本〈王勃集〉的關係》,頁 269—273。洪邁曰:"勃之文今存者二十七卷云。"見洪邁《容齋四筆》,載《容齋隨筆》卷五,頁 672。記載王勃集含三十卷的文獻有:藤原佐世(卒於 897 年)《日本國見在書目録》,頁 42a;《新唐書》卷六十《藝文四》,頁 1600;《舊唐書》卷四十七《經籍下》,頁 2075;《宋史》卷二〇八《藝文七》,頁 5330;王堯臣(1001—1056)《崇文總目》卷五,頁 341。關於王勃著述的論述,詳見拙著《王勃著述考録》,頁 82—84。

表二　各種書志所載宋代及以前流傳的王勃作品概況

文集名	所載書志(並卷頁)
新註王勃集十四卷	《日本國見在書目録》頁 49a
王勃詩八卷	《宋史·藝文志》208.5330
舟中纂序五卷	《宋史·藝文志》208.5332;《新唐書·藝文志》60.1618
雜序一卷	《宋史·藝文志》208.5330

據上表資料,可作如下概括。首先,通過對比這些宋本中所記的大量王勃詩和明刻本王勃集後發現,這些文集的内容在宋明之間經歷過嚴重的散佚。今存的大多數明本王勃集只有兩卷,而上表中僅"王勃詩"條目中就有八卷的内容[①]。可惜的是,這個八卷本除却《宋史·藝文志》著録外,再没有其他文獻可證實其存在。其次,《入蜀紀行詩》在宋朝以前已不再作爲一個單獨詩集的形式流傳,這大概是因爲王勃於咸亨二年(671)返回長安參選後達到了干謁的目的,隨著詩人結集上呈詮選官員的初衷的實現,詩集完成了其使命,便失去了它的敲門磚作用。復次,題爲《詩序》的作品集的流傳,體現了王勃的著作早在初唐時期結集時已按體裁分類分卷[②]。如上文所論,這種分類結集實際上就是一種分離的過程。從邏輯上講,這些編選集都取自楊炯的編訂本或其傳本,兩者之一必定被當作王勃文集的文

① 張遜業(1525—1560)是首位按作者排列並以上下兩卷重編詩集者,其《唐十二家詩》是十六世紀初一部同名詩集的修訂本,其依據應該是陳起(約 1174—約 1252)所編的宋代書棚本。見周勛初《唐十二家詩版本源流考》與《唐詩文獻綜述》,載《周勛初文集》第三卷,頁 177—179;第四卷,頁 292。但其實王勃詩作在書棚本中已按兩卷編排。本文參考的兩種書棚本複製本《王勃集》分别爲:"國家"圖書館(臺北)第 268 號膠片複製明嘉靖年間(1522—1572)本,以及現藏北京師範大學圖書館的清光緒二十一年(1895)江標刻本。這兩個版本完全相同,一定源自同一個母本。另有《唐四傑詩集》一種,所收勃集據説是最早的宋本,含王勃詩一卷,據説"是一個最古的本子"。筆者無緣得見。見萬曼《唐集敘録》,頁 15 引孫星衍(1753—1818)《平津館鑒藏書記》。萬曼對《宋史》王勃詩八卷的著録有所懷疑,認爲:"至於詩作,由於這個最古的四傑本尚存,雖然不能説全部保存下來,想來亡佚不多。至於《宋史·藝文志》於文集三十卷之外,又云王勃詩八卷,就不知所據而云然了。"

② 從這些序賴以保存的唯一殘本——《詩序》可知這是一部王勃所作的序的專集。拙見認爲《詩序》即王勃的《舟中纂序》。見拙著《王勃著述考録》,頁 85—86。

本複製源(copy-text)①。

然而到底有多少王勃的詩作在宋朝尚未散失？傳自楊炯所編的三十卷本王勃集或許一直流傳到明朝②,但它更有可能散佚於北宋。洪邁(1123—1202)在其《容齋四筆》中提到:“勃之文今存者二十七卷云。”③從這句話可以作兩方面推論。首先,如果我們認同王勃集含三十卷整,那麽洪邁未提及的其餘三卷就可能是韻文;據洪邁所説的上下文得知“文”字所指是非韻文作品。更重要的一點是,引文末“云”字透露了這條信息來自傳聞,大概洪邁並没見到過完整版的王勃集④。因此,當編纂《唐人絶句詩》時,洪邁只能從片段零星的資料中搜集王詩,其中部分資料就是從《入蜀紀行詩》傳承下來的⑤。

陳起刻印書棚本《王勃集》,時在十二世紀末至十三世紀初左右。該本分兩卷,收録的作品分别爲“詩”與“賦”⑥。稽之《宋史·藝文志》“王勃詩八卷”條目(見上表二),問題便複雜化了。陳起編訂唐人文集時,對每個詩人的傳世作品都必定作過全面搜集⑦,然而他的書棚本《王勃集》中只包含詩一卷。王勃詩八卷與陳起本詩一卷之間的差距並未有人作過分析。儘管葛立方(卒於1164年)在他的《韻語陽秋》中没有提及王勃作品的存佚狀

① “文本複製源”(copy-text)指後世對某個文獻的編修活動所主要依據的權威母本,這個詞彙爲 Ronald B. McKerrow 所創。見 W. W. Greg,“The Rationale of Copy-Text,” 19—36; rpt. in Robald Gottesman and Scott Bennett, eds., *Art and Error: Modern Textual Editing*, 17—36。另見 G. Thomas Tanselle, *Textual Criticism and Scholarly Editing*, 27—29; McGann, *A Critique of Modern Textual Criticism*, 24—28。

② 焦竑(1541—1620)著録王勃集三十卷。見《國史經籍志》,載《明史藝文志補編附編》卷五,頁1125。

③ 洪邁《容齋四筆》卷五,頁672。

④ 何樂士等《古代漢語虚詞通釋》,頁756。

⑤ 《萬首唐人絶句》是後改書名,此書宋時稱《唐人絶句詩集》。見陳振孫(約卒於1262年)《直齋書録解題》卷十五,頁450。此書明本每頁版口印有《唐人絶句》書名。

⑥ 有關陳起的《唐十二家詩》,見上頁注①。“書棚本”一詞源於陳起的書肆所在的“棚北大街”。見葉昌熾(1849—1917)《藏書紀事詩》卷六,頁66a;葉德輝(1864—1927)《書林清話》卷二,頁18a—31b。

⑦ 這是編訂某位文人作品的常見做法。從書名即可得知該書是個人選集,例如方回(1227—1307)《仇仁近百詩序》,《桐江續集》卷三十二,頁15a至16b。

況,但書中論述涉及的作品顯然是基於一個更爲完整的王勃詩集[1]。即便如此,却仍有三個未解決的問題。第一,三十卷本王勃集中有多少卷爲詩作?第二,《日本國見在書目録》著録的《新註王勃集》十四卷(見表二)所收録的内容是什麽?第三,在宋朝流傳的王勃詩作總數是多少?只能相對確定的是,書棚本《王勃集》中的詩卷,並非源自像葛立方所參照的那樣完整的版本,亦非洪邁所用的零星片段資料。陳起的這一卷詩可能源於楊炯編訂的三十卷王勃集中的三卷韻文的傳本,又或是《宋史·藝文志》中所載八卷王勃詩的殘餘。

後世王集的分類體系顯然都參照了陳起的書棚本,這對復原早期王集結構有著重大的意義。蔣清翊在他的《王子安集註》中没有對作品體裁進行分類,然而在蔣的底本即項家達的編訂本和其他更早的版本中,所有王詩確實都按體裁分類[2]。季振宜(1630—1674)在他的《全唐詩稿本》中删除了詩體分類的小標題(如"五言律詩"等),他肯定是首位採取這種模糊處理手法的編者[3]。因此季振宜《全唐詩稿本》所據底本中所收王勃之詩,很可能是按作品體裁分類的陳起書棚本王集的複製本(見附録二)。而陳起所用的底本應該也是按這種方法編排的。這些跡象進一步表明,早在陳起以前,《入蜀紀行詩》在分類體系中就已經歷過瓦解瓜分的過程。

版本流傳與編輯原則

洪邁的《唐人絶句詩》中收録了一些王勃的絶句,其排列次序與明代

---

① 葛立方提及的王勃詩包括《示知己詩》、《夢遊仙詩》、王勃登葛幘山而詠的一首詩、《述懷擬古詩》以及記夜宿仙居觀的《仙居觀》。這些詩中只有《夢遊仙詩》見於《王子安集註》卷三,頁70—71,這首詩另題爲《忽夢遊仙》。《述懷擬古詩》和《示知己》則據葛書輯入,見《韻語陽秋》卷十二,頁579。

② 項家達編《王子安集》。此外,最早的版本有《唐五十家詩集》,陳尚君證實編於十六世紀初,見陳尚君《明銅活字本〈唐五十家詩集〉印行者考》,載其《唐代文學叢考》,頁244—247。其他按體裁編排的明初詩集包括:朱警的《唐百家詩》(1540年序);張明的《唐四傑集》(1548年);張遜業的《土勃集》(1552年)等。

③ 删除詩體分類的小標題的證據見於錢謙益(1582—1664)、季振宜《全唐詩稿本》,頁923、925、929、934、948、957等。這些小標題的删除根據是季振宜爲免新輯録的詩作在詩體分類上與原有作品不能相合。聯經影印的《全唐詩稿本》是最早的版本,它包含各種文獻的剪貼頁,並有季振宜手書注釋、塗寫和增補的内容等。見佟培基《〈全唐詩〉工作底本探秘》,頁203—210,特别是頁203—204、205—206。見附録二書影。

輯本王勃集有很大的差異,後者很可能依據陳起書棚本傳本編次。以下討論,將分析洪邁的《唐人絶句詩》,窺探宋末王勃詩作的流傳情況;進而透過《唐人絶句詩》與明輯本王集之間的差異,尋繹《入蜀紀行詩》的離合概況。宋朝殘存的王勃詩的排列順序,勾勒出王勃入蜀的行程,這些殘存作品也許就是洪邁書中賴以編成王勃詩的主要參考資料。《唐人絶句詩》中王勃絶句的順序按體裁及主題編排,如下表:

表三 《唐人絶句詩》中的王勃絶句

詩作	主題
七言絶句	
(卷四)	
《秋江送别二首》	友誼
《寒夜懷友雜體二首》	友誼
(卷五十四)	
《蜀中九日》	九日
五言絶句	
《他鄉敘興》	興
《夜興》	興
《臨江二首》	興
《江亭夜月送别二首》	送别
《别人四首》	送别
《贈李十四四首》	送别
《早春野望》	郊野
《山中》	郊野
《冬郊行望》	郊野
《寒夜思友三首》	離别、羈遊
《始平晚息》	羈遊
《扶風晝届離京浸遠》	羈遊
《普安建陰題壁》	羈遊

（續表）

詩作	主題
（卷二十三）	
《晚届鳳州》	羈遊
《羈春》	春思
《林塘懷友》	春思
《山扉夜坐》	春思
《春莊》	春思
《春遊》	春思
《春園》	春思
《林泉獨飲》	春思
《登城春望》	春思

洪邁編纂《唐人絶句詩》分兩個階段進行。第一階段，抄録了約五百四十餘首詩作。第二階段，爲了集齊一萬首詩，洪邁在上述五百四十首的基礎上，在唐人文集、傳記野史中搜尋詩作①。這兩個階段的工作爲此書所收的王勃詩的情況提供了最合理的解釋——王詩分入兩個部分，各自包含了一些五言絶句和一些七言絶句。而更重要的是，兩步的編收工作致使《晚届鳳州》一詩（下列表四與表五中第十四首）被置於一個尴尬位置。我們的解釋是：該詩可能出現在洪邁所見王集殘本的最末處，洪邁第一階段編纂時並未選録。

這個細節關乎早期王集詩歌的排列順序，但它在重編的宋本王集與明輯本王集裏面却被湮没了。這兩個版本系統中的詩歌編排發生過兩方面的改易：第一，這些晚出的版本中原屬《唐人絶句詩》卷二十三的内容置於原屬《唐人絶句詩》卷八之前；第二，《九日》出現在原屬《唐人絶句詩》卷八内容之末。這種新的編排順序早於書棚本時已經出現，並在其版本譜

① 洪邁《萬首唐人絶句詩序》、《重華宫投進劄子》，見《唐人絶句詩》序，頁 1a—2b。

系中沿襲繼承。儘管書棚本的編者陳起與洪邁是同時代人[①]，雖然洪邁曾於 1192 年將其《唐人絶句詩》獻予皇帝，但洪邁顯然並没有參考過陳起的版本；同樣，陳起似乎也没有見過或者至少並不認同洪邁這部集子。陳起和洪邁也許都接觸過同一個早期王集殘本，這可能就是《入蜀紀行詩》或是據以抄成的本子，但陳起却倒置了洪邁的《唐人絶句詩》卷八與卷二十三的順序。這種現象稱爲"錯簡"（原指竹簡順序的錯置），詳見下表：

表四　洪邁《唐人絶句詩》卷八、卷二十三中王勃詩的順序

（從右至左看；雙豎綫表示卷與卷間接續處）

22	21	20	19	18	17	16	15	14	13	12	11	10	9	8	7	6	5	4	3	2	1
登城春望	林泉獨飲	春園	春遊	春莊	山扉夜坐	林塘懷友	羈春	晚届鳳州	普安建陰題壁	扶風晝届離京浸遠	始平晚息	寒夜思友三首	冬郊行望	山中	早春野望	贈李十四四首	别人四首	江亭夜月送别二首	臨江二首	夜興	他鄉敘興

表五　陳起書棚本王勃集卷下王勃詩的順序

（從右至左看；各詩的序號與表四一致）

13	12	11	10	9	8	7	6	5	4	3	2	1	22	21	20	19	18	17	16	15	14
普安建陰題壁	扶風晝届離京浸遠	始平晚息	寒夜思友三首	冬郊行望	山中	早春野望	贈李十四四首	别人四首	江亭夜月送别二首	臨江二首	夜興	他鄉敘興	登城春望	林泉獨飲	春園	春遊	春莊	山扉夜坐	林塘懷友	羈春	晚届鳳州

《文苑英華》（以下簡稱《英華》）並未收録這二十二首詩，這反映了這些詩歌只在某個文獻譜系中流傳，《英華》的編者並不曾見到[②]。從下引劉克

① 陳起曾出版洪邁的《容齋三筆》十六卷。見葉德輝《書林清話》卷二，頁 26b。

② 《晚届鳳州》（第 14 號），他本有作《晚留鳳州》者；陳起和洪邁本則相同，顯然參考了來自同一母本或其子本。

莊(1187—1269)語,可以得知洪邁編纂時確實忠於他所見到的殘章斷簡:

> 野處洪公編《唐人絶句》僅萬首,有一家數百首並取不遺者,亦有複出者,疑其但取唐人文集雜説,令人抄類而成書,非必有所去取也。[1]

這既反映了洪邁忠實於原材料,也可見他在搜集王勃詩的過程中,無法接觸到更完整的原文如上文論及的《韻語陽秋》等。由於洪邁的《唐人絶句詩》是上呈皇帝的集子,民間不易見到,其流傳廣度當然没法跟陳起的書棚本相比,因此後人編排王勃詩時皆以陳本爲準。

在表五陳起本中,第 11 至 13 首詩與第 14 首分開了,出現了内容上的斷裂。因爲這四首詩的内容主題統一,而且與王勃的入蜀行程一致(見附録一地圖)。而表四中所見洪邁將這四首詩編排在一起,這四首詩很可能直接從某個文獻截取出來,因此洪本反映了它和它所據版本中的詩歌的最終編排順序[2]。如上文所述,王勃自編《入蜀紀行詩》,有其特定的預設讀者,以達到干謁目的,因此這部小集必然按照序中所言入蜀的行程排列。雖然有些情況下,活得較長的詩人會按繫年重編自己的作品,而選録並不以作品性質或主題的順序排列[3],但對於王勃這位英年早逝的詩人而言,當干謁目的達到後,他大概没有興趣或機會對此小集進行重編工作。

由於《入蜀紀行詩》是爲了一次干謁而編成的集子,之後出於他人之手的所有修訂活動都必然會改變由王勃編此詩集的原意所産生的排列順序。第 13 首與第 14 首詩之間的確存在地理上的不合理跳躍,這個不合理

---

① 馬端臨《文獻通考》卷二四九,頁 1961c 引劉克莊語。

② G. Thomas Tanselle 引述 W. W. Greg 的觀點,將“最終意向”(final intentions) 定義爲:“在文本重編中所反映的作者對於其作品面世時的版本面貌的最終意願(the reconstruction of a text representing the author's final wishes about the version of his works to be presented to the public)。Tanselle, *Textual Criticism and Scholarly Editing*, 28. 另見 McGann, *A Critique of Modern Textual Criticism*, 132—133, n. 13。

③ 詳參 Ian Jack, “A Choice of Orders: The Arrangement of the ‘Political [sic] Works,’” in Tanselle, *Textual Criticism and Scholarly Editing*, 129—130。

現象可以通過假設王勃回長安前暫留鳳州得到解釋(論見下文)。

明人趙宧光(1559—1625)與黄習遠在修訂洪邁的《唐人絶句詩》的同時,也破壞了該書所收詩作原來的順序。雖然二人依照洪邁本的順序,但在所收的兩部分王勃詩之間加入了《九日》一詩[①]。這首詩的竄入可能是由於兩人受到當時佔主導地位的書棚本的影響,書棚本王勃集中《九日》出現在《普安建陰題壁》之後(表四、表五中第13首)[②]。這些零星詩作的摻入造成了作品次序的錯置,形成了新版本中所呈現的詩歌排列順序,因而本來緊接於第11至13首的第14首詩,在後來的王集中被調到遠處去了。

王集詩作排列順序所經歷的人爲破壞,當然還有其他不明因素和情況,導致了原有順序的改易以及詩作本身的散佚。但如果僅僅依靠這些基於書棚本的明清輯本,則難以重構《入蜀紀行詩》的原貌。因此,在現有的條件下,洪邁的版本爲重構王詩的次序提供了可靠的綫索。

《入蜀紀行詩》三十首

《入蜀紀行詩》究竟包括什麽作品?本研究根據三方面原則嘗試復原《入蜀紀行詩》的内容,即傳記資料、地理文獻以及詩題命名結構。

王勃在其短暫的一生中只到過蜀地一次,時在總章二年(669)到咸亨二年(671)年之間。因此他在蜀地所寫的作品都只可能寫於這次旅途上[③]。此外,從《入蜀紀行詩》大部分作品所表現的王勃當時的心情,都可見他痛苦的經歷以及新的仕途目標。王勃"年未及冠,應幽素舉及第"(《舊唐書》本傳),"對策高第,年未及冠,授朝散郎"(《新唐書》本傳)。王勃十七歲那年,官位從七品;隨即又爲沛王李賢(602—669)徵爲侍讀(正六品)。總章二年(669)春,王勃遭遇人生中的重大挫折,因爲他寫了《檄英王雞》這

① 趙宧光、黄習遠《萬首唐人絶句》卷一,頁13b。

② "竄入者"(intruder)的概念引自 Ian Jack,"A Choice of Orders," 142-143,指原不屬某個按繫年排列的詩集、後來增補收録的作品。

③ 見陶敏、傅璇琮《唐五代文學編年史:初盛唐卷》,頁201—203、206—210、213—215;劉汝霖《王子安年譜》,頁124—127;王氣中《王勃在四川的創作活動——兼論唐初的士風和文風》,頁73—86。

篇遊戲文章,觸怒了高宗(649—683 在位),高宗下令革除王勃職務,將其逐出沛王府。兩個月後王勃啓程前往蜀地[①]。儘管王勃的入蜀行程並無文獻記載,據唐代地理研究的成果,他從長安至蜀的行程共有三條可能的路綫;而且這三條路綫相距不遠[②]。

必須注意的是,王勃早年已致力於寫干謁作品呈獻給高官。劉祥道(596—666)、賀蘭敏之、沛王李賢甚至唐高宗都欣賞他的干謁詩,筆者在一篇論文中論述過他現存的作品中,仍能找到他在不同場合呈獻干謁作品的證據[③]。他自蜀地回到長安後隨即參加官員考詮,並致力於干謁,向官員呈獻著作,其對象包括絳州司馬、明員外、李敬玄(615—682)以及裴行儉(619—682)等等。其中裴、李二人當時掌管詮選,角色尤爲重要[④]。在這種歷史背景下,《入蜀紀行詩》的抄寫呈獻,其主要作用在於開達王勃的仕途。因此,他所呈獻的干謁詩的一個重要"任務",就是表現自己嚴格遵守儒家規範如"詩言志"、"怨而不怒"、"哀而不傷"等,並且要顯露個人寫作技巧,藉以贏取高官青睞[⑤]。

王勃在《上吏部裴侍郎啓》中批評官員考核過度强調詩賦寫作[⑥],這一點似乎與他上呈《入蜀紀行詩》的舉動相矛盾。但只要看看《入蜀紀行詩》(見以下重構内容篇目),即可見其鉛華盡洗的平實語言與抒情特點,都很

---

① 見拙著:Chan,"Dedication and Identification in Wang Bo's Compositions on the Gallery of Prince Teng," 230–231。中譯本《王勃滕王閣作品中的主客問題和人物關係》,見本書;張志烈《初唐四傑年譜》,頁 103、119—121。

② 馮漢鏞《唐五代時劍南道的交通路綫考》,頁 45—46;另見嚴耕望《唐代交通圖考》,頁 1178—1179,地圖四。

③ 見拙著《王勃著述考録》,頁 79—82。

④ 見拙著:Chan,"Literary Criticism and the Ethics of Poetry: The 'Four Elites of the Early Tang' and Pei Xingjian," 165–166;中譯本《初唐四傑"華而不實"辨》,見本書。駱祥發對王勃獻裴行儉的《上吏部裴侍郎啓》(《王子安集註》卷四,頁 128—133)一文有另一種理解,認爲王勃對爲官的看法有很大的轉變,對裴行儉徵索詩文,並没有上呈文學作品,反而"對裴行儉的選人之道直言不諱地提出批評",並獻呈《古君臣贊十首并序》,"以表明自己的心跡"。見駱祥發《初唐四傑研究》,頁 101—102。道坂昭廣也注意到王勃上呈了不同的作品,並認爲王勃自蜀歸來後人生目標有所不同,希望博得朝廷官員如裴行儉和李敬玄的青睞。見道坂昭廣《王勃試論——その文學淵源について》,頁 39—40。

⑤ 見拙著:Chan,"In Search of Jade: Studies of Early Tang Poetry," 99–109.

⑥ 《上吏部裴侍郎啓》:"伏見詮擢之次,每以詩賦爲先,誠恐君侯器人於翰墨之間,求材於簡牘之際。"見《王子安集註》卷四,頁 131—132。

好地表現了與"詩言志"一致的端莊得體的風格。這些特點使得王勃給人以"懷真藴璞者"以及其才華不應該被埋没的印象。在《入蜀紀行詩》所收作品中,王勃反復以懷鄉之感情緊扣其理想幻滅的心緒,這個統一的主題與其重歸政壇的動機吻合。這些寫在漂泊路上的作品,圍繞著試圖超脱於哀傷,自我安慰以及新希望的主題①。其中一個例子是寫於旅途開初的《始平晚息》一詩:

觀闕長安近,江山蜀路賒。客行朝復夕,無處是鄉家。②

當時長安城是政治中心,而在詩中被描述成"家",因爲王勃被免職後前往蜀地,遠離長安。這種希望回到長安的心結隨著距離增加而更加難解,構成了《入蜀紀行詩》的主旋律。王勃途經劍閣山區後,寫下了《普安建陰題壁》一詩:

江漢深無極,梁岷不可攀。山川雲霧裏,遊子幾時還?③

這首詩大致勾勒了王勃的行程,也反映了他憂慮的心情。從山上俯瞰,河流似乎無底。眼前山峰太高,似乎不可攀登,旅途的艱辛與雲霧的籠罩似乎縈繞不去。遊子何時可歸的問題既是實景所生的疑問,也是一個比喻——也許指代回到故鄉,也可能指代回到對昔日長安的職位。對其喻意的這種理解可在王勃的序中找到根據,他强調:"山川之感召多矣。余能無情哉?"情景交融是傳統儒家詩學的基本特點④。王勃在這首詩以及《入

① 見王氣中《王勃在四川的創作活動》,頁73—86。

② 《王子安集註》卷三,頁102。

③ 同上,頁10。

④ 尚定《走向盛唐》,頁164—167。余寶琳(Pauline Yu)認爲中國詩學體系中,"詩歌不僅發自個人内在情感,而是加以個人對大自然'叩問'所得的答案。因此,詩人的心靈在到達上述的精神空靈境界後,乃進入完全和諧的存在狀態"。(Poetry comes not from within himself alone but as an answer to his "knock" on nature, with which his mind, as a result of attaining the mental emptiness described above, exists in total harmony.) Yu, *The Reading of Imagery in the Chinese Poetic Tradition*, 36.

蜀紀行詩》其他作品中都做到了這一點，以達到向在上位者吐露心聲的目的。

(一) 最可能原屬於《入蜀紀行詩》的作品

詩中所涉地名以及行旅詩的體裁特點都是考訂作品是否原屬《入蜀紀行詩》的關鍵依據。王勃詩中提及的大部分地名提供了確鑿證據證明寫作時間及地點。從一些詩題的構詞特徵與命名方式可以確定這些作品是行旅詩，這是王勃明確表示的《入蜀紀行詩》的統一體裁。

第一組可能原屬於《入蜀紀行詩》的作品在地理方面勾勒了王勃的行程，且以"用宣行唱"爲目的。上文提到的《文選》是初唐文體學的權威，該書列出的四種典型行旅詩的類型如下：

表六 《文選》行旅詩詩題的四種命名方式

類型	命名方式	例子①
1	某地點作	潘安仁(潘岳)《河陽縣作》
2	動詞＋地點	謝靈運《入彭蠡湖》
3	地名	謝玄暉(謝朓)《敬亭山》
4	地點＋動詞(或場合)	謝玄暉《京路夜發》

王勃所有含蜀地地名的詩歌符合這些詩題類型的，共有十六首。這些詩很可能原屬於《入蜀紀行詩》，今以《王子安集註》的詩歌順序排列如下：

表七 最有可能原屬於《入蜀紀行詩》的作品及所屬行旅詩類型

詩題及其在《王子安集註》中的卷頁碼	類型(據表六)
1.《尋道觀》(3.79—80)	2
2.《散關晨度》(3.80)	4
3.《遊梵宇三學寺》(3.81—82)	2

① 表六例子均取自《文選》目録，頁 15a—16a。

（續表）

詩題及其在《王子安集註》中的卷頁碼	類型（據表六）
4.《麻平晚行》(3.82)	4
5.《觀佛跡寺》(3.85—86)	2
6.《八仙徑》(3.86)	3
7.《長柳》(3.89)	3
8.《深灣夜宿》(3.92)	4
9.《泥谿》(3.93)	3
10.《晚留鳳州》(3.96)	2
11.《始平晚息》(3.102)	4
12.《扶風晝屆離京浸遠》(3.102)	4
13.《普安建陰題壁》(3.103)	4(或 1)
14.《蜀中九日》(3.104)	4
15.《出境遊山》二首，詩題一作《題玄武山道君廟》(3.106—108)	2

表七所列詩作之原屬於《入蜀紀行詩》的提法，在一些相關的地理文獻中得到佐證，而王勃的行程也大致得以勾勒①。地名"長柳"（第 7 首）在《水經》作"長柳渡"，酈道元（466 或 472—527）沿用長柳渡之名，並指出此爲東漢太守李固（94—147）的墓碑所在地長柳村。長柳村位於漢水東面，褒斜道南端，王勃在序文中稱從長安取此道進發②。此詩可證王勃入蜀並未經過寶雞與鳳州（見第 10 首），而第 2 首與第 10 首應該寫於回長安途中。第 4 首詩題中"深灣"之名不見於各種地志，惟此詩《英華》題作"深渡"，此地名乃地書所載，是王勃旅途中的一站③。故當以《英華》爲是。

① 見張志烈《初唐四傑年譜》，頁 121—126、131—136、141—145；劉汝霖《王子安年譜》，頁 125（王勃入蜀地圖）。

② 《合校水經注》卷二十七，頁 7a 至 8a。長柳村的位置使重構王勃入蜀路綫變得複雜。王勃從長安入蜀，至褒斜道盡頭時應該不須要往東行，因爲蜀在西南方。馮漢鏞指出此地區有多條間道；那麼王勃必定選取了其中一條。見馮漢鏞《唐五代時劍南道的交通路綫考》，頁 45—46。另見嚴耕望《唐代交通圖考》，頁 863—865、1178—1179 地圖十四。

③ 嚴耕望《唐代交通圖考》，頁 882 引《宋史》、頁 225。嚴耕望認爲深渡是唐朝時的一個驛站，其推斷依據是陳沅遠《唐代驛制考》，頁 89，文中"深渡"作"深度"。第 9 首詩中的地名"泥谿"，聶文郁認爲在今江西省。見《王勃詩解》，頁 140。其實"泥谿"是唐時距離望喜驛西南三十至四十里的一個地方。見嚴耕望《唐代交通圖考》，頁 890—891，903。

其他相關地理文獻有助於決定第3、5、6首詩的背景。蔣清翊注引成書於初唐的《法苑珠林》曰:"唐蜀川漢州三學山寺,至隋開皇十二年,寺東壁有佛跡現,長尺八寸,闊七寸。"[①]地志載唐玄宗在位時(712—756)三學山名爲石城山,後來先後更名爲開照山、雲頂山及慈雲山[②]。宋朝時,山中有三座寺廟,分别爲法海寺、普濟寺以及廣濟寺[③]。然而"佛跡寺"(第5首)這一地名並不見於任何文獻。這一點可從兩方面解釋:或許王勃的詩保留了關於此寺原名爲"佛跡寺"這個珍貴的記載,儘管詩中描繪王勃到訪時寺廟已荒涼破敗;又或"佛跡寺"並非這座寺廟的專名,而只是三學山寺的一個分寺,王勃追尋佛跡後據以起名。薛能(卒於880年)的詩作印證了後一種解釋,他提到佛跡位於面對開照寺的懸崖上[④]。王勃詩(第3首)中"三學寺"之名比所有唐宋文獻都早,所指應該就是那座三學山區寺廟的名字[⑤]。

一些詩題下的注包含了絶無僅有的地理資料,爲王勃"紀行"進一步提供了證據。我們可以推斷這些注確爲王勃所寫,例如第9首詩的題下注以第一人稱記述了王勃訪友:"主人依山帶江。"此外,從第6首《八仙徑》的注,假定讀者按《入蜀紀行詩》中詩歌的排列順序閲讀,可知這首詩也寫於三學山,注曰:"寺南又有昌利觀,去寺可數里……"王勃詩中稱爲"寺"的寺廟僅有三學寺和佛跡寺,由此簡稱"寺"可知第6首原應編排在第3、5首後,因而無須於注文重複"寺"的全名。

第1首詩的注"尋道觀"在詩題下有注釋説明建寺情況:"其觀即昌利

---

① 《王子安集註》卷三,頁85。三學山位於金堂縣城東北十里處。見《資治通鑑》卷二五九,頁8427胡三省注。《法苑珠林》(T 2122)卷三十四,頁567b24—25、568a6,"漢州"作"簡州"。

② 曹學佺(1573—1646)記述三學山之佛跡及其地自隋唐起所植的柏樹。見曹學佺《蜀中名勝記》卷八,頁3a—5b,特别是頁3a引《名山志》及祝穆(十二世紀末至十三世紀初)《方輿勝覽》。

③ 《宋本方輿勝覽》卷六十五,頁6a/b。這條史料又載於兩部清代文獻:《嘉慶重修一統志》卷五八五,頁20b;《古今圖書集成》第107册,方輿彙編,職方典,卷五八六,頁53,此書引文也提到了佛跡。

④ 薛能的一些詩作提到靈龕驛、三學山和棲賢寺,見《自廣漢遊三學山》、《三學山開照寺》、《雨霽北歸留題三學山》,《全唐詩》卷五六〇,頁6498。

⑤ 隋朝高僧智炫有《遊三學山寺》一詩。見逯欽立輯校《先秦漢魏晉南北朝詩》,頁2774。

觀,而張天師居也。”[①]引文中的張天師一定是張道陵(卒於156年),他是蜀地五斗米道的創始人,被尊稱爲“張天師”。因此,對於有興趣瞭解這個道教神聖傳説的讀者而言,此詩的題下注實有導遊的作用。

依此邏輯,王勃以“觀”字開頭的詩——即《觀内懷仙》[②],可能屬於《入蜀紀行詩》之一;可是該詩的内容推翻了這個假設。金堂有一處漢朝隱士段羿的住所,後來成爲一座名爲“天慶觀”的道觀,當中有兩座塑像,一爲段羿,一爲名叫李真人者[③]。《觀内懷仙》的“仙”所指爲王烈,他是嵇康曾拜訪過的太行山(今河南省)中的隱士[④]。因此這首詩不屬於《入蜀紀行詩》。

第14、15號共三首作品作於蜀中玄武山。《蜀中九日》詩題的異名頗能佐證作品收録時的不固定狀態。此詩乃王勃與邵大震、盧照鄰同詠之作,唐、宋、明、清諸集所收勃詩的詩題異名有《九日升高》、《九日登玄武山旅眺》等[⑤]。王勃此詩從是次雅集衆作中分出而入於勃集,再次體現了文本分離與重合的過程(論見上文)。此詩記入蜀所見所感,其地理背景和内容情感與第15號二首相合。二首詩題《出境遊山》與異文《題玄武山道君廟》及詩内容均言異鄉之思。

(二) 其他可能原屬於《入蜀紀行詩》的作品

雖然以下所列詩題與表六所列行旅詩的四種類型一致,但這些詩屬於《入蜀紀行詩》的可能性稍次於上一類,因爲地理文獻記載闕如,而且與王勃入蜀聯繫不大。此外,初唐類書《藝文類聚》所收“行旅詩”作品的詩題有不限於上述四種命題形式者,這些詩題並不只涵蓋羈旅主題,亦可歸類

---

① 見 Isabelle Robinet(賀碧來), *Taoism: Growth of a Religion*, 55。《元和郡縣圖志》卷三十一頁779載金堂縣十里處有一座昌利山。據曹學佺記載,昌利山上有一座延祥觀,但觀名是開元年間(713—742)金堂縣令武捷所起。《蜀中名勝記》卷八,頁3a。

② 《王子安集註》卷三,頁88。

③ 《蜀中名勝記》卷八,頁1a。

④ 見拙著:Chan, “Ruan Ji's and Xi Kang's Visits to Two ‘Immortals,’” 147—149。中譯本《阮籍、嵇康尋“仙”考論》,見本書。

⑤ 玄武山在梓州玄武縣東二里。見《元和郡縣圖志》卷三十三,頁843。在今四川中江縣城東。《蜀中九日》的詩題異名見本文附録三之“七言絶句”部分。《王子安集註》據項家達本《王子安集》(卷三,頁1a/b)補入《聖泉宴》并序,蔣清翊注:“按《全唐文》則此序入駱賓王卷。”按:此序見於日藏正倉院抄本《詩序》(頁115—116),知唐時定爲王勃所作。

於《文選》中"祖餞"和"贈答"等類别中[1]。這樣靈活的分類有助推斷以下詩歌可能從《入蜀紀行詩》中分離出來,因爲詩中的懷鄉之情與挫敗感十分明顯。

16.《聖泉宴》(3.97)
17.《别薛華》(3.80—81)
18.《重别薛華》(3.81)
19.《山居晚眺贈王道士》(3.86)[2]
20.《羈遊餞别》(3.91)
21.《易陽早發》(3.91)
22.《林塘懷友》(3.96)
23.《山扉夜坐》(3.97)
24.《林泉獨飲》(3.98)
25.《登城春望》(3.98)
26.《他鄉敘興》(3.98)
27.《臨江二首》(兩首;3.98—99)
28.《江亭夜月送别二首》(兩首;3.99)
29.《早春野望》(3.101)
30.《山中》(3.101)[3]
31.《冬郊行望》(3.101)

第16號《聖泉宴》的背景見上文。此詩寫宴會場景,詩題亦非紀行,故入此類。第17、18兩首則較可能屬於《入蜀紀行詩》。薛華即薛昇華,名薛曜(活躍於699年左右)。這兩首詩作於王勃兩次送别薛華席上,後者出現

① 《藝文類聚》卷二十七,頁484—489。
② 張志烈認爲第19首詩與上文的《觀内懷仙》均寫於蜀。見《初唐四傑年譜》,頁132。
③ 張志烈將第27、28和30首詩歸爲王勃此行作品,作於咸亨二年(671)初秋。見《初唐四傑年譜》,頁143—144。王氣中認爲第29首寫於王勃在成都準備回長安時。見《王勃在四川的創作活動》,頁81。

了蜀地名。詩曰：

《别薛華》

送送多窮路，遑遑獨問津。悲涼千里道，悽斷百年身。心事同漂泊，生涯共苦辛。無論去與往，俱是夢中人。

《重别薛華》

明月沈珠浦，秋風濯錦川。樓台臨絶岸，洲渚亘長天。旅泊成千里，棲遑共百年。窮途惟有淚，還望獨潸然。

總章二年(699)秋，王勃出遊至綿州州治巴西，在一次聚會中送别薛華並作《别薛華》。王勃爲該聚會寫下《秋夜於綿州群官席别薛昇華序》，此序很早便與《别薛華》一詩分離[1]，但這一序一詩的重新併合並無疑問，因爲王勃入蜀期間與薛華相聚的時間甚短。

《重别薛華》作於王勃於咸亨元年(670)秋在成都參加的另一次聚會[2]。這個繫年根據是詩中第二句的“錦川”。“錦川”指成都一條以濯錦聞名的河。因此成都又名“錦官城”[3]。

這兩首詩得以保留的原因可能是收編於《入蜀紀行詩》，而不是因爲被選録自兩次餞别薛華的宴會各賓客所寫的詩作中。《英華》中這兩首詩的題目則分别爲《秋日别薛昇華》以及《别薛昇華》[4]，這些異名反映了遊宴詩被選録時，詩題的不定型的狀態。“重”字可能後來被加上以識别兩次聚會。詩題的差異説明這些詩歌至少被兩度選録並重新命名，其中一次爲王勃自編《入蜀紀行詩》。

儘管蔣清翊等學者都認同第21首詩《易陽早發》“疑亦入蜀紀行之

① 《王子安集註》卷九，頁263—264。

② 張志烈《初唐四傑年譜》，頁134—135。

③ 《合校水經注》卷三十三，頁6a。另見《王子安集註》卷三，頁81，蔣清翊注引《益州志》。

④ 《文苑英華》卷二八六，頁4b。

作"[1],但筆者尚未找到任何相關證據。蔣清翊認爲"詩非易縣風景",按:"易陽"謂易水之陽,易縣在今河北省。蔣氏的質疑雖然表面有理,但試問他如何得知唐朝時易縣的風景如何?至於"易陽"的異文"邑楊",見《英華》,但《英華》並未明示其可信出處,而"邑楊"一名亦不見於任何地志文獻的記載。因此此首只能存疑。

結語

以上復原的《入蜀紀行詩》這個詩歌小集是一個重要的干謁詩集的實例,如王勃自序所言,它揭示了當時詩人如何上呈作品,使之流傳,以求賞識。通過這部詩集王勃顯示了他的文學才能,更重要的是表達了他對結束羈旅生活並重獲政治地位的渴望。學者對中唐行卷之風早有研究,而王勃自編干謁詩集則至少早一百年,却鮮有探討[2]。《入蜀紀行詩》以及王勃與其他同期文人編纂上呈的作品,表明了詩是干謁的主要體裁[3]。長久以來,由於缺乏實際的干謁詩集證據,削弱了人們對初唐政治情況對文人的衝擊以及文壇文化特色的瞭解。儘管本研究所復原的《入蜀紀行詩》未臻完善,但詩中的統一語調和情感,含蓄而巧妙地表現了詩人打動讀者的明確目的。本文甄選的三十三首詩作較有可能原屬於《入蜀紀行詩》,大體能重構王勃這位少年失意落拓的詩人的精神狀態,對仕途雖然患得患失,但又要保持樂觀向上的鬥志,希望在位者能加以提攜,這正是唐代干謁文化的最典型的表現。

---

① 《王子安集註》卷三,頁 91;陶敏、傅璇琮《唐五代文學編年史:初盛唐卷》,頁 201。

② 關於唐朝的行卷之風的討論,較少提到初唐的情況,行卷當是天寶以後盛行之風。較具代表性的研究有程千帆《唐代進士行卷與文學》,梅維恒(Victor H. Mair),"Scroll Presentation in the T'ang Dynasty," 35—60。除了王勃的干謁和"行卷",另有一條關於陳子昂的野史記載與王勃的情況類似:陳子昂居長安十年,才華一直無人賞識;但當他獻作品予"好事者"後,"一日之内,聲華溢都"。見《太平廣記》卷一七九,頁 1331 引《獨異志》。

③ 如駱賓王上呈了《帝京篇》予裴行儉。見拙著:Chan,"In Search of Jade: Studies of Early Tang Poetry," 130—140, 270—291。駱賓王還上呈了《詠懷古意》詩。見《駱臨海集箋注》卷一,頁 1—31,卷四,頁 110—112。有關王勃上呈高官的作品,見拙著《王勃著述考録》,頁 79—82。

附録一:王勃入蜀位置圖①

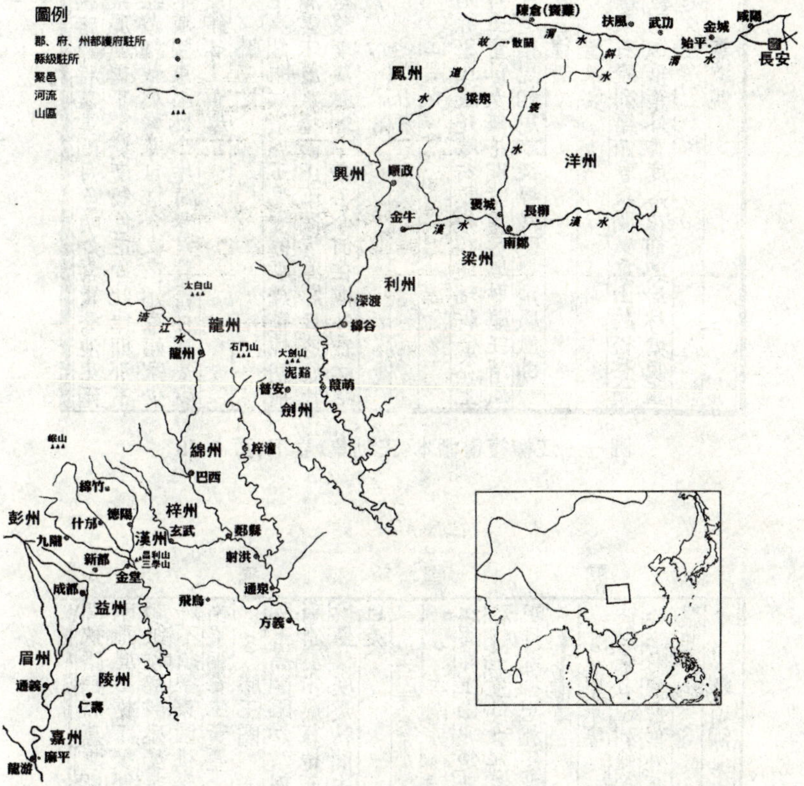

附録二:陳起書棚本《王勃集》與季振宜《全唐詩稿本》所收王勃詩比較

本附録以書影兩幅説明三個重要問題。第一,季本以陳本爲底本,但二者有差異,如:陳本版心的"黑魚尾"季振宜改爲"白魚尾";此外,季本補

---

① 此地圖根據譚其驤《中國歷史地圖集》第五册頁 52—53、65—66 修訂。

全了左頁第七、八兩列的空缺處等等。第二，季振宜最先删除詩體類别的小標題。第三，季本有對出處與異文的手寫標注及改動。

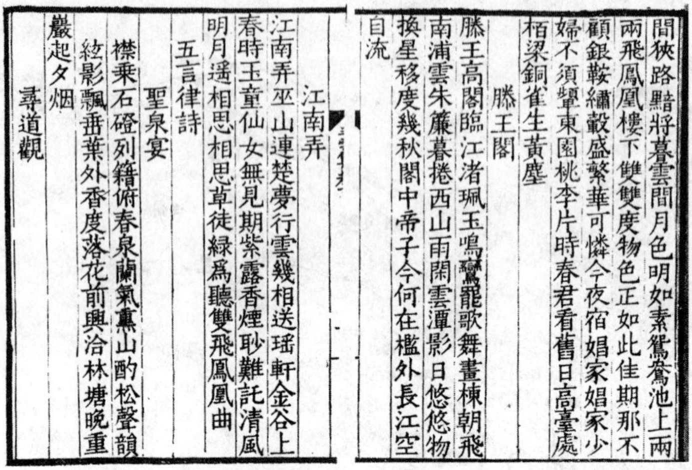
間狹路黯將暮雲間月色明如素鴛鴦池上兩
兩飛鳳凰樓下雙雙度物色正如此佳期那不
顧銀鞍繡轂盛繁華可憐今夜宿娼家娼家少
婦不須顰東園桃李片時春君看舊日高臺處
栢梁銅雀生黃塵
滕王閣
滕王高閣臨江渚珮玉鳴鸞罷歌舞畫棟朝飛
南浦雲朱簾暮捲西山雨閑雲潭影日悠悠物
換星移度幾秋閣中帝子今何在檻外長江空
自流
江南弄
江南弄巫山連楚夢行雲幾相送瑤軒金谷上
春時玉童仙女無見期紫露香煙眇難託清風
明月遙相思相思草徒綠為聽雙飛鳳凰曲
五言律詩
聖泉宴
襟乘石磴列籍俯春泉蘭氣熏山酌松聲韻
絃影飄番葉外香度落花前興洽林塘晚重
巖起夕烟
尋道觀

圖一　江標複書棚本《王勃集》卷下，頁 6a/b

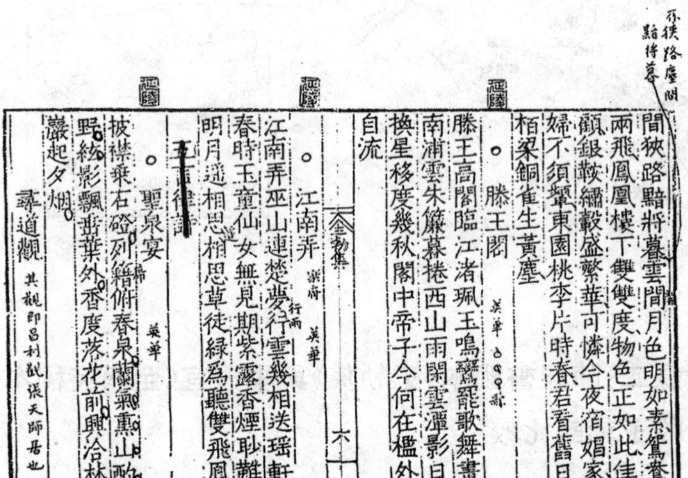
間狹路黯將暮雲間月色明如素鴛鴦池上兩
兩飛鳳凰樓下雙雙度物色正如此佳期那不
顧銀鞍繡轂盛繁華可憐今夜宿娼家娼家少
婦不須顰東園桃李片時春君看舊日高臺處
栢梁銅雀生黃塵
滕王閣
滕王高閣臨江渚珮玉鳴鸞罷歌舞畫棟朝飛
南浦雲朱簾暮捲西山雨閑雲潭影日悠悠物
換星移度幾秋閣中帝子今何在檻外長江空
自流
江南弄
江南弄巫山連楚夢行雲幾相送瑤軒金谷上
春時玉童仙女無見期紫露香煙眇難託清風
明月遙相思相思草徒綠為聽雙飛鳳凰曲
五言律詩
聖泉宴
披襟乘石磴列籍俯春泉蘭氣熏山酌松聲韻
野絃影飄番葉外香度落花前興洽林塘晚重
巖起夕烟
尋道觀　其觀即呂村觀張天師居也　英華

圖二　《全唐詩稿本・王勃集》，頁 6a/b

附録三：王勃現存詩作的文獻來源

詩題①	文獻來源及異文（如有）
【四言古詩】	
《倬彼我系》（勃兄勵序）	姚鉉（968—1020）《唐文萃》11.11a—12b
【五言古詩】	
《上巳浮江宴韻得阯字》	《英華》214.3b，作《上巳浮江宴韻得遥》
《春日宴樂遊園賦韻得接字》	《英華》214.4a，作《春日宴樂遊園賦韻得接》
《山亭夜宴》	《英華》315.2a，作《山庭夜宴》
《詠風》	《英華》156.3a/b；徐堅（659—729）《初學記》1.20，作《詠風詩》
《懷仙》	《英華》225.8a
《忽夢遊仙》	《英華》214.9a/b
《田家三首》②	書棚本《王勃集》1.3b—4a
【七言古詩】	
《秋夜長》	郭茂倩（約1084年）《樂府詩集》，76.1071
《採蓮曲》	《英華》208.8b—9a，作《採蓮》或《採蓮歸》
《臨高臺》	《英華》210.1b—2a；《樂府詩集》18.261
《滕王閣》	《英華》343.5b，作《滕王閣歌》；《宋本方輿勝覽》19.6a
《江南弄》	《英華》201.5a，作《江南行》；《樂府詩集》50.730
【五言律詩】	
《聖泉宴》	《英華》214.3b—4a，作《聖泉宴韻得泉》
《尋道觀》	《英華》226.1b

① 編排根據爲《王子安集註》的順序。

② 此三首詩又作王績詩。見韓理洲校點《王無功文集》卷二，頁66—67，注1；佟培基《全唐詩重出誤收考》，頁13—14。

(續表)

詩題	文獻來源及異文(如有)
《散關晨度》	《英華》289.5b,作《散開晨度》
《別薛華》	《英華》286.4b,作《秋日別薛升華》
《重別薛華》	《英華》286.4b,作《別薛升華》
《遊梵宇三學寺》	《英華》233.4a
《麻平晚行》	《英華》289.6a
《送盧主簿》	《英華》266.9b,作《送臨盧盧主簿》
《餞韋兵曹》	《英華》266.10a,作者名缺
《白下驛餞唐少府》	《英華》266.10a
《送杜少府之任蜀州》	《英華》266.10a
《仲春郊外》	《英華》318.11a/b
《郊興》	《英華》318.11b,作《春郊興後》
《郊園即事》	《英華》317.2a
《觀佛跡寺》	《英華》233.4a/b
《山居晚眺贈王道士》	《英華》227.7a/b,作王郭詩
《八仙逕》	《英華》226.2a
《春日還郊》	《英華》318.11a
《對酒》	《英華》195.5b—6a
《觀内懷仙》	《英華》225.8a/b
《秋日別王長史》	《英華》286.4b,作《秋日奉別王長史公》
《上巳浮江宴韻得遥字》	《英華》214.3b,作《上巳浮江宴韻得遥》;宋浦積中《歲時雜詠》16.15a
《長柳》	《英華》289.6a/b
《銅雀妓二首》	《樂府詩集》31.458;李康成(八世紀中葉)編《玉臺後集》,見傅璇琮《唐人選唐詩新編》,頁336。
《羈遊餞別》	《英華》266.10a/b
《易陽早發》	《英華》289.5b—6a,作《邑楊早發》

（續表）

詩題	文獻來源及異文（如有）
《焦岸早行和陸四》	《英華》289.6a
《深灣夜宿》	《英華》289.6a，作《深渡》，題下小注："夜宿主人依山帶江。"
《傷裴録事喪子》	《英華》302.5a，《傷裴録事喪子》題下有"焚芝"二字，下有小字注曰"集作芝焚"，當是裴氏子名。
《泥谿》	《英華》289.6b，作《泥溪》
《三月曲水宴得煙字》	《英華》214.4a/b，作《和三月曲水宴得煙》
《秋日仙遊觀贈道士》	《英華》226.1b
【五言絶句】	
《晚留鳳州》	《唐人絶句詩》23.2a，《宋本方輿勝覽》69.10b，俱作《晚届鳳州》
《羈春》	《唐人絶句詩》23.2a
《林塘懷友》	《唐人絶句詩》23.2a
《山扉夜坐》	《唐人絶句詩》23.2a
《春莊》	《唐人絶句詩》23.2b
《春遊》	《唐人絶句詩》23.2b
《春園》	《唐人絶句詩》23.2b
《林泉獨飲》	《唐人絶句詩》23.2b
《登城春望》	《唐人絶句詩》23.2b
《他鄉敍興》	《唐人絶句詩》8.2b
《夜興》	《唐人絶句詩》8.2b
《臨江二首》	《唐人絶句詩》8.2b—3a
《江亭夜月送别二首》	《唐人絶句詩》8.3a
《别人四首》	《唐人絶句詩》8.3a
《贈李十四四首》	《唐人絶句詩》8.3a/b
《早春野望》	《唐人絶句詩》8.3b
《山中》	《唐人絶句詩》8.3b

(續表)

詩題	文獻來源及異文(如有)
《冬郊行望》	《唐人絶句詩》8.3b
《寒夜思友三首》	《唐人絶句詩》8.4a
《始平晚息》	《唐人絶句詩》8.4a,作《始平曉息》
《扶風晝屆離京浸遠》	《唐人絶句詩》8.4a
《普安建陰題壁》	《唐人絶句詩》8.4a
《九日》	《歲時雜詠》33.8a
【七言絶句】	
《秋江送别二首》	《唐人絶句詩》4.10a
《蜀中九日》	《搜玉小集》,見傅璇琮《唐人選唐詩新編》頁995,作《九日升高》。《英華》158.9a;《歲時雜詠》33.8a。計有功(1121年進士)《唐詩紀事》8.8a,作《九日登玄武山旅眺》;張燮(1574—1640)《王子安集》卷三,頁15c—16a,作《蜀中九日登玄武山旅眺》;《盧照鄰集》3.45,盧詩題作《九月九日登玄武山旅眺》;《全唐詩》42.532,盧詩作《九月九日登玄武山》
《寒夜懷友雜體二首》	《唐人絶句詩》4.10a/b
【補遺】①	
《雜曲》	《樂府詩集》77.1092;《全唐詩稿本》頁315—316
《落花落》	《全唐詩稿本》頁315
《九日懷封元寂》	《歲時雜詠》33.7b。《全唐詩》56.684
《出境遊山二首》	《全唐詩稿本》頁316,作《題玄武山道君廟》
《河陽橋代竇郎中佳人答楊中舍》	《全唐詩稿本》頁317
《有所思》	《英華》202.5a,作楊炯詩;張明編《王勃詩集》(1548年),頁23b,似爲最早認定此詩作者爲王勃的文獻
《示知己》	《韻語陽秋》12.579
《述懷擬古詩》	《韻語陽秋》12.579

① 表中補遺内容爲蔣清翊從不同文獻收集所得。見《王子安集註》凡例,頁3。此外,敦煌卷子(S. 555)保存了兩首王勃詩《幽居》和《寺中觀卧像》。見《英藏敦煌文獻:漢文佛經以外部份》第2卷,頁56;另見王重民《補全唐詩》,收入《全唐詩補編》,頁8—9;徐俊《敦煌詩集殘卷輯考》,頁507—508。又,王勃的《隴西行》十首,由童養年輯入《全唐詩續補遺》,卷一,見《全唐詩外編》,頁341。

附録四：王勃作品集的譜系

說明：實綫相連表示直接傳承；虛綫表間接傳承或關係不詳

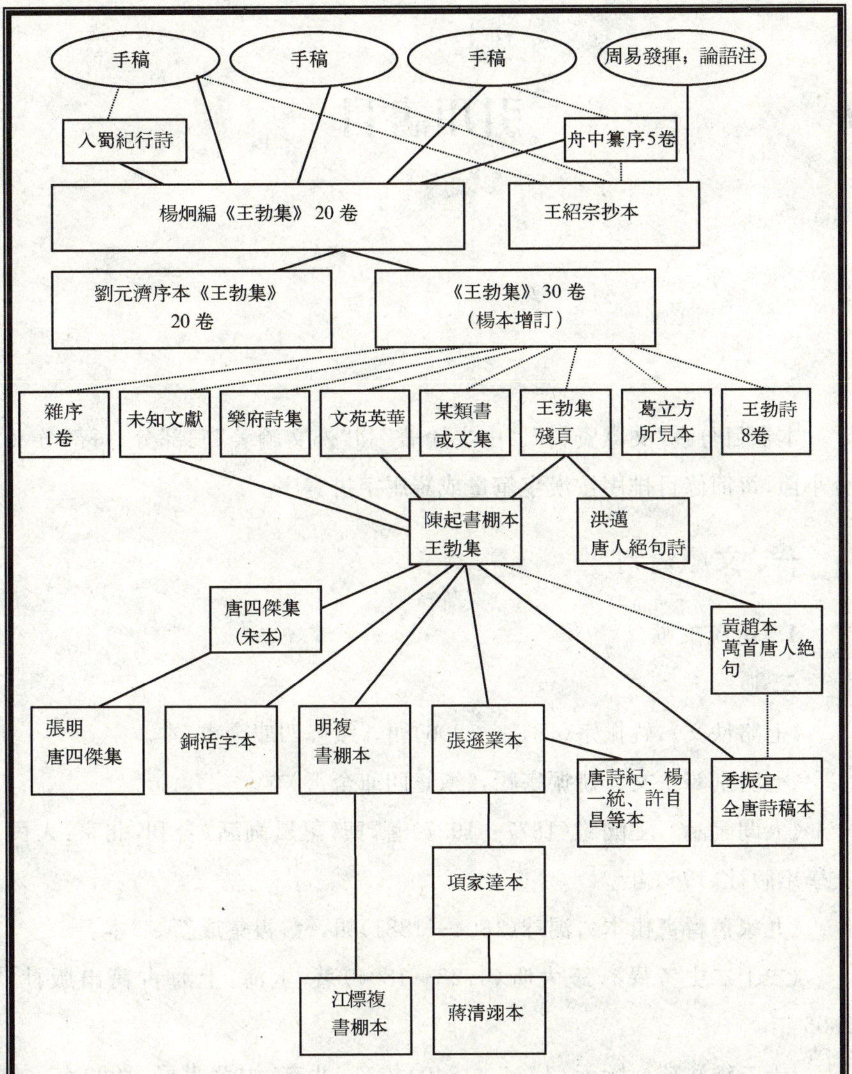

引用書目

本書目分爲“文獻資料”、“中文論著”和“外文論著”三部分，每部分又分小節，每節條目排序按漢字筆畫或羅馬字拼寫序。

一、文獻資料

1. 傳統文獻

二劃

《七略佚文》，姚振宗(1842—1906)輯，《續修四庫全書》本。

《七略别録佚文》，姚振宗輯，《續修四庫全書》本。

《人間詞話》，王國維(1877—1927)著，與《蕙風詞話》合刊，北京：人民文學出版社，1960 年。

《九家舊晉書輯本》，湯球(1804—1881)輯，《叢書集成新編》本。

《二十二史考異》，錢大昕(1728—1804)著，上海：上海古籍出版社，2006 年。

《十三經注疏》，阮元(1764—1849)校刻，北京：中華書局，1983 年，據世界書局影阮元刻本影印。

《十國春秋》，吴任臣(約 1628—約 1689)編撰，《四庫全書》本。

《十駕齋養新録》,錢大昕著,上海:商務印書館,1957年。

三劃

《〈上清大洞真經〉今註今譯》,蕭登福註譯,香港:青松出版社,2006年。

《三國志》,陳壽(233—297)撰,北京:中華書局,1982年。

《三國志通俗演義》,羅貫中(約1330—1400)著,《續修四庫全書》本。

《三輔黄圖》,《增訂漢魏叢書》本。

《三體唐詩》,周弼(十三世紀初進士)編,《四庫全書》本。

《大唐新語》,劉肅(活躍於807年前後)撰,北京:中華書局,1986年。

《大清一統志》,上海:寶善齋,1902年。

《大學衍義補》,丘濬(1421—1495)撰,《四庫全書》本。

《山海經校注》,袁珂校注,上海:上海古籍出版社,1980年。

《山帶閣注楚辭》,蔣驥(活躍於1713—1727)撰,上海:上海古籍出版社,1984年。

《才調集補注》,韋穀(十世紀)輯、宋邦綏(卒於1779年)補注,《續修四庫全書》本。

四劃

《中國歷代文選》,湖南師範學院中文系古典文學教研室編,長沙:湖南人民出版社,1980年。

《中國歷代詩歌選》,林庚、馮沅君編,北京:人民文學出版社,1964年。

《中朝故事》,尉遲偓(南唐)撰,《四庫全書》本。

《丹鉛總録》,楊慎(1488—1559)撰,《四庫全書》本。

《五經文字》,張參(唐)撰,《四庫全書》本。

《元和姓纂(附四校記)》,林寶(活躍於九世紀初)撰、岑仲勉校記、郁賢皓、陶敏整理,北京:中華書局,1994年。

《元和郡縣圖志》,李吉甫(758—814)撰,北京:中華書局,1983年。

《元稹集校注》,周相録校注,上海:上海古籍出版社,2011年。

《元稹集編年箋注》,楊軍箋注,西安:三秦出版社,2005年。

《元豐九域志》,王存(1023—1101)撰,北京:中華書局,1984 年。

《六臣注文選》,李善(630—689)等注,《四部叢刊》本。

《六書故》,戴侗(1241 年進士)撰,《四庫全書》本。

《六朝選詩定論》,吴淇(1615—1675)撰,汪俊、黄進德點校,揚州:廣陵書社,2009 年。

《分門集注杜工部詩》,佚名(宋)編,《四部叢刊》本。

《分類補注李太白詩》,楊齊賢(1199 年進士)集注,《四部叢刊》本。

《天台山方外志》,釋無盡(明)撰,《四庫全書存目叢書》本。

《天台山全志》,張聯元(1691 年進士)撰,收入故宫博物院(編)《故宫珍本叢刊》,海口:海南出版社,2001 年。

《天台山記》,徐靈府(唐)撰,《叢書集成初編》本,北京:中華書局,1985 年。

《太平御覽》,李昉(925—996)等編,北京:中華書局,1985,據上海商務印書館 1935 年影宋本影印。

《太平廣記》,李昉等編:北京:中華書局,1961 年。

《太平寰宇記》,樂史(930—1007)撰,臺北:文海出版社,1963 年。

《太玄本旨》,葉子奇(約 1378)撰,《四庫全書》本。

《文中子中説》,王通(584—617)著,《四部叢刊》本。

《文心雕龍註》,劉勰(約 465—520)著,范文瀾注,北京:人民文學出版社,1961 年。

《文心雕龍注釋》,周振甫注釋,臺北:里仁書局,1994 年。

《文心雕龍註訂》,張立齋編著,臺北:正中書局,1985 年;再版:北京:國家圖書館出版社,2010 年。

《文心雕龍義證》,詹鍈義證,上海:上海古籍出版社,1989 年。

《文物精華》,第二集,北京:文物出版社,1963 年。

《文苑英華》,李昉等編,北京:中華書局,1982 年。

《文章正宗》,真德秀(1178—1235)編,《四庫全書》本。

《文章辨體序説》,吴訥(1372—1457)著,北京:人民文學出版社,

1982 年。

《文選》，蕭統（501—531）編，北京：中華書局，1977 年，影胡克家(1757—1816)校訂本。

《文選旁證》，梁章鉅(1775—1849)撰，臺北：廣文書局，1966 年。

《文選補遺》，陳仁子(元)輯，《四庫全書》本。

《文館詞林》，許敬宗(592—672)等編撰，《適園叢書》本。

《文獻通考》，馬端臨(1245—1323)著，北京：中華書局，1986 年。

《文體明辨序説》，徐師曾(1517—1580)撰，北京：人民文學出版社，1982 年。

《斗南老人集》，胡奎(約 1331 年)，《四庫全書》本。

《日本足利學校藏宋刊明州本六臣注文選》，北京：人民文學出版社，2008 年，影印宋紹興二十八年(1158)或以前初版。

《日本國見在書目録》，藤原佐世(847—898)撰，《古逸叢書》本。

《日本訪書志》，楊守敬(1839—1915)撰，《續修四庫全書》本。

《毛詩正義》，鄭玄(127—200)箋，孔穎達(574—648)疏，《十三經注疏》本。

《毛詩故訓傳定本》，段玉裁(1735—1815)著，《續修四庫全書》本。

《毛詩草木鳥獸蟲魚疏》，陸璣(三世紀)著，《叢書集成》本。

《毛詩傳箋通釋》，馬瑞辰(1782—1853)著，北京：中華書局，2004 年。

《水經注疏》，楊守敬、熊會貞(卒於 1936 年)注疏，南京：江蘇古籍出版社，1989 年。

《水經注圖(外二種)》，楊守敬等編繪，北京：中華書局，2009 年影印。

《王子安集》，收入項家達(1769 年進士)編《初唐四傑集》，叢雅居重刊星渚項氏本，同治癸酉即 1873 年。

《王子安集》，張燮(1574—1640)編，《四部叢刊》本。

《王子安集佚文》，羅振玉(1866—1940)輯，收入《永豐鄉人雜著續編》，《羅雪堂先生文集初編》第三册，臺北：文華出版公司，1968 年。

《王子安集註》，蔣清翊(二十世紀中末葉)注，上海：上海古籍出版社，

1995 年。

《王狀元集百家注編年杜陵詩史》,題王十朋(宋)集注,貴池劉氏玉海堂,1911 年,據宋本影印。

《王勃集》,陳起(約 1174—約 1252)編印,北京師範大學圖書館藏清光緒二十一年(1895)江標刻《唐五十家小集》本。

《王勃集》,陳起編印,臺北:"國家"圖書館第 268 號膠片複製明嘉靖年間(1522—1572)《唐五十家小集》本。

《王弼集校釋》,王弼(226—249)著,樓宇烈校釋,北京:中華書局,1980 年。

《王無功文集五卷本會校》,王績(約 590—644)著,韓理洲校點,上海:上海古籍出版社,1987 年。

五劃

《世説新語》,劉義慶(403—444)編撰,香港:中華書局,1978 年。

《世説新語》,劉義慶編撰,臺北:藝文書局,1964 年,據金澤文庫版影印。

《世説新語校箋》,徐震堮校箋,北京:中華書局,1987 年。

《世説新語校箋》,楊勇校箋,北京:中華書局,2009 年。

《世説新語校釋》,龔斌校釋,上海:上海古籍出版社,2011 年。

《世説新語箋疏》,余嘉錫箋疏,上海:上海古籍出版社,1993 年。

《册府元龜》,王欽若(962—1025)等編,北京:中華書局,1960 年。

《札迻》,孫詒讓(1848—1908)撰,北京:中華書局,1989 年。

《北史》,李延壽(初唐)撰,北京:中華書局,1974 年。

《北京圖書館藏中國歷代石刻拓本匯編》,鄭州:中州古籍出版社,1989 年。

《北堂書鈔》,虞世南(558—638)等編,天津:天津古籍出版社,1988 年,影印孔廣陶 1884 年刻本。

《北齊書》,李百藥(565—648)撰,北京:中華書局,1972 年。

《古小説鈎沈》,魯迅(1880—1936)校録,北京:人民文學出版社,

1953 年。

《古今合璧事類備要》,謝維新(1202 年進士)編,《四庫全書》本。

《古今圖書集成》,陳夢雷(1650—1741)編,複印本,臺北:文星書局,1964 年。

《古今韻會舉要》,黄公紹(宋元)、熊忠(元)編,《四庫全書》本。

《古文苑》九卷本,《岱南閣叢書》本。

《古文苑》二十一卷本,章樵(南宋)編注,《叢書集成初編》本。

《古文辭類纂》,姚鼐(1731—1815)編撰,北京:中國書店,1986 年,據世界書局 1935 年版影印。

《古本小説集成》,上海:上海古籍出版社,1990 年。

《古詩紀》,馮惟訥(1513—1572)編,《四庫全書》本。

《古詩源》,沈德潛(1673—1769)編注,北京:中華書局,1984 年。

《史記》,司馬遷(約前 145 年—約前 86 年)撰,北京:中華書局,1982 年。

《史通通釋》,劉知幾(661—721)撰,浦起龍(1679—1762)釋,上海:上海書店,1988 年。

《四庫全書總目》,永瑢(1744—1790)等撰,北京:中華書局,1965 年。

《左傳》,據《春秋經傳引得》,《哈佛燕京學社引得特刊》第 11 號,洪業編,北平:哈佛燕京學社:1937 年;重印本,上海:上海古籍出版社,1988 年。

《本事詩》,孟棨(八世紀 70 年代進士)撰,《歷代詩話續編》本。

《本草綱目》,李時珍(1518—1593)撰,北京:中國書店,1996 年,據商務印書館 1930 年鉛印本重印。

《正字通》,張自烈(1597—1673)撰,《續修四庫全書》本。

《正蒙》,張載(1020—1077)著,《四部備要》本。

《永樂大典》,北京:中華書局,1960 年,據北京圖書館所藏原本和複製本影印; 重印本,1994 年。

《玉臺新詠》,徐陵(507—583)編,北京:中華書局,1985 年。

《甘肅藏敦煌文獻》,蘭州:甘肅人民出版社,1999 年。

《申鑒》,荀悦(148—209)著,《諸子集成》本。

《石點頭》,天然癡叟(明)著,《古本小説集成》本。

六劃

《仿宋本胡刻文選》,上海:掃葉山房,1900年,影印宋淳熙八年(1181)初版。

《先秦漢魏晉南北朝詩》,逯欽立輯校,北京:中華書局,1983年。

《全上古三代秦漢三國六朝文》,嚴可均(1762—1843)校輯,北京:中華書局,1987年,據光緒間王毓藻等校刻本影印。

《全唐五代詞》,曾昭岷、曹濟平、王兆鵬、劉尊明編著,北京:中華書局,1999年。

《全唐文》,董誥(1740—1818)編,北京:中華書局,1987年。

《全唐詩》,彭定求(1645—1719)編,北京:中華書局,1960年。

《全唐詩外編》,王重民、孫望、童養年輯録,北京:中華書局,1982年。

《全唐詩補編》,陳尚君輯校,北京:中華書局,1992年。

《全唐詩話》,尤袤(1127—1194)撰,《歷代詩話》本,何文煥(十八世紀)輯,北京:中華書局1982年。

《全唐詩稿本》,錢謙益(1582—1664)、季振宜(1630—1674)遞輯,臺北:聯經出版事業公司,1971年,影印本。

《全祖望校水經注稿本合編》,全祖望(1705—1755)撰,北京:中華全國圖書館文獻縮微復製中心,1996年。

《全漢三國晉南北朝詩》,丁福保編,臺北:世界書局,1962年。

《列仙全傳》,劉向(約前77—6)撰,見鄭振鐸編《中國古代版畫叢刊》第1册,上海:上海古籍出版社,1988年。

《合校水經注》,酈道元(466或472—527)注,王先謙(1842—1917)校,成都:巴蜀書社,1985年,據新化三昧書屋光緒二十三年(1897)影印。

《同治南昌府志》,許應鑅(1820—1891)、王之藩(1736—1784)修,收入《中國地方志集成:江西縣志輯》,南京:江蘇古籍出版社;上海:上海書店;成都:巴蜀書社,1991年。

《在園雜志》,劉廷璣(約 1654 年生)著,《續修四庫全書》本。

《江文通集彙注》,江淹(444—505)著,胡之驥(明)注,李長路、趙威點校,北京:中華書局,1984 年。

《江西通志》,趙之謙(1829—1884)等編撰,臺北:京華書局,1967 年。

《西京雜記》,葛洪(284—364)撰,《四庫全書》本。

《西廂記》,王實甫(1260—1336)撰,王季思校,上海:上海古籍出版社,1981 年。

七劃

《吴下方言考》,胡文英(清)撰,《續修四庫全書》本。

《吴越春秋》,趙曄(約公元 40 年)撰,南京:江蘇古籍出版社,1986 年。

《吕氏春秋》,《諸子集成》本。

《吕新吾先生閨範圖説》,吕坤(1536—1618)著,《四庫全書存目叢書》本。

《宋文鑒》,吕祖謙(1137—1181)編,《四部叢刊》本。

《宋史》,脱脱(1313—1355)等撰,北京:中華書局,1990 年。

《宋本方輿勝覽》,祝穆(十三世紀)編撰,上海:上海古籍出版社,1991 年影印本。

《宋本世説新語》,王先謙(1842—1917)校,臺北:藝文印書館,1984 年,據金澤文庫本重印。

《宋本玉篇》,顧野王(519—581)著,北京:中國書店,1983 年,據張氏澤存堂影印。

《宋本杜工部集》,王洙(997—1057)、王琪(十一世紀)編,《續古逸叢書》本。

《宋本廣韻》,陳彭年(961—1017)編,北京:中國書店,1982 年,據張氏澤存堂本影印。

《宋拓九成宫碑》,北京:中國書店,1988 年影印。

《宋書》,沈約(441—513)撰,北京:中華書局,1987 年。

《李白集校注》,瞿蜕園、朱金城校注,上海:上海古籍出版社,1984 年。

《李商隱詩歌集解》,余恕誠、劉學鍇集解,北京:中華書局,1988年。

《杜工部草堂詩箋》,魯訔(1100—1176)編定、蔡夢弼(十三世紀)箋注,《古逸叢書》本。

《杜集書録》,周采泉編,上海:上海古籍出版社,1986年。

《杜集敘録》,張忠綱、趙睿才、綦維、孫微編著,濟南:齊魯書社,2008年。

《杜詩引得》,《哈佛燕京學社引得特刊》第14號,洪業等編,北平:哈佛燕京學社,1940年;重印本,臺北:成文出版公司,1966年。

《杜詩解》,金聖歎(1608—1661)著,上海:上海古籍出版社,1984年。

《杜詩詳注》,仇兆鰲(1638—約1713)注,北京:中華書局,1979年。

《杜詩趙次公先後解輯校》,趙次公(南宋)注、林繼忠輯校,上海:上海古籍出版社,1994年。

《酉陽雜俎續集》,段成式(卒於863年)撰,《四部叢刊》本。

《阮步兵詠懷詩註》,黄節(1874—1935)注,北京:人民文學出版社,1984年。

《阮籍集校注》,陳伯君校注,北京:中華書局,1987年。

《初學記》,徐堅(659—729)等編,北京:中華書局,1985年。

八劃

《周易》,據《周易引得附標校經文》,《哈佛燕京學社引得特刊》第10號,洪業等編,北平:燕京大學圖書館引得編纂處,1935年;重印本,上海:上海古籍出版社,1988年。

《周禮注疏》,鄭玄(127—200)注,賈公彦(唐)疏,《十三經注疏》本。

《夜雨秋燈續録》,宣鼎(1832—1880)著,《續修四庫全書》本。

《孟子》,據《孟子引得附標校經文》,《哈佛燕京學社引得特刊》第17號,洪業等編,北平:哈佛燕京學社,1941年;重印本,上海:上海古籍出版社,1986年(與《論語引得》合刊)。

《尚書正義》,孔安國(前二世紀)傳,孔穎達(574—648)疏,《十三經注疏》本。

《居延新簡:甲渠候官》,甘肅省文物考古研究所編,北京:中華書局,1994年。

《屈原賦注》,戴震(1723—1777)注,廣州:廣雅書局,光緒十七年(1891)。

《抱朴子内篇校釋》,葛洪(284—364)著,王明校釋,北京:中華書局,1988年。

《明史藝文志補編附編》,焦竑(1541—1620)等編,北京:商務印書館,1959年。

《東華録》,王先謙(1842—1917)撰,光緒十年(1884)長沙王氏刻本。

《河西簡牘》,馬建華編,重慶:重慶出版社,2003年。

《河嶽英靈集》,殷璠(唐)編,載《唐人選唐詩》,北京:中華書局,1958年。

《法國國家圖書館藏敦煌西域文獻》第24、26册,上海古籍出版社,法國國家圖書館編,上海:上海古籍出版社,2002年。

《直齋書録解題》,陳振孫(約卒於1262年)著,徐小蠻、顧美華點校,上海:上海古籍出版社,1987年。

《花間集注釋》,李誼注釋,成都:四川文藝出版社,1986年。

《金石萃編》,王昶(1724—1806)編,《續修四庫全書》本。

《長安志》,宋敏求(1019—1079)撰,《叢書集成初編》本。

《青箱雜記》,吴處厚(北宋)撰,《四庫全書》本。

九劃

《侯鯖録》,趙令畤(1061—1134)撰,《叢書集成初編》本。

《俄羅斯科學院東方研究所聖彼得堡分所藏敦煌文獻》,俄羅斯科學院東方研究所聖彼得堡分所等編,上海:上海古籍出版社;莫斯科:俄羅斯科學出版社東方文學部,1996年。

《前漢紀》,荀悦(148—209)撰,《四部叢刊》本。

《南史》,李延壽(七世紀)撰,北京:中華書局,1975年。

《南嶽遇師本末》,夏元鼎(南宋)著,《寶顔堂秘笈》本。

《宣和畫譜》,《叢書集成》本。

《封氏聞見記》,封演(唐)撰,《四庫全書》本。

《建安七子詩箋註》,郁賢皓、張采民箋註,成都:巴蜀書社,1990年。

《後漢紀》,袁宏(約328—376)著,張烈點校,北京:中華書局,2002年。

《後漢書》,范曄(398—445)撰,北京:中華書局,1982年。

《拾遺記》,王嘉(卒於390年)撰,北京:中華書局,1988年。

《春秋左傳注》,楊伯峻編著,北京:中華書局,1981年。

《春秋穀梁傳注疏》,范甯(339—401)集解,楊士勛(初唐)疏,《十三經注疏》本。

《洛陽伽藍記校箋》,楊勇校箋,北京:中華書局,2008年。

《洪武正韻》,樂韶鳳(卒於1380年)編,《四庫全書》本。

《流沙墜簡》,羅振玉(1866—1940)編,重印本,北京:中華書局,1993年。

《癸辛雜識別集》,周密(1232—1298)著,《四庫全書》本。

《皇朝文鑑》,吕祖謙(1137—1181)著,《四部叢刊》本。

《英藏敦煌文獻:漢文佛經以外部份》,第2卷,中國社會科學院歷史研究所等合編,成都:四川人民出版社,1999年。

《貞觀政要》,吴兢(670—749)著,上海:上海古籍出版社,1981年。

《重刊增廣分門類林雜説》,王朋壽(十二至十三世紀)撰,《續修四庫全書》本。

《重訂漢唐地理書鈔》,王謨(約1790年)編著,北京:中華書局,1961年。

《風俗通義》,應劭(活躍於189—194)撰,《四庫全書》本。

《香祖筆記》,王士禛(1634—1711)撰,湛之點校,上海:上海古籍出版社,1982年。

十劃

《倪小野先生全集》,倪宗正(1505年進士),《四庫全書存目叢書》本。

《唐人小説》,汪辟疆編,香港:中華書局,1987年。

《唐人絶句詩》,洪邁(1123—1202)編,姑蘇陳敬學校刊本,明嘉靖庚子(1540)。

《唐人選唐詩新編》,傅璇琮編,西安:陝西人民教育出版社,1996 年。

《唐十二家詩》,張遜業(明)編,江都:東壁圖書府,明嘉靖三十一年(1552)。

《唐大詔令集》,宋敏求(1019—1079)編,《四庫全書》本。

《唐才子傳校箋》,辛文房(元)撰,傅璇琮主編,北京:中華書局,1989 年。

《唐太宗全集校注》,吳雲、冀宇校注,天津:天津古籍出版社,2004 年。

《唐文萃》,姚鉉(968—1020)編,《四部叢刊》本。

《唐六典》,李林甫(卒於 752 年)等撰,陳仲夫點校,北京:中華書局,1992 年。

《唐王勃集殘卷》,浪華:上野有竹,日本明治四十三年(1910)影印。

《唐代叢書》,王文誥、邵希曾(皆清嘉慶朝人)輯,清嘉慶丙寅(1806)編。

《唐四傑集》,張明(明)編,1548 年。出版地缺。

《唐百家詩》,朱警(明)編,1540 年序。出版地缺。

《唐宋傳奇集》,魯迅輯,北京:人民文學出版社,1954 年。

《唐兩京城坊考》,徐松(1781—1848)撰,《叢書集成初編》本。

《唐前志怪小説輯釋》,李劍國編,上海:上海古籍出版社,1986 年。

《唐律疏義箋解》,劉俊文箋解,北京:中華書局,1996 年。

《唐音》,楊士弘(元)編,《四庫全書》本。

《唐音統籤》,胡震亨(十六世紀)編,收入故宫博物院(編)《故宫珍本叢刊》,海口:海南出版社,2001 年。

《唐書輯校》,吴玉貴撰,北京:中華書局,2008 年。

《唐鈔文選集注彙存》,上海:上海古籍出版社,2000 年影印。

《唐鈔本》,大阪市立美術館編,中田勇次郎監修。京都:同朋舍,1981 年。

《唐鈔本王勃集》,東京:二玄社,1974年。

《唐會要》,王溥(922—982)撰,北京:中華書局,1990年,影武英殿聚珍版。

《唐詩合選詳解》,劉文蔚(1822年進士)編,上海:錦章書局,1941年。

《唐詩別裁集》,沈德潛(1673—1769)編,香港:中華書局,1977年。

《唐詩品彙》,高棅(1350—1423)編,上海:上海古籍出版社,1988年。

《唐詩紀》,吴琯(生於1546)輯,明萬曆十三年(1585)刻本。

《唐詩紀事》,計有功(1121年進士)撰,《四部叢刊》本。

《唐詩紀事校箋》,計有功撰、王仲鏞校注,成都:巴蜀書社,1989年。

《唐詩歸》,鍾惺(1574—1624)、譚元春(1586—1637)輯,出版地不詳,據遼寧省圖書館藏明刻本影印。

《唐摭言》,王定保(870—940)撰,《四庫全書》本。

《容齋隨筆》,洪邁(1123—1202)著,上海:上海古籍出版社,1978年。

《師伏堂筆記》,皮錫瑞(1850—1908)著,《續修四庫全書》本。

《晉書》,房玄齡(579—648)等撰,北京:中華書局,1974年。

《書林清話》,葉德輝(1864—1927)著,《民國叢書》本。

《桐江續集》,方回(1127—1305)著,《四庫全書》本。

《殷墟書契後編》,羅振玉(1866—1940)輯,出版地不詳,1916年。

《神仙傳校釋》,葛洪(284—364)撰,胡守爲校釋,北京:中華書局,2011年。

《荀子》,文本用《荀子集解》,王先謙(1842—1917)著,《諸子集成》本。

《草堂雅集》,顧瑛(1310—1369)編,《四庫全書》本。

《記纂淵海》,潘自牧(1196年進士)編,《四庫全書》本。

《退補齋文存二編》,胡鳳丹(1823—1890)著,《續修四庫全書》本。

《郡齋讀書志校證》,晁公武(十二世紀)撰,孫猛校證,上海:上海古籍出版社,1990年。

《高士傳》,皇甫謐(215—282)撰,《四庫全書》本。

《高氏三宴詩集》,高正臣(初唐)編集,《四庫全書》本。

十一劃

《參同契考異》,朱熹(1130—1200)著,《四部備要》本。

《國朝畿輔詩傳》,陶樑(1772—1857)著,《續修四庫全書》本。

《國語》,《四部叢刊》本。

《崇文總目》,王堯臣(1001—1056)編撰,《叢書集成初編》本。

《康熙字典》,北京:中華書局,1984年,據上海同文書局本影印。

《庾子山集注》,庾信(513—581)著,倪璠(約1687年)注,北京:中華書局,1983年。

《張説之文集》,張説(667—730)著,《四部叢刊》本。

《御定佩文齋廣羣芳譜》,汪灝(1651—1718)等編撰,《四庫全書》本。

《御定詞譜》,王奕清(約卒於1736年)等編,《四庫全書》本。

《惜道味齋集》,姚大榮(1860—1939)撰,出版地不詳,1911年。

《曹唐詩注》,陳繼明注,上海:上海古籍出版社,1996年。

《梁書》,姚思廉(557—637)撰,北京:中華書局,1973年。

《淮南子》,高誘(活躍於三世紀初)注,《諸子集成》本。

《清詩話》,丁福保編,上海:上海古籍出版社,1982年。

《異苑》,劉敬叔(活躍於五世紀初中葉)撰,《四庫全書》本。

《莊子》,據《莊子引得》,《哈佛燕京學社引得特刊》第17號,洪業編,北平:哈佛燕京學社:1941年;重印本,上海:上海古籍出版社,1988年。

《莊子集釋》,郭慶藩(1844—1896?)集釋,北京:中華書局,1985年。

《通志》,鄭樵(1104—1162)撰,北京:中華書局,1987年。

《通典》,杜佑(734—812)撰,北京:中華書局,1988年。

《通雅》,方以智(1611—1671)著,《四庫全書》本。

《陳子昂集》,徐鵬校點,北京:中華書局,1960年。

《陳子昂感遇詩箋》,何文匯著,香港:學津出版社,1978年。

《陳子昂詩注》,彭慶生注,成都:四川人民出版社,1982年。

《陳伯玉文集》,《四部叢刊》本。

《陶淵明集》,逯欽立校注,北京:中華書局,1979年。

十二劃

《敦煌變文集》,王重民等編,北京:人民文學出版社,1984年。

《朝野僉載》,張鷟(約660—740)撰(與《隋唐嘉話》合刊),北京:中華書局,1997年。

《無雙譜》,金古良(十七世紀)著,載鄭振鐸編《中國古代版畫叢刊》第4册,上海:上海古籍出版社,1998年。

《焦氏易林》,焦贛(活躍於約前120年前後)著,《增訂漢魏叢書》本。

《琱玉集》,《叢書集成初編》本。

《登科記考》,徐松(1781—1848)撰,趙守儼點校,北京:中華書局,1993年。

《逸周書》,孔晁(晉)注,《叢書集成》本。

《隋唐嘉話》,劉餗(約728年前後在世)撰(與《朝野僉載》合刊),北京:中華書局,1997年。

《隋書》,魏徵(580—643)撰,北京:中華書局,1982年。

《隋書經籍志考證》,姚振宗(1842—1906)撰,《續修四庫全書》本。

《集韻》,丁度(990—1053)等編,上海:上海古籍出版社,1983年,影宋本。

《雲仙雜記》,馮贄(九至十世紀)撰,《四庫全書》本。

《雲谿友議》,范攄(唐)著,《四庫全書》本。

《搜神後記》,陶潛(約365—427)撰,汪紹楹校注,北京:中華書局,1988年。

《搜神記》,干寶(東晉)撰,汪紹楹編校,北京:中華書局,1985年。

十三劃

《新唐書》,歐陽修(1007—1072)等編撰,北京:中華書局,1987年。

《新輯搜神記 新輯搜神後記》,李劍國輯,北京:中華書局,2007年。

《會稽志》,施宿(1164—1222)撰,《四庫全書》本。

《楊炯集》,楊炯(650—692)著,徐明霞點校(與《盧照鄰集》合刊),北京:中華書局,1984年。

《楚辭章句》,王逸(約 89—約 158)注,王世貞(1526—1590)序,《湖北叢書》本。

《楚辭集注》,朱熹(1130—1200)著。《古逸叢書》本。

《楚辭補注》,王逸注、洪興祖(1070—1135)補注,北京:中華書局,1986 年。又用《四部叢刊》明仿宋本。

《歲時雜詠》,蒲積中(宋)編,《四庫全書》本。

《滄浪詩話》,嚴羽(約 1230)撰,《歷代詩話》本。

《滄浪詩話校箋》,張健著,上海:上海古籍出版社,2012 年。

《滄浪詩話校釋》,郭紹虞著,北京:人民文學出版社,1985 年。

《義門讀書記》,何焯(1661—1722)著,北京:中華書局,1987 年。

《萬姓統譜》,凌迪知(明)著,《四庫全書》本。

《萬首唐人絶句》,趙宧光(1559—1625)、黄習遠(明)編,吴郡趙氏小宛堂,1607 年。

《蜀中名勝記》,曹學佺(1573—1646)著,《粤雅堂叢書》本。

《詩人玉屑》,魏慶之(約 1240)撰,上海:上海古籍出版社,1982 年。

《詩比興箋》,陳沆(1785—1825)撰,上海:上海古籍出版社,1981 年。

《詩式校注》,皎然(八世紀)著,李壯鷹校注,濟南:齊魯書社,1987 年。

《詩序》,王勃(650—676?)撰,《正倉院展》,奈良:奈良國立博物館,1983 年,頁 112—126。

《詩林廣記》,蔡正孫(約生於 1239)撰,《四庫全書》本。

《詩品》,鍾嶸(約 468—518)著,《歷代詩話》本。

《詩品注》,陳延傑注,北京:人民文學出版社,1962 年。

《詩品集注》,曹旭集注,上海:上海古籍出版社,1996 年。

《詩品集解》,郭紹虞集解,北京:人民文學出版社,1963 年。

《詩集傳》,朱熹(1130—1200)撰,《四部叢刊》本。

《詩經》,據《毛詩引得附標校經文》,《哈佛燕京學社引得特刊》第 9 號,洪業等編,北平:哈佛燕京學社,1934 年。

《資治通鑑》,司馬光(1019—1086)等編撰,北京:中華書局,1986 年。

《遊仙窟校注》,張鷟(約660—約740)撰,李時人、詹緒左校注,北京:中華書局,2010年。

《雍録》,程大昌(1123—1195)著,北京:中華書局,2002年。

十四劃

《嘉慶重修一統志》,北京:中華書局,1986年。

《演繁露》,程大昌(1123—1195)著,《儒學警悟》本。

《漢印文字徵》,羅福頤編,北京:文物出版社,1989年。

《漢書》,班固(32—92)撰,北京:中華書局,1987年。

《漢書補注》,王先謙(1842—1917)補注,北京:中華書局,1983年。

《漢書藝文志條理》,姚振宗(1842—1906)著,《二十五史補編》本。

《漢碑全集》,鄭州:河南美術出版社,2006年。

《漢魏六朝百三名家集》,張溥(1602—1641)編,揚州:江蘇廣陵古籍刻印社,1990年。

《爾雅注疏》,郭璞(276—324)注,邢昺(932—1010)疏,《十三經注疏》本。

《碧雞漫志》,王灼(十二世紀)著,收入《中國古典戲曲論著集成》第一册,北京:中國戲劇出版社,1982年。

《與稽齋叢稿》,吴翌鳳(1742—1819)著,《續修四庫全書》本。

《蒙求集注》,李瀚(八世紀)撰,《四庫全書》本。

《裴啓語林》,裴啓(東晉)著,周楞伽輯注,北京:文化藝術出版社,1988年。

《裴啓語林》二卷,馬國翰(1794—1857)輯,《玉函山房輯佚書》本。

《説文解字》,許慎(約58—147)撰,北京:中華書局,1999年。

《説文解字注》,許慎撰、段玉裁注,上海:上海古籍出版社,1986年。

《説苑校證》,劉向(約前77—6)撰,向宗魯(1895—1941)校證,北京:中華書局,1987年。

《説郛一百卷》,陶宗儀(活躍於1360—1368)等編,收入《説郛三種》,上海:上海古籍出版社,1989年。

《銀雀山漢墓竹簡(壹)》,北京:文物出版社,1985 年。

十五劃

《齊民要術》,賈思勰(六世紀)撰,《四部叢刊》本。

《儀禮》,文本用《儀禮注疏》本。

《儀禮注疏》,賈公彥(初唐)等注,《十三經注疏》本。

《劉長卿詩編年箋注》,儲仲君箋注,北京:中華書局,1996 年。

《劉禹錫全集編年校注》,陶敏、陶紅雨校注,長沙:岳麓書社,2003 年。

《劉禹錫集箋證》,瞿蜕園箋證,上海:上海古籍出版社,1989 年。

《嘯旨》,孫廣(唐)撰,《唐代叢書》本。

《增訂唐兩京城坊考》,徐松(1781—1848)撰,李健超增訂,西安:三秦出版社,2006 年。

《墨子》文本用《墨子閒詁》,孫詒讓(1848—1908)注,《諸子集成》本。

《廣輿記》,陸應陽(約 1527—約 1658)著,《四庫禁燬書叢刊》本。

《樂府詩》,洪順隆編,臺北:林白出版社,1980 年。

《樂府詩集》,郭茂倩(1041—1099)編,北京:人民文學出版社,1955 年,據宋本影印。

《樂府詩集》,郭茂倩編,北京:中華書局,1979 年。

《樂府詩選》,余冠英編注,北京:人民文學出版社,1955 年。

《樂府詩選注》,汪中選注,臺北:學海出版社,1979 年。

《樊川文集》,杜牧(803—852)撰,上海:上海古籍出版社,1979 年。

《滕王閣》,鄭瑜(清)著,收入《雜劇三集》,鄒式金編,北京:中國戲劇出版社,1958 年。

《緯書集成》,安居香山、中村璋八輯,東京:漢魏文化研究會,1959—1964 年;重印本,石家莊:河北人民出版社,1993 年。

《論語》,據《論語引得附標校經文》,《哈佛燕京學社引得特刊》第 16 號,洪業等編,北平:哈佛燕京學社,1941 年;重印本,上海:上海古籍出版社,1986 年(與《孟子引得》合刊)。

《論語注疏》,何晏(卒於 249 年)集解,邢昺(932—1010)疏,《十三經注疏》本。

《論衡》,王充(約 27—97)著,《諸子集成》本。

《養一齋李杜詩話》,潘德輿(1785—1839)著,載《杜甫詩話校注五種》,張忠綱編,北京:書目文獻出版社,1994 年。

十六劃

《橘山四六》,李廷忠(1181 年進士)著,《四庫全書》本。

《歷代名畫記》,張彦遠(約 815—907)撰,《叢書集成》本。

《歷代詩話》,何文焕(1732—1809)輯,北京:中華書局,1982 年。

《歷代詩話續編》,丁福保編,北京:中華書局,1986 年。

《歷代賦彙》,陳元龍(1652—1736)編,南京:江蘇古籍出版社;上海:上海書店,1987 年。

《盧照鄰集 楊炯集》,徐明霞點校,北京:中華書局,1984 年。

《盧照鄰集校注》,李雲逸校注,北京:中華書局,1998 年。

《盧照鄰集箋注》,祝尚書箋注,上海:上海古籍出版社,1994 年。

《盧照鄰集編年箋注》,任國緒箋注,哈爾濱:黑龍江人民出版社,1989 年。

《穆天子傳》,《四庫全書》本。

《輶軒使者絶代語釋别國方言》,《四庫全書》本。

《醒世恒言》,馮夢龍(1574—1646)編,上海:上海古籍出版社,1987 年,據日本内閣文庫藏葉敬池 1627 年刻本影印。

《錦繡萬花谷》,佚名著,上海:上海辭書出版社,1992 年,據上海辭書出版社圖書館藏明嘉靖刻本影印。

《駢文觀止》,張仁青編,臺北:文史哲出版社,1986 年。

《駱賓王文集》,《宋蜀刻本唐人集叢刊》,上海:上海古籍出版社,1994 年。

《駱臨海集箋注》,陳熙晉箋注,上海:上海古籍出版社,1985 年。

《鮑參軍集注》,錢振倫(1816—1879)注,錢仲聯補注集説,上海:上海古籍出版社,1980 年。

十七劃

《縮印百衲本二十四史:後漢書》,北京:商務印書館,1958年,據十二世紀上葉至中葉版本之重印本影印。

《謝康樂詩註》,黄節注,臺北:藝文印書館,1987年。

《謝靈運集校注》,顧紹柏校注,鄭州:中州古籍出版社,1987年。

《隸辨》,洪适(1117—1184)著,《四庫全書》本。

《隸釋》,洪适著,《四部叢刊》本。

《韓昌黎文集校注》,馬其昶校注,上海:上海古籍出版社,1986年。

《韓非子》,文本用《韓非子集解》,王先慎(1859—1922)著,《諸子集成》本。

《禮記》,文本用《禮記正義》本。

《禮記正義》,鄭玄(127—200)注,孔穎達(574—648)疏,《十三經注疏》本。

十八劃

《職官分紀》,孫逢吉(活躍於1086—1093)撰,《四庫全書》本。

《舊唐書》,劉煦(887—946)等撰,北京:中華書局,1987年。

《藏書》,李贄(1527—1602)著,《續修四庫全書》本。

《藏書紀事詩》,葉昌熾(1849—1917)著,《叢書集成初編》本。

《魏方鎮年表》,萬斯同(1638—1702)撰,《二十五史補編》本。

《魏書》,魏收(506—572)編撰,北京:中華書局,1974年。

十九劃

《瀛奎律髓彙評》,方回(1127—1305)選評,李慶甲集評校點,上海:上海古籍出版社,1986年。

《羅雪堂先生文集初編》,羅振玉(1866—1940)著,臺北:文華出版公司,1968年。

《藝文類聚》,歐陽詢(557—641)等編,上海:上海古籍出版社,1985年。

《鏡花緣》,李汝珍(約1763—1830)著,《古本小説集成》本。

《韻府群玉》,陰時夫(元)撰,《四庫全書》本。

《韻語陽秋》,葛立方(卒於 1164 年)撰,《歷代詩話》本。

《類説》,曾慥(約 1126—1255)編,岳鍾秀 1626 年刻本,《北京圖書館古籍珍本叢刊》第 62 册,北京:書目文獻出版社,1988 年。

二十劃以上

《蘇東坡書〈滕王閣序〉》,拓本,出版時地不詳。

《蘇門集》,高叔嗣(1501—1537),《四庫全書》本。

《釋名》,劉熙(約二至三世紀)撰,《四部叢刊》本。

《露書》,姚旅(卒於 1622 年)撰,《續修四庫全書》本。

《讀史方輿紀要》,顧祖禹(1631—1692)著,上海:上海書店,1998 年。

《讀杜心解》,浦起龍(1679—1762)著,北京:中華書局,1981 年。

《讀杜詩説》,施鴻保(卒於 1871 年)著,北京:中華書局,1962 年。

《讀書敏求記校證》,錢曾(1629—1701)撰,管庭芬、章鈺校證,上海:上海古籍出版社,2007 年。

《讀書雜志》,王念孫(1744—1832)著,北京:中華書局,1991 年。

《讀通鑑論》,王夫之(1619—1692)著,北京:中華書局,1995 年。

《鑒誡録》,何光遠(十世紀)著,《四庫全書》本。

《龔自珍全集》,龔自珍(1792—1841)著,上海:上海人民出版社,1975 年。

《靈棋經》,東方朔(前 154—前 93)著,顔幼明(東晉)、何承天(370—447)注,《叢書集成初編》本。

2. 道經文獻

本書所引道籍版本據明版《正統道藏》(臺北:新文豐出版公司,1985—1988 年影印)。以下條目排序按照每種道籍的 HY 編號,所據系統爲翁獨建編《道藏子目引得》(《哈佛燕京學社引得特刊》第 25 册,北平:哈佛燕京學社,1935 年)。

HY 6《上清大洞真經》。

HY 56《太上玉佩金鐺太極金書上經》。

HY 167《洞玄靈寳真靈位業圖》,陶弘景(456—536)纂。

HY 240《玉清金笥青華秘文金寳内鍊丹訣》,張伯瑞(987—1082)編。

HY 254《大洞金華玉經》。

HY 255《太微靈書紫文琅玕華丹神真上經》。

HY 256《玉京九天金霄威神王祝太元上經》。

HY 258《太玄八景録》。

HY 292《漢武帝内傳》。

HY 303《紫陽真人内傳》。

HY 304《茅山志》,劉大彬(元)編。

HY 331《太上黄庭内景玉經》。

HY 332《太上黄庭外景玉經》。

HY 352《太上洞玄靈寳赤書玉訣妙經》。

HY 388《太上靈寳五符》。

HY 402《黄庭内景玉經註》,梁邱子(唐)注。

HY 405《上清紫精君皇初紫靈道君洞房上經》。

HY 406《上清紫微帝君南極元君玉經寳訣》。

HY 408《上清胎精記解結行事訣》。

HY 421《登真隱訣》,陶弘景(456—536)撰。

HY 422《上清三真旨要玉訣》。

HY 424《上清明堂元真經訣》。

HY 426《上清太上八素真經》。

HY 435《太上玉晨鬱儀結璘奔日月圖》。

HY 442《上清後聖道君列紀》,王遠遊(東晉)撰。

HY 446《上清衆經諸真聖秘》。

HY 639《皇天上清金闕帝君靈書紫文上經》。

HY 788《正一法文天師教戒科經》。

HY 789《女青鬼律》。

HY 870《太上除三尸九蟲保生經》。

HY 996《周易參同契》,陰長生(東漢)注。

HY 1002《周易參同契發揮》,俞琰(元)注。

HY 1010《真誥》,陶弘景(456—536)編。

HY 1026《雲笈七籤》,張君房(北宋)集。

HY 1115《一切道經音義道門由起》,史崇(東漢)等撰。

HY 1117《洞玄靈寶三洞奉道科戒營始》。

HY 1188《無上三天法師説廕育衆生妙經》。

HY 1122《道典論》。

HY 1130《無上祕要》。

HY 1131《三洞珠囊》,王懸河(七世紀)編。

HY 1220《太平御覽》。

HY 1229《正一修真略儀》。

HY 1295《葛仙翁肘後備急方》,葛洪(284—364)撰。

HY 1302《洞真高上玉帝大洞雌一玉檢五老寶經》。

HY 1303《洞真太上素靈洞元大有妙經》。

HY 1304《洞真上清青要紫書金根衆經》。

HY 1305《洞真上清太微帝君步天綱飛地紀金簡玉字上經》。

HY 1306《洞真上清開天三圖七星移度經》。

HY 1307《洞真太上三元流珠經》。

HY 1311《洞真太上八素真經三五行化妙訣》。

HY 1316《洞真太上三九素語玉經真訣》。

HY 1319《洞真太乙帝君太丹隱書洞真元經》。

HY 1328《洞真八景玉籙晨圖隱符》

HY 1349《上清九天上帝祝百神内名經》。

HY 1367《上清金真玉光八景飛經》。

HY 1374《上清洞真天寶大洞三景寶籙》。

HY 1375《上清大洞三景玉清隱書訣籙》。

HY 1376《上清元始高上玉皇九天譜籙》。

HY 1377《上清金真玉皇上元九天真靈三百六十五部元録》。

HY 1378《上清高聖太上大道君洞真金元八景玉籙》。

HY 1379《上清洞天三五金剛玄籙儀經》。

HY 1380《上清瓊宫靈飛六甲籙》。

HY 1381《上清曲素訣辭籙》。

HY 1382《上清元始變化寶真上經九靈太妙龜山玄籙》。

HY 1383《上清高上龜山玄籙》。

HY 1384《上清大洞九微八道大經妙籙》。

HY 1385《上清河圖寶籙》。

HY 1386《四斗二十八宿天帝大籙》。

HY 1428《高上玉皇本行集經註》,張國祥(卒於 1611 年)校。

3. 佛經文獻

所據版本主要爲渡邊海旭、高楠順次郎編《大正新脩大藏經》(東京:大正一切經刊行會,1924—1932 年)。以下條目排序按 T 開頭的編號即該經籍在此書中的序號,册數亦據此書。

T190 闍那崛多(523—600)譯《佛本行集經》。第 3 册。

T1509 龍樹菩薩(生於約二至三世紀)著,鳩摩羅什(344—413)譯《大智度論》。第 25 册。

T1540 玄奘(602—664)《阿毗達磨界身足論》。第 26 册。

T2053 慧立(生於 615 年)《大唐大慈恩寺三藏法師傳》。第 50 册。

T2059 慧皎(497—554)《高僧傳》。第 50 册。

T2060 道宣(596—667)《續高僧傳》。第 50 册。

T2074 惠英(唐)《大方廣佛華嚴經感應傳》。第 51 册。

T2087 玄奘(602—664)、辯機(初唐)著《大唐西域記》。第 51 册。

T2092 楊衒之(約 540)《洛陽伽藍記》。第 51 册。

T2103 道宣(編)《廣弘明集》。第 52 册。又用《四部叢刊》本。

T2106 道宣《集神州三寶感通録》。第 52 册。

T2107 道宣《道宣律師感通録》。第 52 册。

T2122 道世(七世紀)(編)《法苑珠林》。第 53 册。

T2154 智昇(八世紀)(編)《開元釋教録》。第 55 册。

另又用《新纂大藏卍續藏經》(臺北:白馬精舍印經會,1988 年)。

X1516 本覺(南宋)(編)《釋氏通鑑》。第 76 册。

另又用《中華大藏經:漢文部分》(北京:中華書局,1984 年)。

釋玄應(約 645 年)撰《一切經音義》,第 1163 册,第 57 號。

二、中文論著

二劃

丁放、袁行霈《玉真公主考論——以其與盛唐詩壇的關係爲歸結》,《北京大學學報》2004 年第 2 期,頁 41—52。

九奇、仲禄《滕王閣史話》,南昌:江西人民出版社,1997 年。

力之《〈楚辭〉與中古文獻考説》,成都:巴蜀書社,2005 年。

四劃

中國屈原學會(編)《楚辭研究》,濟南:齊魯書社,1988 年。

中國社會科學院考古研究所西安唐城工作隊《隋仁壽宫唐九成宫 37 號殿址的發掘》,《考古》,第 339 期(1995 年),頁 1083—1099。

介永強《關中唐代行宫考》,《中國歷史地理論叢》2000 年第 3 期,頁 197—212。

卞孝萱《劉禹錫年譜》,上海:中華書局,1963 年。

孔繁信《陳子昂的〈修竹篇〉及〈修竹篇序〉》,《山東師範大學學報》總第 6 期(1981 年),頁 59—63。

戈春源《端午節起源於伍子胥考》,《蘇州科技學院學報》(社會科學版) 2004 年第 4 期,頁 93—96。

文物局古文獻研究室、安徽省阜陽地區博物館《阜陽漢簡簡介》,《文物》1983 年第 2 期,頁 21—24。

方祖燊《秋日登洪府滕王閣餞别序》,《古今文選》第 334 期,1958 年 9 月。

牛致功《試論玄武門之變的參加者》,《中華文史論叢》第 62 輯,上海:上海古籍出版社,2000 年,頁 110—132。

王力《同源字典》,北京:商務印書館,1982 年。

王三慶《敦煌類書》,臺北:麗文文化事業股份有限公司,1993 年。

王天海《〈滕王閣序〉寫於何時》,《貴州大學學報》1991 年第 3 期,頁 65—69。

王仲德《玄奘圓寂後》,西安:陜西人民出版社,1999 年。

王利器、王貞珉《漢書古今人表疏證》,臺北:貫雅文化事業有限公司,1990 年。

王彤偉《〈木蘭詩〉中的"唧唧"》,《語文建設》2006 年第 10 期,頁 50。

王叔岷《鍾嶸詩品箋證稿》,臺北:"中央"研究院文哲研究所,1992 年。

王明《黄庭經考》,《"中央"研究院歷史語言研究所集刊》第 20 本(1948 年),頁 539—576。

王明《道家和道教思想研究》,北京:中國社會科學出版社,1984 年。

王拾遺《元稹論稿》,西安:陜西人民出版社,1994 年。

王重民《中國善本書提要》,上海:上海古籍出版社,1986 年。

王書奴《中國娼妓史》,上海:生活書店,1935 年。

王氣中《王勃在四川的創作活動——兼論唐初的士風和文風》,載《中國古典文學論叢》第二輯,北京:人民文學出版社,1985 年,頁 73—86。

王新華《避諱研究》,濟南:齊魯書社,2008 年。

王運熙、楊明《魏晉南北朝文學批評史》,上海:上海古籍出版社,1989 年。

王運熙《陳子昂和他的作品》,《文學遺産增刊》第四輯,北京:作家出版社,1957 年,頁 92—121。

王運熙《漢魏六朝唐代文學論叢》,上海:上海古籍出版社,1981 年。

王運熙等(編)《中國文學批評通史》,上海:上海古籍出版社,1996 年。

王夢鷗《初唐詩學著述考》,臺北:臺灣商務印書館,1977 年。

王夢鷗《唐人小説校釋》,臺北:正中書局,1993 年。

王錚《〈離騷〉題名古傳二義考辨——從〈楚辭章句〉到〈屈原列傳〉》,《求是學刊》1990 年第 6 期,頁 65—70。

《太陽報》(香港),2008 年 4 月 21 日。

五劃

北京大學中國文學史教研室(編)《魏晉南北朝文學史參考資料》,北京:中華書局,1962 年。

田宗堯《王勃年譜》,《大陸雜誌》第三十卷第十二期(1965 年),頁 5—15。

田曉菲《烽火與流星》,新竹:清華大學出版社,2009 年。

皮錫瑞(1850—1908)(撰)、周予同(注釋)《經學歷史》,北京:中華書局,1963 年。

六劃

任國緒《王勃〈滕王閣序〉作於何年》,《北方論叢》總第 80 期(1986 年),頁 47—51。

任銘善《經傳小辨》,《中華文史論叢》第 1 輯,北京:中華書局,1962 年,頁 71—81。

任繼愈(主編)、鍾肇鵬(副主編)《道藏提要》修訂本,北京:中國社會科學出版社,1995 年。

宇文所安(Stephen Owen)(著)、田曉菲(譯)《他山的石頭記:宇文所安自選集》,南京:江蘇人民出版社,2003 年。

朱東潤(編)《中國歷代文學作品選》,上海:上海古籍出版社,1979 年。

朱建新《樂府詩選》,臺北:正中書局,1997 年。

竹治貞夫(著)、趙曉蘭(譯)《關於〈楚辭釋文〉的作者問題》,《成都大學學報》(社科版)1993 年第 1 期,頁 54—60。

七劃

何介鈞、張維明(合編)《馬王堆漢墓》,北京:文物出版社,1982 年。

何天行《楚辭作於漢代考》,上海:中華書局,1948 年。

何水英《“木蘭抱杼嗟”版〈木蘭歌〉爲北朝本色民歌説獻疑——與龔延明先生商榷》,《河北科技師範學院學報》第 10 卷第 1 期(2011 年),頁 22—26、31。

何林天《重訂新校王子安集》,太原:山西人民出版社,1990 年。

何林天《論王勃》,《晉陽學刊》1983 年第 2 期,頁 94—99。

何樂士等《古代漢語虚詞通釋》,北京:北京出版社,1985 年。

余英時《士與中國文化》,上海:上海人民出版社,1987 年。

余嘉錫《四庫提要辨證》,北京:中華書局,1984 年。

佟培基《全唐詩重出誤收考》,西安:陝西人民教育出版社,1996 年。

佟培基《〈全唐詩〉工作底本探秘》,《文史》第 43 輯,北京:中華書局,1997 年,頁 203—210。

吴之邨《滕王閣得名考暨〈滕王閣序〉新注》,《安徽史學》,1999 年第 1 期,頁 17—35、16。

吴天任(輯)《水經注研究史料匯編》,臺北:藝文印書館,1984 年。

吴克岐(約 1870—1930 在世)《犬窩謎話》,揚州:江蘇廣陵古籍刻印社,1986 年,復印手寫本。

吴其昱《敦煌本故陳子昂集殘卷研究》,載《香港大學五十週年紀念論文集》第二册,香港:香港大學中文系,1966 年,頁 241—303。

吴明賢《陳子昂〈感遇〉詩考辨》,江蘇人民出版社編《研究生論文選集(中國古代文學分册)》(一),南京:江蘇人民出版社,1983 年,頁 79—95。

吴淇(1615—1675)(著)、汪俊、黄進德(點校)《六朝選詩定論》,揚州:廣陵書社,2009 年。

吕宗力《漢代的謡言》,杭州:杭州大學出版社,2011 年。

岑仲勉《唐人行第録》,北京:中華書局,2004 年。

岑仲勉《唐集質疑》,《“國立中央研究院”歷史語言研究所集刊》第 9 本(1947 年),頁 1—82。

岑仲勉《陳子昂及其文集之事跡》,《輔仁學志》第十四卷第一、二合期

(1946 年),頁 149—173。

李大明《〈離騷〉稱“經”時間新論》,《四川師範大學學報》1993 年第 2 期(總 77 期),頁 55—59。

李曰剛《文心雕龍斠詮》,臺北:“國立”編譯館中華叢書編審委員會,1982 年。

李浩《唐代三大地域文學士族研究》,北京:中華書局,2002 年。

李海燕《初唐詩的轉向:王勃“入蜀紀行詩”探析》,《晉陽學刊》2010 年第 6 期,頁 115—118。

李得賢《木蘭詩時代雜考》,載《文史集林》第二集,西安:三秦出版社,1987 年,頁 231—251。

李華斌《唧唧音證》,《中國韻文學刊》卷 24 第 3 期(2010 年),頁 78—80。

李敬信(主編)《中國的謎語》,北京:人民出版社,1990 年。

李誠《楚辭論稿》(增訂本),北京:華齡出版社,2013 年。

李劍國《唐前志怪小説史》,天津:南開大學出版社,1984 年。

李樹爾《論風骨》,載《文學遺産增刊》第 11 輯,北京:中華書局,1963 年,頁 29—37。

李豐楙《不死的探求:抱朴子》,臺北:時報文化出版公司,1987 年。

李豐楙《六朝仙境傳説與道教之關係》,《中外文學》第 8 卷第 8 期(1970 年),頁 168—188。

李豐楙《仙、妓與洞窟——從唐到北宋初的娼妓文學與道教》,載臺灣大學中國文學研究所主編《宋代文學與思想》,臺北:臺灣學生書局,1989 年,頁 473—515。

李豐楙《仙詩、仙歌與頌讃靈章:“〈道藏〉中的六朝詩歌史料及其研究”緒論》,東海大學中國文學系編《第三屆魏晉南北朝文學國際學術研討會論文集》,臺北:文史哲出版社,1998 年,頁 645—692。

李豐楙《誤入與謫降——六朝隋唐道教文學論集》,臺北:學生書局,1996 年。

李豐楙《憂與遊——六朝隋唐遊仙詩論集》,臺北:學生書局,1996 年。

杜維鈞、杜金鋒(編)《章草辨異字典》,北京:人民美術出版社,2005 年。

杜曉勤《齊梁詩歌向盛唐詩歌的嬗變》,臺北:商鼎文化出版社,1996 年。

沈道榮《隸書辨異字典》,北京:文物出版社,2003 年。

足立喜六(1871—1949)(著)、王雙懷、淡懿誠、賈云(譯)《長安史跡研究》,西安:三秦出版社,2003 年。

八劃

周作明《東晉南朝上清經中的"兆"》,《宗教學研究》2004 年第 4 期,頁 132—135。

周征松《魏晉隋唐間的河東裴氏》,太原:山西教育出版社,2000 年。

周祖譔《關於陳子昂歷史作用的再思考》,《唐代文學研究》第 3 輯,桂林:廣西師範大學出版社,1992 年,頁 186—192。

周勛初《周勛初文集》,南京:江蘇古籍出版社,2000 年。

尚定《走向盛唐》,北京:中國社會科學出版社,1994 年。

屈萬里《〈滕王閣序〉的兩個問題》,《大陸雜誌》第 16 卷第 9 期(1958 年),頁 1—5。

林宏元(主編)《中國書法大字典》,香港:中外出版社,1983 年。

林延君《木蘭詩唧唧釋義》,《社會科學戰綫》1994 年第 4 期,頁 307—310。

林維純《試論〈楚辭章句〉"序文"的作者問題》,《暨南學報》(哲學社會科學版)1986 年第 2 期(總 27 期),頁 47—56、62。又收入中國屈原學會編《楚辭研究》,頁 430—450,題爲《楚辭章句序文作者問題考辨》。

林維純《劉向編集楚辭初探》,《暨南學報》(哲學社會科學版)1984 年第 4 期(總 20 期),頁 86—92。

林寶卿(編)《普通話閩南方言常用詞典》,廈門:廈門大學出版社,2007 年。

《東方日報》(香港),2007 年 9 月 20 日;2008 年 8 月 10 日。

河北師範學院中文系古典文學教研組(編)《三曹資料彙編》,北京:中華書局,1980 年。

金毓黼《中國史學史》,上海:商務印書館,1957 年。

九劃

侯外廬《侯外廬史學論文選集》第一卷,北京:人民出版社,1987 年。

姚乃文《王勃生卒年考辨——兼與何林天同志商榷》,《晉陽學刊》1984 年第 2 期,頁 93—96。

姜亮夫《楚辭書目五種》,上海:上海古籍出版社,1993 年。

姜亮夫《楚辭通故》,濟南:齊魯書社,1985 年。

姜亮夫《楚辭學論文集》,上海:上海古籍出版社,1984 年。

姜書閣《"屈原賦二十五篇"臆説》,載中國屈原學會編《楚辭研究》,頁 361—393。

姜書閣《先秦辭賦原論》,濟南:齊魯書社,1983 年。

姜廣振《論裴啓〈語林〉一書亡佚的原因》,《焦作師範高等專科學校學報》2005 年第 2 期,頁 11—14。

施蟄存《唐詩百話》,上海:上海古籍出版社,1987 年。

洪東流《字謎》,北京:知識出版社,1987 年。

胡正武《劉阮遇仙故事與越中傳統造紙發微》,《浙江師範大學學報》2002 年第 3 期第 27 卷(總 2002 年),頁 14—19。

胡蔚《道教的清修觀與文人的白日夢——唐五代道書與文人創作中女仙形象之差異及原因》,《四川大學學報》總第 146 期(2006 年),頁 112—117。

胡適《胡適文存》,臺北:遠東圖書公司,1961 年。

范子曄《世説新語研究》,哈爾濱:黑龍江教育出版社,1998 年。

范文瀾《羣經概論》,《民國叢書》本。

韋鳳娟《阮籍〈大人先生傳〉辨析》,《文學遺産》1983 年第 4 期,頁 46—54。

十劃

唐長孺《〈木蘭詩〉補證》,《江漢論壇》1986年第9期,頁41—44。

唐長孺《魏晉玄學形成及其發展》,載其《魏晉南北朝史論叢續編》,北京:生活·讀書·新知三聯書店,1962年,頁311—350。

唐春生《爲初唐四傑"浮躁淺露"辯誣》,《重慶師院學報》,1994年02期,頁47—50。

夏含夷(Edward L. Shaughnessy)《古史異觀》,上海:上海古籍出版社,2005年。

孫尚勇《郭茂倩〈樂府詩集〉的編輯背景與刊刻及校理(代影印前言)》,《傅增湘藏宋本樂府詩集》,北京:人民文學出版社,2010年,頁1—25。

孫德謙(1869—1935)《劉向校讎學纂微》,蘇州:四益宧,1923年。

徐公持《正始體》,見《中國大百科全書·中國文學》,北京:中國大百科全書出版社,1986年,頁1261。

徐公持《魏晉文學史》,北京:人民文學出版社,2006年。

徐文茂《陳子昂論考》,上海:上海古籍出版社,2006年。

徐邦達《古書畫僞訛考辨》,南京:江蘇古籍出版社,1984年。

徐俊《王勃行年辨正》,《文史》第27輯,北京:中華書局,1986年,頁327—332。

徐俊《敦煌詩集殘卷輯考》,北京:中華書局,2000年。

柴德賡《史籍舉要》,北京:北京大學出版社,2002年。

袁暉、吴仁泰《中華謎語大觀》,北京:中國青年出版社,2001年。

高亨《古字通假會典》,濟南:齊魯書社,1989年。

高步瀛《唐宋文舉要》,上海:上海古籍出版社,1992年。

高鋒《花間詞研究》,南京:江蘇古籍出版社,2001年。

《座談長沙馬王堆漢墓帛書》,《文物》1974年第9期,頁46—47。

十一劃

啓功《"絶妙好辭"辨——談曹娥碑的故事》,載《啓功叢稿》,北京:中華書局,1981年,頁49—59。

"國科會"數位典藏"國家型"科技計畫:全唐詩檢索系統:http://cls.hs.yzu.edu.tw/tang/tangats/Tang_ATS2012/SrchMain.aspx。檢視日期:2013年3月31日。

常青《陝西麟遊慈善寺石窟的初步調查》,《考古》1992年第10期(總301期),頁909—914。

康德謨(Max Kaltenmark)《"景"與"八景"》,福井博士頌壽記念論文集刊行會編輯《福井博士頌壽記念東洋文化論集》,東京:早稻田大學出版部,1969年,頁1147—1154。

張以仁《從鹿虔扆的〈臨江仙〉談到他的一首〈女冠子〉》,《花間詞論集》,臺北:"中央"研究院文哲研究所,1996年,頁263—274。

張以仁《温庭筠兩首女冠子的訓解與題旨的問題》,王叔岷先生八十壽慶論文集編輯委員會(主編)《王叔岷先生八十壽慶論文集》,臺北:大安出版社,1993年,頁1—10。

張仲裁《唐五代文人入蜀編年史稿》,成都:巴蜀書社,2011年。

張志烈《王勃雜考》,《四川大學學報》總第37期(1983年),頁70—78。

張志烈《初唐四傑年譜》,成都:巴蜀書社,1993年。

張超然《系譜、教法及其整合:東晉南朝道教上清派的基礎研究》,政治大學博士論文,2008年。

曹志耘(編)《金華方言詞典》,南京:江蘇教育出版社,1996年。

曹道衡、沈玉成(編撰)《中國文學家大辭典·先秦漢魏晉南北朝卷》,北京:中華書局,1996年。

曹道衡《關於北朝樂府民歌》,《中國社會科學院研究生院學報》1982年第2期,頁59—66。

梁啓超《清代學術概論》(與《中國歷史研究法》合刊),重排本,石家莊:河北人民出版社,2003年。

梁超然《晚唐詩人曹唐及其詩歌》,《唐代文學》第1期(1981年),頁72—79。

梅原末治等(編),于還素(譯)《書道全集》,臺北:大陸書店,1975年。

梅運生《鍾嶸評建安詩歌》,《中國文藝思想史論叢》,北京:北京大學出版社,1988 年,頁 135—151。

畢庶春《荀況〈賦篇〉芻論》,《文學遺産》1999 年第 3 期,頁 13—19。

章炳麟(1869—1936)《國故論衡》,上海:大共和日報館,1912 年。

章學誠(1738—1801)(著),葉瑛(校注)《文史通義校注》,北京:中華書局,1985 年。

莊萬壽《嵇康研究及年譜》,臺北:學生書局,1990 年。

許尚樞《劉阮傳説的源流和影響》,《東南文化》1990 年第 6 期,頁 183—191。

郭沫若《青銅時代》,《郭沫若全集·歷史編》第一卷,北京:人民出版社,1982 年頁 313—618。

郭曾炘《讀杜劄記》,上海:上海古籍出版社,1984 年。

陳光堯《謎語研究》,《民國叢書》本。

陳伯海(主編)《唐詩彙評》,杭州:浙江教育出版社,1995 年。

陳沅遠《唐代驛制考》,載《史學年報》第 5 卷(1933 年),頁 61—92。

陳初生(編纂),曾憲通(審校)《金文常用字典》,西安:陝西人民出版社,1987 年。

陳尚君《唐代文學叢考》,北京:中國社會科學出版社,1997 年。

陳直《漢書新證》,天津:天津人民出版社,1959 年。

陳垣《史諱舉例》,上海:上海書店,1997 年,據劉迺龢校本重印。

陳祖言《張説年譜》,香港:中文大學出版社,1984 年。

陳偉強《方回詩論淺談》,《馬來亞大學中文系學術論文集》(*Kertas Pengajian Tionghoa Papers on Chinese Studies*)第七輯(2005 年),頁 91—120。

陳偉強《王勃〈滕王閣序〉校訂——兼談日藏卷子本王勃〈詩序〉》,《書目季刊》卷 35 第 3 期(2001 年),頁 65—88。

陳偉強《王勃著述考録》,《書目季刊》第 38 卷第 1 期(2004 年),頁 71—92。

陳偉強《阮籍訪孫登辨疑》,《學術月刊》1991 年 10 月號(總第 269 期),頁 64—65。

陳偉強《洞仙歌送阮郎歸——歐陽修詞閨情淺探》,未刊稿。

陳偉強《從誤入到導入——〈劉阮天台〉雜劇主題的新變》,《道家文化研究》第 24 輯,北京:讀書・生活・新知三聯書店,2009 年,頁 438—461。

陳偉強《從劉宋王朝和謝氏家族的關係看謝靈運的政治悲劇》,《北京大學學報》總 150 期(1992 年),頁 76—82、102。

陳偉強《意象飛翔:〈上清大洞真經〉所述之存思修煉》,《中國文化研究所學報》第 53 期(2011 年 7 月),頁 217—248。

陳偉強《道不若神——阮籍的宇宙生滅循環論》,載葛曉音主編《漢魏六朝文學與宗教》,上海:上海古籍出版社,2005 年,頁 215—244。

陳國符《道藏源流考》,北京:中華書局,1963 年。

陳寅恪《元白詩箋證稿》,上海:上海古籍出版社,1982 年。

陳望道《修辭學發凡》,上海:上海教育出版社,2003 年。

陳勝長《絹本〈孝女曹娥碑〉墨跡考辨(節録)》,載《中國碑帖與書法國際研討會論文集》,香港:香港中文大學文物館,2001 年,頁 263—274。

陳貽焮《杜甫評傳》,上海:上海古籍出版社,1982 年。

陳貽焮《唐詩論叢》,長沙:湖南人民出版社,1982 年。

陳廣忠《論〈楚辭〉與劉安〈淮南子〉之關係》,《社會科學》1984 年第 3 期(總 26 期),頁 59—68。

陳曉捷《玉華宮三題》,《文博》,2001 年第 5 期,頁 41—43。

陳鐘凡《中國韻文通論》,《民國叢書》本。

陸侃如《中古文學繫年》,北京:人民文學出版社,1985 年。

傅剛《文選版本研究》,北京:北京大學出版社,2000 年。

傅璇琮、陶敏《唐五代文學編年史:初盛唐卷》,瀋陽:遼海出版社,1998 年。

傅璇琮《〈滕王閣詩序〉一句解——王勃事跡辨》,《古典文學論叢》,西安:陝西人民出版社,1982 年,頁 628—637。

傅璇琮《唐代科舉與文學》,西安:陝西人民出版社,1986年。

傅璇琮《唐代詩人叢考》,北京:中華書局,1981年。

傅舉有、陳松長(編著),周士一、陳可風(譯)《馬王堆漢墓文物》,長沙:湖南出版社,1992年。

十二劃

彭慶生《初唐詩歌繫年考》,北京:北京大學出版社,2012年。

彭慶生《陳子昂詩注》,成都:四川人民出版社,1981年。

游汝杰、楊乾明(編)《温州方言詞典》,南京:江蘇教育出版社,1998年。

游國恩《楚辭概論》,上海:商務印書館,1927年。

游國恩《離騷纂義》,北京:中華書局,1982年。

湯用彤《隋唐佛教史稿》,北京:中華書局,1988年。

湯用彤《魏晉玄學論稿》,北京:人民出版社,1957年。

湯炳正《〈楚辭〉編纂者及其成書年代的探索》,《江漢學報》1963年第10期(總第27期),頁49—57。

湯炳正《屈賦新探》,濟南:齊魯書社,1984年。

湯華全《關於四庫著録的〈高氏三宴詩集〉版本、編者諸問題》,《古籍整理研究學刊》第61期(1996年),後扉頁。

程千帆《古詩考索》,上海:上海古籍出版社,1984年。

程千帆《唐代進士行卷與文學》,上海:上海古籍出版社,1980年。

程峰《關於孫登的幾個問題》,《焦作師範高等專科學校學報》第28卷第1期(2012年3月),頁8—13。

閔家驥(編)《簡明吴方言詞典》,上海:上海辭書出版社,1986年。

馮友蘭《中國哲學史新編》,北京:人民出版社,1986。

馮漢鏞《唐五代時劍南道的交通路綫考》,《文史》第14輯,北京:中華書局,1975年,頁41—66。

黄永年《"士先器識而後文藝"正義》,見史念海主編《唐史論叢》第4輯,西安:三秦出版社,1988年,頁96—108。

黃任軻《〈滕王閣序〉疑義辨析》,載上海社會科學院文學研究所編《文學研究叢刊》第1輯,上海:上海社會科學出版社,1984年,頁242—272。

黃伯思(1079—1118)《校訂楚辭序》,載《東觀餘論》,《學津討源》本。

黃金貴《唧唧考》,《温州師專學報》(社會科學版)1985年第1期,頁48—53。

黃清連《唐代的文官考課制度》,載《唐代研究論集》第1輯,臺北:新文豐出版公司,1992年,頁381—476。

黃晴惠《初唐四傑傳記考辨及其文學思想研究》,臺灣大學文學碩士論文,1996年。

黃進德(主編)《中華大典·文學典·魏晉南北朝文學分典》之《北朝文學部》,南京:鳳凰出版社,2007年。

黃錫凌(編)《粵音韻彙》,香港:中華書局,1984年。互聯網版:http://humanum.arts.cuhk.edu.hk/Lexis/Canton/

《喊驚》,下載自百度百科網站,2009年12月5日。網址:http://baike.baidu.com/view/1180781.html

十三劃

楊仁愷《晉人書曹娥碑墨跡泛考》,《中國書畫研究》,上海:上海古籍出版社,2006年,頁279—292。

楊仁愷《跋晉人書曹娥碑墨跡》,載《中華文史論叢》第4輯,北京:中華書局,1963年,頁139—156。

楊加深《再論〈章草草訣歌〉的作者問題:對"一段離奇章草案"的幾點質疑》,《東岳論叢》,2009年第5期,頁109—112。

楊汝泉《謎語之研究》,上海:大公報社,1934年。

楊廷福《玄奘年譜》,北京:中華書局,1988年。

楊勇《世説新語"書名""卷帙""板本"考》,《東方文化》第8卷第2期(1970年7月),頁276—288。

楊珍珠(編)《寧波方言詞典》,南京:江蘇教育出版社,1997年。

楊鴻年《隋唐兩京坊里譜》,上海:上海古籍出版社,1999年。

萬曼《唐集敘録》，北京：中華書局，1982 年。

萬斯同（1638—1702）《魏方鎮年表》，《二十五史補編》本。

萬鈞《唐太宗》，上海：學習生活出版社，1955 年。

葉祥苓（編）《蘇州方言詞典》，南京：江蘇教育出版社，1993 年。

葉憲舒《食玉信仰與西部神話的建構》，《尋根》2008 年第 4 期，頁 4—12。

葛曉音《八代詩史》，西安：陝西人民出版社，1989 年。

葛曉音《初唐四傑與齊梁文風》，《求索》1990 年第 3 期，頁 87—93。

葛曉音《從"方外十友"看道教對初唐山水詩的影響》，《學術月刊》1992 年第 4 期（總 275 期），頁 42—48。

葛曉音《詩國高潮與盛唐文化》，北京：北京大學出版社，1998 年。

葛曉音《漢唐文學的嬗變》，北京：北京大學出版社，1990 年。

葛曉音《論初盛唐文人的干謁方式》，《唐研究》第 1 卷，北京：北京大學出版社，1995 年，頁 119—138。

董哲、李海霞《廣東東莞"非遺"資料出版，老人個個會"喊驚"》，《廣州日報》2009 年 10 月 27 日。下載自人民網，2010 年 1 月 19 日。網址：http://ip.people.com.cn/BIG5/10264475.html。

賈晉華《唐代集會總集與詩人群研究》，北京：北京大學出版社，2001 年。

道坂昭廣《〈滕王閣序〉"勃三尺微命，一介書生"新解——以正倉院藏王勃詩序爲綫索》，《古典文學知識》2012 年第 6 期（總第 165 期），頁 53—62。

道坂昭廣《論傳橘逸勢"詩序切"與上野本〈王勃集〉的關係》，《域外漢籍研究集刊》第 8 輯（2012 年），頁 263—278。

十四劃

廖美雲《唐伎研究》，臺北：學生書局，1995 年。

漢語大字典字形組（編）《秦漢魏晉篆隸字形表》，成都：四川辭書出版社，1985 年。

聞一多《聞一多全集》,北京:生活·讀書·新知三聯書店,1982 年。

臧克和(主編)《漢魏六朝隋唐五代字形表》,廣州:南方日報出版社,2011 年。

臧勵龢等(編)《中國古今地名大辭典》,香港:商務印書館,1982 年。

褚斌杰《中國古代文體概論》,增订本,北京:北京大學出版社,1990 年。

趙益《六朝南方神仙道教與文學》,上海:上海古籍出版社,2006 年。

趙濂《謎語淺説》,北京:知識出版社,1985 年。

十五劃

劉大杰《中國文學發展史》,上海:上海古籍出版社,1982 年。

劉汝霖《王子安年譜》,《師大月刊》,1932 年第 2 期,頁 121—215。

劉汝霖《漢晉學術編年》,北京:中華書局,1987 年,影印 1932 年版。

劉師培(1884—1919)《中國中古文學史》(與《論文雜記》合刊),舒蕪校點,北京:人民文學出版社,1989 年。

劉師培《南北文學不同論》,載羅根澤、郭紹虞編《中國近代文論選》,南京:江蘇文藝出版社,1996 年,頁 653—678。

劉師培《經學教科書》,《民國叢書》本。

劉真倫《四傑總章參選考》,《成都大學學報》(社科版)1990 年第 4 期,頁 25—26。

劉尊明《唐五代詞與道教文化》,《社會科學戰綫》1997 年第 3 期,頁 127—135。

數位典藏與數位學習:http://catalog. digitalarchives. . tw/dacs5/System/Exhibition/Detail. jsp? OID=1807159,檢視日期:2010 年 1 月 25 日,檢"魏中尚方熨斗"。

蔡國璐(編)《丹陽方言詞典》,南京:江蘇教育出版社,1995 年。

蔣天樞《楚辭新注導論》,《中華文史論叢》第 1 輯,北京:中華書局,1962 年,頁 81—135。

蔣伯潛《十三經概論》,上海:上海古籍出版社,1982 年。

蔣伯潛《諸子通考》,杭州:浙江古籍出版社,1985 年。

蔣艷萍《道經修煉與古代文藝創作思想論》,長沙:岳麓書社,2006 年。

鄧永福《木蘭詩中唧唧一詞當作何解》,《西南師範學院學報》(社會科學版)1982 年第 1 期,頁 126—128。

鄭振鐸(編)《中國古代版畫叢刊》,上海:上海古籍出版社,1988 年。

魯迅(1881—1936)《中國小説史略》,收入《魯迅全集》第 9 册,北京:人民文學出版社,1982 年。

魯茜《論"紅葉題詩"的文本流傳》,《宜賓學院學報》2007 年總第 8 期,頁 11—13。

十六劃

曉菡《長沙馬王堆漢墓帛書概述》,《文物》1974 年第 9 期(總 220 期),頁 40—44。

盧建國《陝西銅川唐玉華宫遺址調查》,《考古》1978 年第 6 期(總第 159 期),頁 380—387。

盧盛江《文鏡秘府論彙校彙考》,北京:中華書局,2006 年。

穆渭生《唐玉華宫興衰考略》,《西北大學學報》(哲學社會科學版)2004 年第 4 期(總第 34 卷第 4 期),頁 88—91。

興膳宏(著),戴燕(選譯)《異域之眼——興膳宏中國古典論集》,上海:復旦大學出版社,2006 年。

錢存訓《中國書籍紙墨及印刷史論文集》,香港:中文大學出版社,1990 年。

錢志熙《魏晉詩歌藝術原論》,北京:北京大學出版社,1993 年。

錢南揚《謎史》(與《戲文概論》合刊),北京:中華書局,2009 年。

閻采平《梁陳邊塞樂府論》,《文學遺産》1988 年第 6 期,頁 45—54。

駱祥發《初唐四傑研究》,北京:東方出版社,1993 年。

鮑幼文《談木蘭詩的唧唧復唧唧》,《語文教學》第 2 期(1957 年),頁 33。

十七劃

薛天緯《干謁與唐代詩人的心態》,《唐代文學研究》第5輯,桂林:廣西師範大學出版社,1994年,頁1—16。

謎材網:http://www.chundeng.com/micai/qita/308.html.檢視日期2012年8月13日瀏覽。

謝無量《楚詞新論》,上海:商務印書館,1923年。

謝思煒《〈宋本杜工部集〉注文考辨》,《中國歷史文獻研究集刊》第五集,長沙:嶽麓書社,1985年,頁136—143。

蹇長春《白居易評傳》,南京:南京大學出版社,2002年。

鍾興麒《西域地名考録》,北京:國家圖書館,2008。

韓理洲《陳子昂評傳》,西安:西北大學出版社,1987年。

十八劃以上

聶文郁《王勃詩解》,西寧:青海人民出版社,1980年。

藍色源頭活水《燈謎謎格例釋》,人教論壇,人民教育出版社:http://bbs.pep.com.cn/thread-26178-1-1.html,檢視日期:2012年8月13日。

顔進雄《唐代遊仙詩研究》,臺北:文津出版社,1996年。

魏敏《孫登事蹟考》,《武漢理工大學學報》(社會科學版)第20卷第4期(2007年8月),頁533—535。

羅宗強《隋唐五代文學思想史》,上海:上海古籍出版社,1986年。

羅秉英《〈魏略〉與〈典略〉關係試探》,《思想戰綫》1983年第5期,頁87—93。

羅美珍、林立芳、饒長溶(主編)《客家話通用詞典》,廣州:中山大學出版社,2004年。

羅時進《對陳子昂研究中幾個基本問題的再認識》,《唐代文學研究》第1輯,桂林:廣西師範大學出版社,1988年,頁85—103。

羅根澤、郭紹虞(編)《中國近代文論選》,北京:人民文學出版社,1962年。

譚其驤(編)《中國歷史地圖集》,上海:地圖出版社,1982年。

譚達先《中國民間謎語研究》,香港:商務印書館,1982 年。

譚潤生《北朝民歌》,臺北:東大圖書公司,1997 年。

嚴耕望《唐代交通圖考》,臺北:"中央"研究院歷史語言研究所,1985 年。

蘇勇強《曹娥的"孝"》,《江漢論壇》2004 年第 4 期,頁 42—44。

顧實《穆天子傳西征講疏》,北京:中國書店,1990 年,據 1931 年版影印。

顧頡剛《五德終始説下的政治和歷史》,《古史辨》第 5 册,上海:上海古籍出版社,1982 年,頁 404—616。

顧頡剛《論〈詩經〉經歷及〈老子〉與道家書》,《古史辨》第 1 册,頁 53—57。

龔延明《北朝本色樂府詩〈木蘭歌〉發覆,兼質疑〈全唐詩〉誤收署名韋元甫〈木蘭歌〉》,《浙江大學學報》第 40 卷第 1 期(2010 年),頁 112—120。

欒保群《歷史上的謡與讖》,北京:中國檔案出版社,2006 年。

三、外文論著

1. 西文論著

Allen, Joseph R. *In the Voice of Others: Chinese Music Bureau Poetry*. Ann Arbor: Center for Chinese Studies, The University of Michigan, 1992.

Aristotle (384-322 B. C.), *Rhetoric*, trans. W. Rhys Roberts. New York: Dover Publications, Inc., 2004.

Asselin, Mark Laurent. *A Significant Season: Cai Yong (ca. 133-192) and His Contemporaries*. New Haven: American Oriental Society, 2010.

Barthel, Margret. "Kritische Betrachtungen zu dem Lied-Gedicht Mulan 木蘭." *Mitteilungen des Instituts für Orientforschung* 8(1963), 435-465.

Birch, Cyril, ed. *Studies in Chinese Lifcrary Genres*. Berlekey

University of California Press, 1974.

Birnbaum, Raoul. "The Manifestation of a Monastery: Shen-ying's Experiences on Mount Wu-t'ai in T'ang Context." *Journal of the American Oriental Society* 106.1(1986), 119-138.

Bodde, Derk. *Chinese Thought, Society, and Science: the Intellectual and Social Background of Science and Technology in Pre-modern China*. Honolulu: University of Hawai'i Press, 1991.

Bokenkamp, Stephen R. "Chinese Metaphor Again: Reading—and Understanding—Imagery in the Chinese Poetic Tradition." *Journal of the American Oriental Society* 109.2 (1989), 211-221.

Bokenkamp, Stephen R. "Taoist Literature. Part Ⅰ: Through the T'ang Dynasty." In William H. Nienhauser, Jr., ed. *The Indiana Companion to Traditional Chinese Literature*. Bloomington: Indiana University Press, 1986, pp. 138-152.

Bokenkamp, Stephen R. "The Peach Flower Font and the Grotto Passage." *Journal of the American Oriental Society* 106.1(1986), 65-78.

Bokenkamp, Stephen R. *Ancestors and Anxiety: Daoism and the Birth of Rebirth in China*. Berkeley: University of California Press, 2007.

Bokenkamp, Stephen R. *Early Daoist Scriptures*. Berkeley: University of California Press, 1997.

Boltz, Judith. *A Survey of Taoist Literature*. Berkeley: Institute of East Asian Studies, University of California, 1987.

Boodberg, Peter A. "The Language of the T'o-pa Wei." *Harvard Journal of Asiatic Studies* 1(1936), 167-185; rpt., Cohen, Alvin P. comp., *Selected Works of Peter A. Boodberg*. Berkeley and Los Angeles: University of California Press, 1979, pp. 221-239.

Boodberg, Peter A. Selections from *Hu T'ien Han Yüeh Fang Chu* 8.

In Alvin P. Cohen comp., *Selected Works of Peter A. Boodberg*, 115–124.

Boodberg, Peter A., comp. "A Primer of Classical Chinese." Ed. Alvin P. Cohen and Paul W. Kroll., Unpublished manuscript.

Brashier, K. E. "Han Thanatology and the Division of 'Souls.'" *Early China* 21 (1996), 125–158.

Bredin, Hugh. "Onomatopoeia as a Figure and a Linguistic Principle." New Literary History 27. 3 (1996), 555–569.

Budd, Charles, trans. *Chinese Poems*. London: Oxford University Press, 1912.

Burke, Kenneth. *Permanence and Change*. Berkeley: University of California Press, 1954.

Cahill, Suzanne Elizabeth. *Transcendece and Divine Passion: The Quech Mother of the West in Medieval China*. Stanford: Stanford University Press, 1993.

Cai Zong-qi. "The Conceptual Origins and Aesthetic Significance of '*Shen*' in Six Dynasties Texts on Literature and Painting." In Cai Zong-qi, ed. *Chinese Aesthetics: The Ordering of Literature, the Arts, and the Universe in the Six Dynasties*. Honolulu: University of Hawai'i Press, 2004.

Chan, Timothy Wai Keung. "A New Reading of an Early Medieval Riddle: 'Utterly Wonderful, Lovely Words'?" *T'oung Pao* 99 (2013), 1–35.

Chan, Timothy Wai Keung. "A Reevaluation of Chen Ziang's 'Manifesto of a Poetic Reform." *Journal of The Oriental Society of Australia* 35 (2004–2005), 56–85.

Chan, Timothy Wai Keung. "Dedication and Identification in Wang Bo's Compositions on the Gallery of Prince Teng." *Monumenta Serica* 50

(2002), 216-255.

Chan, Timothy Wai Keung. "In Search of Jade: Studies of Early Tang Poetry." Ph. D. dissertation, University of Colorado, 1999.

Chan, Timothy Wai Keung. "'Jade Flower' and the Motif of Mystic Excursion in Early Religious Daoist Poetry." In Alan K. L. Chan and Yuet-Keung Lo, eds. *Interpretation and Literature in Early Medieval China*. New York: State University of New York Press, 2010, pp. 165-188.

Chan, Timothy Wai Keung. "Literary Criticism and the Ethics of Poetry: The 'Four Elites of the Early Tang' and Pei Xingjian." *T'ang Studies* 15-16 (1997-1998), 157-182.

Chan, Timothy Wai Keung. "Restoration of a Poetry Anthology by Wang Bo." *Journal of the American Oriental Society* 124 (2004), 157-182.

Chan, Timothy Wai Keung. "Ruan Ji on Pristine Thoughts and Divine Visions." Unpublished manuscript(2013).

Chan, Timothy Wai Keung. "Ruan Ji's and Xi Kang's Visits to Two 'Immortals.'" *Monumenta Serica* 44(1996), 141-165.

Chan, Timothy Wai Keung. "Searching for the Bodies of the Drowned: A Folk Tradition of Early China Recovered." *Journal of The American Oriental Society* 129. 3 (2009), 385-401.

Chan, Timothy Wai Keung. "The 'Ganyu' of Chen Ziang: Questions on the Formation of a Poetic Genre." *T'oung Pao* 87(2001), 14-42.

Chan, Timothy Wai Keung. "The *Jing/Zhuan* Structure of the *Chuci* Anthology: A New Approach to the Authorship of Some of the Poems." *T'oung Pao* 84 (1998), 293-327.

Chan, Timothy Wai Keung. *Considering the End: Mortality in Early Medieval Chinese Poetic Representation*. Leiden: Brill, 2012.

Chang，Sun Kang-i. *Six Dynasties Poetry*. Princeton：Princeton University Press，1986.

Chavannes，Édouard. *traduits et annotés*，*Les Mémoires historiques de Se-Ma Ts'ien*. Paris：E. Leroux，1895-1905.

Chavannes，Eduard. *Documents sur les Tou-kiue*（*Turcs*）*Occidentaux*. St. Pétersbourg，1903；rpt.，Beijing：Wendiange shuzhuang，1930.

Chen，*Sanping*. *Multicultural China in the Early Middle Ages*. Philadelvial：University of Pennsylvania Press，2012

Chen Zu-yan. "Impregnable Phalanx and Splendid Chamber：Chang Yüeh and the Aesthetics of High T'ang Poetry." *Chinese Literature：Essays*，*Articles*，*Reviews* 15 (1989)，69-88.

Ch'en，Kenneth. *Buddhism in China：A Historical Survey*. Princeton：Princeton University Press，1964.

Chennault，Cynthia L. "Lofty Gates or Solitary Impoverishment? Xie Family Members of the Southern Dynasties." *T'oung Pao* 85 (1999)，249-327.

Cutter，Robert Joe. "Cao Zhi (192-232) and His Poetry." Ph D Dissertation. Seattle：University of Washington，1986.

Cyril Birch，ed. *Studies in Chinese Literary Genre*. Berkeley：University of California Press，1974.

de Saussure，Ferdinand(1857—1913). *Course in General Linguistics*. Trans. Wade Baskin. New York：McGraw-Hill，1959.

Demiéville，Paul. ed. *Anthologie de la poésie chinoise classique*. Paris：Gallimard，1962.

des Rotours，Robert，trans. *Traité des fonctionnaires et Traité de l'armée*，*tr. de la Nouvelle histoire des T'ang* (*chap. XLVI-L*). Leyde：E. J. Brill，1947-48.

DeWoskin，Kenneth and J. I. Crump，Jr. trans. *In Search of the*

Supernatural: The Written Record. Stanford: Stanford University Press, 1996.

Dull, Jack. "Historical Introduction to the Apocryphal (Ch'an-wei) Texts of the Han Dynasty." PhD Dissertation. University of Washington, 1966.

Eichenbaum, Boris, "The Theory of the 'Formal Method.'" Lee T. Lemon and Marion J. Reis, trans. *Russian Formalist Criticism: Four Essays*. Lincoln and London: University of Nebraska Press, 1965, pp. 99–139.

Eliade, Mircea. *Shamanism: Archaic Techniques of Ecstasy*. Princeton: Princeton University Press, 1974.

Esposito, Monica. "Sun-worship in China – the roots of Shangqing Taoist practices of light–part 1. Yuyi and Jielin: the Taoist god of the Sun and goddess of the Moon." *Cahiers d'Extrême-Asie* 14 (2004), 345–402.

Faurot, Jeanette. ed. *Asian-Pacific Folktales and Legends*. New York: Touchstone, 1995.

Frankel, Hans H. "The Contemplation of the Past in T'ang Poetry." In Arthur F. Wright and Denis Twitchett, ed. *Perspectives on the T'ang*. New Haven: Yale University Press, 1973, pp. 345–365.

Frankel, Hans H. "*Yüeh-fǔ* Poetry." In Cyril Birch, ed. *Studies in Chinese Literary Genres*, pp. 69–107.

Frankel, Hans H. *The Flowering Plum and the Palace Lady*. New Haven: Yale University Press, 1976.

Freud, Sigmund. *The Interpretation of Dreams*. New York: Avon Books, 1965.

Frodsham, J. D. *An Anthology of Chinese Verse: Han Wei Chin and the Northern and the Southern Dynasties*. Oxford: Clarendon Press, 1967.

Frodsham, John D. *The Murmuring Stream: The Life and Works of the Chinese Nature Poet Hsieh Ling-yün (385–433), Duke of K'ang-Lo*. Kuala Lumpur: University of Malaya Press, 1967.

Gottesman, Ronald and Bennett, Scott eds. *Art and Error: Modern Textual Editing*. London: Methuen & Co. Ltd., 1970.

Graham, A. C. *Disputers of the Tao*. La Salle, Ill: Open Court, 1989.

Graham, A. C. *Poems of the Late T'ang*. Harmondsworth, Middlesex: Penguin, 1965.

Greenblatt, Stephen. *Shakespearean Negotiations*. Berkeley and Los Angeles: University of California Press, 1988.

Greg, W. W. "The Rationale of Copy-Text." *Studies in Bibliography* 3 (1950–51), 19–36; rpt. in Robald Gottesman and Scott Bennett, eds. *Art and Error: Modern Textual Editing*. London: Methuen, 1970.

Hawkes, David. "Quest of the Goddess." In Cyril Birch, ed. *Studies in Chinese Literary Genres*, pp. 42–68.

Hawkes, David. *The Songs of the South: An Anthology of Ancient Chinese Poems by Qu Yuan and Other Poets*. Harmondsworth, Middlesex: Penguin, 1985.

Hightower, James Robert. "Ch'ü Yüan Studies." In *Silver Jubilee Volume of the Zinbun Kagaku Kenkyusho, Kyoto University*[京都大學人文科學研究所]創立廿五周年記念論文集. Kyoto: Nissha, 1954, pp. 192–223.

Hightower, James Robert. "The *Fu* of T'ao Ch'ien." *Harward Journal of Asiatic Studies* 17 (1954), 169–230.

Hightower, James Robert. "The Story of Ying-ying." *Harvard Journal of Asiatic Studies* 33 (1973), 90–123.

Ho Peng-yü 何炳郁 and Joseph Needham. "Elixir Poisoning in Mediaeval China." *Janus* 48 (1959), 221–251.

Ho, Richard M. W. *Ch'en Tzu-ang: Innovator in T'ang Poetry*. Hong Kong: The Chinese University Press, 1993.

Holzman, Donald. *La vie et la pensée de Hi K'ang*. Leiden: E. J. Brill, 1957.

Holzman, Donald. *Poetry and Politics: The Life and Works of Juan Chi, A. D. 210-263*. Cambridge: Cambridge University Press, 1976.

Holzman, Donald. Review of *Ch'en Tzu-ang: Innovator in T'ang Poetry*, by Richard M. W. Ho. *T'oung Pao* 81 (1995), 355-360.

Holzman, Donald. "Ts'ao Chih and the Immortals." *Asia Major*, 3rd series 1. 1 (1998), 15-57.

Honey, David B. *Incense at the Altar: Pioneering Sinologists and the Development of Classical Chinese Philology*. New Haven: American Oriental Society, 2001.

Honig, Edwin. *Dark Conceit: The Making of Allegory*. Hanover and London: University Press of New England, 1982.

Hu Shiguang, trans. "The Song of Mulan." *Chinese Literature* (Spring 1994), 180-182.

Huang Ch'ing-lien. "The Recruitment and Assessment of Civil Officials under the T'ang Dynasty." PhD dissertation. Princeton University, 1986.

Hucker, Charles O. *A Dictionary of Official Titles in Imperial China*. Stanford: Stanford University Press, 1985.

Hughes, E. R. *The Art of Letters: Lu Chi's "Wen fu," A. D. 302, a Translation and Comprehensive study*. New York: Pantheon Books Inc., 1951.

Hung, William. "The Last Four Lines of the Mu-lan Ballad." In *Studia Asiatica: Essays in Asian Studies in Felicitation of the Seventy-fifth Anniversary of Professor Ch'en Shou-yi*, ed. Laurence G.

Thompson. San Francisco: Chinese Materials Center, 1975, pp. 357-362.

Hung, William. *A Supplementary Volume of Notes for* Tu Fu: China's Greatest Poet. Cambridge, Mass.: Harvard University Press, 1952.

Hung, William. *Tu Fu: China's Greatest Poet*. Cambridge, Mass.: Harvard University Press, 1952.

Idema, Wilt and Lloyd Haft. *A Guide to Chinese Literature*. Ann Arbor: Center for Chinese Studies, University of Michigan, 1997.

Iser, Wolfgang. *The Act of Reading: A Theory of Aesthetic Response*. Baltimore: Johns Hopkins University Press, 1978.

Jia Jinhua. "The 'Pearl Scholars' and the Final Establishment of Regulated Verse." *T'ang Studies* 14 (1996), 1-20.

Johnson, David. "The Wu Tzu-hsü *pien-wen* and its Sources, Part Ⅰ." *Harvard Journal of Asiatic Studies* 50 (1980), 93-156.

Julien, Stanislas. "Romance de Mou-lan." *Revue de Paris* 37 (1832), 193-195; rpt. in Julien, *Tchao-chi-kou-eul, ou L'Orphelin de la Chine, Drame en Prose et en Vers*. Paris: Moutardier, Libraire-Ėditeur, 1834, pp. 325-331.

Karlgren, Bernhard. *Glosses on The Book of Odes*. Stockholm: The Museum of Far Eastern Antiquities, 1964.

Karlgren, Bernhard. *Grammata Serica Recensa*. Stockholm: Museum of Far Eastern Antiquities, 1957; rpt. Göteborg: Elanders Boktryckeri Akiebolag, 1972.

Karlgren, Bernhard, trans. *The Book of Odes: Chinese Text, Transcription and Translation*. Stockholm: Museum of Far Eastern Antiquities, 1950.

Knechtges, David R. "Problems of Translating Descriptive Binomes in the *Fu.*"*Tamkang Review* (Autumn 1984-Summer 1985), 329-347.

Knechtges, David R. "Riddles as Poetry: The '*Fu* Chapter' of the *Hsün-tzu.*" In Tsê-tsung Chow, ed. *Wen-lin, Volume II: Studies in the Chinese Humanities*. Madison: Dept. of East Asian Languages and Literature of the University of Wisconsin; Hong Kong: N. T. T. Chinese Language Research Centre, Institute of Chinese Studies, The Chinese University of Hong Kong, 1989, pp. 1-32.

Knechtges, David R. "The Perils and Pleasures of Translation: The Case of the Chinese Classics." *The Tsing Hua Journal of Chinese Studies* new series vol. 34, no. 1 (June 2004), 123-149.

Knechtges, David R. trans. & comm., *Wen Xuan, or Selections of Refined Literature, Volume One, Rhapsodies on Metropolises and Capitals*. Princeton: Princeton University Press, 1982.

Knechtges, David R. trans. & comm., *Wen Xuan, or Selections of Refined Literature, Volume Two, Rhapsodies on Sacrifices, Hunting, Travel, Sightseeing, Palaces and Halls, Rivers and Seas*. Princeton: Princeton University Press, 1987.

Knechtges, David R. trans. & comm., *Wen Xuan, or Selections of Refined Literature, Volume Three, Rhapsodies on Natural Phenomena, Birds and Animals, Aspirations and Feelings, Sorrowful Laments, Literature, Music, and Passions*. Princeton: Princeton University Press, 1996.

Kristera, Julia. Desire in Language: A Semiotic Approach to Literature and Art. New York: Columbia University Press, 1980.

Kroll, Paul W. "A Poetry Debate of the Perfected of Highest Clarity." *Journal of the American Oriental Society* 132.4 (2012), 577-586.

Kroll, Paul W. "Between Something and Nothing (Presidential Address)." *Journal of the American Oriental Society* 127.4 (Oct-Dec,

2007), 403–413.

Kroll, Paul W. "Body Gods and Inner Vision: The Scripture of the Yellow Court." In Lopes, *Religions of China in Practice*, 149–155.

Kroll, Paul W. *Essays in Medieval Chinese Literature and Cultural History*. Farnham: Ashgate, 2009.

Kroll, Paul W. "In the Halls of the Azure Lad." *Journal of the American Oriental Society* 105.1 (1985), 75–94.

Kroll, Paul W. "Li Po's Transcendent Diction." *Journal of the American Oriental Society* 106.1 (1986), 99–117.

Kroll, Paul W. "Notes on Three Taoist Figures of the T'ang." *The Society for the Study of Chinese Religions Bulletin* 9 (1981), 19–41.

Kroll, Paul W. "On Far Roaming." *Journal of the American Oriental Society* 116.4 (1996), 653–669. Titled "An Early Poem of Mystical Excursion," an abridged version of this article is in Lopez, *Religions of China in Practice*, 157–165.

Kroll, Paul W. "Poetry of the T'ang Dynasty." In Victor H. Mair, ed. *The Columbia History of Chinese Literature*. New York: Columbia University Press, 2001, pp. 274–313.

Kroll, Paul W. Review of *The Poetry of the Early T'ang* by Stephen Owen (New Haven: Yale University Press, 1977), *Chinese Literature: Essays, Articles, Reviews* 1 (January 1979), 120–128.

Kroll, Paul W. "Seduction Songs of One of the Perfected." In Lopez, *Religions of China in Practice*, pp. 180–187.

Kroll, Paul W. *Studies in Medieval Taoism and the Poetry of Li Po*. Farnham: Ashgate, 2009.

Kroll, Paul W. "Szu-ma Ch'eng-chen in T'ang Verse." *The Society for the Study of Chinese Religions Bulletin* 6 (1978), 16–30.

Kroll, Paul W. "The Divine Songs of the Lady of Purple Tenuity." In

Kroll and David R. Knechtges, eds. *Studies in Early Medieval Chinese Literature and Cultural History: In Honor of Richard B. Mather and Donald Holzman*. Provo, Utah: T'ang Studies Society, 2003, pp. 149-211.

Kroll, Paul W. "The Life and Writings of Xu Hui (627-650), Worthy Consort, at the Early Tang Court." *Asia Major* 3rd ser. 22, part 2 (2009), 35-64.

Kroll, Paul W. "The Light of Heaven in Medieval Taoist Verse." *Journal of Chinese Religions* 27 (1999), 1-12.

Kroll, Paul W. "The Memories of Lu Chao-lin." *Journal of the American Oriental Society* 109.4 (1989), 581-592.

Kroll, Paul W. "Us and Them." *Journal of the American Oriental Society* 113.3 (1993), 457-460.

Kroll, Paul W. "Verses from on High: The Ascent of T'ai Shan." In Shuen-fu Lin and Stephen Owen, eds. *The Vitality of the Lyric Voice: Shih Poetry from the Late Han to the T'ang*. Princeton, N.J.: Princeton University Press, 1986, pp. 167-216.

Lagerwey, John. *Wu-shang pi-yao: somme taoiste du VIe siècle*. Paris: Ecole Française d'Extrême-Orient, 1981.

Laufer, Berthold (1874 - 1934). *Insect-Musicians and Cricket Champions of China*. Chicago: Field Museum of Natural History, 1927.

Laufer, Berthold. *Sino-Ironica: Chinese Contribution to the History of Civilization in Ancient Iran*. Chiaago: Field Museum of Natural History, 1919.

Lee, Lily Hsiao Hung. "Yü-lin and Kuo-tzu: Two Predecessors of Shih-shuo Hsin-yü." *A Festschrift in Honour of Professor Jao Tsung-i on the Occasion of His Seventy-Fifth Anniversary* 慶祝饒宗頤教授七十五歲論文集. Hong Kong: Institute of Chinese Studies, Chinese University of

Hong Kong, 1993, pp. 357 - 388.

Legge, James. trans. & annot. *The Chinese Classics: with a Translation, Critical and Exegetical Notes, Prolegomena, and Copious Indexes*. Oxford, 1893; rpt., Taipei: SMC Publishing Inc., 1994.

Legge, James. trans. & annot. *The Ch'un Ts'ew with The Tso Chuen*. In Legge, *The Chinese Classics*, vol. 5.

Legge, James. trans. & annot. *The She King*. In Legge, *The Chinese Classics*, vol. 4.

Levy, Dore J. "Constructing Sequences: Another Look at the Principle of *Fu* 賦 'Enumeration.'" *Harvard Journal of Asiatic Studies* 46. 2 (1986), 471-493.

Lewis, Mark Edward. *Writing and Authority in Early China*. New York: State University of New York Press, 1999.

Lippiello, Tidiana. "Interpreting Written Riddles: A Typical Chinese Way of Divination." In Jan A. M. de Meyer and Peter M. Engelfriet, eds. *Linked Faiths: Essays on Chinese Religions and Traditional Culture in Honour of Kristofer Schipper*. Leiden: Brill, 2000, pp. 41-52.

Liu, James J. Y.. *The Poetry of Li Shang-yin, Ninth-Century Baroque Chinese Poet*. Chicago: University of Chicago Press, 1969.

Lopez, Donald S. Jr., ed. *Religions of China in Practice*. Princeton: Princeton University Press, 1996.

Lu Zongli. *Power of the Words: Chen Prophecy in Chinese Politics AD 265-618*. New York: Peter Lang, 2003.

Lynn, Richard John, trans. *The Classic of the Way and Virtue: A New Translation of the Tao'te Ching of Laozi as Interpreted by Wang Bi*. New York: Columbia University Press, 1999.

Mair, Victor H. "Scroll Presentation in the T'ang Dynasty." *Harvard Journal of Asiatic Studies* 38 (1978), 35-60.

Mair, Victor H. *Mei Cherng's "Seven Stimuli" and Wang Bor's "Pavilion of King Terng": Chinese Poems for Princes*. Lewiston: E. Mellen Press, 1988.

Mark, Lindy Li. "Orthography Riddles, Divination, and Word Magic: an Exploration in Folklore and Culture." In Sarah Allan and Alvin P. Cohen, eds. *Legend, Lore, and Religion in China: Essays in Honor of Wolfram Eberhard on His Seventieth Birthday*. San Francisco: Chinese Materials Center, 1979, pp. 43–69.

Marney, John. *Chiang Yen*. Boston: Twayne, 1981.

Marney, John. *Chinese Anagrams and Anagram Verse*. Taipei: Chinese Materials Center, 1993.

Maspero, Henri (1882–1945). *Le taoïsme et les religions chinoises*. Paris: Gallimard, 1971.

Maspero, Henri. *Taoism and Chinese Religion*, trans. Frank A. Kierman Jr. Amherst: University of Massachusetts Press, 1981.

Mather, Richard B. *Shih-shuo Hsin-yü: A New Account of Tales of the World*. Minneapolis: University of Minnesota Press, 1976.

Mather, Richard B. *The Poet Shen Yüeh (441–513), The Reticent Marquis*. Princeton, N. J.: Princeton University Press, 1988.

McGann, Jerome J. *A Critique of Modern Textual Criticism*. Chicago: University of Chicago Press, 1983.

McMullen, David. "Recollection without Tranquility: Du Fu, the Imperial Gardens and the State." *Asia Major* 3rd ser. 14. 2 (2001), 189–252.

McMullen, David. *State and Scholars in T'ang China*. Cambridge: Cambridge University Press, 1988.

Needham, Joseph. *Science and Civilisation in China, Volume 2: History of Scientific Thought*. Cambridge: Cambridge University

Press, 1985.

Needham, Joseph. *Science and Civilisation in China*, *Volume 5: Chemistry and Chemical Technology*. Cambridge: Cambridge University Press, 1985.

Nichols, Stephen G. and Siegfried Wenzel, eds. *The Whole Book: Cultural Perspectives on the Medieval Miscellany*. Ann Arbor: University of Michigan Press, 1996.

Nienhauser, William H., Jr. "Diction, Dictionary and the Translation of Classical Chinese Poetry." *T'oung Pao* 64 (1978), 47-109.

Nienhauser, William H., Jr. "The Ballad of Mulan." In Wu-chi Liu and Irving Yucheng Lo, eds., *Sunflower Splendor: Three Thousand Years of Chinese Poetry*. New York: Anchor Books, 1975, pp. 77-80.

Nietzsche, Friederich Wilhelm (1844-1900). *Daybreak: Thoughts on the Prejudices*. Ed. Maudmarie Clark and Brian Leiter, trans. R. J. Hollingdale. Cambridge: Cambridge University Press, 1997.

Nylan, Michael. "Wandering in the Ruins: The *Shuijing zhu* Reconsidered." In Alan K. L. Chan and Yuet-Keung Lo, eds. *Interpretation and Literature in Early Medieval China*. Albany: State University of New York Press, 2010, pp. 63-101.

Ōfuchi Ninji 大淵忍爾. "The Formation of the Taoist Canon." In Holmes Welch and Anna Seidel, eds. *Facets of Taoism: Essays in Chinese Religion*. New Haven: Yale University Press, 1979, pp. 253-267.

Owen, Stephen, trans. *An Anthology of Chinese Literature, Beginnings to 1911*. New York: W. W. Norton & Company, 1996.

Owen, Stephen. *Readings in Chinese Literary Thought*. Cambridge, MA: Harvard University, 1992.

Owen, Stephen. *The End of Chinese 'Middle Ages': Essays in Mid-Tang Literary Culture*. Stanford: Stanford University Press, 1996.

Owen, Stephen. *The Golden Age of Chinese Poetry: The High T'ang*. New Haven: Yale University Press, 1981.

Owen, Stephen. *The Late Tang: Chinese Poetry of the Mid-ninth Century (827–860)*. Cambridge, Mass.: Harvard University Asia Center, 2006.

Owen, Stephen. *The Poetry of the Early T'ang*. New Haven: Yale University Press, 1977.

Pearce, Scott. "The Way of the Warrior in Early Medieval China, Examined through the 'Northern *Yuefu*.'" *Early Medieval China* 13–14.2 (2008), 87–114.

Pulleyblank, Edwin G. "The *Tzyiyh Tongjiann Kaoyih* and the Sources for the History of the Period 730–763." *Bulletin of the School of Oriental and African Studies* 13.2 (1950), 448–473.

Pulleyblank, Edwin G. *Lexicon of Reconstructed Pronunciation in Early Middle Chinese, Late Middle Chinese, and Early Mandarin*. Vancouver: University of British Columbia Press, 1991.

Pulleyblank, Edwin G. *Lexicon of Reconstructed Pronunciation in Early Middle Chinese, Late Middle Chinese, and Early Mandarin*. Vancouver: University of British Columbia Press, 1991.

Read, Bernard E. *Chinese Materia Medica: Insect Drugs, Dragon & Snake Drugs, Fish Drugs*. Peking Natural History Bulletin, 1941; rpt. Taipei: Southern Materials Center, Inc., 1982.

Read, Bernard E. *Chinese Medicinal Plants from the Pen Ts'ao Kang Mu* 本草綱目 *A.D. 1596 of a Botanical, Chemical and Pharmacological Reference List*. Peking: Peking Natural History Bulletin, 1936; rpt. Taipei: Southern Materials Center, Inc., 1982.

Richards, I. A. *The Philosophy of Rhetoric* (first published by Oxford University Press in 1936) re-issued edition, ed. John Constable.

London and New York: Routledge, 2001.

Robinet, Isabelle. "*Dongzhen bajing yulu chentu yinfu* 洞真八景玉籙晨圖隱符." In Schipper and Verellen, *The Taoist Canon*, 182.

Robinet, Isabelle. *La Révélation du Shangqing dans l'histoire du Taoisme. Tome second*. Paris: École Française d'Extrême-Orient, 1984.

Robinet, Isabelle. "Le *Ta-tung chen-ching*; son authenticité et sa place dans les textes du *Shang-ch'ing ching*." In Michel Strickmann, ed. *Tantric and Taoist Studies*, vol. 2: 394-434.

Robinet, Isabelle. "*Shangqing gaosheng taishang dadao jun dongzhen jinyuan bajing yulu* 上清高聖太上大道君洞真金元八景玉籙." In Schipper and Verellen, *The Taoist Canon*, 140.

Robinet, Isabelle. *Taoism: Growth of a Religion*, trans. Phyllis Brooks. Stanford: Stanford University Press, 1992.

Robinet, Isabelle. *Taoist Meditation: The Mao-shan Tradition of Great Purity*, trans. Julian E. Pas and Norman J. Girardot. Albany: State University of New York Press, 1993.

Robinet, Isabelle. "Visualization and Ecstatic Flight." In Livia Kohn, ed. *Taoist Meditation and Longevity Techniques*. Ann Arbor: Center for Chinese Studies, University of Michigan, 1989, pp. 157-190.

Rolston, David L. "Sources of Traditional Chinese Fiction Criticism." In Rolston, ed. *How to Read the Chinese Novel*. Princeton: Princeton University Press, 1990, pp. 3-35.

Schafer, Edward H. "Annex to 'Combined Supplements to Mathews.'" Schafer Sinological Papers, no. 13. 7 July 1984.

Schafer, Edward H. "Empyreal Powers and Chthonian Edens: Two Notes on T'ang Taoist Literature." *Journal of the American Oriental Society* 106.4 (1986), 667-678.

Schafer, Edward. H. "Li Po's Star Power." *Bulletin of the Society* for the Study of Chinese Religions 6 (1978), 5-15.

Schafer, Edward H. *Mao Shan in T'ang Times*. Boulder: The Society for the Study of Chinese Religions, 1980.

Schafer, Edward H. *Mirage on the Sea of Time: The Taoist Poetry of Ts'ao T'ang*. Berkeley: University of California Press, 1985.

Schafer, Edward H. "Notes on T'ang Culture, Ⅲ." *Monumenta Serica* 30 (1972-1973), 100-116.

Schafer, Edward H. "Notes on T'ang Geisha." *Schafer Sinological Papers*, no. 2. 6 Feburary 1984.

Schafer, Edward H. "Preliminary Remarks on the Structureand Imagery of the 'Classical Chinese' Language of the Medieval Period." *T'oung Pao* 50 (1963), 257-264.

Schafer, Edward H. *Schafer Sinological Papers*. Berkeley: Edward H. Schafer, 1984-1989.

Schafer, Edward H. "The Capeline Cantos: Verses on the Divine Loves of Taoist Priestesses." *Asiatische Studien* 32 (1978), 5-65.

Schafer, Edward H. *The Golden Peaches of Samarkand: A Study of T'ang Exotics*. Berkeley: University of California Press, 1985.

Schafer, Edward H. "The Jade Woman of Greatest Mystery." *History of Religions* 17. 3-4 (1978), 387-398.

Schafer, Edward H. *The Vermilion Bird: T'ang Images of the South*. Berkeley: University of California Press, 1967.

Schafer, Edward H. "The World Between: Ts'ao T'ang's Grotto Poems." *Schafer Sinological Papers*, no. 32. 15 October 1985.

Schafer, Edward H. "What and How is Sinology?" Inaugural Lecture for the Department of Oriental Languages and Literatures, University of Colorado, Boulder, 14 October, 1982 (Boulder, 1982). Later published in *T'ang Studies* 8-9(1990-91), 23-44.

Schafer, Edward H. "Wu Yun's Cantos on Pacing the Void." *Harvard Journal of Asiatic Studies* 41(1981), 377-415.

Schipper, Kristofer and Verellen, Franciscus, eds. *The Taoist Canon: A Historical Companion to the* Daozang. Chicago: University of Chicago Press, 2004.

Schipper, Kristopher. *Concordance du Houang t'ing king*. Paris: École française d'Extrême-Orient, 1975.

Schlegel, Gustave (1840-1903). *Uranographie chinoise, ou, Preuves directes que l'astronomie primitive est originaire de la Chine, et qu'elle a été empruntée par les anciens peuples occidentaux a la sphère chinoise; ouvrage accompagné d'un atlas céleste chinois et grec*. Leiden: Brill, 1875; rpt. Taipei: Ch'eng-wen Publishing Company, 1967.

Schmidt, J. D. "The 'Live Method' of Yang Wan-li." In Ronald C. Miao, ed. *Studies in Chinese Poetry and Poetics* Vol. 1, San Francisco: Chinese Material Centre, 1978, pp. 287-319.

Schneider, Laurence A. *A Madman of Ch'u: The Chinese Myth of Loyalty and Dissent*. Berkeley: University of California Press, 1980.

Seidel, Anna K. "Imperial Treasures and Taoist Sacraments: Taoist Roots in the Apocrypha." In Michel Strickmann, ed. *Tantric and Taoist Studies*, vol. 2: 291-371.

Seidel, Anna K. "Taoist Messianism." *Numen* 31 (1983), 161-174.

Shaughnessy, Edward L. "*I ching* 易經(*Chou I* 周易)." In Michael Loewe, ed. *Early Chinese Texts: A Bibliographical Guide*. Berkeley: Society for the Study of Early China and Institute of East Asian Studies, 1993, pp. 216-228.

Shields, Anna M. *Crafting a Collection: The Cultural Contexts and Poetic Practice of the Huajian ji 花間集 (Collection from Among the Flowers)*. Cambridge, Mass.: Harvard University Asia Center, 2006.

Shields, Anna M. "Defining Experience: The 'Poems of Seductive Allure' (*yanshi*) of the Mid-Tang Poet Yuan Zhen." *Journal of the American Oriental Society* 122 (2002), 61-78.

Stranghair, Anna. *Chang Hua: A Statesman-Poet of the Western Chin Dynasty.* Canberra: Australian National University, 1973.

Strickmann, Michel. *Chinese Magical Medicine*. Stanford: Stanford University Press, 2002.

Strickmann, Michel. "On the Alchemy of T'ao Hung-ching." In Holmes Welch and Anna Seidel, eds. *Facets of Taoism: Essays in Chinese Religion.* New Haven: Yale University Press, 1979, pp. 123-192.

Strickmann, Michel. "The Mao Shan Revelations: Taoism and the Aristocracy." *T'oung Pao* 63.1(1977), 1-64.

Strickmann, Michel, ed. *Tantric and Taoist Studie, in Honour of R. A. Stein.* Bruxelles: Institut Belge des Hautes Études Chinoises, 1983.

Stuart, G. A. *Chinese Materia Medica*. Shanghai: American Presbyterian Mission Press, 1911; rpt. Taipei: Southern Materials Center, 1987.

Tanselle, G. Thomas. *Textual Criticism and Scholarly Editing*. Charlottesville: University Press of Virginia, 1990.

The Chicago Manual of Style, 15th Edition. Chicago: University of Chicago Press, 2003.

Tian Xiaofei, *Beacon Fire and Shooting Star: The Literary Culture of the Liang (520-557).* Camridge, MA: Harvard University Asia Center, 2007.

Twitchett, Denis and Howard J. Wechsler. "Kao-tsung (reign 649-683) and the Empress Wu: The Inheritor and the Usurper." In Twitchett, ed. *Cambridge History of China, Volume 3: Sui and T'ang China, 589-906 AD, Part I*, pp. 242-289.

Twitchett, Denis, ed. *Cambridge History of China, Vol. 3: Sui and T'ang China, 589–906, Part I*. Cambridge: Cambridge University Press, 1979.

Twitchett, Denis. "How to Be an Emperor: T'ang T'ai-tsung's Vision of His Role." *Asia Major* 3rd ser. 9 (1996), 1–102.

Waley, Arthur, trans. *The Book of Songs*. London: Allen & Unwin, 1937.

Waley, Arthur, trans. *The Book of Songs: The Ancient Chinese Classsic of Poetry*. Ed. Joseph R. Allen. New York: Grove Press, 1996.

Waley, Arthur, trans. *The Temple and Other Poems*. New York: A. A. Knopf, 1923.

Waley, Arthur, trans. *Translations from the Chinese*. New York: A. A. Knopf, 1941.

Wechsler, Howard J. "T'ai–tsung(reign 626–649) the Consolidator." In Twitchett, ed. *Cambridge History of China, Vol. 3: Sui and T'ang China, 589–906, Part I*, pp. 188–193.

Wechsler, Howard J. *Mirror to the Son of Heaven: Wei Cheng at the Court of T'ang T'ai-tsung*. New Haven: Yale University Press, 1974.

Wechsler, Howard J. "The Confucian Impact on Early T'ang Decision-making." *T'oung Pao* 66 (1980), 1–40.

Welsh, Andrew. "Riddle." In Alex Preminger and T. V. F. Brogan. eds. *The New Princeton Encyclopedia of Poetry and Poetics*. Princeton: Princeton University Press, 1993, pp. 1070–1072.

Westbrook, Francis Abeken. "Landscape Description in the Lyric Poetry and 'Fuh on Dwelling in the Mountains' of Shieh Ling-Yunn." PhD dissertation, Yale University, 1972.

Wellek, Rene and Austin warren. *Theory of Literature 3rd edition*. New york: Harcourt, Brace& World, Inc. ,1970.

Wilhelm, Hellmut. "The Scholar's Frustration: Notes on a Type of 'Fu'." In John K. Fairbank, ed. *Chinese Thought and Institutions*. Chicago: University of Chicago Press, 1957, pp. 310-319, 398-403.

Wright, Arthur F. "T'ang T'ai-tsung and Buddhism." In Wright and Denis Twichett, eds. *Perspectives on the T'ang*. New Haven: Yale University Press, 1973, pp. 239-263.

Wu Lu-ch'iang and Tenney L. Davis. "An Ancient Chinese Treatise on Alchemy Entitled Ts'an T'ung Ch'i." *Isis* 18 (1932), 210-289.

Xiong, Victor. *Sui-Tang Chang'an: A Study in the Urban History of Medieval China*. Ann Arbor: Center for Chinese Studies, University of Michigan, 2000.

Yamada Toshiaki. "Longevity Techniques and the Compilation of the *Lingbao Wufuxu*." In Livia Kohn, ed. *Taoist Meditation and Longevity Techniques*. Ann Arbor: Center for Chinese Studies, University of Michigan, 1989, pp. 99-124.

Yu, Pauline. *The Reading of Imagery in the Chinese Poetic Tradition*. Princeton: Princeton University Press, 1988.

Yü Ying-shih. "'O Soul, Come Back!' A Study in the Changing Conceptions of the Soul and Afterlife in Pre-Buddhist China." *Harvard Journal of Asiatic Studies* 47.2 (Dec., 1987), 363-395.

Zürcher, Erik. "Eschatology and Messianism in Early Chinese Buddhism." In W. L. Idema, ed. *Leyden Studies in Sinology*. Leiden: Brill, 1981, pp. 34-56.

2. 日文論著

三劃

下見隆雄《曹娥の伝記説話について》,《中國研究集刊》第 25 期(1999 年),頁 1—20。

大上正美《阮籍・嵇康の文學》,東京:創文社,2000年。

大阪市立美術館(編),中田勇次郎(監修)《唐鈔本》,京都:同朋舍,1981年。

大淵忍爾《初期の道教——道教史の研究,其の一》,東京:創文社,1991年。

小川環樹《中国小説史の研究》,東京:岩波書店,1968年。

小川環樹《勑勒の歌——その原語と文学史的意義》,載《小川環樹著作集》,第一册,東京:筑摩書房,1997年,頁323—337.

小西甚一(編)《文鏡秘府論考・攻文篇》,東京:大日本雄辯會講談社,1953年。

小尾郊一、岡村貞雄(譯注)《古楽府》,東京:東海大學出版会,1980年。

小林正美《六朝道教史研究》,東京:創文社,1990年。

小林昇《孫登の伝について》,《フィロソフィア》第48號(1964年12月),頁25—38。

小南一郎《中国の神話と物語り——古小説史の展開》,東京:岩波書店,1984年。

小南一郎《楚辞とその注釈者たち》,京都:朋友書店,2003年。

山本和義《元稹の豔詩及び悼亡詩について》,《中国文学報》第9號(1958年),頁54—84。

四至五劃

中田勇次郎《中国書論集》,東京:二玄社,1970年。

加藤千惠《真誥における日月論とその周邊》,載吉川忠夫(編)《六朝道教の研究》,東京:春秋社,1998年,頁125—145。

平岡武夫、今井清(編)《唐代の長安と洛陽——地図》,京都:京都大學人文科學研究所,1956年。

平岡武夫《經書の成立——天下的世界観》,東京:創文社,1983年。

《正倉院展》,奈良:奈良国國立博物館,1983年10月23日至11月

6日。

田口暢穗《東方虬の〈蚯蚓賦〉をめぐって——その類書としての應用》,《中國文學研究》第16期(1990年),頁21—32。

石井昌子《上清大洞真經の一考察》,《(創価大学)文学部論集》第4卷第2號(1975),頁117—130。

六劃

吉川幸次郎(訳)《杜甫II》,東京:筑摩書房,1972年。

安東俊六《初唐文学史における陳子昂の位置づけ》,《九州中國學會報》第15卷(1969年),頁16—28。

安東俊六《陳子昂の「感遇詩」の再評価》,《九州中國學會報》第18號(1972年),頁24—47。

安東俊六《陳子昂の「感遇詩」を支える思想について》,《中国文芸座談ノート》,頁1—15。

安東俊六《陳子昂の詩論と作品》,《九州中國學會報》第14號(1968年),頁47—62。

竹治貞夫《楚辞研究》,東京:風間書房,1978年。

竹治貞夫《楚辞遠遊文学の系譜》,載《小尾博士古稀記念中國學論集》,東京:汲古書院,1983年,頁23—38。

竹治貞夫《楚辭釈文の撰者について》,《日本中國學會報》第十八集(1966年),頁161—183。

七劃至八劃

杉村邦彦(解説)《唐鈔本王勃集》,東京:二玄社,1974年。

岡村貞雄《古楽府の起源と繼承》,東京:白帝社,2000年。

服部宇之吉(校訂)《漢文大系》第十八卷,臺北:慧豐學會;新文豐出版公司,1978年。

松浦友久《漢詩の事典》,東京:大修館書店,1999年。

花房英樹、前川幸雄《元稹研究》,京都:彙文堂書店,1977年。

長谷部剛《「全唐詩」所收韋元甫「木蘭歌」について——「木蘭詩」の形

成と傳承》,《中國詩文論叢》第 24 集(2005 年),頁 85—98。

長谷部剛《李白詩と「木蘭詩」——「木蘭詩」の形成と傳承》,《松浦友久博士追悼記念中国古典文学論集》,東京:研文出版,2006 年,頁 458—468。

九劃至十劃

垣内智之《頭部九宮の存思と太一》,《東方宗教》第 91 號(1998 年),頁 22—40。

星川清孝(譯注),《古詩源》,收入《漢詩大系》,東京:集英社,1965 年。

星川清孝《風骨考》,載《宇野哲人先生白壽祝賀記念東洋學論叢》,東京:宇野哲人先生白壽祝賀記念會,1974 年,頁 1049—1068。

柳瀨喜代志《「曹娥没水獲翁」譚と求屍故事》,載《早稲田大学教育学部学術研究 国語・国文学編》第 30 期(1981 年),頁 111—120。

神塚淑子《六朝道經の形成とその文体——上清經の場合》,《東洋文化研究所紀要》第 129 册(1996 年),頁 53—118。

高木正一《陳子昂と詩の革新》,載《吉川博士退休記念中國文學論集》(東京:筑摩書房,1968 年),頁 353—372。

高木重俊《初唐詩人を巡る人々 II 裴行倹——文芸と器識の問題を中心に》,《北海道教育大學紀要》(第 1 部 A)人文科學編,第 44 卷第 2 號(1994 年 3 月),頁 47—62。又收入其論文集《初唐文學論》,東京:研文出版,2005 年,頁 444—472。

十一至十二劃

清水茂《中國詩文論藪》,東京:創文社,1989 年。

麥谷邦夫《『大洞真經三十九章』をめぐって》,收入吉川忠夫(編)《中國古道教史研究》,京都:同朋舍,1992 年。

森三樹三郎《六朝士大夫の精神》,京都:同朋舍,1986 年。

植木久行《初唐詩人王勃生卒年考——唐代詩人新疑年録(2)》,《文経論叢. 人文学科篇》第 9 期(1989 年),頁 91—118。

菊地章太《神呪経研究——六朝道教における救済思想の形成》,東京:研文出版,2009 年。

十三劃

道上克哉《陳子昂の交友關係——方外の十友おめぐって》,《立命館文學》第 430—432 號(1981 年),頁 219—238。

道坂昭廣《王勃の序について》,《人文論叢:三重大學人文學部文化學科研究紀要》第 10 號(1993),頁 1—30。

道坂昭廣《王勃試論——その文學淵源について》,《東方學》第七十六輯(1988 年),頁 34—46。

道坂昭廣《初唐の「序」について》,《中國文學報》第 54 號(1997 年),頁 1—35。

鈴木虎雄《王勃年譜》,《東方學報》第 14 册 3 分(1944 年),頁 311—324。

鈴木修次《唐代詩人論》,東京:鳳出版,1973 年。

鈴木修次《陳子昂とその死》,《漢文教室》第 73 號(1965 年),頁 30—37。

福本雅一《再論　孝女曹娥碑をめぐって》,《國學院中國學會報》第 44 期(1998 年),頁 32—49。

福本雅一《孝女曹娥碑をめぐっで》,《学林》第 28,29 期(1998 年),頁 108—131。

福永光司《『大人賦』の思想的系譜——辭賦の文學と老莊の哲學》,《東方學報》第 41 册(1970 年),頁 97—126。

十六劃以上

興膳宏、川合康三《隋書經籍志詳攷》,東京:汲古書院,1995 年。

藤原尚《「文賦」的理論的根拠》,《支那文學研究》第 35 號(1970 年),頁 19—29。

藤原楚水《註解漢詩歌謡樂府朗詠選》,東京:省心書房,1977 年。

後記暨鳴謝

本書收録的十四篇論文，是筆者發表於 1996 至 2014 年期間的英文論文的中譯本。在這四年多斷續的翻譯、編輯和校對的過程中，得以仔細重讀舊文，五十步笑百步，欣慨交心。這些論文，見證了西行亞美利堅，南征澳大利亞，求學求職，所想所歷。文史三冬，鼯鼠五技；學步邯鄲，效顰西子。蝜蝂貪功，黔驢窮技；氣不足起其文，論不能圓其說。眇者言日，野人獻曝，今有幸將這些不成熟的論述結集出版，向中文世界的學者先進請益求教，冀能抛磚引玉。

這些文章得以首次發表，除了有賴各期刊書籍的編輯和匿名評審先生不棄，最爲關鍵的還是對我學業上循循善導，教誨指引的良師。在暨南大學本科的學習中，毛慶耆、郭小湄、洪柏昭、林維純、王景霓等老師把我帶進了古典文學的花園；賴江基、陳初生、陳經耀等老師則爲我在文字、聲韻、訓詁、金石、書法等方面的學習打下了良好的基礎。這些老師們傳授給我做學術研究的基本方法，並指出了日後發展的路向。1989 年我考入北京大學中文系研究生後，更如沐春風。得葛師曉音的悉心指導，在浩如煙海的典墳翰墨中，精選了漢唐名家全集細讀精研：三曹七子，兩潘二陸，李杜高岑，韓孟韋柳，乃略得皮毛，始望秋水。那時按月提交的讀書報告，葛老師總是用心批閱,耐心指導,並鼓勵我就某些有潛質的零碎想法,加以挖掘整理,撰寫成文並發表。第一篇學術論文是《阮籍訪孫登辨疑》,雖不堪一哂,但具紀念意義。

在北大學習期間,得到很多良師耳提面命。葛老師於 1991 年訪美,那個學期,把我交託給故陳先生貽焮指導下讀書。陳先生是王孟研究的權威學者,我有幸在其指導下通讀了《孟襄陽集》和《王右丞集》,並習舊體詩詞創作,獲益匪淺。先生於 2000 年不幸因病仙逝,我那時在加州 San Diego 漂流途中,寄人籬下;忽聞噩耗,心折骨驚,恨無毛羽,不能奮飛,送他上路,只能發送傳真吊唁。撫今追昔,感慨良多。此外,袁先生行霈、故褚先生斌杰、孫靜先生等的教學及治學方法和精神,對我啓發尤深,影響尤鉅。當時的同學,時有切磋砥礪,得益亦多。同學少年,多有所成,仰慕之餘,自愧老大意拙,徒增羞赧。

北大畢業前,紅白二事接踵而至。在京成親不久,母親病危,於是連畢業典禮都沒有參加便飛回香港,得以送母親最後一程。母親西遊後,我亦西行,攻讀博士學位。初到美國,幸有奚如谷(Stephen H. West)教授同行。他多年來的教導、支持和鼓勵,銘感五中。

在美國學習期間,得以眼界大開,學到了新的知識和不同的治學方法。業師柯睿(Paul W. Kroll)教授在我這段征途上一直悉心教導扶持。拜柯教授爲師一事,幸得奚如谷教授引薦,玉成其事。那時如谷教授被派駐華,任加州大學在華中心(University of California Center in China)的駐北大辦公室主任。同門羅秉恕(Robert Ashmore)師兄在陳先生貽焮門下修業,經他介紹,我結識了如谷教授。如谷教授爲柯睿教授的舊同學。柯教授於 1991 年來華訪學,如谷教授設宴於我們常去的位於北大小南門外軍機處老虎洞的四川酒家,我也有幸預席。席間如谷教授介紹並説我有志於赴美深造,並將拙文《阮籍訪孫登辨疑》交予柯教授。柯教授離京前囑如谷教授:"陳君有志於學,務請其申請我校就讀,當優遇之。"一顧之重,中心藏之,何日忘之?

柯教授的教益,開展了我的眼界。他的研究方法、思考方式以及資料運用等都是我之前聞所未聞的,使我頓有炬火入冥室之感。於是我老老實實地從頭做起,學習這些新穎的思考和做學問的方法。我第一篇用英文撰成的論文就是在《阮籍訪孫登辨疑》的基礎上,再作深入探討而成。柯教授不嫌鄙陋,不辭辛勞,在我那破不成句的英語文稿上逐字修訂,易稿數通,終於成型。此文的意義,不僅在於學習的寶貴經驗,更重要的是如阮籍訪孫登之目擊道存,見"感遇"之情。除正式上課外,那時教授主持的道教文獻讀書會,雖然只維持了一年多時間,却使我對先前一無所知的道教文化有了初步的認識。去年夏天我再度在北大與柯教授匆匆一聚,掐指一算,二十一年轉眼已逝。歸家後乃作詩一首寄意,詩題曰《二〇一二年夏日於燕園重別柯睿師》:

京華麗日邊,滄海話桑田。阮籍遊林下,孫登嘯石巔。想像三清境,存思八景仙。何如明月夜,細細品詩篇。

旅美期間的學習和見識,還有賴其他師長和學界先進的啓導。科羅拉多大學(University of Colorado, Boulder)坐落於美麗的洛磯山脚下,山清水秀,有仙則名。那是劉再復教授喻爲人間仙境的地方,他與李澤厚教授在那幽邃林泉間定居,有終焉之志。我們這些中國研究生也就時常有機會與這兩位前輩聚會,並趁機請教,獲益良多。我在那七年的修業期内,有幸入讀比較文學系,使我能從固步自封的狹窄的中國視野中解放出來,接觸到一些前所未知的新事物、新知識和新視角。當時的系主任 Ralph J. Hexter 教授對我的影響尤深。除了一門必修的比較文學史,他執教的史詩(epic)課使我深深地愛上了古希羅、印度、巴比倫等文學。這些比較文學、文學理論和世界文學的課程爲我的研究開闢了新視界和新思路。

在專業學習上,老師同學們的教導啓發至爲重要。從柯教授身上學習的途徑主要有上課、研討、當他的助教和上述的道教閱讀小組活動等。他執教的《楚辭》、李白、唐史以及漢學史等課,從不同於中土的方法和視角入手,閱讀、翻譯和討論原始文獻,輔以每週佈置的閱讀材料——那些都是最具代表性的相關研究著作,帶引我分别從高廣和細微的視角研讀原始文獻,涉獵相關課題的東西方重要研究成果。在當柯教授的助教期間,我教的是古代漢語(classical Chinese)入門課。這樣看似簡單的課,對我來説却竟是巨大的挑戰。主要困難在於討論文本的主要手段是逐字逐句的英譯,要求除了對文本和相關背景有整體透徹的理解外,更重要的是要準確地把它翻譯出來,通過翻譯及講解讓學生懂得文本的文化背景及其語法結構。當時所用的教材是由卜德弼(Peter A. Boodberg, 1903—1972)編輯的一套摘自各種原始文獻的資料集,部分由柯教授以秀麗的字體抄寫[①],無標點斷句,就這樣讓非漢語母語的學生踏上古文的初階。我很感謝柯教授不嫌鄙陋,讓我當他的助教。努力用功,犯了不少錯誤,鬧了不少笑話,却學到了教授古漢語的基本方法,與治學相輔相成。此後我在俄亥俄州州立大學(The Ohio State University)和澳洲悉尼大學(The University of Sydney)教授古漢語,基本上就是用的這種方法。而多年來做學術研究,也離不開這種最基本的方法。

除了柯教授的言行身教,我還有幸轉益多師。除上述 Hexter 教授的史詩課和比較文學史,司馬德琳(Madeline K. Spring)教授的志怪小説課,雷久密(Chui-mi Lai)教授訪問期間開設的潘岳陸機詩研究課,在方法和視角上給我很大的啓迪。葛浩文(Howard Goldblatt)教授執教的中國現代文學課,在文本閱讀和翻譯方法等方面同樣有著啓發思維的重要作用。而同學間的研討互勉對促進學習也十分重要,與美國同學們的課上討論以及平日交談,樂在其中,亦學在其中。賈晉華於 1995 年成爲同學,實際是學長,與她的學術交往,十分寶貴。她不恥下問,把學術著作和學期報告賜示。我在進行初唐文學研究的選題構思時,也曾向她請教並得到啓發。

我每年參加的美國東方學會西部分會(American Oriental Society, Western Branch)會議,是本書所收録的大多數論文的温床。每次短短二十分鐘的學術報告和討論,向與會學者前輩的討教,使我思路擴展,眼界

① Boodberg, comp. "A Primer of Classical Chinese."

大開。感謝長期以來對我的報告多加鼓勵和指點的老師們,除了柯教授和康達維(David R. Knechtges)教授在會上台下的教誨外,還有奚如谷、艾朗諾(Ronald C. Egan)、司馬德琳、高德耀(Robert Joe Cutter)等教授,他們多年來對我的課業給予意見、支持和鼓勵。此外又有對個別文稿、報告提出過具啓發性意見的如:侯思孟(Donald Holzman)、桀溺(Jean-Pierre Diény)、余寶琳(Pauline Yu)、羅秉恕、梅維恒(Victor Mair)、柯馬丁(Martin Kern)、夏頌(Patricia Seiber)、倪豪士(William H. Nienhauser, Jr.)、丁香(Ding Xiang Warner)等。當然還有那些匿名評審人,感謝他們的寶貴意見,但由於是匿名,所以鳴謝不了。

君子曰:"學不可以已。"學習是終身的事業。那年移居澳洲,那種被貶逐、甚或流放南陲之感,雖總是揮之不去,但新的環境,舊的愁情,使我的研究得到了不一樣的靈感。雖地勢極而南溟深,豈效阮嗣宗窮途之哭?然多感懷身世,每以王勃自況,研究興趣便由博士論文的初唐詩轉而集中於王勃。那幾年間,多得同事們幫助、提點和啓發,在學術研究上總算没有荒廢。鄧海倫(Helen Dunstan)和何德睿(Derek Herforth)二位教授可算是亦師亦友亦同事,對我的工作和研究提供了大力支持和協助。我的博士生白太了(Tyler C. Pike)、碩士生蔡翰霖(Clark Alejandrino)和本科榮譽生霞鶴(Scheherazade Rogers)在教學互動中給予我不少啓發,其後多年白和霞一直爲我的文稿做過不少編輯和校對工作。此外,同事們如寇致銘(Jon Eugene von Kowallis)、芭芭拉(Barbara Hendrischke)、蕭虹(Lily Hsiao Hung Lee)等在我的學術報告會上都提過一些有益的意見。

在搜集資料、訪學以及實地考察方面,除了下述圖書館的協助外,必須感謝的是:哈佛燕京圖書館博士論文旅費資助研究計劃(1997)鄭炯文(James K. Cheng)館長的批核;臺北太平洋文化基金會博士論文研究經費(1997);科羅拉多大學 Emersonl/Lowe 博士論文獎學金(1998);哈佛大學東亞文明系訪問學者計劃(2004)伊維德(Wilt Idema)教授的批核[①];東京

① 悉尼大學語言及文化學院資助。

大學訪問學者計劃(2010)户倉英美教授邀請、批核並且在查找文獻方面提供協助[①];西北大學張弘(普慧)教授及其高足劉林魁教授協助我到陝西銅川的玉華宫遺址考察(2005)[②];韓國延世大學金長焕教授提供關於《世説新語》版本及研究的書目(2009);日本京都大學道坂昭廣教授協助我訪問該校做研究(2013)[③],這些年來又惠寄其新著見教;關西大學長谷部剛教授提供了一些日本方面關於樂府研究的文獻資料及觀點(2013)[④]。洪越多年來通過美國的"圖書館館際互借系統"(Inter-library Loan Services)和哈佛大學圖書館幫我找資料;戴鈞全(Christopher J. Dakin)與我近年來的電子書交流計劃爲查找資料提供了不少方便。

造次必於是,顛沛必於是:君子無終食之間違仁,亦不違學。那些年流離各地,我仍與西方師友們保持聯絡,研討學術,切磋琢磨。同時亦與中、港、臺、日、歐、澳學者開展交流,轉益多師,期望攀登學術高峰。此論文集翻譯工作的緣起,出於與中文學界交流的考慮。2006 年當我回到自己出生成長的香港,竟有孑然一身之感,覺得自己並不屬於這個中文學界,這主要由於多年來發表的學術論文以英文爲主之故。2008 年張伯偉教授來訪香港浸會大學,與之交談,並請教如何打開與中文學界交流之門。張教授提出兩個方法:第一是參加中文學界的學術研討會,第二是用中文發表、出版學術論著。於是我立刻著手,加强這兩方面的工作。

翻譯舊著本無新意,但這些舊文一直只在英語世界裏流傳,中國學者先進大都没有讀過,因此,對他們來説,這些都是"新"著,是我向中文世界裏學者先生們討教的最佳途徑。

翻譯工作進展十分艱鉅,前後共花了四五年的功夫。多得香港浸會大學文學院提供的研究計劃經費和中國語言文學系提供的學生助理經費,使我能在浸會大學學生裏找同學幫忙翻譯。但由於他們都是非專業

① 香港浸會大學文學院 FRG(Category Ⅱ)研究經費資助。
② 中國國家對外漢語教學領導小組辦公室"外國漢學研究學者訪華計劃"資助。
③ 香港浸會大學文學院 FRG(Category Ⅱ)研究經費資助。
④ 同上。

人員，而論文又牽涉到專業知識和技術，因此我必需逐字逐句地修訂其譯文初稿。經過我的挑剔筆削，文稿"血漬斑斑"，總算達到文從字順的基本要求。年來又數易其稿，復脱離了英語語風，提升了文稿的可讀性；此外又加入、翻查和核對引文原文，補入相關課題新的和之前没有注意到的研究成果。有人問："與其花時間功夫改訂學生的譯文，不如自己翻。"我説："如果計劃自己翻，十年也翻不完，因爲學生定時發來譯文初稿，迫使我及時修改回覆，這樣才有動力進行。"因此，我非常感謝這些學生們的幫助。主要負責翻譯並查找資料的是王新童，她共翻了八篇論文，貢獻最大。此外還有梁淑雯、劉挺、霍偉倫、何佳嶺四位①，各承擔了一些份量的工作。張玉龍負責文稿的後期整理及編排書目等工作；郭健蓮幫忙修葺了一些地圖和圖表。

這些文章用英文發表之前，除了上述師友們的提點賜教之外，也得到友人、同學、學生們的幫助。在文字表達，文章結構以至英文寫作等方面爲文章作了修訂和潤色，在原稿中已一一致謝。這裏統一再謝，他們包括羅秉恕、阮慶華(Philip Roughton)、顧信強(Keith Kofford)、柯永明(Matthew Carter)、柯思迪(Stephan N. Kory)、戴高祥(Timothy M. Davis)、王如山(Bruce Watts)、芮曉蘭(Helena Riha)、陳順妍(Mabel Lee)、霞鶴、白太了、韋素(Susan Wiles)、魏寧(Nick Williams)等。在日文材料的拼讀方面，多年來一直提供協助的是悉尼大學東亞圖書館的林りり(Lily Hayashi)，此外還有早年科羅拉多大學的同學 Tomiko Dobson 以及俄亥俄大學的學生サヴァス山本美苗(Minae Savas)。

本書的各篇論文遨遊了極大的時空。十八年的歲月裏，這些文章從構思、撰寫、修訂、口頭發表、出版至於翻譯，遊歷過中、美、澳、日、港、臺等地。雖然很多圖書館的服務都是公益事業，但以下的單位對本書的工作提供了重要的幫助，在此鳴謝：Norlin Library, University of Colorado(特

① 感謝李安琪(Antje Richter)介紹科羅拉多大學的研究生佳嶺幫忙。其他人員都是香港浸會大學的學生。

别是 East Asian Library 的沈志佳和梁慧，及 Inter-Library Loan 服務)；Harvard-Yenching Library；Ohio State University Library(特别是李國慶和 Inter-Library Loan 服務)；加州大學的三個校區的圖書館：UC-Berkeley，UCLA，UC-San Diego；Fisher Library，University of Sydney(特别是 East Asian Collection 的 Magdalen Lee、Nancy Li、Sharon Tian、Lily Hayashi 和 Inter-Library Loan 服務)，National Library of Australia、北京大學圖書館、北京師範大學圖書館、香港浸會大學圖書館(一般服務及 Inter-Library Loan 服務)、東京大学総合図書館、東京大学東洋文化研究所圖書館、京都大學総合図書館、京都大學文學部圖書館、臺北"國家"圖書館等。

互聯網上可檢索的數據庫及字書辭典對本書的研究提供了不少方便，較常用者如下，列示以表謝忱：

1. 中國基本古籍庫(香港浸會大學訂購)
2. 中國期刊全文數據庫(香港浸會大學訂購)
3. Bibliography of Asian Studies (香港浸會大學訂購)
4. "中央"研究院歷史語言研究所漢籍電子文獻資料庫
   http://0-hanchi. ihp. sinica. edu. tw. hkbulib. hkbu. edu. hk/ihp/hanji. htm
5. 故宫【寒泉】古典文獻全文檢索資料庫
   http://120. 69. 170. 100/525/
6. 電子佛教辭典(Digital Dictionary of Buddhism)
   http://www. buddhism-dict. net/ddb/
7. 中華電子佛典協會
   http://www. cbeta. org/
8. 道教學術資訊網站
   http://www. ctcwri. idv. tw/godking. htm
9. 東洋学文献類目検索〔第 6.10 版、7. 3a 版〕

http://mousai. kanji. zinbun. kyoto-u. ac. jp/ruimoku/index. html. ja

本書提及的漢學家的中文名字,除了得自筆者交遊,主要還參考了夏含夷(Edward L. Shaughnessy)教授推薦的網頁:"Chinese Names of Western Scholars"(http://www. unileipzig. de/~ clartp/ChineseNames WesternScholars. htm),由柯若樸(Philip Clart)管理。

在那些漂流的歲月裏,從孑然一身到三人同行。首先要感激的當然是父母劬勞養育之恩。他們自己不識字,但在艱苦中努力供養,終於使我學會了讀書寫字。母親早逝,深悔未盡反哺之心。父親每天望著后海灣,外面便是南中國海,再外面是太平洋,年年望洋,歲歲興歎。從北望羊城,到北望京華;又從西望北美,到南望澳洲。望得兒孫歸來,黃髮垂髫,皤然白首,二十年光陰已過,不亦悲乎!在那些漂流的歲月裏,一直陪伴著我的是妻子張虹,還有後來加入這個家庭的兒子瀚翔。感激他們對我長期的支持和忍耐,妻子的一顰一笑,孩子的一哭一樂,每一個表情和每一份心意,都銘刻心中。它們見證著這些論文的構思、成型以至發表,至於今日的翻譯、修訂和出版。

書稿付梓,有賴鳳凰出版社總編姜小青先生、李豔麗、韓鳳冉和樊昕等編輯先生的支持和幫助,使這些論文得以出現在中文世界,特此致謝。

二零一三年八月,於香港沙田,修訂於北京南水關胡同